La Force de vivre

Michel Langlois

La Force de vivre

TOME I

Les rêves d'Edmond et Émilie

TOME II

Les combats de Nicolas et Bernadette

ÉDITIONS FRANCE LOISIRS

Édition du Club France Loisirs,
avec l'autorisation des Éditions Hurtubise.

Éditions France Loisirs,
123, boulevard de Grenelle, Paris.
www.franceloisirs.com

ISBN: 978-2-298-05829-1

TOME I

Les rêves d'Edmond et Émilie

Personnages principaux

Curé, Monsieur le : curé de Baie-Saint-Paul.

Deschênes, Romuald : frère adoptif d'Edmond Grenon.

Dufour, Jérôme : ami de Nicolas Grenon.

Dumouchel, Bernardin : ami de Nicolas Grenon et époux de Marie-Josephte Grenon.

Dumoulin, Désiré : jeune politicien qui fréquente Dorothée Grenon.

Gagné, Angèle et **Angélique :** jumelles, filles de Théophile et de Béatrice Gagné. Amies de Dorothée Grenon.

Gagné, Étienne : charretier, fils de Théophile et de Béatrice Gagné, ami des Grenon. Jumeau d'Étiennette.

Gagné, Étiennette : fille de Théophile et de Béatrice Gagné. Jumelle d'Étienne.

Gagné, Hélène : fille de Théophile Gagné et de Béatrice Gagné. Amie d'Alicia Grenon.

Gagné, Théophile : époux de Béatrice Gagné. Ami des Grenon.

Grenon, Alicia : fille d'Edmond Grenon et d'Émilie Simard. Se fait religieuse.

Grenon, Dorothée : fille d'Edmond Grenon et d'Émilie Simard.

Grenon, Edmond : aubergiste, époux d'Émilie Simard.

Grenon, Jean-Baptiste : père d'Edmond Grenon.

Grenon, Marie-Josephte : fille aînée d'Edmond Grenon et d'Émilie Simard. Épouse de Bernardin Dumouchel.

Grenon, Nicolas : fils aîné d'Edmond Grenon et d'Émilie Simard. Époux de Bernadette Rousseau.

Personnages historiques

Aubert de Gaspé, Philippe (1786-1871) : fils aîné de Pierre-Ignace Aubert de Gaspé, il est le cinquième et dernier seigneur de Saint-Jean-Port-Joli. Avocat et écrivain célèbre, on lui doit deux importants volumes : *Les Anciens Canadiens* et *Les Mémoires*. Il épouse en 1811 Susanne Allison à Québec.

Du Berger, Jean-Baptiste (1767-1821) : fils de Jean-Baptiste Du Berger et de Jeanne Courtois, il naît à Détroit, fait des études au Séminaire de Québec, devient arpenteur, dessinateur et cartographe. Il est l'auteur du plan-relief de la ville de Québec. Il épouse Geneviève Langlois le 8 janvier 1793 à Québec.

Grenon, Jean-Baptiste, dit l'Hercule de Charlevoix (1724–1806) : renommé pour sa force herculéenne, Jean-Baptiste Grenon devient rapidement une légende dans son coin de pays. Il a vécu à Baie-Saint-Paul.

Langlois, Geneviève (1771-1811) : fille de Thomas Langlois, elle épouse Jean-Baptiste Du Berger. De leur union naissent trois enfants : Mathilde, Jean-Baptiste et Thomas-Louis. Elle décède à Québec en 1811.

Panet, Jean-Antoine (1751-1815) : fils du notaire Jean-Claude Panet, Jean-Antoine Panet exerce comme notaire à Québec de 1772 à 1786. Il devient avocat à compter de 1773. Il accède au grade de lieutenant-colonel dans la milice. Il est élu député de la Haute-Ville de Québec en 1792, orateur de la Chambre d'assemblée la même année, et nommé juge en 1794. Il participe à la fondation du journal *Le Canadien*. Il épouse en 1779 Louise-Philippe Badelard.

À Nicole et à tous les miens
ceux d'hier et ceux d'aujourd'hui

« L'histoire que l'on dit grande s'écrit souvent avec la sueur, le sang et les larmes des gens de peu, mais ils ne tiennent jamais la plume. »

Robert Belleret

PREMIÈRE PARTIE

LA NAISSANCE DES RÊVES

Chapitre 1

L'auberge

Baie-Saint-Paul – Fin de l'été 1803

Edmond Grenon, l'air préoccupé, remontait d'un pas décidé la rue principale. Il marchait si vite qu'il semblait avoir une ruche au derrière. Un étranger qui l'aurait vu se déplacer de la sorte se serait aussitôt demandé s'il avait le feu au cul ou s'il craignait un orage. Mais personne au village, depuis fort longtemps, ne se posait plus la question. Edmond Grenon ne perdait jamais une minute, savait où il allait et s'y rendait directement, en prenant, bien entendu, le temps de saluer d'un coup de chapeau tous ceux qu'il connaissait, mais sans s'arrêter tant qu'il n'était pas rendu où ses pas devaient le mener.

En ce matin pétillant et ensoleillé de septembre 1803, il filait directement chez son ami, le menuisier Prosper Perron, dont la maison s'élevait à l'ombre de l'église, quand le soleil levant éclairait le cœur du village. Prosper semblait attendre sa visite. Il ne se montra pas étonné de le voir descendre chez lui et de s'enquérir immédiatement :

— Salut Prosper ! T'as ce que je t'ai demandé ?

— Pour sûr que je l'ai, mais tu vas pas repartir tout de suite, tu prendras bien le temps de causer un peu : ma Germaine a du bon jus et tu gagnerais à t'asseoir pour le boire.

— C'est bien aimable à toi, mon Prosper, mais tu me connais, quand j'ai quelque chose dans tête, il faut que je le fasse tout de suite. J'ai pour mon dire qu'il faut jamais rien remettre au lendemain, parce que peut-être que le lendemain, j'aurai pas la chance de le voir.

— Comme ça, tu prendras même pas le temps de t'asseoir un peu ?

— C'est bien gentil de ta part, mon Prosper, mais le temps, c'est de l'argent et je gaspille pas un sou.

— Bon, je t'apporte ça tout de suite !

Prosper se dirigea vers le hangar et en revint avec deux planches dont s'empara aussitôt Edmond comme s'il s'agissait d'un trésor. Il avait sans doute payé son ami à l'avance, car après l'avoir remercié et salué, il s'en alla sans plus tarder. Il avait une idée importante en tête, quelque chose qui allait changer le cours de sa vie et celui de sa famille. Il se dirigea du même pas décidé vers chez lui. Presque rendu, il s'arrêta, fit deux pas en avant puis autant en arrière, occupé à scruter en détail la façade de sa maison.

Son ami et frère d'adoption, Romuald Deschênes, qui l'attendait chez lui depuis un bon quart d'heure et regardait par la fenêtre de la grande salle de séjour, se rendit compte de son manège. Il demanda aussitôt :

— Coudon ! Émilie, ton mari a des drôles de façons de faire à matin. Il reluque la maison comme s'il la voyait pour la première fois.

— Faut pas te surprendre, Romuald, Edmond veut transformer la maison en auberge.

Émilie finissait à peine sa phrase qu'Edmond entrait. Apercevant Romuald, il l'apostropha :

— Qu'est-ce que tu fais icite aussi de bonne heure à matin ?

— J'étais passé aux nouvelles, voir si tout tourne comme vous le voulez. Émilie me dit que tu veux ouvrir une auberge dans ta maison.

— Elle t'a bien renseigné.

— Comprends-moi bien, Edmond, ta décision d'ouvrir une auberge à Baie-Saint-Paul est pas folle en toute, mais tu risques d'avoir le curé sur le dos. Il voudra pas de ça dans la paroisse.

— Cimetière ! Romuald ! Ça sera pas une maison de débauche. Une auberge avec quelques chambres pour recevoir des voyageurs, ce n'est pas un trou sans fin.

— Monte pas sur tes grands chevaux, Edmond, tu me connais, je ne veux pas te contredire, je te dis même que t'as raison. Mais dans une auberge, d'habitude, y a de la boisson.

Edmond le dévisagea.

— Tu le fais exprès ! Pourquoi tu me parles de boisson et du curé ?

— Parce que la boisson va pas de pair avec le curé. Il va rappliquer, j'aime mieux te le dire. Ton auberge ne se fera pas toute seule : tu vas l'avoir dans les jambes, ça c'est garanti.

— On verra, dans le temps comme dans le temps. Tu le sais comme moi : « À chaque jour suffit sa peine. »

— T'as pourtant un bon métier ! Maréchal-ferrant, ça rapporte suffisamment pour faire vivre ta famille.

— C'est toi qui le dis. J'ai de la concurrence, tu sais. À l'autre bout du village, Nil Gagnon ferre pas mal plus de chevaux que moi. Pis, y a le jeune Bouchard qui vient d'installer sa forge à quatre maisons d'icite. Il m'enlève beaucoup de pratiques parce que, forcément, il est moins chérant que moi. Je suis pas pour baisser mes prix rien que pour lui faire plaisir. Changement d'à-propos, tu prendrais bien quelque chose à boire ?

— Ça serait pas de refus.

— Une bière d'épinette, ça ferait-y ton bonheur ?

— T'en as ? Je vais en prendre, c'est bien sûr !

Les deux hommes remplirent leur verre. Ils se turent, le temps de déguster leur première gorgée. Edmond Grenon était une force de la nature, les épaules et la mâchoire carrées, les poings comme des battants de cloche. Son compagnon Romuald Deschênes n'était pas bâti pour faire peur à une mouche, tellement chez lui tout était petit. Ça ne les empêchait pas d'être les deux meilleurs amis du monde. Il est vrai qu'ils avaient été élevés ensemble. La mère de Romuald était décédée quelques jours à peine après lui avoir donné naissance.

À quatre ans, il était devenu orphelin à la suite du décès subit de son père. Jean-Baptiste, le père d'Edmond, avait décidé de l'adopter pour faire un compagnon à son fils qui, lui aussi, avait perdu sa mère un an auparavant.

Pendant que les deux hommes causaient, Émilie, qui ne tenait pas en place, en profita pour aller au marché.

— Je serai pas partie longtemps, Edmond. Quand je reviendrai, j'irai m'occuper de ton père.

— C'est bien correct de même, approuva ce dernier.

Le silence retomba sur la maison. Ce fut encore Romuald, dont la langue lui démangeait tout le temps, qui reprit la parole :

— Dis-moi donc, j'ai entendu dire que ta sœur Marie a étonné un petit monsieur de la rive sud, y a pas de ça bien longtemps ?

— Marie a hérité de la force de mon père.

— Tu sais-tu au juste qu'est-ce qu'elle a fait avec ce petit monsieur ? C'est Josephat Bouliane qui a parlé de ça au docteur, dimanche, après la grand-messe. J'étais trop loin pour tout comprendre.

— Espère-moi deux minutes, je reviens, pis je vais te conter ça !

Edmond se leva et se dirigea vers l'avant de la maison. Il sortit, prit du recul dans la rue, comme pour évaluer quelque chose, et revint.

— Coudon ! Edmond, ça te trotte donc bien dans tête, ton idée d'auberge. Crains pas, je t'ai vu faire.

Tu m'as planté là pour aller voir quelque chose qui te chicote.

— Quand j'ai quelque chose qui me tient à cœur, compte pas sur moi pour l'oublier. Si j'ai pas hérité de la force de mon père, j'ai au moins hérité de son caractère. On est tous un peu de même dans la famille, tu le sais, quand on a quelque chose dans tête, on l'a pas dans les pieds. Y en a plusieurs que tu connais qui nous traitent de têtes de cochon. Ils ont peut-être raison, mais rien n'empêche que c'est bon de pas lâcher au premier obstacle.

— Raconte-moi donc pour ta sœur Marie.

— Ah oui ! J'étais pas là quand c'est arrivé, c'est elle qui me l'a raconté. Elle revenait du magasin général avec deux minots de sel d'au moins cinquante livres chaque, qu'elle traînait sur son dos avec un harnais, comme elle fait à l'occasion pour transporter des marchandises. Arrivée au pied du Cap-aux-Corbeaux — elle reste, comme tu sais, du côté des Éboulements —, elle dépasse un petit monsieur de la rive sud qui s'apprêtait à monter la côte.

— Je pense que c'est la pire côte à pic du coin, pis longue à part ça ! fit remarquer Romuald, qui s'ennuyait déjà de ne pas pouvoir placer un mot.

— T'as raison, c'est une des pires du coin. On se fatigue rien qu'à la monter allège, imagine un peu avec une charge de cent livres au moins sur le dos. Toujours est-il que le petit monsieur, pour faire de la galanterie, lui dit : « Bonjour ma bonne dame ! Je serais honoré de faire un bout de chemin avec vous. Je ne serais pas un gentilhomme si je n'avais pas la décence — c'est de même qu'il parlait — de vous offrir de porter un de vos paquets. Je ne vous laisserai pas monter la côte de même avec tout ce chargement sur votre dos. » Elle lui répond : « C'est bien gentil à vous de m'offrir votre aide, mon cher monsieur, mais j'ai l'habitude, je fais ça souvent, et ces paquets, je m'en voudrais de vous embarrasser avec un, parce qu'ils sont pour moi très légers. D'ailleurs, vous en donner un à porter débalancerait ma charge. » « Je m'en vais là-haut, tout comme vous ma petite dame, rien ne me ferait tant plaisir que de vous rendre ce service, insiste le petit monsieur. Vous allez me passer un de vos sacs, je vais vous aider à le porter. » Marie, qui n'est pas faraude pour deux sous, le remercie gentiment de son aide. L'autre revient à la charge. Marie finit par céder. Elle dépose les sacs par terre, installe son harnais sur le dos du petit monsieur. Une fois qu'il est bien harnaché, elle met un sac dans le harnais pendant qu'elle porte l'autre sous le bras et, sans plus tarder, se remet en route.

— Me semble de voir ça ! s'esclaffa Romuald. Le petit monsieur pis ta sœur, qui devait le dépasser d'un bon pied, parce que Marie, pour une femme, est aussi prise que bien des hommes.

— Je comprends donc ! Elle mesure plus de six pieds, elle est aussi grande que moi et même si j'ai pas la force de mon père, je suis pas si mal non plus. Crois-moi, crois-moi pas, j'ai jamais gagné avec elle au tir au poignet. Je résiste, mais elle est tellement forte qu'elle finit toujours par m'avoir. Je pense bien qu'elle battrait tous les hommes du village un après l'autre.

— On peut pas le savoir, reprit Romuald, parce qu'ils veulent pas tirer au poignet avec elle ; ils ont peur de perdre la face.

— Ils ont un peu raison. Marie a ses trucs à elle. T'es placé juste en face, le coude bien appuyé sur la table, elle de son côté pareil. Quand elle prend ta main, tu sens tout de suite qu'elle a du nerf que c'en est pas croyable. Quand le signal se donne, t'as beau pousser de toutes tes forces, de son côté, ça bouge à peine. Bien pire, elle a même pas l'air de forcer. C'est comme si tu voulais tasser un mur. Elle attend de même sans broncher, comme si de rien n'était. Quand elle sent que tu te fatigues… Boum ! Elle te descend le bras d'un coup sur la table. Tu la regarderas faire la prochaine fois qu'on va se débattre.

— Ça arrive souvent ?

— Les fois qu'elle vient à la maison, ce qui est très rare par exemple ! Je te préviendrai, si jamais il lui prend l'envie de venir. On dirait qu'il faut qu'elle se prouve qu'elle n'a rien perdu de sa force.

— Peut-être que sa force est dans ses cheveux, comme Samson, insinua Romuald.

— Si jamais tu veux les lui couper, t'as besoin de l'endormir comme il faut.

La réflexion d'Edmond les dérida un petit moment. Romuald avait vécu chez les Grenon jusqu'au mariage d'Edmond. Il s'était ensuite réfugié dans une petite maison du rang Saint-Antoine, sur le lot de terre dont il avait hérité de son père. Voyant Edmond songeur, Romuald, qui ne perdait pas son idée première, demanda :

— Pis, Edmond, notre petit monsieur avec son minot de sel sur le dos, comment il s'en est sorti ?

— Marie m'a dit qu'ils avaient à peine le quart de la côte de monté que l'autre regrettait sa galanterie et, pour ne pas laisser voir qu'il était essoufflé comme un chien de traîneau après une course, se mit à se tourner de bord à tous les dix pas en disant : « C'est la première fois, madame, que je viens par icite, permettez-moi de regarder un peu la vue qu'on a tout en montant. »

— Marie se tannait pas ?

— Au début, elle disait rien, elle voulait pas l'offenser, mais elle était pressée. Quand elle a vu que l'autre voulait s'asseoir et que l'avant-midi y passerait — elle est pas folle, tu sais —, elle a dit au petit monsieur : « Je m'aperçois que vous aimez bien gros le paysage. Vous devriez en profiter pour regarder tant que vous voulez, pour une fois que vous y êtes. Je vais reprendre mon sac et mon harnais, si ça vous dérange pas, et ça va vous permettre de mieux profiter de la montée. » Tu comprends bien que son petit monsieur a tout déposé par terre et demandait pas mieux que de regarder le paysage.

Ils en étaient là de leur conversation quand Émilie revint du marché. Elle entra dans la maison en coup de vent avec en main un sac de toile dont dépassaient des queues de carottes et de poireaux. C'était une petite femme vive et enjouée, mais ordonnée comme une horloge.

— Rebonjour Émilie ! Le marché a été bon, à voir ce qui dépasse de ton sac.

— Tu vois bien, Romuald, et pour bien faire, faudrait que j'y retourne. J'avais apporté qu'un sac, il m'en aurait fallu deux.

— Y a pas personne qui pouvait t'en prêter un ?

— Non ! Tout le monde avait besoin des leurs. Les légumes sont assez beaux et pas chers en toute. Les cultivateurs les laissent aller pour presque rien. Ils veulent pas les perdre. T'as juste à marchander un peu et faire voir que t'es pas trop intéressée à cause du prix. Je t'assure qu'ils changent vite de façon quand on fait mine d'aller en acheter ailleurs.

— T'as rien appris de nouveau ? demanda Edmond.

— Non, rien que des vieilles nouvelles. Y a Rose-Alma, la femme à Gédéon Dufour, qui va accoucher dans peu, si c'est pas déjà fait, à part ça rien de neuf.

Romuald, qui n'avait pas fini son placotage, enchaîna aussitôt :

— Tu sais qu'Edmond a pas changé d'idée ?

— Ça dépend pourquoi.

— À propos de votre auberge.

Edmond, qui semblait parti dans un rêve éveillé, n'avait toutefois pas perdu un mot de la conversation et sursauta.

— Cimetière ! Pourquoi j'en changerais ? Émilie est du même avis que moi. Pas vrai ? ajouta-t-il à l'intention de sa femme.

Émilie, qui se dirigeait vers une armoire pour y déposer ses légumes, approuva.

— Là-dessus, on est tous les deux d'accord.

— D'autant plus, ajouta Edmond, que notre aîné Nicolas, qui s'ennuie à l'école, pourrait nous aider en restant à la maison. Il a plus rien à apprendre là ! Mademoiselle Painchaud est capable de montrer à lire, écrire et compter, mais quand c'est fait, ça suffit. À dix-sept ans, Nicolas a fait le tour de ce qu'elle sait.

— Une auberge, ça serait pas beaucoup plus d'ouvrage, expliqua Émilie. Tous les jours, je fais à manger à Edmond, Nicolas, Marie-Josephte, Dorothée, Alicia et Marcel, de même qu'au grand-père. Ça fait sept bouches à nourrir, quatre ou cinq de plus ne feront pas une grande différence, sinon que ça amènera de l'eau au moulin.

— Puisque t'en parles, comment il va Jean-Baptiste ?

— Le grand-père est encore solide, mais il sort pas de sa chambre, pas en toute. C'est vrai qu'il voit guère plus.

Elle s'arrêta, récupéra son sac, prit une longue respiration avant de dire à Edmond :

— Je vais aller voir si ton père a tout ce qu'il faut, après ça je retourne au marché. Pendant ce temps-là, irais-tu me chercher un pain à la boulangerie ? Une grosse fesse, comme je les aime. Hormidas est passé à matin comme toujours et m'en a laissé. Je pensais qu'il m'en resterait à plein pour à soir, mais Jean-Roch vient souper avec Eugénie. Ils me l'ont juste annoncé tantôt au marché. Eugénie veut ma recette de bouilli de bœuf. Elle va le préparer avec moi, de même ça va lui apprendre à le faire. Je peux pas lui refuser ça : elle est assez bonne pour Marie-Josephte. Imagine-toi donc, mon Romuald, que presque chaque fois que Marie-Josephte va garder ses petits, Eugénie lui fait du sucre à crème, de quoi la gâter jusqu'à la fin de ses jours.

Émilie repartie, Edmond revint à son projet d'auberge :

— T'es témoin comme moi, Romu, je suis pas tout seul à vouloir ouvrir une auberge icite dedans. J'ai tout calculé, il va y avoir assez de place : la maison est grande en masse. Non seulement mon père était fort, mais il travaillait joliment bien. Il faut dire qu'il pensait qu'on serait pas moins d'une douzaine. Il avait construit la maison pour. Il voulait pas qu'on soit plus que deux par chambre. Il a bien manqué son coup : on n'a été que quatre en tout. Avec celle des parents, ça faisait sept chambres dans la maison. C'est pour ça qu'à présent que les autres sont partis, y en aurait bien quatre pour des pensionnaires ou encore des voyageurs. J'en ai parlé au père, il est d'accord. De toute façon, il est dur de la feuille : ça le dérangera pas trop.

— J'y pense, enchaîna Romuald. Veux-tu bien me dire qu'est-ce que t'es allé faire dehors, tantôt, à reluquer le devant de ta maison ?

— Ah, ça ? J'ai regardé la place où je vais mettre l'enseigne.

— T'as décidé de mettre une enseigne ?

— Je comprends donc ! Viens voir !

Romuald le suivit jusqu'au hangar, derrière la maison. Sur un établi dressé au milieu de la place était posée une belle enseigne en bois. Edmond y avait sculpté en majuscules : AUBERGE GRENON. Il avait commencé à en dorer les lettres.

— Toi, mon Edmond, souffla Romuald, c'est vraiment vrai que quand t'as une idée dans tête, tu l'as pas dans les pieds !

— Mon Romu, tu sais une chose, j'ai mon métier de forgeron et de maréchal-ferrant, mais vaut mieux avoir plus d'une corde à son arc.

Le projet d'Edmond fit son chemin, car quelques jours plus tard, l'enseigne apparut sur la façade de la maison des Grenon.

Chapitre 2

Chez les Grenon

Depuis qu'il avait décidé que sa maison devenait une auberge, Edmond était résolu à obtenir une licence de cabaretier. « Ceux qui vont fréquenter l'auberge, se disait-il, vont vouloir boire un peu de boisson : eh bien ils en auront. » Il y avait encore beaucoup de petits travaux à fignoler et des marchandises à commander.

— Maintenant que l'enseigne est là, dit Edmond à Émilie, faut que le reste suive.

— Qu'est-ce donc que tu veux dire par « le reste » ?

— Faut préparer les chambres, commander tout ce qui est nécessaire pour une auberge : des tables, des chaises, des verres, des ustensiles, etc. On va faire l'inventaire de ce qu'on a, après je fabriquerai ce que je peux et il faudra acheter le reste. Pour le moment, j'ai d'autres choses à faire.

— Quoi donc ?

— Une commande à Rémi Harvey, à Saint-Joseph-de-la-Rive. Où est Nico ?

— À l'école, comme d'habitude.

— C'est son dernier jour d'école. Tantôt je passe le chercher. Il sait lire, écrire et compter, c'est assez. Tu feras la même chose avec Marie-Jo.

— Pourquoi donc ?

— Pour qu'elle t'aide à la cuisine et au ménage des chambres. On va laisser juste les plus jeunes à l'école, ils en ont encore à apprendre.

— Tu trouves pas que tu vas un peu trop vite ? Y a encore personne dans l'auberge.

— Ça tardera pas à ce qu'elle se remplisse, tu vas voir. On est bien placé dans la rue principale, proche de tout.

Edmond avait raison : sa maison s'élevait en plein centre du village, au bord de la rivière du Gouffre, non loin du magasin général, à quelques résidences de l'église. C'était une belle et vaste demeure ancienne au toit mansardé. Elle tournait le dos à la rivière, mais regardait résolument les montagnes et ne manquait pas de voir défiler devant elle, tous les jours ou presque, le village entier qui se rendait soit à l'église, soit au magasin général ou au moulin.

Les gens, il en était sûr, s'arrêteraient désormais chez lui pour prendre une consommation et discuter de la pluie et du beau temps. Comme le lui avait laissé entendre son ami Romuald, le curé considérait les auberges comme des lieux de perdition, mais Edmond s'était promis de travailler fort pour lui prouver le contraire, car il ne servirait de boisson que dans la mesure où le buveur serait encore capable d'en prendre ; il ne tolérerait pas qu'on se saoule chez lui. Voilà pourquoi les gens se plairaient à fréquenter son établissement, fort bien tenu, où on pourrait également déguster d'excellents repas.

Edmond avait attelé Roussine et, en passant près de chez mademoiselle Painchaud, ce matin-là, il arrêta chercher son fils aîné.

— J'ai besoin de lui maintenant pour m'aider dans mon travail, dit-il.

Mademoiselle Painchaud ne pouvait rien faire pour retenir Nicolas. Elle se contenta de dire :

— Vous êtes son père, vous savez ce que vous avez à faire.

Ce fut un Nicolas tout souriant qui monta d'un seul élan dans la voiture et s'assit à l'avant, près de son père.

— Où on va ?

— À Saint-Joseph-de-la-Rive.

— Quoi faire ?

— Passer une commande à Rémi Harvey, pour Québec.

— Une commande de quoi ?

— Un permis de cabaret et de boisson.

— Vous allez servir de la boisson à l'auberge ?

— Dans une auberge, c'est ce qui fait le pain et le beurre.

— Ça rapporte gros ?

— Comme tu dis. Ça coûte pas trop cher à acheter en grosse quantité, mais ça rapporte à l'assiette. J'en commanderai pas beaucoup pour commencer, on verra ensuite. Mais c'est pas pour ça que j'ai été te chercher. Va me falloir quelqu'un pour servir les clients, préparer, remplir et vider les tables, faire la vaisselle, balayer la salle, ramasser les verres, c'est toi qui vas me faire ça.

— Tout seul ?

— Pourquoi ? As-tu peur d'avoir trop d'ouvrage ?

— Non, mais tout seul c'est ennuyant. Je vais t'y pouvoir demander à Jérôme de m'aider ?

— Ton ami Jérôme ? Oui, si ça lui tente. Mais qu'il s'attende pas à être bien payé, parce qu'il aura tout juste de quoi pour ses petites dépenses. Bon ! Pour tout de suite, après avoir parlé à Rémi, on va aller aux Éboulements chercher une couple de tables et quelques chaises chez Victor Bouchard. Après ça, tu vas m'aider à voir combien il manque de coutellerie et de vaisselle pour fournir deux tables de quatre couverts. On va se contenter de deux tables pour le moment, on verra ensuite.

Roussine avait ralenti le pas. Edmond la pressa d'un « Hu ! » sonore. Ils arrivèrent à Saint-Joseph-de-la-Rive juste à temps, avant que Rémi Harvey profite de la marée haute pour faire voile vers Québec.

— Tiens mon Rémi, j'ai deux commissions à Québec, une au port et l'autre aux dirigeants de la ville ou bien du gouvernement, dépendant qui s'occupe de ça.

— Au port, ça devrait aller tout seul ; au gouvernement, je te garantis rien.

— Commence par me trouver, pour le moins cher possible, à un des magasins du port, tu les connais, du vin rouge d'Espagne, du vin de Madère, du brandy, du whisky, du gin, du scotch, un peu de genièvre et d'absinthe, du sherry, du porto et de l'eau-de-vie de Paris.

— Combien de chaque ?

— Je l'ai mis sur ce bout de papier. Me faut ça sans faute, à ton retour.

Le capitaine prit le temps d'y jeter un coup d'œil. Il souleva sa calotte et arrêta Edmond qui s'apprêtait à remonter dans sa voiture.

— Ça devrait pouvoir se faire. Pour ton permis de cabaret, c'est moins sûr. Ça arrive pas comme un grand vent du large. Il faudrait peut-être bien mettre un peu d'argent collé avec la demande. Tu vois ce que je veux dire ?

— Une livre ou deux ?

— Peut-être ! En tous les cas, ça peut aider à ouvrir des portes.

Edmond fouilla dans ses poches, il en sortit une livre qu'il lui tendit.

— À toi de voir ! dit-il.

Le capitaine semblait hésitant.

— Mais, dis donc, reprit-il, tu trouves pas que tu mets la charrue avant les bœufs ? Si t'as pas de permis, qu'est-ce que tu vas faire de ta boisson ?

— Va donc voir pour le permis en premier. Si jamais ça branle dans le manche, t'as qu'à pas acheter la boisson tout de suite. Ça ira à un autre de tes voyages.

— C'est pas mal mieux de même, d'autant que je vais à Québec une fois par semaine.

Edmond remit dans une bourse de vessie tout l'argent nécessaire pour effectuer ses achats à son ami et capitaine de *La Sainte-Anne*.

— Prends-en bien soin, recommanda-t-il, c'est mes économies depuis des années.

— Crains pas, mon Edmond, je les boirai pas. Je te rapporte peut-être bien tes effets dans cinq jours, avec ton permis pour le cabaret.

Ils se quittèrent sur ces mots et Edmond mit aussitôt la jument au pas en direction des Éboulements. Ils furent de retour à l'auberge en fin d'après-midi avec leur chargement, et tout de suite la grande salle de la maison, avec ses deux tables et ses chaises à fond de paille, commença à prendre l'allure d'une auberge.

Le lendemain, c'est Marie-Josephte qu'Edmond retira de la classe de mademoiselle Painchaud. À sa fille qui montrait un visage interrogateur, il expliqua :

— T'en sais bien assez, ma fille, pour te débrouiller dans la vie et, astheure qu'on tient auberge, ta mère va avoir besoin de toi pour les repas, le lavage des draps, le ménage des chambres, les achats de légumes chez les cultivateurs, de pain chez le boulanger quand il va en manquer, et pour toutes sortes d'autres affaires.

Habituée à obéir sans rechigner, Marie-Josephte ne se montra ni enthousiaste ni contrariée à l'idée de rester à la maison. Émilie fut tout heureuse de l'avoir à ses côtés quand, le jour même, elles se rendirent chez Marie Girard, celle qu'on appelait Chique-la-guenille parce qu'elle n'avait pas très bon caractère et vendait toutes sortes de tissus. Émilie chercha dans tous ces bouts de tissus ce qui pourrait tenir lieu de rideaux pour les trois chambres de l'hôtel.

C'est Marie-Josephte qui finit par trouver celui qui convenait.

— Regarde, m'man, de la mousseline verte.

Émilie s'approcha, tâta le tissu.

— D'ordinaire, ça sert plus pour des habits.

— Mais, m'man, ça ferait très bien aux fenêtres des chambres. C'est presque transparent. Y en a juste assez pour ce qu'on a de besoin.

Elles achetèrent ensuite de la toile, suffisamment pour faire deux nappes. Leurs achats terminés, elles marchèrent de chez Marie Girard un bon quart d'heure, jusqu'au magasin général où Edmond les attendait pour choisir un peu de vaisselle et de verrerie. Quant à lui, il avait eu le temps d'acheter quelques cuillères et des fourchettes, dont il semblait fort satisfait. Quand elles arrivèrent, il était assis à la porte du magasin général, pipe au bec.

— Faites vos achats, dit-il à Émilie et à Marie-Josephte, vous les ferez mettre sur ma note, moi je file à la maison.

— Et comment on va rapporter tout ça ? Dans nos bras ?

— Cimetière ! C'est bien trop vrai, j'y pensais pas, je vais vous attendre.

— On sera pas longue à revenir, l'assura Émilie. Nicolas est pas avec toi ?

— Non ! Il est allé voir mademoiselle Painchaud, pour quelque chose qu'il dit avoir oublié de lui demander.

De retour à l'auberge, Edmond se mit aussitôt au travail dans sa forge. Il confectionna quelques lames de couteau, passa beaucoup de temps à leur poser un manche en bois et mit de l'ordre dans sa boutique. Il attendit le retour de son fils, curieux de lui demander si tout allait à son gré. Pendant ce temps, Émilie et Marie-Josephte avaient sorti du fil et des aiguilles et s'affairaient à coudre la mousseline aux dimensions des fenêtres. Elles étaient en plein travail quand les trois plus jeunes, Dorothée, Alicia et Marcel, arrivèrent de l'école.

— Ç'a bien été à l'école ? demanda Émilie.

— Oui ! J'ai faim, m'man ! se plaignit Dorothée.

— Moi aussi ! entonnèrent les deux autres.

Émilie leur dit :

— Patientez, on va souper dans pas grand temps.

Il n'y avait pas cinq minutes qu'elle les avait prévenus que les trois revenaient à la charge.

— M'man, on a faim !

— Comme dirait p'pa, rappela Marie-Josephte, « ventre affamé n'a pas d'oreille ».

Elle laissa là son travail et dit à sa mère :

— J'm'en vais leur faire chauffer une soupe. Avec un peu de pain, ça devrait les faire patienter jusqu'à l'heure du souper et nous donner le temps de finir nos rideaux.

— Fais donc ça, ma grande, approuva sa mère. On dirait que ces enfants-là sont comme des puits sans fond, ça engouffre, misère de misère, à pas être capable de se contenter.

— C'est bon signe, m'man, ça veut dire qu'ils sont en santé.

Émilie reprit son aiguille, rapprocha le tissu de ses yeux et continua patiemment son travail en se disant que c'était là le lot d'une mère de famille, tout en se consolant d'avoir des enfants en bonne santé et de pouvoir compter sur son aînée pour l'aider.

Chapitre 3

Les visiteurs

Après la messe du dimanche, Edmond avait l'habitude de s'attarder à jaser un peu avec tous ceux qu'il connaissait et ils étaient nombreux, regroupés au milieu de la place. Pendant ce temps-là, les femmes se retrouvaient près du parvis de l'église pour papoter et échanger les dernières nouvelles de la semaine. De temps à autre, on profitait de la fin de la grand-messe pour annoncer une vente aux enchères. Une fois son annonce terminée, comme il était tenu de le faire, l'huissier en affichait la date sur la porte de l'église.

Edmond vit que plusieurs hommes s'étaient attroupés et discutaient passablement fort. Comme il approchait du rassemblement, il remarqua un homme qu'il n'avait jamais vu dans la baie jusque-là. « Qui ça peut-il être ? » se demanda-t-il. Il n'eut pas besoin de se poser longtemps la question puisque l'homme, d'un certain âge, bien mis, le corps droit, la poigne solide, se dirigea aussitôt vers lui, la main tendue et, sans plus de préambule, commença :

— On m'a dit que tu es l'aubergiste ?

Edmond fut d'abord étonné que cet homme le tutoie, mais il comprit vite qu'il avait affaire à un monsieur habitué à frayer avec beaucoup de monde.

— On vous a bien renseigné.

— Est-ce qu'il y aurait une chambre à l'auberge pour moi et mon ami ?

— Les chambres sont libres à présent, ça doit pouvoir s'arranger. On va être là, ma femme et moi, dans un quart d'heure au plus tard. Vous avez qu'à venir, elle va préparer les chambres.

Edmond se mit ensuite en frais de retrouver Émilie parmi les femmes regroupées non loin du perron de l'église. Celles-ci entouraient Rose-Alma Dufour qui avait amené son nouveau-né. Émilie n'était pas là. En le voyant venir, une grande et belle femme, la Rollande, dit aussitôt à Edmond :

— Émilie a demandé de te prévenir qu'elle s'en retournait directement chez vous. Paraît que vous allez avoir vos premiers pensionnaires.

— C'est bien gentil à toi de me le dire, Rollande.

Il fit demi-tour et, sans plus tarder, prit la direction de l'auberge. Il trouvait fort avantageux qu'elle soit construite dans la rue principale et non loin de l'église. Il y parvint au moment où les deux hommes rencontrés quelques minutes auparavant s'apprêtaient à frapper à la porte.

— J'arrive ! leur lança-t-il.

Il pénétra en même temps qu'eux dans l'auberge. Informée de leur arrivée, Émilie avait veillé à ce qu'il ne manque rien dans les chambres. Pour mettre ces hommes à leur aise, Edmond dit :

— Je vous offrirais bien un verre, mais je sers pas de boisson le dimanche. Vous prendrez bien à la place une bonne bière d'épinette ?

L'aîné des deux accepta l'offre, le plus jeune préféra un verre d'eau glacée. Quand ils furent bien assis dans la salle de l'auberge, Edmond s'informa :

— Si c'est pas trop vous demander, qu'est-ce qui vous amène à Baie-Saint-Paul ? Mais avant, comment vous appelez-vous ?

— Jean-Antoine Panet, déclara le plus âgé, dont les cheveux et la forte moustache grisonnaient.

— Et toi ? questionna Edmond, en s'adressant au plus jeune.

— Philippe Aubert de Gaspé.

— Moi, je suis le plus jeune de la famille Grenon. Appelez-moi Edmond !

— Nous avons vu l'enseigne : *Auberge Grenon*, reprit Antoine Panet. Nous nous sommes dit, peut-être que le propriétaire est parent avec le fameux Jean-Baptiste Grenon, l'Hercule de Charlevoix.

Edmond répondit avec enthousiasme :

— Non seulement je suis parent avec, mais c'est mon père. En plus, il loge icite à l'auberge.

— Vous nous en voyez fort heureux.

Edmond était très intrigué par ces deux visiteurs et la raison de leur venue à Baie-Saint-Paul.

— Quel bon vent vous amène ?

Le plus jeune, le nommé de Gaspé, qui n'avait pas encore parlé autrement que pour dire son nom, prit la parole à son tour. Edmond remarqua tout de suite que, comme son vieux compagnon, il s'exprimait très bien.

— Nous sommes venus interroger ton père, et les autres aussi, sur leur participation à la bataille de Baie-Saint-Paul.

— Pourquoi c'est faire ?

— Nous voulons mettre ça par écrit pour que ceux qui vont nous suivre puissent s'en souvenir.

— Mon père parle pas beaucoup, mais il a encore une bonne mémoire. Vous êtes chanceux, parce que quand on lui rappelle la bataille, il en a toujours long à raconter.

Ce fut dans la chambre même du vieillard que les deux hommes allèrent l'interroger. Assis près de la fenêtre, il semblait un peu perdu dans ses pensées quand Edmond lui présenta les visiteurs.

— Ces deux messieurs sont de Québec, p'pa. Ils viennent vous voir pour en savoir plus long sur la bataille de Baie-Saint-Paul.

Le vieil homme se tourna vers eux sans les voir.

— Bonjour monsieur Grenon, commença Antoine Panet. Mon jeune ami prend en note ce que ceux comme vous, qui ont participé à la bataille de Baie-Saint-Paul, veulent bien nous raconter. Vous y étiez, à la bataille ?

— Comment ?

Son interlocuteur éleva la voix.

— Vous y étiez, à la bataille contre les Anglais ?

Le vieil homme approuva d'un signe de tête.

— Ben sûr que j'y étais et les Anglais doivent s'en rappeler en calvinse ! Ça fa longtemps. Dans ce temps-là, j'avais toute ma force, aujourd'hui, je vaux plus rien en toute.

Le jeune de Gaspé intervint.

— Attendez donc deux minutes, le temps que je sorte mes instruments d'écriture.

Il avait apporté avec lui ce qu'Edmond avait pris pour un petit coffret. Il l'ouvrit, en sortit un encrier, une plume et du papier. Il se servit du couvercle comme d'un pupitre pour écrire. Assis bien droit au pied du lit, il fit signe à son compagnon qu'il était prêt.

— Pour en revenir à ce que nous disions, la bataille de Baie-Saint-Paul, reprit d'une voix forte le sieur Panet, racontez-nous donc comment ça s'est passé ?

Le vieil homme posa tranquillement sa main devant ses yeux aveugles, comme pour recréer dans son esprit les images de cette époque.

— Ça s'est passé que les Anglais sont arrivés avec leurs vaisseaux. On s'était préparé avant leur venue.

— Qu'aviez-vous fait ?

— Des fossés et des barricades. Les Français de Québec nous avaient gréyés de soldats pis de Sauvages. Par encontre, les Anglais avaient beaucoup de vaisseaux, des gros et des petits. Ils ont atterré à la pointe de l'Île-aux-Coudres. Y avait plus un chrétien sur l'île, ils étaient tous rendus à Baie-Saint-Paul. À un moment donné, un nommé Savard, que je connaissais pas, s'est informé si je voulais aller espionner les Anglais à l'île-aux-Coudres avec lui. J'ai eu comme réponse que ça ne donnait rien d'aller là, que quand les Anglais viendraient par icite, on les verrait ben venir.

— Est-ce que le nommé Savard y est allé quand même ?

— Je pense ben que oui. Je m'en rappelle plus au juste.

Le vieil homme s'arrêta et demanda s'il pouvait avoir de l'eau. Le jeune de Gaspé descendit lui en chercher à la cuisine. Pendant ce temps, Antoine Panet demanda au vieux Jean-Baptiste s'il était fatigué.

Il répondit sans se plaindre :

— J'ai juste soif !

Quand il eut pris une bonne gorgée, il se racla la gorge et fit gicler un jet de salive jusque dans un vieux crachoir posé près de sa chaise. Le sachant aveugle ou presque, Antoine Panet se montra étonné par la prouesse.

— Vous avez l'habitude de toujours cracher aussi bien que ça ?

— Comme vous voyez ! Même si j'ai pas les yeux bons, je sais où est le crachoir. Mais de quoi donc qu'on parlait ?

— Vous nous parliez des Anglais. Est-ce qu'ils ont été longtemps à Baie-Saint-Paul ?

— Ben trop longtemps à mon goût, ils partaient plus. Ils sont restés aux alentours toute l'été. Ils sondaient la profondeur de l'eau et nous faisaient gaspiller nos munitions à tirer sur eux autres en pure perte.

— Est-ce tout ce qu'ils ont fait ?

— Ben non ! Une journée, ils ont débarqué. C'était pas pendant la clerté, c'était encore la nuite. Au petit matin, y en avait ben trois fois comme on était, avec des Sauvages montagnais montés contre nous autres. On a été obligé d'abandonner la barricade pour pas se faire tuer.

Le vieillard but de nouveau puis soupira longuement.

— Où êtes-vous allés ? poursuivit le sieur Panet.

— Dans les bois aux alentours. On voulait protéger les femmes et les enfants qui se cachaient par là avec le curé. Les Anglais les auraient pris si ça avait pas été d'une chose.

— Quoi donc ?

— Les Sauvages qui se battaient avec nous autres, quand ils fonçaient su' les Anglais, ils criaient à la façon des oies blanches. Les Anglais avaient une peur bleue des Sauvages. Y a quelqu'un qui s'en est avisé. Y avait des oies, plus haut sur la rivière. Ils en ont capturé quelques dizaines avec un filet. Ils leur ont attaché une corde au cou pour les pousser devant eux autres, dans les bois, à la rencontre des Anglais. Les oies criaient tellement fort et les Anglais, vous savez, sont plus peureux qu'on pense. Ils se sont sauvés dans leurs vaisseaux, mais pas avant d'avoir brûlé tout le village.

Le vieil homme se tut un moment, comme pour chasser ces mauvaises images de ses pensées. Le jeune de Gaspé demanda :

— Est-ce qu'il y a eu des morts, du côté des Anglais ?

— C'est ben difficile à savoir. Y en a eu deux de notre bord. Non ! Trois, parce que j'ai été pris par les

Anglais avec un autre. Ils nous ont conduits sur un de leurs vaisseaux. J'aime pas trop raconter la suite.

— Voulez-vous vous reposer et continuer à nous en parler demain ?

— Faites donc ça ! Demain, je vous dirai le reste.

Chapitre 4

L'Hercule de Charlevoix

Tôt le lendemain matin, après que les petits eurent quitté l'auberge pour l'école, les deux visiteurs s'apprêtaient à monter de nouveau à la chambre du vieillard. Ils demandèrent à Edmond :

— Pourquoi les gens appellent-ils ton père l'Hercule de Charlevoix ?

— C'est parce que dans sa jeunesse, vous en avez certainement entendu parler, il était fort que c'est pas disable.

— J'aimerais lui poser des questions sur ses tours de force, dit le jeune de Gaspé. Penses-tu qu'il va vouloir en parler ?

— Peut-être bien que oui, peut-être bien que non. Ça va dépendre de son humeur. Je vais envoyer ma fille Marie-Jo voir s'il a tout ce qu'il lui faut. Il aime bien gros ma fille, elle va savoir le préparer à votre visite.

Quand Marie-Josephte redescendit et qu'elle leur assura que tout allait bien, ils montèrent à leur tour.

Antoine Panet cogna à la porte de la chambre et dit :

— C'est encore nous autres, monsieur Grenon. Vous avez passé une bonne nuit ?

Ils entendirent le vieil homme soupirer, puis il dit :

— Entrez ! La nuit, pour moi, est rarement bonne. J'ai jonglé ben gros.

— À quoi ?

— À cette affaire avec les Anglais.

— Est-ce que c'est trop vous demander que de nous raconter ce qui s'est passé avec eux ?

Le vieillard ne répondit pas tout de suite. Après un moment, il dit :

— Ça fait ben cent fois que je le raconte. Ce qui s'est passé ! Ils nous ont attachés, l'autre et moi, chacun à un mât de leur vaisseau. L'autre, c'était un Tremblay des Éboulements. À un moment donné, ils l'ont fait asseoir sur une planche. Ils lui ont passé un filin autour des chevilles. Ils l'ont monté en l'air avec des perches fixées au mât et l'ont fait tomber comme ça par trois fois, les pieds attachés à un câble, la tête la première dans les flots, pendant que le vaisseau avançait. Ils l'ont laissé de même longtemps sous l'eau avant de le remonter : la troisième fois, il avait eu le temps de se nayer.

— Pensiez-vous qu'ils voulaient faire la même chose avec vous ?

Le vieil homme monta le ton et dit d'une voix impatiente :

— C'est ben certain !

— Comment se fait-il qu'ils ne l'ont pas fait ?

— Quand ils sont venus pour me prendre et me faire plier les genoux pour m'asseoir sur la planche, ils ont pas été capables. Ils étaient trois à essayer ensemble, mais ça pliait pas.

Le jeune de Gaspé fit remarquer :

— Ils auraient pu vous casser les jambes ?

— C'est ce qu'ils se préparaient à faire, mais le capitaine les a arrêtés. Il lui a pris une fantaisie de me montrer au reste de l'armée. Il voulait défier ses hommes de me faire plier les jambes.

— Qu'est-ce qui s'est passé ensuite ?

— Y a un marin qui s'est approché de moi. J'avais les deux mains attachées derrière le dos après le mât. Il m'a donné un coup de poing dans la face, le batinse, que j'en ai saigné du nez. J'ai dit au capitaine de me détacher une main et de m'envoyer cet homme, que je lui réglerais son compte. Le capitaine comprenait pas ce que je disais. Y en avait un qui parlait français. Je l'ai supplié de demander au capitaine de me libérer une main pour que je corrige le marin qui m'avait frappé. Le capitaine a ben voulu. Le marin s'est approché pour me frapper encore. Je l'ai attrapé de ma main libre et je te l'ai étendu d'un coup sur le pont, assez raide qu'il en est mort.

— Il en est mort ? Les Anglais devaient vous en vouloir ?

— C'est ben certain, mais le capitaine m'a envoyé ses hommes un après l'autre pour me faire plier les jambes. Il a dit que si personne ne réussissait à me mettre à genoux, il me laisserait ma liberté. Y en a pas un maudit qui a réussi.

— Qu'est-ce qui vous a permis de tenir le coup ?

Le vieillard releva la tête, les yeux brillants et répondit :

— La force de vivre.

Un long silence s'installa après cette réflexion, puis le jeune de Gaspé demanda :

— Le capitaine vous a ensuite relâché ?

— Le capitaine a été correct, il a tenu sa parole. Quand le vaisseau a atterré, il m'a relâché. J'ai pas attendu mon reste. J'ai couru tant que j'ai pu. Le soir, j'ai traversé pour aller me coucher sur une petite île, au bord du fleuve. Comme j'arrivais de l'autre bord de l'île pour me mettre à l'abri du vent, je vois tout à coup des hommes qui faisaient un feu. Ils étaient trois ou quatre. Ils essayaient de lever une grosse souche pour protéger leur feu que le vent avait tendance à éteindre, et itou pour pas que la boucane leur revienne dans la face.

Il arrêta de parler comme s'il en avait assez dit. Les visiteurs qui voulaient connaître la fin de l'histoire demandèrent :

— Vous les avez aidés à soulever la souche ?

— Je les ai aidés. Je leur ai dit d'aller s'asseoir. J'ai levé la souche à bout de bras et je l'ai placée là où ils m'ont dit de la mettre. Ils m'ont accepté pour la nuite.

— La souche, vous l'avez levée tout seul ?

— Je comprends donc ! C'était pas une si grosse souche. Mettez trois bons à rien autour et, batinse, une souche pareille va rester là.

Depuis quelques moments, le jeune de Gaspé ne cessait pas de remuer ; une question lui brûlait les lèvres. Il se décida enfin à la poser :

— Il y en a qui disent que les Anglais ne vous ont pas relâché parce que vous leur aviez tenu tête, mais bien parce que…

Le vieil homme se redressa d'un coup et lui coupa la parole.

— Sainte-Misère ! Que le bon Dieu les punisse !

Son visage s'était assombri. De son poing encore puissant, il frappa le mur et resta silencieux un moment puis congédia ensuite les visiteurs.

— Bon, j'en ai assez dit, vous demanderez aux autres !

Quand ils se retrouvèrent dans la grande salle de l'auberge, les visiteurs rapportèrent à Edmond ce que son père leur avait dit. Ce dernier confirma que c'était toujours ce que le vieillard racontait autour de ces événements-là.

— Pourquoi, questionna Antoine Panet, des gens ont-ils laissé entendre que les Anglais avaient libéré ton père pour une tout autre raison que celle qu'il raconte ?

— J'ai entendu dire des choses à ce sujet. Y a des années, tout le monde respectait mon père. Mais depuis qu'il a plus ses capacités anciennes, y en a qui se sont mis à raconter cette histoire à leur façon.

— Ça arrive souvent, fit remarquer Antoine Panet. Quelqu'un part une rumeur, les autres suivent.

— Si vous tenez à savoir ce que mon père pense de tout ça, vous avez rien qu'à le lui demander.

Le jeune de Gaspé reprit vivement :

— Nous l'avons fait !

— Pis ? Qu'est-ce qu'il vous a dit ?

— Rien du tout ! Il n'a plus voulu dire un mot. Il nous a congédiés.

Edmond haussa les épaules et secoua la tête de dépit.

— Ça me surprend pas. Il a jamais plus été le même après que certains ont eu le front de prétendre que les Anglais l'avaient libéré parce qu'il leur avait dit comment s'y prendre pour attaquer Québec et se rendre sur les plaines d'Abraham.

— Si je comprends bien, reprit le jeune de Gaspé, de héros qu'il était, certains ont voulu en faire un traître.

Edmond laissa paraître à son tour son caractère de Grenon. Il serra les dents et déclara d'une voix indignée :

— Cimetière ! Faut être profondément méchant pour dire des affaires de même. Mon père a jamais mis les pieds à Québec. Comment voulez-vous qu'il ait renseigné les Anglais ? Vraiment, y a du monde qui sont pas du monde. Quand on pense à ce que mon père a fait pour eux autres. Chaque fois qu'ils étaient mal pris parce que quelque chose était trop lourd à lever ou à déplacer, ils appelaient Jean-Baptiste. Mon père y allait. Y en a plusieurs qui ne lui donnaient même pas un sou pour ses services, comme s'il avait été obligé de le faire pour leurs beaux yeux. Les gens sont sans-cœur, vous savez !

Antoine Panet acquiesça.

— Ça, tu ne me l'apprends pas, tu sais. Tu viens de parler de services qu'il aurait rendus aux autres grâce à sa force.

— Je comprends, enchaîna vivement Edmond. Prenez par exemple pour le presbytère.

— Qu'a-t-il fait là ? questionna aussitôt le jeune de Gaspé.

Sans attendre la réponse, il s'assit devant une table de la grande salle, y déposa son coffret, en sortit papier, plume et encrier et se mit en frais de rédiger pour la postérité la réponse d'Edmond.

— Les maçons étaient à maçonner une cheminée ancienne comme on en trouve dans les grands bâtiments, vous savez, les cheminées où peuvent descendre les ramoneurs.

Antoine Panet fit remarquer :

— Il en existe de nombreuses comme ça, à la Place-Royale, à Québec. Tu sais que les ramoneurs viennent pour la plupart de la Savoie ; c'est une spécialité de leur région.

— C'est vrai, dit le jeune de Gaspé. Il existe même une chanson assez folichonne chantée par les ramoneurs.

Edmond se montra aussitôt intéressé à la connaître.

— Elle n'est pas trop recommandable, dit Antoine Panet.

Son compagnon, qui semblait assez déluré et aimait certainement rire, s'exclama :

— Nous sommes entre hommes, nous pouvons toujours nous l'envoyer.

Et sans plus tarder, il entonna :

C'est un p'tit ramoneur
Qu'est tout rempli de cœur
Il s'en va de ville en village
Pour y trouver d'l'ouvrage
Pour y mettre en état
Les cheminées du haut en bas

Dans son chemin rencontre
La fille de Victor
P'tit ramoneur de ville
P'tit ramoneur habile
Veux-tu mettre en état
Ma cheminée du haut en bas

Je m'suis déshabillé
C'était pour ramoner
La bell' s'éclate de rire
Et moi de lui dire
Non, non, j'ramonerai pas
Ta cheminée du haut en bas

Je m'suis mis à genoux
C'tait pour r'garder dessous
Ma petite brunette
Ta cheminée est trop étroite
Non, non, j'ramonerai pas
Ta cheminée du haut en bas

Va, va, p'tit ramoneur
Toi qui n'as pas de cœur
J'en trouverai en ville
Des ramoneurs habiles
Qui mettront en état
Ma cheminée du haut en bas.

Les trois hommes s'amusèrent des paroles de cette chanson, que maître Panet s'empressa de qualifier d'irrévérencieuse.

— Vous savez sans doute, ajouta-t-il, qu'il fut un temps où nous manquions de Savoyards pour ramoner les cheminées. C'était à l'époque de l'intendant Hocquart. Je me souviens d'avoir eu sous les yeux la copie d'une requête qu'il fit écrire au Conseil de la Marine, en France, demandant d'envoyer au plus pressé quatre Savoyards de douze à quatorze ans, parce que les deux arrivés quelques années plus tôt étaient devenus trop gros pour entrer dans les cheminées.

— Vraiment ? s'étonna Edmond. Trop gros pour passer dans les cheminées ? On penserait pas. En voilà une bonne !

— Pour en revenir à nos propos, continua maître Panet, tu nous disais donc que ton père est intervenu dans la construction de la cheminée du presbytère.

— Ah oui ! Il paraît que les maçons, qui d'ordinaire sont pas chétifs, parce qu'ils ont souvent à déplacer des pierres de taille, avaient tenté en vain de poser le manteau de la cheminée.

Le jeune de Gaspé l'arrêta, le temps de changer de plume. Pour ne pas perdre le fil de la conversation, il fit remarquer :

— Ce sont d'ordinaire des pierres imposantes.

— Toujours est-il, continua Edmond, alors qu'ils s'apprêtaient à s'en aller dîner chacun chez eux, ils voient passer mon père dans la rue. Un d'eux lui crie : « Salut Jean-Baptiste ! On a besoin d'un coup de main. Toi qui es fort comme un taureau, pourrais-tu venir tantôt nous aider à poser le manteau de la cheminée ? » « Vous êtes quatre, leur dit mon père, et vous y êtes pas arrivés, sans doute qu'à cinq, on devrait y parvenir. Je vais revenir après dîner. » Il les a laissés partir manger et il en a profité pour entrer au presbytère, examiner la pierre en question. Je vous mens pas, vous pouvez aller voir, elle est encore là : elle a sept pieds de long par dix-huit pouces de large et huit pouces d'épaisseur. Quand les maçons sont revenus au presbytère, mon père y était plus, mais la pierre reposait, bien assise, à sa place sur les jambages de la cheminée, à trois pieds au-dessus de l'âtre.

— Ils ont dû tomber sur le derrière, s'exclama le jeune de Gaspé.

— Ils en croyaient tellement pas leurs yeux, poursuivit Edmond, qu'ils se sont informés auprès des voisins du presbytère s'ils avaient vu plusieurs hommes y entrer pendant leur dîner. Une femme leur a garanti que le seul homme qu'elle avait vu entrer et en sortir pendant leur absence était mon père. C'est à partir de ce moment-là que des mauvaises langues se sont mises à raconter que pour réussir de tels tours de force, mon père travaillait avec le diable en personne.

Satisfait de ce qu'il venait de raconter, Edmond fit mine de se rendre à la cuisine. Maître Panet l'arrêta :

— Est-ce le seul exploit de ce genre qu'il a réalisé ?

— Y en a eu bien d'autres, mais celui-ci devra vous suffire pour aujourd'hui.

— Raconte, le supplia le jeune de Gaspé.

Edmond lui dit :

— Je suis forgeron, je sais qu'il faut battre le fer quand il est chaud, mais vous allez m'excuser parce que j'ai bien du travail à faire. Vous devriez aller rencontrer les autres vieux qui ont été à la bataille et, à soir, je vous raconterai d'autres tours de force de mon père.

— Faisons ça de même, approuva maître Panet.

Chapitre 5

La fronde

Ce même matin, Romuald vint faire son tour habituel. Émilie s'affairait à la cuisine. Nicolas avait disparu aussitôt sa vaisselle faite. « Celui-là, se dit Edmond, est certainement à brasser quelque chose de pas catholique. »

Comme il le faisait toujours, avec le peu de tact qu'il possédait, Romuald posa directement à Edmond la question que l'aubergiste ne voulait justement pas entendre à ce moment-là.

— As-tu entendu parler de la dernière histoire qui tourne autour de ton père ?

— Viens pas en ajouter ! s'exclama-t-il. Les deux visiteurs viennent de partir et vont certainement nous revenir à soir avec d'autres histoires inventées sur le dos de mon père. On dirait que le monde a rien d'autre à faire que de mémérer. Si t'as pas mieux à t'occuper, mon Romu, tu vas m'excuser mais j'ai à voir à l'auberge : faut que j'aille au magasin général chercher un peu de tôle. Y a des pieds de lit à rafistoler et l'enseigne de l'auberge a besoin d'être solidifiée.

— Pour moi, ça sera pas la peine que tu la cloues mieux, reprit Romuald. Tu vas être obligé de l'enlever avant longtemps.

— Qu'est-ce qui te fait dire ça ?

— J'ai entendu dire que certains continuent de porter plainte au curé parce qu'ils veulent pas d'une auberge au milieu du village, et le curé leur prête l'oreille.

— Si t'as rien de plus intéressant à me dire, sais-tu ce qui me ferait plaisir ?

— Quoi donc ?

— Que tu viennes justement m'aider à mieux poser mon enseigne.

Pendant ce temps, à la cuisine, Émilie et son aînée Marie-Josephte préparaient le repas du soir : une tourtière de Charlevoix.

— C'est long à préparer, la tourtière, fit remarquer Marie-Josephte, mais c'est bon en pas pour rire. Où est-ce que vous avez appris cette recette, m'man ?

La mère, qui s'affairait autour du poêle de fonte, ne répondit pas tout de suite. Elle semblait préoccupée et elle avait terriblement chaud.

— M'man, est-ce que ça va ? Je vous ai demandé qui vous a montré à faire de la tourtière de même.

— Ça, ma fille, ça me vient des Simard. Demande-moi pas laquelle de mes tantes me l'a montrée, mais ma mère, qui venait du bout de Lotbinière, connaissait pas cette recette-là. Mes tantes qui sont toutes nées icite dans Charlevoix la faisaient les yeux fermés.

— Par chance, ajouta Marie-Josephte, je l'ai apprise de vous, ça ne se perdra pas dans la famille.

Émilie, qui avait toujours le souci du bien de chacun, dit à Marie-Josephte :

— T'as des jeunes jambes, chère, va donc voir en haut si ton grand-père a pas besoin de quelque chose. Quand les enfants vont arriver de l'école pour dîner, faudra leur avoir préparé quelque chose à manger. Comme toujours, ils vont être affamés. Vaut mieux de s'assurer tout de suite que le grand-père va bien.

Au retour de sa visite au grand-père, Marie-Josephte paraissait toute troublée.

— Qu'est-ce qui te chavire de même, ma fille ? Le grand-père est-il mourant ?

— Non m'man, mais quand j'ai poussé la porte de sa chambre, j'ai vu qu'il pleurait. Il m'a fait signe de la main de m'en aller.

— Faut pas t'en faire pour ça. Avec tout ce qu'il a raconté aux visiteurs, il a dû en jongler un coup. C'est le lot des vieux : ils ont plus facilement la larme à l'œil quand ils pensent à leur vie passée. Parfois c'est des regrets, quand c'est pas des remords.

Dès qu'il eut fini de préparer les tables, Nicolas avait disparu. Aîné de la marmaille, il avait gardé un côté un peu enfant, malgré ses dix-sept ans. Cependant, il se montrait tenace et obstiné comme un cheval borgne, ce qui n'était pas vraiment un défaut, parce que, s'il entreprenait quelque chose, il le menait jusqu'au bout. Il avait hérité de la tête dure des Grenon et s'en montrait fier.

Plus jeune, il s'était entêté à faire tout et n'importe quoi pour ne pas aller à l'école, jusqu'à ce que son père décide du contraire. C'est ainsi que, grand parmi les petits, il avait fréquenté l'école de mademoiselle Painchaud tout en se plaignant, et avec raison, qu'elle n'avait plus rien à lui apprendre, jusqu'à ce que son père l'en retire.

Il ne s'était jamais montré très intéressé par l'école, sauf au tout dernier jour, celui où mademoiselle Painchaud avait raconté l'histoire du combat du roi David contre Goliath. Il fut si étonné d'entendre cette histoire qu'il résolut d'avoir, lui aussi, une fronde. Mais comment donc était fabriquée cette arme fabuleuse qui permettait de lancer des cailloux si loin et avec autant de force ?

Il n'hésita pas, ce matin-là, même s'il ne fréquentait plus l'école, à aller trouver mademoiselle Painchaud pour s'en informer.

— Vous nous avez parlé l'autre fois de David et de sa fronde.

— En effet, il s'en est servi pour abattre le géant Goliath.

— J'aimerais savoir comment cette fronde était faite ?

Mademoiselle Painchaud le regarda en fronçant les sourcils.

— Tu me demandes là quelque chose que je ne saurais pas bien t'expliquer. C'est une arme qui date de deux mille ans. Aurais-tu idée de t'en fabriquer une ?

Nicolas expliqua qu'il désirait en savoir plus à ce sujet pour pouvoir en parler en connaissance de cause.

— Jérôme m'a demandé comment c'était fait. J'étais pas capable de le lui expliquer alors j'ai dit que je me renseignerais.

Mademoiselle Painchaud se mit à réfléchir tout haut.

— Bon bien ! Qui pourrait t'en apprendre là-dessus ?

Elle hésita un moment et dit :

— Peut-être bien que monsieur le curé...

Nicolas l'arrêta tout de suite.

— J'irai pas voir monsieur le curé pour ça.

Mademoiselle Painchaud continua à réfléchir.

— Si tu ne veux pas aller voir monsieur le curé, tu pourrais toujours te rendre chez le vieux professeur Lavoie, à l'autre bout du village. Il possède un bon paquet de livres, peut-être en a-t-il un qui explique comment et de quoi est faite une fronde.

Nicolas la remercia vivement et partit aussitôt d'un bon pas voir le vieux maître. Sa marche le conduisit jusqu'à une demeure presque en ruines, au bord de la route, au commencement d'un rang. Sans hésiter, il frappa à la porte. Un vieillard courbé par l'âge vint répondre.

— Vous êtes bien monsieur le professeur Lavoie ? demanda Nicolas.

— Oui. C'est moi. Entre donc que je ferme la porte, ça fait des courants d'air.

Pendant que Nicolas s'empressait de franchir le seuil, le vieil homme se dépêcha de pousser la porte.

— Qu'est-ce qui t'amène jusque chez moi ?

— Mademoiselle Painchaud m'a dit que vous pourriez peut-être m'aider. Je veux savoir comment est faite une fronde.

— Rien de plus simple, reprit le vieil homme. Suis-moi mon garçon.

Il se dirigea tout au fond de l'unique pièce de la maison. Il y avait une étagère le long du mur. Nicolas ne voyait pratiquement rien tellement il faisait sombre. Pourtant, le vieillard, d'une main sûre, s'empara d'un grand livre qu'il alla poser sur une table, près de l'unique fenêtre de la pièce.

— Tu sais lire ? demanda-t-il à Nicolas.

— Oui, bien sûr !

— Qu'est-ce que tu lis sur la couverture ?

— *Les Armes de tous les temps.*

— C'est, dit le vieil homme, un volume dans lequel sont illustrées toutes les armes connues ; la fronde devrait s'y trouver.

Il s'empara du grand livre, en tourna rapidement quelques pages puis le déposa de nouveau sur la table en indiquant de l'index un dessin.

— C’est ça, jeune homme, une fronde.

Nicolas se montra tout étonné.

— C’est seulement ça ? Est-ce qu’on dit comment c’est fait et comment on s’en sert ?

— Sans aucun doute, voyons.

Le maître lut :

« La fronde se compose d’une bande souple de cuir, formant une poche, à laquelle sont attachées deux lanières d’égales longueurs. Le projectile qu’on désire lancer, la plupart du temps un caillou rond ou une bille de plomb, est placé dans la poche en question. Une fois la fronde ainsi armée, celui qui la manie tient les deux lanières dans une main et fait tournoyer la fronde vivement d’un mouvement de rotation sur le côté ou le dessus de la tête. Quand l’engin a pris une bonne vitesse de rotation, le lanceur, au moment désiré, lâche une des lanières. Le projectile sort de la fronde en direction de la cible visée. »

— Voilà, jeune homme ! conclut-il au terme de sa lecture. Je te préviens que si jamais tu as idée de te faire une fronde, tu vas t’apercevoir rapidement que ce n’est pas une arme facile à manipuler.

— Auriez-vous du papier, une plume et de l’encre ? demanda aussitôt Nicolas.

— Verrais-tu un ancien maître d’école qui ne disposerait pas de pareils effets ?

Le vieil homme se dirigea vers un coin de la pièce et en revint avec une plume d’oie, du papier et un encrier.

— Voilà, mon garçon, dit-il, mes instruments d'écriture.

Nicolas s'empara d'une large feuille de papier. Il prit la plume et se mit à transcrire avec application la description que venait de lui lire le vieux professeur.

— Si Jérôme veut pas me croire, dit Nicolas, je vais lui mettre ça sous le nez.

— Qui est Jérôme ?

— Jérôme Dufour ? C'est mon meilleur ami.

— Il fait son saint Thomas, d'après ce que je vois, car il ne croit pas sans avoir vu. Ce n'est pas une mauvaise chose, tu sais ; il est bon de voir avant de croire trop vite.

Nicolas confirma :

— Il veut jamais rien croire du premier coup, ça lui prend des preuves.

— Bon bien là, il va en avoir, reprit le vieil homme. Et si jamais, après tout ça, il doute encore, tu me l'enverras, mon livre sur les armes saura bien le convaincre.

Sur ce, Nicolas le remercia de ses bons enseignements et partit d'un pas léger vers l'auberge de son père.

Maintenant qu'il savait comment était faite une fronde, il allait s'en fabriquer une en secret. « Bien sûr, se disait-il, il va falloir que j'apprenne à m'en servir. Ça sera pas facile et comment le faire sans que Jérôme soit de la partie ? Je veux pas que Jérôme et tout le village se moquent de moi. »

Il entendait déjà les commentaires : « À son âge, s'amuser encore à tirer des cailloux ! » Comme si, à dix-sept ans, on ne pouvait pas s'exercer à sa guise à ce qui nous plaisait le plus. Il voulait battre son propre record du lancer de caillou, car parmi tous les garçons de Baie-Saint-Paul, il était depuis toujours le champion, celui qui avait le bras le plus puissant. Il gagnait à tout coup, mais il n'était pas satisfait : il voulait lancer plus loin et encore plus loin. Sa fronde, il en était certain, allait lui permettre de satisfaire son ambition.

Pour lors, on l'attendait à l'auberge, où il avait du travail à abattre avant le souper. Son ami Jérôme l'accueillit.

— Ton père est en beau joualvert, t'as intérêt à te mettre à l'ouvrage tout de suite.

— Il va se calmer quand il va savoir que j'ai été à l'école.

— T'as été à l'école ? Toi ?

— J'avais une chose importante à demander à mademoiselle Painchaud.

— À quel sujet ?

— Ça ne regarde que moi !

Quand Nicolas répondait de cette façon, Jérôme n'insistait pas ; il savait qu'il n'y gagnerait rien.

Jérôme s'informa.

— Qu'est-ce qu'on fait dimanche ? Est-ce que ça te tenterait d'aller pêcher aux rapides de la rivière ?

Une assiette dans les mains, Nicolas s'arrêta un moment, le temps de dire :

— Dimanche, c'est pas une mauvaise idée. Faisons donc ça !

Ils en étaient là de leur conversation quand Edmond entra dans la grande salle de l'auberge. La présence du père de son ami mettait toujours Jérôme un peu mal à l'aise. Il était impressionné par cet homme massif, carré d'épaules, aux gestes vifs et secs, à la parole à l'avenant, qui lança aussitôt à l'intention de son fils :

— Où étais-tu passé ?

— À l'école !

— À l'école ? Astheure que t'es plus obligé d'y aller, t'y vas ?

— J'avais de quoi à me faire expliquer par mademoiselle Painchaud.

— Ça veut dire qu'elle avait encore de quoi à t'apprendre. Mais assez jasé, les tables sont pas encore toutes garnies pour à soir. Ouste ! Cessez votre placotage et grouillez-vous, les premiers invités sont presque déjà à la porte.

Les deux amis se pressèrent de telle sorte que, quelques minutes plus tard, l'auberge présentait des tables invitantes, cependant que, de la cuisine, de bonnes odeurs venaient ouvrir d'un coup les appétits.

— Heureusement que l'auberge est fermée le dimanche, fit remarquer Jérôme, on sera libre, sinon on n'aurait pas une minute à nous autres. Y a bien assez qu'on est obligé d'aller à la messe.

Nicolas reprit aussitôt :

— J'aimerais bien savoir qui a mis ça dans la tête des curés, qu'il faut aller à la messe tous les dimanches.

Jérôme sourit avant d'ajouter :

— Heureusement que ta mère t'entend pas !

— Je sais, fit Nicolas, avec un peu d'irritation dans la voix. Ça dépend des jours, elle est parfois plus catholique que le pape, alors elle va à l'église. De même, elle perd du temps. Heureusement que Marie-Jo est là, parce qu'elle arriverait jamais à fournir pour les repas de l'auberge.

— Rien n'empêche que t'es chanceux d'avoir encore ta mère ; la mienne est passée de l'autre bord depuis bien longtemps.

Chaque fois que Nicolas entendait son ami faire de telles réflexions, il se taisait longuement. Il avait de la peine pour lui. Ces deux-là se connaissaient depuis leur tendre enfance. Au village, on les avait baptisés « les inséparables ». « Ils sont comme ces oiseaux qu'on ne peut pas séparer », avait assuré le maître de poste, qui en connaissait plus sur ce sujet que monsieur Lavoie, l'instituteur. À preuve, ce dernier n'avait jamais entendu parler d'oiseaux nommés inséparables. « C'est une invention du maître de poste ou du bedeau », se plaisait-il à répéter à qui voulait l'entendre, et le maître de poste de répliquer : « N'étalez pas ainsi votre ignorance, monsieur l'instituteur. Un jour, je vous en aurai, des inséparables, et vous verrez bien qu'ils ne sortent pas de mon imagination. »

Chapitre 6

La force des Grenon

Comme il l'avait promis, après le souper, une fois les tables libérées et la vaisselle lavée, Edmond s'installa dans la salle de l'auberge avec les deux visiteurs.

Le jeune de Gaspé lui dit :

— Pour la postérité, raconte-nous donc d'autres exploits de ton père. Je vais tout consigner.

Edmond le reprit :

— Pourquoi tu dis que t'écris tout ça déjà ?

— Pour la postérité, ça veut dire pour ceux qui vont venir après nous autres.

— C'est donc une drôle de manière de dire, s'étonna Edmond.

Sans plus de façon, il commença son récit.

— Un jour que mon père revient des Éboulements, il monte la côte vers Baie-Saint-Paul et fait un bout sur la route des hauteurs. Arrivé à un passage étroit, il aperçoit un paquet de monde autour d'un pan de rocher qui a roulé au milieu de la route et bouche complètement le passage. La journée est passablement avancée, la brunante s'amène pour de bon. Quelques hommes tentent de bouger le rocher sans pouvoir le tasser d'un pouce. Ceux qui arrivaient de Baie-Saint-Paul se décident d'y retourner jusqu'au lendemain, le temps que la route soit dégagée et ceux qui s'en allaient des Éboulements ou de l'Île-aux-Coudres jusqu'à Baie-Saint-Paul de repartir aussi chez eux. Mon père fait semblant de faire comme eux autres et attend que tout le monde soit parti, mais pas avant qu'un nommé Harvey, qui se trouvait là avec sa femme, l'ait reconnu. Vous vous imaginez bien que mon père était pas pour attendre avant de revenir à Baie-Saint-Paul. Le lendemain matin, quand le nommé Harvey repart pour les Éboulements avec sa femme, il trouve la route ouverte avec en contrebas le pan de rocher de la veille. Il va aussitôt répandre la nouvelle à tout le monde. « D'après moi, leur dit sa femme, y a que le bonhomme Grenon, aidé de Satan, qui a pu accomplir une affaire pareille. »

— Je comprends, commenta maître Panet, que de pareils exploits devaient faire beaucoup parler.

— Pour parler, ça parlait et ça parlait trop, reprit Edmond. C'est pour ça que mon père a cessé de réaliser des tours de force comme ceux-là. Il voulait pas qu'on dise qu'il frayait avec le démon. Une réputation, ça se perd vite.

Le jeune de Gaspé leva le nez de ses écrits pour demander :

— Quel est le dernier exploit du genre qu'il a réalisé ?

— À ce que je crois, répondit Edmond, c'est sur la route de la Petite-Rivière-Saint-François. Il s'en allait là par affaires, des roues de charrette, ou quelque chose comme ça à réparer. Sur la route pleine de trous qui serpente le long du fleuve jusqu'à la Petite-Rivière, il arrive sur la scène d'un accident : un chariot encore à moitié chargé s'était renversé sur un homme qui, à pied, conduisait ses bêtes dans cette mauvaise route, si on peut appeler ça une route. Ils étaient au moins quatre à tenter de dégager le blessé qu'on entendait gémir, dessous la charge de ballots et de minots qui l'avaient écrasé. Mon père écarte les hommes et se met à ramasser ballots et minots, qu'il tire au bout de ses bras. Après, il s'accroupit le dos au chariot et, d'un coup de rein, le soulève avec le reste de sa charge pour le faire basculer de l'autre côté du passage. Les autres arrivent en vitesse pour sortir le blessé de sa mauvaise position et viennent ensuite pour remercier mon père, mais sans le retrouver puisque, pendant ce temps-là, il avait poursuivi son chemin. Encore là, y en a eu pour dire que le démon leur était apparu sous la forme du bonhomme Grenon.

Maître Panet et son jeune compagnon semblaient maintenant satisfaits de ce qu'ils avaient recueilli. Comme ils se proposaient de rencontrer encore d'autres vieillards qui avaient participé à la bataille de Baie-Saint-Paul, ils se dirent très heureux de ce qu'Edmond leur avait appris. Ce dernier ne demandait pas mieux que de parler d'autre chose. Évoquer de la sorte les exploits de son père et, surtout, se souvenir des médisances de certains l'avait rendu songeur. Il parla aux visiteurs du temps de sa jeunesse, à la forge, avec son père.

— J'ai été, dit-il fièrement, le seul de la famille à vouloir travailler avec lui. Tout ce que je connais de mon travail de forgeron et de maréchal-ferrant, je le dois à mon père. Je le regardais faire, pis j'essayais de l'imiter en suivant ses conseils. C'est de même que j'ai fini par apprendre mon métier. Tel père, tel fils ! Y a rien de plus vrai.

— Tu sembles aimer beaucoup ton père, fit remarquer le jeune de Gaspé.

— Je l'ai toujours admiré pour sa puissance et sa patience. Les hommes forts abusent rarement de leur force. Jamais mon père a levé la main sur moi. Il était toujours de bonne humeur. Pis, tout à coup, les choses ont viré. J'ai pas compris tout de suite pourquoi mon père avait changé d'humeur. Il est devenu plus grognon, plus maussade.

Antoine Panet se montra étonné.

— Il a beaucoup changé ?

— Je comprends donc ! Ça m'a pris du temps pour m'apercevoir qu'il était en train de perdre la vue. Peu à peu, il a été obligé de cesser de travailler. Depuis ce temps-là, il est seul dans sa chambre à jongler toute la journée en attendant la mort. C'est bien triste à voir.

— Si je comprends bien, dit le jeune de Gaspé, tu as perdu ta mère quand tu étais assez jeune.

— J'ai été orphelin bien jeune. J'avais trois ou quatre ans quand elle est morte. Je m'en rappelle à peine. Il paraît que c'était une très belle femme, intelligente, entreprenante et très douée, mais aussi pas comme les autres. Y a des méchantes langues qui disent un mot que j'aime pas: dévergondée. Tout le monde l'appelait la Charlotte. Elle est morte en couches. Je me demande encore toujours pourquoi mon père a jamais voulu me parler d'elle. Je me demande aussi pourquoi y a tellement d'années de différence entre moi, mes deux frères et ma sœur Marie. Mes frères ont jamais voulu pratiquer le même métier que mon père. Ça lui a fait bien de la peine. Je sais pas pourquoi non plus, au lieu de vivre auprès de lui à Baie-Saint-Paul, ils sont allés rester aux Éboulements. Des trois, c'est Marie que j'aime le plus. J'espère un jour la faire parler sur notre famille, parce qu'il y a un mystère qui plane sur les Grenon, ça c'est sûr et certain, mais personne ne veut m'en parler. Y a des grands bouts de l'histoire de ma famille que je connais pas.

Le jeune de Gaspé dit:

— Il y a des gens qui pourraient sûrement t'en apprendre si tu le leur demandais.

— Les gens savent des choses que je sais pas, c'est certain. Y en a qui s'échappent, des fois, mais c'est toujours pour critiquer ma mère. Je pense bien que tout ça a fini par nuire à mon père. C'est pour ça qu'il meurt tranquillement dans ses jongleries, comme une fleur qui se fane.

— Il ne faut pas t'en faire avec ça, fit remarquer maître Panet, toutes les familles ont leurs mystères.

—Je sais bien, mais y a d'autres choses qui me chicotent beaucoup. Mon père dit que s'il a construit une si grosse maison, c'est parce qu'il espérait avoir une douzaine d'enfants. En plus, y a des méchantes langues qui disent que mon père, à cause de sa force, se prenait pour un autre. J'en prends et j'en laisse, les gens sont drôlement envieux.

La soirée vieillissait et les deux visiteurs voulaient se lever tôt le lendemain. Ils s'excusèrent et montèrent se coucher, heureux de ce qu'ils venaient d'apprendre.

Chapitre 7

Le curé passe à l'attaque

L'été 1804 s'annonçait beau. Edmond tenait auberge depuis près d'un an. Comme toujours, il avait en tête bon nombre de projets qui rendraient son auberge encore plus attrayante pour les visiteurs, toujours trop rares à son goût, qui daignaient y descendre. Comme il avait obtenu son permis de cabaretier et pouvait servir de la boisson, les tables de son auberge étaient fort occupées, ce qui l'avait contraint à en ajouter une grande le long du mur, où il avait fixé des bancs.

Ce dimanche-là, au sortir de l'église, le curé l'attendait. Il dit à Émilie :

— T'as bien des amies avec qui jaser pendant que je parle à ton mari ?

— J'en ai et ça va me faire plaisir de leur parler.

Elle se dirigea d'un pas vif vers un petit groupe animé, non loin de là.

— J'ai été heureux de te voir à l'église, commença le curé.

— J'y suis tous les dimanches, répliqua Edmond.

— J'aimerais te voir plus assidu au confessionnal.

— J'y vais quand le vicaire est là, mais je sens, insinua Edmond, que si vous avez tenu à me parler, c'est qu'il y a quelque chose d'autre qui vous achale et je crois bien savoir de quoi il s'agit.

Pris de court, le curé fut bien forcé d'en venir au but.

— C'est, dit-il, que je reçois de plus en plus de plaintes des paroissiens concernant ton auberge, et surtout ton cabaret.

— Ça m'étonne pas, reprit Edmond. Y a des gens, des paroissiennes surtout, qui ont la langue plus sale que le linge qu'elles portent durant tout le mois.

— Qui te permet de les juger de la sorte ?

— Sauf votre respect, monsieur le curé, si ces femmes peuvent se plaindre à vous pour mon auberge, pourquoi j'aurais pas le droit de dire ce que je pense d'elles ?

— Fais pas ton Jean-Baptiste Grenon !

— N'insultez pas mon père, monsieur le curé ! S'il vient pas à la messe, c'est que ses jambes sont trop faibles pour le porter. Ça en fait pas un moins bon chrétien pour autant. À part ça, j'ai jamais eu honte de lui. Il a la tête pas mal plus dure que moi, sans ça, avec tout ce que certains et surtout certaines ont dit sur son dos, il aurait eu toutes les raisons du monde d'aller vivre ailleurs.

— Tout de même, Edmond Grenon, n'exagère pas ! Ce qu'on a dit de ton père n'était peut-être pas complètement faux.

— Dites-moi pas que vous écoutez tous ces commérages ? Mon père a jamais collaboré avec les Anglais ! Y en a ben qui le jalousaient pour sa force et sa bonne réputation !

— Je n'ai pas l'intention de revenir sur cette histoire, tu le sais très bien, protesta le curé. Ce qui m'importe, c'est de te rappeler, une fois de plus, que je ne voulais pas d'une auberge et d'un cabaret dans la paroisse : ce n'est pas bon pour les bonnes mœurs !

— Vous perdez votre temps avec moi, monsieur le curé. Mon auberge, c'est mon gagne-pain : elle est là pour rester et les bonnes mœurs y sont respectées.

— Ne viens pas te plaindre si, dans les temps futurs, il t'arrive quelque malheur, menaça le curé. Je t'aurai averti !

Edmond en avait assez entendu. Il salua le curé en tirant sa casquette d'un coup sec et tourna les talons.

À quelques jours de là, au moment où il ouvrait l'auberge, Romuald vint le retrouver. À peine eut-il le temps de le saluer que ce dernier lui dit :

— Edmond, j'ai quelque chose à t'apprendre qui te fera pas plaisir.

— Coudon, Romu, depuis quelque temps, t'es un vrai prophète de malheur. Qu'est-ce que t'as encore de si grave à m'annoncer ?

— C'est une nouvelle que tu vas prendre bien mal. Promets-moi de pas te fâcher après moi pour cette mauvaise nouvelle.

Edmond s'impatienta.

— Qu'est-ce qui se passe ? Vas-tu aboutir ?

— J'ai entendu dire par le bedeau que le curé a obtenu de l'évêque un papier qui va te forcer à fermer ton auberge.

Edmond resta de glace. Puis, reprenant ses esprits, il dit :

— Qu'il vienne, il va toujours bien apprendre ma façon de penser.

Son ami enchaîna aussitôt.

— Les curés ont de la suite dans les idées. Quand on est de leur avis, tout va pour le mieux, mais quand on ose pas penser comme eux autres, rien ne les arrête. As-tu entendu parler du curé de Saint-Michel, dans Bellechasse ?

— J'ai bien assez d'entendre parler du nôtre.

— Le nôtre, reprit Romuald, est encore pas si pire à côté de celui de Saint-Michel.

— Qu'est-ce qu'il a fait de si grave ?

Avant de continuer son récit, Romuald prit une longue respiration.

— Ce qu'il a fait, c'est pas disable.

— Dis-le quand même ! s'impatienta Edmond.

— Tu te souviens peut-être qu'il y a proche d'une trentaine d'années, les Américains ont tenté de prendre Québec.

— Bien sûr que je m'en souviens, mon père m'en a souvent parlé, même qu'il souhaitait presque qu'ils réussissent.

— C'est de valeur qu'ils soient pas arrivés à le faire, déplora Romuald en soupirant.

— Ça aurait changé bien des choses dans notre vie, je pense, remarqua Edmond. C'est des Anglais eux autres aussi, mais ils sont pas pareils à ceux qu'on a par icite. Pour moi, on aurait été mieux avec eux autres.

Romuald reprit vivement :

— Aurait fallu les essayer pour le savoir, mais ça, on le saura jamais.

— Tu parlais du curé de Saint-Michel-de-Bellechasse et des Anglais.

— Ah oui ! T'en sais quelque chose, ton père a été mêlé à tout ça. Quand les Anglais ont remonté le fleuve en 1759 pour aller prendre Québec, ils ont fait de grands ravages icite, et la même chose sur la Côte sud. Ils brûlaient les maisons et les récoltes à leur guise, comme une vraie bande de sauvages. Les habitants de Saint-Vallier et de Saint-Michel-de-Bellechasse ont jamais oublié ça.

— Nous autres non plus ! s'écria Edmond. Je te dis que quand mon père parle de ce temps-là, la voix lui devient méchante.

— Toujours est-il, poursuivit Romuald, que les gens de Saint-Michel, vingt-cinq ans plus tard, pleuraient pas de voir que les Américains menaçaient de battre les Anglais. Tu comprends bien qu'il y en a plusieurs qui souhaitaient pas mieux.

— J'aurais fait la même chose à leur place.

— Je pense bien que moi aussi, les Anglais, je les aurais pas aidés.

Romuald réfléchit un moment pour reprendre le fil de son récit.

— Tu te souviens que les Anglais, après avoir pris Québec, défendaient aux Français catholiques de croire que le pape est infaillible, que la Vierge Marie est immaculée et que Jésus-Christ est bien dans l'hostie quand on la mange.

— Oui, je me souviens aussi qu'ils sont revenus sur leur décision. Ils voulaient qu'on suive des lois anglaises, pis ils ont remis les anciennes lois françaises.

— C'est en plein ça, approuva Romuald. Le gouverneur anglais, je me souviens pas de son nom, pour plaire aux curés, a décidé que les catholiques pourraient de nouveau croire que le pape est infaillible, que la Sainte Vierge est vraiment immaculée et que Jésus-Christ est dans l'hostie quand on la mange. De même, il a eu tous les curés de son bord.

— Veux-tu bien me dire où tu veux en venir ? s'impatienta Edmond.

— Grogne pas, écoute bien ! À Saint-Michel-de-Bellechasse, les habitants ont pas voulu collaborer avec les Anglais.

— Pis, qu'est-ce qui s'est passé ?

— Le curé, un dimanche, s'est mis à leur faire la leçon. « Vous risquez l'enfer si vous désobéissez à vos prêtres et à la sainte Église catholique et romaine. Et qu'est-ce qu'elle vous dit la sainte Église ? Ne collaborez pas avec les Américains, aidez les Anglais qui gouvernent le pays à les chasser ! » Tu devines que ça devait gronder dans l'église. Toujours est-il qu'il y en a un qui s'est levé et a parlé pour tous les autres.

— Il a parlé dans l'église ? Le curé devait être enragé.

— Il a dit, et tout le monde l'a entendu : « C'est assez parlé pour les Anglais. »

— C'est bien beau, ton histoire, mais quel rapport avec la mienne ?

— Tu sais pas ce qui lui est arrivé ? L'évêque l'a excommunié avec les cinq autres qui sont sortis de l'église en signe de protestation. Si jamais, en gardant ton auberge ouverte, t'es excommunié à ton tour, d'abord plus personne ne viendra à l'auberge et ensuite personne voudra plus te parler. Tu vas finir comme les six habitants de Saint-Michel. Plus personne ne leur a jamais dit un mot et ceux qui sont morts à cette heure ont été enterrés au bord de leur champ. C'est ça qui t'attend, mon Edmond, si tu t'entêtes.

— Crains pas, Romu ! Crains pas ! Je vais être plus fin finaud qu'eux autres.

Chapitre 8

Quand la mort passe

Par un beau dimanche d'août, tout de suite après la messe, Nicolas et Jérôme s'apprêtaient à partir pêcher quand le jeune Marcel s'accrocha au bras de Nicolas. Celui-ci, qui avait la patience à fleur de peau avec son jeune frère, demanda brusquement :

— Qu'est-ce que tu veux encore ?

— Amenez-moi à la pêche !

— T'es encore trop petit. La pêche, c'est pour les plus grands. Quand tu auras notre âge, tu pourras y aller tant que tu voudras.

L'enfant, qui tenait à son idée, insista :

— Je veux y aller ! Je veux y aller !

— Ça donne rien d'insister, répéta Nicolas, non c'est non ! Va voir Doro ou Ali, elles joueront avec toi.

Comprenant qu'il ne gagnerait pas, l'enfant se laissa choir dans le coin de la pièce. Nicolas et Jérôme passèrent la porte sans se soucier davantage de lui.

Arrivé à la rivière, Nicolas dit :

— Pour une fois qu'on a le temps, allons donc pêcher sur l'autre rive, dans le Trou de la folle.

— Pourquoi les gens ont-ils appelé cette fosse-là comme ça ? questionna Jérôme.

Nicolas s'étonna :

— Tu le sais pas ?

— Bien non !

— À cause de la femme d'un nommé Gagnon. Il paraît qu'elle était folle comme un balai ; un soir, elle s'est noyée là.

Pendant qu'ils causaient de la sorte, ils s'étaient engagés sur l'étroit lacet de chemin qui surplombait la digue et permettait de traverser sur l'autre bord de la rivière.

Ils venaient tout juste d'atteindre l'autre rive quand ils entendirent derrière eux un chien aboyer. En se tournant, Nicolas fut saisi de frayeur : Marcel les avait suivis et il se trouvait au sommet de la digue. Le chien à poil ras, haut sur pattes, grondait, les crocs sortis. Effrayé, Marcel marchait à reculons pour lui faire face. Nicolas hurla et courut en direction de son jeune frère, qui bascula et tomba en bas de la digue. Quand il arriva là où l'enfant avait culbuté, il l'aperçut tout en bas, sur les rochers. Il n'hésita pas un instant et, malgré l'à-pic et les rares prises, il descendit le chercher.

Voyant qu'il ne l'atteindrait pas par la falaise, il sauta à l'eau. Le courant l'emporta en l'éloignant de la rive. Il nagea et se démena tellement qu'il finit par se rapprocher du rivage. À bout de forces, il s'y laissa choir, le temps de reprendre son souffle. Puis, se relevant, il marcha sur la rive jusqu'à l'endroit où gisait son jeune frère. Là, il vit qu'il ne pouvait plus rien pour lui. L'enfant, la tête fendue, baignait dans son sang.

Nicolas le prit dans ses bras. La rage au cœur et les yeux inondés de larmes, il gagna par l'écore le chemin qu'il avait suivi avec Jérôme. Comme il y montait, Jérôme le rejoignit. Ils se regardèrent, l'air ahuri, comme deux hommes qui ne se connaissent pas.

De tout le trajet du retour, ils ne dirent pas un mot. Tel un automate, Nicolas se dirigea droit à la maison du docteur Dufour. Sans un mot, il déposa le corps de son frère sur la table, au milieu de la place. Le patricien n'ajouta rien à ce que Nicolas avait compris tout de suite : son jeune frère était bel et bien mort. Il lui restait encore le plus difficile à faire : annoncer à ses parents l'horrible accident. Sans réfléchir, il se rendit aussitôt à l'auberge, comme quelqu'un qui se jette dans les pattes d'un ours plutôt que de s'enfuir. Pendant tout ce temps, Jérôme le suivait pas à pas comme son ombre. Sa sœur Marie-Josephte, le voyant entrer tout ensanglanté et l'air hagard, fut la première à deviner que quelque chose de terrible venait de se produire.

— Qu'est-ce qui t'arrive ? demanda-t-elle d'une voix angoissée.

Nicolas bredouilla :

— Marcel s'est tué.

Comme pour repousser la mauvaise nouvelle et se faire croire qu'elle avait mal entendu, elle questionna de nouveau :

— Qu'est-ce que tu dis ?

Nicolas éclata en sanglots.

— M'man, s'écria Marie-Josephte, venez vite, il s'est passé quelque chose de grave !

Émilie sortit de sa cuisine et se précipita dans la grande salle de l'auberge. En voyant l'état de Nicolas, elle se méprit et pensa qu'il était gravement blessé.

— Qu'est-ce que t'as, mon garçon ?

Nicolas parvint à répondre un bref :

— Rien !

— Si t'as rien, pourquoi t'es plein de sang et que tu pleures de même ?

— C'est Marcel, parvint-il à dire.

— Marcel ? Qu'est-ce qu'il a ?

De nouveau Nicolas se mit à sangloter, sans pouvoir dire un traître mot. Par chance, son ami Jérôme, qui l'avait suivi et se faisait le plus discret possible sur le pas de la porte, intervint.

— Madame Grenon, c'est un grand malheur, Marcel s'est tué !

Émilie porta la main à son front, blêmit et s'effondra. Marie-Josephte la reçut dans ses bras. Elle s'efforça tout de suite de la réanimer pendant que Nicolas hoquetait dans son coin, incapable de surmonter le choc de la tragédie.

C'est ainsi que les trouva Romuald, venu, comme à son habitude, jaser avec Edmond. Ne sachant où donner de la tête, il envoya aussitôt Jérôme à la recherche d'Edmond et du curé tout en tentant de soutenir les deux femmes effondrées. Dorothée et

Alicia, qui étaient allées se promener, choisirent ce moment pour arriver à leur tour et venir ajouter leurs pleurs à ceux du reste de la famille.

Jérôme ne tarda pas à revenir avec monsieur le curé. Quand enfin Edmond arriva à son tour de l'autre bout du village, avec une armoire qu'il avait achetée pour l'auberge, il trouva la maison en pleurs et sut tout de suite, à la vue du curé, qu'un drame venait de se passer.

Le curé le reçut avec ces mots :

— Sois fort, Edmond, le bon Dieu t'envoie une dure épreuve : il a rappelé à lui ton fils Marcel.

— Marcel ? questionna Edmond.

— Il s'est tué en chutant de la digue, à la rivière du Bras.

— Qu'est-ce qu'il faisait là ?

Sa question resta sans réponse. Edmond contracta la mâchoire, ferma les poings et ne dit plus un mot, laissant la douleur creuser en lui son chemin, se refusant à verser une seule larme devant les siens.

Nicolas ne se pardonnait pas de ne pas avoir amené son jeune frère avec lui à la pêche. « Je pouvais pas deviner qu'il allait nous suivre ! » répétait-il sans cesse. Cependant, malgré leur peine profonde, ni son père ni sa mère ne lui en firent le reproche. Nicolas avait eu raison de refuser de l'amener puisque ses parents le lui avaient maintes fois défendu.

Le médecin s'était occupé de rendre plus présentable la dépouille de l'enfant. Comme il était coutume, le corps de Marcel fut exposé chez les Grenon, dans la grande salle de l'auberge. Tout le village défila pour apporter du soutien à la famille, mais à la stupeur générale, Marie, la sœur d'Edmond, fut la seule des autres Grenon à venir offrir ses condoléances. Interrogée par Edmond au sujet de l'absence de ses deux frères, Marie ne put que répondre :

— Ils ont des rancœurs qu'ils peuvent pas oublier !

Chapitre 9

L'arme salvatrice

La mort de son jeune frère bouleversa Nicolas comme s'il en avait été directement responsable. Son travail à l'auberge lui avait fait oublier quelque part dans un tiroir sa fameuse fronde, dont il ne s'était encore jamais servi. C'est par hasard, en cherchant autre chose, qu'il la découvrit là où il l'avait cachée. Cette arme lui fournit le moyen tout à la fois de faire passer la peine qui l'habitait et de se changer les idées. Il décida d'aller s'entraîner à lancer des cailloux.

Il gagna le bord de la rivière, à l'endroit où il était habitué d'aller avec Jérôme. Il tenta un premier jet : le résultat fut dérisoire, parce qu'il ne possédait pas encore la maîtrise de son instrument. Puis, peu à peu, il apprit à reconnaître le moment où il fallait lâcher une des courroies pour libérer la pierre.

Ce qui l'excitait le plus, c'était d'entendre siffler la fronde quand il la faisait tourner de plus en plus vite au bout de son bras avant de laisser partir le caillou vers la cible choisie. Au bord d'un champ qui glissait lentement vers le Gouffre, il choisit un grand chêne, devant lequel il se planta en l'invectivant : « Tu vas voir mon maudit Goliath de quelles pierres je me défends ! » Il avait beau insulter le chêne, ça ne le rendait pas plus habile à l'atteindre. Il mit des heures et des heures avant de le toucher pour une première fois.

Au début, le caillou passait à des pieds de distance avant d'aller se perdre dans la rivière du Gouffre, avec un « plouc » dérisoire que Nicolas prenait comme une injure personnelle, preuve de sa gaucherie. Puis, il apprit à donner juste à temps le petit coup de poignet qui permettait à la pierre de suivre le trajet désiré et de toucher la cible. La première fois qu'il y parvint, il se mit à danser comme s'il venait de gagner à la loterie. Le tir suivant manqua le chêne, mais il fut suivi, coup sur coup, de deux réussites. La fronde faisait siffler l'air, le projectile partait et frappait le tronc avec de plus en plus de précision.

Pour rendre la chose encore plus difficile, il mit plus de distance entre le chêne et lui. Puis, avant de se lasser de n'atteindre que le tronc, il décida de prendre pour cible les plus grosses branches et ensuite une partie de ces branches jusqu'à ce qu'il maîtrise tellement bien son arme qu'il puisse à tout coup frapper exactement l'endroit visé.

Il mit des semaines de pratique avant de pouvoir toucher chaque cible choisie avec précision. Tout cela lui permit de se calmer et d'atténuer le chagrin du deuil. Quand il fut absolument sûr de lui, il permit à son ami Jérôme de l'accompagner en lui promettant qu'il serait témoin de l'exploit le plus mémorable auquel il aurait le privilège d'assister au cours de sa vie.

— Je pourrais tuer Goliath, dit-il à son ami.

— Tuer Goliath ! D'abord, il est déjà mort et ensuite, pour frapper quelqu'un d'un seul caillou dans le front, faut savoir viser.

— Tu me crois pas ? Tu perds rien pour attendre !

— C'est ça, ton grand secret ? T'as perdu ton temps à tirer des cailloux ?

— Qui vivra verra !

— Tiens, tu te mets à parler comme ton père, avec ses dictons.

Nicolas ne releva pas la remarque, il se contenta d'ajouter pour faire étriver son ami :

— Les incrédules seront confondus, c'est en forgeant qu'on devient forgeron.

Ils empruntèrent le sentier que Nicolas parcourait tous les jours depuis des semaines. Au début, en le voyant partir seul, Jérôme avait été contrarié, mais Nicolas lui avait juré, sur leur amitié, qu'il serait le premier à assister à un exploit extraordinaire. Aussitôt revenu de ses exercices quotidiens, Nicolas passait le reste de la journée avec Jérôme.

Pour lors, les inséparables du village marchaient d'un bon pas au milieu du champ où Nicolas était parvenu à la maîtrise de son arme. Ils se dirigeaient droit vers le grand chêne qui, pendant des jours, avait servi de cible à l'émule de David. Là où les projectiles l'avaient atteint, l'arbre montrait de nombreuses meurtrissures que Nicolas ne manqua pas de montrer à son ami.

— Tu vois toutes ces marques sur le tronc ! D'après toi, par quoi ont-elles été faites ?

— J'en sais rien et je m'en sacre.

— Par ça, dit Nicolas, en exhibant sa fronde sous le nez de Jérôme.

— Tu veux rire de moi ! Ce machin-là peut pas faire des marques pareilles !

— D'abord, c'est pas un machin, c'est une fronde, ensuite ce sont les pierres que j'ai lancées avec qui ont marqué cet arbre.

— Qui me dit que tu les as pas faites avec un bâton ?

— T'es qu'un Thomas l'incrédule. Comment expliques-tu toutes ces marques sur les hautes branches ?

— T'as grimpé dans l'arbre.

— Et celles tout au bout des petites branches du sommet, alors ?

L'argument porta. Jérôme resta bouche bée.

— Attends ! Thomas l'incrédule, t'as encore rien vu.

— C'est ça, ton grand secret ? Piou ! Ça valait bien la peine de faire tant de mystère.

— Sois pas si méprisant, t'as encore rien vu.

Le sentier descendait entre des peupliers jusqu'au bord de la rivière. Nicolas et Jérôme l'empruntèrent comme de vieux habitués : ils connaissaient bien cet endroit où la rivière se faisait menaçante, avec ses eaux tumultueuses. Ils venaient souvent s'y baigner, car, malgré et surtout en raison du danger, ils adoraient se laisser emporter par le courant jusqu'au bas des rapides, d'où ils sortaient excités et fiers de leur prouesse. Mais, ce matin-là, Nicolas n'entraînait pas son ami à cet endroit pour une baignade : il avait autre chose en tête. Dès qu'ils eurent atteint le rivage, ils remontèrent la rivière jusqu'à un endroit où elle dessinait une anse, au bord de laquelle se tenaient plusieurs oiseaux de rivage.

— Lequel de ces oiseaux veux-tu que je descende ? demanda-t-il à son ami, sans plus de préambule.

— Avec ta fronde ?

— Avec ma fronde.

En même temps qu'il parlait, Nicolas avait ramassé sur la berge un galet tout rond dont il arma sa fronde.

— T'es donc bien devenu prétentieux, Nicolas Grenon ! Tu te crois capable de descendre un oiseau avec ce machin tout mou que tu tiens dans ta main ?

Nicolas s'impatienta :

— Préfères-tu que je te tire un caillou dans le front ? Allez, décide ! Lequel veux-tu que je descende ?

— C'est ça ton exploit ?

— C'est ça !

— Le premier du bord, le brun avec un long bec.

Nicolas fit à peine siffler sa fronde. Avant que l'oiseau ne s'envole, le projectile jaillit comme un boulet. Jérôme vit l'oiseau tressaillir sous le choc avant de retomber, tué net, dans un nuage de plumes.

— Voilà ! s'écria fièrement Nicolas.

Jérôme était incrédule.

— C'est un coup de chance !

— Regarde celui droit devant nous, de l'autre côté de la rivière.

Avant même que Jérôme pût s'en rendre compte, un nouveau nuage de plumes volait sur l'autre rive, provenant d'un second oiseau fauché par un galet. Nicolas marchait déjà en direction du premier oiseau qu'il avait tué. Il souleva la bête dont la tête pendait, laissant couler un filet de sang au bout du bec. Il resta interdit.

— C'est la première fois que j'en vois un de si près. Mais Jérôme, il est donc bien beau ! De loin, on pense qu'ils sont tout noirs, tout bruns ou tout gris, mais regarde-moi celui-là, il a des plumes dorées. Jamais j'aurais cru tuer un si bel oiseau.

— Rien te forçait à le tuer !

— Oui, toi : Jérôme l'incrédule !

— Tu vas dire que si cet oiseau est mort, c'est de ma faute ?

— La nôtre.

— Tu vas pas pleurer pour un oiseau mort, maintenant ?

— Oui ! Deux oiseaux innocents sont morts à cause de moi.

— T'avais qu'à réfléchir avant d'agir.

— Si t'étais moins méfiant quand on te dit quelque chose…

— On va pas passer la journée ici à regarder un oiseau mort. Tu vas pas en perdre la boule, tout de même.

— Y a de quoi ! Pourquoi les avoir tués, ils m'avaient rien fait ? Tu entends, Jérôme, ce sont les deux premiers oiseaux et les deux derniers que je tue, j'en fais le serment !

De dépit, il lança sa fronde dans la rivière. Jérôme partit d'un grand rire.

— Tiens, le Nicolas au cœur grand comme la rivière qui refait surface et pleure sur deux oiseaux qu'il a tués. Ça c'est toi tout craché, Nicolas Grenon : tu te lances la tête la première dans des aventures de fou et tu balances tout à l'eau à la première occasion.

— Et après ! Ça change quoi ?

— Ça fait qu'une journée bien commencée finit mal.

— Rien n'empêche que j'y suis parvenu.

— À quoi ?

— À savoir me servir d'une fronde.

— Bien utile, maintenant, au fond de la rivière.

Ils prirent à rebours le sentier qui les avait menés au bord du cours d'eau. Nicolas affichait sa tête des pires jours. Quand son ami était de mauvais poil, Jérôme n'osait parler. Pourtant une question lui brûlait les lèvres et il ne put se retenir de la poser :

— Que vas-tu faire si jamais tu vas à la guerre, toi qui es si sensible ?

— On verra ce qu'on verra, dans le temps comme dans le temps. Y a rien qui presse. Moi, comme dirait mon père, je rentre dans la maison seulement après avoir ouvert la porte.

— Rien n'empêche qu'on pourrait avoir la guerre.

— Oui, y a toujours une guerre proche, mais pour tout de suite, elle est pas encore arrivée.

Nicolas, qui ne voulait rien savoir de tuer, fit ensuite la sourde oreille aux propos de son ami.

Ils revinrent tous les deux vers l'auberge avec une tête d'enterrement : Nicolas, parce qu'il venait de tuer bêtement deux oiseaux, Jérôme, parce que son ami était malheureux.

— Crois-tu que tu pourrais tuer un homme avec ta fronde ? questionna Jérôme.

— David a bien tué Goliath, répondit Nicolas en ajoutant, la voix chargée de regret : j'aurais bien dû garder ma fronde : on ne sait jamais.

— Si t'étais pas si soupe au lait. T'en seras quitte pour t'en faire une autre.

Ils étaient parvenus devant l'auberge. Ils s'attardèrent un moment dehors avant de s'affairer, pour le reste de la journée, autour des tables et de satisfaire les caprices des clients fortunés. Ils l'ignoraient encore, mais leur vie allait changer de la manière la plus radicale.

Chapitre 10

Un visiteur inattendu

L'automne 1804 commençait à peine. Plusieurs voyageurs, en route vers La Malbaie ou encore Tadoussac, s'arrêtaient à l'auberge, au plus grand plaisir d'Edmond et d'Émilie. Ils étaient toujours les bienvenus et reçus comme s'ils faisaient partie de la famille. Edmond ne se gênait pas pour dire qu'ils remplaçaient avantageusement ses frères, qui ne donnaient jamais de nouvelles, même s'ils habitaient tout près, aux Éboulements.

Alors qu'il s'apprêtait à courir chercher du pain à la boulangerie, Nicolas vit entrer à l'auberge un voyageur dont l'allure tranchait avec les clients habituels : il portait l'épée, avait deux fusils passés dans la ceinture et affichait le regard ferme de celui qui est habitué à scruter les visages sans broncher. Il marchait d'un pas assuré. « Ça doit être un soldat », se dit Nicolas.

À son retour à l'auberge, les bras chargés de pains, Nicolas retrouva l'homme attablé devant une omelette au lard qu'il mangeait avec appétit, tout en devisant avec son père. « Quelque chose se trame », pensa-t-il, intrigué par la façon dont l'homme le dévisageait et surtout par le fait que son père le désignait d'un coup de tête.

Il n'eut pas à se questionner davantage puisque Jérôme lui fit signe de le suivre. Une fois à la cuisine, Jérôme chuchota :

— Sais-tu qui est cet homme ?

— Comment veux-tu que je le sache ? Il m'a l'air d'un soldat.

— Tu l'as pas en toute : c'est un capitaine de vaisseau. Il s'est présenté à ton père en disant : « Je suis le capitaine Marin Durand, en quête de recrues pour mon vaisseau. »

— Il cherche des matelots ?

— Il paraît que pendant la traversée pour venir de France jusqu'ici, un mal inconnu a emporté près de la moitié de son équipage. Il voit pas comment il va pouvoir ramener son vaisseau en France avant l'hiver. Son navire est à l'ancre au large de Québec. Il est venu ici par le fleuve, en canot, avec Roméo Lavoie de l'Île-aux-Coudres.

— Comment ça se fait qu'il s'arrête ici ?

— Il a entendu dire, par quelqu'un de Québec, qu'il pourrait peut-être trouver des hommes pour son équipage à l'Île-aux-Coudres, juste le temps d'une traversée. C'est pas les marins qui manquent par ici, tu le sais, y en a ben gros qui sont habitués à conduire des goélettes.

— As-tu l'impression, s'inquiéta Nicolas, qu'il s'intéresse à nous ?

— C'est certain, confirma Jérôme. Ton père lui a parlé pas mal longtemps. Tout à coup qu'il veut t'engager, ça te tenterait-tu de devenir marin ?

— Je comprends donc ! J'ai pas grand plaisir à servir les gens à l'auberge, mais je vois pas comment mon père se débrouillerait sans moi.

— Tu t'inquiètes pour lui ? Il trouvera bien quelqu'un pour nous remplacer.

— Aurais-tu idée, toi aussi, de te faire engager ? Ton père voudra jamais te laisser partir !

— Si je lui envoie mes gages, il sera content. Pour lui, tout ce qui compte, ce sont les sous que je lui apporte.

— Ça reste que c'est un pensez-y bien.

— Oui ! Mais c'est rien qu'une question de quelques mois. Me semble que ça nous changerait de l'auberge.

— T'as bien raison, un long voyage serait le bienvenu. J'ai grand hâte de voir autre chose que nos montagnes. Et toi ?

— Si tu pars, je pars.

Les négociations avec le capitaine de navire furent d'assez courte durée, car le lendemain, Edmond prévint Nicolas qu'il avait quelque chose de grave à lui dire.

— Tu sembles pas te plaire bien gros à travailler à l'auberge. Me semble que depuis la mort de Marcel, t'es plus le même. Je pense vraiment que t'aurais besoin d'un bon changement d'air qui parviendrait en même temps à te changer les idées. Je t'observe depuis quelque temps. Je dis pas que tu fais pas bien ton travail, mais c'est remarquable que tu le fais à reculons. Il est grand temps que tu apprennes qu'il y a autre chose dans la vie que Baie-Saint-Paul. T'as dix-huit ans. À ton âge, je commençais déjà à gagner ma vie. C'est le temps pour toi d'en faire autant. Souvent, c'est ailleurs qu'on apprend le plus à se débrouiller dans la vie. Es-tu d'accord avec ça ?

C'était le plus long discours que son père lui avait jamais fait. Encore étonné, Nicolas répondit :

— Vous avez raison, p'pa, faudrait pas me demander par exemple de travailler du même métier que vous.

— Comme maréchal-ferrant ou comme aubergiste ?

— Les deux ! C'est pas quelque chose que j'aime, servir des clients capricieux, et c'est pas mieux ferrer des chevaux…

— Tu fais ton difficile, mais rassure-toi, c'est pas ce que je veux te proposer. J'ai trouvé pour toi une belle occasion de voir du monde.

— Je sais où vous voulez en venir.

— Comment ça ?

— Le capitaine de vaisseau qui est venu hier, il paraît qu'il cherche des hommes pour remplacer ses marins qui sont morts en venant au pays.

— Qui t'a parlé de ça ?

— Jérôme l'a entendu. Il paraît qu'il parlait et riait très fort. Aurait fallu être sourd pour pas l'entendre.

— Qu'est-ce que tu dirais de t'engager pour le voyage en France ?

— Je dirais pas non, et si j'y vais, Jérôme viendrait aussi.

— Tiens donc ! Ça serait pas une mauvaise idée : on ne sépare pas des inséparables. Mais il me faudra trouver quelqu'un pour vous remplacer.

Dans leur cuisine, Émilie et Marie-Josephte avaient tendu l'oreille.

— C'est fait, dit Émilie, notre Nicolas va nous quitter.

— Faut pas vous en faire, m'man, ça sera pas pour bien longtemps. Ça va lui faire du bien de voir autre chose.

— T'as peut-être bien raison, mais n'empêche que depuis la mort de Marcel, c'est le seul homme de la maison, avec ton père. Mais c'est pas tout. Je pense que ton père se prépare à partir pour Québec lui aussi : il veut profiter du voyage pour aller faire une commission. Il refuse de me dire de quoi c'est.

— Ça lui ressemble pas mal, de faire ses choses sans en parler. Vous avez bien raison, m'man, têtu comme il est, il a certainement quelque chose derrière la tête : il ira pas à Québec pour rien.

Chapitre 11

Les souvenirs d'Edmond

Quelques jours plus tard, après des adieux remplis d'émotion à sa mère et à ses sœurs, baluchon sur l'épaule, Nicolas Grenon, accompagné de son père Edmond et de Jérôme Dufour, quittait Baie-Saint-Paul pour Saint-Joseph-de-la-Rive. Nicolas et Jérôme profitaient de ce que huit hommes de l'Île-aux-Coudres s'étaient engagés, tout comme eux, auprès du capitaine Durand pour faire le voyage en leur compagnie. Ils allaient se faire embaucher sur *L'Aigle d'or*, en partance pour les îles d'Amérique et la France. Quant à Edmond et quelques autres passagers, ils profitaient du voyage pour se rendre par affaires à Québec. Soixante milles les en séparaient. Nicolas et Jérôme, quittant Baie-Saint-Paul pour une rare fois, n'avaient pas assez de leurs deux yeux pour admirer le paysage qui se déroulait devant eux.

L'embarcation sur laquelle ils voguaient, *La Sainte-Anne*, était dotée de deux voiles et pouvait accueillir une douzaine de personnes dans son entrepont. Elle quitta Saint-Joseph-de-la-Rive à la faveur de la marée haute, sous une forte pluie mais avec un vent du Sud-Est qui lui permettait une progression assez rapide. Nicolas et Jérôme n'auraient rien appris de ce voyage sans la présence sur le navire d'un vieux loup de mer qui avait fait ce trajet des dizaines de fois. Il se montra pour eux un guide précieux. Ils venaient de passer devant Baie-Saint-Paul et filaient allègrement vers Québec quand le vieillard leur dit :

— Regardez, les jeunots, nous serons bientôt à la Petite-Rivière-Saint-François.

Déjà, ils apercevaient la masse du Cap-Maillard. Quand la goélette passa devant la Petite-Rivière-Saint-François, où Nicolas avait eu l'occasion d'aller en compagnie de son père, le vieil homme commenta :

— Vous connaissez sans doute la place pour vous y être rendus par terre, mais d'icite, c'est pas du tout pareil.

— Vous avez raison, s'enthousiasma Nicolas, on dirait que c'est pas en tout le même village.

Malgré les embruns, ils pouvaient apercevoir l'église et quelques fermes au pied des belles montagnes de Charlevoix qui faisaient le dos rond sous la pluie. Le vieil homme connaissait toutes les anses par cœur et pouvait nommer chaque baie. Il ne manqua pas de le faire chaque fois que Nicolas ou Jérôme l'interrogeaient.

Ce qui rendait le voyage encore plus intéressant, c'était que cet homme ne se contentait pas de nommer les places devant lesquelles ils passaient : il était en mesure d'expliquer pourquoi ces endroits portaient tel ou tel nom. Ainsi ils apprirent que Sault-au-Cochon devait son nom à la mésaventure d'un habitant qui, passant par là, avait voulu faire traverser à son cochon le petit cours d'eau qui s'y trouve. L'animal n'avait qu'à faire un bond pour atteindre l'autre berge, mais il s'y prit si mal qu'il tomba dans le cours d'eau et fut emporté par le courant jusqu'au fleuve. L'endroit venait de trouver son nom.

Nicolas et Jérôme furent très heureux d'apprendre du vieux loup de mer les noms des anses suivantes : l'Anse-aux-Vaches, l'Anse-à-la-Sauvagesse, l'Audience, l'Anse-aux-Pets — dont le nom les fit bien rire — et l'Anse-aux-Bardeaux. Curieux d'en connaître l'origine, Nicolas demanda :

— Qui peut avoir donné de pareils noms à toutes ces places ?

— Les premiers qui y sont passés.

— Ils avaient de drôles d'idées.

— Prenez par exemple l'Anse-aux-Pets, où il y a un fort bel endroit pour débarquer et dont le nom vous fait tant rire, reprit le vieil homme. Cet endroit était très fréquenté par les marins. Un jour, l'un d'entre eux, paraît-il, qui s'apprêtait à sauter un ruisseau à cet endroit, lâcha un pet si sonore que l'écho le lui retourna. Témoins de ce phénomène, les autres marins l'imitèrent, si bien que l'endroit fut baptisé de ce nom fort approprié. Quant à l'Anse-aux-Bardeaux, une lieue plus loin, elle doit son nom à monsieur Péan, le bras droit du fourbe intendant Bigot. Péan y fit fabriquer des bardeaux qu'il voulait expédier ensuite aux îles d'Amérique. Il en a été pour ses frais, parce que les Anglais ont pris Québec, et les bardeaux sont restés là où ils avaient été faits.

C'est précisément à cet endroit que les hommes firent halte et débarquèrent. Une maison y accueillait pour la nuit les voyageurs de passage. Nicolas profita de la soirée pour interroger son père sur les trophées qu'il avait gagnés et les voyages qu'il avait faits.

— Vous avez gagné plusieurs trophées en plumets, mais vous avez jamais voulu me dire où et à quelle occasion.

— C'est vrai ! Ce serait peut-être bien le temps que je t'en parle. J'ai pas hérité comme ma sœur de la force de mon père, mais je suis pas non plus un poireau ni un navet. Pendant quelques années, quand j'ai travaillé dans les chantiers, je me suis mesuré au poignet et j'ai fait toutes sortes de tours de force contre deux hommes forts de notre temps, un nommé Monarque et un Dumouchel : ils n'ont jamais réussi à me battre.

— Comme ça, vous avez déjà été à Québec en bateau comme nous autres aujourd'hui ?

Son père esquissa un sourire qui en disait long. La question de Nicolas venait de le replonger dans des souvenirs qui semblaient heureux et il répondit :

— Tu sais bien qu'on a pas du sang de Grenon si on a pas voyagé. J'avais vingt-deux ans quand j'ai pris pour la première fois un bateau pour me rendre d'abord à Québec et ensuite à Montréal.

— Vous êtes allé jusqu'à Montréal ?

— Ah ! Bien plus loin que ça ! J'avais un ami des Éboulements, Jean-Marie Lavoie, qui m'arrive un beau jour en me disant : « Edmond, je suis engagé à la traite des fourrures pour trois ans. » Je pensais qu'il s'en allait du côté du Saguenay et du lac Saint-Jean.

« Du côté du lac Saint-Jean ? qu'il me dit en riant. T'y es pas en toute ! Je m'en vais dans l'Ouest. » « Dans l'Ouest ? » « Pour la compagnie du Nord-Ouest. Ça te tenterait pas de venir avec moi ? » Je lui réponds : « C'est un pensez-y bien, mais mon père me laissera pas partir comme ça. » « T'es majeur, qu'il me dit. C'est à toi de décider. » J'ai pensé à mon affaire pendant une couple de jours puis j'ai informé mon père de ma décision.

— Est-ce qu'il était fâché ?

— Il m'a regardé et m'a dit à peu près la même chose que je t'ai dit l'autre jour : « Il est temps que tu voies du pays ! » Une semaine plus tard, je partais m'engager pour trois ans à la traite des fourrures.

Edmond s'arrêta de parler un moment, le temps d'allumer sa pipe et de rassembler ses souvenirs. Voyant que Nicolas était impatient de connaître la suite, il poursuivit :

— Toujours que je me rends avec Jean-Marie Lavoie à Montréal.

— C'était votre meilleur ami ? Comment était-il ? demanda Nicolas.

— Ah, mon garçon ! C'était un malin, soupe au lait, qui se laissait pas piler sur les pieds, je t'en passe un papier. Mais il était quand même un compagnon agréable qui se plaignait jamais et travaillait comme un bœuf.

— Où est-ce que vous êtes allés après Montréal ?

— On est partis de Lachine à trois, Jean-Marie Lavoie, Joseph Fournel et moi, dans un canot rempli de marchandises jusqu'au bord. On a remonté par la rivière des Outaouais, celle des Français comme on l'appelait, en faisant je sais pas combien de portages, jusqu'aussi loin que le Grand Portage, où y avait un magasin pour la vente des marchandises et quelques camps pour les engagés.

— Êtes-vous restés là tout l'hiver ?

— Non ! Une fois nos marchandises déchargées en partie, parce qu'on gardait de la nourriture pour nous permettre de passer l'hiver, on s'est rendu à une cinquantaine de lieues plus haut, au lac à la Pluie. C'est là qu'on a passé l'hiver. On était à peine arrivés qu'il a fallu nous occuper de l'entretien du poste et de la récolte des patates.

Nicolas écoutait son père avec attention, quand Jérôme, qui s'était longuement entretenu avec un des engagés, vint les rejoindre. Nicolas était justement en train de demander :

— Qu'est-ce que vous faisiez durant l'hiver ?

Sans se formaliser de l'arrivée de Jérôme, Edmond continua son récit.

— On allait rencontrer les Sauvages sauteux pour être certain qu'au printemps ils garderaient leurs fourrures pour notre compagnie. On leur échangeait à l'avance des marchandises, comme un acompte sur les fourrures qu'ils conserveraient pour nous autres.

Jérôme, qui s'était aussitôt intéressé à la conversation, s'informa :

— C'était quelles sortes de fourrures ?

— Des ballots de castor et de rat musqué.

À ce souvenir, Edmond se mit soudainement à sourire, ce qui eut pour effet d'intriguer Nicolas.

— Qu'est-ce qui vous fait sourire de même ?

— C'est rien ! Seulement un souvenir qui m'est revenu comme ça, d'un coup.

— Quoi donc ?

Edmond se laissa quelque peu prier avant de passer aux aveux.

— La deuxième année que j'étais au lac à la Pluie, des Sauteux sont venus nous visiter durant l'été. Y en a un qui avait amené sa fille avec lui : il me l'a offerte, comme ça, pour que je la marie. C'était une vraie belle Sauvagesse, mais y avait jamais moyen de savoir ce qu'elle pensait, jamais un sourire, toujours une face longue comme la côte des Éboulements. De temps à autre, elle se fâchait pour un rien, pis elle parlait pas pendant des jours ; elle m'intéressait pas vraiment. Elle a passé l'été pis l'automne avec nous autres et malgré son caractère difficile, Fournel l'a mariée.

Nicolas se mit à son tour à sourire. Son père lui demanda :

— Veux-tu bien me dire ce qui te trotte dans la tête ?

Nicolas s'esclaffa.

— Dire qu'elle aurait pu être ma mère!

Edmond, tout comme Jérôme, rirent un bon moment de la tête que faisait Nicolas. Jérôme ne manqua pas d'ajouter en se moquant:

— Te vois-tu avec un paquet de plumes sur la tête?

Sa réflexion jeta de nouveau la bonne humeur. Edmond mit un peu de temps à ressasser encore ses souvenirs. Une question de Nicolas réanima la conversation.

— Êtes-vous restés les trois années au lac à la Pluie?

— La deuxième année, à la fin de l'été, avec mon ami Lavoie, on s'est rendu au lac des Bois négocier une autre fois des fourrures avec les Sauteux. Celui qui au début de l'été m'avait laissé sa fille s'en inquiéta. Il fut tout heureux d'apprendre que Fournel couchait avec et qu'elle se portait très bien. On retourna au lac à la Pluie à la moitié d'octobre, avant le début des neiges, avec une bonne quantité de peaux de castor et de rat musqué et plusieurs sacs de riz sauvage, notre nourriture durant l'hiver. Heureusement que nous en rapportions plusieurs sacs, parce qu'à notre arrivée au lac à la Pluie, Fournel nous informa que trois coureurs des bois en route pour notre poste, avec un canot chargé de marchandises, avaient chaviré à deux lieues de notre emplacement. Deux d'entre eux s'étaient noyés. Le troisième, qui savait nager, avait réussi à se rendre au rivage, qu'il avait remonté pour venir porter la mauvaise nouvelle jusqu'au poste. «Avez-vous pu retrouver les noyés ? » qu'on a demandé à Fournel. « Ça vient juste d'arriver. Je suis seul au poste avec le rescapé. On a pas pu aller faire des recherches. » À peine arrivés, nous revoilà partis pour le rapide où les deux autres s'étaient noyés. Le survivant, un nommé Hall qui ne parlait presque pas français, nous accompagnait. On a cherché leurs corps, en pure perte. On a pu récupérer quelques marchandises, celles qui se trouvaient dans des barils échoués sur presque une lieue en bas du rapide. Un accident de même, ça fait réfléchir. Je commençais à m'ennuyer de chez nous. J'avais pas de nouvelles de Baie-Saint-Paul depuis que j'en étais parti et il me restait une année à écouler à mon contrat. Le troisième hiver m'a semblé bien long.

— Vous avez passé cet hiver-là à la même place ?

— Oui ! Mais tout l'automne, on a seiné l'esturgeon, qu'on mettait en filet et qu'on salait pour nos provisions d'hiver. On pêchait aussi sous la glace en hiver pour refaire nos provisions au fur et à mesure.

Jérôme se montra étonné.

— C'était tout ce que vous mangiez ?

Edmond protesta vivement.

— S'il avait fallu qu'on mange que ça, je serais revenu à la maison à la nage. On avait aussi du riz sauvage et du blé d'inde, du bœuf salé et parfois du castor quand on pouvait en piéger quelques-uns.

Nicolas, dont l'intérêt pour les aventures de son père ne se démentait pas, l'interrogea à son tour.

— Quelles sortes de marchandises échangiez-vous avec les Sauvages pour obtenir des fourrures ?

Après quelques secondes de réflexion, Edmond les énuméra :

— Y avait des chapeaux à plumes, des couteaux, du fil, des aiguilles, des alênes pour coudre les canots d'écorce, et aussi des couvertes. Ils aimaient beaucoup quand on apportait des tissus de toutes les couleurs, des pièces de fusil, des pierres à feu, de la ficelle et, pour les Sauvagesses, des billes en verre trouées. Avec, les Sauvagesses se faisaient des colliers et des décorations sur leurs robes. À mon dernier printemps au lac à la Pluie, j'ai appris à trapper le rat musqué. Quand mon contrat s'est terminé avec la compagnie, j'ai choisi de revenir à la maison. J'étais avec deux autres, des Anglais, dans un canot chargé jusqu'au bord de peaux de rat musqué. J'ai bien pensé en cours de route, deux fois plutôt qu'une, qu'on allait chavirer. Si c'était arrivé, je serais plus là pour vous en parler et Nicolas serait pas là à m'écouter.

— Vous deviez être content de revenir ? questionna Jérôme.

— J'étais surtout heureux de pouvoir manger d'autre chose que du poisson ; le porc frais me manquait beaucoup. Toujours est-il que je suis revenu vivant à Baie-Saint-Paul.

Il se tut un moment au souvenir de ce retour puis se mit de nouveau à sourire.

— Je pense qu'il vous vient un souvenir de quelque chose qui vous a fait plaisir, fit remarquer Nicolas.

— Quand je suis arrivé à la baie, je me suis arrêté chez mon parrain Poléon Girard pour le saluer. Tout le monde était bien content de me revoir. Ma marraine trouvait que j'avais maigri et voulait à tout prix me faire manger du ragoût. Comme j'étais pas encore allé chez nous, je lui ai dit : « Faites excuses, marraine, mais j'ai grand hâte de voir mon père. » Pendant que je parlais de même, j'étais resté debout, le dos à la porte, prêt à m'en aller. Tout à coup, pendant que je causais, quelqu'un arrive par derrière moi et me prend la tête entre ses mains. J'essaye de bouger : pas moyen. Je comprends tout de suite. Je dis aux autres qui me regardaient en riant : « Je connais rien qu'un chrétien dans tout le pays capable de me faire tenir tranquille de même. Ça, c'est mon père tout craché ! » C'était bien lui ! Pendant que je parlais avec mon parrain, un des enfants de la maison avait couru avertir mon père que j'étais arrivé. Vous comprenez bien qu'on est tombé dans les bras l'un de l'autre. C'est de même que s'est passé mon premier voyage loin de la maison.

— C'est après votre retour, s'informa Jérôme, que vous vous êtes marié ?

— D'abord, j'avais un peu de sous, gagnés durant ces trois années au loin, mais j'étais devant rien : pas de métier, pas de femme, pas de maison. Mon père m'a dit : « Que comptes-tu faire à partir de tout de suite ? » J'ai répondu dret là : « Travailler avec vous ! » Ça l'a tellement pris de court qu'il a accepté.

— Est-ce qu'il avait déjà sa forge ?

— Il l'avait déjà et y en avait pas un comme lui pour ferrer les chevaux et aussi pour battre le fer pour des jambages de roue, pour des S en fer, pour des crochets, des outils et toutes sortes de ferrures de porte ou de fenêtre.

— C'est comme ça que vous avez appris votre métier.

— C'est de même et c'est aussi comme ça que j'ai rencontré Émilie.

— Racontez-nous votre rencontre, p'pa, le supplia Nicolas. J'aimerais tellement ça l'entendre encore !

— C'est bien parce que tu t'en vas que je vais le faire, répondit son père.

Il se racla la gorge et, après avoir craché au loin, entama son récit :

— Je montais vers les Éboulements. En route, qu'est-ce que je vois pas ? Une charrette en panne avec un homme qui tente de redresser une roue, et sa fille qui attend au bord de la route qu'il y parvienne. Je m'approche. Je dis : « Bonjour monsieur ! Vous me semblez avoir de la misère avec votre charrette ? » « Comme tu vois, dit l'homme en sueur. J'ai une roue qui est quasiment sortie de son moyeu et je parviens pas à la remettre à sa place. » « Je peux vous donner un coup de main, si ça vous va ! » « Un coup de main est jamais de refus », qu'il me dit. J'ajoute aussitôt :

« Vous tombez bien, je suis maréchal-ferrant et forgeron. » Il me regarde droit dans les yeux et me dit : « Tu serais pas un des fils à Jean-Baptiste Grenon, par hasard ? » « C'est en plein ça. Je me nomme Edmond, je suis le plus jeune. Je travaille avec mon père. » Sans plus attendre, je m'approche de la charrette et je remarque tout de suite que ce sera jamais possible de remettre la voiture en marche tant que la roue sera pas réparée. « Vous êtes pas chanceux, monsieur. Monsieur qui d'abord ? » « Josephat Simard ! » « Monsieur Simard, le moyeu de la roue est trop brisé pour que vous puissiez continuer avec votre charrette. Si vous voulez, on peut faire quelque chose. Je vais démancher la roue de votre voiture et la mettre dans la mienne. On va dételer votre cheval et l'attacher en arrière de ma voiture. Vous allez monter avec moi et je vais vous mener chez vous. Je retourne ensuite à Baie-Saint-Paul, je répare votre roue. Je reviens aux Éboulements raccommoder votre charrette, restée sur le bord de la route, et je vous la ramène chez vous en même temps que je vais visiter ma sœur. »

Jérôme, qui entendait cette histoire pour la première fois, s'exclama :

— Il devait être content le monsieur Simard !

— Je comprends donc, mais moi aussi parce que, pendant que je travaillais, j'avais eu le temps de jeter un coup d'œil à sa fille, que je trouvais pas mal de mon goût.

— Elle était pour devenir ma mère ! s'extasia Nicolas. Tu vois-tu ça, Jérôme ? C'est bien curieux comment, des fois, les choses se passent.

— Voilà ! C'est comme ça, conclut Edmond que j'ai rencontré mon Émilie. Quelques mois après, avec le consentement de mon père et celui de ses parents, on était mariés.

Le lendemain, défilèrent sous leurs yeux le Cap-Gribane et la grande anse du même nom, le Cap-Rouge, l'Anse-aux-Cenelles, le Cap-Brûlé, le Ruisseau de l'Arc-en-ciel, l'Anse-aux-Galattes, l'Anse-de-la-montée-du-lac, La Petite-Ferme, le Cap-Tourmente et, enfin, Saint-Joachim où ils passèrent la nuit.

À peine arrivé sur les lieux, Nicolas demanda :

— Quel est ce magnifique château, là-bas, droit devant nous ?

— Là, dit le vieil homme, c'est la Grande-Ferme. Le château qui s'y trouve, c'est le château Bellevue.

— J'y coucherais bien ! s'exclama Jérôme.

Le vieil homme sourit.

— Pensez-y pas, c'est la maison de repos des prêtres du Séminaire de Québec.

Il leur indiqua, non loin de là, une ferme.

— Devinez quel nom elle porte ?

— La Maisonnée, proposa Nicolas.

— La Miche de pain, risqua Jérôme.

— La Friponne, précisa le vieil homme. Elle porte le nom de la petite rivière qui coule sur ses terres et qu'on a baptisée ainsi, parce qu'en bonne friponne qu'elle est, elle multiplie les détours dans la plaine avant de se laisser avaler par le fleuve.

Le soir de ce troisième jour, grâce aux vents favorables tout le long du trajet, après avoir laissé derrière eux Château-Richer, L'Ange-Gardien et Beauport, ils atteignirent enfin Québec, au grand soulagement d'Edmond qui n'avait guère le pied marin. Il accompagna Nicolas et Jérôme à l'auberge où ils devaient loger avant leur départ. Le capitaine Durand était tout heureux de les voir. Il promit à Edmond que les deux jeunes hommes seraient employés à la cuisine et au service des repas, et qu'il prendrait bien soin d'eux.

Deux jours plus tard, Edmond se tenait sur le quai de la Basse-Ville pendant que Nicolas et Jérôme s'apprêtaient à monter dans une barque qui devait les mener jusqu'au navire du capitaine Durand, ancré au large en face de Québec.

Il y eut beaucoup d'émotion dans l'air quand les deux hommes s'étreignirent, à l'heure des adieux. Edmond demeura longtemps sur le quai à regarder d'abord la barque qui conduisait son garçon vers le navire, puis le navire lui-même, qui gonflait ses voiles en emmenant son fils aîné au loin. Il y avait en lui comme un remords de l'avoir lancé dans cette aventure. Il se justifiait en se disant que c'était ce qui pouvait arriver de mieux à son Nicolas. S'il avait connu l'avenir, il ne l'aurait jamais laissé partir.

Chapitre 12

La visite paroissiale

Edmond était à peine de retour à Baie-Saint-Paul qu'il reçut, une fois de plus, la visite du curé. Cette fois, le pasteur faisait sa tournée de visites dans la paroisse et en profitait pour percevoir la dîme. C'était un homme austère et rigide, solidement enraciné dans ses idées. Quand il voulait quelque chose de ses paroissiens, il n'en démordait pas.

Émilie le vit entrer chez les voisins et comprit qu'il serait bientôt à l'auberge. Le curé avait pour principe de dîner là où il se trouvait au moment où sonnait l'angélus. Émilie, qui s'était fait dans toute la paroisse une réputation de cuisinière hors pair, se précipita vers ses chaudrons.

— Marie-Josephte, dit-elle, mets une place de plus pour monsieur le curé ; je suis certaine qu'il va dîner avec nous autres.

— Vous inquiétez pas, m'man, je m'en occupe. Heureusement qu'il y a pas personne à dîner à l'auberge, comme ça on sera tranquille.

— Ton père est au hangar. S'il apprend que monsieur le curé va dîner avec nous autres, j'ai bien peur qu'il va se trouver du travail pressé pour pas être avec lui longtemps.

— P'pa pis le curé sont comme deux coqs. Dès qu'ils se voient, c'est pour se chicaner.

— Je le sais bien, mais ton père pourra pas faire autrement que de le recevoir.

Elles en étaient là dans leur échange quand Dorothée et Alicia revinrent de l'école.

— Dorothée, dit Émilie, serais-tu assez bonne pour aller au hangar dire à ton père que monsieur le curé s'en vient chez nous pour sa visite.

— J'y vais tout suite, m'man.

Émilie avait vu juste. Moins de cinq minutes avant midi, le curé s'amenait d'un bon pas vers l'auberge. Il s'arrêta devant la porte principale puis se ravisa et fit le tour de la maison.

— Bonjour monsieur le curé ! Pourquoi ne rentrez-vous pas par la grand-porte ? demanda Émilie.

Arrivant du hangar, Edmond entendit le curé répondre :

— La grand-porte, madame Grenon, c'est celle de l'auberge, un lieu de perdition. Jamais je n'entrerai par là, vous le savez bien !

Edmond serra les deux poings et ne put se contenir plus longtemps.

— Vous faites bien des façons pour venir chez les gens, monsieur le curé ! Depuis quand une auberge est un lieu de perdition ?

— Depuis que les auberges existent, il s'y passe toutes sortes de choses qu'un bon chrétien ne devrait pas admettre sous son toit.

— Sauf votre respect, monsieur le curé, c'est vous qui le dites. Depuis que je tiens auberge, tous ceux qui y sont venus ont su se tenir correctement.

— Si tu veux, Edmond, nous allons changer de sujet. Je suis venu chez vous…

Il s'interrompit et se signa : à l'église sonnait l'angélus. Il resta recueilli tant que les cloches retentirent. Dès qu'elle en eut la chance, Émilie dit :

— Vous allez manger avec nous autres, monsieur le curé. Peut-être bien qu'on pourrait passer à table tout de suite. Ça jase mieux autour d'une table, en mangeant.

— Voilà une bonne idée, madame Grenon. Je voulais justement vous faire l'honneur de ma présence pendant le repas. Toute la paroisse connaît vos dons pour la bonne cuisine.

— Vous auriez dû nous faire savoir que vous alliez dîner avec nous autres, je vous aurais préparé un plat spécial.

— Comme quoi, par exemple ?

— Une bonne tourtière de Charlevoix ou un ragoût de pattes, avec comme dessert une tarte à la farlouche.

— Je me contenterai de votre quotidien, ma bonne dame. Vous savez, pour moi, la nourriture du corps n'est pas la plus importante.

Edmond le regardait en se disant : « Il se voit pas, il est gras comme le plus beau des porcs à Josephat. »

Pendant ce temps, le curé engloutissait la soupe aux pois que venait de lui servir Marie-Josephte. Il y trempait des morceaux de pain gros comme le poing, qu'il avalait avec grand appétit. Quand il eut terminé sa soupe, Marie-Josephte s'empressa de déposer devant lui une pleine assiette de bouilli de bœuf, accompagné de patates jaunes et de carottes.

— Vous prendrez bien du beurre sur votre pain, monsieur le curé ? proposa Émilie, tout en servant ses enfants.

Le curé prenait tellement de place que personne n'osait parler. On n'entendait que les ustensiles frapper le bord ou le fond des assiettes, tous attendant que le curé reprenne la parole. Même Edmond se taisait. Sans doute pour meubler le silence, trop long à son goût, le curé dit tout à coup :

— Madame Grenon, vous avez de beaux grands enfants.

— Merci, monsieur le curé. C'est vrai qu'on a de beaux et bons enfants qui font notre bonheur.

— Il me semble que ça fait longtemps que vous n'avez pas pensé d'en faire d'autres.

— C'est pas qu'on a pas essayé, monsieur le curé, mais le bon Dieu a pas voulu nous en donner d'autres.

— Vous en avez perdu quelques-uns, il me semble.

— Ma femme a fait trois fausses couches de suite, monsieur le curé, insinua Edmond. Si ça c'est pas essayer…

— Mais ça ne vous excuse pas de ne pas tenter d'en avoir d'autres. Il me semble que quelques années ont passé depuis ce temps-là.

— Qui vous dit, monsieur le curé, qu'on a pas continué à essayer ?

— Qui me le dit ? C'est le fait que vous n'en avez pas d'autres et ça c'est pas normal.

— Pas normal ?

— Ne me fais pas dire, Edmond, ce que tu sais déjà. Quand on accomplit l'œuvre de chair, c'est pour avoir des enfants, autrement le devoir d'un chrétien lui commande de s'abstenir.

Edmond ne jugea pas pertinent de relever la remarque. Un lourd silence retomba, troublé seulement par les bruits des convives affamés. Pour détendre l'atmosphère, Émilie demanda :

— Monsieur le curé, est-ce que vos visites se passent bien ? Ça doit être agréable de connaître tout le monde de la paroisse et de pouvoir les visiter comme vous le faites.

— Ce n'est pas toujours aussi agréable que vous le pensez, madame Grenon. Il y a des gens qui ne sont guère heureux de me voir arriver. Vous savez, il y a dans notre paroisse des pauvres incapables de payer la dîme. Pourtant, c'est leur devoir de le faire. Sans la dîme, comment voudriez-vous qu'il y ait un prêtre dans la paroisse pour vous apporter les sacrements du bon Dieu ? On dirait que certains ont de la misère à comprendre ça, comme si j'arrivais chez eux pour leur voler le pain de la bouche.

— Monsieur le curé, reprit Émilie, c'est bien triste d'entendre ça. Heureusement, le bon Dieu a voulu que j'aie un bon mari qui a toujours travaillé fort pour qu'on manque de rien.

— Parlant de travail, questionna le curé en s'adressant à Edmond, as-tu toujours de l'ouvrage à ta forge ?

— Pas autant qu'avant, mais de temps en temps. Je suis plus tout seul à ferrer et on dirait que les gens ont moins besoin de ferrures et d'autres choses de même. En été, je répare les patins des traîneaux, en hiver les roues des charrettes, mais j'en ai beaucoup moins que par les années passées.

— Ça ne serait pas dû au fait que les gens te voient désormais comme un aubergiste et non plus comme un maréchal-ferrant et un forgeron ? Tu vois, le bon Dieu nous punit toujours par où on a péché.

— Pourquoi vous dites le « bon Dieu » s'il passe son temps à punir ?

— Toi qui es friand des proverbes, je vais te servir celui qui s'applique exactement à ce que nous disons : « Qui aime bien, châtie bien ! »

Edmond venait de se faire couper l'inspiration. Pendant la discussion, Marie-Josephte et Dorothée avaient retiré les assiettes vides et servi le dessert. Profitant de sa courte victoire, le curé revint sur la question des enfants.

— L'année prochaine, lors de ma visite, je veux voir un enfant de plus dans cette famille.

— Qu'est-ce qui peut garantir qu'Émilie va tomber en famille ? s'insurgea Edmond.

— Quand on veut vraiment des enfants, Edmond Grenon, le bon Dieu nous en donne.

— Voulez-vous dire que je fais exprès pour pas en avoir ?

— Comprends ce que tu veux bien comprendre, répliqua le curé.

Edmond en avait assez entendu et se fâcha pour de bon. Il débita sur un ton qui ne tolérait aucune réplique :

— Coudon, monsieur le curé, voudriez-vous les faire à ma place ?

Insulté, le pasteur blêmit, se leva de table, un morceau de tarte encore à la bouche et, en claquant la porte, sortit aussi vite que ses jambes et sa corpulence le lui permettaient. Se ressaisissant aussitôt, Edmond donna l'argent de la dîme à Dorothée.

— Cours lui porter ça, dit-il, sinon il serait bien capable de colporter par toute la paroisse qu'Edmond Grenon a pas voulu payer sa dîme.

— S'il veut pas la prendre ?

— T'inquiète pas, ma fille, il est assez près de ses sous qu'il la prendra bien.

Quand Dorothée rejoignit le curé, il fit d'abord celui qui ne voulait rien entendre. Mais Dorothée insista si bien, comme l'aurait fait tout Grenon digne de ce nom, que le religieux finit par accepter l'argent. Encore furieux de la tournure des événements, le curé donna à Dorothée un message pour son père. Il lui dit entre ses dents serrées :

— Tu diras à ton père que son excommunication, il va l'avoir !

Chapitre 13

La maladie s'installe

Comme elle le faisait tous les jours, Marie-Josephte alla porter son dîner au grand-père Grenon. Ce dernier ne bougeait guère de sa chaise, habituellement placée près de la fenêtre. Un peu de clarté filtrait à travers ses yeux malades et il écoutait, au dehors, le chant des oiseaux, qui restait son seul agrément.

En passant la porte de la chambre, Marie-Josephte lança, sur un ton enjoué :

— Bonjour grand-père ! Je vous apporte votre dîner.

Elle ne s'attendait pas à une réponse, mais elle faillit échapper le cabaret qu'elle portait en apercevant le grand-père étendu par terre, près de sa chaise. Elle se dit : « Il aura voulu se lever et n'en a pas été capable. » Elle posa le cabaret en vitesse sur la paillasse du lit et s'approcha du vieillard. Il respirait avec difficulté. Il ne pouvait plus bouger tout le côté gauche de son corps. Sans prendre panique, Marie-Josephte parvint à glisser un oreiller sous sa tête. Elle se précipita ensuite pour appeler à l'aide. Émilie monta le plus vite qu'elle put et demanda d'une voix inquiète :

— Qu'est-ce qui se passe, ma fille ?

— Il se passe que grand-père peut plus bouger du côté gauche.

— Dis-moi pas qu'il serait paralysé ? Ma fille, cours chercher le docteur Dufour. Dis-lui que ça presse.

Moins d'un quart d'heure plus tard, Marie-Josephte ramenait le docteur.

— Votre fille, madame Grenon, m'a dit que vous croyez que votre beau-père est paralysé. Laissez-moi l'examiner…

Il ausculta le vieil homme, qui ne semblait plus avoir de sensibilité ni dans le bras ni dans la jambe gauches. Puis, il descendit avec Émilie à la cuisine.

— Vous avez vu juste, madame Grenon, c'est bien une paralysie.

— Est-ce que ça peut revenir ?

— Il arrive que ça guérisse, mais n'y comptez pas trop, c'est pas fréquent ! Vous allez être prise avec un gros cas sur les bras. C'est tout un travail de s'occuper de quelqu'un qui est paralysé. Vous devriez songer à le faire soigner quelque part.

— Je connais pas de place pour ça !

— Moi, j'en connais une et c'est l'Hôpital Général de Québec. Ça adonne bien, ma fille, qui est religieuse là, s'occupe justement de la salle des malades. Si vous le permettez, je pourrai lui faire dire un bon mot pour votre beau-père. Il y serait assurément bien soigné.

— C'est fort aimable de votre part, docteur, mais je peux pas prendre cette décision toute seule. Edmond est justement arrivé hier de Québec et il est reparti à La Malbaie pour une commission.

— Pour longtemps encore ?

— Non, je l'attends de retour demain.

— Voulez-vous me l'envoyer dès qu'il sera arrivé ?

— Bien sûr ! C'est la première chose qu'il fera dès qu'il sera icite. Mais, en attendant, qu'est-ce qu'on peut faire ?

— Pas grand-chose, sinon nourrir votre beau-père à la petite cuillère et le nettoyer pour vous savez quoi.

— C'était déjà pas facile quand il se bougeait encore lui-même, imaginez ce que ça va être à partir de maintenant !

— Voilà pourquoi je vous recommande de le placer.

— C'est bien ce qu'on va être obligé de faire ! Pauvre grand-père !

En partant, le médecin ajouta :

— Madame Grenon, je vous envoie quelqu'un pour vous aider à le remettre au lit.

Quand le lendemain, en fin d'après-midi, Edmond fut de retour de La Malbaie et qu'on lui apprit l'état de son père, il ne paniqua pas un seul instant. Comme un capitaine possédant une parfaite maîtrise de son navire, il commença par se rendre chez le docteur Dufour. Malgré quelques patients déjà présents dans la salle d'attente, le docteur le reçut tout de suite et, pour calmer les autres, prétexta une urgence.

— Edmond, commença-t-il, tu as constaté l'état de ton père ? Comme je l'ai dit à ta femme, vous devriez vous arranger pour le placer à un endroit où il recevra les meilleurs soins. Cet endroit, peut-être le connais-tu ? C'est l'Hôpital Général, à Québec. Émilie t'a certainement dit que j'ai un bon tuyau pour le faire entrer là.

— Merci docteur ! Émilie m'a informé de ça, et je crois bien qu'on va suivre votre conseil pas plus tard que demain.

— Je suis désolé, mais il n'y a rien d'autre à faire. Quand la paralysie frappe quelqu'un, c'est bien rare que ça revienne en arrière. En plus, ton père dépasse les quatre-vingts ans.

— Va falloir qu'on se fasse à l'idée de plus le revoir comme il était.

— Vous n'aurez guère le choix. À cet âge-là, la vie ne fait pas de cadeau.

À son retour à l'auberge, Edmond résolut d'organiser le transport de son père jusqu'à Québec, et ce dès le lendemain. Il savait que Rémi Harvey, comme chaque semaine, entreprendrait à ce moment un voyage à Québec avec sa goélette. Edmond possédait une charrette ; il y coucherait le vieillard sur une bonne paillasse, en l'abritant du soleil ou de la pluie au moyen d'une bâche, et le transporterait comme ça jusqu'à Saint-Joseph-de-la-Rive. Il passa la plus grande partie de sa soirée à préparer son équipée.

— J'arrive tout juste de Québec, dit-il à Émilie. C'est bien pour dire qu'on sait pas ce qui nous pend au bout du nez !

— Mon pauvre homme, te voilà bien mal pris d'être obligé de retourner à la ville.

— Heureusement, le docteur m'a donné une lettre de recommandation à l'intention de sa fille religieuse.

Plus pratique, Émilie se montrait anxieuse.

— Va rester à voir si, une fois là, y aura de la place pour ton père.

— Pour ça, je suis pas inquiet. C'est un grand hôpital. Ça m'étonnerait qu'il refuse quelqu'un qui vient de si loin. Si elles sont certaines qu'on va payer, les religieuses lui trouveront bien un petit coin. Ce qui me turlupine le plus, c'est de savoir si le voyage à Québec ne l'achèvera pas.

— Ça devrait pas, il va être couché tout le long, un peu comme il l'aurait été icite.

— Mais ça va brasser pas mal plus dans la goélette à Rémi.

— Ton père est fait fort et en plus, il s'en rendra même pas compte.

Le lendemain, Edmond se servit d'une large toile et de deux perches de huit pieds de longueur pour fabriquer un brancard. Aidé de Romuald, il y installa son père et tous deux le descendirent jusque sur la charrette aménagée en conséquence. Il laissa le soin à Émilie et à Marie-Josephte de s'occuper de l'auberge pendant son absence. Romuald, moins familier qu'Edmond avec les déplacements, croyait que ce dernier se préparait à mener son père à Québec par voie terrestre.

Dès leur départ de Baie-Saint-Paul, il lui fit part de ses inquiétudes.

— Tu trouves pas ça audacieux, de partir de même avec un moribond ?

— Est-ce que j'ai le choix ?

— Quel chemin es-tu en train de prendre ?

— Celui de Saint-Joseph-de-la-Rive !

— Pourquoi passes-tu par là ? Tu serais pas mieux de le faire amener en goélette ?

— C'est en plein ça que je fais. Pourquoi penses-tu que je m'en vais à Saint-Joseph-de-la-Rive ? Voyons, Romu ! Pense un peu avant de parler !

— Insulte-moi pas, Edmond ! Je disais ça comme ça, c'est tout. Je pensais me rendre à Québec avec vous autres.

— Non, voyons ! T'es bien de service de venir avec moi jusqu'au quai d'embarquement. Je compte sur toi pour reconduire la jument et ramener la charrette à l'auberge. Mais, dis-moi, pourquoi t'étais encore à l'encontre de ce que je voulais faire ?

— Bah ! Je te l'ai dit, j'étais distrait, mais rien n'empêche, Edmond Grenon, que t'as vraiment une tête de cochon.

— Je le sais aussi bien que toi, mais il est pas né celui qui va me l'enlever.

Une fois par semaine, quand le temps le permettait, Rémi Harvey allait à Québec avec sa goélette. Il faisait escale à tous les endroits où il le pouvait, pour faire monter ou descendre quelqu'un tout en chargeant ou déchargeant des marchandises. Ce n'était pas la première fois qu'il conduisait un malade à Québec. Il fit grand cas, cependant, d'y mener Jean-Baptiste Grenon, l'Hercule de Charlevoix.

— C'est un honneur pour moi, Edmond, de conduire ton père à Québec, même que je lui chargerai rien.

— T'es trop bon, Rémi. Si tu faisais de même avec tous tes passagers, tu vivrais pas gras.

— Justement, je fais pas de même avec tout le monde, parce que toi, mon Edmond, t'as beau être le fils d'une célébrité, tu vas devoir payer ton voyage.

— J'avais jamais pensé, non plus, le faire gratis ! Même que j'avais apporté l'argent pour te payer la place de mon père.

— Tu le garderas pour toi et tu prendras un coup avec à ma santé, une fois rendu à Québec.

Edmond en était à son deuxième voyage à Québec en autant de semaines. S'il se sentait à l'aise dans sa forge entouré des outils, il se trouvait perdu quand, jasant avec le capitaine, ce dernier sortait, comme il le lui fit remarquer, des « mots du dimanche ». Le capitaine protesta vivement.

— Mais Edmond, ce ne sont pas des mots du dimanche ! Ce sont les mots qu'il faut pour dire les choses. Regarde le grand mât. Tu le connais bien, non ?

— Ouais ! Qu'est-ce qu'il a, le grand mât ?

— Il porte tout naturellement la grand-voile. L'autre mât plus avant s'appelle le mât de misaine. Il porte une voile qu'on appelle une trinquette. C'est pas un beau mot, ça ?

— C'est un beau mot, mais ça me dit pas qu'est-ce que c'est !

— Je viens de te le dire, c'est une voile du mât de misaine. Y a aussi, comme voile, le foc, la voile en triangle à l'avant.

— Tout ça c'est bien beau, protesta Edmond, mais si je finissais par démêler toutes ces voiles, je m'enfargerais dans les cordages.

— Comment ça ? Y a rien de plus simple à apprendre que leurs noms.

— C'est toi qui le dis, Rémi, mais y a rien de plus facile pour un marin. Ça change rien pour moi. Comment tu me les nommerais tous maintenant, je les retiendrais pas plus.

— Pauvre Edmond, tu sais pas ce que c'est qu'une têtière, une drisse, un calebas, une ralingue et une grande balancine ? Je t'engagerais pas sur ma goélette !

— Pauvre toi-même ! Sais-tu ce que c'est le forgeage, l'écrouissage, les tenailles pour bouterolle, les becs gueules de loup, l'étampe à dégorger ?

— Comment veux-tu que je le sache ?

— Alors, je t'engagerais pas comme forgeron. Mais parlant d'engagement, tu sais que mon fils Nicolas s'est embarqué avec son ami Jérôme sur le vaisseau du capitaine Durand, pour aider à le ramener en France ?

Le capitaine passa sa main dans sa barbe et se frotta un œil avant de poursuivre :

— Ah ! Je me demandais s'ils étaient bien partis, tu ne m'en avais pas reparlé. Y en a plusieurs de l'Île-aux-Coudres qui en ont fait autant. Ils doivent revenir cet automne avec le premier navire à venir ici.

— Je compte bien que mon fils sera avec eux. Il me manque déjà, tu sais. C'est quand les enfants sont partis qu'on se rend compte qu'ils sont plus utiles qu'on pensait. J'ai de la misère, certains jours, à arriver avec l'auberge et la forge.

— Tu tiens toujours les deux ouvertes ?

— Quand y a des sous à faire aux deux places, je suis pas pour cracher dessus.

— T'as bien raison, mais dis donc ? Quand ton Nicolas va te revenir, si t'as pas besoin de lui, tu pourrais me l'envoyer : j'en ferai un bon marinier.

C'est au rythme de propos de ce genre que se fit le voyage jusqu'à Québec. Edmond veilla à ce que son père ne manque de rien. Le pauvre ne montrait aucun signe de rétablissement. Au départ, à peine semblait-il conscient de ce qui lui arrivait. Puis, Edmond lui expliqua qu'il le conduisait à l'hôpital à Québec où il recevrait de bons soins. Le vieillard semblait indifférent. Voyant le peu de réaction manifestée par son père, Edmond se félicita d'avoir suivi le conseil du docteur Dufour. Il se disait : « C'est vraiment la meilleure décision qu'on pouvait prendre. »

Il s'inquiétait toutefois de la façon dont, à son arrivée à Québec, il pourrait faire transporter son père jusqu'à sa destination. Il se tracassait pour rien. Près du quai de débarquement, des charretiers faisaient le pied de grue, tous disposés à conduire les voyageurs à l'endroit de leur choix.

Chapitre 14

Des aides précieuses

La goélette était à peine accostée qu'Edmond se retrouvait sur le quai en quête d'un charretier.

— Pour l'Hôpital Général, lui lança un grand gaillard, c'est moi !

Edmond en conclut que ces charretiers, pour conduire les voyageurs, avaient réparti entre eux les différents quartiers de la ville.

— Mon père malade est resté sur la goélette. Il est sur un brancard. Il me faut de l'aide pour le transporter.

— J'arrive ! cria le charretier, après avoir vérifié que son cheval était bien attaché.

Ils descendirent le vieillard à terre puis l'installèrent du mieux qu'ils le purent en appuyant le brancard sur les ridelles de la charrette. Le charretier se mit ensuite en route par la rue Saint-Pierre, contournant le Cap-aux-Diamants, évitant dans les circonstances la côte de la Montagne, qu'il jugeait trop à pic. Ce détour allongeait le trajet, mais le bien-être et la sécurité du vieillard l'exigeaient.

Habitué à rencontrer beaucoup de monde, Edmond voulut d'abord savoir à qui il avait à faire.

— On t'appelle comment, mon gaillard ?

— Étienne Gagné, pour vous servir. Je suis un des gars de Théophile Gagné, le jardinier de l'Hôpital Général.

— Edmond Grenon, de Baie-Saint-Paul. Je conduis mon père Jean-Baptiste à l'hôpital : il est paralysé !

— Vous avez fait un bon choix, c'est en plein l'hôpital qu'il lui faut, le meilleur pour ceux qui ont des vieillards à placer et qui ont les moyens de payer.

Ils se turent un moment. Ils arrivaient au bout de la rue Saint-Pierre. Le charretier dirigea le cheval de façon à ce qu'il emprunte la rue des Fossés, pratiquement déserte. Les gens soupaient. Le soleil n'éclairait plus que la Haute-Ville. Déjà, la noirceur envahissait le bas de la falaise, la plongeant entre chien et loup. Edmond demanda :

— Est-ce qu'on en a pour longtemps avant d'arriver à l'hôpital ?

— Ah, mon bon monsieur ! Tout dépendra de la vitesse à laquelle nous pourrons aller. Avec un moribond dans la charrette, vaut mieux prendre notre temps et lui laisser la chance de vivre le plus longtemps possible. Serait-ce indiscret de savoir, vous qui venez de loin, comment vous avez appris l'existence de cet hôpital ?

Avant de répondre, Edmond s'étira longuement afin de se dégourdir un peu.

— C'est une histoire bien courte, répondit-il. Mon père a été soigné par le docteur Dufour. Sa fille est religieuse à cet hôpital.

— Savez-vous son nom de sœur ? Comme je les connais pas mal toutes, peut-être que je pourrais vous dire comment vous y prendre avec elle.

Edmond tira un papier de sa poche.

— C'est écrit, dit-il, sœur Sainte-Marie-des-Anges.

Le charretier se mit à rire.

— Oh là là ! s'écria-t-il, vous tombez pas sur la dernière venue, mon cher Edmond. Sœur Sainte-Marie-des-Anges, c'est la directrice de la salle des malades : elle a du poids. Faut faire bien attention à ce qu'on lui dit : elle a aussi son caractère, un peu pincée, parfois même à pic. Faut l'amadouer en lui laissant voir son importance.

Ils avaient maintenant quitté le faubourg de Saint-Roch pour s'engager dans la rue Saint-Ours, en direction de l'hôpital. La noirceur était venue. Il n'y avait toujours personne dans les rues. Ça et là, les fenêtres des maisons laissaient filtrer un peu de rare lumière. Seule la lanterne que le charretier avait apportée leur permettait de se diriger. Ils arrivèrent à l'Hôpital Général au moment où les religieuses se réunissaient à la chapelle pour les prières du soir.

Avec un peu d'appréhension, malgré la lettre de recommandation du docteur Dufour, Edmond se servit du heurtoir de la porte principale pour signaler sa présence. Une religieuse finit par ouvrir un guichet grillagé, lança un « *Deo gratias !* » sonore avant de lui demander :

— Que peut-on faire pour vous ?

— Ma sœur, je vous amène de Baie-Saint-Paul mon père paralysé .

— Ce n'est pas dans les habitudes de notre hôpital de recevoir des malades à une heure si tardive. Adressez-vous plutôt à l'Hôtel-Dieu.

Le charretier, qui attendait la suite des événements, comprit tout de suite qu'Edmond n'aurait pas gain de cause.

Tout étonné de cette réponse, ce dernier répliqua vivement :

— Ma sœur ! Où pensez-vous qu'on va passer la nuit ?

— À l'Hôtel-Dieu, justement.

— Mon père pourrait pas passer la nuit icite en attendant une chambre pour demain ?

— Non, monsieur ! Pour entrer ici, il faut des recommandations et une acceptation par les autorités de l'hôpital.

Edmond dont la patience était à fleur de peau s'écria :

— Allez-vous laisser mourir mon père en pleine rue ?

— J'observe les règles de notre maison. Je vous le répète : pour faire hospitaliser quelqu'un dans nos murs, il vous faut de hautes recommandations.

— J'en ai !

— Alors, revenez demain matin, notre mère supérieure saura certainement prendre les décisions qui s'imposent. Bonne nuit !

Le petit carreau se referma en un bruit sec. Edmond, la rage au cœur, resta planté devant la porte. Le charretier le tira de ce mauvais pas.

— On va, dit-il, mener votre père chez nous, à deux pas d'ici ; il pourra y passer une nuit paisible, et vous aussi. Ma jumelle Étiennette va bien s'en occuper ; elle a l'habitude, c'est son travail à l'hôpital. Demain, de jour, on reviendra demander une place pour votre père.

La maison des Gagné était voisine de l'hôpital. Ils y conduisirent le grand-père. Étienne fit les présentations. Réquisitionnée par son frère, la jumelle Étiennette, une grande femme énergique, prit les choses en main.

— Votre père sent pas la rose, dit-elle à Edmond. Il est grand temps qu'une femme s'en mêle.

Edmond n'avait pas l'habitude de laisser d'autres prendre l'initiative à sa place et protesta.

— Je peux m'en occuper moi-même, mademoiselle. Je l'ai fait quand même pas pire sur la goélette.

— Allez ! Mon cher monsieur, laissez-moi faire et profitez bien de votre nuit pour vous reposer.

La maison des Gagné était vaste. À l'arrivée des hommes, elle vivait paisiblement les heures qui suivent le souper quand tout à coup, elle se mit à grouiller comme une fourmilière. Madame Gagné avait aussitôt mis de la soupe sur le feu. Ses filles s'étaient affairées à dresser la table et à préparer les chambres. Edmond, lui, ne cessait de s'excuser de tout le trouble qu'il causait.

— Vous en faites pas, monsieur Grenon, c'est ni la première ni la dernière fois que ça nous arrive, le rassura Théophile Gagné. Presque chaque fois que quelqu'un peut pas rester à l'hôpital, il vient cogner à notre porte. Nous faisons pas auberge, mais presque.

— J'aurais pu, justement, aller coucher dans une auberge.

— Vous irez demain si ça vous plaît. Y en a une, pas loin d'ici, sur la rue Saint-Ours, l'auberge de monsieur Allaire. Pour à soir, vous avez votre lit chez nous.

Edmond ne savait plus comment remercier ces gens de leur hospitalité. Il se rappela subitement qu'il avait oublié de payer le charretier Étienne. Quand il le lui dit, ce dernier éclata de rire.

— Vous avez eu trop d'émotions aujourd'hui pour vous fatiguer avec ça. On verra ça demain !

Sur ce, il l'invita à passer à table avec lui. Cette fois, Edmond ne se fit pas prier : il était affamé.

— Votre père est dans un bon lit, le rassura madame Gagné. Ma fille Étiennette sait comment s'y prendre avec les malades. Imaginez-vous donc qu'il y a bientôt un an, est arrivé un beau jeune homme qui travaillait sur les cageaux de bois qui viennent de par en haut du fleuve. Il était estropié des deux jambes. Le docteur a dit : « Pour lui, c'est fini. Il ne pourra jamais plus marcher. » Ma fille, qui a le cœur grand comme le monde, l'a entrepris. « Tu vas marcher, mon Pierrot – il s'appelle Pierre – qu'elle lui dit. Je vais t'aider et tu vas marcher. » Ma fille a la tête dure. Elle l'a pas lâché. Aujourd'hui, il a quasiment plus besoin de béquilles.

— C'est un vrai miracle !

— Vous savez, monsieur Grenon, faut pas croire tout ce que disent les docteurs. Mais vous savez pas la meilleure ? Ma fille Étiennette pis le Pierre en question sont en amour.

— Pas vrai !

Elle baissa soudain le ton avant de chuchoter :

— Ça va finir par un mariage. Le beau Pierre a dit : « Étiennette, on va faire ensemble les plus beaux enfants du monde. » C'est ça qu'il a dit. Pensez pas que c'est pas beau ? Des histoires de même, moi je dis qu'il en faudrait des milliers, ça ferait mieux marcher le monde.

Elle s'arrêta de parler, les yeux embués, mais sur son visage, on pouvait lire toute la bonté qui l'habitait. Edmond, ne sachant trop que dire, risqua :

— Il faudrait une fille comme la vôtre pour mon père. Peut-être bien qu'il reviendrait de sa paralysie.

— Qui sait ? continua la mère Gagné. Si c'est la volonté du bon Dieu qu'il revienne, il va revenir.

La soirée était passablement entamée. Les deux hommes avaient englouti leur souper. Déjà, la maison qui, une heure plus tôt, ressemblait à une ruche, avait repris son rythme normal et les jeunes filles qui lui tenaient lieu d'abeilles avaient disparu. Le père Gagné s'apprêtait à monter se coucher. Étiennette choisit ce moment pour revenir et inviter Edmond à en faire autant.

— Votre père est bien installé. Je l'ai fait boire un peu. Il a avalé quelques cuillérées de bouilli. Ma sœur Agathe a lavé son linge, qui en avait bien de besoin.

Il devrait être sec pour demain. Il vous reste juste à le saluer avant d'aller dormir vous aussi.

C'est ainsi qu'Edmond Grenon dormit ce soir-là sous un bon toit, parmi des gens pour qui « hospitalité » était plus qu'un mot du dictionnaire.

Quand, le lendemain matin, la maison se mit de nouveau à bourdonner, Edmond se retrouva à déjeuner autour d'une table qui accueillait, outre le père et la mère, deux jeunes hommes et cinq filles qui ne donnaient pas leur place pour rire et se taquiner. Étiennette partit la première pour son travail à l'hôpital. Le père Théophile la suivit de près.

— Mon mari vous l'a-t-il dit, monsieur Grenon ? Il est le jardinier de l'hôpital. Il y travaille avec Jean-Marie, notre fils aîné qui est marié et reste pas loin d'ici.

— Ça fait pas bien des années qu'on est à Québec, poursuivit Étienne. Avant ça, on était à Saint-Nicolas pour deux années et auparavant à Montmagny. Quand on aura déjeuné, prenez votre temps, monsieur Grenon, je veux pas vous presser, on ira à l'hôpital voir si y aurait pas une place pour votre père. En attendant, ma mère et mes sœurs cadettes vont s'en occuper, soyez pas inquiet. Nous avons gardé le grand-père Gagné pendant des années. À la fin, il était un peu comme votre père, pratiquement paralysé. Il est mort ça fait bien deux années, hein m'man ?

— Oui ! C'est ça, deux ans et deux mois.

Ils se levèrent de table pour aller à l'hôpital. Edmond, qui y était arrivé à la noirceur, n'en revenait pas des dimensions de l'édifice.

— C'est bien plus grand que je pensais ! s'étonna-t-il.

— Ah oui, même que c'est une paroisse. Y a le monastère des religieuses à même l'hôpital, et la chapelle qui est en réalité une église, et aussi, dans l'enclos, le cimetière. Y a ensuite les chambres des malades et une douzaine de cellules pour les aliénés. C'est pas un petit hôpital, vous savez !

Tout en causant, ils se retrouvèrent soudain devant le portique de l'entrée. Étienne tira sur une corde qu'Edmond n'avait pas remarquée la veille : une clochette se mit à tinter. Quelques secondes plus tard, une religieuse ouvrait le guichet.

— Ah ! C'est toi, Étienne ? dit-elle. Qu'est-ce qu'il y a, mon bon ?

— Je vous amène monsieur Grenon. On est venu hier soir. Son père est paralysé et il voudrait avoir une place pour lui à l'hôpital.

— Je ne pense pas qu'il y en a une seule de libre. Tu sais comment ça marche, Étienne. On ne rentre pas ici sans recommandation.

— Justement, ma sœur, dit Edmond, j'ai une lettre de recommandation pour mère Sainte-Marie-des-Anges.

Il s'approcha avec la lettre du docteur Dufour et la glissa par l'ouverture du guichet.

— Mon bon monsieur, je vais porter la lettre à ma sœur Sainte-Marie-des-Anges. Revenez avant le dîner, nous vous ferons part de notre décision.

Elle ferma le guichet et Edmond, une fois de plus, resta stupéfait, jusqu'à ce qu'Étienne le tire par la manche.

— Venez, monsieur Grenon, ça sert à rien d'attendre. Si vous voulez venir avec moi, pour tuer le temps, j'ai des marchandises à aller chercher à Saint-Roch pour l'hôpital. On en aura bien pour une couple d'heures, ça donnera le temps aux bonnes sœurs de se décider.

Edmond, qui n'avait rien d'autre à faire que d'attendre, ne demanda pas mieux que d'accompagner Étienne. Il suivit le charretier jusqu'à l'étable, derrière la maison. Étienne attela le cheval de la veille et, sans plus de cérémonie, ils partirent tous deux en direction de la ville. Edmond était tout heureux de pouvoir découvrir de la sorte cette ville où il était rarement venu. Il s'extasia devant les échafauds des chantiers navals et les montagnes de billes des cours à bois. Les berges de la rivière lui semblaient en ébullition tant se succédaient les chantiers.

— Ça fait longtemps que c'est de même ? s'informa-t-il.

— Depuis une couple d'années, reprit Étienne, ça n'arrête pas. Les Anglais ont besoin de vaisseaux et ils ont décidé de les faire construire ici.

Ils poursuivirent leur route, croisant sur leur chemin d'autres voitures dans une rue qui nécessitait de bonnes réparations et où un groupe d'ouvriers s'affairaient à combler les nids-de-poule. Il fallait constamment louvoyer entre des cratères et des fissures. Impassible, Étienne ne s'en formalisait pas, se contentant de donner des ordres à son cheval docile et habitué d'obéir. Ils parvinrent ainsi devant un grand magasin sur la façade duquel étaient fixés des anneaux. Étienne attacha les cordeaux du cheval à l'un d'eux.

— C'est le magasin général d'Armand Bédard, commenta le charretier. C'est ici que je viens chercher la plupart des denrées et des marchandises pour l'hôpital : ils ont de tout.

— Même de la nourriture ?

— Même de la nourriture en vrac, comme du sucre, du sel, de la mélasse, des fèves, du riz, du sirop, de la morue séchée et bien d'autres choses, comme de la farine et des pois. Mais c'est pas ça que je viens chercher.

Tout en parlant, ils entrèrent dans le magasin et ce qu'Edmond y découvrit le laissa bouche bée.

— Moi qui pensais qu'il y avait beaucoup de choses au magasin général de Baie-Saint-Paul…

Étienne le regarda et rit de le voir si ébahi.

— J'en ai pour un moment, dit-il, profitez-en pour faire le tour de la place, ça vous donnera une idée de ce que vous pourrez acheter si jamais vous y revenez.

Edmond s'avança dans l'allée qui s'ouvrait devant lui. Il s'arrêta un moment devant une dizaine de pompes à eau alignées sur une table puis il s'émerveilla devant la quantité d'objets qui s'offraient à sa vue.

Quand il rejoignit Étienne, ce dernier avait chargé sur la charrette un baril de clous, quelques planches, une bêche neuve et une barre à clous. En apercevant Edmond, il lui demanda :

— La tournée a été bonne ?

— Bonne ? J'en suis pas encore revenu. Y a tout ce qu'il faut pour vivre icite : de la cassonade en quarts, du sucre en boucauts, du rhum des îles Sous-le-Vent[1], du vin en pipes et en quarts, des boulons de cuivre, des clous, de la taule, des vitres, des toiles d'Irlande, du goudron, de la résine, du plomb à tirer, des planches de douves, des mâts !

Il s'arrêta pour réfléchir deux secondes avant de reprendre sa litanie.

— Des souliers de cuir et de maroquin, des bottes, des caisses de citrons, des boucauts de sucre en pain, des balles de drap et de toile, des quarts de coutellerie, des scies, des poêles à frire, des pelles, des bêches et toutes sortes d'autres outils. J'ai vu tout ça, et bien d'autres choses, j'en reviens pas. Quand je vais conter ça à mon Émilie, elle le créra pas.

Étienne fit entendre son bon rire.

— Vous avez de la mémoire !

— C'est parce que c'est la première fois que je vois autant de choses à vendre en même temps.

— Vous vous y ferez, monsieur Grenon, dès que vous aurez l'habitude, vous vous y ferez. Bon, si vous

1. On parle ici de l'archipel situé dans la mer des Antilles, le long de la côte du Venezuela, et non de l'archipel de la Polynésie française (Note de l'éditeur).

voulez bien, on va y aller. Le temps de retourner là-bas et les bonnes sœurs devraient avoir décidé si elles vont garder votre père.

Ils regagnèrent l'hôpital en traversant tout le quartier qui grouillait comme une fourmilière. Aussitôt rendu, Edmond voulut prêter main-forte à Étienne pour décharger la charrette.

— Vous en faites pas, dit ce dernier, j'ai l'habitude. Allez plutôt voir ce qui advient de votre demande ! Je vous rejoins tantôt.

— C'est bien aimable à toi, mon garçon, reprit Edmond. Je te le revaudrai.

— C'est de bon cœur, conclut Étienne, en dirigeant le cheval et son chargement en direction de la grande porte du jardin.

Laissé à lui-même, Edmond hésita un moment avant de marcher d'un pas résolu vers le portique de l'hôpital. Il saisit la corde, fit tinter la clochette et attendit.

La religieuse qui ouvrit le guichet n'était ni celle de la vieille ni celle du matin même. Il dut expliquer de nouveau en long et en large les raisons de sa démarche. La bonne sœur l'écouta attentivement puis se leva et disparut. Il entendit tout près le bruit d'une serrure qu'on déverrouille puis une porte s'ouvrit dans une pièce en retrait. La religieuse apparut dans l'embrasure et lui fit signe de venir.

— Entrez et assoyez-vous. Une de nos mères, sans doute la supérieure, va venir vous voir.

— Est-ce que ce sera long ?

— Tout dépendra des priorités de notre mère.

La religieuse disparut et le silence retomba sur Edmond comme un linceul. Il attendit patiemment en regardant tout autour de lui, dans cette pièce froide et sombre, à la merci de la bonne volonté d'une religieuse qu'il ne connaissait pas. Au bout d'une demi-heure, il entendit le froufrou d'une robe et quelques pas furtifs, puis avant même qu'il s'en rende compte, une religieuse au regard hautain se tenait devant lui. Sans le saluer, elle débita :

— Monsieur, je suis mère Saint-Amable, la supérieure de cette institution. Vous êtes venu d'aussi loin que Baie-Saint-Paul, sur la recommandation du père de notre mère Sainte-Marie-des-Anges, avec votre père malade en espérant avoir comme ça une place pour lui dans notre institution. Sachez que nous ne procédons pas de cette façon pour admettre quelqu'un dans nos murs, sinon tout le monde agirait de la sorte et ce serait la confusion la plus totale. Nous avons une très longue liste d'attente et c'est sur cette liste que nous inscrirons le nom de votre père. En attendant, vous devrez trouver un autre endroit pour le loger, car nous n'avons présentement aucune chambre disponible et vous ne devez pas espérer voir votre père hospitalisé ici avant des mois, sinon des années.

Edmond, qui n'avait pas encore dit un seul mot, risqua :

— Si vous avez pas de chambre de libre dans l'hôpital, ma sœur, vous pourriez peut-être le mettre temporairement dans la chapelle, avec le bon Dieu.

La religieuse se signa, en s'exclamant d'une voix indignée :

— Mon Dieu ! Qu'est-ce qu'il ne faut pas entendre !

Edmond bredouilla :

— Je disais ça comme ça !

La religieuse lui tourna brusquement le dos en disant d'un ton sec :

— Nous n'avons plus rien à nous dire, monsieur.

Edmond sortit de là en furie. Il ne savait plus trop quoi faire et se dirigea vers la porte du jardin où il avait vu disparaître Étienne, près d'une heure auparavant. Il finit par le trouver en grande conversation avec un homme costaud qui maniait la bêche avec dextérité et semblait fort affairé.

— Tiens ! Monsieur Grenon, vous voilà, dit Étienne avec un grand sourire. Est-ce qu'il y a une place pour votre père ?

— Pas avant des mois, et même des années.

Se tournant vers l'homme à la bêche, Étienne dit :

— Jean-Marie, je te présente monsieur Grenon.

Il lâcha sa bêche, s'avança et lui tendit la main.

— Excusez mes mains sales, dit-il. Je suis bien heureux de vous connaître. Mon frère Étienne m'a parlé de vous. Je pense que vous allez être obligé de ramener votre père chez vous. Vous aurez tout fait ce voyage-là pour rien.

— Y a pas d'autres endroits où je pourrais le mener ? questionna un Edmond démuni.

— J'en vois pas, à part l'Hôtel-Dieu, conseilla Étienne. En attendant, votre père est bien chez nous.

Ça vous donnera le temps d'aller vous informer là-bas. Je monte justement à la Haute-Ville après dîner, je vous laisserai à l'Hôtel-Dieu en passant.

— Qu'est-ce que je deviendrais si vous étiez pas là ? soupira Edmond.

— Mais on est là, lui lança Jean-Marie en riant. C'est toujours bien ça de pris !

— Venez, l'invita Étienne, on va aller dîner, on pense toujours mieux le ventre plein.

Dès son retour chez les Gagné, Edmond se renseigna sur l'état de son père.

— Y a rien de changé, monsieur Grenon, lui dit madame Gagné. Ma fille Étiennette a vu à sa toilette et Agathe l'a fait manger. Il va aussi bien qu'on peut aller, amanché comme il est.

— Je sais pas tout ce que je vais vous devoir, reprit Edmond, à vous, à vos filles, à Étienne. Une chance que je vous ai !

— Si ça s'était pas adonné que ce soit nous autres, c'aurait été quelqu'un d'autre, monsieur Grenon. On est pas sur terre pour se faire du tort, vous croyez pas ?

— Pour ça, vous avez bien raison, madame. Rien n'empêche que je vous cause beaucoup de trouble. En tous les cas, à soir, je vais aller coucher à l'auberge, ça vous fera ce trouble-là de moins.

— C'est vous qui décidez, mon cher monsieur. Vous savez, un de plus, un de moins !

— Mais là, reprit vivement Edmond, avec mon père pis moi, c'est pas un mais deux de plus que vous avez sur les bras, et un qui est pas facile à garder.

— Qu'est-ce que ça change ?

— Vous êtes bien bonne, madame, mais ça change que moi je me sens mal d'être à votre charge et vous m'en voudrez pas si je vais coucher à l'auberge.

— Faites comme vous l'entendez, monsieur Grenon, on sera pas pires amis pour ça.

Après le repas, une idée fit subitement son chemin dans l'esprit d'Edmond.

— Je connais quelqu'un, dit-il, qui pourrait peut-être m'aider.

— Vraiment ? interrogea Étienne.

— Oui ! Monsieur Panet.

— L'avocat ?

— Il est venu à mon auberge, à Baie-Saint-Paul. En plus, il connaît mon père.

— Ah bien ! reprit Étienne. Ça, c'est une bonne nouvelle. S'il y a un monsieur pesant à Québec, c'est bien lui. En plus, c'était le grand ami de son beau-père, monsieur Badelard.

— Qui est ce monsieur Badelard ?

— C'était un docteur, il est mort ça fait à peu près un an, peut-être même deux. Il a donné des sous pour l'hôpital.

Encouragé par les propos d'Étienne, Edmond reprit quelque peu courage. Il demanda vivement :

— Est-ce que monsieur Panet reste loin d'icite ?

— Monsieur Panet, intervint Théophile Gagné, qui s'apprêtait à passer la porte, habite à la Haute-Ville. Tu y vas après-midi, Étienne, tu pourrais y amener monsieur Grenon !

— C'est justement ce que j'allais lui proposer.

Edmond poussa un profond soupir.

— Ça sera pas de refus, reprit-il, mais avant, il faut que j'aille voir à l'auberge pour une chambre.

— On a juste à arrêter en passant, suggéra Étienne. Après on montera à la Haute-Ville.

Aussitôt dit, aussitôt fait. L'*Auberge Allaire* s'élevait non loin de là, dans la rue Saint-Ours. Edmond s'y arrêta, s'assura d'avoir une chambre pour la nuit, après quoi, guidé par le fidèle Étienne, il débarqua une heure plus tard devant la demeure de l'avocat Panet. Étienne promit d'arrêter l'y reprendre dans à peu près une heure. D'un pas décidé, Edmond gravit les quelques marches qui menaient à l'entrée principale de cette imposante maison de pierre. Il n'hésita pas à faire retentir le heurtoir. Un domestique, en belle tenue, vint répondre.

— Que peut-on faire pour vous, mon cher monsieur ?

— J'aimerais voir monsieur Panet.

— Vous me voyez désolé, il vient tout juste de partir au palais de justice, il plaide une cause cet après-midi.

— À quelle heure pensez-vous qu'il sera de retour ?

— Pour le souper, pas avant, j'en ai bien peur.

— Pourriez-vous me dire où se trouve le palais de justice ?

— Il n'y a rien de plus simple, monsieur. En sortant d'ici, à votre droite, vous n'avez qu'à suivre la rue jusqu'au bout, vous tournez encore à droite et vous verrez se dresser devant vous l'édifice du palais de justice.

Edmond le remercia, sortit dans la rue puis se ravisa aussitôt et frappa de nouveau à la porte des Panet. Le même serviteur vint répondre.

— Faites excuses, monsieur, pour ce nouveau dérangement, j'avais simplement oublié de vous dire que, d'icite une heure, monsieur Étienne Gagné doit s'arrêter me prendre. Pouvez-vous lui dire que je vais être au palais de justice ?

— Je le ferai volontiers, mon cher monsieur. Il ne me reste plus qu'à vous souhaiter bonne chance.

Edmond se dirigea aussitôt vers le palais de justice, non sans s'attarder à jeter un coup d'œil de part et d'autre de la rue pour admirer les maisons, souhaitant ardemment que sa démarche aboutît à quelque chose. Il fut particulièrement impressionné de se retrouver devant le grand édifice de pierre, qu'il voyait pour la première fois, et se trouva fort courageux d'y pénétrer comme s'il avait été un habitué de la place. Il n'y avait pas fait deux pas qu'un gardien lui demandait ce qui l'amenait en ces lieux.

— Monsieur ! Vous cherchez quelque chose ou quelqu'un ?

— On m'a dit que monsieur Panet est en cour aujourd'hui.

— Monsieur Panet plaide en effet cet après-midi dans la salle que vous trouverez à gauche, au bout de ce corridor.

Edmond suivit le corridor et buta contre une grande porte derrière laquelle s'élevait la voix d'un avocat en pleine plaidoirie. Sans hésiter, il poussa la porte pour se retrouver au fond d'une grande salle à moitié vide dans laquelle se déroulait un procès. Discrètement, il alla s'asseoir sur le dernier banc. Il ne comprenait pas grand-chose à tout ce qui se disait. Ce qui lui importait le plus, c'était de repérer parmi tous ces hommes à toge le seul qu'il connaissait et qu'il tenait à tout prix à rencontrer.

Un premier procès se termina et ce ne fut qu'au deuxième qu'il reconnut maître Panet, venu défendre un client accusé d'abus de pouvoir dans une transaction à laquelle Edmond ne comprit rien. Cela lui importait peu, il souhaitait seulement se tirer du mauvais pas dans lequel il s'était mis. De nouveau, patiemment, il attendit que la cause prenne fin. Ce fut à ce moment qu'Étienne le rejoignit. Quelques minutes plus tard, le juge reportait la suite des causes au lendemain. Dans le corridor, tous deux guettèrent le passage de maître Panet et le virent bientôt marcher dans leur direction, en grande conversation avec un de ses confrères. Comme il arrivait à leur hauteur, Edmond se précipita vers lui et, sans autre préambule, l'interrompit :

— Monsieur Panet ! Monsieur Panet ! J'ai quelque chose d'important à vous demander.

Interpellé de la sorte, l'avocat s'arrêta et dévisagea Edmond avec une expression interrogative. Puis, soudain, contre toute attente, il le reconnut.

— Mais c'est monsieur Grenon, de Baie-Saint-Paul ! Comment allez-vous ? Quel bon vent vous amène à Québec ?

— C'est pas un bon vent, monsieur Panet, loin de là, c'est mon père, il est paralysé.

Monsieur Panet prit le temps de saluer son confrère puis il s'approcha et dit :

— Monsieur Grenon, je suis en route pour chez moi. Si vous voulez bien m'accompagner, vous pourrez me dire, tout au long du chemin, ce qui vous trouble.

C'est ainsi qu'Edmond put l'informer de la situation pénible où il se trouvait.

— Vous avez un endroit où coucher ce soir ? s'informa le magistrat.

— Ah, pour ça oui ! Je suis à l'auberge de monsieur Allaire, sur la rue Saint-Ours.

— Et votre père est en sécurité chez vos amis, si j'ai bien compris. Écoutez, mon cher monsieur, demain matin, pas plus tard que ça, je vais me rendre à l'Hôpital Général. Je verrai bien ce que je peux faire. Je vous ferai informer, à l'auberge où vous passerez la nuit, des résultats de ma démarche.

— Merci ! Merci beaucoup ! s'écria Edmond. Le ciel a été bon quand il vous a mis sur ma route.

L'avocat, sourire aux lèvres, releva fièrement la tête, heureux de pouvoir rendre service.

— Je vous inviterais bien à entrer chez moi, mon cher monsieur, mais nous recevons des amis à souper et il me sera impossible de vous consacrer autant de temps que je désirerais le faire. Nous nous reverrons demain.

Ils se quittèrent là-dessus. Étienne, qui attendait discrètement non loin de là, rejoignit Edmond et ils regagnèrent le faubourg ensemble.

La journée ensoleillée du lendemain fut pour Edmond à marquer d'une pierre blanche. Vers les neuf heures, un garçon se présenta à l'hôtel avec un message à son attention. Edmond se demandait bien ce qu'il devait faire ou ne pas faire dans les circonstances.

— Tiens, mon garçon, voici un *chelin* pour ta peine.

Le jeune messager, sans doute déjà rémunéré par monsieur Panet, esquissa un sourire et, avant de disparaître, dit sans plus :

— Merci monsieur !

Edmond s'empressa d'ouvrir le pli, écrit d'une belle et large écriture, et dont la teneur se lisait comme suit :

Monsieur Grenon, j'ai rencontré ce matin mère Saint-Amable, la supérieure de l'hôpital, et je lui ai fait part de votre situation et de celle plus urgente de votre père. Vous pourrez, dès réception de mon message, faire le nécessaire pour transporter votre père à l'Hôpital Général où il sera hospitalisé sans frais, puisque la fondation de feu mon beau-père monsieur Badelard permet aux religieuses d'y accueillir quelques patients atteints de paralysie comme votre père ou devenus tout aussi impotents que lui. Je tenais à ce que cet homme qui a tant fait par son courage puisse terminer ses jours en paix, entouré des meilleurs soins que nécessite son état.

Jean-Antoine Panet

Edmond resta un moment à relire le billet, incapable de croire en sa chance. Il courut ensuite chez les Gagné annoncer la bonne nouvelle. Ni Théophile Gagné ni son fils Étienne ne se trouvaient à la maison.

— Prenez une chance de vous rendre à l'hôpital, lui conseilla madame Gagné, tout heureuse de la tournure des événements. Peut-être qu'Étienne n'est pas encore parti pour la ville. Vous savez, il y va pratiquement chaque jour : un hôpital, ça demande beaucoup de va-et-vient.

— J'y vais tout droit, ma bonne dame ! répondit un Edmond ragaillardi par la nouvelle qu'il venait d'apprendre. Je reviendrai, aussitôt que je le pourrai, vous délivrer de mon père et de toute la peine qu'il vous cause.

Il avait tout juste esquissé quelques pas vers l'hôpital qu'il vit Étienne, en route pour la ville, s'amener avec sa charrette. Il l'arrêta et lui fit part de la bonne nouvelle.

— Aussi bien conduire votre père tout de suite à l'hôpital pendant que j'y suis, proposa Étienne.

Edmond ne demandait pas mieux.

— C'est bien la meilleure chose à faire ! Il faut prendre la grâce pendant qu'elle passe.

Quelques minutes plus tard, aidé d'Étienne, il ramenait son père à l'Hôpital Général, sur le brancard qui avait servi à son transport jusqu'à Québec. Des religieuses très empressées le reçurent, si bien qu'en quelques minutes, Jean-Baptiste Grenon, l'Hercule de

Charlevoix, faisait maintenant partie des patients de cette institution. Au sortir de l'hôpital, Edmond eut cette réflexion :

— Faut croire qu'il y avait une place de libre, à moins que les sœurs aient mis un autre patient dans la chapelle.

— C'est toujours commode, fit remarquer Étienne Gagné, d'avoir de bons tuyaux : le vôtre était certainement pas percé.

Ils se mirent tous deux à rire de bon cœur, cependant qu'Edmond sortait de sa poche une livre sterling qu'il tendit au charretier en disant :

— C'est pas beaucoup pour tout ton trouble, mais pour moi ça vaut de l'or.

L'autre fit mine de ne pas vouloir accepter. Edmond se montra si contrarié qu'Étienne finit par dire d'un ton enjoué :

— Il faut recevoir de bon cœur ce qui est donné de bon cœur !

Ils éclatèrent de rire. Edmond laissa le charretier aller à son ouvrage. Au passage, il fit halte chez les Gagné pour remercier la maîtresse de maison et ses filles de toutes leurs bontés à son égard et à celui de son père. Il fit comme il venait de le faire avec Étienne et tendit une livre sterling à madame Gagné. Elle ne voulut jamais l'accepter, disant que c'était beaucoup trop.

— Si vous pensez, monsieur Grenon, que nous faisons ça pour de l'argent ! C'est notre dette au bon Dieu. Gardez pour vous votre argent, vous en aurez bien besoin pour payer la place de votre père à l'hôpital.

— C'est justement ce qui est merveilleux, s'écria Edmond, sa place me coûte rien : elle sera payée par les dons de monsieur Badelard.

La figure radieuse, madame Gagné s'écria :

— Ah bien ! C'est la meilleure nouvelle du jour. J'ai bien hâte que mon mari entende ça !

Edmond n'avait toutefois pas perdu son idée de récompenser les Gagné. Mine de rien, il abandonna en catimini sur le bord de la table sa livre sterling.

— Vous avez été bien bonne, madame, et toute votre famille. Soyez certaine que je vous oublierai jamais et que mon Émilie saura bien prier pour vous autres.

Sur ce, il repartit, cette fois en direction de l'auberge, où il comptait passer les nuits qui le séparaient encore de son retour à Baie-Saint-Paul.

Quand, à l'heure du dîner, attablé à l'auberge, il raconta à monsieur Allaire ce qu'il venait de vivre, un grand vent d'amitié s'installa entre eux. Après quelques minutes, ils se tutoyaient déjà.

— T'as une auberge et moi avec, mon cher Edmond. Entre aubergistes, on se comprend. Mange à ta faim, après, je te ferai faire le tour de mon auberge, ça pourra peut-être te donner des idées.

— Pour ça, c'est certain, mon cher Rosario : deux têtes valent mieux qu'une.

Comme il le lui avait promis, Allaire lui montra avec enthousiasme les moindres recoins de l'auberge. Il ne manqua pas de lui faire voir aussi les dépendances, le hangar et l'écurie où pouvaient loger trois chevaux à la fois. Edmond était aux anges. Cette journée, ne cessait-il de répéter, valait une croix d'or sur le calendrier. Il ne manqua pas, avant de quitter Québec, d'aller remercier de vive voix monsieur Panet, qui lui dit :

— Mon ami Philippe Aubert de Gaspé évoque souvent les bons moments passés à votre auberge. Je ne manquerai pas, la prochaine fois que je le verrai, de vous rappeler vous et votre père à son souvenir.

— Vous êtes bien bon, monsieur Panet. Je pourrai jamais vous remercier assez pour tout ce que vous avez fait pour nous.

— Contentez-vous de continuer à rendre heureux ceux qui ont le plaisir de fréquenter votre auberge.

À court de mots, Edmond, comme il le faisait toujours, sortit un autre de ses proverbes :

— Tout est bien qui finit bien !

Monsieur Panet approuva d'un large sourire.

— Comme vous le dites, mon cher monsieur, comme vous le dites !

La veille de son retour à Baie-Saint-Paul, Edmond se rendit une dernière fois au chevet de son père. Même si, en raison de sa paralysie, ce dernier avait peine à parler, il lui trouva meilleure mine. Il l'assura qu'il ne tarderait pas à revenir le voir et il le quitta, l'âme en paix, certain d'avoir fait pour lui ce qu'on pouvait espérer de mieux dans les circonstances.

Le lendemain, il montait à bord de la goélette de Rémi Harvey, en route pour Baie-Saint-Paul.

DEUXIÈME PARTIE

LA SUITE DES RÊVES

Chapitre 15

Une drôle de surprise

Printemps 1805

Comme l'avait laissé entendre Émilie à Marie-Josephte, son père avait quelque chose derrière la tête quand il était allé à Québec, à l'automne. Il était allé y conduire Nicolas et en était revenu sans parler de rien de spécial. Après son dernier séjour en ville pour y laisser son père, outre des louanges pour les Gagné et pour monsieur Panet, il n'avait rien laissé voir de ce qui lui trottait dans la tête. Émilie était toutefois certaine qu'il avait manigancé quelque chose. N'avait-il pas dit à Romuald, avant de partir :

— Penses-tu que je vais me laisser bâdrer par le curé qui veut pas le bien de ses paroissiens et trouve toujours le moyen de leur mettre des bâtons dans les roues ? Alors que mon auberge commence à peine à bien marcher, il fait des pieds et des mains pour que je la ferme. Il a même été chercher une lettre de l'évêque pour me menacer d'excommunication. Est-ce qu'il pense que je suis assez fou pour cesser de vivre par peur de ses menaces et de celles de l'évêque ?

— Je sais bien. Me semble qu'il se conduit pas comme un bon chrétien, avait été la réponse de Romuald.

— C'est pas l'habit qui fait le moine ! s'était écrié Edmond, pour placer un de ses fameux proverbes. Mais t'inquiète pas, mon Romu, avait-il poursuivi, j'ai des petites nouvelles pour lui.

— Quoi donc ?

— La réponse viendra en son temps, avait-il conclu.

Peu après la fonte des neiges, au moment où le lilas commençait à fleurir, Edmond pria Émilie d'inviter toute sa famille pour un grand souper à l'auberge. Plutôt que de se réjouir, Émilie s'inquiéta aussitôt :

— Veux-tu bien me dire ce que t'as décidé ?

— Tu le sauras en même temps que je vais en informer ta famille. C'est là que je sortirai le chat du sac.

Émilie mit tout en œuvre pour accueillir les siens le mieux possible. Pour une fois qu'ils y seraient tous, se dit-elle, il fallait qu'elle les reçoive en grand.

Marie-Josephte, Dorothée et Alicia furent réquisitionnées pour lui donner un coup de main. Elle fit sortir sa meilleure vaisselle. Dorothée et Alicia se chargèrent de la décoration. La salle de l'auberge n'avait jamais paru plus belle et plus colorée. Des bouquets de fleurs sauvages printanières décoraient les tables.

Émilie choisit de servir une soupe aux fèves rouges, suivie de son fameux bouilli de bœuf aux légumes accompagné de patates jaunes. Elle expédia Marie-Josephte chez le boulanger chercher du bon pain frais. Pour dessert, elle choisit de faire un blanc-manger comme elle seule en avait la recette. Tout semblait être prêt pour recevoir dignement les siens quand elle s'aperçut qu'elle risquait de manquer de beurre. Aussitôt, elle mit Marie-Josephte à contribution.

— Va vite chez le laitier chercher deux pintes de crème fraîche bien épaisse !

— Pourquoi donc ?

— Faut faire du beurre. Allez, va !

Dès le retour de Marie-Josephte, la baratte à beurre entra en action. Lentement mais avec régularité, les femmes firent tourner la baratte, libérant le petit lait de la crème. Au bout d'une demi-heure, après avoir retiré le petit lait de la baratte et l'avoir remplacé par de l'eau glacée puis baratté de nouveau, elle retira des parois le beurre qui s'y était accumulé. Elle le sala et le coula dans un moule. Il ne restait plus qu'à le faire durcir. Dorothée fut chargée de le déposer dans une chaudière, qu'elle descendit au fond du puits, juste au-dessus de l'eau.

Les Simard arrivèrent à l'auberge à l'heure dite, Jean-Roch et Aurélie en premier, suivis de Lucien et Rose-Aimée. Jean-Louis se montra seul. Mathilda se présenta avec son Onésime. Lise, la vieille fille, qui vivait toujours chez ses parents, se pointa à son tour en leur compagnie.

En bon aubergiste, Edmond mit tout le monde à son aise en offrant un petit remontant.

— Vous prendrez bien chacun de quoi vous rafraîchir le gosier ! lança-t-il d'une voix enjouée.

Déjà regroupés autour d'une table de l'auberge, les hommes acceptèrent qui un peu de rhum, qui un petit gin, qui un verre de whisky. Les femmes papotaient déjà dans la cuisine et s'exclamaient pour tout et pour rien de ce qu'elles voyaient et sentaient. Elles n'en finissaient pas de s'émerveiller des fumets de la cuisine d'Émilie. Les conversations allaient bon train et les rires fusaient d'un bout à l'autre de la maison.

Au bout de trois quarts d'heure, en bonne cuisinière, Émilie chassa tout le monde de son territoire.

— On mange dans l'auberge sur les tables préparées par les petites. Edmond a fermé l'auberge pour que nous soyons juste entre nous.

— Qu'est-ce qu'il prépare encore, celui-là ? s'informa Lise.

— Chère ! répondit Émilie, je vais l'apprendre en même temps que vous autres, mais je suis à peu près certaine que ça va être une grande nouvelle.

— Quelque chose d'agréable, j'espère ?

— Edmond a pas l'habitude de nous réserver de mauvaises surprises.

Une fois tout son monde réuni autour de la grande table, Émilie, secondée par Marie-Josephte et Dorothée, se mirent en frais de servir la soupe.

Le repas se déroula à vive allure, tant les appétits étaient grands et les mets, délicieux. À tout bout de champ, des rires éclataient à l'un ou l'autre bout de la table. La bonne humeur était de la partie. L'oncle Onésime, un boute-en-train doublé d'un moulin à paroles, enfilait les histoires l'une à la suite de l'autre. Au bout de chacune, un grand rire en chœur déferlait sur l'auberge entière. Edmond jubilait. Émilie était tout attendrie de voir les siens rassemblés en un autre temps que celui des Fêtes ou d'un deuil. Tout se déroulait à merveille. Après le dessert, Edmond fit taire ses invités afin, dit-il, de pouvoir procéder à sa grande annonce. Tout le monde était réchauffé par le petit vin qu'il avait servi et il dut attendre un moment avant d'obtenir le silence.

— C'est pas dans mes habitudes de vous réunir tous autrement que dans le temps des Fêtes, commença-t-il. Mais comme j'avais une annonce pressée et importante à vous faire et que je savais que je pourrais vous réunir au complet à ce temps de l'année, et du même coup faire plaisir à mon Émilie, je lui ai demandé de vous préparer ce bon repas.

— Pour un bon repas, y était pas mal bon, dit en rotant le grand Jean-Roch, ce qui fit naître un sourire sur la figure de chacun.

L'infatigable Émilie avait déjà commencé à desservir les tables. Edmond la pria de s'asseoir.

— Je t'entends aussi bien debout, protesta-t-elle, les mains pleines d'assiettes.

— Je disais donc, poursuivit Edmond, que j'ai pris une décision irrévocable et définitive. J'ai mis l'auberge et du même coup la maison en vente : on déménage à Québec !

Au moment où Edmond faisait sa grande annonce, Émilie, les bras chargés, se dirigeait vers la cuisine. Tout le monde sursauta au bruit des assiettes fracassées sur le plancher. Il y eut des murmures parmi les invités consternés. Marie-Josephte et Lise se précipitèrent pour venir en aide à Émilie, prise de court par la nouvelle.

— M'est idée, lança l'oncle Jean-Roch, qu'il y en a une que t'avais pas informée de ton grand projet.

— C'est pas une chose à faire, Edmond Grenon ! reprocha la tante Aurélie.

— Elle a raison ! s'écria vivement l'oncle Lucien, y a des choses qui se font pas et tu viens d'en commettre une que j'avale pas. Viens ! lança-t-il à sa femme.

Sans attendre, ils quittèrent l'auberge, la tête haute et l'air indigné. Plus calme que son fils, le père Simard commenta doucement :

— C'est pas de mes affaires, mais as-tu pensé réellement à ce que tu fais, Edmond ?

— Si j'y ai pensé ? se défendit-il. Ça fait des mois que je pense qu'à ça. Si je vends pas, je vais être obligé de fermer. Le curé m'en donne pas le choix. Il a dit que si je fermais pas, dans un mois je serais excommunié.

— Tu comptes vraiment aller vivre à Québec ?

— C'est en plein ça. J'ai déjà en vue l'auberge que je vais y posséder.

— As-tu pensé à Émilie ? Qu'est-ce qu'elle va devenir en ville ?

Edmond haussa le ton :

— On vivra pas dans la rue. J'ai jamais laissé ma femme et mes enfants crever de faim.

— Pour ça, c'est juste. Il est vrai que t'as plus guère d'attaches icite, depuis que ton père est rendu là-bas à l'hôpital. Mais elle, elle nous a encore, moi son père, sa mère, ses frères et ses sœurs aux Éboulements. L'as-tu oublié ?

— Je sais bien ! Mais rien vous empêchera de venir nous voir à Québec. Je suis certain qu'Émilie va vite s'y faire des amies et ça prendra pas de temps qu'elle va se plaire. Ensuite, elle aura tous ses enfants avec elle. On pourra leur faire donner l'instruction qu'ils méritent ; c'est pas les écoles qui manquent à Québec.

À bout d'arguments, le beau-père ajouta, un peu méchamment :

— Dis-le donc, avant tout, que tu seras plus proche de ton père !

— J'ai perdu ma mère quand j'avais trois, quatre ans, argumenta Edmond. Il me reste plus que mon père, qu'Émilie aime bien d'ailleurs. Je veux pas être loin de lui quand il va nous quitter pour de bon. Et puis, je suis plus capable de travailler avec une excommunication toujours suspendue au-dessus de la tête. Québec est pas un petit village plein d'envieux comme Baie-Saint-Paul. Je vais y ouvrir mon auberge et je vous garantis que ça va marcher et qu'on y sera heureux, sinon je porte pas le nom de Grenon.

Tout était dit. Tristement, les invités vidèrent la place. Les rires qui fusaient encore une heure plus tôt étaient chose du passé. Quand Edmond fut seul avec Émilie et leurs filles, il alla les trouver et, comme pour se faire pardonner, leur dit:

— Je croyais vraiment que mon annonce vous ferait plaisir.

Émilie protesta:

— Laisse-nous au moins le temps de digérer cette surprise et de nous faire à l'idée. Aurais-tu déjà profité de tes voyages à Québec pour chercher quelque chose?

— Non seulement j'ai cherché, mais j'ai trouvé. Avec la vente de l'auberge et la maison de Baie-Saint-Paul, on va avoir l'équivalent à Québec.

— T'as déjà trouvé? T'aurais pu me parler de ton idée de partir, histoire que je m'y prépare à l'avance. Ça aurait été moins dur pour mon cœur.

Interdit, Edmond baissa les bras comme un pugiliste qui vient de recevoir un bon coup au menton.

— Pauvre Émilie, dit-il, je voulais te faire une surprise. Comme je l'ai dit, j'ai quelqu'un de sérieux pour la maison et l'auberge à Québec. On va y être presque pareil comme icite. Si tu veux savoir où, ça te dira peut-être pas grand-chose, mais elle est sur la rue Saint-Ours, pas loin de l'Hôpital Général où est mon père. Je vais peut-être même pouvoir ouvrir une forge dans une des dépendances, à l'arrière de la maison. Sais-tu ce qui m'intéresse encore plus?

— Comment veux-tu que je le sache? Tu me dis jamais rien de tes projets. Tout ce qu'il me reste à faire, c'est de suivre.

— Si je te l'avais dit, est-ce que ça aurait changé quelque chose ? Je pense que j'ai eu une bonne idée. Notre auberge ne sera pas loin de l'Hôpital Général, on pourra recevoir ceux qui restent en dehors de Québec et viennent voir un parent malade à l'hôpital.

Comme elle l'avait très vite appris avec Edmond, on ne tenait pas tête longtemps à un Grenon. Émilie se résigna au départ. Elle se consolait à la pensée que ses filles la suivraient là-bas. D'abord secouées par l'annonce de leur père, les trois filles se firent rapidement à l'idée d'aller habiter Québec. Il y avait beaucoup à faire pour préparer le déménagement. Le soir même, elles commençaient déjà à planifier leur départ.

Quelques jours plus tard, un homme qu'Émilie n'avait jamais vu se présenta à l'auberge. À peine le seuil franchi, il demanda à voir « monsieur Edmond Grenon ».

— Edmond est parti pour un quart d'heure à peu près. Est-ce que je peux vous offrir quelque chose pour vous faire patienter ?

— Un gin serait pas de refus, ma bonne dame. Après tout, comme cette auberge va bientôt m'appartenir, je peux bien prendre un verre pour célébrer l'événement.

Émilie alla préparer sa boisson. Quand elle la lui servit, elle en profita pour demander :

— C'est donc vous, notre acheteur. Me semble vous avoir jamais vu par icite. Avez-vous de la parenté dans le coin ?

— Vous allez trouver ça pas mal curieux, madame, mais je suis de Québec, j'ai aucun parent ici, mais ça me tente de venir rester en campagne.

— Mon mari m'en a dit un mot, justement.

— Quand il est venu à Québec pour amener son père à l'hôpital, il a couché à mon auberge. On a beaucoup discuté. J'ai décidé de faire un échange avec lui, votre auberge contre la mienne. D'après ce que je vois, l'échange va bel et bien se faire.

Il en était là de son discours quand Edmond arriva.

— Rosario ! s'écria-t-il. T'es venu.

— Quand je promets quelque chose, Edmond, je tiens mes promesses. J'avais promis de venir au printemps, me voilà !

— Tu vas vouloir visiter ?

— C'est certain ! Mais déjà, je trouve la place pas mal et j'ai idée que l'échange va se faire selon les conditions discutées. Tu pourras apporter les meubles que tu veux et moi les miens. On peut pas souhaiter meilleur arrangement. On va faire l'échange de nos maisons et de nos papiers et hop, tout sera réglé !

En parlant, il se frottait les mains de satisfaction. Toute l'affaire se concluait trop facilement au goût d'Émilie. Si Edmond n'avait pas été si excité, il aurait pensé : « Il doit y avoir anguille sous roche. »

Les deux hommes firent le tour de la maison. Quand ils revinrent, monsieur Allaire se dit fort satisfait de tout ce qu'il avait vu.

Edmond semblait pour sa part soulagé d'un grand poids. Il s'informa :

— As-tu apporté tous tes papiers ?

— Je les ai là, dit-il, en les sortant d'un sac de toile qu'il portait à la ceinture. Je présume que les tiens sont prêts aussi, mon Edmond.

— Mes papiers sont chez le notaire Pedneault. Je vais le faire prévenir, il me les apportera demain.

Le reste de la soirée se déroula calmement, à parler de tout et de rien autour d'un verre.

Quand, vers les dix heures, Edmond alla se coucher, Émilie lui demanda, anxieuse :

— T'es certain que les papiers de ce monsieur sont bons ?

— Pourquoi ils le seraient pas ? De toute façon, le notaire Pedneault va les vérifier demain. S'il y a quelque chose de louche, l'échange se fera pas. Que veux-tu, il faut parfois prendre des risques dans la vie. Qui ne risque rien n'a rien !

— Tout à coup que ses papiers seraient pas bons ?

— Dans ce cas-là, on reprendra notre maison. Mais t'en fais pas, je suis certain qu'ils sont bons.

— Comment tu peux dire ça ? Il te les a montrés ?

— Oui ! Quand j'étais à Québec. Et sais-tu qui les a préparés ?

— Tu sais bien que non !

— C'est monsieur Panet, quand il était notaire, avant de devenir avocat.

Tout était dit, Émilie se tourna dans le lit. Dans quelques jours, elle habiterait Québec.

Le lendemain, le notaire Pedneault se rendit à l'auberge où Edmond l'attendait avec son visiteur de Québec. Le notaire parcourut attentivement les papiers que lui remit monsieur Allaire.

— Ce sont bien, demanda-t-il, les actes notariés concernant votre propriété de la rue Saint-Ours, à Québec ?

— C'est en plein ça, monsieur le notaire, tout est là !

Au bout d'une vingtaine de minutes, le notaire dit :

— Tout me semble en règle. Vous allez me donner le temps de faire les papiers d'échange. Demain à pareille heure, vous pourrez les signer, et l'affaire sera conclue.

Le lendemain, comme il s'y était engagé, le notaire se pointa de nouveau à l'auberge, papiers en main. Après avoir pris le temps d'en lire le contenu à voix haute, il les donna à signer aux deux hommes.

Émilie ne voulut pas quitter Baie-Saint-Paul sans passer par le cimetière afin de faire une dernière prière sur la tombe du pauvre Marcel. Elle s'y rendit accompagnée par ses trois filles. Arrivées près du cimetière, elles butèrent contre un tas de terre qui obstruait le passage et qu'elles durent contourner avant d'atteindre le pied d'une fosse où gisait le cadavre d'une jeune fille dont le corps, selon son degré de décomposition, semblait être là depuis un bon moment. Le cœur chaviré par cette vision, elles se précipitèrent au cimetière par l'entrée principale. Avisant le fossoyeur occupé à creuser une tombe, Émilie demanda :

— Pardon, monsieur, de mon audace ! Pouvez-vous me dire comment il se fait qu'il y a, hors du cimetière, le corps d'une jeune fille qu'on a pas pris la peine d'enterrer ?

— Y a rien de plus simple, madame ! dit le fossoyeur. Ce sont les restes d'une jeune fille de la paroisse dont je tairai le nom.

Il se signa en prononçant ces paroles.

— Pourquoi on l'a pas encore enterrée ?

— Parce qu'elle s'est donnée la mort. Elle allait être forcée de se marier par obligation.

— Comment ça ?

— Elle était enceinte de l'homme chez qui elle travaillait. Elle ne voulait pas que ça se sache. Quand elle n'a pu cacher davantage sa grossesse et comme elle voulait pas que ses parents l'apprennent, elle a voulu s'en défaire.

— Pauvre elle ! la plaignit Émilie.

— Elle a pris une potion de sorcière. Elle en a crevé le lendemain, avec son enfant. C'est pour ça, jeunes filles, continua le fossoyeur en regardant Marie-Josephte, Dorothée et Alicia, que monsieur le curé l'a laissée sans sacrement et sans enterrement à l'église, pour que ça vous fasse une bonne leçon au cas où il vous arriverait la même chose.

Sur le chemin du retour, Émilie était songeuse. Elle se disait que si un curé était capable d'une chose pareille, il était bien capable de tout. Au fond, Edmond avait raison : mieux valait quitter Baie-Saint-Paul, même si ça lui fendait le cœur. À partir de ce moment, malgré le fait qu'elle laisserait sa famille derrière elle, l'idée du départ ne la rebuta plus.

Au lendemain de cette sordide visite au cimetière, les déménageurs vinrent chercher à l'auberge, à la maison et à la forge, les meubles et les objets qui devaient suivre la famille. En réalisant son échange, Edmond s'était entendu avec monsieur Allaire pour n'apporter de l'auberge que ce qui ne pouvait se remplacer par quelque chose d'équivalent à celle de Québec. Il se trouvait de la sorte à laisser sur place les tables, les chaises, les bancs, la vaisselle, les ustensiles, etc., pour retrouver les mêmes choses à celle de la rue Saint-Ours. Les déménageurs transportèrent les biens des Grenon au quai de Saint-Joseph-de-la-Rive pour les charger à bord de la goélette *La Sainte-Anne*, sur laquelle la famille fit le voyage jusqu'à Québec. La première voiture, qui appartenait à Edmond, fut chargée telle quelle sur le pont. Le cheval, lui, trouva sa place tout à côté.

Quand la goélette quitta le quai, un seul homme y resta pour la regarder s'éloigner. Longtemps, il salua les Grenon de la main. Romuald Deschênes savait qu'il ne verrait pratiquement plus jamais Edmond, son frère d'adoption chassé par l'acharnement du curé. Sous son regard rempli de tristesse, Edmond, Émilie, Marie-Josephte, Dorothée et Alicia Grenon quittèrent définitivement Baie-Saint-Paul. Quant aux Simard, ils s'abstinrent de venir assister au départ de leur fille.

Chapitre 16

L'établissement à Québec

Quatre jours après leur départ de Baie-Saint-Paul, les Grenon se retrouvèrent rue Saint-Ours, à Québec. Émilie, qui n'avait pas vu la maison, craignait d'être déçue. Dès qu'elle mit les pieds dans l'auberge, elle fut rassurée. Edmond lui fit fièrement faire le tour de la nouvelle demeure, qui présentait de nombreuses similitudes avec celle qu'ils venaient de quitter. C'était un grand édifice en bois dont le rez-de-chaussée abritait la grande salle de l'auberge, la cuisine et la chambre des maîtres. La moitié des chambres de l'étage était réservée aux clients de l'auberge, l'autre moitié à la famille. Un mur mitoyen séparait les chambres des clients de celles de la famille. À chaque bout de la grande salle, un escalier donnait accès à l'étage.

Des tables à battants, placées le long des murs où étaient fixés des bancs, occupaient la grande salle de l'auberge. On pouvait y ajouter, du côté libre et au besoin, à chaque bout, les chaises nécessaires. À la cuisine, le poêle à deux ponts, pratiquement indispensable dans une auberge, ravit Émilie.

— T'as bien choisi, mon Edmond ! C'est une vraie belle maison, ne manqua pas de lui dire Émilie, dès qu'elle en eut fait le tour.

— Tu vois, tu t'en faisais pour rien. Je pense qu'on va être bien icite. Rosario Allaire ne voulait plus tenir auberge en ville. Nous avons fait, j'en suis certain, une bonne affaire.

Il n'aurait pu mieux dire, car dès le premier soir après leur arrivée, les quatre chambres disponibles aux clients étaient occupées. Émilie et ses filles se démenèrent pour répondre à leurs attentes : la réputation de la nouvelle administration était en jeu. Mais la famille ne tarda pas à se trouver devant un problème, et de taille : l'absence d'eau — une chose à laquelle Rosario Allaire n'avait jamais fait allusion. Ce fut Marie-Josephte qui, la première, constata le gâchis. Ayant besoin d'eau, elle s'était rendue au puits, dans la cour, et avait réalisé qu'il était à sec.

— Ça, il me l'a pas dit ! s'indigna Edmond. Je me suis fait passer un sapin !

— Espérons, ajouta Émilie, qu'il y en a pas d'autres de même en vue. Qu'est-ce qu'on va faire ?

— On avisera demain : à chaque jour suffit sa peine !

Tôt le lendemain, Marie-Josephte et Dorothée, chacune munie d'un seau, se rendirent directement à la rivière y puiser l'eau nécessaire pour la maison et l'auberge. Elles apprirent bien vite qu'il valait mieux n'en apporter qu'un seul et le rapporter en le tenant toutes les deux par l'anse. Elles en seraient quittes pour faire plus de voyages, mais se fatigueraient moins ainsi.

Dès ce premier jour, Edmond, qui ne laissait jamais pourrir longtemps une situation, malgré tout le labeur de l'aménagement, décida de résoudre au plus tôt le problème de l'eau. Il se rendit droit chez les Gagné, où Théophile l'accueillit avec un étonnement marqué :

— Coudon, te v'la déjà de retour ? Serais-tu venu voir ton père, par hasard ?

— Oui, mais bien plus que ça ! J'habite maintenant pas plus loin que sur la rue Saint-Ours. J'ai acheté l'*Auberge Allaire*.

— T'as acheté l'*Auberge Allaire* ? Ma foi du bon Dieu, quand tu te décides pour quelque chose, ça traîne pas !

— Quand l'occasion se présente, faut sauter dessus ! C'est ce que j'ai fait !

— Ça fait longtemps que t'es arrivé ?

— Non ! On y est que d'hier et c'est précisément pour vous saluer d'abord que je suis icite, et en même temps pour vous demander un renseignement.

— Vas-y donc, si je peux t'aider, tu me connais, je vais le faire.

— Connaîtrais-tu un sourcier qui reste dans le coin, pas loin ?

— Un sourcier ? Pour quoi c'est faire ?

— Pour nous trouver de l'eau.

— Vous avez pas de puits ?

— Y en a bien un, mais il est à sec.

— Allaire te l'avait pas dit?

— Non, justement!

— Tu parles d'un snoreau! Il mériterait rien de moins que tu le poursuives.

— Je veux bien, mais en attendant ça me donne pas d'eau, et une auberge pas d'eau, c'est comme une forge pas de soufflet, ça apporte de l'ouvrage de plus en pas pour rire.

— Ton sourcier, ça me revient, je pense qu'il y en a un pas loin d'icite dans Saint-Roch. Étienne va revenir à midi et il saura bien me le dire. Rapplique tantôt, on t'apprendra qui c'est. En attendant, si tu veux de l'eau, tu peux venir en chercher icite dans mon puits, ça fait pas mal moins loin qu'à la rivière.

— Mes filles, qui transportent les siaux, sont heureuses de s'y rendre. Ça leur donne un peu de temps pour placoter et voir du paysage. Si jamais ça dure encore longtemps, je les enverrai, sinon je vais les laisser continuer de même. Pendant qu'elles font ça, elles font pas autre chose. C'est pas que je m'ennuie, mais avec tout l'ouvrage que j'ai, tu comprendras, Théophile, que je suis pressé. Excuse-moi donc et à la revoyure. Dis mes saluts à ta Béatrice!

— Comment donc que je vais lui dire. Elle va être heureuse de vous savoir si près. Un bon jour, faudra que ta femme se fasse connaître.

L'angélus de midi finissait à peine de sonner à la chapelle de l'hôpital qu'Edmond filait de nouveau chez les Gagné. En le voyant arriver, Étienne le taquina en l'accueillant par ces mots:

— Vous êtes à sec, monsieur Grenon ? Pour un aubergiste, c'est pas recommandé !

— À qui le dis-tu, mon garçon !

— Avant de partir travailler au jardin, mon père m'a dit que vous cherchiez un sourcier. J'en connais un sur la rue des Fossés. S'il veut et s'il peut, je vous le ramène avant souper.

— T'es bien d'adon, mon Étienne. Je peux que me féliciter d'avoir des voisins comme vous autres.

— Comme ça, vous avez tellement aimé l'auberge du bonhomme Allaire que vous l'avez achetée ?

— On peut dire ça comme ça : faut pas manquer l'occasion quand elle passe. Bon bien, pour une plus longue jasette, mon Étienne, je reviendrai ou bien tu viendras nous voir à l'auberge. J'ai une fille d'à peu près ton âge qui est pas mal en toute si tu veux savoir et si ça peut t'attirer.

— Comptez pas trop là-dessus, monsieur Grenon... J'en ai une en vue qui me prend pas mal de temps.

Ils se quittèrent sur ces mots.

Comme promis, Étienne, sans s'y arrêter plus longtemps que pour laisser descendre un passager, laissa à l'auberge un homme aussi maigre qu'un bâton d'allumette, avec des mains comme des castagnettes et une pomme d'Adam à faire damner Ève. Il fit le tour de la maison et apparut derrière, une baguette de coudrier à la main.

— C'est bien icite qu'il faut que je charche ? lança-t-il sans autre préambule.

Dans sa cuisine, Émilie sursauta. Elle courut à la porte de derrière pour répondre :

— C'est bien là, en arrière.

Sous le regard attentif d'Émilie et de ses filles, accourues en entendant son cri, l'homme se mit à arpenter la cour avec, en équilibre dans la paume de ses mains, les deux branches de la fourche du coudrier, dont la pointe était dirigée vers le ciel. Il tourna un moment autour du vieux puits, fit non de la tête à plusieurs reprises puis, parvenu à quelques pieds de la porte arrière, il vit sa baguette s'animer et pointer vers le sol en se tordant. En voyant son manège, les filles eurent envie de le traiter de sorcier plutôt que de sourcier. Il se pencha, attrapa une roche qui traînait par là, la jeta juste à l'endroit pointé par la branche. Du bout du pied, il traça ensuite autour de la pierre un cercle dans la terre et dit :

— C'est icite qu'il faut creuser !

Edmond, qui avait manqué le spectacle, arriva juste au moment où le sourcier tendait la main en disant :

— Ça sera cinq *chelins*… à moins que ça soit trop cher, sinon ça sera six !

Il rit en montrant les quelques dents jaunes qui lui restaient. La boutade ne fit pas rire Edmond, qui lui demanda :

— Vous êtes sûr de votre affaire ? C'est bien là qu'il faut creuser ?

— Bien certain que je suis sûr, sinon je viendrais pas mûrir icite. Si y a pas d'eau au-dessous à dix pieds de terre, vous pourrez me nayer dedans.

— Ça sera difficile, reprit Edmond, surtout si y a pas d'eau.

— C'est bien certain, monsieur, mais autant que je vous parle, vous allez en avoir assez pour vous nayer ou bedon je m'appelle pas Jean Desnoyers.

Edmond, qui en avait assez entendu, lui donna ses cinq shillings et, sans un mot de plus, le bonhomme disparut comme il était venu, sa branche de coudrier sous le bras. Il avait à peine passé le coin de la maison qu'Edmond marchait d'un bon pas vers le hangar et en ressortait muni d'un pic et d'une pelle. Il se mit sans plus tarder à creuser son puits, comme il l'avait déjà vu faire par le puisatier de Baie-Saint-Paul. La terre s'avérait passablement meuble. Il y travailla jusqu'à la noirceur, sans même prendre le temps de souper, et poursuivit son travail, muni d'un fanal. Émilie eut beau lui dire :

— Tu devrais rentrer, Edmond, il se fait tard et si ça continue de même, tu vas te faire mourir.

— De l'eau, ça peut pas attendre, Émilie, tu le sais bien : j'aime mieux crever de même que crever de soif. Les filles sont pas pour se promener tous les jours, aller retour, avec des siaux d'eau. C'est pas ma tombe que je creuse, c'est un puits et un puits c'est pas la mort, c'est la vie. Dans deux jours, si ce sourcier de malheur a pas menti, on aura de l'eau.

Quand, aux petites heures du matin, il daigna aller se reposer un peu, le puits présentait un œil tout rond, déjà creux de cinq pieds. Le lendemain, à neuf pieds de profondeur, Edmond atteignait une veine d'eau suffisante pour les besoins d'une auberge.

— V'la le trou creusé, déclara-t-il. Il reste maintenant à en faire un vrai puits et c'est pas moi qui en suis capable. Va maintenant falloir nous trouver un maçon.

D'une voix timide, Émilie demanda :

— Où tu penses en dénicher un ?

— Chez les Gagné, on saura bien me renseigner.

Sans perdre un instant, à l'heure où le soleil disparaissait derrière l'horizon et où les nuages s'allumaient comme des braises, il fila droit chez les Gagné.

— C'est encore moi, dit-il à Béatrice venue lui répondre. Je cherche un maçon qui pourrait me fabriquer mon puits.

— Entre donc ! Quelle belle surprise tu nous as fait de venir t'installer par icite avec toute ta famille ! Ça fait plaisir.

— Théophile est pas là ?

— Y est pas loin.

Elle mit le nez dehors et cria d'une voix forte :

— Théophile, c'est Edmond qui cherche un maçon !

Resté sur le seuil, Edmond attendit en trépignant. Il vit paraître, venant de la cour, Théophile, pipe à la bouche, qui lui dit :

— Y en a un bon, à deux rues d'icite, vers Saint-Roch. Si tu regardes bien en t'en allant, tu vas voir son enseigne. Tu peux pas le manquer, au tas de roches qu'il y a devant sa maison.

Il s'arrêta avant d'ajouter :

— Comme ça, ton puits est déjà creusé ?

— Oui, et c'est pas l'eau qui manque. Je dois déjà te quitter, Théophile, si je veux avoir mon maçon pour demain. Merci pour tout.

— C'est de bon cœur !

Il repartit aussi vite dans la direction que lui avait indiquée le jardinier. Quand il revint à la maison, alors que la noirceur régnait depuis plus de deux bonnes heures, il sifflait. Émilie, qui l'attendait avec impatience, sut que sa démarche avait réussi.

— Le maçon sera là demain midi, dit-il. Il m'a promis qu'il travaillerait jusqu'à ce que notre puits soit parfaitement fini.

Là-dessus, il poussa un profond soupir, s'assit sur la première chaise venue. Deux minutes plus tard, le menton sur la poitrine, il dormait comme un bienheureux.

Le lendemain, dès six heures, il était déjà à l'ouvrage, à vérifier si le four à pain extérieur n'avait pas besoin d'être réparé. Il courut toute la journée, à sonder partout, ramassant, classant, ordonnant, sans s'arrêter, comme une vraie queue de veau. Émilie en était étourdie. Pendant ce temps-là, Marie-Josephte et Dorothée transportaient les seaux d'eau et Alicia s'affairait avec sa mère à préparer de la pâte à pain. À peine avaient-elles terminé qu'Émilie réquisitionnait les aînées pour courir porter la pâte chez le boulanger.

— Avec ça, mes filles, on aura du bon pain. Mais la prochaine fois, si votre père nous dit que le four est en bon ordre, on le fera cuire nous-mêmes. C'est de même qu'on sauve les sous qui nous permettent plus tard d'exaucer nos rêves.

Marie-Josephte et Dorothée, qui semblaient avoir hérité de l'énergie de leur père, demandèrent en chœur :

— Qu'est-ce qu'on va faire après-midi ?

— Ce qu'on va faire, mes filles ? Du savon ! Et si on en a le temps, des chandelles.

— Des chandelles ?

— Oui, des chandelles. Imaginez-vous donc que votre père a trouvé dans le hangar deux beaux moules à chandelle. Si on les fait nous-mêmes, ce sera de l'argent de plus encore pour nos rêves. Mais allez, tardez pas si vous voulez qu'on travaille après-midi.

Elles partirent aussitôt vers Saint-Roch avec deux seaux dans lesquels, bien enveloppée dans un linge de coton, se trouvait la pâte à pain pétrie.

L'après-midi était à peine entamée qu'Émilie et ses filles s'agitaient autour d'un grand chaudron posé sur des pierres, au bout de la cour, et sous lequel brûlaient quelques quartiers d'érable.

Pendant ce temps, près de la maison, le maçon préparait tranquillement ses pierres pour le puits. Occupé avec un client, Edmond rongeait son frein, impatient de poursuivre l'aménagement de l'auberge. Dès qu'il eut une minute, il décrocha l'échelle en bois suspendue au mur extérieur du hangar et la posa devant l'auberge. Il repartit un moment fouiller dans le hangar puis en ressortit, les mains pleines. Quand il réapparut dans la cour avec l'échelle sur l'épaule, Émilie, affairée à fabriquer des chandelles avec ses filles, lui demanda :

— Qu'est-ce que tu brasses encore ?

— Ce que je brasse ? Je vous le montrerai quand vous aurez fini vos affaires.

Fier d'avoir piqué leur curiosité, il entra dans l'auberge en sifflotant puis reparut deux minutes plus tard, la pipe au bec. Le grand chaudron laissait monter dans les airs une fumée grasse. Il y jeta un coup d'œil, s'approcha de ses filles et les serra l'une après l'autre contre lui, ce qu'il ne faisait à peu près jamais. Émilie était tout émue de le voir si heureux. Il dit :

— Vous autres aussi, vous brassez quelque chose.

S'adressant à Émilie, il ajouta :

— Tu fabriques nos chandelles maintenant ?

— Avant, j'avais pas de moule. Maintenant que j'en ai deux, pourquoi pas ?

Il se moqua, sourire aux lèvres :

— C'est une bonne chose et c'est le cas de le dire, ça va te permettre des économies de bouts de chandelles.

Le suif avait assez bouilli, il ne restait plus qu'à couler les chandelles. Émilie retira le chaudron du feu.

— On va le laisser refroidir un peu, dit-elle. Marie-Josephte, ma grande, va donc me chercher les mèches que j'ai préparées dans la cuisine.

— Est-ce qu'il faut que j'apporte en même temps une louche, pour puiser le suif?

— Fais donc ça. Pendant ce temps-là, dit-elle à Dorothée, on va préparer les moules.

Elles les posèrent, grands ouverts près du sol, sur une pierre plate. Quand Marie-Josephte arriva avec les mèches, elles se mirent tout de suite en frais de couler le suif dans les moules. Marie-Josephte et Dorothée suivaient religieusement les instructions de leur mère.

— C'est dommage qu'Alicia soit à l'école, remarqua Dorothée. Elle qui est si curieuse, elle aurait certainement aimé apprendre comment on fait des chandelles.

Émilie opina :

— Oui, c'est dommage, mais je lui ai dit qu'elle aurait bien d'autres occasions de l'apprendre. Pour le moment, elle est bien chanceuse d'être à l'école. Les mères de l'hôpital ont été bien gentilles de l'accepter pour quelques mois avec la douzaine de filles qu'elles instruisent.

— Pourvu qu'elles veuillent pas en faire une sœur ! s'exclama Marie-Josephte.

— Pourquoi dis-tu ça, ma fille ? Si c'est son lot de le devenir, faudra bien qu'elle passe par là.

Tout en causant, elles terminaient la fabrication d'une bonne douzaine de chandelles. Leur père, après avoir rôdé autour un moment, était de nouveau entré dans la maison. Quand la dernière chandelle eut enfin pris forme, elles ramassèrent moules et chandelles avant de s'engouffrer à leur tour dans l'auberge, en contournant le trou qui, peu à peu, grâce au travail du maçon, commençait à ressembler à un puits. En les voyant entrer, Edmond leur dit :

— Posez tout ça sur la table et venez avec moi.

— On arrive ! lança Dorothée. M'man, viens, toi aussi !

Elles sortirent par la porte d'entrée de l'auberge. Sous la conduite d'Edmond, elles traversèrent ensemble la rue. Rendu de l'autre côté, il se retourna vers l'auberge et leur dit :

— Regardez !

Sur la façade, il avait accroché l'enseigne où l'on pouvait lire en lettres d'or sur fond rouge : *Auberge Grenon*.

Chapitre 17

Les Gagné

Marie-Josephte, qui s'était rendue à l'Hôpital Général au chevet de son grand-père, revint tout énervée de sa visite. La voyant dans cet état, sa mère lui demanda :

— Qu'est-ce qui te rend si joyeuse ? Ton grand-père serait-il redevenu correct ?

— Non ! Grand-papa est toujours pareil : il parle plus, il bave un peu et reste les yeux toujours grands ouverts, à fixer le plafond qu'il voit pas. En plus, il bouge pas. Pour moi, il comprend même pas quand on lui parle.

Sa mère reprit :

— C'est bien de valeur, sa maladie, mais le docteur dit qu'il faut lui parler quand même au cas où il comprendrait. Lui as-tu parlé ?

— Bien sûr ! Sans ça, qu'est-ce que j'irais faire là ? Je lui ai raconté ce qu'il venait de m'arriver juste avant que je rentre dans l'hôpital.

— Il t'est arrivé de quoi avant que tu rentres à l'hôpital ? reprit sa mère d'une voix inquiète. Quoi donc ?

— Rassurez-vous, m'man, c'est quelque chose de bien agréable à raconter.

— Bien, raconte-le au plus vite si c'est si intéressant, que ça nous change un peu les idées.

— Comme j'arrivais à la dernière maison avant l'hôpital, qu'est-ce que je vois ? Trois filles, à peu près de mon âge, à quatre pattes, le derrière en l'air, occupées à chercher quelque chose dans leur jardin.

— Qu'est-ce que t'as fait ?

— Je leur ai demandé : « Que cherchez-vous comme ça ? » Elles ont levé la tête toutes les trois en même temps. M'man, vous me croirez pas, y en a deux qui se ressemblaient tellement que j'aurais pas pu dire qui était qui. La plus grande des trois a répondu : « On cherche Joséphine ! » « Joséphine ? » Elles ont crié ensemble : « Oui ! C'est notre tortue ! » Vous me connaissez, m'man, j'ai pas pu m'empêcher de leur demander si je pouvais les aider à la trouver. « C'est pas de refus, a répondu la plus vieille, plus on est à la chercher, plus on a de chances de la trouver. Mais qui es-tu donc ? » « Marie-Josephte Grenon, votre nouvelle voisine. » Elles m'ont regardé en souriant. Y en a une qui a dit : « Grenon, me semble que c'est un nom qui me dit quelque chose. » « Bienvenue chez nous, a dit l'aînée, moi c'est Agathe Gagné, elle c'est Angèle et l'autre Angélique, des jumelles. » Elle aurait pas eu besoin de me le dire, tellement ça se voyait, y avait pas moyen de les distinguer l'une de l'autre. Pour les taquiner j'ai dit : « Angèle, Angélique, ça fait beaucoup d'anges dans la famille. » « Dis plutôt plusieurs démons », répliqua Agathe. Les deux autres lui ont sauté dessus et ont pas cessé de la tenir tant qu'elle a pas dit : « Pardon ! La langue m'a fourchée, vous êtes deux petits anges du bon Dieu. » Les deux jumelles avaient pas aussitôt lâché leur sœur qu'elle ajoutait avec un grand sourire : « Deux petits anges du bon Dieu à la queue fourchue. » Elles ont rappliqué aussitôt, lui ont sauté dessus avec de grands cris mêlés de rires, jusqu'à ce qu'elle accepte de dire qu'elles étaient « les plus beaux anges du monde... avec des cornes ». Ça a duré de même un bon bout de temps puis Agathe les a rappelées à l'ordre : « Que devient notre Joséphine pendant tout ce temps ? » Profitant qu'elles se chamaillaient, j'ai sauté la clôture et, à quatre pattes à mon tour, je me suis mise, tout comme elles, à soulever les plants de concombres, les feuilles de rhubarbe et de citrouilles, à la recherche de cette chère Joséphine. Pendant que je cherchais de la sorte, je me suis souvenue que lorsqu'une tortue disparaît, c'est qu'elle s'est enfouie quelque part dans le sol. Pour s'enterrer ainsi, ça lui prend un endroit où le sol est friable. J'ai donc commencé à examiner les alentours et j'ai vu un carré de jardin où la terre était fraîchement retournée. C'est vers cet endroit que je me suis dirigée, convaincue d'y trouver Joséphine. Deux minutes plus tard, j'ai aperçu le dessus de sa carapace entre deux mottes de terre. Toute heureuse de ma découverte, j'ai crié : « Je l'ai ! » Les trois sœurs m'ont entourée en me félicitant de ma trouvaille. Je leur ai demandé : « À qui est-elle ? » Elles ont répondu ensemble : « À nous trois ! On s'en occupe chacune notre tour. » Elles m'ont ensuite invitée chez elles. Elles ont une belle grande maison et un beau jardin plein de légumes. J'étais à peine entrée que j'ai appris, en les apercevant, qu'il y avait encore quatre autres filles dans la maison : Louise, Anne et Hélène. « Quant à Étiennette, notre sœur aînée, et nos frères, Jean-Marie et Étienne, le jumeau d'Étiennette, m'ont-elles dit, tu feras plus tard leur connaissance. Jean-Marie est marié et travaille avec notre père au jardin de l'hôpital. Étienne est charretier. » C'est quand elles ont dit ça que je me suis souvenue. P'pa avait dit que le premier soir qu'il était venu à Québec, il était resté dans une famille Gagné qui habitait près de l'hôpital et chez qui il avait très bien été reçu. J'ai compris que c'était cette famille dont il avait parlé. J'ai dit : « Est-ce que ce serait pas chez vous, y a pas très longtemps, que mon père a couché un soir ? Il venait conduire mon grand-père à l'hôpital. » « Ah ! Ça me revient, s'est écriée une des jumelles. Me semblait aussi, que le nom Grenon me disait quelque chose. C'était ton père et ton grand-père ? » « Bien oui ! »

Comme sa fille prenait enfin un moment pour reprendre son souffle, Émilie en profita pour dire à Marie-Josephte :

— Ça fait au moins deux fois que votre père va là pour demander des renseignements.

— M'man, je te le dis, elles sont bien gentilles. On va avoir de bonnes amies qui restent tout près.

— C'est bien tant mieux, ma petite fille !

Dès le lendemain, les jumelles Gagné se présentaient chez les Grenon et faisaient connaissance avec Dorothée. Entre elles, les affinités furent si fortes que le jour suivant, en compagnie d'Angèle et d'Angélique, Dorothée se rendait à l'hôpital avec idée d'y dénicher du travail. Elles furent reçues par mère Sainte-Honorine, une maîtresse femme qui n'avait pas le sourire facile, mais donna l'impression de savoir où elle allait.

— Mère Sainte-Honorine, commença Angélique qui parlait pour deux, on vous amène notre amie Dorothée Grenon ; son grand-père est ici à l'hôpital. Elle aide sa mère à leur auberge.

— Où ça ? demanda la mère.

— Sur la rue Saint-Ours, lui répondit Dorothée du tac au tac.

— Tu n'es pas un peu jeune pour travailler dans une auberge ?

— Je suis habituée. J'aide à la cuisine et je fais le service à la table.

La bonne sœur fronça les sourcils et sortit son ton de sermon des dimanches :

— Une auberge est souvent un lieu de perdition, ma fille. Il est de loin préférable que tu penses à travailler pour le bon Dieu. Tu n'as jamais songé à te faire religieuse ?

Prise de court par la question, Dorothée ne sut que répondre, sinon un « euh ! »

C'est Angèle qui la tira de ce mauvais pas.

— Faudrait voir si elle a la vocation !

— La vocation, ma fille, c'est en essayant qu'on sait si on l'a : il faudrait que tu deviennes novice.

Pour se tirer d'affaire, Dorothée laissa entendre qu'elle y penserait. Leur démarche auprès de la religieuse ne fut guère fructueuse : la bonne sœur n'avait, pour le moment, rien à offrir.

En sortant de l'hôpital, Angèle et Angélique proposèrent de passer par le cimetière. Elles montrèrent à Dorothée l'endroit où était enterré leur grand-père Gagné.

— L'avez-vous connu ? s'informa Dorothée.

— Un peu ! dirent-elles. Il était extraordinaire pour compter.

— Comment ça ?

— Les gens venaient le voir avec des colonnes de cinq ou de six chiffres. Il les additionnait comme ça d'un coup et mettait le résultat de l'addition au bas de la feuille sans jamais se tromper. C'était un véritable phénomène. Tout Québec le connaissait.

— Comment faisait-il pour calculer si vite des colonnes de six chiffres ?

— On l'ignore, mais c'était, paraît-il, un don et un phénomène rare.

Les jumelles, qui connaissaient les lieux pour s'y être souvent rendues, conduisirent Dorothée jusque devant le tombeau d'un homme « très important pour le pays ».

Après avoir lu le nom de l'épitaphe, Dorothée demanda :

— Qui est ce monsieur Montcalm ?

— C'est le général qui a perdu la bataille des plaines d'Abraham contre le général Wolfe.

— Je le savais pas, dit piteusement Dorothée.

— C'est pas si important que ça, reprit Angèle, mais comme dit mon père, c'est bien à cause de lui que les Anglais ont envahi Québec et qu'on est pris avec.

De là, elles la menèrent à la chapelle.

— Ici, dit Angélique à voix basse, juste au-dessous de nous, est enterré le fondateur des religieuses de l'hôpital, monseigneur de Saint-Vallier. Il paraît qu'un bon jour, les religieuses vont faire ouvrir son tombeau pour voir si c'est un saint. Si son corps s'est bien conservé, ce sera le cas.

— Qui t'a raconté ça ?

— Mère Saint-Angèle, celle qui porte le même nom que moi. Garde-toi de le répéter, mais je l'aime pas. Elle voudrait que j'entre chez les sœurs. Chaque fois qu'elle me voit, quand je vais travailler à l'hôpital, elle tourne autour de moi pour me demander si j'ai bien réfléchi à ma vocation religieuse. Ça, c'est une vraie manie de sœurs !

— Faut pas qu'on s'attarde, dit soudainement Angélique. Le nouveau vicaire doit nous rendre visite avant souper. On a décidé de lui jouer un bon tour.

— Il vous connaît pas ?

— Il nous a jamais vues. Viens avec nous, tu vas bien t'amuser.

Les jumelles se ressemblaient tellement que personne, à part les leurs, ne parvenaient à les distinguer l'une de l'autre. Au début, Dorothée avait eu de la difficulté à les différencier. Puis, elle s'était rendu compte, à la longue, qu'Angèle avait un petit grain de beauté sous la paupière gauche. C'est ainsi qu'elle pouvait, au premier coup d'œil, faire la différence entre l'une et l'autre. Puis, plus tard, par toutes sortes de petits détails glanés au fil du temps, elle n'eut plus aucune misère à les reconnaître. Angèle était moins vive qu'Angélique ; elle parlait plus lentement et raisonnait beaucoup. Les deux se montraient cependant toujours enjouées, et elles aimaient rire et se servir de leur ressemblance pour jouer des tours.

Elles entraînèrent donc Dorothée avec elles, en lui promettant que le petit vicaire penserait avoir des hallucinations. Il passait chez les Gagné pour la dîme.

Quand il entra, Angèle, Angélique, Hélène et Agathe se trouvaient dans la cuisine avec Dorothée. Angèle alla répondre et lui dit :

— Bonjour, monsieur l'abbé ! Mes parents sont pas ici, mais je sais qu'ils ont mis des sous de côté pour la dîme. Attendez un moment, je vais aller les quérir.

— Très bien, jeune fille, dit le petit vicaire.

Elle revint du côté de la cuisine. Angélique partit avec l'argent, fit le tour de la maison par l'extérieur. Sans faire de bruit, elle entra par l'avant et se cacha le long du mur afin de n'être pas vue du visiteur. Angèle sortit de la cuisine et se dirigea vers le vicaire comme pour lui remettre l'argent puis revint sur ses pas, feignant d'avoir oublié quelque chose. Aussitôt, Angélique, surgit de sa cachette et s'amena derrière le vicaire en disant :

— Voilà vos sous, monsieur l'abbé !

Le jeune vicaire se retourna, elle lui remit les sous puis repartit aussi vite par où elle était venue. Angèle sortit alors de la cuisine et lui demanda :

— J'espère que tout y est, monsieur le vicaire ?

Croyant avoir la berlue en apercevant Angèle devant lui, le vicaire se retourna brusquement dans la direction où il avait vu Angélique et se trouva nez à nez avec… une Angélique toute souriante.

— Mais, dit-il, qu'est-ce qui se passe ? Il me semble que...

— Je suis là ! lui lança aussitôt Angèle.

Il se retourna, l'aperçut, se gratta la tête puis tout à coup comprit le subterfuge et se mit à rire de bon cœur avec les jumelles, ainsi qu'Agathe, Hélène et Dorothée qui venaient de les rejoindre pour voir la réaction du vicaire. Le pauvre, il croyait vraiment avoir rêvé et les jumelles ne boudaient pas leur plaisir de s'être payé sa tête !

Cette amitié naissante entre les Gagné et les Grenon devait se perpétuer. À son tour Alicia se lia d'amitié avec Hélène, celle des filles Gagné qui avait le même âge qu'elle.

Chapitre 18

Une visite chez les voisins

La famille Gagné avait déjà tellement fait pour la sienne qu'Edmond, malgré tout le travail à abattre à l'auberge, ne refusa pas l'invitation à les visiter quand ils exprimèrent le souhait de faire connaissance avec Émilie. Un beau dimanche après-midi, les Grenon se rendirent chez leurs voisins. Émilie ne manqua pas de les remercier pour tout ce qu'ils avaient fait pour eux.

— En venant à Québec, dit-elle, on pensait jamais avoir d'aussi bons voisins.

— On est pas meilleurs ni pires que les autres, assura Béatrice Gagné. On fait ce qu'on a à faire pour que les autres soient pas malheureux.

— Vous êtes bien bonne, en tous les cas, d'avoir hébergé mon Edmond et son père quand il est venu pour le conduire à l'hôpital, et de nous avoir aidés depuis notre arrivée.

— Ce qui me fait plaisir, Émilie, si tu me permets de t'appeler par ton nom, c'est de voir comment nos filles s'entendent bien. Tout de suite, aux premiers jours de votre arrivée, elles ont fait connaissance et elles ne se lâchent pas depuis ce temps-là.

— Elles ont un peu le même âge, ça va de soi. Pour nos filles, c'est une bonne chose parce qu'elles ont laissé des amies à Baie-Saint-Paul et elles avaient bien peur de trouver ça difficile de s'habituer icite. Par chance, vous êtes nos voisins de pas loin et vous avez beaucoup de filles qui sont bien fines.

— Si mes filles sont bien fines, moi je le suis guère ! s'exclama Béatrice. J'oublie de vous offrir un verre d'amitié.

Pour mettre tout le monde à son aise, Edmond répondit pour tous :

— Ça nous fera plaisir d'en prendre un, mais à une condition : faudra que vous veniez à votre tour à mon auberge avant longtemps.

— On ira ! On ira ! promit Théophile.

Ils burent à la santé de tout le monde. Les filles avaient disparu comme par enchantement. Leurs amies les avaient emmenées dans leur chambre. Théophile, qui ne parlait pas beaucoup, se décida tout d'un coup à inviter Edmond.

— J'ai bien envie de te faire voir le jardin que j'entretiens pour l'hôpital.

— C'est une très bonne idée, approuva Edmond.

— Pendant ce temps-là, proposa Béatrice à Émilie, je pourrais en profiter pour te faire voir le mien. C'est tôt dans la saison, mais ça va te donner une idée de mon jardin qui me demande beaucoup de temps, mais qui produit aussi passablement. Tiens, j'y pense, si jamais t'as quelques minutes, un après-midi, tu pourrais venir me rejoindre et on pourrait y travailler ensemble.

— Oh ! Que ça me ferait plaisir, Béatrice, mais le travail à l'auberge me laisse pas grand temps pour respirer. Je vais tâcher de venir, une bonne journée qu'il y aura pas beaucoup de clients, même si c'était juste pour une heure ou deux.

Les hommes partirent à pied vers l'hôpital. Théophile fumait sa pipe et devisait tout en marchant.

— J'ai été pas mal chanceux d'avoir un travail à l'hôpital. Faut dire que j'ai trois de mes sœurs qui sont entrées en religion ici. C'est une communauté sévère. On peut pas les voir bien souvent et encore, quand on les voit, c'est toujours derrière un grillage. De cette manière-là, c'est pas long qu'on a plus grand-chose à se dire. Elles disent qu'elles sont les servantes du bon Dieu. Pour eux autres, on existe quasiment plus. Mais qu'est-ce que tu veux, c'est fait de même.

Tout en causant, ils parvinrent au jardin dont ils firent le tour, pendant que Théophile expliquait le rendement de chaque carré de carottes, de poireaux, de pois, de blé d'Inde. La production dépassait tout ce qu'Edmond aurait pu imaginer.

— J'aurais jamais pensé que ce jardin pouvait être si grand et produire autant !

— Il le faut ! En plus des sœurs, on doit nourrir les malades de l'hôpital pour une partie de l'année.

Du jardin à légumes, ils passèrent à celui des fruits et ensuite à celui des fleurs.

— Ça doit demander un travail énorme, dit Edmond.

— Avec Jean-Marie, on y arrive bien. Faut dire qu'il y a tout l'hiver où on est quasiment à rien faire. Mais dès que février se pointe, on commence à bouger plus, à préparer les graines de semence. À partir de mars jusqu'à l'automne, ça nous tient pas mal occupés. Tu devrais voir, dans les fondements de la bâtisse, les grands caveaux à légumes quand ils sont pleins. Je t'y conduirais volontiers, mais les sœurs aiment pas que j'amène des visiteurs. Je me le suis fait dire une fois. Faudrait pas que je recommence. Une bonne place de même est vite perdue.

— Je comprends ça, mon Théophile, et je suis déjà bien comblé par ce que tu m'as fait voir.

Ils revinrent tranquillement à la maison, sans se presser, comme deux bons vieux amis qui veulent profiter de chaque minute passée ensemble.

Pendant ce temps, Béatrice avait eu largement le temps de montrer son jardin à Émilie. Quand les hommes réapparurent, les deux femmes échangeaient des conseils sur la façon de faire cuire et de conserver différentes sortes de confitures.

— Tu sais pas, Edmond, ce que Béatrice m'a dit ?

— Quoi donc !

— Elle a jamais mangé de gourganes !

— Va falloir que tu lui fasses une de tes bonnes soupes, un de ces jours.

— Je suis certaine, assura Émilie, que vous allez adorer ça.

— Si je m'adonne à aller à Baie-Saint-Paul dans le bon temps, je vous promets, renchérit Edmond, de rapporter des gourganes. On va tous vous inviter à venir en manger à l'auberge. Ça, avec une de ces bonnes tourtières de Charlevoix, vous allez être heureux comme des princes.

— Maintenant que la glace est cassée, souhaita Théophile, y va falloir remettre ça.

— Faut dire, reprit Edmond, qu'elle était pas bien épaisse.

Sa réflexion les fit sourire. Ils se quittèrent bons amis sur ces mots, ignorant que, malgré ces promesses et toute leur bonne volonté, leur travail les empêcherait de se voir aussi souvent qu'ils le souhaitaient.

En revenant à l'auberge, les Grenon trouvèrent sur le seuil de leur porte une lettre que Dorothée s'empressa de ramasser.

— Tout à coup, dit Marie-Josephte tout excitée, que ce serait une lettre de Nico !

— Suffisait que tu le dises ! s'exclama Dorothée. C'est bien une lettre de Nico !

— Ouvre-la vite, lui dit sa mère. Je me languis depuis si longtemps d'avoir de ses nouvelles.

— Elle est datée du mois d'octobre de l'année passée, à Dieppe.

Bonjour chers parents !

C'est moi, votre fils Nicolas, qui trouve enfin le moyen de vous écrire. Je vous espère tous en santé comme je le suis. Nous avons fait bon voyage avec Jérôme sur le vaisseau du capitaine Durand. Nous avons eu une belle traversée, mais nous avons travaillé à la cuisine comme des désâmés. Comme nous ne pouvions pas retourner tout de suite à Québec avant le printemps à cause des glaces, pour ne pas être dégradés pendant des mois dans la ville de Dieppe, même si c'est une belle ville, nous nous sommes engagés dans l'armée, Jérôme et moi, sans trop savoir pourquoi. Quand vous allez recevoir ma lettre, je serai déjà en route pour m'entraîner à combattre. Je ne pourrai pas vous écrire avant des mois, parce que je serai trop occupé. Je ne vous oublie pas, même si je ne donne pas de nouvelles, et je me languis de vous retrouver tous à un retour le plus tôt possible.

Votre fils affectueux !

Nicolas Grenon

— Quelle bêtise a-t-il encore fait, celui-là ! s'exclama Edmond quand Dorothée eut fini sa lecture. Le v'là dans l'armée. Pour moi, on est pas près de le revoir.

— Il est en bonne santé, au moins, se consola Émilie.

— C'est curieux, fit remarquer Dorothée, sa lettre s'est promenée jusqu'à Baie-Saint-Paul. Je me demande qui l'a apportée jusqu'icite ?

— Quelqu'un de passage, sans doute. Rosario Allaire la lui aura confiée, conclut Edmond. Rien n'empêche qu'avec tout ça, on sait pas où lui écrire. Et même si on le savait, dans l'armée, ils changent toujours de place, quand ils se font pas tout simplement tuer.

Chapitre 19

L'enfant perdu

Un soir, presque à la brunante, Dorothée, revenant de l'hôpital, entendit un enfant pleurer. Il était assis au bord du chemin et semblait complètement perdu. Dorothée lui demanda son nom : il ne répondit pas. Elle eut beau lui parler doucement, lui demander où il demeurait, il restait muet. Ne pouvant se résoudre à laisser l'enfant tout seul dans la rue, elle décida de le ramener à la maison. Une fois là, Marie-Josephte, Émilie et Alicia tentèrent, chacune à son tour, de lui arracher un mot : il ne répondit pas plus. Émilie en conclut :

— On pourra pas le garder chez nous, va falloir en parler à monsieur le curé. Lui réussira bien à savoir qui est cet enfant.

Elles n'eurent pas besoin d'aller voir le curé. Le lendemain, chez le boulanger où elle était allée chercher quelques brioches réclamées par un client de l'auberge, Marie-Josephte releva une annonce dans *La Gazette de Québec*.

— Regardez, m'man, ce que je viens de trouver.

— Quoi donc ?

— L'annonce, juste là !

« *Monsieur l'ingénieur Jean-Baptiste Du Berger et son épouse éplorée signalent la disparition de leur fils Louis-Thomas. Si quelqu'un a vu un enfant de quatre ans, habillé d'un pantalon gris et d'une chemise blanche, errer dans les rues de la Basse-Ville, il est prié de communiquer aussitôt avec les parents qui vivent dans la peine et l'inquiétude. Est-il nécessaire de préciser que la famille de notre honorable concitoyen habite à la Petite-Rivière-Saint-Charles.* »

— Dis à ton père d'atteler Roussine, commanda Émilie, on va ramener l'enfant tout de suite à ses parents.

En moins de temps qu'il ne faut pour le dire, Émilie, Marie-Josephte, Dorothée et Alicia quittaient la rue Saint-Ours avec l'enfant, qui n'avait toujours pas ouvert la bouche, même si, pour le rassurer, Dorothée ne cessait de lui répéter :

— Tu vas revoir ta maman et ton papa, on s'en va chez toi.

Elles se rendirent jusqu'au bout de la rue Saint-Ours puis s'informèrent où était la Petite-Rivière-Saint-Charles. D'un renseignement à l'autre, elles finirent par trouver la maison des Du Berger. Quand elles y arrivèrent avec l'enfant, l'émoi fut à son comble. Des voisins se précipitèrent pour voir le petit, pendant que sa mère pleurait de joie. Troublé par toute cette agitation, l'enfant se mit à pleurer à son tour, ce qu'il n'avait pas fait depuis la veille.

— Rassurez-vous, madame Du Berger, la réconforta Émilie, il a pas eu de mal. On était sur le point d'aller voir monsieur le curé avec quand ma fille a trouvé votre annonce dans *La Gazette*. On a pas perdu une minute pour vous le ramener.

— Quelle reconnaissance nous vous devons, chère madame ! parvint à articuler madame Du Berger. Et dire que nous ne savons même pas comment vous vous appelez.

— Ah ! C'est vrai. Dans toute cette excitation, j'ai oublié de me présenter : Émilie Grenon. Et voici mes filles : Marie-Josephte, Dorothée et Alicia.

— Je n'en reviens pas qu'il était rendu si loin de chez nous. On ne penserait jamais qu'un petit enfant comme lui peut marcher aussi loin. Si vous saviez, madame, quelle frousse il nous a donnée.

— Vous pouvez m'appeler Émilie, vous savez. Nous autres aussi, on a eu une grande épreuve y a pas si longtemps. On a perdu notre fils Marcel qui s'est tué, dans une chute. Je peux comprendre un peu ce que vous avez ressenti.

— Vous êtes bien bonne, Émilie. Le hasard a fait que nous avons pu nous rencontrer, il ne faudrait pas que ce soit la dernière fois. Mon mari est parti à la recherche du petit, de bonne heure ce matin, il va être tellement content qu'il soit retrouvé. Vous savez, mon mari est ingénieur. Il travaille présentement à un plan en relief de la ville, il faudra que je vous amène avec vos filles voir ce qu'il fait. Je suis certaine que vous allez aimer.

— J'en doute pas, madame Du Berger, reprit Émilie. Ça nous fera grand plaisir de vous revoir et de connaître votre mari, mais dans des circonstances différentes.

— Nous avons à peu près le même âge, reprit madame Du Berger, nous pourrions sûrement nous tutoyer et pourquoi pas commencer tout de suite ? Appelle-moi Geneviève.

— Je manquerai pas de le faire, rassure-toi, et ça sera un plaisir de te revoir. Mon mari tient auberge, rue Saint-Ours, pourquoi ne viendrais-tu pas nous rendre visite avec le tien ? On pourrait faire meilleure connaissance.

— C'est promis ! Nous irons.

Les deux nouvelles amies se laissèrent sur cette promesse. Une bonne s'occupait du jeune Louis-Thomas qui avait déjà recouvré l'usage de la parole.

— Dis bonjour à madame et à ses filles, insista sa mère.

L'enfant esquissa de la main un bonjour timide.

Dorothée sauta de la voiture pour aller lui donner un bec sur la joue qui lui valut un beau sourire de l'enfant.

— Vraiment, Émilie, lança Geneviève Du Berger, tu as de charmantes filles !

À quelques jours de là, Émilie reçut une invitation qui lui fit grand plaisir :

Chère madame,

Mon époux a été profondément touché par la sollicitude que vous avez témoignée à l'égard de notre famille en ramenant sain et sauf notre fils Louis-Thomas. Pour vous remercier, il a pensé vous faire bénéficier, ainsi qu'à vos filles, d'un privilège qu'il accorde rarement : celui de vous faire admirer le plan en relief de la ville de Québec qu'il est en train de réaliser. Il m'a demandé de vous guider pour cette visite. Comme vous êtes propriétaire d'une auberge, il a pensé que vous disposeriez sans doute de temps, dimanche après-midi, pour répondre à son invitation. Si ce moment vous convient et que vous êtes disposée à venir, nous vous enverrons, dimanche à une heure, une voiture pour vous conduire, vous et vos filles, à la maison où mon mari accomplit son travail. Nous vous y attendrons. Si nous n'avons pas d'avis contraire de votre part, nous considérerons que vous acceptez cette invitation et il nous fera grandement plaisir d'y donner suite.

Geneviève Du Berger

Le dimanche venu, Émilie, Marie-Josephte, Dorothée et Alicia attendaient fébrilement la voiture qui devait leur permettre d'aller admirer ce que plusieurs considéraient comme un des plus beaux plans miniatures jamais réalisés au pays.

À l'heure dite, elles virent déboucher au bout de la rue Saint-Ours un cocher aux commandes d'une voiture à quatre roues comme elles n'en avaient jamais encore vue : une diligence tirée par deux chevaux. Arrivé devant l'auberge, le conducteur descendit et pria ces dames de monter en prenant bien garde au marchepied. Dès que ses passagères eurent trouvé place dans la voiture, il fit faire demi-tour aux chevaux et reprit tranquillement la rue Saint-Ours, afin de traverser tout Saint-Roch et d'emprunter la côte du Palais jusqu'à la Haute-Ville.

Dans la diligence, les passagères s'extasiaient du spectacle de la ville. Les « As-tu vu, m'man ? » et « Regarde, m'man ! » fusaient à tous les coins de rue.

Jusque-là silencieux, le cocher se transformant soudain en guide, lança d'une voix de stentor :

— Mesdames, vous voyez sur votre gauche le chantier maritime où se construit présentement le navire *Le Saint-Laurent*, dont vous pouvez apercevoir la carcasse qui se détache là-bas, près de la rivière. Plus de cent hommes y travaillent. Il sera prêt à prendre la mer dans quelques mois.

Pendant que les Grenon admiraient ce travail colossal, la diligence poursuivait son chemin cahin-caha sur la route infestée de nids-de-poule que le cocher s'efforçait d'éviter de son mieux. À l'intérieur, Émilie et ses filles rivalisaient de « oh ! » et de « ah ! » Dorothée, qui se sentait toute fière d'être à l'origine d'une pareille faveur, ne put se retenir d'en faire la remarque.

— M'man ! Si j'avais pas trouvé Louis-Thomas, on serait pas là à se promener dans Québec comme des riches.

— T'as raison d'être fière, ma fille, et profite bien de cette promenade, parce que je crois pas que t'auras la chance d'en faire de semblables bien souvent. Tu vois, à mon âge, c'est la toute première fois pour moi.

La voiture venait maintenant de s'engager dans une rue beaucoup mieux entretenue. Le cocher accéléra un peu l'allure en prévenant ses passagères.

— Nous allons bientôt monter la côte du Palais. Ne manquez pas de remarquer à votre gauche l'édifice même du palais, construit du temps de messire Jean Talon, premier intendant du pays.

Dès qu'ils attaquèrent la montée, les chevaux ralentirent le pas, ce qui permit au cicérone de poursuivre.

— Nous allons passer bientôt devant l'Hôtel-Dieu, le premier hôpital de la ville. Vous le découvrirez à votre gauche.

De là, la voiture remonta jusque près de l'église Notre-Dame puis emprunta la rue Saint-Louis, pour conduire ses passagères au pied d'un immeuble où les attendait Geneviève Du Berger. Le cocher rangea sa voiture puis s'en alla tirer le marchepied pour faire descendre ses quatre passagères.

— Comme je suis heureuse de vous revoir ! s'écria leur hôtesse. Mais un qui sera encore plus heureux, c'est mon Jean-Baptiste : il est tellement fier de pouvoir montrer son chef-d'œuvre. Mais ne nous attardons pas plus. Ne soyez surtout pas inquiètes pour le retour, j'ai donné ordre au cocher de vous attendre.

— Tu nous fais tout un honneur, et ton mari aussi, de bien vouloir nous favoriser de la sorte.

— Qui le mérite plus que celles qui m'ont ramené mon pauvre Louis-Thomas ?

Par une porte basse, elle les fit pénétrer dans ce qui se révéla être un genre d'entrepôt. Là, au beau milieu de la salle, brillait le plan en relief de la ville de Québec, plus qu'aux trois quarts fini. Celui qui avait créé ce chef-d'œuvre s'approcha, main tendue. C'était un bel homme, de taille moyenne, aux traits doux et au regard vif.

— Bonjour madame et mesdemoiselles, commença-t-il. Vous ne pouvez pas savoir comment il me fait chaud au cœur de vous recevoir ici, dans un endroit auquel très peu de gens ont accès. Mon épouse m'a dit tellement de bien de vous que je m'en serais voulu de ne pas vous récompenser à ma façon des attentions et des bons soins que vous avez prodigués à notre fils Louis-Thomas, lors de sa récente fugue.

— C'est tout un honneur, monsieur, que vous nous faites, répéta Émilie. Qui de nous quatre aurait pu penser un jour avoir le plaisir de voir une œuvre pareille ?

— Parlons-en de cette œuvre, puisque c'est précisément pour cela que j'ai le bonheur de vous recevoir.

Il les fit avancer devant sa formidable réalisation et commenta :

— Le plan mesure trente-cinq pieds de longueur et y figurent en bonne partie la Basse et la Haute-Ville de Québec.

Muni d'une mince perche dont il se servait pour indiquer des maisons sur le plan, il commença à faire faire un tour de ville aux dames émerveillées.

— Est-ce que les maisons, questionna Dorothée, sont toutes reproduites exactement comme on les voit dans la ville ?

— Oui, jeune fille. Puis-je savoir ton nom ?

— Dorothée !

— Et tes sœurs sont ?

— Marie-Josephte et Alicia.

Pendant qu'elle les nommait, chacune fit une petite révérence qui amusa beaucoup l'ingénieur.

— Je ne veux pas, poursuivit-il, vous ennuyer en commentant chacune des maisons que vous voyez, mais je vais, si vous le voulez bien, vous offrir un tour rapide du plan-relief. Imaginez que vous êtes des colombes ou encore des hirondelles et que vous survolez Québec. Qu'est-ce que vous allez y remarquer en premier ? Je pense bien que ce seront les édifices suivants.

De sa baguette, il pointa tour à tour le château Saint-Louis, la cathédrale de Québec, le Séminaire, le collège des jésuites, l'Hôtel-Dieu et ajouta :

— Plus près, ici, le nouveau palais de justice récemment construit.

— On l'a vu tout à l'heure, s'empressa de dire Alicia.

— Tu as raison, Alicia, vous y êtes passées tout à l'heure. Ce que vous n'avez sans doute pas vu, même si vous en étiez tout près, c'est la maison du Chien d'or. Si je vous en parle, c'est que sur cette maison, il y a dans la pierre le relief d'un chien d'or en train de ronger un os. Si jamais vous passez devant, arrêtez-vous pour lire l'inscription amusante qu'on y trouve.

— Qu'est-ce qui est marqué ? questionna Marie-Josephte.

— C'est une formule étrange, mais qu'il vaut la peine de méditer :

Je suis un chien qui ronge l'os
En le rongeant, je prends mon repos
Un jour viendra qui n'est pas venu
Où je mordrai qui m'aura mordu

— C'est vraiment curieux, approuva Marie-Josephte.

— Maintenant, continua l'ingénieur, si nous survolons l'autre côté du plan, vers l'ouest, que voyons-nous ? Le monastère des ursulines et la porte Saint-Louis. En filant vers le nord, nous passons au-dessus de la porte Saint-Jean et, si nous allons là où vous habitez, nous passons au-dessus de la rivière Saint-Charles pour arriver à l'Hôpital Général. Bientôt, vous pourrez voir votre maison sur la rue Saint-Ours. Quant à la nôtre, où vous êtes allées, elle se trouve là, au bout de ma baguette.

— C'est extraordinaire ! dit Émilie. N'est-ce pas, les enfants ?

— Oh oui !

Et en guise de réponse plus élaborée, elles se mirent toutes trois à applaudir.

— Maintenant que vous avez vu ce plan, conclut l'ingénieur, vous aurez une meilleure idée de la ville et, quand vous aurez l'occasion d'y venir, vous saurez davantage l'apprécier.

En souvenir de leur visite, il donna à chacune une maison miniature.

— Ce sont, dit-il, des maisons qui, en raison d'un défaut quelconque, ont dû être reprises, mais je suis certain que ces demoiselles sauront les garder précieusement.

Proprement émerveillées, les quatre femmes quittèrent l'endroit. Sur le chemin du retour, elles se tordaient le cou dans tous les sens pour repérer des bâtisses et des sites représentés sur le plan-relief.

— M'man, dit Dorothée, j'ai tellement hâte de voir ce qu'aura l'air notre maison quand monsieur Du Berger l'aura terminée !

— Imagine, lui dit sa mère, ce que ton père va dire quand on va lui raconter la merveilleuse journée qu'on vient de passer !

Chapitre 20

La grande faucheuse frappe encore

Dès qu'elle en avait la chance, Émilie prenait le chemin de l'Hôpital Général afin de passer quelque temps avec son beau-père paralysé. Elle parvenait parfois à y amener Edmond qui, tel un enfant, se laissait tirer l'oreille pour s'y rendre. Il était incapable d'admettre que son père, jadis si fort, pût être devenu ce moribond incapable de bouger et de parler. Son état le chavirait et il s'efforçait de ne pas se retrouver en sa présence. Depuis son hospitalisation, la condition du vieillard n'avait fait d'ailleurs qu'empirer.

Un beau matin de printemps, après avoir supplié en vain Edmond de l'accompagner, elle se rendit seule à l'hôpital, selon son habitude. Dès qu'elle eut passé le seuil de la chambre, une religieuse se précipita vers elle.

— Madame Grenon, faites prévenir vos proches s'ils veulent voir leur aïeul une dernière fois avant qu'il ne s'éteigne.

— Je suis venue toute seule. Si vous pensez que j'ai le temps de le faire, je vais retourner tout de suite, sinon j'aime mieux être là pour son départ.

— Si je me fie à mon expérience, reprit la religieuse, il n'en a plus pour très longtemps.

Émilie décida de rester sur place et s'approcha du lit du moribond, qui respirait à peine. Elle dit à la religieuse :

— Y aurait pas quelqu'un dans l'hôpital qui pourrait courir jusqu'à notre auberge afin d'aller prévenir mon mari ?

La religieuse se leva et dit :

— Je vais aller voir !

Comme elle arrivait au rez-de-chaussée, elle vit passer le charretier Étienne Gagné qui s'en allait en ville. Elle se précipita à la fenêtre et, au prix d'une gesticulation effrénée, parvint à attirer son attention. Il fit demi-tour. La religieuse lui expliqua la situation. Il promit de prévenir Edmond en passant. Quelques minutes plus tard, Marie-Josephte et Dorothée accouraient à la fine épouvante, suivies de leur père qui marchait du plus vite qu'il le pouvait.

Quand, à bout de souffle, les jeunes filles et leur père pénétrèrent dans la chambre, ils trouvèrent Émilie en pleurs et, tout près d'elle, cherchant ses mots pour la consoler, le chapelain de l'hôpital, arrivé à temps pour bénir le vieillard et lui fermer les yeux. Jean-Baptiste Grenon venait tout juste de trépasser. Comme on disait si bien dans son beau pays de Charlevoix : il avait terminé son règne.

Une fois le plus fort des émotions passé, Marie-Josephte demanda à sa mère :

— Est-ce qu'il a pu parler avant de mourir ?

— Non, il a pas pu, fit Émilie.

— Mon père était mort depuis deux ans, formula lentement Edmond, depuis ce jour où Marie-Josephte l'a trouvé paralysé.

— Qu'est-ce qu'on va faire ? questionna Dorothée.

— On va le ramener à l'auberge et l'exposer dans la grande salle, assura Edmond. Il le mérite bien.

— C'est ton père, approuva Émilie, c'est à toi de décider.

— La première chose à faire avant tout, reprit Edmond, c'est de prévenir ma sœur et mes deux frères.

— Même s'ils voulaient venir, ils arriveront jamais à temps, répliqua Émilie. De toute façon, ils sont pas venus le voir une fois en deux ans qu'il était ici, ils commenceront pas demain.

— À chaque jour suffit sa peine ! conclut Edmond. Retournez-vous-en à la maison, moi je m'occupe du reste.

— C'est certain ? T'auras pas besoin de nous autres ? insista Émilie.

— Tout ce que je vous demande de faire, poursuivit Edmond, c'est de voir à fermer l'auberge à partir de tout de suite jusqu'à après-demain. Vous mettrez à la porte une couronne noire.

Le service de Jean-Baptiste Grenon, l'Hercule de Charlevoix, eut lieu dès le lendemain dans la chapelle même de l'hôpital, qui servait en même temps d'église paroissiale. Même si la nouvelle avait été annoncée dans le journal, il y eut peu de monde aux obsèques. Edmond fut cependant profondément touché d'y voir messieurs Panet et de Gaspé, qui n'avaient pas oublié leur visite au vieil homme à Baie-Saint-Paul. Les Gagné et les Du Berger y étaient, eux aussi. Edmond obtint que son père soit enterré dans le cimetière paroissial, à l'intérieur même des murs de clôture de l'hôpital, non loin des nombreux soldats des armées de Montcalm et de Wolfe qui reposaient à cet endroit.

Une fois le service terminé, la tâche d'Edmond ne s'arrêta pas là. Il lui fallait gagner Baie-Saint-Paul pour faire ouvrir le testament par le notaire. Il s'attendait à ce que ses frères et sa sœur soient présents à cette lecture. Dès son arrivée à Baie-Saint-Paul, il se rendit chez le notaire qui fixa l'heure de la rencontre au lendemain, à trois heures. Edmond en fit aussitôt avertir ses frères et sa sœur par un voyageur qui se rendait aux Éboulements. Ensuite, il voulut aller passer la nuit à son ancienne auberge, mais eut la surprise de sa vie en la trouvant fermée et à vendre. « Devant mauvaise fortune, se dit-il, il faut faire bon cœur. » Il alla demander à son ami Romuald s'il pouvait l'héberger.

Ce dernier, qui ne l'attendait pas, lui fit la fête. Il vivait seul dans sa petite maison du rang Saint-

Antoine et profita, une fois de plus, de la visite de son ami pour piquer une longue jasette sans queue ni tête dans laquelle toute la paroisse fut passée en revue.

— Qu'est-ce qui t'amène dans nos parages ?

— Le testament de mon père.

— Le testament de ton père ? Ça veut dire qu'il est mort.

— C'est ça, on l'a enterré y a trois jours à peine. J'ai eu juste le temps d'attraper la goélette de Rémi Harvey pour venir.

— Mes sympathies, mon Edmond. C'est bien tout ce qu'on peut offrir à quelqu'un en deuil.

— Je te remercie, Romu, mais pour moi, mon père était mort depuis sa paralysie. Faut astheure que je fasse lire le testament par le notaire.

— Vas-tu inviter tes frères et ta sœur ?

— Faut bien ! C'est possible que ça les regarde, eux autres aussi.

— Si c'est de même, je te souhaite bonne chance, parce que ta famille, tu sais, c'est pas quelque chose de très très clair qui s'est passé dedans.

— Qu'est-ce que tu veux dire, au juste ? Aurais-tu appris des choses que j'ignore sur ma famille ?

— Oui, mais compte pas sur moi pour te renseigner là-dessus ! Tu demanderas au notaire. Peut-être bien qu'il saura t'éclairer.

Les réflexions de Romuald firent tomber un lourd silence dans la pièce. Romuald ne s'habituait pas au silence et se parlait à lui-même toute la journée ; il ne mit pas beaucoup de temps à reprendre le crachoir et, cette fois, pour se lancer dans une série de nouvelles plus ou moins agréables à l'oreille d'Edmond.

— Tu sais pas la dernière, dit-il. Notre méchant curé a été en chicane avec ton successeur à l'auberge.

— C'est quelqu'un qui aime le trouble.

Edmond qui ne voulait pas s'éterniser sur le compte du curé, demanda abruptement à Romuald :

— Peux-tu me dire où est passé monsieur Allaire, justement ? J'ai vu que l'auberge est de nouveau à vendre.

— Où il est passé, je le sais pas, mais le curé a eu sa tête ! Ça te tenterait pas, par hasard, de racheter ton auberge et de revenir à la baie ?

— Pour qu'il ait ma tête ? Je suis pas pour venir encore au-devant des troubles. On s'habitue à Québec et on a pas à se plaindre.

— Tu pourrais ravoir ton auberge à bon prix.

— À Québec, j'ai absolument pas de trouble et mon affaire marche assez bien. Je suis sur le trottoir... Pourquoi je me mettrais dans la rue ?

— C'est toi qui le sais. Je disais ça juste comme ça. Mais je vois que t'as pas changé, avec tes proverbes. Qu'est-ce que tu dirais si je te disais « Un homme averti en vaut deux » ?

— Pourquoi tu me dis ça ?

— T'es venu pour le testament de ton père. Attends-toi à y trouver des choses qui risquent de pas faire ton bonheur.

— Qu'est-ce que t'en sais ?

— Mon petit doigt me dit que ce testament-là, ça doit être quelque chose d'explosif.

— Qui vivra verra, dit Edmond, à chaque jour suffit sa peine, et si ça te fait rien, j'ai eu une grosse journée et j'en aurai une autre pareille demain. Sans vouloir t'offenser, j'irais bien me coucher.

— Faisons donc ça, répondit Romuald avec un petit sourire. Après tout, la nuit porte conseil...

Le lendemain, après avoir flâné avec son ami Romuald un peu partout dans le village et pris le temps de saluer les uns et les autres, sans oublier de se procurer un sac de gourganes, Edmond se retrouva à l'heure dite chez le notaire. Comme il était fin seul avec le notaire et que l'horloge marquait trois heures et quart, ce dernier lui demanda :

— As-tu l'impression, mon Edmond, qu'ils vont venir ?

— J'en ai aucune idée !

— Nous allons leur donner encore un peu de temps. Ils peuvent avoir été retardés. Les routes ne sont pas toujours faciles par les temps qui courent.

— Disons plutôt, fit remarquer Edmond, qu'avec eux autres, elles le sont pas par tous les temps.

À bout de patience, le notaire allait commencer sa lecture, quand se présentèrent ensemble la sœur et les deux frères d'Edmond. Philibert, qui sentait la boisson à plein nez, regarda Edmond avec un air de bœuf.

Quant à Ernest, les deux mains dans les poches, il passa devant lui comme s'il ne l'avait pas vu. Seule Marie daigna le saluer. Le notaire, qui n'était pas un modèle de patience, commença par une remarque que les arrivants n'apprécièrent guère :

— À ce que je vois, vous n'avez pas la même heure aux Éboulements qu'à Baie-Saint-Paul.

Il n'eut pour toute réponse qu'un grognement de la part de Philibert. Quant à Ernest, il avait la tête rejetée vers l'arrière et contemplait le plafond. Marie, pour sa part, avait visiblement hâte que tout finisse au plus vite.

— Comme vous le savez, reprit le notaire, si je vous ai convoqués ici, c'est à la suite du décès de votre père.

— Dieu ait son âme, lança Philibert, après avoir roté bruyamment.

— Je vous rappelle, au cas où vous ne le sauriez pas, se fâcha le notaire, que la lecture des dernières volontés d'une personne aussi honorable que votre père n'est pas une comédie.

Son avertissement sembla calmer Philibert, d'autant plus que sa sœur Marie changea de chaise pour s'asseoir près de lui, prête à le rappeler à l'ordre au besoin. Sans plus tarder, le notaire commença la lecture. Le défunt recommandait son âme à Dieu et cédait un montant de trente livres pour faire dire des messes pour le repos de son âme. Il donnait ses instructions pour son enterrement, instructions qu'Edmond, sans les connaître, avait suivies à la lettre. Il rappelait ensuite qu'Ernest, Philibert et Marie avaient déjà eu leur héritage, grâce aux terres qui leur avaient été données auparavant.

À ce stade de sa lecture, le notaire s'interrompit.

— Si je vous ai convoqués ici, dit-il aux trois qu'il venait de mentionner, c'est que vos noms paraissaient à cet endroit dans le testament. Si vous n'êtes pas intéressés à en connaître la suite, vous êtes bien libres de partir, mais avant, je veux vous dire que votre père a cédé l'entièreté de ses biens à votre frère Edmond et qu'il a eu pour vous trois la recommandation suivante :

À mes autres enfants, je souhaite que leurs propres enfants aient à leur égard plus de respect et d'amour qu'eux en ont eu pour moi, qui leur ai toujours témoigné l'amour qu'ils pouvaient attendre d'un bon père. Qu'ils se souviennent qu'il n'y a que Dieu qui peut juger le comportement des hommes, car lui seul a assez de sagesse pour le faire. Je meurs en paix, assuré que toutes mes actions à leur égard ont été faites dans un seul but : leur bonheur sur terre.

« C'est là, poursuivit le notaire, le message de votre père. Puissiez-vous en tirer leçon pour votre propre vie ! C'est tout ce qui vous concerne dans son testament. »

Ernest et Philibert se levèrent en grognant. Seule Marie resta jusqu'à la fin de la lecture. Avant de partir, elle alla embrasser son frère Edmond.

— Ne crois pas, dit-elle, que je t'en veux pour tout le passé et parce que t'as toujours été le préféré de notre père. Je te remercie de t'en être si bien occupé et je pense que t'as ce que tu mérites. Tu sais que pour toi, notre porte est toujours ouverte.

— Je l'ai pas oublié, dit Edmond. Il me reste encore deux jours à passer dans Charlevoix avant de reprendre la goélette pour Québec. J'irai te voir, toi et ta famille, avant de partir.

Le notaire prit le temps de remettre une copie du testament à Edmond.

— Comme ça, dit-il, personne ne pourra revendiquer quoi que ce soit.

— Ça me fait pas peur, reprit Edmond, mon père avait bien dit à mes frères et à ma sœur qu'ils avaient déjà eu leur héritage. Il a rien changé dans son testament. Tout est correct de même.

Deux jours plus tard, avant de reprendre la goélette pour Québec, Edmond s'arrêta comme il l'avait promis chez sa sœur Marie, aux Éboulements. Entouré de ses neveux et nièces, il s'amusa à tirer du poignet avec leur mère. Pas une seule fois il ne gagna. Il tenta bien d'en savoir plus long par sa sœur sur ce qui avait pu tant les irriter à propos de leur père.

— Je t'aime bien, répondit Marie, mais compte pas sur moi pour te l'apprendre.

Les paroles de sa sœur vinrent le hanter tout au long du voyage de retour.

Chapitre 21

De la grande visite

L'ingénieur Jean-Baptiste Du Berger avait été charmé par la visite d'Émilie et de ses filles, qui s'étaient pâmées d'admiration devant son plan-relief. Son épouse n'était pas en reste, elle qui s'était fait une bonne amie d'Émilie.

— Ils vivent sur la rue Saint-Ours, où son mari tient une auberge. Ce sont des gens qui n'ont pas nos moyens, mais ils sont fiers de ce qu'ils possèdent. Émilie a promis de nous inviter. Serais-tu intéressé à faire la connaissance de son mari ?

— Bien sûr ! D'autant plus qu'ils habitent tout près de là où j'en suis dans mon plan-relief.

Ce fut ainsi qu'un beau dimanche après-midi, sur l'invitation d'Émilie, les Du Berger arrivèrent à l'auberge en carrosse avec cocher, accompagnés de leurs trois enfants. Émilie avait pris la peine de préparer quelques pâtisseries en prévision d'un goûter. Comme chaque dimanche, l'auberge était pratiquement déserte; seuls deux voyageurs s'y trouvaient. Puisque

Edmond n'avait jamais rencontré les Du Berger, Émilie, entourée de ses filles, fit les présentations. Tout de suite, Marie-Josephte, Dorothée et Alicia s'occupèrent d'amuser les trois petits Du Berger. Spontanément, Louis-Thomas choisit Dorothée. Autant il était silencieux quand elle l'avait trouvé, autant il était volubile aujourd'hui.

Pendant ce temps, leurs parents, après une brève visite de l'auberge, se retrouvèrent dans la cuisine autour d'un verre d'absinthe. Émilie et Geneviève, comme les deux grandes amies qu'elles étaient devenues, échangèrent des recettes de cuisine pendant qu'Edmond, pipe en main, se laissa conter par Jean-Baptiste Du Berger les péripéties de son arrivée à Québec.

— Je suis né à Détroit. Alors que j'allais sur mes quinze ans, mon père a décidé de me faire instruire en français et il m'a expédié à Québec, où je suis arrivé seul, à bord d'une diligence, avec mon coffre de hardes. Je suis descendu de voiture. Deux hommes avaient déposé mon coffre près de moi, au bord de la rue. Je regardais d'un côté et de l'autre pour tâcher de m'orienter dans cette ville que je ne connaissais pas, tout en me demandant comment je pourrais me rendre à destination, quand une voiture s'est arrêtée à ma hauteur. Son conducteur avait dû deviner mon désarroi. « Où vas-tu comme ça, jeune homme ? » m'a-t-il demandé. « Au Séminaire ! » « Monte, je vais t'y conduire, c'est sur mon chemin. » Il est descendu de sa voiture à bord de laquelle, en un tournemain, il a déposé mon coffre. Chemin faisant, il m'a dit : « Tu t'en vas pensionnaire au Séminaire, je suppose, mais à ce temps-ci de l'année, m'est idée que ces bons messieurs ne voudront pas de toi. » « Comment ça ? » « L'année est beaucoup trop entamée, même qu'elle achève, si je ne me trompe pas. » « Qu'est-ce que je vais faire ? » « T'en retourner d'où tu viens et revenir dans une couple de mois, quand la nouvelle année d'études débutera. » Il s'est rendu compte de ma contrariété ; nous arrivions au Séminaire. « Va d'abord te renseigner, dit-il. Je t'attends ! S'ils ne veulent pas de toi, tu viendras pensionner chez moi si ça te chante, c'est pas la place qui manque. Je te trouverai bien quelques petits travaux à faire en paiement de ta pension. C'est pas une bouche de plus pendant deux mois qui va faire une grosse différence, d'autant plus que nous sommes maintenant tout seuls, ma vieille et moi. » C'est ainsi que j'ai abouti chez grand-père Langlois, dont un des fils, Thomas, m'apprit-il avec un clin d'œil bien senti, avait une maison qui débordait du plus bel assortiment de filles de Québec. Voilà comment je me suis retrouvé à son service.

— Est-ce que… ? commença Edmond, avant de se raviser. Je veux pas faire de manières, mais si vous n'y voyez pas d'inconvénients, monsieur Du Berger, comme j'ai plus que votre âge, je me sentirais plus à l'aise si je pouvais vous tutoyer.

— Faites donc ! Non pas, se corrigea aussitôt l'ingénieur, faisons donc de même. À partir de tout de suite, c'est tu et Jean-Baptiste.

— J'allais te demander, reprit Edmond, si t'as travaillé longtemps chez les Langlois.

— Le temps des vacances. J'étais bien jeune, mais parmi les filles de Thomas Langlois, j'en avais remarqué une, ma Geneviève. Quand j'ai eu l'âge, je suis retourné chez les Langlois. Elle était toujours libre. Les fréquentations n'ont pas été longues.

Pendant que les hommes causaient ensemble, les femmes continuaient à parler de choses et d'autres. D'une confidence à l'autre, elles en étaient revenues au temps de leur jeunesse.

— J'étais l'aînée de la famille, racontait Geneviève, et tu sais comment ça se passe quand tu es l'aînée, tu deviens le bras droit de ta mère. C'est en plein ce que j'ai été. Pendant que mes sœurs avaient la chance d'aller à l'école pour y apprendre à lire, à écrire et à compter, moi je me morfondais à laver, à nettoyer, à seconder ma mère dans toutes les corvées de la maison. Quand, quelques années plus tard, mes amours avec Jean-Baptiste ont pris un tournant plus sérieux, j'ai décidé que si je voulais réussir quelque chose dans la vie, il fallait que je m'instruise. Je suis allée à l'école. Ça n'a pas pris de temps, après avoir entendu mes sœurs pendant des années réciter leurs leçons, que j'ai appris à lire, à écrire et à compter. Tu peux être certaine que j'étais fière de moi. Pour tenir maison, je l'avais assez fait avec ma mère que j'étais prête à me marier. Et c'est ça qui est arrivé.

Au moment où les femmes étaient plongées dans leurs souvenirs, Jean-Baptiste vantait à Edmond les vertus de sa femme.

— Regarde-la, et tu vas savoir tout de suite pourquoi je l'ai mariée.

— T'as fait un bon choix, Jean-Baptiste, ta femme est vraiment belle.

— Sais-tu ce que j'ai aimé le plus d'elle, dès que je l'ai vue ?

— Quoi donc ?

— Ses yeux ! Regarde les beaux yeux bruns qu'elle a. C'est une femme délicieuse, vive et enjouée. En plus de ça, elle est débrouillarde ; rien ne l'embête et elle n'a peur de rien.

— Je comprends, Jean-Baptiste, pourquoi tu l'as choisie et je comprends aussi pourquoi elle est amie avec la mienne : elles partagent à peu près les mêmes qualités.

— Ç'a été des noces grandioses, poursuivait de son côté Geneviève. Jean-Baptiste aime beaucoup la musique. Une danse n'attendait pas l'autre et nous avons eu beaucoup de plaisir.

— Pour nous, ç'a été beaucoup plus simple, expliqua Émilie. Nos invités étaient tous de notre famille. Ç'a été une belle noce avec de la bonne nourriture et aussi des danses menées par de bons violoneux.

— Dès après nos noces, Jean-Baptiste devait partir plusieurs mois pour faire des arpentages du côté du Saguenay et du Saint-Maurice. J'ai décidé de l'accompagner. Pendant qu'il passait de longues journées dans les bois à tirer le tracé d'un futur chemin, je vivais sous la tente. J'avais l'air d'une vraie Sauvagesse. Je suis restée dans le bois des mois durant, sans me soucier des moustiques. Il fallait bien que je m'occupe de mon homme !

— T'es vraiment courageuse, Geneviève... Vivre comme ça dans les bois!

— Sais-tu, Émilie, que j'aimais ça? Je lavais le linge dehors, sur le bord d'un lac ou d'une rivière. Je préparais les repas sur des feux de bois, en pleine forêt. Je pêchais et nous mangions mes prises. Ce que j'aimais surtout, c'était le grand silence de la forêt. J'étais entièrement dévouée à mon homme. Il me le rendait bien, parce qu'il était fier de m'avoir avec lui et de pouvoir partager avec moi ces premiers moments de notre vie commune.

— Ma vie après mon mariage a été pas mal plus simple que la tienne. J'ai pas tardé à avoir Nicolas. Je restais à la maison, comme je le fais depuis ce temps-là, à voir au bonheur des miens, en faisant à manger, en m'occupant de tout. Sais-tu que je couds, que je fais même nos chandelles? Quand on a tout juste de quoi pour vivre, il faut ménager. J'ai quasiment envie, chère, de te confier un secret.

— Ça me fait plaisir que tu me témoignes cette confiance-là.

— Il faut que ça reste entre nous deux.

— Tu n'as pas à t'inquiéter, Émilie, je suis capable de garder un secret.

— Je mets de l'argent de côté pour réaliser un de mes rêves.

— Lequel?

— Celui d'avoir un jour une commode, un peu comme celle que j'ai vue chez vous.

— Je te souhaite de tout cœur de pouvoir parvenir à t'en acheter une. Mais tu m'intrigues, tu as parlé de *tes* rêves.

— J'en ai d'autres dont je parle à personne, parce qu'il paraît que quand on en parle, ils se réalisent quasiment jamais. J'en ai un qui me tient beaucoup à cœur. Peut-être bien que je te le dirai un bon jour.

Elles se turent un moment. Les hommes eux aussi avaient fait une pause dans leur conversation et le silence tomba dans la pièce. On entendait au loin, dehors, les cris et les rires des enfants qui s'amusaient à jouer au chat et à la souris. Geneviève brisa ce silence en disant :

— Un ange passe.

— Un ange a passé, dit Émilie.

Geneviève reprit :

— Après que j'ai eu mon premier-né, ma vie a changé complètement. J'ai été obligée de laisser mon mari aller tout seul à ses arpentages. Il fallait que j'allaite le bébé et j'avais peur qu'il tombe malade si je l'emmenais avec nous dans les bois. Je ne voulais pas l'exposer aux piqûres des moustiques, aux dangers des rivières, aux changements brusques de la température, l'été, et aux grands froids de l'hiver.

— Nous vivons dans un pays rude, approuva Émilie. Je te comprends de pas avoir pris de risques avec l'enfant.

— Heureusement, reprit Geneviève, cette vie loin de mon mari n'a pas duré très longtemps. Il a été appelé à travailler à Québec et à s'adonner à des travaux beaucoup plus appropriés à un homme de sa capacité et de son habileté. C'est comme ça qu'on lui a confié la confection du modèle à l'échelle de la ville de Québec que tu as vu avec tes filles. Ça fait cinq ans qu'il travaille là-dessus et il a presque terminé. Il faudra que tu viennes avec moi pour voir comment il s'y prend pour mesurer les maisons et les reproduire en miniature.

L'après-midi avançait et déjà Émilie commençait à songer au souper qu'elle devait préparer pour les siens et les deux clients de l'auberge. Elle invita Geneviève à partager leur repas.

— Vous allez souper avec nous ?

— Ça nous ferait bien plaisir, ma chère, mais nous sommes attendus chez des amis pour souper. C'est l'anniversaire de leur fils, dont nous sommes le parrain et la marraine. Il faudra se reprendre.

Les femmes se levèrent ; ce fut le signal pour les hommes d'en faire autant. Les Du Berger saluèrent leurs hôtes et récupérèrent leurs enfants en passant par la cour. Les filles les gâtèrent en leur donnant une montagne de galettes. Devant la maison, le cocher n'avait pas bougé. Les adieux furent courts, agrémentés de promesses de retrouvailles toutes proches. Aussitôt leurs amis partis, Émilie réquisitionna ses filles pour l'aider à préparer le souper. Le quotidien avait déjà repris ses droits.

Chapitre 22

Les deux apprentis

Un bon matin, Dorothée se rendit chez les Gagné, où les jumelles l'avaient invitée à faire de la tire de la Sainte-Catherine. À peine était-elle entrée qu'elle déclara :

— Vous me croirez peut-être pas, mais j'ai jamais fait de tire de la Sainte-Catherine.

— Ta mère en fait pas ?

— Elle a pas le temps ! Quand j'étais plus jeune, elle en faisait, mais je me souviens pas comment.

— Y a rien de plus simple, dit Angélique. Si tu veux, on va commencer tout de suite.

Angèle s'affairait déjà à sortir les ingrédients des armoires de la cuisine. Elle avait noté la recette sur un bout de papier et Angélique l'exécutait au fur et à mesure qu'Angèle lisait.

— Ça prend deux tasses de cassonade.

— Ça me revient, expliqua Dorothée. On avait de la misère à avoir de la cassonade. Ça doit être pour ça que m'man faisait plus de tire : il devait lui manquer des ingrédients.

Angélique avait fini de préparer la cassonade.

— Deux tasses de mélasse ! dit Angèle

Dorothée aida Angélique à vider la mélasse.

— Elle est épaisse, dit-elle. Au fait, savez-vous d'où ça vient la mélasse ?

— Moi, je le sais, s'exclama Angèle. Ça vient des îles d'Amérique[1].

— Où est-ce qu'elles sont, ces îles-là ?

Ni Angèle ni Angélique ne purent le préciser.

— Peu importe, dit Angèle, pourvu qu'on ait leur mélasse.

— Qu'est-ce qu'il faut encore ? demanda Angélique.

— Qu'est-ce qu'il faut encore ? répéta Angèle. Voyons, voyons ! Une demi-tasse d'eau.

— C'est prêt ! lança Dorothée.

— Une cuillerée de beurre !

— C'est fait !

— Deux cuillerées de vinaigre !

— Je m'en occupe, dit Angélique.

— Du soda !

— Faut faire bouillir la cassonade, la mélasse, le vinaigre et le beurre jusqu'à temps que la tire devienne dure quand on en met dans l'eau.

Elles mirent le chaudron sur le feu et, tout en bavardant, elles guettèrent le moment où le mélange

1. C'est ainsi que les Antilles étaient encore désignées, à cette époque (Note de l'éditeur).

allait mériter le nom de tire. De temps à autre, elles en laissaient tomber quelques gouttes dans l'eau.

— C'est pas encore prêt, mais ça s'en vient les filles. J'ai assez hâte d'y goûter.

— Ma sœur est gourmande, dit Angèle en ricanant.

— Gourmande toi-même !

— Vous allez pas vous chicaner, leur reprocha Dorothée, juste au moment où la tire est prête.

— C'est vrai ! Regarde ! intervint Angélique. Elle durcit dans l'eau.

Elles retirèrent le chaudron du poêle.

— Vite Angèle ! Qu'est-ce qu'il faut faire ? Qu'est-ce qu'il faut faire ?

— C'est marqué : « mettre du soda et verser le tout dans un plat graissé de beurre ».

En un tournemain, Dorothée s'empara d'un plat qu'elle graissa rapidement. Les jumelles versèrent le tout dedans.

— Il reste plus qu'à attendre que ça refroidisse assez pour qu'on puisse prendre la tire afin de l'étirer.

Après quelques minutes, Angélique se risqua :

— On peut la tenir à présent. Qui l'étire avec moi ?

Dorothée et Angèle crièrent « Moi ! » à l'unisson.

— Laisse notre invitée l'étirer avec moi, conseilla Angélique. Toi tu la couperas quand elle sera prête.

Elles étirèrent la tire jusqu'à en faire une longue torsade, la replièrent plusieurs fois pour l'étirer de nouveau jusqu'à ce qu'elle soit bien dorée. Angèle se servit ensuite d'une paire de ciseaux pour la couper en petits bouts et en faire autant de bonbons savoureux. Le dernier morceau n'était pas encore coupé que chacune en avait un dans la bouche. Pendant qu'elle mâchait distraitement, Dorothée jeta un coup d'œil sur l'exemplaire de *La Gazette* posé sur la table. Tout à coup, elle s'écria :

— Regardez ce qui est écrit ici !

— Quoi donc ?

— Là, indiqua Dorothée.

Angélique lut à haute voix :

« *Avis de recherche*

Deux de mes apprentis ont déserté.

Thomas Edge, âgé de 14 ans, bien pris pour son âge, joli et d'un beau teint ; il porte un habit de drap vert, et des culottes de velours à lames larges ; il a aussi un habit et des culottes de nankin gris foncé, presque neufs.

Angus Nicols, âgé de 13 ans, bien pris mais pas grand pour son âge ; a le teint rougeaud, les cheveux entre roux et couleur sable, il parle plus lentement que son camarade Edge, et est plus modeste dans son maintien. Il a un habit de drap noir, et un de nankin gris foncé, une paire de culottes de velours rayé, et une autre de nankin blanc, avec de petites raies bleues.

Défense à toute personne de donner refuge à ces apprentis sous peine de poursuites. Si on me les livre, tous les frais seront payés avec reconnaissance et une récompense convenable.

William Gray »

— En voilà deux, dit Angèle, que si jamais ils se font reprendre, ils vont passer un drôle de mauvais quart d'heure.

— J'aimerais mieux pas être dans leurs souliers, ajouta Angélique.

Dorothée retourna chez elle avec quelques morceaux de tire pour Marie-Josephte et Alicia ainsi que pour ses parents.

La même nuit, vers les cinq heures du matin, alors que Dorothée allait satisfaire un besoin naturel dans la cabane qui servait de toilettes, au bout de la cour, elle entendit un bruit du côté du hangar. Son caractère fonceur lui commanda de tirer ce bruit au clair et d'y aller voir. Elle y trouva, terrés dans le hangar, les deux déserteurs cités dans *La Gazette*. Le jour commençait à filtrer par la fenêtre; elle les reconnut sans peine à leur habillement. Les deux apprentis s'apprêtaient à fuir quand Dorothée, en posant l'index sur ses lèvres, leur fit signe de se taire.

— Vous sauvez pas, leur chuchota-t-elle. Je sais qui vous êtes. Tout le monde vous cherche. Si vous vous faites prendre, vous allez recevoir cent coups de bâton. Restez ici, je vais m'arranger pour mieux vous cacher. Attendez que je revienne, je vais vous apporter de quoi à manger.

Elle entra à toute allure dans la cuisine, s'empara d'une miche de pain et en coupa deux bonnes tranches. « Ça fera pour le moment », se dit-elle. Sans plus tarder, elle alla porter le pain aux jeunes évadés.

— Maintenant, dit-elle, vous allez me dire pourquoi vous vous êtes enfuis de chez votre maître.

— C'est un méchant homme, dit le plus jeune des deux.

— Il nous bat, ajouta le plus vieux.

— Il vous bat ?

— Oui ! Avec le fouet.

L'enfant avait élevé la voix, bien malgré lui.

— Chut ! dit vivement Dorothée. Faut parler bas, et surtout, faut que je trouve un moyen d'améliorer votre cachette. Pour le moment, vous allez rester ici, je reviens dans quelques minutes.

Elle partit aussitôt vers la maison des Gagné, une famille de lève-tôt. Avec un peu de chance, les jumelles seraient déjà debout. Elle attendit, cachée dans des broussailles, à l'arrière de la maison. C'est Angèle qui parut la première, encore tout endormie, titubant vers les toilettes extérieures. Dorothée fit « Psit ! Psit ! » à quelques reprises pour attirer son attention. En apercevant Dorothée, Angèle s'exclama :

— Qu'est-ce que tu fais ici de si bonne heure ?

— Chut ! fit Dorothée. Parle pas si fort.

Elles se cachèrent derrière le hangar.

— Tu croiras pas ce qui m'arrive. J'ai trouvé les deux jeunes déserteurs rapportés dans le journal d'hier, cachés dans notre hangar. Je veux pas qu'ils soient repris. Avertis Angélique ! Faut trouver un moyen de les cacher un certain temps.

— T'es certaine que ce sont bien eux?

— Ils m'ont dit qu'ils se sont évadés parce que leur maître les bat. Ça paraît, d'ailleurs, ils ont des marques sur la figure. Ils font vraiment pitié.

— Laisse-nous le temps d'y penser, dit Angèle. J'en parle à Angélique. On va trouver quelque chose: faut pas que ce méchant homme puisse les reprendre.

Toute la journée, Dorothée fut aux aguets, prête à faire toute commission justifiant une visite au hangar. Heureusement, personne n'eut besoin de s'y rendre. Elle seule s'y présenta à deux reprises avec du pain, un peu de fèves au lard et de l'eau. Ses protégés ne bougèrent pas de leur tanière. Vers les quatre heures, les jumelles vinrent chercher Dorothée.

— On a trouvé pour tes deux déserteurs la meilleure cachette du monde.

— Où ça?

— Tu verras ce soir! À la brunante, débrouille-toi pour les conduire près de l'auberge, là où les gens ont l'habitude d'attacher leurs chevaux. On sera là avec la noirceur, dans environ deux heures.

Sans poser plus de questions, Dorothée s'arrangea pour faire sortir les deux enfants de leur refuge au moment convenu. Comme elle rejoignait l'endroit indiqué, les jumelles entraient dans la cour de l'auberge à bord de la charrette d'Étienne, couverte à dessein d'une bâche. Pendant qu'Angèle s'entretenait avec Dorothée, Angélique fit discrètement monter les deux fugitifs dans le véhicule, où ils se dissimulèrent sous la bâche.

— Tu viens avec nous ? dit Angèle, d'une voix assez forte pour être bien entendue de l'auberge.

— J'y vais, lança Dorothée, en montant s'asseoir entre les deux jumelles, sur le banc du conducteur.

Edmond entrouvrit la porte.

— Où vas-tu ? demanda-t-il à Dorothée.

— Juste faire un petit tour chez les Gagné.

— Rentre pas trop tard ! dit-il.

Quand le cheval regagna la rue, les jumelles poussèrent ensemble un long soupir.

— Ouf ! dit Angélique, on l'a échappé belle.

— Où est-ce qu'on va comme ça ? demanda Dorothée d'une voix un peu inquiète.

— À l'hôpital, répondit Angèle. On s'est arrangé avec Étienne : c'est pour ça qu'on a la charrette.

Elles firent route jusqu'à l'Hôpital Général, où les attendait Étienne, près de la porte du jardin qu'il avait légèrement entrouverte. Pendant qu'Angèle et Dorothée surveillaient les alentours, Angélique fit descendre les déserteurs et les mena, à travers le jardin, jusque dans la chapelle de l'hôpital.

Quand le chapelain vint dire sa messe, à six heures du matin, il les trouva, couchés dans un coin. Ils lui expliquèrent leur situation et demandèrent le droit de se réfugier dans la chapelle, qui était aussi l'église paroissiale Notre-Dame-des-Anges.

Quand il vit de quelle façon ces garçons étaient traités, le chapelain, habitué à secourir les gens dans la misère, accepta de les aider. La maison de Dieu est un refuge que personne ne peut violer. La nouvelle se répandit dans tout Québec et plusieurs voix s'élevèrent pour parler des conditions inhumaines dans lesquelles certains maîtres employaient leurs apprentis. Il y eut des négociations pendant plusieurs jours.

Pressés par le marchand, les représentants de l'autorité civile prièrent le chapelain de leur livrer les jeunes appentis. Ce dernier déclara que puisqu'ils avaient trouvé refuge dans la maison de Dieu, ils y étaient en sécurité. C'était leur droit d'y demeurer et personne ne pouvait les en expulser contre leur gré.

Dorothée et Marie-Josephte, tout comme Agathe et les jumelles, se relayaient pour apporter de la nourriture aux deux pauvres apprentis. Le sieur Gray protesta par l'entremise des journaux et menaça de procès toute personne qui aurait aidé les fuyards à se réfugier dans la chapelle de l'hôpital. Ses menaces furent vaines : personne ne savait comment ils avaient pu se rendre là, personne ne souhaitait trouver leurs complices. Au contraire, on disait que les gens qui les avaient aidés méritaient des félicitations. Le sieur Gray eut beau protester, les autorités virent à placer ces jeunes engagés chez un meilleur maître.

Dorothée avait eu beaucoup de plaisir à vivre cette aventure en compagnie des jumelles, qui eurent bientôt une nouvelle importante à lui communiquer.

Après s'être fait un peu prier, Angélique cracha le morceau :

— Eh bien, dit-elle, on s'est fait chacune un cavalier.

— Qui ça ? s'étonna Dorothée.

— Tu les connais pas, ils travaillent tous les deux au chantier naval, précisa Angélique. C'est Étienne qui nous les a fait rencontrer.

— Ils sont beaux et ils sont fins, renchérit Angèle. Ça veut dire qu'on pourra plus se voir les bons soirs, faudra que tu viennes juste les autres soirs.

Dorothée leur laissa entendre qu'elle était très heureuse pour elles, mais en même temps, elle se dit que leurs relations ne seraient jamais plus les mêmes. Elle songea tout à coup à son père qui aurait certainement accolé un proverbe à la nouvelle : « Quand l'amour s'installe, l'amitié détale. »

— Il faudrait bien, dit-elle, que je me trouve un cavalier à mon tour.

— On va garder l'œil ouvert, promirent les jumelles. Olivier et Martial ont certainement des amis de leur âge qui sont libres. On va t'en trouver un.

— Ça veut pas dire que ça va être le bon !

— Tiens, tiens ! Dorothée qui fait sa difficile, la taquinèrent les jumelles.

Dorothée ne répliqua pas à la plaisanterie. Le lien solide qui s'était tissé entre elles venait, par la force des choses, de commencer à se dénouer. Elle avait le cœur gros quand elle retourna tranquillement à l'auberge. Il lui semblait que quelque chose se défaisait dans sa vie et elle se sentait de plus en plus seule à chaque pas. Son optimisme de Grenon, cependant, ne tarda pas à refaire surface. « Comme dirait mon père, finit-elle par se convaincre, un jour, ce sera ton tour. »

Chapitre 23

Les deux grandes amies

À la suite de la rencontre avec les Grenon, Geneviève Du Berger devint la grande amie d'Émilie. Cette dernière ne pouvant pratiquement jamais se libérer de son travail à l'auberge, Geneviève se mit à lui rendre régulièrement visite.

— Tu pourrais demander à ton mari de te donner congé pour une fois, lui dit-elle un jour. Nous irions ensemble rejoindre Jean-Baptiste et nous l'aiderions à prendre ses mesures pour terminer son plan-relief. Nous n'aurions pas à aller loin, puisqu'il est à confectionner les maisons de Saint-Roch en finissant justement par ici. Il en est aux environs de l'Hôpital Général.

— Si je comprends bien, dit une Émilie toute ravie, il fera la miniature de notre auberge.

— En effet, elle y sera, comme les autres !

— Ah ! J'ai bien hâte de voir ça.

— Je te promets, reprit son amie Geneviève, que le jour où il posera votre maison sur le plan-relief, je vous inviterai à assister à la manœuvre.

Quelques jours plus tard, avec l'approbation d'Edmond, Émilie alla rejoindre son amie au bout de la rue Saint-Ours. L'ingénieur y prenait des mesures. Quand Geneviève la vit arriver, elle alla au-devant d'elle et se montra étonnée de la voir seule.

— Tu aurais dû venir avec ton mari. Je suis certaine que ça l'aurait intéressé de voir comment Jean-Baptiste s'y prend pour réaliser ses mesures.

— Edmond avait autre chose à faire. Mais il va pouvoir se reprendre quand ton mari sera plus avancé dans notre rue. Edmond manquera certainement pas de le voir mesurer notre maison.

— Tu arrives juste à temps, ma chère. Jean-Baptiste a terminé ses mesures pour aujourd'hui. Il monte justement à l'entrepôt pour placer sur le plan-relief quelques maisons qu'il a terminées hier. Viens ! Nous allons lui donner un coup de main.

— Je pourrai pas rester très longtemps, la prévint Émilie, sur un ton coupable. Tu sais, on a de besoin de moi à l'auberge.

— Ne t'en fais pas, Jean-Baptiste n'a que quelques maisons à poser.

Elles montèrent dans la voiture où ce dernier les attendait. Trois quarts d'heure plus tard, elles se trouvaient à l'entrepôt.

— Tu vas voir, nous ne serons pas de trop. Ça prend réellement des doigts de femme pour faire tenir en place les maisons sur le plan jusqu'à ce que la colle soit assez prise pour la laisser faire son travail tout seul.

— Tu peux te fier à moi, chère, j'ai de la patience.

Jean-Baptiste leur montra ses petites maisons encore en pièces détachées. Il en monta une, dont il colla les murs et le toit, et confia à Geneviève la tâche de la maintenir un moment à son emplacement sur le plan. Il en réalisa une seconde, qu'il demanda à Émilie de bien tenir. En l'ajustant de nouveau sur le plan, il effleura de ses doigts les mains captives d'Émilie. Cette caresse involontaire fit monter le sang au visage d'Émilie, ce dont se rendit compte son amie.

— Te voilà comme une tomate mûre ! Aurais-tu trop chaud ? As-tu un malaise ?

— T'inquiète pas, c'est rien, c'est juste l'émotion de pouvoir participer à la confection du plan. Te rends-tu compte, je vais pouvoir dire que j'ai aidé à mettre cette maison en place.

— Chère Émilie, ça ne prend vraiment pas grand-chose dans la vie pour te rendre heureuse.

Émilie se remit à rougir.

— Tu sais, reprit-elle, quand on est pas habitué à beaucoup, un petit rien fait plaisir.

— Tu as bien raison et tu es fort chanceuse d'être de même. Il y en a tellement qui ne sont jamais capables de se contenter de ce qu'ils ont.

— Te rends-tu compte, Geneviève, j'en reviens pas, on est en train de rebâtir en miniature la ville de Québec.

— C'est bien vrai. C'est pour ça que je suis si fière de ce que fait mon mari.

Le lendemain et les jours suivants, à la première occasion, Geneviève vint trouver Émilie pour lui demander de bien vouloir l'accompagner.

— Il faut que tu viennes, Émilie ! Jean-Baptiste est à prendre les mesures de quatre maisons au bout de la rue. C'est le temps où jamais de venir le voir faire.

— Ma bonne Geneviève, t'es très gentille de m'inviter, mais si j'y vais, qui s'occupera du souper ? J'ai pas comme toi une cuisinière pour le faire à ma place.

— Pauvre Émilie. Je suis tellement accoutumée à ne pas avoir à préparer les repas que je n'ai pas pensé à ça.

— Je te comprends, mais, vois-tu, quand bien même je voudrais y aller, ma chère, je pourrais pas.

— Peut-être que ton Edmond, lui, pourrait venir ? Ça ferait bien plaisir à Jean-Baptiste de lui expliquer comment il s'y prend pour mesurer les maisons.

— Il irait probablement si seulement il était à la maison, mais il y est pas : il avait affaire au moulin. Je l'attends pas avant deux bonnes heures. Mais je te promets une chose : quand Jean-Baptiste viendra mesurer notre maison, tu peux être certaine qu'on va tous être là.

— Dans ce cas-là, ça ne sera pas plus tard que demain. Heureusement, il devrait faire beau.

Le lendemain, quand Dorothée signala la présence de Jean-Baptiste devant la maison voisine, Edmond sortit, suivi de ses trois filles. Émilie dit :

— Je vais vous suivre betôt ! Est-ce que Geneviève est là ?

— Bien sûr ! cria Dorothée. Même qu'elle s'en vient icite.

Geneviève alla débusquer son amie jusque dans sa cuisine.

— C'est le grand jour, dit-elle à Émilie. Va falloir que tu lâches tes tartes si tu ne veux pas manquer ça.

— T'inquiète pas, je me préparais à le faire, déjà qu'Edmond est parti avec mes filles.

Deux minutes plus tard, elle se trouvait dans la rue en compagnie de Geneviève. Entouré d'Edmond et de ses filles, Jean-Baptiste se dirigeait vers l'auberge.

— Attends un peu que je m'installe, mon Edmond, dit Jean-Baptiste, et je vais t'expliquer exactement comment je m'y prends.

L'ingénieur avait un réel don pour le dessin en perspective. Outre un petit coffre en bois, il traînait un petit banc pliant, qu'il déploya directement en face de l'auberge avant de s'y asseoir. En quelques traits, il en fit une esquisse fort réussie. Chaque menu détail de l'édifice y figurait. Edmond et les filles, pleines d'admiration, le regardaient reporter en trois coups de crayons tout l'environnement de la maison : la clôture, les arbres, le chemin qui menait à l'écurie. Rien n'échappait à l'œil incisif de Jean-Baptiste.

— J'en reviens pas comment vous êtes bon pour dessiner, s'extasia Marie-Josephte.

Geneviève pria Émilie d'aller jeter un coup d'œil sur le croquis réalisé par son mari.

— C'est pareil, dit-elle, ravie, c'est vraiment pareil !

— Il lui reste maintenant à prendre les mesures pour reporter toutes les dimensions sur son dessin, expliqua Geneviève.

Jean-Baptiste sortit du petit coffre en bois deux instruments qu'Edmond n'avait jamais vus et qui l'impressionnèrent au plus haut point. Il demanda :

— Qu'est-ce que c'est ça, Jean-Baptiste ?

— Celui-ci ? C'est un cercle hollandais, ou cercle d'arpenteur.

— À quoi sert-il ?

— Il me permet de mesurer des angles.

— Et l'autre ?

— C'est un instrument que nous avons reçu tout récemment, qui s'appelle un théodolite.

— Ça sert à quoi ?

— À mesurer les hauteurs, en particulier, et aussi les largeurs.

— C'est avec ça que tu vas mesurer ma maison ?

— Oui ! Tu vois, ces instruments nous permettent de mesurer les choses de loin, sans avoir à le faire en prenant une aune, en l'appliquant sur le mur autant de fois qu'il y en a dans la longueur et en additionnant tout ça pour déterminer la longueur exacte. Avec ces instruments, nous pouvons le faire à distance. Ça nous évite par exemple d'être obligé de grimper sur un toit pour en connaître la hauteur.

Edmond, bouche bée, écoutait attentivement Jean-Baptiste. Il avait de la difficulté à croire que de tels instruments pouvaient réellement fournir des mesures d'une grande précision. Pour lui, c'était ni plus ni moins de la magie. Il ne tenta pas d'en comprendre davantage. Il fut tout étonné quand Jean-Baptiste lui dit :

— Ta maison mesure vingt-huit pieds de largeur.

— T'as raison, dit-il, c'est en plein ça : c'est écrit dans le document du notaire Panet.

— Tu vois, lui dit Jean-Baptiste. C'est comme ça que je vais pouvoir mesurer sa hauteur, sa largeur, les dimensions de la porte et des fenêtres. Après ça, je vais pouvoir la reproduire à l'échelle sur mon plan-relief que tu n'as pas vu, mais que tu devrais venir voir, surtout quand je vais y poser ta maison dans quelques jours.

En entendant parler ainsi l'arpenteur, Marie-Josephte, Dorothée et Alicia entourèrent leur père.

— On veut y retourner, dirent-elles. On veut voir notre maison sur le plan-relief.

— On ira, promit Edmond. J'ai bien hâte de voir ce plan-là.

Quand, quelques jours plus tard, toute la famille se retrouva à la Haute-Ville pour la cérémonie tant attendue, Jean-Baptiste leur montra d'abord leur maison en miniature. À tour de rôle, les cinq Grenon furent réquisitionnés pour tenir la maison en place jusqu'à ce que la colle prenne. Après quoi, ils demeurèrent un long moment à contempler le chef-d'œuvre. Quand ils montèrent en voiture pour retourner à l'auberge, ils étaient encore tout remués par l'incroyable spectacle du plan-relief et par la part qu'ils y avaient prise, si minime fût-elle. C'est Émilie qui sut le mieux résumer la situation.

— C'est extraordinaire, dit-elle, d'avoir eu la chance dans notre vie de faire ce qu'on vient de faire. Vraiment, c'est extraordinaire. Geneviève a un mari savant.

Le dernier mot, comme toujours, reviendrait à Edmond, à plus forte raison en ce jour inoubliable.

— Et un grand artiste. Je pensais jamais de ma vie voir quelque chose d'aussi beau et d'aussi bien fait.

— C'est bien pour dire, reprit Émilie, y a des belles choses pas loin de chez nous, et on sait même pas que ça existe. On l'aurait jamais su, si on n'avait pas connu les Du Berger.

— Faut crère que pour une fois, conclut Edmond, on était dûs !

Chapitre 24

Les rêves d'Émilie

À cinq heures, les clients de l'auberge étaient ordinairement déjà attablés. Dès qu'ils avaient expédié leur souper, ils retournaient vaquer à leurs occupations. Ceux qui couchaient à l'auberge regagnaient leur chambre avant la brunante ou se regroupaient autour d'une table pour jouer aux cartes ou aux dames, à la lueur d'une unique chandelle.

Une fois les tâches quotidiennes terminées, la noirceur ramenait toute la famille au bout de la cuisine, non loin de l'âtre, autour de la table du souper. Il y avait déjà bien assez de gaspiller en éclairant la façade de l'auberge au moyen d'un fanal, comme l'exigeait le règlement municipal; il importait d'économiser sur l'éclairage intérieur. Edmond demeurait très strict sur ce point. Il n'était pas question que tout le monde se promène dans la maison avec une chandelle à la main. Il disait: «Au prix qu'elles reviennent et à la vitesse qu'elles fondent, on n'a pas les moyens de se payer des tas de chandelles.»

Comme chez la plupart des familles du quartier, une unique bougie brûlait au milieu de la table. Regroupés tout autour, les Grenon écoulaient le temps à discuter de tout et de rien. Parfois, le silence creusait longtemps son nid entre les conversations. D'autres fois, elles s'animaient autour d'un événement récent ou encore du temps qu'il faisait. Certains soirs, quand Dorothée allait voir les jumelles Gagné, elle en revenait avec un ou deux anciens numéros de *La Gazette*. Quand Théophile Gagné en avait terminé la lecture, il s'en servait pour allumer le poêle. Dorothée finissait souvent par lui soutirer un vieux numéro qu'elle s'empressait de rapporter à l'auberge. Ces soirs-là, elle prenait le temps d'en relever les principales nouvelles. Elle lisait d'abord les annonces relatives aux ventes de marchandises diverses.

— Vous savez pas ce que le marchand John White annonce pour une vente à l'encan ?

— Comme d'habitude, ça doit être des choses dont personne a de besoin.

— Non, m'man, écoutez ça :

« Une grande quantité de meubles de ménage et autres effets. Des tables à dîner et à jeu, des lits de plumes et des matelas, de la vaisselle d'argent, de la faïence et des verreries, mais surtout, une horloge qui ne se remonte que tous les huit jours. »

— Ça, dit Edmond, j'aimerais bien en avoir une ! Mais ça coûte pas mal cher pour ce que ça donne. Je l'achèterais rien que pour l'entendre sonner.

— Peut-être qu'un jour, soupira Émilie. Puis, ma fille, qu'est-ce qu'il y a d'autre d'intéressant dans le journal ?

— Voyons… dit Dorothée. Y a ceci :

« Un monsieur Fox de Londres a annoncé que mardi prochain, il présenterait une résolution concernant l'abolition définitive du commerce des esclaves. »

Jusque-là muette, Marie-Josephte déclara :

— C'est bien la meilleure chose qui pourrait arriver au monde !

— Écoutez bien ceci, enchaîna aussitôt Dorothée.

« La ferme communément appelée le Domaine de Beauport, ci-devant appartenant aux jésuites, sera affermée par bail devant notaire au plus haut enchérisseur. »

— Les pauvres jésuites ont tout perdu ce qu'ils avaient, tous leurs biens ont été saisis. C'est pour ça qu'ils sont loués à l'encan.

— Vous avez raison, p'pa, c'est écrit la même chose pour leur moulin de L'Ancienne-Lorette et aussi pour celui de La Prairie de La Madeleine. Ils vont être loués pour neuf années à venir.

— Est-ce qu'il y a un poème, comme d'habitude ? questionna Émilie.

— Oui, y en a un. Voulez-vous que je vous le lise tout au complet ?

— C'est bien trop long, se plaignit Edmond, lis-en juste un petit bout.

— Ça s'intitule « La Nouveauté », poème de l'imagination par monsieur Delisle :

« La Nouveauté paraît, et son brillant pinceau
Vient du vieil univers rajeunir le tableau
C'est elle qui du nord fait briller les aurores
Enfante des héros les sanglants météores,
Fait luire une comète, un Voltaire, un Rousseau
Fait mugir un volcan, tonner un Mirabeau. »

— Qu'est-ce que c'est ça, un « Mirabeau » ?

— C'est un nom propre, m'man, celui d'un monsieur.

— Y a rien de plus intéressant que ça ? s'impatienta Edmond. Vous autres pis vos poèmes !

— Ah oui ! Attendez, p'pa. Vous qui parliez l'autre jour du nouveau breuvage qui commence à se répandre à la place du thé…

— Le café ?

— J'ai vu un autre poème qui en parle. Écoutez bien ça : « Les propriétés du café », extraits de *Gastronomie*, poème nouveau de Berchoux.

« Le café vous présente une heureuse liqueur
Qui d'un vin trop fameux chassera la vapeur,
Vous obtiendrez par elle, en désertant la table
Un esprit plus ouvert, un sang froid plus aimable
Bientôt mieux disposés par ses puissants effets
Vous pourrez vous asseoir à de nouveaux banquets
Elle est du dieu des vers honorée et chérie
On dit que du poète elle sert le génie. »

— Je vous l'avais dit ! s'exclama Edmond. Y a un voyageur qui m'en a fait goûter, l'autre jour, chez le marchand White. C'est bien aussi bon que le thé.

— Bon, dit Dorothée, je pense bien que c'est pas mal tout pour à soir. Non ! Y a encore une autre chose. Le marchand Childs annonce un assortiment de nouvelles chandelles faites avec du blanc de baleine. Je me demande si elles sont meilleures que les nôtres.

Émilie s'arrachait tous les soirs les yeux à raccommoder des bas, à la lueur vacillante d'une chandelle. Elle n'avait pas coutume de se plaindre, mais la réflexion de Dorothée la fit s'interroger.

— Qu'est-ce qu'ils attendent, les grands savants, pour fabriquer des chandelles qui éclairent vraiment ?

— Elles existent probablement déjà, répondit Edmond, mais pas dans notre pays. Me semble avoir entendu parler de ça par un client, y a pas si longtemps.

— Comment c'est fait, une chandelle, p'pa ? questionna Alicia.

— Ça, ma fille, reprit Edmond, demande-le à ta mère. Les Simard, dans le temps à Baie-Saint-Paul, fabriquaient leurs propres chandelles, et ta mère en a fait avec tes sœurs pas plus tard que l'autre jour.

— C'est vrai, dit Émilie, ma mère faisait ses chandelles avec du suif de marsouin de l'Île-aux-Coudres.

La réponse de sa mère n'avait pas satisfait Alicia, qui revint à la charge.

— Mais comment on s'y prend pour faire une chandelle ?

— C'est pas compliqué, ma fille, on prend un moule fait de la forme d'une chandelle. On le remplit avec du suif de marsouin ou d'un autre animal, en prenant bien soin de mettre au milieu un bout de coton tordu comme une ficelle, pour faire la mèche. Quand le gras a durci, on retire la chandelle du moule. Tes sœurs pourraient, une bonne journée, en fabriquer avec toi.

— Est-ce que celles avec du suif de marsouin donnent des meilleures chandelles ?

— Elles éclairent pas plus que celle qu'on a à soir, et en plus, elles ont deux gros défauts : elles fument beaucoup et répandent une odeur de gras dans toute la maison.

Sa curiosité assouvie, Alicia se tut. Émilie considéra un instant son raccommodage et ajouta en soupirant :

— Un jour, avant de mourir, j'aurai de quoi m'éclairer, je vous le promets !

— C'est un de vos rêves ? s'informa Marie-Josephte.

— C'est un de mes rêves. Dans la vie, ma fille, faut avoir des rêves, ça nous permet d'espérer mieux. Tu sais, y a toujours de la place pour de l'amélioration.

Marie-Josephte approuva avant d'ajouter :

— Moi, j'ai un seul rêve.

— Lequel ? questionna Dorothée.

— Celui de rencontrer bientôt mon mari.

Son père qui, assis dans sa berçante, fumait tranquillement sa pipe, la taquina :

— Tiens ! Tiens ! Notre grande fille qui se met à rêver. Pour moi, ça sera pas long qu'on va la perdre.

Pour qu'elle en parle, il doit déjà y avoir un cavalier en vue.

Marie-Josephte protesta vivement:

— J'ai pas de cavalier, p'pa, je disais ça juste comme ça.

— Y a jamais de fumée sans feu, continua son père. Faut pas crère, ma fille, que je suis contre. T'as l'âge qu'il faut pour rencontrer. Ça fait pas longtemps qu'on est à Québec, mais j'ai idée qu'il y en a qui ont déjà des vues sur toi, si je regarde certains clients te zyeuter quand tu sers les repas. Aurais-tu quelqu'un de ceux-là en vue?

Marie-Josephte se renfrogna.

— Ceux-là m'intéressent pas: ils sont trop vieux ou bien mariés. Le mien, je sais que je vais le trouver et quand je l'aurai trouvé, je saurai bien vous le présenter.

— T'as du Grenon dans le corps, ma fille. J'aime bien voir comme t'es décidée. Il reste plus qu'à trouver celui qui te rendra heureuse. Il faudra que tu choisisses comme il faut, parce que c'est long une vie avec quelqu'un, quand on s'entend pas. Je parle pas pour ta mère et moi, je pense qu'on a choisi le numéro chanceux. Pas vrai, Émilie?

Sa femme ne releva pas la remarque. Elle rougit et lança à son mari un regard où pouvait se lire encore une bonne dose de tendresse.

— Bon, dit Dorothée, qui bayait aux corneilles depuis un moment. Je pense bien que je vais monter me coucher. Tu viens, Ali?

— J'arrive, répondit-elle sans trop d'enthousiasme.

Les deux plus jeunes partageaient la même chambre. Comme il n'y avait qu'une chandelle d'allumée, il fallait que quelqu'un les y conduise ; Marie-Josephte se chargea de cette besogne. Dès qu'elle eurent quitté la cuisine, la noirceur reprit ses droits. Seules les braises, au fond du poêle à deux ponts, laissaient filtrer un peu de clarté par la grille entrouverte. Resté dans l'ombre, Edmond en profita pour dire à Émilie :

— Crois-tu vraiment que Marie-Josephte a des chances de se trouver un cavalier betôt ?

— Si elle a des chances ? Belle et vaillante comme elle est, c'est pas ça qui va lui manquer. Mais elle est difficile, tu sais.

— J'ai pensé à quelqu'un pour elle. Tout à coup que ça prendrait ? En plus, ça serait facile de les faire se rencontrer.

— Dis-moi pas que tu connaîtrais déjà quelqu'un à sa pointure ?

— Oui ! À mon idée, me semble que ça lui ferait un bon mari.

— Qui c'est ?

Edmond allait parler quand la lueur de la chandelle envahit la cuisine. Marie-Josephte revenait avec la lumière.

— Je t'en parlerai plus tard, dit-il, en coupant court.

— De quoi donc ? s'informa aussitôt Marie-Josephte. Vous en profitez pour parler dans mon dos quand je suis pas là ?

— Pour ça, ma fille, on a rien à cacher, ta mère et moi, et on a bien du temps pour se parler sur l'oreiller.

Comme si elle avait senti qu'il était question d'elle, Marie-Josephte insista.

— Si vous avez rien à cacher, vous me direz bien de quoi vous jasiez avant que j'arrive et vous pourrez parler d'autre chose sur l'oreiller.

Edmond ne répondit pas tout de suite, occupé à bourrer sa pipe. Quand il l'eut allumée, il dit :

— Ce qu'on parlait, ma fille, c'était une affaire entre ta mère et moi.

Voyant qu'elle n'obtiendrait pas gain de cause, Marie-Josephte se tourna vers sa mère et dit :

— M'man, tantôt vous avez dit que vous aviez des rêves ?

— C'est vrai que j'en ai et plus qu'un, tu sais.

— À part des chandelles qui éclairent bien, je serais curieuse de savoir quels sont vos autres rêves.

Comme quelqu'un qui tourne sa langue dans sa bouche avant de parler, sa mère se tut pour un moment. Puis, elle se mit à rire nerveusement avant de dire :

— Des rêves, on en a tous, des fous comme des moins fous. Des fois, nos rêves sont si insignifiants qu'ils ressemblent pas à des rêves. Mais les miens sont si grands qu'il me faudra des années pour les réaliser.

— Comme quoi ?

— Je sais pas, ma fille, si t'as remarqué, la fois qu'on est allées chez les Du Berger, la commode qu'il y avait dans ce que madame Du Berger a appelé leur boudoir ?

— Non, je me souviens pas.

Sans en avoir l'air, Edmond ne perdait rien de la conversation et choisit ce moment pour la faire dérailler.

— Un boudoir, sa mère, tu parles d'un drôle de mot pour une pièce de maison. C'est probablement l'endroit où les Du Berger vont pour bouder quand ils se chicanent.

Émilie ne put se retenir de rire.

— Toi et tes idées pas comme les autres, dit-elle. Un boudoir, c'est bien un endroit pour bouder, mais les Du Berger s'entendent si bien qu'ils doivent pas se retrouver souvent dans cette pièce-là.

Malgré l'intervention de son mari, Émilie n'avait pas perdu le fil de ses idées et poursuivit sur ces mots :

— N'empêche que j'aimerais bien avoir une commode comme celle qu'ils ont dans leur boudoir.

— C'est ça, renchérit Edmond, une commode, c'est bien commode dans un boudoir.

Son jeu de mot les dérida un moment. Marie-Josephte, dont la curiosité ne semblait pas satisfaite, revint derechef à la charge :

— Une commode, m'man, voilà votre deuxième rêve. C'est tellement cher, vous avez bien raison de dire que ça va prendre des années avant que ce rêve-là se réalise. Vous en avez bien un troisième ?

— Jamais deux sans trois ! glissa Edmond.

— C'est bien certain, Marie-Josephte, que j'en ai un troisième, mais celui-là, je le garde pour moi toute seule.

Marie-Josephte n'insista pas. Une autre idée, moins heureuse, venait de lui traverser l'esprit. Elle hésita un moment avant de s'en ouvrir à sa mère.

— Y a quelque chose qui me tracasse depuis bien des jours.

— Quoi donc, chère, qui te rend si soucieuse ?

De l'émotion plein la voix, elle dit :

— Nico... Comment ça se fait qu'il nous donne pas de nouvelles ?

Sa question se perdit dans le vide. Edmond finit par briser le silence.

— Je pense, dit-il d'une voix ferme, que c'est bien le temps d'aller nous coucher.

Il s'empara du chandelier posé au milieu de la table, le souleva un peu pour diffuser le plus de lumière possible et monta à sa chambre en songeant douloureusement à Nicolas dont le souvenir, depuis un moment, venait d'envahir leurs pensées.

Le lendemain, en revenant du magasin général, Edmond s'arrêta au bureau de la poste, comme c'était son habitude. L'excitation du postier était palpable quand il lui tendit un pli bariolé d'inscriptions.

— Elle a presque fait le tour du monde ! dit le postier.

— Comment ça ?

— Elle est passée par ici et s'est rendue jusqu'à Baie-Saint-Paul avant de nous revenir avec la bonne adresse. Vous pouvez vous compter chanceux que celui qui l'a reçue là-bas ait décidé de la retourner avec votre adresse dessus.

— Qu'est-ce que vous en auriez fait sinon ?

— On l'aurait gardée pendant un bout de temps en poste restante. On aurait pris la peine, avant de la détruire, d'en faire mention dans le journal *La Gazette* ou bien dans *Le Canadien*.

Ce fut un Edmond tout heureux qui entra à l'auberge en brandissant la lettre.

— Fallait en parler, s'exclama-t-il, pour que ça arrive ! Y avait une lettre de Nicolas au bureau de la poste.

— Ouvre-la vite ! s'écria Émilie. Ça fait tellement longtemps que je me morfonds à attendre de ses nouvelles.

Edmond fit sauter fébrilement le cachet et déplia la lettre.

— Tiens, dit-il à Dorothée, c'est toi qui lis le mieux de nous tous, tu vas nous la lire pour notre meilleur profit !

Dorothée prit la lettre.

— Mon Dieu, m'man, elle date de près d'une année !

Landau, Allemagne, vendredi 8 novembre 1805

Bien chers parents,

C'est votre pauvre fils Nicolas qui vous écrit ce mot quelques jours avant de partir en guerre contre les Prussiens. J'espère pouvoir vous conter un jour comment, avec mon ami Jérôme, nous nous sommes retrouvés engagés comme soldats dans la Grande armée de l'empereur Napoléon. On nous désigne comme les Grognons de l'empereur, parce que nous avons toutes les raisons du monde de grogner tellement c'est dur d'être dans l'armée. Pensez à moi, parce que j'ai bien besoin de vous tous. Il ne se passe pas une journée sans que je pense à vous. Je vous porte dans mon cœur en espérant une seule chose, vous revoir bientôt ainsi que notre beau pays de Charlevoix. Si vous voulez m'écrire, vous pouvez le faire en adressant la lettre à mon nom, au dépôt de l'armée de France, Landau, en Allemagne.

Votre fils qui pense à vous,

Nicolas

Quand Dorothée eut terminé sa lecture, ils restèrent tous songeurs autour de la table. C'est Émilie qui brisa le silence en disant :

— Pauvre Nicolas ! Il sait pas que grand-papa est mort et il sait pas non plus qu'on est déménagés à Québec.

Marie-Josephte proposa :

— Va falloir lui écrire pour lui apprendre tout ça.

— Fais donc ça, ma fille. Il faut battre le fer pendant qu'il est chaud.

— Je sais, p'pa, se moqua Dorothée, et il ne faut jamais remettre à demain ce qu'on peut faire aujourd'hui.

Elle alla chercher une plume, l'encrier et du papier et sans plus tarder, s'affaira à écrire.

Chapitre 25

Dorothée chez les Panet

Dorothée mit du temps à s'acclimater à son nouveau milieu. Elle avait bien pour amies les jumelles Gagné, mais c'était à peu près les seules. Comme elle savait lire, écrire et compter, son père n'avait pas insisté pour lui faire fréquenter une école où elle aurait pu se faire d'autres amies. Pourtant, ce n'était pas les institutions scolaires qui manquaient à Québec. Il préféra la voir tout de suite gagner quelques sous par un travail assidu. Comme elle ne parvenait pas à se trouver un emploi régulier, son père la fit travailler à l'auberge et finit par se mêler de lui trouver du travail.

Les relations de son père lui permirent de devenir servante chez l'avocat Panet, le même homme qui était allé à l'auberge de Baie-Saint-Paul avec le jeune de Gaspé et qui avait favorisé l'entrée de son grand-père à l'Hôpital Général. Son père s'était fait à l'idée de l'envoyer travailler chez l'avocat, qui lui avait demandé, voilà peu, s'il ne pourrait pas lui confier pour quelque temps une de ses filles comme servante.

Elle y resta quelques mois, en compagnie d'un bon nombre d'autres serviteurs.

De retour à la maison, elle se montra intarissable au sujet de son passage chez maître Panet.

— M'man, c'est pas croyable comme certaines gens sont riches !

— C'est bien certain, mais est-ce qu'ils sont pour autant plus heureux que nous autres ?

— Peut-être pas, mais en tous les cas, ils ont tout plein de belles et bonnes choses. Ils ont aussi beaucoup de serviteurs et de servantes comme moi. On était plusieurs à travailler chez eux : un majordome, une cuisinière, un garçon d'écurie et deux femmes de chambre, en plus de moi qui aidais à la cuisine et faisais le service de table.

— C'était tout naturel, t'avais déjà l'habitude avec l'auberge.

— Savez-vous que monsieur Panet a plusieurs enfants, qui sont très bien élevés, polis et gentils en plus ? Vous me croirez pas, mais y en a même un qui me faisait de l'œil.

— À toi ? Ton imagination t'aura joué des tours.

Dorothée fit la moue.

— Je savais que vous me croiriez pas. Rien n'empêche que c'est vrai. Il s'appelle Antoine, comme son père. Il est beau, mais vous savez bien que je faisais mine de pas voir ses yeux doux.

— Tu faisais mieux, parce que ce sont pas des gens de notre classe. Faut faire attention pour pas trop frayer avec du monde de même.

— Mais ils sont pas méchants.

— C'est pas ça que je veux dire, ma fille. C'est certainement du bon monde autant que nous autres, mais ils sont pas habitués de vivre comme nous autres.

— Pour ça, non ! Ils recevaient des amis presque tous les soirs. Ça nous donnait beaucoup d'ouvrage. J'aimais les entendre discuter de ce qui se passait en ville. Ils racontaient toutes sortes d'histoires et riaient beaucoup, surtout quand ils avaient pris un peu de bon vin. Je me souviens qu'une fois, alors qu'on servait du rosbif, monsieur Panet a raconté une aventure arrivée à monsieur Badelard, le bienfaiteur de l'Hôpital Général, lors d'un souper chez monsieur le gouverneur. « Comment trouvez-vous votre rosbif ? » a demandé le gouverneur. « Délicieux, excellent », a répondu monsieur Badelard. Après, il s'est tourné vers son voisin et lui a chuchoté : « Délicieux... délicieux... il beugle encore. » Vous comprenez, m'man, que j'avais envie de rire. J'ai été obligée de me cacher pour le faire, pour pas qu'ils s'aperçoivent que je les avais entendus. Une autre fois, y a eu la visite d'un bel homme. M'man, si vous l'aviez vu ! Je me suis dit : « Lui, je le marierais ! »

— Sans le connaître plus que ça ?

— Je l'ai écouté raconter tout ce qu'il avait fait depuis cinq ans. C'était pas croyable !

— Qu'est-ce qu'il avait de si intéressant à dire ?

— Vous me croirez pas, mais aujourd'hui, il se présente pour devenir député de notre comté.

— Il est en politique ? Ah ! Ma fille, il faut se tenir loin du monde de même.

— Rien n'empêche qu'il a bien de l'allure. Il s'appelle Désiré Dumoulin. Il travaille pour son père, qui est un des marchands de la Place-Royale. Savez-vous ce qu'il a raconté un soir qu'il est venu souper chez les Panet ?

— Je le sais pas, mais je sens que tu brûles de me l'apprendre.

La remarque de sa mère fit hésiter un moment Dorothée, mais le plaisir de raconter son anecdote l'emportait sur les réserves de sa mère.

— Il a fait tous les métiers, je vous le jure, m'man.

— Faut pas jurer, ma fille. Contente-toi de raconter les choses comme elles se sont passées.

De nouveau réfrénée dans son élan, Dorothée se tut. Puis, elle ajouta, sur un ton de reproche :

— Voulez-vous la savoir, mon histoire, oui ou non ?

— Pas besoin de faire ta Grenon, chère, je t'écoute !

— Eh bien ! Il a été marchand ambulant, il a travaillé pour un journal puis il a tenté sa chance comme menuisier, homme à tout faire, jardinier, ferblantier, peintre en bâtiment. Un jour, il a décidé qu'il s'en allait aux États-Unis où, paraît-il, il a été soldat puis voyageur, ce qui l'a mené jusqu'en Californie. Rendu là, il a travaillé comme journalier pour des gens qui avaient des sous et il est revenu au bout de trois ans avec plein d'argent. M'man, vous auriez dû entendre comme il sait bien parler !

— C'est pas parce que quelqu'un sait bien parler qu'il est pour autant intéressant !

— Peut-être pas, mais rien n'empêche que quand il parlait, tout le monde écoutait. Comme il est riche, fin parleur et qu'il est pas facile à boucher, il s'est en allé en politique et s'est présenté aux dernières élections. Il paraît qu'il réussit à attirer beaucoup de monde par ses discours. Les gens l'aiment parce qu'il a beaucoup d'esprit et les fait rire comme chez monsieur Panet. Je connais pas grand-chose en politique, mais je sais qu'il s'est présenté du côté des rouges, parce que je me souviens qu'il a raconté une histoire bien drôle dont je me rappelle. Voulez-vous la savoir ?

— Au point où t'en es rendue, raconte-la, sinon tu vas être débinée toute la soirée.

Comme Marie-Josephte arrivait sur ces entrefaites, Dorothée y vit l'occasion de doubler son auditoire.

— Désiré Dumoulin, qui est pas marié et qui est du côté des rouges, a dit qu'il avait fréquenté, pas très longtemps, une jeune demoiselle dont la famille votait du bord des bleus. Quand il l'a demandée en mariage, le père a refusé de lui donner la main de sa fille. Il lui a dit : « Jeune homme, je ne donnerai pas ma fille à quelqu'un qui se présente comme député du bord des rouges. » Désiré Dumoulin était tellement fâché de ce refus qu'il lui a aussitôt répliqué : « Je suppose que votre fille a le cul aussi bleu que le vôtre ? » Vous comprenez qu'ils se sont presque battus. Le père de la demoiselle a tout de suite demandé réparation d'honneur. Obligé, en sortant de la messe du dimanche, de s'excuser sur le perron de l'église, en présence de tout le monde et de la famille qu'il avait offensée, Dumoulin s'est exprimé ainsi: «J'ai dit que Rosalie devait avoir le cul aussi bleu que celui de son père, je retire mes paroles, je me suis probablement trompé. Comme je ne le lui ai jamais vu, ce qui m'aurait tant plu, je suppose qu'elle a le cul comme tout le monde.»

L'histoire de Dorothée fit bien rire Marie-Josephte et également Émilie, qui le démontra cependant avec plus de retenue.

— Vous comprenez, ajouta Dorothée, que cette histoire, encore mieux racontée par son auteur, a fait se pâmer tous les invités. M'man, je vous le dis, j'ai rarement vu un bel homme de même, et qui parle si bien. Faudrait que j'en trouve un pareil quelque part.

— Je te le souhaite, ma fille, mais en attendant, qu'est-ce que tu penses faire, maintenant que tu travailles plus chez monsieur Panet? Ton père ne te laissera pas te tourner les pouces.

— Je le sais bien! Les jumelles Gagné m'ont dit que je pourrais peut-être me trouver des petits ouvrages comme elles en font, de temps à autre, à l'Hôpital Général. Ça devrait faire en attendant que je me déniche autre chose si p'pa veut pas me garder à l'auberge. Je vais y voir demain.

— Il s'en passe des belles chez les Panet, fit remarquer Marie-Josephte.

— C'est ce que je disais à m'man. C'est du monde qui ont les moyens. Imagine-toi qu'ils ont même une maison de campagne où ils vont passer l'été, à L'Ancienne-Lorette. Mais ils amènent pas tous les serviteurs qu'ils ont en ville à leur maison d'été, c'est pour ça que j'ai été remerciée. Rien n'empêche que j'aurais bien aimé continuer !

— T'es pas pour travailler comme servante toute ta vie ! lui reprocha Marie-Josephte.

— C'est tout ce que je sais faire. Pour cet été, en tous les cas, p'pa sera bien content de m'avoir à l'auberge.

À quelques jours de là, alors qu'elle se trouvait toute seule avec Marie-Josephte, Dorothée en profita pour se confier :

— Sais-tu ce qu'il m'arrive ?

— Quoi donc ?

— Je pense que je suis en amour.

— Tu penses ou bien t'es certaine ?

— Je pense que j'en suis certaine. Il est beau, tu peux pas savoir comment !

— Qui ça ?

— Désiré Dumoulin.

— Celui qui est en politique ? Mais pour qui tu te prends, ma petite sœur ? Penses-tu qu'il t'a seulement regardée ?

— Écoute bien ce que je vais te dire, Marie-Jo l'incrédule. Quand il est venu au bal chez les Panet, il m'a fait de l'œil.

Marie-Josephte se mit à rire.

— Pauvre toi ! Tu penses toujours que tous les beaux hommes te font de l'œil. Pauvre petite sœur, tu te comptes des histoires et tu les crois.

Dorothée fit la moue.

— T'es bien comme m'man ! Tu crois jamais ce que je te dis. Pourtant, c'est vrai : il m'a fait de l'œil.

— Ça changerait quoi, qu'il t'ait regardée comme si t'étais une princesse ? Penses-tu qu'il va te demander en mariage demain matin ?

Dorothée en avait assez entendu, mais en bonne Grenon, elle voulut clouer le bec à son aînée.

— Un jour, tu verras, je ramènerai un bel homme à la maison et tu en seras jalouse comme un pou.

— Pourquoi j'en serais jalouse ? J'aurai bien le mien un jour, moi aussi !

L'été filait bon train. Les jours plus longs permettaient de veiller plus tard dehors, au jardin. Plutôt que de se réunir le soir autour d'une chandelle, comme en hiver, les Grenon goûtaient le plaisir de pouvoir prolonger la veillée autour d'un fanal. Seuls les moustiques parvenaient à les chasser. L'auberge accueillait chaque jour ses habitués. De temps à autre, un étranger s'y arrêtait pour la nuit. Mais, pour le reste, c'était la routine quotidienne : Émilie s'affairait à ses fourneaux, et ses filles, au service des clients et au ménage.

Un soir, à l'heure du souper, un homme se présenta. En l'apercevant, Dorothée fut tout en émoi. Marie-Josephte ne manqua pas de lui demander :

— Qu'est-ce que t'as ? As-tu vu un fantôme ?

— Bien mieux que ça, l'incrédule ! Sais-tu qui est ce bel homme ?

— Comment ça, tu le connais ?

— Si je le connais ? C'est Désiré Dumoulin !

Quand, de la cuisine, elles revinrent dans la grande salle de l'auberge servir les clients, le futur député était en pleine conversation avec leur père.

— Monsieur Grenon, si je suis ici, je vous l'avoue, c'est pour une raison bien précise. Lors d'un bal chez monsieur Panet, malgré toutes les belles demoiselles qui faisaient partie des invités, votre fille, quoique simple servante, est celle qui a retenu le plus mon attention. Je ne lui aurais point fait l'affront de l'aller trouver pour l'inviter à danser, mais de toutes les belles qui se trouvaient sur place, c'est elle dont mon cœur a gardé le souvenir.

— Dis-moi pas ! Dis-moi pas ! répéta Edmond avec un sourire en coin.

— Quand, de retour de ma tournée électorale, je me suis présenté chez monsieur Panet avec l'espoir d'y revoir votre fille, on m'a appris qu'elle n'était plus au service de cette maison. Jugez de mon désarroi. Fort heureusement, après m'être informé de son nom, une des servantes m'a dit qu'elle s'appelait Dorothée Grenon et qu'elle était fille de l'aubergiste du même nom, rue Saint-Ours. Voilà pourquoi vous me retrouvez aujourd'hui chez vous. Je souhaiterais mieux connaître celle dont mon cœur aimerait un jour faire sa mie.

Edmond, qui n'avait jamais entendu pareille déclaration, parut un moment perplexe avant de dire :

— Monsieur, votre discours, si je l'écoutais vraiment, ferait enfler mon orgueil. Je suis heureux que ma fille, malgré notre modeste condition, ait pu attirer votre attention. Comme ma fille est passablement dégourdie, je suis bien d'accord, malgré votre différence d'âge et de milieu, à ce qu'un de ces bons soirs vous veniez la voir afin de vous expliquer avec elle de vos sentiments pour sa personne.

Fort de cette réponse et fier de sa réussite, le jeune homme quitta l'auberge, la tête haute. Dès qu'il en eut l'occasion, Edmond relata cette singulière visite à Dorothée.

— T'étais-tu rendu compte, ma fille, que lors d'un bal chez les Panet, ce jeune homme s'était intéressé à toi ?

Sans émettre un son, Dorothée se mit à rougir jusqu'au bout des oreilles. Puisque sa sœur avait perdu l'usage de la parole, Marie-Josephte la prit à sa place :

— Elle s'en était aperçue puisqu'il y a pas longtemps, elle m'en a parlé. Pour sûr, j'ai pas voulu la croire. Mais comme ce jeune homme s'est déclaré, je me rends maintenant bien compte que Dorothée n'avait pas rêvé.

Le sourire revint d'un coup sur les lèvres de Dorothée.

— Va pas trop te faire des idées, lui fit remarquer son père. C'est peut-être rien qu'un caprice de politicien. Tu sais, en général, ce sont de grands parleurs mais de petits faiseurs. Et pour commencer, est-ce qu'il est réellement en politique ?

D'heureuse qu'elle était, Dorothée se sentit vite humiliée qu'on remît en question ses paroles et qu'on doutât de la profession de son prétendant. Plus tard, ce soir-là, elle revint de chez les jumelles Gagné avec un large sourire, une coupure de journal à la main.

— Pour ceux, dit-elle, qui croient que Désiré Dumoulin est pas en politique.

— T'as trouvé quelque chose qui le prouve ? questionna son père.

— Oui ! Vous avez qu'à lire.

Elle déposa son bout de journal sur la table de cuisine. Marie-Josephte s'en empara et lut :

« *Aux électeurs de la Basse-Ville de Québec*

Messieurs,

L'élection d'un représentant de la Basse-Ville, qui doit avoir prochainement lieu, me donne l'occasion de vous offrir mes services. Si vous les agréez, je vous prie de m'y appuyer de vos suffrages. J'ai tous les talents nécessaires pour vous bien représenter.

J'ai l'honneur d'être avec respect
Messieurs,
Votre très humble et très obéissant serviteur

Désiré Dumoulin »

Marie-Josephte avait à peine terminé sa lecture que Dorothée s'écria :

— Les sceptiques seront confondus. P'pa, mettez ça dans votre pipe !

Émilie réagit vivement au triomphe de Dorothée :

— C'est pas parce que ton père a pas cru tout ce que lui racontait ce jeune homme que ça t'autorise à lui manquer de respect.

— Je m'excuse, p'pa, dit Dorothée, mais rien n'empêche que j'avais raison.

— Si t'étais pas une Grenon, dit Edmond, je te le pardonnerais pas. Mais t'en es bien une, tu sais tenir ton bout. C'est pas mauvais parfois d'avoir une tête de pioche.

— Pour pas dire autre chose de moins poli, ajouta Émilie.

En dissimulant assez mal sa satisfaction de voir sa fille courtisée par un notable, Edmond conclut :

— Ton Désiré Dumoulin a promis de revenir pour te voir ma fille, on finira bien par savoir quelle sorte d'homme il est. En attendant, je pense qu'il est temps qu'on aille dormir un peu.

Chapitre 26

Mariages chez les Gagné

Le travail à l'auberge ne permettait aucun moment de répit. Occupées à seconder leur mère, Marie-Josephte et Dorothée ne trouvaient guère de temps pour fréquenter leurs amies Gagné. Souvent, Agathe ou les jumelles venaient faire un saut à l'auberge, mais les filles Grenon pouvaient rarement leur rendre la pareille. L'hiver se passa ainsi, puis aux tout premiers jours du printemps, les Grenon reçurent une invitation qui leur fit doublement plaisir. Étiennette Gagné mariait son Pierre Dubois et, ô surprise ! Agathe en faisait autant, le même jour, avec Hubert Nadeau.

— Étiennette, dit Edmond, est celle qui s'est occupée de mon père avant que je lui trouve une place à l'hôpital. Paraît qu'elle a tellement bien soigné son futur mari qu'il s'est remis à marcher, ce que les docteurs jugeaient impossible. Tu vois ce que rapporte parfois l'entêtement.

Émilie se mit à rire de bon cœur.

— Y a des bons comme des mauvais entêtements, constata-t-elle. Tu dirais pas ça pour qu'on accepte les tiens ?

Edmond grogna :

— Ça n'a rien à voir avec moi. As-tu une idée de ce que je vais mettre pour les noces ?

— C'est pas compliqué, t'as rien qu'un bel habit, c'est celui-là que tu mettras.

Marie-Josephte, que cette nouvelle rendait songeuse, soupira.

— Mon amie Agathe se marie et je le savais même pas : c'est ça, être fille d'aubergiste, on trouve plus le temps de voir ses amies.

— Tout ça sent le reproche, releva Edmond. C'est vrai, ma fille, que l'auberge permet pas d'avoir beaucoup de bon temps, ni pour toi, ni pour ta sœur, ni pour ta mère, ni pour moi, mais faut bien avoir une manière de gagner son pain. Faudrait pas quand même que ça t'empêche de trouver toi aussi un mari.

Le double mariage des enfants Gagné fut célébré à la chapelle de l'hôpital. Edmond signa le registre à titre de témoin au mariage d'Agathe. En plus d'un mets très spécial préparé par nulle autre qu'Émilie, les invités eurent le plaisir de déguster, chez les Gagné, une bonne soupe aux gourganes et un gros pâté fait de viande de dinde, de poulet, de perdrix, de pigeon et de lièvre, recouvert de lisières de lard gras qui se laissa manger le temps de le dire. Fort heureusement, Béatrice Gagné avait aussi fait appel aux dons culinaires d'Émilie, qui s'était surpassée en commettant un godiveau de viande hachée provenant d'un jambon, accompagné de gros oignons et de quelques épices. Pour dessert, tartes et gâteaux firent le bonheur des plus gloutons.

Les violoneux se mirent à faire vibrer leurs instruments et les danses commencèrent. Les nouveaux mariés occupèrent les premiers le plancher. Marie-Josephte regardait son amie Agathe avec envie. « Quand mon tour viendra-t-il ? » semblait-elle se demander. Elle avait l'âge où les femmes se marient le plus volontiers. Elle avait beau regarder tout autour d'elle, pas un jeune homme présent aux noces ne l'intéressait. Pendant qu'elle se languissait en soupirs, sa sœur Dorothée semblait s'amuser ferme en compagnie des jumelles et de leurs cavaliers.

Dans un coin de la salle, Théophile Gagné, lui, faisait des confidences à Edmond :

— Tu sais pas comment je suis heureux d'avoir pu marier mes deux filles aînées le même jour.

— C'est en effet une chance : préparer un mariage est aussi de trouble que d'en préparer deux.

— À qui le dis-tu ! C'est réellement une chance d'en marier deux d'un coup. Vois-tu, ça coûte pas beaucoup plus cher et l'affaire est dans le sac.

Edmond approuvait les paroles de Théophile, mais il lui demanda tout de même :

— Avec deux filles de parties, tu crains pas de trouver la maison trop grande ?

— Bah ! fit-il. Il reste encore toutes les autres. En plus, Agathe s'en va pas à l'autre bout du monde comme Étiennette.

La musique continuait, et les danseurs ne dérougissaient pas. Marie-Josephte n'avait toujours pas bougé de sa place quand Étienne Gagné, qui venait de danser avec sa fiancée, vint lui offrir la prochaine danse.

— Mais je sais pas danser ! protesta-t-elle.

— C'est pas nécessaire, lui dit Étienne. T'as qu'à suivre la musique et te laisser faire.

Elle dansait pour la première fois de sa vie avec cet homme affable. Elle en garderait un souvenir impérissable.

À la fin des célébrations, avant le départ des invités, Théophile Gagné surmonta sa répugnance pour les discours et s'avança pour dire quelques mots à la joyeuse assemblée.

— Ce n'est guère la peine de tous vous prévenir par écrit, c'est pourquoi je vous annonce tout de suite que dans deux mois, on remet ça. Vous êtes tous invités au mariage de mon fils Étienne avec Violette Lacharité, ici présente.

Cette annonce fut reçue par une salve d'applaudissements.

En revenant à l'auberge, Émilie remarqua que Marie-Josephte était tour à tour triste et heureuse, pensive et enjouée, et que son humeur variait allègrement des pleurs aux rires.

— T'es pas heureuse de cette journée de noces ?

— Ah, je le le suis, mais le cœur me chavire en pensant que mon amie Agathe est maintenant mariée. Je l'envie d'avoir trouvé un mari. C'est pas à moi que ça arriverait. Si j'ai l'humeur variable, c'est que je suis heureuse pour Agathe et en même temps peinée, parce que les choses seront plus jamais pareilles entre nous.

Tout attentive aux émois de sa fille, Émilie conclut :

— Ma pauvre fille, t'as bien raison, un mariage, ça change un tas de choses, mais que veux-tu, c'est ainsi que la vie nous traite. C'est à nous de pas la laisser nous faire trop de grimaces. On a tous nos tourments, tu sais. De ce temps ci, sais-tu surtout à quoi je pense ?

— Qu'est-ce qui vous tracasse, m'man ?

— Je pense beaucoup à Nicolas. Il nous donne pas souvent de nouvelles.

— Avez-vous remarqué, m'man ? Des fois, il suffit de penser à quelque chose pour qu'elle se manifeste.

— T'as raison, ma fille. Tout à coup qu'il y aurait une lettre de Nicolas à la poste.

— J'm'en vais aller voir, m'man, on sait jamais. Ça fait bien deux semaines que personne y est allé.

Marie-Josephte se mit aussitôt en route. Son intuition ne l'avait pas trompée : une lettre de Nicolas l'attendait à la poste. Dans sa hâte de pouvoir la lire, elle pressa le pas jusqu'à l'auberge, oubliant du même coup ses soucis du moment. Toute la famille l'entoura quand, en entrant, elle fit savoir qu'il y avait une lettre de Nicolas, qu'elle s'empressa de décacheter et de lire.

Lyon, jeudi 10 juillet 1806

Mes parents bien-aimés,

J'ai été bien heureux de recevoir la lettre écrite par ma sœur Marie-Josephte. La nouvelle de la mort de grand-papa m'a beaucoup attristé. C'était aussi toute une surprise d'apprendre que vous êtes déménagés à Québec.

Quand vous allez recevoir cette lettre, je serai sans doute déjà en Espagne à combattre, pour les Français, dans la grande armée de l'empereur Napoléon, contre les Espagnols. Je ne vous conterai pas toutes les misères que j'ai dû traverser et tout ce qu'une guerre apporte de malheurs. Je vous dirai seulement que mon ami Jérôme est mort sur un champ de bataille en Prusse. J'ai eu énormément de peine de le perdre. Heureusement, j'ai pu me faire un autre ami du nom de Bernardin qui le remplace à mes côtés. C'était une folie de notre part que de nous engager dans l'armée. Je paye cette folie très cher tous les jours.

Si je ne vous écris pas plus souvent, c'est que chaque soir ma fatigue est si grande d'avoir marché ou combattu toute la journée que je n'ai pas le courage de tenir une plume. Je vous espère tous en bonne santé. Je ne peux malheureusement pas vous donner une adresse où m'écrire tant nous nous déplaçons souvent. Dès que nous nous arrêterons quelque part pour plus longtemps, je vous le ferai savoir.

Votre fils affectueux,

Nicolas

Chapitre 27

Premiers amours

Depuis son retour des noces chez les Gagné, Marie-Josephte n'était plus la même. Constamment distraite, elle serrait la vaisselle dans la boîte à pain, rangeait le balai près du buffet et oubliait le savon sur les tables de l'auberge. Ses distractions finirent par attirer l'attention d'Émilie, qui lui demanda, excédée :

— Veux-tu bien me dire, ma fille, à quoi tu rêves depuis quelques jours ? On dirait que t'es plus là ! Qu'est-ce qui se passe ?

Marie-Josephte prétendit que ce n'était rien :

— Vous inquiétez pas, m'man, c'est juste que je suis un peu fatiguée.

— C'est vrai que tu m'aides beaucoup, ma grande, mais de là à être distraite comme tu l'es ! Je m'attends, d'une journée à l'autre, à trouver le beurre sur le poêle et du bois de chauffage dans la dépense.

Deux jours plus tard, quand Émilie découvrit un torchon parmi ses chaudrons, elle décida de tirer au clair les rêveries de sa fille. Elle demanda à Marie-Josephte :

— Ça serait pas toi qui aurais oublié le torchon dans les chaudrons ?

Marie-Josephte feignit l'ignorance.

— Tu sais, ma fille, je te connais assez pour savoir que t'es pas la même. Y a rien de pire que de garder un chagrin ou une crotte sur le cœur. Tu m'as toujours dit ce qui te tracassait, tu devrais continuer à le faire et peut-être que je pourrais faire quelque chose pour t'aider.

Marie-Josephte, cette fois, ne se défila pas.

— Pour ça, m'man, vous pouvez rien faire.

— Est-ce que c'est possible, au moins, de savoir qu'est-ce qui se cache derrière ce *ça*-là ?

— Je suis amoureuse, m'man.

— Ça au moins, c'est une bonne nouvelle. T'aurais pu m'en parler plus tôt, comme ça, j'aurais été moins inquiète.

Pendant qu'elle parlait, Émilie ne s'était pas rendu compte que Marie-Josephte pleurait. Puis, quand elle l'entendit sangloter, elle s'approcha pour la consoler.

— C'est l'amour qui te fait pleurer de même ? Celui que t'aimes, est-ce qu'il le sait ?

— Non ! fit Marie-Josephte en se secouant la tête.

— Tu t'es pas déclarée ?

— Non, fit de nouveau Marie-Josephte.

— Dans ce cas-là, dit-elle, y a rien de perdu. Te désole pas trop, tout peut s'arranger.

— Justement, ça peut pas s'arranger, finit par avouer Marie-Josephte.

— Comment ça ?

— Parce qu'il est déjà engagé.

Sa mère resta interdite puis reprit :

— Ma pauvre fille, pourquoi t'es-tu amourachée de quelqu'un qui a déjà sa promise ?

— Parce qu'il est beau, parce que c'est exactement le mari que je voudrais.

— Ma pauvre petite fille, qu'est-ce qui te dit qu'il aurait pour toi les mêmes sentiments que toi pour lui ? Si ton père était au courant de ta peine, il te dirait sûrement : « Un de perdu, dix de retrouvés ! » Le mieux que t'as à faire, c'est de te forcer à l'oublier. Y en aura certainement un autre pour prendre sa place dans ton cœur. C'est ton premier amour, mais il est inaccessible. Ça te paraît aujourd'hui très gros. Mais ton père te dirait certainement : « Attends et tu verras que le temps arrange bien des choses. » Si je te le demandais, me dirais-tu quel est ce bel homme qui te met sens dessus dessous ?

Marie-Josephte se tut un long moment. Elle soupira, pleura encore un peu puis finit par dire dans un murmure :

— Étienne Gagné.

Sa mère ne laissa pas voir son étonnement. Elle dit tout simplement :

— T'as raison, ma fille, c'est un bel et brave homme. Même ton père avait pensé qu'il pourrait te faire un bon mari. Mais son cœur est déjà pris, et quand le cœur d'un homme bat déjà pour quelqu'un d'autre, vaut mieux rien espérer.

Pendant que Marie-Josephte soupirait au souvenir du beau charretier, Dorothée, pour sa part, avait beaucoup de difficulté à se défaire d'un prétendant qui lui tournait autour et ne la laissait guère en paix depuis une semaine : un nommé Réal Dupont. Cet original, qui se faisait appeler Royal parce que ça sonnait mieux à ses oreilles, se prenait pour un grand écrivain et ne cessait d'écrire des poèmes et toutes sortes de lettres d'amour à la pauvre Dorothée, depuis qu'il l'avait rencontrée par hasard dans la rue et l'avait suivie jusqu'à l'auberge. Il avait beau être gentil et avenant, écrire était tout ce qu'il savait faire, et « Dieu sait, répétait Dorothée, que ça apporte pas grand pain sur la table ». Avec ça, il était lunatique, mal habillé, sentait mauvais et parlait continuellement en vers. Elle avait l'impression qu'il voguait en permanence dans un autre monde connu de lui seul.

Lasse de ses bouts-rimés et de sa cour effrénée, Dorothée cherchait à lui faire comprendre qu'il ne l'intéressait pas. Le prétendant poète venait justement de lui remettre un texte intitulé « Les marchands ambulants ». Elle le pria de le lui lire. En prêtant une oreille distraite à ses propos, il lui vint subitement une idée susceptible de lui permettre de se débarrasser définitivement du fâcheux. Elle lui proposa de venir lire lui-même son texte devant une de ses amies, en lui présentant ainsi la chose :

— Une de mes amies aime beaucoup les écritures. Je suis certaine qu'elle adorerait t'entendre lire ce texte sur les marchands ambulants. Que dirais-tu de m'accompagner demain chez elle pour y lire ton poème ?

Fidèle à lui-même, Réal lui répondit en déclamant :

— Je serai très honoré de lire
devant ta chère amie
ce texte que j'ai mis
tant de minutes à écrire,
ainsi mes heures d'écriture
n'auront pas causé ma déconfiture.
Tu ne saurais jamais croire,
chère et tendre Dorothée,
et ce n'est pas là des accroires,
tout ce qu'il m'en a coûté
d'efforts, de sueur et de courage,
pour en terminer même une page.

Dorothée ne supportait plus ce verbiage. Elle s'efforça de prendre congé du casse-pieds en lui conseillant :

— Profites-en donc, si tu veux bien, pour aller te préparer à cette lecture de demain.

Elle avait à peine terminé sa phrase que l'autre entonnait d'une voix triomphale :

— Ah ! chère amie de mon cœur,
quelle belle coïncidence,
voilà qu'en cette circonstance,

on pourrait dire : à la bonne heure !
vous venez, tout comme moi,
de parler en rimes,
ce qui n'est pas un crime
et me laisse tout en émoi,
me donnant l'occasion,
sans en demander la permission,
de vous dire et vous redire,
sans que vous puissiez me contredire,
que parler de la sorte
ouvre beaucoup de portes.

Après cette sortie à l'emporte-pièce, il lui tira sa révérence et lui prodigua le baisemain habituel, avant de la quitter en disant :

— Demain n'ayez crainte
ma très noble et très chère,
vous ne porterez pas plainte,
oui vous serez toute fière
de cette belle complainte
que je lirai avec mon cœur,
ce qui vous laissera sans rancœur.
Pourrai-je espérer votre clémence
et vous voir combler mes espérances
face à ce texte sublime,
en beaucoup de passages
mais tout de même écrit en rimes,
n'en déplaise à ceux qui se croient sages ?

Vraiment, Dorothée n'était plus capable de le sentir. Il lui avait à peine tourné le dos qu'elle courait chez les jumelles, en proie à une humeur massacrante.

— Je suis aux prises depuis près d'une semaine avec un soupirant qui me colle après comme la teigne. J'en peux plus ! Comment me défaire de lui ? J'ai pensé que vous pourriez m'aider, grâce à votre ressemblance. Il vous connaît pas. Je pense pouvoir m'en débarrasser en lui disant que je peux pas m'attacher à quelqu'un qui a la berlue.

— Dis toujours ton projet, lui intimèrent les jumelles, tout excitées à l'idée de jouer un bon tour.

— Je lui ai laissé croire que j'ai une amie qui aimerait beaucoup l'entendre lire sa dernière œuvre qui, je l'avoue, n'est pas si mauvaise que ça. Mais les écritures de ce genre permettent pas de faire vivre son auteur, et encore moins un ménage, et parlons pas d'une famille. En plus, je crois bien que c'est tout ce qu'il est capable de faire. Demain, si vous le voulez bien, il m'accompagnera chez vous. Voilà ce que nous allons faire…

Elles se concertèrent, rirent beaucoup et pratiquèrent le subterfuge par lequel Dorothée espérait confondre le lyrique prétendant.

Quand, le lendemain, accompagnée de Réal, Dorothée se présenta chez ses amies, seul Angèle vint les accueillir. Les œillades qu'Angèle lançait à son amie en disaient long sur ce qu'elle pouvait penser du lunatique. Dorothée lui dit, clin d'œil à l'appui :

— Chère Angèle, je te présente Réal Dupont, alias Royal, qui vient d'écrire pour moi un poème qu'il voudrait avoir le privilège de te lire. J'ai pensé que tu aurais grand plaisir à l'entendre.

— Ce sera un honneur pour moi, s'écria Angèle, d'entendre de votre bouche la lecture de ce poème que mon amie me dit fort joli. Veuillez vous asseoir ici pendant que Dorothée et moi constituerons votre auditoire.

Le ton était solennel. Angèle et Dorothée, fortes du plan qu'elles avaient si bien concocté, réprimaient à grand-peine leur envie de rire. L'orateur n'entendait pas commencer cette lecture à froid et la fit précéder de ces quelques vers :

— Permettez mesdames,
du plus profond de mon âme,
que je vous dise tout le bonheur,
que dis-je le grand honneur,
que vous faites au pauvre serviteur
assis devant vous à cette heure,
et qui se prépare sérieusement
à vous lire les marchands ambulants.
Ce texte, signé Royal,
est bien de mon cru,
croyez-le, je suis loyal,
même si d'aucun l'eussent cru
sorti d'une autre plume que la mienne,
qu'à cela ne tienne,
vous devez m'en croire l'auteur
et de vous le lire je serai à la hauteur.

Sur ce, après une grande courbette devant son auditoire, il se lança dans sa lecture :

LES MARCHANDS AMBULANTS
par Royal

Ils sont tous venus sauf un
les marchands des quatre saisons
que nous attendons et aimons
pour leur visite et leurs parfums

Avec l'automne nous arrive
celui qui nous ravive
le marchand de pommes
Je l'aime bien ce vieux bonhomme
Il rit tout le temps
mais compte si mal pourtant
comme pour nous faire de l'épate
qu'on jurerait qu'il est dans les patates

Le marchand de fruits et légumes
est venu comme de coutume
Il a de tout, de la carotte au radis
en passant par la laitue de par ici
sans oublier les gourganes
parfois une orange mais pas de banane
Avec lui on est au paradis
C'est moi qui vous le dis
Il garde heureusement en prime
des choux-fleurs qu'il trime
quelques citrouilles
tout pour la ratatouille
ce marchand de fruits et légumes
qui se perd ensuite dans la brume

Celui que j'aime le plus
et il n'est pas superflu
il les précède ou les suit
c'est le marchand de fleurs
Il apporte avec lui
couleurs et senteurs
et dit bien volontiers
ce sont les dernières fleurs de l'été
Il n'est pas menteur
il dit la vérité
au bout de quelques heures
elles sont bien vites fanées

Aux premiers jours d'hiver
se pointe le marchand d'objets divers
Il a beaucoup de jasette
Il n'a de cesse qu'on achète
ses fanfreluches et sa camelote
qui ne valent pas une pelote
Pendant qu'il placote
chaque fois j'agis de la sorte
quoiqu'il apporte
je le mets à la porte

Avec le printemps
arrive le marchand de temps
Il offre les cadrans et les montres
les horloges et les sabliers
qu'il a en montre
quelque part dans son tablier

C'est tout ce qu'il vend
le marchand de temps
autrement, il n'a pas le temps
Il dit: « Je ne fais que passer »
Je reviendrai au printemps
si vous n'êtes pas cassés
Comme je n'ai jamais besoin
de sa marchandise
et que je n'en veux point
Je le lui dis avec franchise
Il me répond: « À la bonne heure!
En vous souhaitant beaucoup de bonheur. »

Je lui préfère le marchand de friandises
Il passe quand ça lui plaît
Il aime qu'on le lui dise
qu'on a le goût de le voir s'il vous plaît
Il vient quand on ne l'attend pas
mais on l'attend toujours
on a hâte d'entendre ses pas
on l'espère un peu chaque jour
C'est la gourmandise
je le sais, qui se déguise
en marchand de friandises
Il offre du chocolat au lait
des noix et même des beignets
et toutes sortes de bonbons assortis
Je dois lui indiquer la porte de sortie
sinon, je deviendrais moi aussi
et ce serait ma hantise

dois-je l'avouer, mais si
marchand de gourmandises

Quand ce marchand se présente,
celui de poisson c'est toujours
qu'il y a une vente
quelque part aux alentours
Son poisson ne sent pas bon
C'est loin d'être du bonbon
Il est souvent très vert
quand il n'est pas plein de vers
Avant qu'il ne m'en file
vivement je me défile

Au début de l'été
passe le marchand de viande fumée
ou de viande séchée
sinon empoisonnée
Je ne le reçois pas
ses prix sont exagérés
et sa viande avariée
me mènerait droit au trépas

Pas longtemps après lui
se présente et chante
le marchand de parapluies
Il m'intrigue, il m'enchante
Ce n'est pas un vrai marchand
c'est un réparateur
il arrive en marchant
un peu à n'importe quelle heure
n'entre jamais, reste dans la rue

fait le pied de grue
sonne sa cloche d'école
puis son cri s'envole :
Parapluies brisés, réparés
Je ne suis jamais préparé
Je cours, je décolle
Je bouleverse tout le sous-sol
Quand enfin j'ai en main
le parapluie à réparer
pour au plus tard le lendemain
mon marchand a disparu
au bout de la rue
sans que je puisse le repérer

Le fondeur de cuillères
passe presque chaque été
avec son air de mystère
à vouloir nous embêter
Avec son four, son moule et son étain
Il fond les cuillères en un tournemain
Une aiguille piquée dans sa chaise
Le rend pourtant fort mal à l'aise
Et s'il pique une de ses colères
Il y a un trou au fond de sa cuillère

Tout n'est pas parfait, hélas !
Tous ces marchands passent
Le seul qui oublie de venir
et que nous voudrions retenir
c'est le marchand de vent
celui qui rien ne vend

de lui je me languis
de midi à minuit
tous les jours de l'été
où on crève d'humidité

Tout à sa lecture, les yeux rivés sur son texte, il ne se rendit jamais compte qu'Angélique, habillée tout autrement que sa sœur, s'était substituée à elle. Quand, à la fin de sa lecture, il leva de nouveau les yeux sur son auditoire, il fronça les sourcils, comme si lui revenait à la mémoire un détail qu'il ne pouvait s'expliquer.

Angélique le félicita pour ce beau poème et cette magnifique lecture, une double réussite qui méritait dignement d'être arrosée. Elle s'excusa en promettant de revenir à l'instant, laissant à Angèle le soin de réapparaître avec un flacon d'alcool dont elle lui offrit un verre, qu'il siffla d'un seul coup, comme Dorothée l'avait vu faire à l'auberge. Angèle prétexta un besoin naturel pour s'éclipser et Angélique vint prendre le relais pour lui offrir un second verre.

La stupéfaction grandissante de Réal n'échappait pas à Dorothée, qui le voyait jeter des regards de plus en plus effarés vers Angélique et Angèle. Quand il eut enfilé son deuxième verre comme il l'avait fait du premier, les deux jumelles se présentèrent ensemble devant lui, habillées exactement pareil.

Elles dirent à l'unisson :

— Merci de cette belle lecture !

Il écarquilla les yeux, se mit à reculer comme s'il était victime d'une hallucination.

— Mais, vous êtes deux ? glapit-il, désemparé.

Pendant qu'Angélique se glissait subtilement derrière elle, Angèle protesta :

— Jamais de la vie, je suis seule ! Est-ce que la boisson vous ferait tourner la tête ?

Il n'attendit pas son reste pour passer la porte, pendant que les trois amies pouvaient enfin laisser libre cours à leur hilarité. Quand, enfin, elles finirent par reprendre leur souffle, Angélique dit à Dorothée :

— Son poème n'était pas si mal, après tout !

— Il écrit bien, concéda Dorothée, mais à la longue, je suis plus capable de supporter ses rimes, écrites ou improvisées ! Grâce à vous deux, s'il revient à la charge, j'aurai une bonne raison de l'inviter à décamper.

Chapitre 28

La surprise d'Alicia

Il y avait maintenant près de trois ans que les Grenon vivaient à Québec, et déjà une année qu'ils avaient assisté aux noces d'Étiennette et d'Agathe Gagné. Le printemps faisait de jour en jour place à l'été. Des trois filles Grenon, la cadette, Alicia, s'avérait certes la plus discrète. Dès leur arrivée à Québec, elle avait continué d'aller à l'école et avait assidûment fréquenté, à l'hôpital, une classe spéciale que les religieuses avaient mise sur pied pour l'instruction des filles moins favorisées de la paroisse. Notre-Dame-des-Anges ne comptait qu'un très petit nombre de paroissiens, qui vivaient à proximité de l'institution hospitalière.

Alicia était devenue la grande amie d'Hélène, celle, chez les Gagné, qui avait le même âge qu'elle. C'était d'ailleurs par Hélène qu'elle avait appris l'existence de cette classe particulière qu'elles fréquentaient depuis toutes les deux. Elles ne se quittaient guère et vivaient dans leur monde. Émilie, tout comme Marie-Josephte et Dorothée, se demandaient bien ce qu'elles pouvaient fabriquer ensemble.

— C'est notre petite sœur, se plaignait Dorothée, mais elle est comme une étrangère : elle parle peu, fait ses petites affaires et disparaît toujours avec son amie. On dirait qu'elles ont des idées bizarres...

Quand Marie-Josephte ou Dorothée s'aventuraient à critiquer leur sœur, aussitôt Émilie lui trouvait une excuse :

— Elle est plus jeune et elle a un caractère qui est différent du vôtre. L'important c'est qu'elle ne fait de mal à personne.

Les deux amies, qui ne manquaient pas de célébrer chacune des quarante fêtes religieuses imposées par monseigneur de Saint-Vallier, décidèrent ce printemps-là, le jour du Vendredi saint, de compatir aux souffrances du Christ sur la croix en allant prier dans sept églises et chapelles de la ville.

À six heures du matin, elles se retrouvèrent à la Haute-Ville en prière à l'église Notre-Dame. À sept heures, elles étaient à genoux, à la Basse-Ville, à l'église Notre-Dame-des-Victoires. Une heure plus tard, elles se transportaient dans la chapelle du Séminaire de Québec, qu'elles quittaient un peu plus tard pour celle du collège des jésuites. À onze heures, leur pèlerinage les menait à la chapelle des ursulines. Après une bonne marche, au moment de l'angélus, elles s'agenouillaient dans le sanctuaire de l'église Saint-Jean-Baptiste. C'est dans la chapelle de l'Hôpital Général qu'elles terminèrent leur pèlerinage, vers les trois heures, fatiguées mais ravies d'avoir pu de la sorte, à la suggestion de mère Saint-Alexis, compatir aux souffrances de Jésus-Christ.

C'était à de semblables exploits que les deux amies s'adonnaient avec un plaisir toujours renouvelé. Personne ne fut donc étonné quand, au cours de l'été, elles se portèrent volontaires pour une tâche bien particulière : guetter le retour d'Étiennette, la sœur d'Hélène, qui revenait à Québec d'une manière bien particulière, à bord d'un des trains de bois en provenance de l'Outaouais.

Chez les Gagné, Hélène était la préférée d'Étiennette, sa sœur aînée. Lorsque celle-ci s'était mariée, Hélène lui avait servi de fille d'honneur en compagnie d'Alicia. Tout de suite après ses noces, Étiennette était partie avec son mari dans l'Outaouais, où l'attendait son travail de meneur de train de bois dans les chantiers de la rivière Rouge. Au début de cet été 1807, les Gagné avaient reçu d'Étiennette une lettre les prévenant qu'elle et son mari s'apprêtaient à revenir à Québec, à bord d'un train de bois. Intriguée, Hélène s'était informée auprès de son père, qui lui avait expliqué avec force détails la vie des bûcherons.

— Pierre travaille dans les bois depuis son tout jeune âge. Il coupe des arbres avec d'autres hommes dans les chantiers. À l'hiver, ils les traînent sur la glace de la rivière Rouge. Quand arrive la fonte des neiges, tout ce bois-là est entraîné par le courant jusqu'à la rivière des Outaouais. Des draveurs font de petits radeaux, qu'ils relient ensemble pour retenir ces arbres et leur éviter de s'échouer sur les rives. Une fois rendus sur la rivière des Outaouais, beaucoup plus large, avec ces radeaux, les draveurs font des cages de bois qui, réunies toutes ensemble, forment les trains de bois. Quand y en a pour la peine, on attache ces trains de bois à un plus grand radeau monté par une centaine d'hommes chargés de leur faire descendre le fleuve jusqu'à Québec.

— Où est-ce que ces hommes-là couchent ?

— Sur les grands radeaux, où on trouve des cabanes et différents abris pour se protéger du soleil ou de la pluie le jour, et pour dormir la nuit. Dessus, y a aussi des cuisines pour les repas. Ta sœur Étiennette va justement être à bord d'un de ces radeaux-là. Elle y fera certainement la cuisine.

— C'est vraiment sur un radeau de même que va venir Étiennette ?

— C'est ça, ma fille !

Les explications de son père et le retour imminent d'Étiennette à bord d'un de ces trains de bois avaient suffisamment attisé la curiosité d'Hélène pour qu'elle demande :

— P'pa, est-ce que c'est possible de savoir sur quel radeau Étiennette va arriver ?

— Peut-être bien, lui dit son père. Étiennette a écrit que si on voulait aller la voir arriver des hauteurs, à l'anse de Sillery, on pourrait reconnaître son radeau à un grand linge rouge qu'elle va suspendre au-dessus de sa cuisine.

Il n'en fallut pas plus pour qu'Hélène se mît dans la tête de se rendre sur les hauteurs de Sillery pour guetter le retour de sa sœur, non sans entraîner Alicia avec elle. Mais il y avait un problème : Étiennette n'avait pas été en mesure de préciser de façon certaine le jour de son arrivée : « dans les premiers jours de juillet », avait-elle écrit. Comme c'était les vacances, Hélène et Alicia obtinrent de leurs parents la permission de se rendre surveiller l'arrivée des trains de bois.

Tôt le matin, elles se mirent en route, empruntant le sentier qui, le long de la rue Saint-Ours, conduisait au pied de la falaise et montait ensuite jusqu'à la Haute-Ville. De là, par une ruelle, elles rejoignirent les hauteurs de Sillery. À cet endroit, leur regards balayaient tout le fleuve et, aussi loin que l'horizon, il n'y avait nul train de bois en vue. Elles avaient apporté quelques tranches de pain avec de la confiture aux fraises dont elles se firent des tartines. Leur attente fut vaine, aucun train de bois n'apparut sur le fleuve ce jour-là.

Le lendemain, elles refirent un trajet identique avec la même idée en tête : voir arriver les trains de bois et surveiller celui qui arborerait un drapeau rouge. Elles en furent quittes pour une autre journée perdue. Le lendemain, cependant, vers les deux heures, leur attente fut récompensée : une dizaine de trains de bois se profilèrent au milieu du fleuve. Un bon vent soufflait de l'ouest et, sur les radeaux, les voiles étaient gonflées. Des dizaines d'hommes maniaient des rames pour maintenir les trains au milieu du courant.

Hélène et Alicia bondirent de joie quand elles aperçurent, sur le troisième radeau, le drapeau rouge d'Étiennette. Elles restèrent sur les hauteurs à crier, hurler et envoyer la main tant que le radeau n'eut pas disparu de leur vue. Elles coururent ensuite jusque chez les Gagné annoncer la bonne nouvelle. Le soir même, Étiennette et son mari arrivaient avec leur bébé Maximilien.

Alicia avait continuellement étonné ses parents par des extravagances de la sorte. « Celle-là, elle ne fait jamais rien comme les autres », répétait à tout bout de champ Émilie. Elle ne fut donc guère étonnée quand, au début de septembre, sa fille arriva un midi en lui disant :

— M'man, vous allez sans doute être surprise de la décision que j'ai prise.

— Quoi donc, ma fille ? Sans doute encore quelque chose qui viendrait pas à l'idée de personne d'autre ?

— Bien au contraire, m'man, on est plusieurs à partager la même idée. Hélène et moi, on entre chez les sœurs !

La décision de sa fille laissa Émilie bouche bée. Il lui fallut un moment pour recouvrer ses sens et appeler Marie-Josephte et Dorothée à la rescousse.

— Venez, lança-t-elle, votre sœur Alicia a une grande nouvelle à vous apprendre !

Intriguées, ses deux sœurs ne mirent pas de temps à répondre à l'appel.

— Notre petite sœur, dit ironiquement Dorothée, a quelque chose à nous apprendre qui va sans doute nous faire tomber sur le derrière.

— Justement, leur dit leur mère, vous feriez bien de vous asseoir.

Elles n'étaient pas aussitôt assises qu'Alicia annonçait triomphalement :

— Je rentre chez les sœurs !

Tout ce que Marie-Josephte et Dorothée trouvèrent à dire fut un « eh ! » de surprise. Puis, se reprenant, elles étreignirent leur petite sœur et se mirent toutes les deux à pleurer.

— Allons, intervint Émilie, c'est pas la fin du monde. Vous devriez être heureuses pour elle.

— On l'est ! finit par bredouiller Dorothée, mais ça nous fait de la peine pareil.

Quelques jours plus tard, avec à la main un sac de toile contenant les effets qu'elle avait le droit d'apporter, Alicia quittait à pied la maison paternelle pour entrer chez les religieuses de l'Hôpital Général. Les adieux furent remplis d'émotion : ses deux sœurs ne purent de nouveau retenir leurs larmes.

— Elle sera tout près de nous et on la verra plus, déplora Marie-Josephte. C'est comme si elle était morte, elle entre en prison.

— C'est le lot de la vie de nous séparer de ceux et de celles qu'on aime le plus, constata Émilie.

Pendant ce temps, en se grattant la tête, Edmond regardait sa fille s'en aller vers l'hôpital.

— Qu'est-ce que t'as, mon homme ? s'inquiéta Émilie.

— Ce que j'ai ? Je me demande où je vais trouver l'argent de sa dot !

— Parce qu'il y a une dot à payer ? s'étonna Dorothée.

— Oui, ma fille et c'est pas rien, quelque chose comme quatre cents livres.

— Quatre cents livres ?

— Faut bien que les sœurs reçoivent de l'argent. Autrement, comment elles feraient pour vivre ?

— Mais quatre cents livres, p'pa, ça pousse pas dans les arbres !

— C'est justement pour ça que je me creuse les méninges. Avec seulement mon travail à l'auberge, j'y arriverai jamais. Faut que je trouve quelque chose d'autre.

— Comme quoi ?

— Si j'allais travailler à la construction navale...

Émilie intervint, furieuse :

— Je te le défends ! Tu vas aller t'y faire mourir et une fois mort, à quoi ça va t'avoir avancé ?

— Vous pourriez essayer de trouver quelque chose de moins fatigant, comme travailler au magasin général ou charretier.

— Y a déjà Étienne qui est le charretier du coin. Non, ça marcherait pas. Je pense qu'il y a seulement une chose que je peux faire : reprendre mon métier de forgeron et de maréchal-ferrant.

— Mais, protesta Émilie, t'as même pas de forge !

— Faudra que je m'en construise une.

Sur ce, il sortit derrière la maison et se mit à mesurer la distance entre le hangar, l'appentis et l'écurie. Émilie ne put s'empêcher de dire :

— Quand ton père a quelque chose dans la tête, ma fille, il l'a pas dans les pieds !

— C'est correct de même, répondit Dorothée. Pas besoin de se demander de qui on tient, on est pas des Grenon pour rien !

Chapitre 29

Le cadeau

Les rêves d'Émilie s'avéraient modestes : des chandelles qui éclairaient bien ; une commode ; quant à son troisième rêve, celui dont elle gardait le secret, il devait l'être sûrement tout autant.

Sa grande amie Geneviève Du Berger s'était vite rendu compte qu'Émilie ne demandait jamais rien pour elle. Lorsqu'elles causaient cœur à cœur, il arrivait à Émilie de révéler ses souhaits les plus intimes, sans grand espoir de les voir un jour être exaucés, car elle avait conscience de sa condition. Ainsi, ce jour-là, en visite chez son amie Geneviève, cette dernière lui montrait la dernière robe que son mari lui avait offerte en cadeau.

— Une robe comme celle-là, je pourrai jamais me l'offrir.

Il y avait une forme de regret dans la voix d'Émilie.

— Il ne faut jamais dire jamais, Émilie. Pourquoi penses-tu ne jamais avoir une aussi belle robe ?

— Parce que, chère, j'ai pas les moyens de me l'offrir et ce serait une extravagance que mon homme ne me pardonnerait jamais. J'oserais pas la mettre et elle resterait cachée quelque part dans un coffre qui finirait au grenier avec les mites.

— Quand je t'écoute parler, chère amie, je me rends compte à quel point je suis gâtée. Des robes comme celle-là, j'en ai beaucoup portées. Je ne dis pas ça pour te provoquer ou te faire de la peine, mais c'est simplement une constatation que je fais. C'est vrai que pouvoir s'offrir de belles choses fait plaisir. Mais il y a mieux dans la vie : l'amour pour ceux et de ceux qui nous entourent, et aussi la santé. Tu as ces deux trésors et ils sont bien plus précieux que toutes les robes et tous les bijoux réunis.

— Sais-tu, Geneviève, dit Émilie, pourquoi j'ai tout de suite été amie avec toi ? Parce que, même si t'as pu profiter de beaucoup de belles choses, t'as toujours gardé les deux pieds sur terre.

— Il y a une chose que je t'envie, Émilie, c'est ta santé. Il me semble que depuis que je te connais, tu n'as jamais rien perdu de ta vigueur. Moi, je sens que ma santé est fragile, c'est peut-être pour ça que je veux profiter le plus possible du meilleur de la vie. Mes rêves ont toujours été les mêmes : voir mon mari et mes enfants heureux. Toi, tu n'as jamais eu à te tracasser pour ça : ton mari m'a toujours semblé un homme heureux avec toi, et tes adorables filles, comme ce sont de bonnes enfants ! Et voilà que ta plus jeune vient de se faire religieuse… Tu dois être comblée, non? Une mère qui a une enfant en communauté est certaine d'être sauvée.

— J'ai pas à me plaindre, c'est vrai, mais on est bien mal faite : on désire toujours ce qu'on a pas, en oubliant tout le bon de ce qu'on a. Rien n'empêche qu'on puisse rêver. Après tout, les rêves coûtent pas cher.

Elles en étaient là de leur échange quand une domestique vint porter à Geneviève un message dont la lecture lui arracha un soupir.

— Une mauvaise nouvelle? s'inquiéta Émilie.

— Non, ce n'est rien. Jean-Baptiste me dit qu'il va rentrer tard. Imagine-toi qu'il fait partie, depuis quelque temps, d'une troupe de théâtre. Ils doivent jouer dans deux mois une pièce de Molière intitulée *L'Avare*. Jean-Baptiste y interprète un rôle et ce soir il prévoit répéter très tard.

Émilie se montra tout étonnée :

— Il joue au théâtre? Tu vois, je connais rien au théâtre, mais ça doit être agréable d'assister à une pièce, surtout quand son mari joue dedans.

— Très agréable, ma chère, mais ça m'enlève mon mari plusieurs soirs par semaine.

— C'est curieux, y a toujours un moins beau côté à la médaille. Tu peux être certaine, par exemple, que si mon mari était ici, il manquerait pas de dire : « On n'a jamais rien sans rien, mais tout n'est jamais comme on veut! Il faut faire des sacrifices dans la vie, on peut pas tout avoir et y a jamais rien de parfait. » Ça serait certainement son discours.

— Et il aurait raison de le tenir. Tu es vraiment bonne de me le rappeler, ma très raisonnable Émilie. Je peux me compter chanceuse de t'avoir comme amie. Chaque fois que j'ai l'occasion de te parler, il me semble retrouver toute mon énergie.

— C'est pas que je m'ennuie, chère, mais va falloir que je te laisse si je veux arriver à l'auberge et avoir assez de temps pour préparer le souper. Heureusement que mes filles sont là, mais j'ai bien peur que ce soit plus pour bien longtemps encore.

— Comment ça ?

— Ma Dorothée me semble être en amour, même si elle le dit pas. Pour moi, va falloir penser bientôt à la marier. Bon, je te laisse parce que j'ai une bonne marche à faire jusqu'à l'auberge. Il fait beau, ça va me faire du bien de prendre l'air. Tu sais que tu es la bienvenue chez nous chaque fois que le cœur t'en dit.

Sur ces mots, elle embrassa son amie et se mit en route.

À quelque temps de là, alors qu'Émilie s'affairait à cuire du pain, son amie Geneviève débarqua à l'auberge en coup de vent.

— Je ne fais que passer, Émilie, mais je tenais à m'arrêter pour te remettre quelque chose qui devrait te faire plaisir. Jean-Baptiste m'a donné des billets pour la pièce de théâtre : il y en a quatre, tu pourras venir avec ton mari et tes filles.

Émilie fut tellement heureuse de cette nouvelle qu'elle faillit oublier d'en remercier Geneviève.

— C'est pour quand ?

— Dans deux semaines.

— Grâce à toi, ma chère, un de mes rêves va se réaliser. Y a qu'une amie comme toi pour me faire un plaisir pareil.

Quinze jours plus tard, les Grenon, après avoir enfilé leurs plus beaux habits, se rendaient pour la première fois de leur vie au théâtre.

— J'aurais jamais pensé, fit remarquer Dorothée, qu'on verrait un jour une pièce de théâtre.

— Moi non plus, tu sais, c'est pour ça qu'il va falloir en profiter à plein, parce que c'est peut-être aussi la dernière qu'on verra.

Ils entrèrent au théâtre, situé dans le quartier chic de la Haute-Ville, comme s'ils pénétraient dans un château. Un placier vint leur indiquer où s'asseoir. Émilie était si impressionnée qu'elle en avait pratiquement perdu la parole. Seule Dorothée trouvait l'aplomb de faire des commentaires :

— Regardez, m'man, les lustres et toutes ces chandelles. Avez-vous vu comme cette salle est belle, les décorations et nos sièges, bien confortables ? C'est bien commode d'avoir des sous.

— Parle pas si fort, lui reprocha Émilie, tu vas nous faire passer pour une bande d'arriérés qui ont jamais rien vu.

— Mais c'est un peu ça qu'on est, m'man ! C'est la première fois qu'on met les pieds au théâtre. C'était le temps qu'on y vienne.

Soucieuse de faire dériver la conversation, Émilie dit :

— Je me demande bien où peut être mon amie Geneviève ? Elle m'a dit qu'elle serait dans une loge et qu'on pourrait se voir entre deux actes.

Discrètement, Émilie se mit à scruter les loges, réparties de part et d'autre de la scène, à la recherche de son amie. Marie-Josephte la découvrit en premier : Geneviève était sagement assise dans la première loge du côté droit, en compagnie de quelques amis. Dorothée, qui s'était livrée au même examen méthodique des loges, soupira soudainement si fort qu'Émilie s'en inquiéta.

— Es-tu malade ?

Dorothée ne répondit d'abord rien, puis dit à sa mère et Marie-Josephte :

— Désiré Dumoulin… Il est dans la troisième loge, à gauche.

— Vraiment ?

— Et je pense même, dit Dorothée, qu'il nous a vus.

Edmond, pas plus à son aise dans ce théâtre qu'un coq dans la gueule d'un renard, n'avait pas dit un traître mot jusque-là. Il se contenta de maugréer :

— On va certainement l'avoir sur le dos entre les deux actes.

À la surprise des Grenon, une série de coups résonna dans le théâtre ; à l'instar des autres spectateurs, ils se turent. Le rideau s'ouvrit, la pièce commença sans plus tarder. Sous la poudre, les crèmes et la perruque,

Émilie finit par reconnaître Jean-Baptiste Du Berger. Elle était tellement éblouie par les décors, les costumes et l'éclairage qu'elle en oublia presque de se concentrer sur l'histoire qui se déroulait sous ses yeux. À l'entracte, à Geneviève qui lui demandait son avis sur la pièce, Émilie ne put que répondre :

— C'est beau, c'est tellement beau, je sais pas comment te remercier de ce cadeau.

— As-tu reconnu mon Jean-Baptiste ?

— Oui, c'est Harpagon.

— Tout juste ! Aimes-tu cette comédie ?

— Vraiment beaucoup ! dit-elle, mais si mon Edmond était comme cet avare, je pense que j'en mourrais de chagrin.

Pendant qu'Émilie s'entretenait avec Geneviève, le beau Désiré Dumoulin s'était frayé un passage jusqu'à eux et causait avec Edmond de tout et de rien, profitant de la situation pour laisser espérer à Dorothée une visite prochaine.

— Je ne vous ai pas oublié, monsieur Grenon, mais vous savez, quand on se présente comme député, on a pas mal de choses à voir et bien peu de temps pour les faire.

— Je te comprends, mon garçon. T'es toujours le bienvenu à l'auberge, où tu pourras rencontrer certains de tes futurs électeurs.

— Vous voterez bien pour moi, monsieur Grenon ? Ne cherchez pas d'autres candidats plus compétents que moi, vous n'en trouverez pas. Vous me permettez d'aller vous voir et je n'y manquerai pas, d'autant plus que j'aurai le bonheur d'y voir votre fille ici présente, que je me permets de saluer très bas.

Il s'approcha de Dorothée et en profita pour lui baiser la main.

— Vous me verrez chez vous très bientôt, mademoiselle. Mes sentiments à votre égard sont demeurés les mêmes.

Dorothée rougit de plaisir. Comme on donnait aux spectateurs le signal de regagner leur place, elle parvint ainsi à dissimuler son émoi. Des semaines allaient néanmoins se passer avant que Désiré Dumoulin donnât de nouveau signe de vie.

Deux jours après leur mémorable soirée au théâtre, les Grenon eurent le bonheur de recevoir une lettre de Nicolas, dont ils étaient sans nouvelle depuis plus d'un an et demi. Pour le profit de toute la famille, Dorothée se chargea de la lire.

Gibraltar, vendredi 16 décembre 1807

Bien chers parents

Vous avez sans doute été très inquiets de mon long silence. Quand bien même j'aurais voulu vous écrire, je n'aurais pu le faire. J'ai été prisonnier des Espagnols pendant plus d'un an sur un vieux navire amarré au port de Cadix. Je pensais ne jamais pouvoir sortir de cette mauvaise situation. C'est mon ami Bernardin, prisonnier comme moi, qui m'a tiré de ce mauvais pas. Il m'a conseillé de faire comme lui et de m'engager pour sept années dans le régiment de Meuron. C'était la seule façon pour nous de sortir de cette prison.

Au moment où je vous écris, je suis toujours à Gibraltar, que nous allons quitter bientôt pour l'île de Malte, où nous espérons demeurer quelque temps. Je vous écrirai de nouveau pour vous donner l'adresse où vous pourrez me donner de vos nouvelles.

Votre fils qui vous aime,

Nicolas

Après la lecture de cette lettre, tous les membres de la famille restèrent longtemps plongés dans leurs pensées. C'était l'effet que leur faisait chaque lettre de Nicolas. Edmond dit tout haut ce que chacun pensait tout bas :

— Au moins, il est encore en vie…

TROISIÈME PARTIE

LES RÊVES PASSENT

Chapitre 30

Encore des mariages dans l'air

Si Dorothée et Marie-Josephte prenaient du temps à se marier, les jumelles Gagné, pour leur part, avaient trouvé à se caser. En ce printemps 1808, leurs amours les menaient au pied de l'autel. Elles se firent un plaisir d'inviter leur grande amie Dorothée, de même que Marie-Josephte, Edmond et Émilie, à leur mariage.

Leur carte d'invitation se lisait comme suit:

Monsieur Théophile Gagné et son épouse sont heureux de vous inviter aux mariages de leurs filles Angèle et Angélique avec Joseph Lemieux et Mathias Labbé.

La cérémonie aura lieu à dix heures, en l'église Notre-Dame-des-Anges, le samedi 14 mai 1808.

Prière de bien vouloir confirmer votre présence.

Quand Dorothée apprit la nouvelle, elle se montra devant sa mère très heureuse pour ses amies.

— Je savais, dit-elle, que ça s'en venait, mais là c'est pour vrai. Je les trouve bien chanceuses.

— Faut pas t'en faire, ma fille, ton tour viendra bien assez vite.

— Si Désiré était pas si occupé, ça serait fait depuis longtemps.

— Tu vas l'inviter à t'accompagner aux noces de tes amies ?

— Bien sûr ! Ça tombe bien, Désiré est en ville. Il doit passer bientôt, je vais l'en informer. Mais c'est pas ça qui m'inquiète, m'man. Qu'est-ce que je vais mettre pour les noces ?

— Ta plus belle robe !

— Ma plus belle robe ? Elle est bien trop ancienne pour que j'aille aux noces amanchée de même.

Sa mère la regarda avec compassion.

— C'est vrai, ma fille, que t'as pas eu une belle robe depuis longtemps. Mais on a pas les moyens de t'en acheter une neuve.

— Me voyez-vous aux noces de mes deux meilleures amies dans ma robe de tous les dimanches et fêtes ?

— Faudra bien que tu fasses avec, si on trouve pas le moyen de t'avoir une nouvelle robe.

Le lendemain, Émilie, toujours prête à tout pour le bonheur de ses filles, revint de chez son amie Geneviève avec un sac de toile, dont elle extirpa, sous les yeux effarés de Dorothée, une magnifique robe en taffetas de soie verte, ornée de perles cousues à la main au col et aux poignets.

— Comme t'es à peu près de la même taille que Geneviève, commenta Émilie, j'ai pensé qu'elle se ferait un plaisir de te prêter une des ses robes pour les noces. Et je me suis pas trompée.

Dorothée, comme ensorcelée, ne pouvait détacher ses yeux de la robe.

— Mais m'man, faudrait pas que je sois plus belle que les mariées !

— T'en préoccupe pas, chère, les jumelles, j'en suis certaine, vont être belles à croquer.

Le samedi des noces, on n'aurait pu souhaiter plus belle journée de printemps. Tout autour de l'hôpital, comme si la nature voulait participer à la fête, des hirondelles sillonnaient le ciel tandis que des pinsons et des merles faisaient entendre leurs chants. Dorothée était radieuse dans sa robe verte. Plus modeste, Marie-Josephte s'était contentée de rafraîchir un peu sa robe brune des dimanches et fêtes en y ajoutant des rubans de couleur. Quand, avec leur père et leur mère, elles arrivèrent à la porte de l'église, les cloches se mirent à sonner à toute volée. C'était la deuxième fois qu'on célébrait un double mariage à Notre-Dame-des-Anges et, chaque fois, les Gagné en avaient fait les frais. Toute la paroisse s'était donné rendez-vous au mariage, mais seuls les parents et les amis proches étaient invités aux célébrations suivant la cérémonie.

À l'heure dite, les futures mariées arrivèrent au bras de leur témoin. Émilie avait vu juste : les jumelles étaient radieuses et jolies dans leurs robes de mariées identiques qui accentuaient encore davantage leur remarquable ressemblance. Dorothée, qui se faisait une joie d'être auprès d'elles pour ce jour si important, les enviait de pouvoir enfin réaliser leur rêve. Au début, toute à son plaisir, elle ne s'inquiéta pas trop du retard de Désiré. Elle soupçonnait qu'il profiterait de son entrée dans l'église, sans doute juste à la suite des mariés, pour attirer l'attention sur sa personne. Pourtant, le scénario qu'elle avait imaginé ne se réalisa pas. De plus en plus nerveuse et déçue, elle sortit de l'église avant d'éclater en sanglots. Son beau Désiré ne se pointa qu'une fois la cérémonie terminée. Dorothée s'était barricadée dans sa chambre. Désiré alla l'y rejoindre. Ce fut vainement qu'il tenta de la conduire aux noces. Devant une Dorothée inconsolable, il se justifiait en pure perte :

— Je m'excuse, chérie, mais j'ai eu un empêchement de dernière minute. Ce n'est pas facile, tu sais, de contredire un père comme le mien. Si je n'avais pas menacé de le quitter pour travailler ailleurs, je ne serais même pas là pour te parler en ce moment.

Entre deux sanglots, Dorothée lui fit comprendre qu'elle ne voulait rien entendre.

— T'avais qu'à être là !

— Mais, ma chérie, il n'est pas trop tard, je suis là. Le mariage est fini, il est vrai, mais les noces battent leur plein. Allons reprendre ensemble le temps perdu et retirer de cette fête le plaisir qui nous revient.

— Vas-y tout seul ! Moi, je bougerai pas d'ici !

Dorothée mit des semaines à pardonner cet affront. Mais son amour pour lui ne se démentait pas. Quand, deux mois plus tard, pour son anniversaire, il se présenta à l'auberge avec un énorme bouquet de roses, elle trouva la force de surmonter sa rancœur. En acceptant les fleurs qu'il lui offrait, elle consentit, une fois de plus, à le revoir.

Témoin de ce revirement soudain, Edmond ne put s'empêcher de dire :

— Vraiment, l'amour rend aveugle…

Chapitre 31

Un visiteur

Quand, presque tous les jours, un ou deux clients se présentaient à l'auberge, Edmond ou une de ses filles était toujours là pour les accueillir au seuil de l'établissement. Ce matin-là, toutefois, personne ne se rendit compte de l'arrivée d'un homme qui semblait fort heureux d'avoir trouvé l'*Auberge Grenon* de la rue Saint-Ours. Ce fut à tout le moins ce qu'il dit au cocher, au moment de le remercier.

— T'es bien bon, mon brave, de m'avoir mené jusqu'icite, fallait le savoir. C'est pas la porte d'à côté.

— On a l'habitude, mon cher monsieur. À force de nous promener, on finit par connaître la ville comme le fond de nos poches. Suffisait que je sache que c'était dans le bout de l'hôpital.

Le passager paya le cocher et récupéra un baluchon qui semblait contenir tous ses effets. Dès son entrée dans l'auberge les exclamations fusèrent.

— Mais, ma foi du bon Dieu, c'est Romu ! s'écria Edmond.

Émilie, quittant ses chaudrons pour venir le saluer, lui lança d'une voix enjouée :

— Qu'est-ce qui t'amène dans nos parages, mon bon Romuald ? Tu parles d'une belle visite !

Heureux de son effet, Romuald les laissa languir un peu avant de laisser entendre qu'il avait décidé de passer quelques jours à l'*Auberge Grenon* à Québec. Il blagua :

— Ça m'a été recommandé par tous les voyageurs qui passent par Baie-Saint-Paul. Paraît que c'est la meilleure auberge de Québec. Je me suis dit : si c'est de même, faudrait bien que je l'essaie. C'est pour ça que me v'là !

Ils rirent tous de sa repartie. Son arrivée faisait resurgir Baie-Saint-Paul dans tous les esprits.

— Dis-nous vite, le pressa Émilie, ce qui se passe là-bas depuis qu'on y est plus.

Romuald se moqua :

— Tout marche beaucoup mieux : le curé sourit tout le temps, plus personne se plaint, la paroisse grandit à vue d'œil, tout le monde travaille, tout le monde chante, tout le monde danse.

Entrant dans son jeu, Edmond ajouta :

— Y a même un menteur de plus qui se promène jusqu'à Québec.

La bonne humeur régnait. L'ami de passage avait repris sa place comme s'il ne l'avait jamais quittée ; seule était différente l'auberge où il se trouvait. Ils profitèrent de la soirée, alors que les clients avaient regagné leur chambre, pour se plonger dans un passé encore récent. Les Grenon voulaient tout savoir, comme pour reprendre le temps perdu. Romuald fit la chronique des derniers mariages :

— Vous le savez pas, la fille à Hormidas, la plus vieille, Jeannine, elle vient enfin d'en trouver un à sa pointure : elle a cessé de faire des manières.

— Qui c'est-y ?

— Je doute que vous le connaissiez : il est de La Malbaie. Y a aussi Philibert, le passeur de l'Île-aux-Coudres, qui a marié Anatole, son dernier, à une petite Dufour du rang Saint-Antoine.

— Pas une fille à Mathias ?

— C'est en plein ça ! Hortense qu'elle s'appelle, celle qui a un pied-bot et marche d'aplomb une fois sur deux. À part ça, y a eu bien d'autres mariages, je vous parle des plus proches, ceux qui me reviennent à l'idée.

— Heureusement, mon Romuald, que t'as une bonne mémoire. Ça va nous faire des nouvelles de plus à digérer.

— Y a pas eu que des mariages : la paroisse se peuple chaque année avec son lot de nouveaux-nés. La fille à Onésime Duclos a eu des triplets : trois gros garçons. C'est le cas de le dire, elle en a plein les bras. Le curé les a baptisés les trois d'un coup, et puis il a encouragé les parents à en faire d'autres. La Rose-Alma qui est pas gênée, vous la connaissez, lui a dit : « Ma bru est bien prête à en faire d'autres, monsieur le curé, à condition que vous les éleviez. » Le curé, paraît-il, a pas aimé ça en toute. Heureusement qu'ils étaient déjà baptisés, parce qu'autrement il aurait été assez fâché pour refuser de le faire, mais une fois son affaire faite, il était tout de même pas pour les débaptiser.

— Je comprends, remarqua Edmond, ça aurait été ben que trop d'ouvrage pour lui. Est-ce qu'il est toujours aussi gros ?

— Encore plus qu'avant, je pense, et plus il grossit, plus il est entêté !

— On est mieux d'arrêter de parler de lui, intervint Émilie, sinon les oreilles vont lui tinter. Y a t'y eu bien des morts depuis qu'on est partis ?

— Des vieux, surtout, et la vieille Aurélie Laprise qui arrivait à cent ans et qui se demandait bien pourquoi le bon Dieu l'avait oubliée. Quand elle est morte, le beau fin à Picoté Latraverse a dit : « Enfin, le bon Dieu l'a prise. » Pour une fois qu'il disait quelque chose de sensé, il l'a tellement répété souvent que plus personne voulait l'entendre. À part ça, je vois pas trop, sauf peut-être Robert Sylvestre, un garçon à Jean-Noël, qui s'est nayé dans les chantiers en faisant la drave.

— Est-ce qu'il y a des nouveaux bâtiments ?

— Rien de bien neuf, juste du vieux rafistolé, à part une maison le long de la rivière du Gouffre, un vrai château construit pour quelqu'un de Québec qu'on voit jamais et qui vient seulement au printemps et à l'automne pour chasser.

La soirée se consumait au même rythme que la chandelle. Marie-Josephte et Dorothée, qui se sentaient moins concernées par la conversation, se frottaient les yeux depuis quelques minutes. Leur mère l'avait remarqué. Elle aussi sentait la fatigue de ce jour bien rempli, aussi souleva-t-elle la chandelle en disant :

— Mon bon Romuald, c'est pas que je m'ennuie, cher, mais demain j'ai une grosse journée qui m'attend. Sans vouloir t'offenser, je pense que je vais aller me coucher et j'en connais deux qui demanderont pas mieux que d'en faire autant. Mon homme, si tu veux continuer à brasser des souvenirs, tu peux toujours le faire encore, mais va falloir que t'allumes une autre chandelle avant de plus avoir de clerté.

Edmond se leva, fouilla un moment dans l'armoire et passa par la cuisine, où il alluma sa chandelle à même le feu du poêle. Les femmes étaient parties dormir. Son ami l'attendait dans le noir. Après avoir pris le temps d'allumer sa pipe, Edmond se lança à son tour dans la revue des nouvelles.

— Tu dois pas le savoir, Romuald, mais j'ai ma fille Alicia qui est entrée chez les sœurs.

— T'as une fille chez les sœurs ? Coudon, va falloir que je dise ça au curé !

— Fais donc ça, peut-être que ça va lui remettre les deux yeux vis-à-vis des trous en ce qui concerne ma famille. C'est ma plus jeune. Sais-tu qu'on donne pas une fille comme ça gratis aux bonnes sœurs ? J'ai passé tout ce que j'avais d'économies pour payer sa dot aux sœurs, mais c'est pas assez. Imagine-toi donc qu'il faut que je ramasse encore deux cents livres pour en avoir fini avec ça.

— Est-ce que les sœurs te réclament déjà le reste de la dot ?

— Pas pour tout de suite, mais ça tardera pas qu'elles vont me faire savoir à leur façon que je leur dois des sous. Je serais pas un Grenon si j'arrivais pas à payer.

— As-tu idée de comment tu vas parvenir à le faire ?

— Oui, j'ai une idée, mais ça va me demander beaucoup de travail, parce que j'ai pas les sous pour acheter ce qu'il me faut.

— Edmond Grenon, cesse de parler en paraboles. Qu'est-ce que t'as derrière la tête ?

— Ce que j'ai ? Ce que j'ai, c'est que je veux ouvrir une forge.

— Icite en ville ?

— En ville, c'est un bien grand mot. Notre-Dame-des-Anges est un tout petit village. Sans l'hôpital, y a pas un chrétien qui se présenterait par icite pendant des semaines.

— Mais l'hôpital est là.

— Justement, ça aide. Si je peux me trouver le bois qu'il faut, j'agrandis l'appentis, je mets un toit et me voilà avec une forge. C'était ma première idée quand on est déménagés. La première idée est toujours la meilleure. Les pratiques de l'auberge vont en parler. Betôt tout le coin va savoir qu'il y a une forge par icite. Ils vont m'apporter de l'ouvrage, comme des petites ferrures à faire, des jantes de roue à resserrer, des chaudrons en fer à réparer. Tout l'argent que je vais gagner là, je le mettrai de côté pour la dot d'Alicia.

— Tu rêves en grand, mon Edmond.

— Comment ça, je rêve?

— Tout ça se fera pas avec rien.

— J'ai mon idée où avoir du bois pour pas cher.

— Qu'est-ce que tu comptes donner comme dot à tes autres filles si elles décident de se marier?

— Si elles le font pas trop vite, y aura bien quelques surplus quelque part. Faut dire que mon Émilie est bien vaillante. Elle a commencé à faire des courtepointes et toutes sortes de choses de même qu'elle met de côté pour quand Marie-Josephte et Dorothée vont se marier.

— Est-ce que tes filles ont quelqu'un en vue?

— Marie-Josephte a eu une peine d'amour. Si l'autre avait pas déjà été pris, elle serait mariée à l'heure qu'il est. On dirait que ça lui a coupé le désir d'en trouver un autre.

— Pis Dorothée?

— Dorothée en a un seul en tête, qui ressemble pas mal à un chevalier d'industrie: il fait de la politique. Il est venu lui conter fleurette, y a bien deux ans, si c'est pas plus, mais il lui est pas sorti de la tête: elle l'attend. Faut que je dise qu'il m'a l'air bien vaillant, par exemple, et qu'il a des sous, il arrête pas, comme une queue de veau, et fait tous les métiers. Mais tu comprends, mon Romu: mille métiers, mille misères!

Pour ne pas être en reste, Romuald ajouta son grain de sel.

— Y a pas de sots métiers, Edmond, y a pas de sots métiers !

— T'as bien raison, Romu, vaut mieux quelqu'un qui a cent métiers que quelqu'un qui en a pas un en tout. Faut pas que je m'acharne trop sur lui, parce qu'il me semble quand même capable et débrouillard. Il vient faire un tour en vitesse de temps en temps, juste pour entretenir la flamme, il parle beaucoup, a toujours un petit quelque chose pour ma Dorothée, pis il repart et on le revoit plus pendant un ou deux mois, et le revoilà qui nous arrive avec ses histoires et ses promesses qui suffisent pour que ma fille attende son retour. En tous les cas, ça semble bien faire l'affaire de ma fille parce qu'elle se plaint pas trop et vit d'espoir et d'eau claire.

— Ça inquiète pas Émilie ?

— Elle en parle pas. Au fond, ça fait son affaire d'avoir toujours ses deux filles pour l'aider à l'auberge. J'ai quelque chose à te proposer, Romu.

— Propose toujours, on verra bien !

— Viendrais-tu avec moi demain, du côté des chantiers de construction de bateaux ?

— Qu'est-ce que tu veux aller faire là ?

— Voir si je pourrais pas me trouver des restants de bois pour ma forge.

Le lendemain matin, Edmond attela Roussine à la charrette. Ils partirent vers Saint-Roch bien décidés à rapporter, comme disait Edmond, « de quoi commencer ». Les chantiers de construction navale s'étendaient tout le long de la rivière Saint-Charles. Patiemment, Edmond s'arrêta à chacun. Il parvint, pour quelques pences, à mettre la main sur un arbre tout tordu qui ne pouvait servir à rien de bon pour un vaisseau, mais qui, dans l'esprit d'Edmond, avait déjà sa place dans ce qu'il se proposait de construire. Ce fut cependant tout ce qu'ils dénichèrent de toute la journée. À ce rythme, le rêve d'Edmond prendrait du temps à se matérialiser.

— C'est pas avec ça que tu vas aller loin, mon Edmond, lui répétait Romuald.

Edmond n'en démordait pas :

— Y a un commencement à tout, répétait-il. Un jour, je vais l'avoir ma forge. Je finirai bien par trouver le bois qu'il faut ou bedon je m'appelle pas Edmond Grenon.

Les deux jours suivants, en compagnie de son ami Romuald, il les passa à tourner en rond, cherchant le meilleur moyen de trouver des matériaux pour la construction de sa forge et rêvant au moment où il aurait assez de sous pour offrir à sa femme un présent digne de la reconnaissance qu'il lui vouait. Sa conversation se limitait presque exclusivement à ces deux sujets, ses obsessions du moment, au point où le pauvre Romuald en était tout étourdi, à l'heure de repartir vers Charlevoix.

Chapitre 32

Les amours de Dorothée

Pour une Grenon, Dorothée se montrait fort patiente envers son cavalier, Désiré Dumoulin. Il ne portait pas pour rien son prénom, car il avait réellement le tour de se faire désirer. Elle le connaissait depuis maintenant plus de deux années. Il arrivait comme ça, quand elle s'y attendait le moins, s'installait à une table de l'auberge, prenait un verre, attendait que Dorothée puisse se libérer et se mettait alors à lui raconter tout ce qu'il avait fabriqué depuis sa dernière visite.

— Est-ce que je t'ai conté, ma chérie, que je suis allé jusqu'à Montréal ?

— À Montréal ?

— Je suis monté à bord d'un trois-mâts et j'ai remonté le fleuve jusque-là. Les vents d'ouest étaient si forts et si malveillants qu'il nous a fallu dix jours pour y arriver.

— Qu'allais-tu faire là-bas ?

— J'y allais pour les affaires de monsieur Dumoulin, mon père, qui, comme tu le sais, est marchand général à la Basse-Ville de Québec. Il faudrait bien que je t'amène un jour à son magasin, tu t'y sentirais comme dans un autre pays tant tout ce qu'on y voit et tout ce qu'on y sent est exotique.

— Ton père vend quoi, au juste ?

— De tout ! De la flanelle blanche, des couvertes, des draps assortis, du coton peint, des bottes, des pantoufles de maroquin et de cuir, des gants de soie et de cuir pour dames et messieurs, du tabac à chiquer, du coton blanc, du verre taillé. En nourriture, il y de la morue en quarts, du vin de Madère, du vin rouge d'Espagne, du vinaigre, de la moutarde, mais aussi des épices de toutes sortes. Ce sont les épices qui remplissent la place de bonnes senteurs. Il en fait venir de partout.

— S'il vend de tout, dit Dorothée, il doit certainement vendre des chandelles.

— Il y en a des douzaines et des douzaines, de toutes sortes, faites avec du gras de bœuf, de veau, de porc, de blanc de baleine, mais surtout, ses meilleures, celles en spermaceti, qui sont fabriquées à Londres.

Poursuivant son idée, Dorothée lui dit :

— Sais-tu que ma mère rêve d'avoir un jour de meilleures chandelles, qui éclairent vraiment ? C'est même un de ses rêves les plus chers.

— Elle a raison d'espérer parce que bientôt nous aurons de meilleures chandelles, et aussi un meilleur éclairage.

Après avoir ainsi échangé sur divers sujets, Désiré ne manquait jamais de revenir à sa marotte : la politique. Il avait toujours une anecdote à raconter ou une explication à donner à une Dorothée peu férue en ce domaine, mais désireuse de parfaire ses connaissances.

— Sais-tu qu'il va y avoir bientôt des élections ? Je me présente encore une fois dans notre comté. Cette fois, je devrais obtenir les votes nécessaires pour gagner et siéger au Parlement.

— Je connais rien aux élections, avoua Dorothée.

— Mais tu dois savoir, au moins, que nous faisons partie du Bas-Canada ?

— Parce qu'il y a un Bas-Canada ?

— Oui ! ma chère, et un Haut-Canada. Le Bas-Canada, c'est chez nous, les Canadiens français.

— Et le Haut-Canada ?

— C'est là qu'habitent les Canadiens anglais.

— Bon ! Et si je comprends bien, toi, tu te présentes pour nous représenter ?

— Tu apprends vite ! Tu devrais venir m'aider à convaincre les gens de voter pour moi.

— Mais moi, j'ai pas le droit de voter.

— Si tu étais propriétaire de la maison, tu aurais le droit de voter. Chez vous, il n'y a que ton père qui en a le droit.

— Comment ça se passe, quand les gens vont voter ?

— C'est très simple, ils se présentent au bureau de votation du comté, qui est ouvert de huit heures du matin à six heures du soir. Ils entrent dans le bureau et disent : « Moi je vote pour Untel ! » Là, un homme est chargé d'inscrire leur vote. Comme ça, nous savons toujours quel candidat est en avance. Le vote peut durer plusieurs jours de suite, aussi longtemps qu'il ne se passe pas une heure sans que personne ne vienne voter.

— Tout ça est bien ennuyant !

— Ça t'ennuie parce que tu n'y connais rien, mais quand tu seras mieux renseignée, je suis certain que tu vas aimer ça. Vois-tu, il s'agit de convaincre les voteurs que tu es le meilleur candidat et que tu seras le meilleur pour les représenter. Puis, quand arrivent les jours de scrutin, tu t'arranges pour voir le plus de monde possible pour les inciter à voter pour toi.

— Comment ça se fait qu'il y a des batailles à chaque élection ?

— C'est bien facile à comprendre. Quand un candidat est en avance après sept, huit, dix jours de votation et qu'il a une bonne chance de gagner, il a hâte que ça finisse. Sais-tu ce qu'il fait ?

— Non ! Quoi donc ?

— Il engage des fiers-à-bras qui empêchent ceux qui ne voteront pas pour lui d'entrer dans le bureau de vote. Quand ça fait une heure que personne ne s'est présenté, il a gagné ses élections. Mais, bien entendu, ceux qui veulent voter à tout prix contre lui se battent avec les fiers-à-bras pour entrer. C'est pour ça qu'il y a de la bataille.

— Toi, si jamais t'es en avance dans les votes, vas-tu engager des fiers-à-bras ?

— Pourquoi pas ?

— Tu vois, fit remarquer Dorothée, c'est pour ça que j'aime pas la politique.

— Qu'est-ce que tu veux, il faut bien prendre les moyens nécessaires pour gagner !

Il se passa quelques semaines sans que Dorothée revoie son Désiré. Par les journaux, elle apprit qu'il n'avait pas été élu aux dernières élections. Au bout de trois mois, il arriva un bon midi à l'auberge, confiant en son charme, avec comme d'habitude des paquets d'histoires à raconter. Dorothée était suspendue à ses lèvres, littéralement ensorcelée par ses paroles. Désiré était parti longtemps parce que son père l'avait expédié aux îles d'Amérique. Il était désormais celui qui passait les commandes et veillait à ce qu'elles aboutissent au magasin de son père. Jamais, dans tout ce qu'il racontait, ne laissait-il percer le moindre espoir d'avenir pour Dorothée et lui. Elle ne se lassait pourtant pas de l'attendre, même si parfois un doute s'insinuait en elle. Serait-elle un jour sa femme ?

Si Dorothée attendait un signe de son Désiré, toute la famille, elle, attendait constamment des nouvelles de Nicolas. En cette fin d'automne 1808, Edmond rapporta de la poste une autre missive de Nicolas. Chaque fois que Dorothée entreprenait la lecture de la lettre, comme c'était devenu la coutume, Edmond et Émilie appréhendaient de mauvaises nouvelles.

Cette fois, cependant, le ton de Nicolas se faisait beaucoup plus optimiste :

Malte, vendredi 17 mars 1808

Bien chers parents,

Enfin, depuis que je suis parti de Baie-Saint-Paul, c'est la première fois que je peux profiter un peu mieux de la vie, puisque nous sommes en garnison à l'île de Malte depuis quelques mois et que nous pouvons avoir des journées à peu près normales, sans courir ou combattre. Nous sommes ici uniquement pour veiller à garder l'ordre dans cette île et voir à ce qu'elle ne soit pas envahie par l'ennemi.

Nos journées sont faites d'exercices militaires et de surveillance. Ça me fait tout drôle, pour moi qui ai lutté dans les troupes de Napoléon, de combattre maintenant contre elles. L'île de Malte a été prise par les troupes françaises en 1798 et reprise par les Anglais en 1800. Le régiment Meuron est à la solde de l'Angleterre. Aussi, au nom de l'Angleterre, notre régiment est aujourd'hui le gardien de cette île. Mais comme les Français ne nous attaquent pas, notre vie en est de beaucoup facilitée.

J'ai hâte d'avoir des nouvelles de toute la famille. Vous pouvez m'écrire à l'adresse suivante :

Nicolas Grenon, soldat
Régiment Meuron
Île de Malte

Chapitre 33

Une surprise pour Émilie

Le printemps 1809 montrait ses premières fleurs. Un midi, un client de l'auberge arriva avec une grande nouvelle : on allait construire une église dans Saint-Roch. Émilie quitta précipitamment ses chaudrons pour en savoir davantage.

— J'ai jamais vu ça, une église qu'on construit. Où est-ce qu'elle va être ?

— La place est déjà marquée par une croix, sur le bord de la rue Saint-Joseph.

Même si elle devait faire le trajet à pied, Émilie rendait souvent visite à son amie Geneviève qui, depuis quelque temps, se plaignait de ne pas être bien. À son arrivée, Émilie trouvait régulièrement son amie au lit et, d'une visite à l'autre, constatait qu'elle perdait un peu de son énergie et de sa joie de vivre. Émilie faisait de son mieux pour l'encourager et lui changer les idées.

Un jour, une fois de plus, elle trouva son amie couchée et souffrante.

— Tu t'es usée avec cette histoire de plan-relief, lui reprocha Émilie.

— Il fallait bien que quelqu'un s'occupe de seconder mon mari.

— Je sais, mais tout ça a pas été bon pour toi. Ça fait des mois que tu te morfonds à écrire à l'un et à rencontrer l'autre pour ce plan-relief.

— Il faut que j'obtienne justice ! Ils ont envoyé le plan-relief en Angleterre pour qu'il y soit exposé et j'ai appris, par un ami qui en revenait, que la paternité du plan a été attribuée au colonel By. Le nom de Jean-Baptiste n'est même pas inscrit !

— C'est une grave injustice, chère, mais faut pas que tout ça te rende malade.

Émilie eut beau, comme toujours, parler et tâcher de raisonner son amie, cette dernière n'en démordait pas et répétait qu'elle obtiendrait un jour justice.

— Tu vois dans quel état tu te mets ! Heureusement que t'as des domestiques et une préceptrice pour tes enfants, sinon comment t'en sortirais-tu ?

— Tout ce qui compte, continua-t-elle à répéter, c'est que le nom de Jean-Baptiste soit inscrit sur le plan. Il a passé des années à y travailler et un autre en retirerait le mérite ? Jamais !

Geneviève finit par se mettre à pleurer et bientôt Émilie ne trouva plus les mots pour la consoler.

En sortant de chez son amie, elle alla voir, comme elle en avait pris l'habitude, où en étaient les travaux de l'église. Un vieil homme, assis sur un banc face à l'édifice, s'intéressait tout comme elle à la construction du temple. Elle le retrouvait là, fidèle au poste, à chacun de ses passages. Il ne lui avait jamais adressé la parole et elle, qui se montrait toujours si discrète, s'était bien gardée de l'importuner. Mais ce jour-là, l'homme lui dit :

— Je vous ai vue ici plusieurs fois, madame. Qu'est-ce qui vous intéresse tant dans la construction de l'église ?

— Je suis venue voir comment on s'y prend pour bâtir une maison au bon Dieu.

La réponse d'Émilie fit sourire le vieil homme.

— On ne s'y prend pas différemment que pour construire une autre maison, sauf que celle-là est plus grande. Vous allez sans doute être heureuse d'apprendre, madame, qu'on va bientôt avoir des cloches pour cette église.

— Oh oui ! se réjouit Émilie. J'ai bien hâte de les voir.

— J'ai payé une de ces cloches, la plus petite il est vrai, mais figurez-vous que moi, qui suis seul dans la vie, cherche une marraine pour cette cloche. J'en serai le parrain. Puis-je vous demander si vous me feriez l'honneur, puisque vous êtes si curieuse de cette église, d'en être la marraine ?

Émilie fut tellement étonnée de cette offre qu'elle porta la main à son cœur en se demandant si elle n'avait pas affaire à un vieil homme délirant.

— Monsieur, dit-elle, ça serait beaucoup trop d'honneur pour moi.

— Je ne vous demande pas, ma chère dame, une réponse immédiate, mais songez-y et, comme vous venez fréquemment voir les progrès de la construction de l'église, vous me trouverez ici et vous pourrez me dire si vous acceptez ma proposition.

Sur ce, le vieillard se leva et salua Émilie d'un signe de tête avant de regagner lentement son logis, qui ne devait pas être situé bien loin. Sur le chemin du retour, Émilie ne portait plus à terre. À peine était-elle entrée dans l'auberge qu'elle se précipita annoncer la nouvelle à ses filles.

— Vous devinerez jamais ce qui m'arrive ! réussit-elle à dire avant de devoir s'asseoir pour surmonter son émotion.

— Voyons, m'man, lui reprocha Marie-Josephte, prenez le temps de respirer un peu. Vous nous inquiétez. Vous voilà toute pâle et à bout de souffle !

Dorothée courut lui chercher de l'eau. Émilie but une gorgée puis, recouvrant ses moyens, révéla à ses filles la proposition qu'un vieil homme venait de lui faire.

— C'est pas croyable, m'man ! s'exclama Marie-Josephte. Marraine d'une cloche ! Ça veut dire que votre nom va être écrit dessus !

— Mon nom écrit dessus ? Pourtant, c'est pas moi qui l'ai faite.

— Qu'est-ce que vous voulez dire ?

— Monsieur Du Berger, le mari de Geneviève, a fait le plan-relief de la ville de Québec et son nom est pas écrit dessus.

— C'est pas la même chose, m'man, reprit Dorothée. Le nom de la marraine d'une cloche est supposé être écrit dessus. Vous souvenez-vous, quand il y a eu une nouvelle cloche à l'église de Baie-Saint-Paul ? Le nom de la marraine s'y trouvait. J'espère que vous allez accepter, c'est un grand honneur qu'on vous fait et la nouvelle va paraître dans les journaux.

— Ça va dépendre de ce que votre père en pensera.

— Soyez pas inquiète, la rassura Marie-Josephte, il en pensera que du bien… Ou vos deux filles s'appellent pas Grenon !

Quelques jours plus tard, Émilie parcourut la rue Saint-Ours sur toute sa longueur pour rejoindre la rue Saint-Joseph jusqu'à l'emplacement de l'église. Le vieil homme était là, assis sur son banc, observant les maçons qui commençaient à monter les murs. Sans plus attendre, Émilie marcha droit vers lui.

— Monsieur, dit-elle, j'ai pas le bonheur de connaître votre nom et vous m'avez fait l'autre jour une proposition qui m'a bouleversée. J'y ai longtemps réfléchi et, sur les conseils de mon mari et de mes filles, il me fait plaisir de l'accepter.

— Fort bien, madame. Sachez d'abord que je suis un vieux prélat de l'église. Mon nom importe peu. C'est le vôtre qu'il me faut connaître si je veux le faire graver sur la cloche en question.

— Émilie Grenon, dit-elle. Je suis l'épouse d'Edmond Grenon, de la rue Saint-Ours. J'ai une fille qui s'est faite religieuse. N'est-ce pas son nom qui devrait paraître sur cette cloche ?

— Non pas, madame. C'est généreux de votre part, mais c'est à vous que j'ai offert d'être la marraine et ce sera vous qui devrez être là quand cette cloche sera bénie : vous aurez l'honneur de la faire sonner en premier.

Sur le chemin du retour vers l'auberge, Émilie se demandait : « Mais qu'est-ce donc qui m'arrive ? Pourquoi ai-je été choisie pour un si grand honneur ? » Elle ne pouvait pas répondre à cette question, mais elle se pinçait pour être bien certaine qu'elle ne rêvait pas.

Quelques mois plus tard, les trois cloches destinées à la nouvelle église furent montées sur une vaste plate-forme, près d'un des murs du sanctuaire. Émilie figurait parmi les invitées d'honneur de la cérémonie. Le curé de Saint-Roch procéda à la bénédiction de la première cloche, de la deuxième et enfin de la troisième. Parrains et marraines furent appelés à s'approcher. Le bedeau s'affaira à attacher une solide corde à chacun des battants. Puis, le parrain et la marraine de chacune des trois cloches furent appelés à les faire tinter en tirant d'un coup sec sur la corde. Sous le regard admiratif de son mari et de ses deux filles,

Émilie fit tinter la cloche qui, en son honneur, avait été baptisée la Sainte-Émilie.

Les assistants furent ensuite invités, contre une petite obole, à faire tinter, chacun son tour, la cloche de leur choix. Après s'être assuré que le nom de son épouse y était bien gravé, Edmond fit résonner la Sainte-Émilie. La cloche produisit un si beau son qu'une longue file s'aligna derrière Marie-Josephte et Dorothée qui, à leur tour, contre quelques pennies, firent tinter la cloche dont leur mère était devenue la marraine, sans avoir eu à le solliciter.

Au retour de cette cérémonie fertile en émotions pour Émilie, Edmond dut faire, tout près de l'auberge, un effort pour contenir Roussine que le son du tambour du crieur public avait soudain rendu rétive.

— Oyez ! Oyez ! Bonnes gens ! De par la volonté des autorités de cette ville, vous êtes priés de vous barricader chez vous jusqu'à nouvel ordre, de n'en point sortir et de n'y laisser entrer personne jusqu'à ce que nous vous avertissions, de la même manière, que vous pouvez en sortir. Notre ville, selon nos chirurgiens et nos docteurs, serait menacée d'une épidémie mortelle de ce qu'ils croient être les fièvres rouges ou le typhus.

Edmond arrêta devant l'auberge, fit descendre les femmes qui s'empressèrent d'y pénétrer par la grande porte. Il se hâta de conduire Roussine à l'écurie, lui mit une énorme ration de foin et se précipita vers la maison. En voulant pénétrer par la porte arrière, il se rendit compte qu'elle avait été forcée. À peine avait-il passé le seuil qu'il demanda :

— Avez-vous remarqué si quelque chose a été dérobé ?

— Tu penses qu'on a été volé ?

— La porte arrière a été forcée !

En quelques minutes, les Grenon avaient fait le tour de la maison, mais personne n'avait remarqué le moindre objet disparu. Edmond verrouilla les portes et tous se réfugièrent dans la maison comme dans une prison, en attendant la levée de l'alerte. Quand, après le souper, avec la brunante qui gagnait la maisonnée, l'heure vint d'allumer la chandelle, le chandelier de cuivre fut introuvable.

— Voilà ce qui nous a été dérobé, constata tristement Edmond. C'était un chandelier qui me venait de mon père. Il l'avait eu en récompense pour un de ses tours de force. Son nom était même écrit dessous.

— S'il y a eu ça de volé, y a bien eu autre chose, ajouta Émilie. Faudra bien regarder de nouveau, demain.

— Si le voleur cherchait des bijoux, constata Dorothée, il en a été pour son compte : on en a pas !

— Le pire, se plaignit Edmond, c'est qu'avec cette épidémie, on peut pas déclarer le vol à la police.

Quelques jours plus tard, le crieur public fit une nouvelle fois résonner son tambour, cette fois pour prévenir que l'alerte était levée.

Chapitre 34

Les rêves d'Edmond

Obligé de gonfler ses revenus afin d'honorer la dot requise pour Alicia, Edmond rêvait, comme il l'avait si bien confié à son ami Romuald, de se construire une forge. De Baie-Saint-Paul, il avait emmené avec lui tous les outils nécessaires : le soufflet, les marteaux, l'enclume, rangés depuis plus de cinq années dans le hangar. Il ne lui manquait que le bois nécessaire au prolongement de l'appentis, qui servirait d'abri à sa forge.

Les temps s'avéraient difficiles et il ne parvenait pas à trouver, à faible prix, le bois nécessaire à la réalisation de son projet. Il ne cessait de répéter :

— Si j'étais à Baie-Saint-Paul, ça serait fait depuis longtemps.

Chaque fois, patiemment, Émilie lui disait :

— Mais on est plus à Baie-Saint-Paul.

À bout d'idées, il résolut de consulter le charretier Étienne Gagné. Comme aucun recoin de Québec ne lui était inconnu, peut-être saurait-il où se trouvait le bois tant convoité. À la première occasion, lorsque le charretier passa devant l'auberge, il l'arrêta pour lui demander :

— Dis-moi, Étienne ! Je cherche quelques poutres et des bonnes planches. T'aurais pas idée où je pourrais en avoir pour pas trop cher ?

— Laissez-moi y penser, monsieur Grenon, peut-être bien que je vous en trouverai quelque part. C'est pour servir à quoi ?

— Je veux me construire une forge, au bout de l'appentis.

— Vous voulez devenir forgeron ? Votre auberge vous rapporte pas assez ?

Edmond lui résuma le problème auquel l'exposait la dot de sa fille religieuse. Étienne hocha la tête, compréhensif.

— Désespérez pas, monsieur Grenon. Je verrai ce que je peux faire, on sait jamais.

Sur ces mots le charretier continua sa route.

À quelques jours de là, il vint décharger dans la cour arrière de l'auberge un bon voyage de vieilles planches et quelques poutres. Ces matériaux accusaient leur âge, mais pourraient sans doute servir les desseins d'Edmond.

— Où as-tu trouvé ça ? demanda aussitôt l'aubergiste. Et surtout, combien je te dois ?

— Rien en toute, monsieur Grenon ! Ça vient d'une vieille dépendance de l'hôpital qu'on est à démolir. Un dans l'autre, c'est encore les bonnes sœurs qui vont en profiter, puisque votre forge vous aidera à rembourser la somme que vous leur devez.

Edmond ne pouvait en croire ses yeux.

— Je te revaudrai ça, mon Étienne, je te revaudrai ça ! Tu pourras venir prendre quelques bons coups de gin ou de rhum à l'auberge sans avoir à débourser un penny.

— Craignez pas, c'est pas tombé dans l'oreille d'un sourd. Je viendrai bien à quelques détours. En attendant, à la revoyure !

Le charretier venait à peine de partir qu'Edmond se mettait à l'ouvrage. Il fit le tri dans tout ce bois et, sans plus tarder, commença à tracer sur le sol l'aire qu'occuperait sa forge. Au bout d'une heure, il se rendit compte qu'il aurait besoin d'un peu de clous, d'étoupe et d'autres matériaux indispensables à la réussite de son projet. Il décida de se rendre au magasin général, attela Roussine et prit la route. Arrivé à destination, il se mit à chercher dans tout le bric-à-brac du magasin les effets désirés quand, sur une étagère, il avisa une série de chandeliers. Depuis le vol du sien à l'auberge, il avait l'intention de s'en procurer un. En les examinant, il en dénicha un en cuivre tout à fait semblable à celui de son grand-père. Il s'en empara et se mit en frais de trouver le commis pour en connaître le prix. Machinalement, il le retourna pour voir s'il y avait une quelconque inscription dessous et faillit l'échapper quand il s'aperçut qu'il s'agissait là du chandelier volé.

Parvenu au comptoir, il interpella le commis.

— Peux-tu me dire où vous avez obtenu ce chandelier ?

— Mon pauvre monsieur, nous avons tellement d'articles dans ce magasin qu'il m'est impossible de vous renseigner à ce sujet.

— Mais vous avez bien quelqu'un qui est chargé des achats ?

— Oui, bien sûr, mais il est absent et ne sera pas de retour avant au moins une heure.

— Parfait, lança Edmond, je vais l'attendre et, en attendant, je vais trouver tout ce que je veux acheter.

Son chandelier sous le bras, il se mit en quête des clous, de l'étoupe et de ce dont il avait besoin. Pour tuer le temps, il parcourut lentement les allées, s'extasiant devant tout ce qu'il aurait voulu acquérir mais qu'il n'avait pas les moyens de s'offrir. Il resta longtemps en contemplation devant un nouveau modèle de fanal qu'il aurait bien vu à la porte de l'auberge. Ce fut ensuite au tour des horloges de capter son attention. Sa patience fut récompensée quand, enfin, l'acheteur, un petit homme au nez pointu avec une vraie face de fouine, revint de sa tournée, rapportant un tas d'objets nouveaux dont une baratte à beurre qui aurait fait l'envie d'Edmond s'il avait été mieux nanti. Avant que cette fouine ne lui échappe, Edmond l'aborda.

— Viens icite, l'ami, j'ai quelque chose à te montrer…

— Quoi donc ? Mon temps est précieux !

— Et le mien tout autant, gronda Edmond, en montant le ton.

Sans préambule, il lui mit sous le nez l'objet du litige.

— Où as-tu obtenu ce chandelier ?

— Comment vous voulez que je le sache ?

— Tu peux pas avoir oublié d'où il vient, parce que ça fait pas si longtemps qu'on te l'a vendu.

— Qu'est-ce qui vous permet de dire ça ?

— Il m'a été volé il y a quelques jours à peine.

Le vendeur fit l'homme le plus étonné du Bas-Canada :

— C'est vous qui le dites ! Qu'est-ce qui me le prouve ?

— Ceci, dit Edmond, en indiquant l'inscription sous le chandelier.

L'autre lut :

— « Trophée remis à Jean-Baptiste Grenon, ce samedi 13 août 1769 »

Pas décontenancé pour un sou, le commerçant laissa entendre :

— Qu'est-ce que ça prouve ?

— Ça prouve l'ami, que ce chandelier est un bien de ma famille. Il appartenait à mon père, qui me l'a légué par testament, et sais-tu qui était mon père ?

— Dites toujours que je me couche moins idiot.

— Mon père était l'Hercule de Charlevoix et moi je suis son fils Edmond. J'ai peut-être pas hérité de la force de mon père, mais je suis quand même un Grenon, et quand un Grenon se fâche, j'aime mieux te dire que c'est pas beau à voir, et le Grenon qui est devant toi, cimetière, est sur le point de se fâcher.

Le vendeur n'était pas gros dans ses souliers, surtout qu'Edmond l'avait résolument empoigné par le collet.

— Vous fâchez pas, monsieur, vous fâchez pas!

— Est-ce que je vais enfin apprendre où t'as eu ce chandelier?

La fouine bredouilla:

— Un colporteur me l'a vendu...

— Quel colporteur?

— Un homme avec un accent étranger, qui passe par icite une fois par année.

— Tu sais où il se trouve en ce moment?

— Lui seul le sait, monsieur, je vous le jure.

Edmond relâcha son étreinte.

— Parfait, dit-il, et maintenant t'as avantage à me faire un prix d'ami pour les effets que je viens d'acheter. Et espère pas garder mon chandelier, je le rapporte avec moi, sinon je m'en vais droit à la police et je t'accuse de recel.

Quelques minutes plus tard, Edmond quittait le magasin général, chandelier en main. Il n'avait payé que quelques pennies pour les clous, l'étoupe et les quelques autres effets qu'il rapportait. Il ne retourna pas directement à l'auberge. Il avait quelque chose d'autre en tête, qui nécessita un détour par la rue des Fossés. Quand il arriva à l'auberge, il se dirigea directement vers la cour arrière. Marie-Josephte fut la première à se rendre compte que son père avait amené un nouveau pensionnaire.

— Regardez, m'man ! s'écria-t-elle. P'pa nous a fait une surprise !

— Quoi donc, ma fille ?

— Regardez bien !

— Ah ! Pas vrai ! Un chien !

C'était une grosse bête à poil blanc et roux, qu'Edmond avait décidé d'acheter pour prévenir de nouveaux vols.

Quand Edmond franchit la porte, après avoir attaché son gardien dans la cour, il fut assailli de questions.

— Vous nous avez eu un chien ! s'écria Dorothée. Quelle sorte que c'est ?

— Où l'avez-vous pris ? s'informa Marie-Josephte.

— Comment il s'appelle ? questionna Émilie.

— Attendez, attendez, je peux pas répondre à toutes en même temps ! D'abord, c'est un colley canadien, ensuite je l'ai eu chez Benoît Bureau, sur la rue des Fossés, et il s'appelle Charlemagne.

Après s'être assurées qu'il n'était pas méchant, les filles se ruèrent dans la cour pour le flatter. L'animal, docile, se laissa approcher sans gronder.

— Ça va nous faire un bon gardien, dit Edmond.

— T'as bien fait, approuva Émilie. Comme ça, me semble que je vais être plus tranquille.

Une semaine plus tard, Edmond avait si bien travaillé à la construction de sa forge qu'il pouvait ajouter sur la façade de l'auberge, en lettres de feu, sous l'enseigne de l'auberge, les mots « travaux de forge ». En quelques jours, il se vit confier plusieurs objets à réparer, des haches, quelques roues de charrette à raccommoder, des fers à cheval, à forger et à poser, et un tas de promesses de contrats à venir. Fier de ce qu'il était en train d'accomplir, il dit à Émilie :

— Maintenant on manquera plus de rien.

Émilie le regarda avec un sourire en coin.

— J'en connais un qui va sûrement réaliser un de ses rêves.

— Lequel ?

— Une horloge. Me semble t'avoir si souvent entendu dire que t'aimerais l'entendre sonner les heures dans toute l'auberge.

— À bien y penser, prétendit Edmond, je dirais qu'on en a pas vraiment de besoin. À moins que ce soit toi, maintenant, qui en désire une ? Parce qu'on a pas vraiment besoin d'une horloge pour savoir l'heure. Tu la connais aussi bien que moi, quand le soleil va vers midi ou encore vers les trois heures. Une horloge, ça servirait qu'à nous dire les moments qui viennent d'être ôtés à nos vies.

Marie-Josephte, qui tendait l'oreille depuis un moment, s'immisça dans la conversation.

— P'pa, pourquoi, pour une fois, ne pas écouter vos désirs ? Pourquoi ne pas vous récompenser pour tout le travail que vous faites ?

Quelques jours plus tard, une horloge sonnait les heures dans l'auberge des Grenon.

— Enfin ! commenta Émilie. Y en a quelques-uns qui viennent à l'auberge et veulent plus en partir avant le couvre-feu. Ils pourront plus dire qu'on se trompe d'heure !

Chapitre 35

Le mystère du destin

Un des plaisirs d'Émilie, quand elle allait chez son amie Geneviève, consistait à lire le journal, *La Gazette de Québec* ou encore *Le Canadien*, en scrutant les annonces des commerçants. Elles aimaient se rendre chez les marchands quand il y avait des ventes, afin de profiter des aubaines. Alors Geneviève revenait chez elle, les bras chargés, tandis qu'Émilie rapportait parfois un peu de fil, un bout de toile, bref, quelque chose qui lui permettrait de confectionner une robe ou une autre pièce de vêtement pour un membre de sa famille.

Depuis quelque temps, son amie Geneviève avait repris du mieux. Émilie la voyait plus souriante. La raison en était simple: le nom de son mari avait été inscrit sur le plan-relief exposé à Londres.

Cet après-midi-là, le seul où elle se permettait quelques heures de congé, Émilie gagna la maison des Du Berger. Geneviève était encore pâle, mais elle la reçut avec un large sourire.

— Te voilà de bien bonne humeur, ma chère, remarqua Émilie en apercevant son amie occupée à vérifier une dernière fois sa coiffure devant le miroir.

— Oui, chère amie ! Depuis quelque temps, la vie me semble beaucoup plus belle et j'ai bien hâte de pouvoir enfin courir de nouveau les aubaines.

— Où allons-nous ?

— À la Haute-Ville. J'ai fait prévenir notre palefrenier. La voiture doit déjà nous attendre près de la porte.

— Elle y est ! Je l'ai vue avant d'entrer, s'empressa de la rassurer Émilie.

Les deux amies se firent conduire aux magasins de la Haute-Ville. Geneviève avait apporté quelques coupures de journaux dans lesquelles étaient détaillés les effets qu'elle désirait voir. Tout au long du trajet, Geneviève parla de tissus, de cachemires fins, de flanelle blanche, jaune, rouge, verte et bleue. Elle désirait jeter un coup d'œil aux châles, aux écharpes, aux gants de soie et de chamois, aux ceintures de palatine cramoisies et écarlates, aux mouchoirs de Barcelone. Émilie l'écoutait avec envie énumérer toutes ces choses qu'elle ne serait jamais en mesure de s'offrir. Elle se contenterait, comme toujours, de regarder son amie marchander, essayer des vêtements, lui demander son avis et acheter. Malgré tout, elle se faisait une fête de cette sortie puisqu'il y avait des mois que la santé de Geneviève ne leur avait pas permis pareille escapade. Geneviève fit arrêter le cocher devant le magasin de John Childs.

— Ici, dit-elle, à Émilie, il y a du beau, nous devrions faire mouche.

— Tu y viens souvent ?

— Oui ! C'est une de mes places préférées. Il y a un peu de tout. Tu vas voir…

Elles firent d'abord halte devant un étalage de bas de soie, de coton et de laine. Plus loin, elles s'extasièrent devant des nappes damassées, des caleçons tricotés, des bonnets de nuit et des souliers. Pendant que Geneviève achetait pour elle un châle et une paire de bas de soie, et pour son Jean-Baptiste une cravate et une paire de gants de castor doublée de laine d'agneau, Émilie se contenta de quelques épingles mêlées, d'une aiguille et de fil blanc. Une robe la jeta dans une contemplation qui dura de longues minutes.

De chez Childs, elles se rendirent à la Basse-Ville, rue Saint-Pierre, chez Meyer, où Geneviève acheta du papier à lettres et des enveloppes. En passant devant le 31 de la même rue, elles firent arrêter le cocher pour prendre le temps de lire une affiche près de la porte, où un certain monsieur Rod annonçait des cours de danse pour les dames et les demoiselles, les mercredis et samedis après-midi. Elles se disposaient à continuer leur chemin quand Geneviève se sentit mal. Elle ressentit d'abord des étourdissements puis perdit conscience. Le cocher prit aussitôt le chemin de l'Hôtel-Dieu pendant qu'Émilie tâchait en vain de la ranimer. À son arrivée là-bas, Geneviève fut aussitôt hospitalisée. Émilie demeura avec elle jusqu'à la venue de Jean-Baptiste, alerté par le cocher.

— Vous êtes bien bonne, Émilie, d'être restée avec elle tout ce temps. Les vôtres doivent s'inquiéter. Ne vous en faites pas, je suis là maintenant, vous pouvez retourner chez vous. J'ai demandé au cocher de vous attendre, il va vous reconduire.

Émilie prit le temps de relater les événements à Jean-Baptiste.

— Vous avez bien fait de la mener ici. Ne soyez pas trop inquiète, ce n'est pas sa première faiblesse. Elle aura trop abusé de ses forces. Faites-moi maintenant le plaisir de penser aux vôtres et de retourner les retrouver afin qu'ils ne s'inquiètent pas trop de votre retard. Je vous tiendrai au courant de l'état de votre amie.

Ce fut une Émilie soucieuse et bouleversée qui revint ce soir-là à l'auberge, presque indifférente d'avoir été reconduite en carrosse à sa porte. Visiblement inquiètes, ses filles poussèrent un long soupir de soulagement quand elles la virent arriver.

— Vous nous avez fait peur, m'man ! dit Dorothée. P'pa tourne en rond et ronge son frein depuis l'heure du souper.

— Où est-ce qu'il est ?

— Avec des clients, du côté de l'auberge.

— Dorothée, va donc le prévenir que je suis de retour.

— Qu'est-ce qui vous est arrivée, m'man ? lui demanda Marie-Josephte.

— À moi, rien, mais mon amie Geneviève a perdu subitement connaissance : il a fallu la conduire à l'hôpital. Elle était pas encore revenue à elle quand son mari est venu prendre ma relève.

Edmond pénétra dans la cuisine avec Dorothée.

— Te voilà enfin ! Veux-tu bien me dire pourquoi t'as tant traîné avant de revenir ?

Marie-Josephte répondit pour elle :

— M'man a pas traîné, p'pa. Elle veillait sur madame Du Berger qui a perdu connaissance et s'est ramassée à l'hôpital.

— Ton amie Geneviève a eu une attaque ?

— Oui et je suis très inquiète, articula Émilie avant de fondre en larmes.

Le lendemain et les jours suivants, malgré la distance, Émilie se rendit régulièrement à l'Hôtel-Dieu. « C'est ma grande amie, répétait-elle à Edmond, elle a besoin de moi. Quand elle va revenir à elle, je veux être là. » Les louables efforts d'Émilie ne sauvèrent pas son amie. Elle mourut deux semaines plus tard sans avoir jamais repris conscience. Toute la famille Grenon, à l'exception d'Alicia retenue dans son cloître, assista aux funérailles dans l'église de Saint-Roch. Émilie fut profondément émue que la cloche dont elle était la marraine sonnât le glas annonçant la mort de sa grande amie. Elle mit beaucoup de temps à se remettre de ce départ.

Quelques mois après l'événement, une voiture s'arrêta devant l'auberge. Le cocher en descendit et vint s'informer s'il y avait bien « une dame Émilie Grenon » qui habitait là.

— Oui, c'est moi, dit Émilie, intriguée.

— J'ai une malle pour vous, madame.

— Vous devez certainement vous tromper, monsieur, j'ai rien acheté et j'attends rien.

— Pourtant, madame, chez monsieur Du Berger, on m'a assuré que c'était pour vous.

En entendant ce nom, Émilie pâlit. Edmond, que Marie-Josephte était allée chercher à la forge, la rejoignit au même moment.

— Vous êtes monsieur Grenon, je présume, dit le cocher. Seriez-vous assez aimable de m'aider à porter une malle assez grosse qui est envoyée à votre femme ?

Edmond sortit avec le cocher. Ils revinrent, porteurs d'un énorme coffre. Le cocher remit une lettre à Émilie.

— Pour vous, madame, de la part de monsieur Du Berger.

Pendant que le cocher regagnait sa voiture, Émilie décacheta l'enveloppe. Jean-Baptiste Du Berger lui avait destiné ce mot :

Chère madame,

Ai-je besoin de vous rappeler à quel point mon épouse vous aimait ? Elle nous a été ravie à quarante ans, au moment où la vie s'ouvrait devant elle. Depuis sept années, vous étiez sa meilleure amie. Combien de fois ne m'a-t-elle pas parlé de vous dans les termes les plus élogieux ? Elle tenait à récompenser l'amitié que vous lui vouiez. Aussi, dans son testament, qu'elle avait eu la sagesse de faire rédiger deux ans avant son décès, elle vous léguait plusieurs de ses robes, des châles, des gants, des écharpes, un manteau et autres effets, de même que quelques bijoux qu'elle a sans doute achetés lorsque vous aviez le bonheur de parcourir ensemble les magasins de Québec.

Veuillez donc agréer ce témoignage de toute l'amitié qu'elle vous portait. Merci encore, chère madame, de tout le soutien et le bien que vous avez prodigués à mon épouse, une femme sensible et fragile qui trouvait auprès de vous le réconfort dont elle avait besoin pour faire face à la vie, malgré une santé précaire.

Veuillez agréer, chère madame, mes remerciements les plus sincères et daignez saluer de ma part votre aimable époux et vos filles si charmantes.

Un ami de votre famille qui vous souhaite, à vous et aux vôtres, tout ce qu'on peut souhaiter de meilleur à ceux que l'on aime.

Jean-Baptiste Du Berger

La larme à l'œil, Émilie replia la lettre. Sans se presser, sous le regard attentif de ses proches, elle ouvrit la malle d'où elle tira des robes comme elle n'avait jamais espéré en posséder, ainsi que des bijoux qu'il lui faudrait sans doute beaucoup de temps pour oser les porter.

Edmond, une fois de plus, trouva les mots appropriés pour la circonstance :

— La fidélité trouve toujours sa récompense.

Chapitre 36

Une visite de Désiré

Désiré Dumoulin s'apparentait à un pêcheur qui a ferré sa proie et fait durer le plaisir avant de la sortir de l'eau, ou encore à l'ouvrier qui entretient le feu en y mettant de temps à autre une bûche. Quand il revenait à l'auberge, la magie opérait toujours : Dorothée reprenait espoir, comme une chandelle dont la flamme mourante reprend soudainement de la vigueur en faisant briller tout ce qui l'entoure.

Désiré Dumoulin avait la parole facile et il le savait. Quand il prenait le crachoir, personne ne pouvait plus le lui reprendre. Cette fin d'après-midi-là, il ressortit des boules à mites ses histoires d'élection.

— Je me présente comme candidat pour les rouges aux élections. Vous allez venir voter pour moi, monsieur Grenon ?

— Aller voter, aller voter ! dit Edmond. Tu me demandes là quelque chose de vraiment difficile.

— Allons donc ! Il n'y a rien de plus facile. Vous entrez au bureau de vote et vous dites : « Je vote pour le meilleur candidat : Désiré Dumoulin. »

Edmond ne voulait pas rater une si belle occasion de mener son gendre potentiel en bateau. Afin de le faire étriver un peu, il lui dit :

— Le meilleur candidat aux élections, d'après moi, c'est celui qui n'existe pas encore.

— Comment ça, monsieur Grenon ? Vous l'avez dret là devant vous en personne, le meilleur candidat !

— C'est pas parce que tu te laisses désirer par ma fille que t'es le bon candidat !

— Au contraire, ce n'est pas pour rien que je m'appelle Désiré, je suis celui que tout le monde attend ! Le pays a besoin de Désiré Dumoulin, le pays aura Désiré Dumoulin, et quand le pays l'aura choisi, il saura enfin où il s'en va.

— Et il s'en va où, le pays ?

— Là où les autres le mènent.

— Les autres, les autres… Mais qui sont les autres ?

— Notre pays n'est pas dirigé par les élus, il est dirigé par les Anglais d'Angleterre. Nous avons besoin d'un pays fort, capable de se diriger lui-même. Rappelez-vous les paroles de notre ami Pierre-Stanislas Bédard : « Si nous ne nous gouvernons pas nous-mêmes, nous serons gouvernés ! » À cette phrase célèbre, Désiré Dumoulin ajoute : « Ne venez pas vous plaindre ensuite de ne pas avoir ce que vous voulez ! » Parlant de quelque chose que vous voulez et que vous n'avez pas, ajouta-t-il, j'allais oublier…

Il sortit trois chandelles de la sabretache qu'il portait toujours à la ceinture, fort commode pour y ranger des papiers. La salle de l'auberge s'assombrissait en raison de la brunante.

— Je vais vous démontrer, dit-il, que Désiré Dumoulin est la lumière même. Ses idées sont aussi éclairantes que ses chandelles. Jamais, dans cette auberge, n'aurez-vous vu aussi clair. Allez chercher madame Grenon. Dites-lui que son futur gendre a un cadeau pour elle.

Dorothée courut à la cuisine pour prier sa mère de venir.

— M'man, venez ! Désiré a quelque chose pour vous !

— Désiré ? Qu'est-ce qu'il peut bien me vouloir ?

— Venez ! Vous verrez bien.

Quand elle fut entrée dans la grande salle, Désiré la fit asseoir à une table et lui servit ce boniment :

— J'ai un jour entendu dire qu'il y avait ici, dans cette auberge, une femme dont le rêve était d'avoir le soir un meilleur éclairage. Ce vœu n'est pas tombé dans l'oreille d'un sourd. Son futur gendre l'a entendu et se prépare à l'instant à l'exaucer.

Même s'il n'y avait que les quatre membres de la famille Grenon dans la pièce, il continua sur le ton solennel du politicien :

— Mesdames, mesdemoiselles et monsieur, voyez par vous-mêmes que je vous apporte la lumière.

Il s'approcha d'Émilie, lui mit une chandelle entre les mains et s'empressa de l'allumer. Une brillante lueur éclaira soudain tous les visages. Jamais auparavant les Grenon n'avaient vu une chandelle si efficace.

— Voilà le don que je vous fais, madame, ainsi qu'à vos deux filles: la lumière.

Il offrit la deuxième chandelle qu'il tenait en main à Dorothée et la troisième à Marie-Josephte.

— J'ai jamais vu une chandelle pareille, dit Émilie, tout émue. Marie-Josephte, ajouta-t-elle, serais-tu assez bonne pour allumer notre chandelle de tous les jours?

Marie-Josephte se hâta d'obéir à sa mère, tandis que celle-ci éteignit la sienne. Tous purent mesurer la différence de qualité entre les deux.

— Vous voyez! s'écria Désiré, enthousiaste. Je ne vous avais pas menti.

— C'est rare, dit Edmond, un politicien qui ment pas. Là-dessus, faut admettre que le futur député Désiré Dumoulin a dit la vérité.

— Qu'attendez-vous pour rallumer votre chandelle, madame Grenon?

— Je la rallumerai pas à soir, je vais la garder pour les jours de fête.

— Ça veut dire que ce soir, demanda Désiré, nous allons encore veiller autour d'une chandelle qui éclaire à peine et nous pique les yeux jusqu'à nous faire pleurer?

— Je l'ai eue en cadeau, je ferai bien ce que je veux avec.

— Comme ça, reprit Désiré, je viendrai veiller seulement les soirs de fête.

— Ça en fait quand même une quarantaine, souligna Edmond.

— Tant que ça ? s'étonna Marie-Josephte.

— Hé oui, ma fille. Avec les dimanches et les fêtes, ça fait dans l'année quatre-vingt-douze jours qu'on peut pas servir de boisson. Je le sais, je les ai comptés.

Émilie, que ce cadeau inattendu avait profondément émue, intervint :

— J'oubliais, avec tout ça, de remercier Désiré pour ce si beau cadeau. Il me fait beaucoup plaisir. C'est un cadeau de prix. Merci Désiré.

Edmond, qui faisait rarement dans la dentelle, s'exclama :

— Tu peux le dire, ma chérie ! Une chandelle de même vaut bien une livre sterling. J'ai vu une annonce, l'autre jour, où on en vendait une douzaine pour douze livres. Si je me trompe pas, c'est une chandelle en spermaceti.

— C'est bien ça, monsieur Grenon. Voilà la meilleure chandelle sur le marché. C'est aussi la seule bonne chose qui nous vient de Londres.

— Ah, c'est ça ! fit Edmond en feignant un air étonné.

— Quoi donc ?

— C'est pour ça que les Anglais pensent qu'ils ont toujours des idées plus lumineuses que les nôtres.

— Vous n'allez pas repartir dans vos histoires de politique, s'écria Émilie, parce que moi, je vais me coucher tout de suite.

— Vous n'allez pas nous faire cette peine, reprit Désiré. Moi, je vous conseillerais de rallumer votre chandelle pour qu'on joue une bonne partie de cartes.

Comme Émilie voulait ménager sa chandelle pour les jours de fête, Dorothée accepta d'allumer la sienne, sans oser avouer que c'était pour mieux voir son Désiré.

Cette histoire de chandelle et la partie de cartes occupèrent le reste de leur soirée. Si toute la famille était heureuse de cette visite et des cadeaux reçus, Dorothée resta sur sa faim. Comme il le faisait beaucoup trop souvent, au grand désespoir de celle qu'il disait être sa fiancée, Désiré était venu, mais il avait encore trouvé le moyen de ne pas être en tête-à-tête avec elle.

La dernière lettre de Nicolas était très brève, comme si le fait d'être éloigné depuis si longtemps, malgré les nouvelles que lui faisaient parvenir ses sœurs, l'avait en quelque sorte désintéressé du sort des siens.

— Il a pas grand-chose à nous dire, m'man, remarqua Dorothée. On dirait qu'il ne tient plus à nous.

— Je crois pas, chère. Moi je pense que depuis le début, il en dit pas trop pour pas nous inquiéter. Sa vie doit pas être très agréable. Il fait son possible pour pas le montrer.

— Vous avez peut-être bien raison, mais me semble que si j'étais à sa place, je me forcerais un peu plus pour donner des nouvelles.

— C'est vrai, mais oublie pas que c'est un garçon et que les garçons ont pas l'habitude de parler de tout ce qu'ils font et de dire vraiment comment ils vont. Mais dis-moi plutôt ce qu'il raconte, cette fois-ci.

Malte, samedi 16 avril 1811

Chers parents et chères sœurs,

J'ai été bien content d'avoir de vos nouvelles. Je vous en donnerais plus souvent des miennes s'il y avait seulement du nouveau dans ma vie, mais notre service de garde de l'île de Malte est toujours pareil, pour ne pas dire ennuyant. Il ne se passe jamais rien. C'est toujours la même routine. Heureusement que j'ai près de moi, pour me divertir un peu, mon grand ami Bernardin. Pendant ce temps-là, les mois et les années passent. Dans moins de trois ans, j'aurai écoulé les sept années de mon contrat au régiment Meuron. Je n'attendrai pas plus longtemps pour en sortir et je vous reviendrai, très heureux de vous revoir tous.

Je vous espère toujours en santé comme je le suis!

Votre fils affectueux,

Nicolas

Chapitre 37

Une curieuse idée

L'hiver 1812 avait été passablement rude. Le printemps commençait à montrer ses couleurs. Ici et là, la neige fondue découvrait dans les cours des plaques de terre comme de yeux grands ouverts. Des ruisselets se formaient le long des rues. L'hiver cédait peu à peu le pas.

Ce n'était pourtant pas l'ouvrage qui manquait à la forge et à l'auberge, mais cela ne semblait pas suffire à Edmond, qui se mit un matin à débiter le vieil arbre tout tordu acheté en compagnie de Romuald, et dont il ne s'était pas servi. À force de travail et d'équarrissage, il parvint à en extraire quelques planches. Étienne Gagné arrêta un matin, curieux de voir ce qu'Edmond avait pu tirer du bois qu'il lui avait apporté. En voyant son bienfaiteur débarquer chez lui, Edmond s'écria :

— Salut Étienne ! Tu passes devant chez nous presque tous les jours depuis tout ce temps et t'as jamais trouvé le moyen d'arrêter voir ma forge ou même de prendre juste un verre. Il est pas trop tôt pour que tu viennes voir ce que j'ai réussi à faire grâce à toi.

— Si j'ai pas pu arrêter avant, monsieur Grenon, c'est que l'ouvrage manque pas du côté de l'hôpital et que je suis toujours à la hâte, avec ça qu'on est très contrôlé, comme vous pouvez le penser : les sœurs voient à ce qu'il se perde pas une minute.

— Icite non plus, comme tu peux voir, c'est pas l'ouvrage qui manque.

Étienne fit le tour de la forge, opinant du bonnet devant tout ce qu'il voyait. Au bout d'un moment, il dit :

— Au fait, monsieur Grenon, c'est pas vous qui cherchiez une commode ?

— Oui, mon gars, j'en cherche une depuis des lunes pour faire une surprise à mon Émilie.

— J'en ai justement vu une et pas chère à part ça, pas bien loin d'icite, au bout de la rue Saint-Ours. Je m'en vais par là. Si ça vous tente de la voir, vous pourriez peut-être bien venir, d'autant que je reviens tout de suite après.

— C'est une bonne idée, mon garçon. Si elle fait mon affaire, tu pourrais peut-être me la rapporter.

— Venez donc ! On verra bien.

Ils partirent par la rue Saint-Ours. Pendant le trajet, Edmond en profita pour demander à Étienne des nouvelles de sa famille.

— Comment ça va, chez vous ?

— C'est toujours pareil. Les jumelles vont toutes les deux avoir un autre enfant, ou peut-être plus qu'un. Avec des jumelles, on sait jamais.

— Où est-ce qu'elles restent, à présent ?

— Toujours à la même place, dans Saint-Roch, pas loin des chantiers navals. Leurs maris travaillent là. L'ouvrage manque pas sur les chantiers : un navire attend pas l'autre. Il paraît même qu'ils vont commencer à faire des bateaux à vapeur.

— Pis ton autre sœur, celle qui s'est mariée en même temps que ta jumelle, qu'est-ce qu'elle devient ?

— Agathe ? On la voit pas souvent. Faut dire que, comme Étiennette, elle reste maintenant pas mal loin d'icite. Son mari Gérard est peintre en bâtiment. Ils sont rendus du côté de Portneuf et ont déjà quatre enfants.

— Me semble que ça fait pas si longtemps que ça que vous vous êtes mariés. Le temps passe que ç'en a pas de bon sens. Toi mon Étienne, t'en es bien à ton troisième, si je me trompe pas.

— C'est en plein ça, j'ai deux gars et une fille. Ça sera pas long qu'ils vont nous pousser dans le dos. Vous devriez venir faire un tour avec vos filles.

— Tu sais, avec l'auberge, on peut pas se payer bien des sorties. Ça nous tient aller à plein tous les jours.

— Coudon, vos filles, monsieur Grenon, elles se marient pas vite ?

— Y a ma Dorothée qui est sur le point de le faire, mais Marie-Josephte, elle, depuis sa peine d'amour, semble pas prête à s'engager.

— Elle a eu une peine d'amour ?

Edmond, en terrain glissant, trouva un faux-fuyant commode :

— Elle s'est amourachée d'un homme qui était déjà engagé et elle est restée sur le carreau. Ç'a l'air que les femmes sont faites de même. Des fois, ça leur prend du temps pour recommencer. Je suppose que pour elle, à un moment donné, ça va revenir. En attendant, elle est bien utile à sa mère pour l'auberge. Y a toujours un beau côté à chaque médaille.

Tout en jasant, ils étaient arrivés au bout de la rue. Étienne immobilisa son cheval.

— C'est icite, dit-il. Peut-être que vous aimerez pas la commode, mais au moins vous l'aurez vue.

— Comme tu dis, je l'aurai vue.

Ils entrèrent dans une vieille maison toute décrépie menaçant de s'effondrer. Il y avait là un bric-à-brac de vieux meubles et d'objets tels qu'on en trouve dans les greniers. Une vieille femme les reçut en disant :

— Je casse maison, je m'en vais rester chez ma fille. Tout est à vendre.

Edmond avait repéré le meuble dès son entrée dans le taudis et jeté un œil dessus. Il s'informa :

— Combien pour la commode ?

— Quatre livres.

— C'est votre dernier prix ?

La vieille ne répondit pas. Edmond tourna autour du meuble, ouvrit les tiroirs, l'examina sous tous les angles.

— Je vous en donne deux livres et demie, madame, et je vous en débarrasse tout de suite.

La vieille semblait tenir à son prix. Edmond fit mine de partir. La vieille le retint en disant :

— Je prendrais bien trois.

Edmond les lui aligna sur une table. Aidé d'Étienne, il chargea ensuite la commode sur la charrette. C'était un beau meuble, avec des tiroirs bombés, mais qui avait besoin d'un bon sablage et d'une bonne couche de cire d'abeille. Quand ils furent dans la voiture, Edmond dit à Étienne :

— Je vais l'offrir en cadeau à mon Émilie pour sa fête. Ça fait des années qu'elle en veut une ! Avant, va falloir que je la renippe. Elle est pas mal en toute. Pour sûr, Émilie va la trouver de son goût. Faudra pas qu'elle la voit avant qu'on la mette dans le hangar.

— Vous inquiétez pas, dit Étienne, on va s'arranger pour être discrets. Avant qu'on parte, me donneriez-vous un coup de main ? J'ai décidé d'acheter le buffet.

Ils retournèrent dans la maison et en revinrent avec un beau buffet de chêne qui alla prendre place dans la charrette, près de la commode. Étienne étendit une bâche sur les meubles et les deux compères repartirent aussitôt pour l'auberge. À la longue, Émilie s'était habituée à voir défiler passablement de monde dans la cour. Elle était en mesure de les apercevoir de sa cuisine, mais n'en faisait plus grand cas. Ainsi, Étienne et Edmond n'eurent aucun problème à décharger la commode et à la ranger dans le hangar. Quand Edmond entra pour dîner, Émilie lui dit :

— T'as eu la visite d'Étienne Gagné ?

— Ah oui ! Il est venu voir la forge. Après tout, c'est grâce à lui que j'ai pu la bâtir. Il a trouvé ça bien de son goût...

Au fil des jours suivants, Edmond s'affaira à refaire une beauté à la commode. Quand il eut terminé son ouvrage, il s'attela aussitôt à une autre tâche avec les planches qu'il avait tirées du vieil arbre. Il était très habile et mettait un soin particulier à bien finir tout ce qu'il entreprenait. Là encore, il mit des jours à peaufiner son ouvrage. Comme il travaillait en secret, ses agissements n'avaient pas manqué d'intriguer Marie-Josephte et Dorothée qui, connaissant bien leur père, savaient pertinemment qu'il préparait quelque chose de spécial. Un soir, Marie-Josephte osa lui demander :

— Quelle surprise vous nous préparez, p'pa ?

— Rien en toute !

— Voyons donc ! Ça fait au moins deux semaines que vous travaillez en cachette à quelque chose.

Heureusement, de sa cuisine, Émilie n'avait rien entendu. Edmond fit signe à sa fille de se taire. Il s'approcha d'elle et lui glissa à l'oreille :

— C'est une surprise pour ta mère...

— Ah ! fit Marie-Josephte.

— Pour sa fête.

— C'est vrai, dit Marie-Josephte, j'allais l'oublier, c'est dans deux jours.

Edmond profita du souper d'anniversaire, deux jours plus tard, pour offrir enfin à Émilie la surprise de sa vie.

— T'as tes rêves, dit-il, j'ai aussi les miens. J'ai rêvé qu'on avait bien de besoin de quelque chose qu'on possédait pas. Aide-toi et le ciel t'aidera ! Voilà que le ciel nous est venu en aide ! Venez voir le cadeau qu'il nous a fait.

— Où ça ?

— Dans le hangar ! Suivez-moi !

Devant l'édicule, Edmond, avant d'y pénétrer, fit son petit discours :

— Pour tes cinquante ans, Émilie, j'ai pensé te récompenser pour tout ce que t'as fait pour nous autres.

Sans plus de cérémonie, il ouvrit la porte du hangar. Au milieu trônait la commode qu'elle avait tant appelée de ses vœux.

Elle porta les mains à son cœur. Ses yeux se remplirent d'eau.

— Ah ! Qu'elle est belle ! dit-elle.

Trop émue pour en dire plus, elle se mit à pleurer. Edmond s'approcha pour la réconforter. Alors, Émilie fit ce qu'elle n'avait jamais osé faire devant ses filles : elle sauta au cou de son mari et l'embrassa.

— Mon grand fou, t'aurais jamais dû !

— Allons, m'man ! l'encouragea Marie-Josephte. Jetez au moins un coup d'œil dans les tiroirs.

Pendant que leur mère s'extasiait devant la commode, Dorothée et Marie-Josephte, qui avaient rarement l'occasion de mettre le nez dans le hangar, fouinaient un peu partout. Dorothée, curieuse, souleva le drap qui recouvrait ce qu'elle avait pris pour un autre meuble.

Sous le coup de la surprise, elle s'exclama :

— Mais p'pa, qu'est-ce que c'est ça ?

Son père sursauta. Il fit l'impossible pour se contenir et ne pas gâcher l'atmosphère de fête qui lui avait coûté tant d'efforts, et ne pas briser d'un coup tout le plaisir qu'il venait de faire naître.

— Quelque chose que t'aurais pas dû regarder.

Intriguée, Marie-Josephte s'approcha et dit :

— Mais c'est un cercueil ! Dites-moi pas que vous fabriquez des cercueils, à présent ?

— Je fabrique pas des cercueils, la corrigea-t-il, j'en ai juste fait un.

— Pour qui ?

— Pour moi !

— Et pourquoi donc ? fit remarquer Dorothée. Sentez-vous votre mort ?

— Pas en toute, ma fille. J'avais du bon bois, j'en ai profité pour l'utiliser, voilà tout. Quand je disparaîtrai, il sera prêt. Mieux vaut prévenir que guérir.

— Vous auriez pu attendre, p'pa, ça pressait pas à ce point.

Dorothée venait à peine de prononcer cette phrase qu'elle sourit, parce qu'elle connaissait déjà la réplique que son père lui servit :

— Il ne faut jamais remettre à demain ce qu'on peut faire aujourd'hui.

— Sauf mourir, ajouta Dorothée.

— Bien parlé, ma fille, conclut Edmond en remettant soigneusement le drap sur la bière.

Chapitre 38

Où il est question de mariage

Dorothée attendait ce moment depuis des années : son Désiré, qu'elle ne voyait que de loin en loin, lors d'un passage en coup de vent par Québec, avait enfin décidé de se fixer. Il arriva par un beau jour de mai 1812, avec comme toujours ses histoires et ses promesses.

— Cette fois, c'est vrai, ma Dorothée : je m'installe pour de bon à Québec. Nous allons nous marier. Je t'ai fait attendre si longtemps qu'il est bien temps que ça se fasse.

— Je vois pas les choses comme toi, Désiré. Tu lambines pendant des années et te voilà tout à coup pressé. Laisse-moi le temps de me préparer à cette idée. En plus, ma robe de mariée est même pas prête !

— Ça, ma chère, ce n'est pas un problème ! Tu n'as qu'à te rendre chez le tailleur et t'en faire confectionner une !

— À quel prix ? Penses-tu que j'ai les moyens de m'habiller comme une princesse ?

— Peu importe la robe qu'elle porte, une princesse est toujours une princesse.

Quand Désiré lui parlait comme ça, Dorothée voyait fondre tous ses doutes. Toutefois, dès que Désiré passa la porte, elle se demanda si ses hésitations à convoler n'étaient pas liées à sa vie mouvementée. Il avait beau dire et beau faire, réussirait-il à se fixer vraiment ? Depuis toutes ces années qu'elle attendait ce moment, elle ne parvenait pas à y croire. Elle se rendait bien compte que le rythme de vie de son amoureux était aux antipodes du sien.

Qu'avait-il fait durant tout ce temps, à courir et à voyager au service de son père ? Ses déplacements l'avaient mené d'un bout à l'autre du pays, et même du côté des États-Unis. Chaque fois qu'il revenait, il en avait long à raconter sur ses entreprises et, chaque fois, Dorothée l'écoutait bouche bée : c'était un merveilleux conteur.

Encore aujourd'hui, n'avait-il pas émerveillé Dorothée en lui racontant son voyage jusqu'à Montréal, sur le bateau à vapeur des Molson ?

— Sais-tu que les Molson jouissent du droit exclusif de conduire des bateaux à vapeur sur le fleuve ?

— Personne d'autre le peut ?

— Personne. Quand, en 1807, John Molson a appris la découverte de l'Américain Robert Fulton, il s'est rendu à New York et s'est fait construire un vapeur, ce qui lui a permis d'obtenir l'exclusivité de la navigation en bateau à vapeur sur le fleuve Saint-Laurent pour au moins une dizaine d'années, sinon plus.

— C'est sur un bateau à vapeur que t'as fait le voyage ?

— Sur le *Calédonia* : ça ne prend même pas trois jours et on est rendu, alors qu'à voile il faut y mettre parfois jusqu'à dix.

— J'aimerais bien faire un beau voyage de même.

— Ne t'inquiète pas ! Quand nous serons mariés, tu en feras.

— Ça doit coûter très cher !

— Dix livres !

En entendant ce chiffre, Dorothée avait ouvert de grands yeux.

— Dix livres, c'est une fortune ! On peut acheter un tas de choses avec une somme pareille !

Désiré l'avait dévisagée avec une expression non moins surprise.

— Dix livres, ma promise, pour un voyage jusqu'à Montréal, c'est très raisonnable !

Pareilles réflexions, de la part de Désiré, la laissaient chaque fois perplexe. Elle mesurait alors l'écart qui existait entre leurs trains de vie respectifs. Elle qui hésitait à dépenser le moindre penny, comment pourrait-elle vivre dans une telle opulence ? Une autre chose la laissait songeuse : comment expliquer que, durant toutes ces années de fréquentations, il ne l'eût jamais invitée à faire la connaissance de ses parents ? Avait-il honte d'elle ? Elle se tourmentait constamment avec des questions semblables auxquelles elle ne trouvait aucune réponse valable. Lui qui semblait nager dans l'abondance, pourquoi avait-il jeté son dévolu sur elle, fille d'un aubergiste pauvre ? Et voilà maintenant qu'il parlait de mariage sans même lui offrir son aide pour s'acheter une belle robe. Une autre chose la tracassait à son sujet : il buvait beaucoup. Elle ne parvenait jamais à tenir le compte des gins qu'il enfilait, à chacune de ses visites à l'auberge. Elle oscillait entre le doute et l'espoir, sans trop pouvoir s'expliquer pourquoi elle tenait tellement à lui.

Quelques jours plus tard, Dorothée recevait une invitation de sa part pour assister en sa compagnie à une pièce de théâtre.

— M'man, Désiré m'invite à assister à une pièce de théâtre, samedi soir prochain. J'aimerais bien y aller.

— Seule ?

— Il a parlé de personne d'autre.

— J'aime pas beaucoup que tu te retrouves toute seule avec lui.

— M'man, ça fait des années qu'il vient me voir. Vous le connaissez. Je vois pas pourquoi vous vous inquiétez. Après tout, je suis majeure. Je pourrais bien y aller sans demander votre permission.

— Tu sais, ma fille, tant que tu vis sous notre toit, on est responsables de toi. Je vais en parler à ton père et on verra bien ce qu'il en pensera.

Le lendemain, Émilie exposait à Dorothée le fruit de ses démarches :

— J'ai parlé de ton projet à ton père. Il dit qu'il a confiance en Désiré. Si tu veux aller au théâtre avec lui, t'as sa permission et la mienne.

Pour Dorothée, le samedi prit une éternité à venir. Elle revêtit ce qu'elle avait de plus beau. Désiré vint la chercher en diligence avec cocher. Une telle voiture se rendait rarement au bout de la rue Saint-Ours. Son passage fit tourner bien des têtes. Dorothée était aux anges. Pour la première fois, Désiré montrait à son égard un peu de tendresse en lui tenant la main. Il profita du long trajet jusqu'au théâtre pour tenter de lui dérober un baiser. Dorothée se tenait sur ses gardes et trouvait toujours une parade pour le repousser juste au moment où leurs lèvres s'effleuraient. Désiré s'impatienta :

— Allons, mon amour, mets ta pruderie de côté. Nous serons mariés dans un mois ou deux : un petit baiser est bien mérité.

— Je trouve que tu vas trop vite, Désiré. Ça fait longtemps que tu viens me voir, mais je t'ai jamais vu si entreprenant. C'est tout l'un ou tout l'autre avec toi.

— Comment aurais-tu voulu que je sois entreprenant dans l'auberge de tes parents, avec des chaperons tout le tour ? C'est la première fois que je peux enfin être seul avec toi et te prouver mon amour.

À force d'insister, Désiré finit par obtenir un petit baiser, bien insignifiant pour lui, mais combien important pour Dorothée. Enfin, elle sentait qu'il pourrait sans doute se passer quelque chose entre eux. Comme elle était franche et directe, elle lui en parla aussitôt :

— C'est la première fois, mon chéri, que t'affiches tes sentiments autrement que par des paroles ou des cadeaux. Je voudrais tellement qu'on prenne le temps de mieux se connaître avant de parler trop vite de mariage.

— Ah bon ! Te voilà hésitante ! Maintenant que tu sais que je suis vraiment décidé.

— C'est pas ça, Désiré. Me semble qu'on se connaît pas vraiment. Je sais même pas si, une fois mariés, tu voudras qu'on ait des enfants.

— Pauvre chérie, pourquoi se marie-t-on sinon pour faire des enfants ?

— Et où vivrons-nous ?

— Là où je reste. Tiens, c'est vrai, tu n'es pas encore venue dans ce qui sera notre future maison.

— Tu vois, reprit aussitôt Dorothée. C'est la première fois que tu me parles de ta maison.

— C'est tout à fait normal, ma chérie, je l'ai depuis moins d'un mois. Tant que je n'étais pas certain de demeurer à Québec, je n'ai pas voulu acheter une maison. Maintenant, c'est fait. Je n'avais pas eu la chance de t'en parler jusqu'à ce soir. Mais j'y pense : après la pièce, je te la ferai visiter.

Ils étaient maintenant rendus au théâtre. Le cocher vint ouvrir la porte et, comme un couple marié, la main dans la main, Désiré et Dorothée firent leur entrée dans la salle du théâtre. Dorothée assistait pour la deuxième fois à une pièce. C'était, ce soir encore, une comédie de Molière : *Le Tartuffe*. Si Dorothée fut émerveillée par les décors splendides, les beaux costumes et le jeu savoureux des acteurs, elle eut beaucoup de difficulté à comprendre la pièce car Désiré ne cessait de lui tenir les mains, de la serrer, de lui effleurer les seins, ce qui l'empêcha de se concentrer sur l'action. Tout ce qu'elle put en retenir, à la fin, c'était que ce Tartuffe n'était rien d'autre qu'un imposteur.

Désiré avait pris la précaution de bien payer le cocher afin qu'il restât à leur disposition, une fois la pièce terminée. Il entraîna Dorothée à la diligence et pria le cocher de les conduire chez lui.

— Vous saurez nous attendre, mon brave, dit-il, car j'aurai aussi à reconduire ma fiancée chez elle.

Le trajet entre le théâtre et la maison de Désiré, dans la rue Saint-Louis, fut de courte durée. Désiré demanda à Dorothée, encore sur un nuage, si elle avait aimé la pièce.

— Oui, beaucoup, même si j'ai pas tout compris.

— Les premières fois, dit-il, c'est comme ça. Tu verras, nous assisterons à bien d'autres et tu sauras les apprécier encore plus.

Arrivé chez lui, Désiré entraîna Dorothée à sa suite dans ce qui, disait-il, serait leur nid d'amour. C'était une belle vieille maison de pierre avec un porche, des fenêtres basses munies de rideaux, un grand hall, un vaste salon au fond duquel un immense foyer était allumé. Désiré s'empressa de préciser :

— Le temps est encore frais en ce moment, j'ai demandé à Victor de faire une attisée.

— Qui est Victor ?

— Un ami à moi, qui me rend toutes sortes de petits services.

Désiré ne perdit pas de temps pour se diriger vers la cuisine, d'où il revint avec deux verres de boisson.

— Nous allons, dit-il, boire à notre amour !

Dorothée ne savait trop comment réagir. Ils portèrent un toast « à l'amour ». Il la força presque ensuite à en boire un autre à leur mariage, et encore un autre à leur future demeure. Après ces trois verres, Dorothée se demanda ce qui lui arrivait : la tête lui tournait. Puis, elle eut conscience que Désiré la soulevait et la portait, puis plus rien.

Quand elle revint à elle, Dorothée était nue dans la chambre à coucher de Désiré. Avait-il tenté d'abuser d'elle ? Jusqu'où était-il allé ? Et où était-il ? Il avait laissé un mot :

Je reviens dans une heure, nous mangerons ensemble. J'ai fait prévenir tes parents que tu avais eu un malaise. Ce qui s'est passé doit rester entre nous.

Dorothée mit du temps à s'habiller et à reprendre tout à fait ses esprits. Elle ne se souvenait pas du tout de ce qui lui était arrivé. Elle se revoyait dans le grand salon, un verre à la main, Désiré qui l'entourait de ses bras et l'embrassait sans retenue. Après, tout était devenu noir, elle avait sombré dans un sommeil profond dont elle émergeait avec un mal de tête épouvantable.

Désiré arriva avec du pain, des confitures, du chocolat, de quoi faire un bon déjeuner.

— Tu m'as grandement fait peur, dit-il, d'entrée de jeu. Tu as si vite perdu connaissance que j'ai imaginé le pire. J'ai même fait venir le médecin. Tu aurais dû m'avertir que la boisson te faisait cet effet.

Dorothée ne sut comment réagir aux propos de Désiré. Elle avait si mal à la tête qu'elle n'était pas en mesure d'argumenter.

— Tu ne me sembles guère mieux, ma chérie. Je pense que tu devrais manger un peu, ça te remettrait.

Il l'invita à boire quelques gorgées de thé et finit par la convaincre d'avaler un peu de pain et de confiture. Pendant tout ce temps, elle ne parvint pas à émettre un seul son.

— Ne t'inquiète pas, ma chérie, j'ai fait prévenir tes parents et, dans une heure ou deux, une voiture te conduira chez toi.

— Que s'est-il passé ? finit-elle par murmurer.

— Ce qui s'est passé ? Je te l'ai dit, tu as mal réagi à la boisson que je t'ai servie.

— C'est pas ça qui m'inquiète. Comment ça se fait que ce matin, j'étais nue dans ton lit ?

— C'est le médecin qui a insisté pour que je te couche ainsi. Tu avais beaucoup de difficulté à respirer ; il a fallu enlever ton corset.

— J'ai beaucoup de misère à croire ce que tu racontes. T'aurais pu enlever le corset sans enlever le reste. J'ai plutôt l'impression, Désiré Dumoulin, que t'as profité de mon sommeil pour abuser de moi.

— N'insulte pas ma probité ! s'indigna-t-il. Je ne suis pas homme à abuser de qui que ce soit !

Dorothée saisit l'occasion pour lui dire tout le fond de sa pensée :

— Après cette nuit, si tu tiens réellement à ce que tout cela reste entre nous deux, t'as plus le choix : tu dois m'épouser.

— Pourquoi doutes-tu de ma sincérité ?

— Parce que j'attends depuis trop longtemps.

— Je suis un homme d'honneur, protesta Désiré. Dans quelques jours, je me présenterai chez toi pour demander ta main à ton père.

Quand Dorothée fut de retour à la maison, elle choisit de parler de la merveilleuse maison de Désiré et de tout le soin qu'il avait apporté à ce qu'elle revienne de sa « faiblesse passagère ».

— Il a même pris la peine de faire venir le docteur, ajouta-t-elle pour rassurer tout son monde et, en quelque sorte, se rassurer elle-même.

Car elle n'avait pas osé demander à Désiré le nom de ce fameux médecin…

Deux semaines passèrent avant que Désiré ne se décide à faire la grande demande, comme s'il avait voulu repousser le plus loin possible l'instant d'affronter Edmond. Après avoir éclusé quelques verres dans la salle de l'auberge, il parut se résigner et pria Dorothée d'aller quérir son père. Elle hésita un peu, puis se rendit à la forge où son père discutait avec quelques amis venus jouer aux dames.

— P'pa, Désiré est à l'auberge et il aimerait vous voir.

— Tout de suite ? Ça peut pas attendre ?

— Non, p'pa, c'est sérieux et ç'a déjà beaucoup trop attendu.

Les paroles de sa fille firent naître un sourire sur son visage : il semblait avoir deviné le caractère particulier de l'entretien demandé par Désiré. Il s'excusa auprès de ses amis et suivit sa fille jusqu'à l'auberge. Désiré, le nez rougeoyant, les attendait avec son air désinvolte de comédien et de vieux politicien.

— Je vois, dit-il à Edmond, que votre fille a su vous convaincre que ma démarche était sérieuse.

— Encore faudrait-il que je sache ce que tu veux au juste.

— Ah ! Elle ne vous en a pas informé ?

— De quoi ?

— Je me fixe pour de bon à Québec et je désire marier votre fille.

— C'est pas trop tôt, mon garçon, depuis tout le temps que tu la fais languir.

— Est-ce que je dois prendre ça comme une approbation de votre part ?

— Un père qui aime sa fille saurait pas dire non à une telle proposition. Vous devrez nous faire savoir à quel moment vous voulez vous marier.

Désiré l'assura que ce mariage ne saurait tarder. Prise entre l'arbre et l'écorce, Dorothée ne put retenir ses larmes. Tout le monde crut à des larmes de joie. En réalité, elle était profondément troublée et se demandait si cette union était sensée, mais elle avait attendu si longtemps ce moment qu'elle finit par se convaincre que c'était la bonne décision.

Une semaine plus tard, Désiré arrivait à l'auberge avec un carton d'invitation qu'il remit cérémonieusement à Edmond, en lui demandant de le lire et d'exprimer son accord.

— Voici ce qui pourrait constituer l'invitation à notre mariage. Vous me direz si cela vous convient.

L'invitation était formulée dans les termes suivants :

Monsieur Edmond Grenon et son épouse vous prient d'assister au mariage de leur fille Dorothée avec Désiré Dumoulin, en l'église Notre-Dame-des-Anges, à dix heures, le samedi 22 juin prochain. Prière de confirmer votre présence auprès du père de la future épouse, à son auberge de la rue Saint-Ours.

Après avoir pris connaissance du contenu de l'invitation, Edmond, peu familier avec ce genre de démarche, questionna Désiré :

— Qui va payer les frais de la noce ?

— Ordinairement, monsieur Grenon, c'est le père de la mariée. Mais mon père, qui est très fortuné, offre volontiers de le faire.

Même s'il n'en avait pas les moyens, Edmond avait tout de même sa fierté.

— Qui te dit que je serais pas capable de payer ?

— Ne vous offusquez pas, monsieur Grenon : c'est le cadeau que mon père veut m'offrir pour mon mariage. Si vous désirez payer autre chose, vous pourrez le faire. Votre fille aura besoin d'une belle robe et, en plus, vous aurez à débourser pour sa dot.

Edmond hésita un certain moment avant de donner définitivement son assentiment. Qu'il la donnât à Dieu ou à un homme, une fille coûtait cher à son père.

— Combien de personnes comptez-vous inviter ? s'informa Désiré.

— Laisse-moi le temps d'y penser une journée ou deux, et tu pourras faire imprimer tes invitations.

Quelques jours avant le mariage, Edmond avait reçu les confirmations de tous les gens auxquels il avait fait parvenir des invitations : les Gagné, monsieur Panet et son épouse, monsieur de Gaspé et son épouse, monsieur Jean-Baptiste Du Berger, sa nouvelle épouse et les enfants Du Berger ainsi que Romuald. Désiré avait déjà prévenu les Grenon que son père ne pourrait pas assister au mariage et qu'un de ses amis lui servirait de témoin. Il avait aussi spécifié qu'il se rendrait directement à l'église à l'heure dite.

Le jour des noces, tous les invités des Grenon se présentèrent avant l'heure, tandis que ceux de Désiré restaient invisibles, tout comme l'intéressé lui-même. Alors que les cloches sonnaient à pleine volée le début de la cérémonie, que le chapelain prenait place dans le chœur avec les enfants qui devaient servir pendant le mariage, que des cierges brûlaient sur l'autel et que le bedeau posait une ultime décoration, tous attendaient le marié. Dix heures passa, dix heures et cinq, dix heures et quart, et Désiré n'arrivait pas. Au grand désespoir de Dorothée, il ne se présenta jamais. Edmond était furieux, les invités, désolés, et toute la famille, consternée.

De retour à l'auberge, Edmond déclara :

— Celui-là, s'il a jamais le front de se remontrer icite ou si je le rencontre quelque part, je l'étripe.

Marie-Josephte tenta vainement de calmer son père en tâchant de trouver des excuses à Désiré :

— Il aura été empêché de venir et a pas pu nous prévenir.

— Quand quelqu'un sait vivre, ma fille, il trouve le moyen de prévenir. Il a jamais eu l'intention de se marier. Quel affront pour ta sœur !

— Elle a du Grenon dans le corps, reprit Marie-Josephte. Elle saura bien s'en remettre.

— Y a des choses qui se font pas, ragea Edmond, et celle-là en est une.

Émues par l'affront que venait de subir leur amie, les jumelles Gagné vinrent à l'auberge prendre de ses nouvelles. Malgré une pareille humiliation, Dorothée n'était pas trop abattue. Elle fut touchée par les attentions des jumelles à son égard et put, grâce à elles, épancher quelque peu sa peine.

Comme Marie-Josephte l'avait laissé entendre, sa sœur était plus forte qu'on pouvait le croire. Après quelques jours de réclusion dans sa chambre, elle se joignit à la famille pour souper et se comporta comme si rien ne s'était passé. Personne n'osait même faire allusion au mariage raté. Ce fut elle qui en parla la première :

— Vous devez penser que mon mariage manqué m'a démolie. J'ai déjà tourné la page. P'pa a toujours dit qu'il existe un proverbe pour tout ce qui nous arrive. J'ai trouvé celui qui me console : « Mieux vaut être seule que mal accompagnée ! »

— T'as du courage, ma fille, souligna Émilie.

— Ma sœur est sage, ajouta Marie-Josephte. J'ai jamais douté que tu trouverais le moyen de t'en sortir.

Edmond, qui avait écouté sans dire un mot, prit à son tour la parole :

— Ma fille, je te félicite. À te voir agir comme tu le fais, après une si dure épreuve, je douterai jamais plus que t'es une Grenon.

Le compliment de son père fit naître un sourire sur les lèvres de Dorothée et luire un éclair de fierté dans ses yeux.

— Tout est bien qui finit bien ! conclut Edmond.

Marie-Josephte ajouta son grain de sel, en disant le plus sérieusement du monde :

— Tout vient à point à qui sait attendre ! Ça vaut pour moi autant que pour Doro.

Chapitre 39

Un autre départ

Si Dorothée avait très bien surmonté la dure épreuve qu'elle venait de subir, son père, lui, avait de la difficulté à se remettre de cet affront. Comme il le faisait toujours quand il était contrarié, il se lança dans des projets qui lui permettaient d'évacuer le trop-plein de ses ressentiments. Ce qu'il fit dès le lendemain du mariage raté de Dorothée. Le midi, au dîner, il prévint Émilie :

— J'agrandis l'auberge !

— Qu'est-ce que tu dis là ?

— T'as bien compris. Je fais une cuisine d'été au bout de la maison, en arrière, et par-dessus deux autres chambres pour l'auberge.

Émilie, qui connaissait son homme, comprit que l'heure n'était pas à la discussion.

— Où vas-tu avoir ce qu'il te faut pour bâtir tout ça ? se contenta-t-elle d'observer.

— J'ai déjà mon idée !

Il attela Roussine après le dîner et partit vers la ville. Il en revint deux heures plus tard avec un gros chargement de bois. À peine l'avait-il déchargé qu'il repartait. Avant la noirceur, il avait fait trois voyages. Une montagne de vieilles planches et de poutres trônait dans la cour. Il travailla à remettre de l'ordre dans ce fouillis jusqu'au milieu de la nuit, à la maigre lueur d'un fanal. Le lendemain matin, il était debout avec la clarté et continua à ranger son bois tout l'avant-midi. Il entra pour dîner, puis ne desserra plus les dents que pour fumer sa pipe avant de partir de nouveau pour la ville en amenant Charlemagne avec lui.

Témoin de ce manège, Marie-Josephte, que le comportement de son père inquiétait, s'en ouvrit à sa mère :

— M'man, j'aime pas quand p'pa est comme ça.

— Ma pauvre fille, y a pas grand-chose à faire. Il réagit toujours de même quand il est bien gros contrarié. Faut surtout pas lui en parler, ce serait pire ! Faut pas le contredire, ça va finir par lui passer.

— Mais ç'a pas de bon sens de le voir, il s'épuise à la tâche.

— T'en fais pas, ton père en a vu bien d'autres. Il est fait de même et c'est pas aujourd'hui comme demain qu'on va le changer.

Au milieu de l'après-midi, Edmond revint de la ville avec, cette fois, de vieux bouts de fer. Il les déchargea à la porte de la forge. Quelques minutes plus tard, de la maison, on l'entendait marteler le fer avec vigueur.

— Il passe sa rage, dit Émilie à Marie-Josephte. Faut le laisser faire. Va donc plutôt voir, chère, si ta sœur aurait pas besoin de quelque chose.

— M'man, Dorothée va bien. Tout ce qu'elle a de besoin, c'est d'être seule. Ça donne rien de l'achaler. C'est bien plus p'pa qui m'inquiète. Qu'est-ce qu'il peut bien fabriquer à cogner comme il le fait ?

— Irais-tu voir ? Apporte-lui de l'eau froide pour te donner une excuse.

Marie-Josephte traversa la cour. À la porte de la forge, elle hésita un moment puis entra, accueillie par Charlemagne venu chercher une caresse.

— P'pa, réussit-elle à dire entre deux séries de coups de marteau sur l'enclume, je vous ai apporté de l'eau au cas où vous auriez soif.

— Mets ça là, ma fille. C'est bien fin de ta part de penser de même à ton père. Si ta mère s'inquiète de savoir ce que je fais, dis-lui que je fabrique les clous.

Satisfaite, Marie-Josephte retourna à la cuisine. Sa sœur y était. Elle grignotait une croûte de pain. Marie-Josephte s'informa :

— Est-ce que ça va bien ?

— Ça va comme ça peut aller. P'pa fait tout un vacarme !

— Il fabrique des clous pour l'agrandissement de l'auberge.

— Si je te le demandais, dit Dorothée, ferais-tu quelque chose pour moi ? J'en ai parlé à m'man.

— Tout ce que tu veux, ma p'tite sœur, s'empressa-t-elle de dire.

— Irais-tu à la Basse-Ville, au magasin de son père, t'informer s'il sait où est passé Désiré ?

— Ta sœur aimerait bien savoir ce qu'il est devenu, précisa Émilie.

— Aurais-tu encore espoir qu'il revienne ?

— Non, mais je voudrais qu'il reçoive une lettre que j'ai préparée pour lui et où je lui fais savoir quel lâche il est. Ça me soulagerait. J'aurais besoin de savoir où la lui faire parvenir. Fais-toi passer pour une de ses amies, peut-être que son père te renseignera.

— Tu peux compter sur moi, j'y vais tout de suite.

Marie-Josephte partit d'un pas rapide vers la Place-Royale. Elle mit plus de deux heures à y parvenir. Trop heureuse de rendre service à sa sœur, rien n'aurait pu la détourner de sa mission. Elle entra dans le magasin, comme si elle venait y acheter quelque chose. Elle s'informa auprès du commis, à l'entrée du commerce, si monsieur Dumoulin était là ; l'employé lui désigna une porte, au fond du magasin.

— Il doit y être, assura-t-il. Vous n'avez qu'à frapper.

Marie-Josephte s'approcha, cogna à la porte, entendit quelqu'un répondre d'entrer.

— Bonjour, dit-elle, je suis une amie de votre fils Désiré. On m'a dit qu'il était à l'extérieur du pays. J'aimerais bien savoir comment le rejoindre. J'ai une importante commission à lui demander.

Le père était assis sur un tabouret et tenait sur ses genoux un registre dans lequel il inscrivait des colonnes de chiffres. Il leva la tête et jeta à Marie-Josephte un regard peu amène.

— À l'heure qu'il est, Désiré doit être en Martinique ou quelque part entre la Guadeloupe et la Martinique. Il n'y aura pas moyen de le rejoindre tant qu'il ne sera pas rendu là. Il a décidé d'y passer tout l'hiver.

— C'est bien aimable à vous de me renseigner. Pourriez-vous me dire à quelle adresse je peux le rejoindre là-bas ?

— Ça, ma p'tite dame, il m'a bien demandé de ne pas le dire. Il veut la paix et qu'on ne le dérange sous aucun prétexte. Je ne fais que respecter ses volontés.

— Tant pis ! dit Marie-Josephte en comprenant qu'elle ne tirerait rien de cet homme. Je ferai faire ma commission par quelqu'un d'autre.

Au sortir du magasin, elle se dirigea droit vers le bâtiment de la régie du port. Au commis qui s'y trouvait, elle demanda tout de go :

— Est-ce qu'il y a un vaisseau qui va partir bientôt pour la Martinique ?

— La Martinique, la Martinique, voyons voir, dit le commis en consultant un registre. Le *Taureau* part justement demain…

Le lendemain, le *Taureau* se préparait à appareiller. Dorothée et Marie-Josephte assistaient à l'embarquement des quelques passagers lorsqu'elles avisèrent un jeune homme, bien mis, qui s'apprêtait à monter à bord et jetèrent sur lui leur dévolu.

— Pardon ! dirent-elles à l'unisson.

— Que puis-je faire pour vous, mesdames ?

— Ma sœur que voici, commença Marie-Josephte, a un ami en Martinique.

— J'ai perdu son adresse, poursuivit Dorothée, mais j'ai pour lui une importante lettre que j'aimerais bien lui faire parvenir.

— Comment s'appelle votre ami ?

— Désiré Dumoulin.

— C'est un nom qui me dit quelque chose. Si je comprends bien, vous désireriez me confier votre lettre.

— Si vous aviez la bonté de la lui remettre, vous m'obligeriez beaucoup.

— C'est avec plaisir, reprit le jeune homme, que je ferai tout en mon possible pour que cette missive lui parvienne, à peine de la lui remettre en main propre.

— Auriez-vous l'obligeance de nous dire votre nom, demanda Marie-Josephte, que nous sachions envers qui nous sommes redevables ?

— Gérard Valiquette, pour vous servir, mesdames.

Elles demeurèrent sur le quai afin de le voir monter à bord. Quand le navire eut prit le large, Dorothée soupira : « Enfin, la boucle est bouclée… »

Durant toute la semaine, Edmond continua à trimer comme un forçat, sans répit, animé par cette idée fixe d'une auberge plus vaste et plus confortable. Émilie avait beau le supplier de se ménager un peu, il répondait :

— Il ne faut jamais remettre à demain ! On va être bientôt en plein été, la cuisine d'été te sera fort utile et les nouvelles chambres ne seront pas de trop.

La charpente était maintenant montée, les planches du toit, posées, et les murs extérieurs, fermés ; il ne restait plus qu'à terminer l'intérieur. Pourtant Edmond ne ralentissait pas la cadence.

Un midi, voyant qu'il avait largement dépassé l'heure du dîner, Émilie envoya Marie-Josephte le prévenir que son repas refroidissait. Quand Marie-Josephte entra dans la cuisine en chantier, Charlemagne vint l'accueillir à pas lents, la queue entre les pattes.

— Qu'est-ce qui se passe, mon chien ?

L'animal se mit à siler d'une curieuse façon, puis à pousser des petits jappements qui étonnèrent Marie-Josephte. Elle aperçut son père assis dans un coin, sur une vieille chaise de paille. Elle se dit : « Il dort ! » Elle hésita à le réveiller, mais le comportement bizarre de Charlemagne finit par l'y pousser. Elle l'interpella :

— P'pa, c'est l'heure du dîner !

N'obtenant pas de réponse, elle s'approcha, lui toucha l'épaule. Il ne réagissait toujours pas ! Intriguée pour de bon, elle examina son visage de plus près et finit par comprendre : son père ne respirait plus.

Chapitre 40

Des nouvelles de Nicolas

Le départ d'Edmond laissa un vide immense : il n'y avait plus d'homme à la maison. Émilie se demandait si, en compagnie de ses deux filles, elle pourrait maintenir l'auberge ouverte encore longtemps. C'est alors que lui vint l'idée d'écrire à Romuald.

Les mois et les années avaient filé, au long desquels Nicolas, le seul autre homme de la famille, s'était fait très discret. Émilie ne pouvait pas compter sur son éventuel retour. Les quelques nouvelles qu'il donnait, une fois par an, ne rassasiaient guère la curiosité des siens. Pas un jour ne passait sans qu'Émilie répète aux filles :

— Je me demande bien ce que peut faire votre frère Nicolas… J'ai hâte qu'il revienne.

Un soir, à la sempiternelle remarque de sa mère, Marie-Josephte dit sur un ton de reproche :

— Faut croire qu'on lui manque pas beaucoup, parce qu'autrement il nous écrirait plus souvent.

— Faut pas dire ça, ma fille. Les hommes sont pas comme nous, ils font ce qu'ils ont à faire sans toujours penser qu'ils peuvent nous manquer. Nicolas est parti depuis maintenant tellement d'années qu'il nous a sans doute un peu oubliées.

Marie-Josephte soupira :

— Je me demande ce qu'il peut bien avoir l'air. Il a certainement beaucoup changé.

Edmond reposait au cimetière depuis deux semaines lorsque Dorothée apporta du bureau de poste, où elle était passée en revenant du marché, une lettre de Nicolas qui contenait une nouvelle tellement extraordinaire qu'Émilie pria Dorothée de la lui lire une deuxième fois.

Malte, mercredi 16 avril 1813

Chers parents,

Au moment où, après bien des détours, me parvenait votre dernière lettre m'annonçant le mariage prochain de Dorothée, je reçois une nouvelle qui m'a fait grandement plaisir et vous réjouira tout autant que moi, je l'espère. Notre régiment vient d'être appelé à combattre au Canada, ce qui veut dire que dans deux ou trois mois je devrais me retrouver parmi vous.

Je n'arrive tout simplement pas à le croire. Après les dures années que j'ai vécues, en conséquence de la bêtise que j'ai faite d'entrer dans l'armée, voilà enfin que le sort semble vouloir jouer en ma faveur. J'ai grande hâte de vous serrer dans mes bras, de même que mes trois chères sœurs qui doivent être maintenant devenues de vraies belles femmes. Aussitôt que je le pourrai, je vous ferai savoir mon arrivée.

Votre fils affectueux qui sera bientôt enfin parmi vous.

Le sergent Nicolas Grenon

Notant la date où la lettre avait été écrite, Dorothée constata :

— Nico a écrit qu'il arriverait au pays dans deux ou trois mois, ce qui veut dire qu'il y est probablement déjà.

— Comment pourrait-on en être sûres ?

— Les journaux doivent en parler. Les Gagné reçoivent sans doute encore *La Gazette*, je vais aller voir chez eux.

Avec sa détermination coutumière, Dorothée partit aussitôt chez les Gagné. Heureuse de la voir arriver, Béatrice s'exclama :

— Ça fait si longtemps ! Qu'est-ce qui nous vaut le bonheur de ta visite ?

— Une très bonne nouvelle : mon frère Nicolas s'en revient au Canada avec son régiment. Il nous a écrit au mois d'avril qu'il serait ici dans deux ou trois mois et ça fait de cela plus que trois mois. Y a de bonnes chances qu'il soit déjà arrivé. Je viens voir si vous recevez toujours *La Gazette de Québec*, peut-être que ce serait marqué dedans.

— Nous la recevons encore. Le dernier numéro doit être quelque part autour de la chaise de Théophile.

Elles cherchèrent ensemble et le dénichèrent par terre, près du coffre à bois.

— T'es chanceuse que Théophile s'en soit pas encore servi pour allumer le poêle ou sa pipe !

Dorothée feuilleta vivement le journal. Son regard tomba bientôt sur un article qui annonçait l'arrivée, le 6 juillet à Halifax, de vaisseaux en provenance d'Europe ramenant à leur bord les soldats du régiment de Meuron.

— Regardez, madame Gagné ! dit-elle, tout énervée. Il est arrivé depuis le 6 juillet. On est le 12. Me permettez-vous d'emporter le journal pour le montrer à ma mère et à ma sœur ? Elles voudront pas le croire.

— Prends-le, ma fille ! Pour une bonne nouvelle, c'est toute une nouvelle !

Sans plus attendre, Dorothée prit congé de Béatrice Gagné et se précipita vers l'auberge. En la voyant revenir, le journal à la main, le rouge aux joues, sa mère devina que les nouvelles étaient bonnes.

— Il est arrivé ? lui demanda Émilie sans détour.

— Oui ! Il est au pays depuis le 6 juillet. Regardez, c'est écrit :

« Les premiers soldats du régiment Meuron sont arrivés à Halifax à bord du HMS Melpomène, *ce lundi 6 juillet. Ce régiment est composé d'un major, de six capitaines, d'une vingtaine d'autres officiers, de cinquante-quatre sergents, de vingt-deux tambours, d'un millier de soldats et de vingt femmes et enfants, qui arrivent au pays, à bord du* Melpomène, *du* Regulus *et du* Dover. *Ils ont pris la mer*

à Malte, le 5 mai, et après un arrêt à Gibraltar, qu'ils ont quitté le 27 du même mois, leur premier navire vient de toucher Halifax aujourd'hui. Nous attendons les deux autres dans les jours à venir. Un premier contingent ne tardera pas à quitter Halifax pour Québec et sera suivi des deux autres dans les meilleurs délais. »

— Ça veut dire, m'man, qu'il devrait être très bientôt à Québec. Maintenant que je le sais, on va suivre ça de près dans les journaux et on apprendra la date du retour de Nicolas.

— T'es bien fine, Dorothée. Heureusement que je vous ai, toi et Marie-Josephte.

Émue par la perspective prochaine de revoir son fils, Émilie ouvrit les bras et se permit quelque chose qu'elle ne faisait jamais : elle embrassa ses deux filles, abasourdies par ces effusions.

— Faudra prévenir Alicia, dit Émilie.

Marie-Josephte se moqua :

— Elle va dire, comme toujours, que tout ça arrive à cause de ses prières !

— Qui sait ? dit Émilie. Qui sait ?

Chapitre 41

L'amour enfin

Quelques jours plus tard, Dorothée lisait dans *La Gazette* du 23 juillet 1812 :

« *Arrivée du régiment Meuron*

Venus d'aussi loin que l'île de Malte en passant par Gibraltar, les soldats du régiment Meuron sont arrivés à Halifax le 6 juillet dernier. Le vaisseau qui les rapproche de Montréal, leur destination finale, a jeté l'ancre devant Québec hier. Selon les renseignements que nous avons pu obtenir, les soldats doivent descendre aujourd'hui vers une heure, au Gun Boat Warf, et ils seront logés dans les baraques des jésuites durant leur séjour à Québec. Rappelons qu'ils sont en route pour seconder les autres corps d'armée qui défendent présentement notre pays contre l'invasion des Américains. C'est la raison pour laquelle ce régiment a été dépêché au pays. »

Une onde de bonheur traversa la salle de l'auberge, où étaient réunies Émilie et ses filles. Après le décès d'Edmond, le retour de Nicolas représentait la plus belle des consolations.

Après un moment de silence, Dorothée dit :

— Le journal rapporte qu'ils sont arrivés hier et vont débarquer aujourd'hui vers une heure. Avec votre permission, m'man, j'irai au quai de débarquement et je ferai tout pour voir Nico.

— Si j'avais ton âge, chère, j'y serais moi aussi. Tâche de lui parler et de savoir quand il va venir à la maison.

Marie-Josephte intervint à son tour :

— M'man, j'aimerais accompagner Doro à l'arrivée de Nico. Pensez-vous pouvoir suffire si jamais y a du monde à l'auberge ?

— Vas-y, ma fille, t'as certainement aussi hâte que moi et ta sœur de revoir Nicolas. Apportez toutes les nouvelles que vous pourrez de lui. S'il peut pas revenir à la maison avec vous autres, essayez de savoir quand et comment on va pouvoir le voir.

Dorothée et Marie-Josephte laissèrent leur mère toute seule à l'auberge. Elles gagnèrent aussitôt la Haute-Ville pour se rendre ensuite, par la côte de la Montagne, au quai de débarquement. Elles n'avaient aucune idée du déploiement que constituait l'arrivée de centaines de soldats. Regroupés en compagnie dès leur débarquement, les soldats se mirent rapidement en route vers les baraquements des jésuites qui leur étaient réservés. Les deux sœurs ne purent jamais s'approcher suffisamment pour voir de près les visages des hommes. À maintes reprises, elles crurent reconnaître Nicolas, mais chaque fois c'était pour se rendre compte qu'elles se trompaient.

Elles suivirent tout de même les soldats jusqu'à leurs baraquements. Puis, repoussées par un cordon de militaires chargés de tenir à distance la foule de curieux, elles demeurèrent un long moment sur place, sans pouvoir obtenir la moindre information. Enfin, Dorothée, comprenant qu'elles perdaient leur temps, décida de laisser un message à l'attention de Nicolas. Elle écrivit :

Nicolas,

Nous étions, Marie-Josephte et moi, venues assister au débarquement de ton régiment en espérant t'apercevoir et pouvoir te parler.

*Malheureusement, nous n'avons pas pu te reconnaître parmi tous les autres. Tu ne sais sans doute pas le grand malheur qui a frappé notre famille il y a un mois : papa est décédé sans avoir eu le bonheur de te revoir. Maman, tout comme nous, a bien hâte de te voir. Peux-tu nous faire savoir quand nous aurons ce grand bonheur de te retrouver ? Tâche d'obtenir un congé et, surtout, fais-nous parvenir un message à l'*Auberge Grenon, *rue Saint-Ours. Nous t'espérons bientôt !*

Ta sœur Dorothée

— Comme ça, dit-elle à Marie-Josephte, s'il est bel et bien arrivé parmi tous ces soldats, il devrait nous faire signe.

— S'il fallait qu'il soit pas là !

— Il y est, j'en suis certaine. Nous le verrons sous peu.

En compagnie de Marie-Josephte, elle s'approcha, armée de son plus beau sourire, de l'un des militaires qui défendaient l'entrée aux baraques.

— Monsieur, dit-elle, mon frère Nicolas Grenon est un des soldats de ce régiment. Ma sœur et moi n'avons pu le voir parmi tous les soldats arrivés aujourd'hui. Seriez-vous assez aimable pour lui remettre ce billet ?

Le militaire les regarda et dit :

— Le soldat Grenon a de très belles sœurs. Je m'arrangerai pour qu'il puisse tenir en main le billet que vous me remettez, mesdemoiselles. Comptez sur moi et acceptez mes hommages !

Le lendemain, à l'heure du dîner, alors que Marie-Josephte et Émilie s'affairaient à servir le repas de quatre clients, une voiture s'arrêta devant l'auberge. Un jeune homme en descendit, paya le cocher, attrapa quelques effets dans la voiture et se présenta à la porte de l'établissement. Marie-Josephte vint répondre. À la vue de son frère, elle cria « M'man ! Nico ! » avant de lui sauter au cou et de se mettre à pleurer comme une Madeleine. Émilie accourut. Son fils l'enlaça longuement et tous les trois allèrent se réfugier dans la cuisine, pendant que les clients s'interrogeaient sur les raisons de cette animation et l'identité de ce jeune homme si chaleureusement accueilli.

Quand ils apprirent, de la bouche de Marie-Josephte, que ce beau soldat était son frère revenu au pays après neuf ans d'absence, les clients de l'auberge acceptèrent volontiers, ce midi-là, de manger un peu de lard trop cuit.

Revenant du marché, deux heures plus tard, Dorothée eut la surprise de sa vie de trouver son frère Nicolas en grande conversation avec leur mère et Marie-Josephte. En la voyant, Nicolas lança :

— Je ne croyais jamais avoir de si mignonnes et si belles sœurs ! Je suis très surpris qu'elles ne soient pas déjà mariées, ni l'une ni l'autre !

En lui sautant au cou, Dorothée, qui perdait rarement contenance, rétorqua :

— Et moi non plus, je peux pas croire que mon grand frère si beau ait pas déjà la corde au cou !

Elle ajouta presque aussitôt :

— Veux-tu bien me dire où t'as appris à parler de même ? C'est plus en toute comme nous autres. T'as un accent… pointu !

Nicolas se mit à rire.

— Tu trouves vraiment que j'ai attrapé l'accent de France ?

— Et comment donc, on dirait que tu mâches tes mots deux fois avant de les dire.

— Et tu n'aimes pas ?

— Ah si ! J'aime ça beaucoup. On dirait que ça coule comme de l'eau de source.

Après s'être amusé, un moment, de l'étonnement de sa sœur, jusqu'au soir il ne cessa, en omettant les passages les plus ardus, de raconter en long et en large les péripéties de ces neuf années passées loin du pays.

Cependant il ne voulut pas révéler ce qui l'avait poussé à entrer dans l'armée. Si Émilie s'était écoutée, ils ne se seraient jamais couchés. Heureusement, Nicolas avait obtenu un congé de trois jours.

— Faut aller au lit, dit Émilie. Demain matin, les clients seront encore là, mais on pourra quand même reprendre le temps perdu.

— Vous avez raison, m'man. Comme aurait dit p'pa : « Demain est un autre jour » ou encore : « La nuit porte conseil ».

— Tu te souviens de ses fameux dictons ! s'exclama Dorothée.

— Qui pourrait les oublier ? répondit Nicolas.

— Comme il ressemble à son père ! dit Émilie.

Ce fut en riant qu'ils gagnèrent leurs chambres. De là où il se trouvait, Edmond avait trouvé le moyen de se rappeler à leur souvenir.

Le lendemain, Nicolas parla brièvement et avec réticence de son séjour dans l'armée de Napoléon. Il fit allusion aux batailles auxquelles il avait participé, à la mort de Jérôme, à la guerre d'Espagne, à son séjour d'un an en prison, en Espagne.

À Marie-Josephte qui désirait savoir ce qu'il avait fait durant tout ce temps, il répondit :

— Je me suis instruit. J'ai lu tout ce que je pouvais lire, des auteurs que vous ne connaissez sans doute pas, tels Rabelais, Voltaire, Jean-Jacques Rousseau, Montesquieu, et en théâtre, Molière et Racine.

— On a vu une pièce de Molière ! s'exclama fièrement Marie-Josephte.

— Vraiment ? Laquelle ?

— Qu'est-ce que c'était, m'man ?

— *L'Avare.*

— Vous avez aimé ? fit Nicolas.

Dorothée se moqua en imitant son accent :

— Nous avons beaucoup aimé, n'est-ce pas, chère mère et chère sœur ? Nous nous en sommes fait un régal.

L'intervention de Dorothée était si comique qu'ils éclatèrent de rire. Puis, Nicolas parla de son entrée au régiment Meuron, de son ami Bernardin et de son retour au pays. Il voulut savoir, à son tour, de sa mère et de ses sœurs, ce qu'avait été leur vie des neuf dernières années. À travers la grille d'un cloître, il put parler à sa sœur Alicia, qui était encore une enfant quand il l'avait quittée. Au terme de son congé, avant de rejoindre son régiment, il prit le temps d'aller se recueillir sur la tombe de son père, non sans avoir fait promettre à ses sœurs d'aller assister aux parades prévues au cours des jours suivants.

Trois jours plus tard, Marie-Josephte et Dorothée se trouvaient près de la porte Saint-Louis pour voir défiler le régiment. Cette fois, elles repérèrent aisément Nicolas et, tout près de lui, son ami Bernardin. Tous deux, au passage, sourirent à leur intention.

Quand Marie-Josephte revint à l'auberge, sa mère vit à son visage épanoui que quelque chose s'était passé durant cette parade.

— Vous savez pas, m'man, ce qui m'arrive. Je pense que cette fois sera la bonne.

— Quoi donc ? De quoi veux-tu parler ?

— L'ami de Nico : il m'a souri. Il est blond. Vous devriez voir ses yeux. Jamais j'ai vu d'aussi beaux yeux. Je vous mens pas, me semble que si je les revoyais parmi des milliers d'autres, je les reconnaîtrais.

— Me semble avoir déjà entendu des phrases comme celles-là, y a quelques années. Y avait dans ce temps-là de l'amour dans l'air, si je me souviens bien.

— Mais là, c'est pas pareil : c'est l'ami de Nico et il est pas marié. M'man, y a une autre parade dans deux jours, allez-vous me permettre d'y aller ?

— Je serais une mère ingrate si je te refusais cette permission, à toi une âme en peine !

Deux jours plus tard, Marie-Josephte, après s'être faite aussi belle qu'elle le pouvait, se rendit seule à la parade qui se terminait sur les plaines d'Abraham. Là, elle attendit l'arrivée de Nicolas et de Bernardin. Elle avait préparé pour la circonstance un petit mot destiné à Nicolas au cas où elle n'aurait pas la chance de lui parler. Aussitôt la parade terminée, elle parvint à se faufiler dans la foule et, par une chance inouïe, à rejoindre Nicolas et son ami Bernardin qui s'apprêtaient à regagner leur baraque. En l'apercevant, Nicolas la présenta tout de suite à son ami.

— C'est ma sœur, Marie-Josephte, celle dont je t'ai parlé.

Bernardin lui fit le baisemain.

— Vous êtes, mademoiselle, encore plus belle que votre frère me l'avait dit.

Nicolas s'exclama :

— Allons, Bernardin, elle n'est pas seulement belle, elle est aussi généreuse et a un cœur grand comme la terre. Et en plus, elle n'est pas mariée.

Cette avalanche de compliments la fit rougir jusqu'au bout des oreilles. Bernardin ne manqua pas d'en faire la remarque :

— Vous êtes encore plus belle quand vous rougissez, dit-il aimablement.

Elle pencha la tête, comme pour se cacher. Son frère en profita pour la taquiner :

— Bernardin mon ami, elle a aussi quelque chose de très précieux : elle a vraiment une tête de Grenon. Tu comprends ce que je veux dire ?

Tous deux s'esclaffèrent pendant que Marie-Josephte, dans ses petits souliers, aurait aimé disparaître sous terre.

— Vous ne dites rien, Marie-Josephte ? Seriez-vous aussi muette ? plaisanta Bernardin.

Marie-Josephte, qui ne voulait pas perdre sa chance de parler à Bernardin, y alla d'un élan digne d'une Grenon :

— Vous accepterez bien les lettres que je vous écrirai, quand vous serez rendu dans votre garnison ?

— Ce sera un plaisir pour moi de les lire, mademoiselle. Je tâcherai de trouver les mots qu'il faut pour répondre. J'ose croire que votre frère saura vous faire parvenir l'adresse de notre cantonnement.

Ils étaient maintenant arrivés à leur baraquement. Nicolas embrassa sa sœur, tandis que le beau Bernardin lui administrait de nouveau le baisemain, avec promesse de lui donner de ses nouvelles. Quand Marie-Josephte revint à l'auberge, elle ne portait pas à terre.

— Il a promis qu'il allait m'écrire, m'man !

— Qui ça ?

— Bernardin, l'ami de Nico !

— Celui qui a de si beaux yeux ? reprit sa mère.

— Celui-là !

— J'espère pour toi, ma grande, qu'il a le cœur aussi bon qu'il a de beaux yeux.

Au cours des deux années qui suivirent, selon l'endroit où était cantonné Bernardin, plusieurs lettres firent la navette entre Québec et Chambly, et entre Québec et Montréal. Dans ses lettres, Bernardin ne manquait jamais de donner des nouvelles de Nicolas qui, lui, n'écrivait pratiquement jamais. Ce fut d'ailleurs par Bernardin qu'Émilie et ses filles entendirent pour la première fois parler des amours de Nicolas. Ce fut également par son entremise qu'elles apprirent que l'engagement militaire de Nicolas, tout comme le sien, achevait et qu'on avait promis de leur donner des terres dans un des nouveaux cantons de l'Est.

Puis, comme il l'avait fait à son retour d'Europe, Nicolas finit par prendre la plume pour écrire à sa mère.

Montréal, lundi 16 juin 1814

Chère mère,

Vous aurez sans doute su par mon ami Bernardin, dans une de ses lettres à ma sœur Marie-Jo, que notre régiment sera bientôt dissous. J'en arrive au terme de mon engagement dans l'armée. Pendant mon séjour en caserne à Montréal, j'ai eu le plaisir de rencontrer celle dont je veux faire ma femme, Bernadette Rousseau. Nous nous proposons d'unir nos destinées au cours du mois d'octobre prochain. Notre mariage sera célébré ici, à Montréal, et mon vœu le plus cher est de vous y voir avec mes sœurs bien-aimées.

J'attends donc de vous une réponse par l'intermédiaire de Marie-Jo si ça vous va mieux ainsi. Je vous tiendrai plus informée de la date précise et du lieu de notre mariage.

Votre fils affectueux,

Nicolas

Cette lettre de Nicolas fut suivie quelques jours plus tard par une missive de Bernardin à l'attention de Marie-Josephte.

Montréal, vendredi 20 juin 1814

Ma bien-aimée,

Vous aurez sans doute appris par votre frère Nicolas que le temps est venu pour nous de faire des choix puisque, dans moins d'un an, nous obtiendrons notre licenciement de l'armée. Votre frère et sa fiancée ont décidé de se marier. Puis-je oser vous dire que je souhaiterais vous avoir bientôt près de moi, pour nous unir par les saints liens du mariage ?

Les bonnes lettres que vous m'avez fait parvenir depuis deux ans, et tous les sentiments que vous y avez exprimés, m'ont convaincu de l'amour que vous me portez. Celles que vous avez reçues en réponse, vous auront-elles persuadée de l'amour que j'ai pour vous ? C'est ce que je souhaite du plus profond de mon cœur.

Si la proposition que je vous fais vous convient et ne vous effraye pas, je me rendrais vous chercher à Québec à la fin de l'été, afin de vous conduire à une pension que je louerais pour vous à Montréal. Je pourrais ainsi vous avoir plus près de moi pour que nous préparions ensemble notre mariage, qui pourrait être célébré à la même église et le même jour que celui de votre frère Nicolas.

Transmettez mes salutations à votre sœur Dorothée et toute l'affection que je voue à votre tendre mère. J'attends de vous, avec impatience, une réponse positive à cette missive dans laquelle j'ai mis tous mes espoirs. Soyez assurée, ma bien-aimée, de toute ma tendresse doublée de toute mon affection.

Votre Bernardin qui vous aime

Cette lettre de Bernardin promettait de chambarder sérieusement tout le quotidien de l'auberge. Si Émilie était heureuse pour sa fille Marie-Josephte, elle n'en pensait pas moins au vide immense que son départ provoquerait dans sa vie. Comment, sans son aide, réussirait-elle à maintenir l'auberge ouverte ? Il lui faudrait absolument engager quelqu'un qui s'entendrait bien avec Dorothée, ce qui n'allait pas de soi.

Chapitre 42

L'accomplissement

Depuis le décès d'Edmond, Émilie avait gardé le contrôle de l'auberge, qui lui permettait de vivre décemment. Elle avait demandé à Nicolas s'il désirait succéder à son père et prendre charge de l'auberge. Pour toute réponse, Nicolas avait fait écrire par Bernardin: «Personne ne connaît l'avenir, aussi je préfère ne rien promettre. Ainsi, vous ne vous ferez pas d'idées qui pourraient ensuite vous causer de la peine.» Voyant que Nicolas ne semblait pas attiré par la carrière d'aubergiste, elle avait eu l'excellente idée de communiquer avec Romuald qui, contre sa nourriture et son hébergement, avait promis, dès que ses affaires seraient réglées à Baie-Saint-Paul, de venir remplacer Edmond auprès des clients de l'auberge. Marie-Josephte et Dorothée étaient fidèlement demeurées à ses côtés. Mais la vie de Marie-Josephte était appelée à changer rapidement.

Un soir, assise à la table de la cuisine en compagnie de Marie-Josephte et Dorothée, Émilie dit:

— Je sais pas si vous vous souvenez de ce soir où, devant la chandelle, j'avais dit qu'un jour je réaliserais mes rêves ?

— Oui, je me souviens très bien, m'man, dit Marie-Josephte. Vous rêviez d'un meilleur éclairage et d'une commode.

En prononçant ces paroles, Marie-Josephte se rendit compte que l'évocation des chandelles risquait de raviver la peine de Dorothée, au souvenir de Désiré, et celle de sa mère, au souvenir de la commode. Elle s'empressa donc aussitôt d'ajouter :

— Y avait aussi votre troisième rêve, celui que vous avez jamais voulu dévoiler.

— Ce troisième rêve, si vous voulez le savoir, mes filles, il est en partie réalisé.

— Vraiment ?

— C'était celui de revoir mon Nicolas vivant. J'avais aussi rêvé qu'il revienne, à la fin de son engagement, remplacer votre père à la tête de l'auberge. Mais je crois bien que ce dernier rêve va en rester un.

— Je sais, intervint Dorothée, ce qui vous fait dire ça... Ce rêve-là relève pas de vous, alors que votre deuxième, lui, pouvait dépendre de vous, même si c'est p'pa qui vous a permis de le réaliser. Ça serait peut-être le temps que vous pensiez à autre chose, m'man. Vous mettiez de l'argent de côté pour votre commode ; vous pourriez l'employer autrement.

— Je voulais justement vous en parler. J'ai, avec mes économies de bouts de chandelles, comme disait si bien votre père, réussi à économiser assez d'argent pour m'acheter quelque chose. Venez, je vais vous montrer…

Ses filles la suivirent jusque dans la cuisine où, au-dessus du comptoir, était suspendu l'unique miroir de la maison, un vieux miroir en fer blanc dans lequel on parvenait vaguement à deviner ses traits quand on s'y mirait.

— Vous aimeriez avoir un vrai miroir ? demanda Marie-Josephte.

— Oui, ma fille, j'aimerais tellement enfin voir quelque chose dans un miroir comme celui des Du Berger.

— Qu'attendez-vous pour vous l'offrir ? s'empressa de dire Dorothée. S'il y a quelqu'un qui le mérite, c'est bien vous, m'man. Venez, prenez votre argent, on s'en va le chercher !

— Où ça ?

— Comment, « où ça » ? Au magasin général !

— Mais ma fille, des miroirs, y en a tellement, je saurai pas lequel choisir !

— Si vous l'achetez pas aujourd'hui, ça vous permettra au moins de vous faire une idée. Vous déciderez plus tard et vous choisirez alors celui qui vous fera plaisir. En attendant vous pourrez continuer à rêver de votre beau miroir.

Malgré ces paroles, Dorothée était bien déterminée à ce que sa mère se gâte le jour même et ressorte du magasin général avec son dernier rêve sous le bras.

Elles partirent toutes les trois sans plus tarder, comme si l'avenir du monde en dépendait. Ses filles se réjouissaient de voir leur mère aussi résolue à se faire plaisir. Comme elle l'avait dit, les miroirs ne manquaient pas au magasin général. Émilie examina l'un après l'autre la dizaine de modèles en vente, se regardant dedans à la dérobée comme si elle n'en avait pas eu le droit. Chaque modèle lui semblait trop dispendieux et elle ne parvenait pas à faire un choix.

— Lequel vous plaît le plus ? questionna Marie-Josephte.

— Celui-ci, avec un cadre brun.

— Il sera peut-être plus là quand vous allez vous décider à l'acheter et, vous connaissant comme je vous connais, vous vous reprocherez amèrement de pas vous l'être procuré pendant que c'était le temps.

— Allons, m'man ! insista Dorothée. Vous allez pas encore une fois laisser filer la chance de vous faire plaisir.

— Mais presque toutes mes économies vont y passer !

— Écoutez moi bien, m'man, dit Marie-Josephte. Si jamais vous avez peur de manquer d'argent, vous aurez qu'à revendre votre miroir.

— Je sais bien, mais j'en aurai jamais le prix que je vais le payer.

— Qu'est-ce que ça change, m'man ? Vous en profiterez tout le temps que vous l'aurez.

D'argument en argument, Marie-Josephte et Dorothée finirent par la convaincre. Avec mille précautions, elles manipulèrent le miroir pour le rapporter intact jusqu'à l'auberge. Il remplaça fort avantageusement l'ancien au-dessus du comptoir de la cuisine. Quand il fut finalement bien installé, Émilie se regarda dedans et poussa un long soupir.

— C'est incroyable comme j'ai vieilli ! déplora-t-elle.

— Pas tant que ça, reprit Marie-Josephte. C'est parce que ça fait longtemps que vous vous êtes pas vue. Je trouve pas que vous avez beaucoup changé. Pas vrai, Doro ?

Dorothée profita de l'occasion que lui donnait sa sœur pour taquiner leur mère :

— M'man, vous avez pas changé tant que ça, puisque vous êtes parvenue à vous reconnaître dans votre nouveau miroir.

Marie-Josephte s'esclaffa, Dorothée en fit autant et Émilie entra dans le jeu.

— Vous autres, mes p'tites démones ! dit-elle.

Comme chaque fois qu'elle osait ainsi les appeler, ce qu'elle se permettait rarement, ses deux filles l'embrassèrent. C'était entre elles de courts moments de tendresse où le bonheur prenait le dessus sur un quotidien monotone. Émilie enchaîna aussitôt :

— Si votre père était encore icite, il aurait certainement dit…

Ses deux filles déclamèrent en même temps qu'elle :

— « Tout vient à point à qui sait attendre ! »

Elles éclatèrent de rire pendant que le souvenir de celui qui leur manquait tant flottait une fois de plus entre les murs de l'auberge.

Un mois plus tard, en revenant du marché, Marie-Josephte rapporta de la poste une lettre de Nicolas. Émilie voulut tout de suite en connaître le contenu.

— Vous êtes certaine de vouloir savoir ce qu'elle contient ? dit Dorothée. Ça risque d'être des nouvelles qui vous feront pas plaisir.

Émilie, qui ne perdait jamais une occasion de rappeler le souvenir d'Edmond, dit sans hésiter :

— Souvenez-vous, mes filles, de ce que votre père disait : « Nous traverserons le pont quand nous serons rendus à la rivière. » Lis-nous ça, Marie-Josephte.

Montréal, mercredi 6 septembre 1814

Chère mère,

Comme je vous le promettais dans ma dernière lettre, je vous informe que la date de notre mariage est maintenant fixée. Comme Marie-Jo m'a laissé savoir par Bernardin qu'elle désirait elle aussi se marier le même jour, nous avons convenu, Bernardin et moi, que notre mariage aurait lieu le samedi 21 octobre prochain, à l'église Saint-Martin de l'île Jésus. Vous trouverez, sous ce pli, le montant nécessaire pour permettre à Marie-Jo de prendre le vapeur à Québec afin de venir rejoindre Bernardin, qui se considère déjà, et avec raison, son fiancé. Il a loué pour elle une pension où elle pourra habiter jusqu'à son mariage. Bernardin a grand hâte de l'avoir près d'elle.

Quant à vous, m'man et Doro, je vous ferai parvenir bientôt l'argent nécessaire pour que vous puissiez vous aussi monter à bord d'un vapeur et venir nous rejoindre à Montréal pour ce grand jour. Vous n'aurez qu'à nous faire savoir la date de votre arrivée et nous serons tous là pour vous recevoir, Marie-Jo, Bernardin et moi, ainsi que Bernadette, ma fiancée, que vous aurez alors l'occasion de connaître.

En espérant que ces arrangements sauront répondre à vos attentes, je suis et demeure votre fils affectueux.

Nicolas

Marie-Josephte avait à peine terminé la lecture de la lettre que Dorothée lui lançait :

— Cachottière ! Ma grande sœur est une cachottière ! Elle décide de se marier et nous en dit pas un traître mot.

— Je l'avais dit à m'man ! protesta-t-elle. J'attendais que l'occasion de t'en parler.

— Prends-le pas mal, grande sœur, je suis bien contente pour toi. Et vous, m'man, qu'est-ce que vous en dites ?

— Je savais que ça arriverait un jour, mais maintenant que c'est fait, je trouve que ça vient bien trop vite. Me semble que plus rien sera pareil sans toi, Marie-Josephte.

Pour éviter que l'atmosphère s'alourdisse, Dorothée lança aussitôt :

— Vous voyez, m'man, ce que ça fait, l'amour ? C'est ça que ça fait. Ça creuse le vide autour de nous. Mais qu'est-ce que vous voulez, ça va être à nous autres de le remplir. À ma grande sœur, va falloir trouver une remplaçante qui est pas en amour.

Sur ce, elle se tourna vers sa mère, lui fit un clin d'œil et ajouta :

— D'ailleurs, depuis qu'elle a rencontré son Bernardin, m'man, vous avez dû le remarquer, c'est moi qui suis obligée de me taper toutes les corvées. Elle a les yeux dans la graisse de bine pour tout et pour rien, elle passe son temps dans les nuages, quand c'est pas dans la lune. Vous savez, au fond, ça changera pas grand-chose parce qu'elle est plus avec nous autres depuis pas mal de temps.

Par ses remarques, pourtant énoncées sur un ton blagueur, Dorothée voulait alléger l'atmosphère mais elle obtint exactement l'effet contraire. Marie-Josephte se mit à pleurer et Émilie dut venir à sa rescousse.

— Voyons, ma grande, prends-le pas comme ça, ta sœur plaisantait et tu le sais bien. Tu vas nous manquer bien gros et je me demande vraiment ce qu'on va devenir sans toi…

Émilie se mit à pleurer à son tour. Dorothée, toute bouleversée d'avoir déclenché cette chaîne de sanglots, voulut se racheter :

— Allons, ma grande sœur, tu vas pas pleurer le jour que t'apprends que ton plus grand rêve va se réaliser. Je voulais pas te faire de peine. C'était ma façon à moi bien maladroite de te dire comment tu vas me manquer.

Marie-Josephte s'approcha de sa sœur. Elles tombèrent en pleurant dans les bras l'une de l'autre.

Charlemagne vint créer une diversion appréciée en se mettant à siler comme il l'avait fait à la mort d'Edmond. Toujours forte dans les épreuves, Émilie en profita pour se précipiter du côté de l'auberge et en revint avec deux petits verres de porto bien pleins.

— Prenez ça d'un coup sec, leur dit-elle, c'est un bon remontant. Votre père aurait certainement dit : « Un tiens vaut mieux que deux tu l'auras ! »

Le chien continuait à produire ses silements avec tant d'intensité que les trois femmes passèrent des pleurs aux rires.

Quinze jours plus tard, Émilie et Dorothée se trouvaient sur le quai de Québec, au départ du vapeur *Le Calédonia* pour Montréal. Lorsque le bateau s'éloigna du bord, Marie-Josephte leur fit ses adieux en agitant la main, du haut du pont.

— Qui nous aurait dit, remarqua Émilie, que ta sœur tomberait en amour avec un ami de Nicolas ?

— La vie est folle de même, m'man. C'est souvent quand on pense que tout est fini que tout recommence.

Chapitre 43

Double mariage

Comme il l'avait promis, Nicolas fit parvenir à sa mère et à Dorothée l'argent nécessaire pour le voyage en vapeur de Québec à Montréal. Émilie trouvait que c'était là une somme énorme gaspillée pour un simple voyage.

Un bon matin, Dorothée revint de chez les Gagné *La Gazette* à la main, tout excitée de ce qu'elle venait d'y découvrir.

— M'man ! s'écria-t-elle. Écoutez bien ce qui est écrit ici.

— Quoi donc, ma fille ?

« Les propriétaires des Diligences de Québec à Montréal, sensibles à l'encouragement flatteur qu'ils ont eu depuis leur établissement, prennent la liberté de faire leurs sincères remerciements à ceux qui les ont encouragés et en sollicitent la continuation.

Ceux qui n'ont pas eu l'occasion de voyager par cette voie peuvent être assurés d'avoir de bons chevaux, des voitures commodes et des conducteurs soigneux.

Les prix ont été réduits de 4 livres 10 à 3 livres 10. Les diligences partent de Québec et Montréal à quatre heures du matin, tous les dimanches, mardis et jeudis et se rencontrent aux Trois-Rivières, le soir du même jour. Elles repartent de là à quatre heures du matin et arrivent à leur destination de Québec ou de Montréal le soir du même jour. Chaque passager peut apporter 30 livres de bagage. »

— Même si Nico nous a fait parvenir l'argent pour voyager sur un vapeur, on pourrait y aller en diligence et sauver beaucoup d'argent. Ça nous permettrait d'acheter des cadeaux de noces à Nico et à Marie-Jo.

— Quelle bonne idée tu as là, ma fille ! Faudra faire savoir à Nicolas où et quand il doit venir nous chercher.

— Y a pas d'inquiétude à avoir pour ça, on lui écrira.

Quelques semaines plus tard, le mardi 17 octobre, à quatre heures du matin, Émilie et Dorothée montaient à bord de la diligence de Québec en partance pour Montréal, après avoir confié l'auberge à Romuald.

Ce voyage ne s'avéra pas de tout repos. Le premier attelage, propriété d'un sieur Whitney, les conduisit, moyennant 18 shillings et 8 pence, jusqu'à Sainte-Anne-de-la-Pérade, où elles eurent à débourser, à un monsieur de l'endroit, 18 autres shillings pour se rendre aux Trois-Rivières, où elles passèrent la nuit, à l'*Auberge Bien-Aimée*. De là, à quatre heures du matin, à bord de la diligence d'un monsieur Beter, pour 5 shilling et 9 pence, elles rallièrent Yamachiche. Avec un monsieur Lupin, elles se rendirent ensuite à Maskinongé, en lui versant 4 shillings. Un monsieur Mailloux, contre la somme de 6 shillings, les conduisit jusqu'à Berthier où monsieur Deschamps, prenant le relais, les fit monter dans sa voiture contre une contribution de 10 shillings, pour les mener jusqu'à Montréal. Elles y arrivèrent, épuisées, le même soir. Elles couchèrent où on les fit descendre, à l'*Auberge du Chat blanc*.

Le lendemain matin, dès l'heure du lever, Nicolas et Bernadette, sa future épouse, de même que Bernardin et Marie-Josephte les y rejoignirent. Ils avaient tous tenu à être là pour ne pas perdre un instant de plus du bonheur de se retrouver ensemble.

Les retrouvailles furent émouvantes. Tout le monde parlait en même temps. Dorothée, qui avait autant de chien dans le corps que de Grenon dans le nez, les fit rire par ses propos à l'emporte-pièce et, du coup, mit tout le monde à l'aise.

Ce fut en voiture qu'ils se rendirent à l'appartement où vivait Marie-Josephte depuis son arrivée à Montréal. Là, elles eurent tout loisir de faire mieux connaissance avec Bernadette et Bernardin, les deux nouveaux membres qui agrandissaient le cercle familial.

— J'ai bien de la misère à croire, répétait Émilie, que mon fils aîné et ma fille aînée vont se marier le même jour. Ça me rentre pas dans la tête.

— Va falloir vous y faire, m'man, reprit Dorothée pour la centième fois, parce que dans deux jours, ça va être fait.

— Demandez à Dorothée, continua Émilie, comment ça nous fait drôle de plus avoir Marie-Josephte à la maison. Heureusement que Romuald est là et qu'il y a moins de monde à l'auberge depuis le départ de votre père, sinon on arriverait pas.

Se sentant visé par les propos de sa mère, Nicolas y alla d'une suggestion :

— Faudrait vous faire aider, m'man. Engagez quelqu'un de plus ou remariez-vous.

— Voyons, mon grand, penses-tu que votre père le permettrait ? Il se retournerait dans sa tombe et sortirait un de ses proverbes comme : « Qui choisit prend pire ! »

La boutade de leur mère les fit bien rire. Dorothée, ne voulant pas être en reste, ajouta aussitôt :

— « Les absents ont toujours tort ! »

La bonne humeur régnait. Émilie, pour ne pas briser cette belle harmonie, n'osa pas tout de suite poser à son fils la question qui lui trottait depuis des mois dans la tête.

Les futurs mariés avaient encore bien des préparatifs devant eux, aussi laissèrent-ils Émilie et Dorothée avec Marie-Josephte. Là encore, Émilie n'eut pas le courage de demander à sa fille quelles étaient ses intentions et celles de Bernardin, quant à l'avenir.

Le samedi matin, en l'église Saint-Martin de l'île Jésus, un vieux prêtre, qui était en réalité l'aumônier du régiment de Meuron, bénit les mariages de Nicolas avec Bernadette Rousseau, et de Marie-Josephte avec Bernardin Dumouchel. Les noces furent très simples. Les festivités terminées, il fut temps pour Émilie et Dorothée de penser à retourner à Québec.

Émilie voulut en avoir le cœur net et finit par demander à Nicolas et à Bernardin les projets qu'ils nourrissaient pour l'avenir. Nicolas parla au nom des deux :

— M'man, pour nous récompenser de notre séjour dans l'armée, Bernardin et moi recevons chacun une terre dans les nouveaux cantons de l'Est.

— Avez-vous décidé d'aller vivre là ?

— C'est notre intention, m'man. Je veux pas vous faire de la peine, mais c'est définitif. J'irai pas à Québec pour faire marcher l'auberge de p'pa.

Émilie s'efforça de ne pas laisser paraître sa déception.

— Si c'est votre décision, dit-elle, faudra bien vivre avec.

Le lendemain, Nicolas insista pour que, cette fois, sa mère et sa sœur prennent le vapeur jusqu'à Québec. Les adieux furent déchirants. Émilie avait l'impression, en laissant ses deux enfants, de perdre une partie d'elle-même. Le vapeur avait à peine quitté le quai, et les silhouettes de ceux qu'elles aimaient venaient tout juste d'être effacées par la distance, que Dorothée sonda sa mère :

— Nicolas et Bernardin vont aller rester sur leur terre, dans les cantons de l'Est. Va falloir, m'man, qu'on pense peut-être à aller vivre là-bas.

— Parle pas de ça, ma fille. Faudra d'abord voir comment ils vont se débrouiller. Après quelque temps, peut-être qu'on en saura plus. En allant vivre là-bas, j'aurais l'impression d'abandonner ton père et ton grand-père enterrés à Québec.

— Mais, m'man, les morts sont bien là où ils sont. Et puis, il est temps que vous le sachiez, on pourra peut-être plus continuer à gagner notre vie avec l'auberge et le cabaret.

— Comment ça, ma fille ?

— J'ai lu dans le journal, avant notre départ de Québec, mais j'ai pas voulu vous en parler tout de suite, que la ville a décidé, parce qu'il y a trop de cabarets, de pas renouveler les licences cette année. Un grand nombre de cabarets vont perdre la leur et probablement nous autres aussi.

— Je pense bien, ma fille, qu'il va nous falloir aller voir monsieur Panet. Comme aurait dit ton père : « Mieux vaut prévenir que guérir ! »

Au lendemain de leur retour à Québec, elles montèrent à la Haute-Ville chez maître Panet. Informé de leur arrivée, le vieil homme vint au-devant d'elles dans le hall de sa grande demeure.

— Vous nous faites tout un honneur de bien vouloir nous recevoir, dit Émilie.

— C'est toujours un plaisir de voir des personnes aussi avenantes que vous.

— On vous dérangera pas longtemps, monsieur Panet. Si on est ici, c'est qu'on a entendu dire que la ville veut pas renouveler les licences de cabaret. Ce serait tellement dommage si on perdait la nôtre.

— Pour une fois, ma pauvre dame, je pense bien que l'ami que je suis n'y pourra pas grand-chose. Ce n'est pas de mon ressort et, en plus, si je me servais de mon influence pour faire obtenir des privilèges, ce serait très mal vu par tout le monde. Je suis bien peiné de vous décevoir, mais les temps sont durs et les décisions de nos dirigeants municipaux ne sont pas toujours des plus éclairées.

— Je vous remercie de nous parler avec autant de franchise, dit Émilie. Ça va nous permettre de prendre notre décision en toute connaissance de cause.

— Je suis navré de ne pas pouvoir faire davantage pour vous qui le méritez tant. Soyez assurées que je vous garde au plus profond de mes souvenirs. Vous allez excuser le vieil homme que je suis de ne pas vous tenir plus longtemps compagnie. Mes vieilles jambes ne me permettent plus de rester longtemps debout.

Sur ce, le vieillard leur tendit la main.

Le jour même de cette rencontre, Dorothée clouait avec entrain une pancarte sur la façade de l'*Auberge Grenon*, rue Saint-Ours. On pouvait y lire : À VENDRE !

FIN DU PREMIER TOME

Table des matières

première partie
La naissance des rêves

deuxième partie
La suite des rêves

troisième partie
Les rêves passent

TOME II

Les combats de Nicolas et Bernadette

Personnages principaux

Deschênes, Romuald : frère adoptif d'Edmond Grenon.

Downey, Henri : aubergiste, concurrent de Ludovic Lahaie.

Dumouchel, Bernardin : ami de Nicolas Grenon et époux de Marie-Josephte Grenon.

Grenon, Dorothée : fille d'Edmond Grenon et d'Émilie Simard, épouse de Ludovic Lahaie.

Grenon, Marie-Josephte : fille aînée d'Edmond Grenon et d'Émilie Simard, épouse de Bernardin Dumouchel.

Grenon, Nicolas : fils aîné d'Edmond Grenon et d'Émilie Simard, époux de Bernadette Rousseau.

Grenon, Éloi : fils de Nicolas Grenon et Bernadette Rousseau, époux de Marie-Louise Boisclair.

Grenon, Élise : fille aînée de Nicolas Grenon et Bernadette Rousseau.

Grenon, Édouard : fils de Nicolas Grenon et Bernadette Rousseau.

Grenon, Éphrem : fils de Nicolas Grenon et Bernadette Rousseau.

Grenon, Emmanuel : fils de Nicolas Grenon et Bernadette Rousseau.

Grenon, Éphigénie : fille de Nicolas Grenon et Bernadette Rousseau.

Lahaie, Ludovic : aubergiste, époux de Dorothée Grenon.

Sanders, Jimmy : fils du marchand Samuel Sanders.

Sanders, Samuel : marchand, voisin de Nicolas Grenon.

Personnages historiques

Adhémar, Jacques-Antoine (1774-1822) : fils de Toussaint-Antoine Adhémar et de Geneviève Blondeau, il naît à Détroit le 2 février 1774. En avril 1812, il est premier lieutenant de la compagnie des voltigeurs. Il s'illustre contre les Américains, à Sackett's Harbour, le 29 mai 1813, en tant que capitaine de sa compagnie. Il participe avec Heriot à la fondation de Drummondville où il travaille ensuite comme marchand. Il épouse Apolline Curot à Montréal le 17 juin 1816. Il meurt à Drummondville le 4 novembre 1822.

Dupont, Pierre de l'Étang (1765-1840) : entré dans l'armée comme sous-lieutenant, il est nommé chef d'état-major de l'armée de réserve et contribue à la victoire de Marengo. Fait comte de l'empire le 4 juillet 1808, il commande les troupes françaises en Andalousie la même année et est contraint de capituler devant les Espagnols à Baylen. Il est destitué de ses grades et honneurs en 1812. Il meurt à Paris en 1840.

Heriot, Frederick-George (1786-1843) : fondateur de Drummondville. Né le 2 janvier 1786 à l'île Jersey d'une famille française huguenote. Enseigne d'une compagnie d'infanterie, il accompagne son régiment au Canada en 1802. En janvier 1813, il devient major au régiment des voltigeurs canadiens, puis lieutenant-colonel. Il accède au grade de colonel en 1830 et à celui de major-général en 1841. En 1815, il est chargé, à la demande du gouverneur par intérim Drummond, de fonder la future ville de Drummondville. Il meurt célibataire le 29 décembre 1843, emporté par la fièvre typhoïde.

Menut, Henry (1784-post 1856): fils d'Alexandre Menut, aubergiste, et de Marie Deland, il est élu député de Drummond à une élection partielle en 1836. Favorable à la cause des Canadiens français, il appuie le Parti des bureaucrates. Son mandat de député prend fin à la suspension de la Constitution le 27 mars 1838. Il épouse Mabel Root à l'église anglicane de Hatley, le 29 juin 1818. Il meurt après 1856.

René, Jean Gaspard Pascal (1768-1808): général de brigade de l'armée de Napoléon, né à Montpellier le 20 juin 1768 et mort brûlé vif par des guérilléros espagnols le 29 août 1808 à La Carolina, en Espagne. Il fait partie des 660 personnalités dont le nom est gravé sous l'Arc de Triomphe, à Paris.

Robson, Hubert (1808-1847): missionnaire dans les Cantons-de-l'Est, il dessert l'église de Drummond de 1832 à 1842. On disait de lui qu'il était un saint homme et on prétendait qu'il détenait des pouvoirs surnaturels. Il quitte Drummondville pour Kingsey en 1842. Il est ensuite curé de Saint-Raymond-de-Portneuf, vicaire à Saint-Thomas-de-Montmagny et missionnaire à la Grosse-Île. Il meurt du typhus le 1er juillet 1847.

Watts, Robert Nugent (1821-1867) : après avoir occupé un poste au Bureau du secrétaire civil du Bas-Canada, il s'installe à Drummondville chez son cousin Frederic-George Heriot. Ce dernier lui cède par testament une grande partie de ses biens. Il épouse Charlotte Sheppard à l'église anglicane de Québec le 8 janvier 1839. Il est élu député de Drummondville en 1841. C'est un conservateur favorable à l'Union. Il est réélu en 1844 et 1848 avant de devenir réformiste en 1850. Il meurt à Drummondville le 19 avril 1867.

Ce n'est pas la victoire qui rend
l'homme beau, c'est le combat.

Madeleine Ferron

PREMIÈRE PARTIE

LE MYSTÈRE DES GRENON

Chapitre 1

Une rencontre insolite

Printemps 1815

Quand ils entendirent parler de l'expédition projetée par le major Heriot sur la rivière Saint-François en vue de poser les bases d'un établissement le long de ses rives, Nicolas Grenon et Bernardin Dumouchel offrirent spontanément leurs services. Cette mission serait la dernière de leur carrière militaire. Au terme de leurs sept années d'engagement au régiment Meuron, ils obtiendraient leur congé de l'armée, mais en même temps, ils cesseraient de toucher leur solde : ils devraient désormais trouver le moyen de gagner leur pain. En se faisant désigner pour participer à cette expédition, tous deux avaient une idée bien arrêtée : découvrir le territoire choisi pour la future ville et s'y faire octroyer une terre.

Nicolas était devenu soldat un peu malgré lui. Il avait hâte de se libérer de ce carcan qui lui avait volé dix des meilleures années de sa vie.

— Te rends-tu compte ? dit-il à son ami Bernardin. Dans quelque mois, l'uniforme, la discipline, les combats, tout cela sera du passé…

— Tu oublies sans doute que nous aurons désormais à nous débrouiller pour gagner notre vie.

— Nous saurons bien le faire. À l'avenir, je te le jure, personne ne va me dicter ma conduite. Des ordres venant des autres, j'en ai eu assez pour tout le reste de ma vie. Pouvoir décider moi-même, chaque matin, de ce que je vais faire, ça n'a pas de prix.

Bernardin prit un moment avant de répliquer. Il semblait réfléchir à ce que venait de lui dire son ami. Puis il reprit :

— Tu as raison, Nicolas ! Être son propre maître n'a pas son pareil. C'est vraiment être libre, et celui qui ne cherche pas sa liberté avant tout mérite-t-il de vivre ?

Tout en causant, ils étaient arrivés au bord du fleuve où, amarrés au quai de William-Henry, les vaisseaux de l'expédition feraient bientôt voile. Le munitionnaire, le sieur Boucher, avait su se procurer tout le nécessaire. Il ne restait maintenant qu'à remonter la rivière Saint-François vers son embouchure. Outre Nicolas et Bernardin, ils étaient une vingtaine à faire partie de l'expédition. Sur la première embarcation, une goélette d'une cinquantaine de pieds de longueur, le commandant Heriot était accompagné de trois de ses plus fidèles officiers, d'un commissaire général de la colonisation, d'un haut fonctionnaire du département de l'arpentage et de quelques soldats parmi ses meilleurs amis. En compagnie d'une dizaine d'autres hommes, Nicolas et Bernardin montèrent à bord de l'autre goélette sous le commandement du capitaine Jacques Adhémar. Ils avaient eu l'occasion, en 1812, de combattre à ses côtés à Plattsburgh, et ils s'en étaient fait un ami qu'ils tenaient en haute estime.

Le major Heriot comptait mener rapidement cette expédition. Les terres où il désirait établir cette première colonie avaient été arpentées quelques années auparavant par le sieur Joseph Bouchette. Heriot avait déjà une bonne idée des sites possibles où il pourrait ériger la future plus grande ville anglophone du Bas-Canada. Pour lors, il espérait voir souffler un vent favorable qui pousserait ses vaisseaux jusqu'à l'embouchure de la Saint-François.

Après la mort de son ami d'enfance Jérôme lors d'une bataille, Nicolas était demeuré désemparé jusqu'à ce que Bernardin lui adresse la parole. Tout comme Nicolas, Bernardin en était à ses débuts dans l'armée. Ils avaient bien vite sympathisé. Depuis, comme l'avaient été Nicolas et Jérôme, ils étaient devenus inséparables. Bernardin, bien sûr, n'avait pas la même personnalité que Jérôme. Il avait un caractère bouillant, qu'il parvenait toutefois à contrôler, prenant toujours le temps de peser le pour et le contre avant d'agir.

— Il paraît, dit Nicolas, qu'on n'a jamais vu si mauvais temps. Les vieux sont catégoriques : jamais, au grand jamais, ils n'ont vécu pareil phénomène. Te rends-tu compte ? Il n'y a pas encore de feuilles aux arbres et nous sommes à la fin de mai.

— Les feuilles ont l'habitude de paraître plus tôt en ce coin de pays ?

— Ordinairement, au début de mai, les arbres sont verts.

Ils jetèrent un regard désolé vers la forêt toute proche. Soudain, un détail attira l'attention de Nicolas :

— As-tu vu ce qui se passe à la poupe ?

— Quoi donc ?

— Regarde !

Ils se dirigèrent vers l'arrière de l'embarcation, où deux hommes venaient de fixer un cordage à la tête d'une bitte d'amarrage afin de remorquer un large radeau clôturé servant d'enclos à deux grands chevaux de traits.

— Ce sont des percherons, dit Nicolas.

— À quoi vont servir ces bêtes ? questionna Bernardin.

— Nous en aurons besoin pour traîner les arbres abattus qui serviront à la construction des premiers abris. Il n'y a pas mieux que cette race de chevaux pour réaliser pareil travail.

Nicolas avait à peine terminé sa phrase que son attention fut attirée par le manège d'un vieil homme chargé du soin des chevaux à bord du radeau. Ce qui intriguait le plus Nicolas, ce n'était pas qu'on eût affecté un homme au soin des percherons, mais que cet homme parût à ce point âgé. Il ne pouvait s'imaginer que le vieil homme aux cheveux blancs et aux pas mal assurés serait du voyage. Pourtant, quand le vent se leva, il dut se faire à cette idée, l'homme était assis sur le radeau près de ses bêtes, alors que la goélette prenait le large.

Le vent favorable sur le fleuve leur permit, ce soir-là, de s'arrêter pour la nuit à l'embouchure de la Saint-François. Les deux embarcations restèrent à l'ancre, au large. Les hommes utilisèrent les chaloupes de secours pour gagner le rivage et se constituèrent aussitôt un abri pour la nuit en tendant des bâches au bout de quelques perches posées sur la berge. Ils avaient allumé des feux, dont la fumée chassa les moustiques.

Bernardin se joignit aux hommes réunis pour jouer aux cartes autour de fanaux posés sur des tables pliantes. Nicolas remarqua que le vieil homme n'avait pas quitté son radeau et décida d'aller lui tenir compagnie. Il s'empara d'un quignon de pain, de quelques tranches de jambon et, montant dans une des chaloupes employées pour se rendre sur la rive, il rama jusqu'au radeau. Après y avoir attaché son embarcation, il appela :

— Grand-père, avez-vous besoin de quoi manger ?

Il n'obtint aucune réponse. Il se dit : « Il doit être sourd. » Haussant le ton, il cria :

— J'ai du pain pour vous, si vous avez faim !

Cette fois, il eut une réponse : un fanal avait été allumé. Le vieillard s'amena lentement dans sa direction. Nicolas grimpa sur le radeau au moment où l'autre en atteignait le bord.

— À mon âge, murmura le vieil homme, quelques croûtes suffisent. J'ai beaucoup plus besoin de compagnie que de pain.

— À la bonne heure, acquiesça Nicolas, je suis justement venu pour causer.

Le vieil homme l'invita à le suivre. Ils s'assirent dans le foin destiné aux chevaux. Nicolas commenta :

— Vous avez là de belles bêtes.

— Ces animaux sont ma vie. Les hommes m'ont presque toujours déçu, les chevaux, jamais. Ils m'ont permis de gagner ma croûte jusqu'à ce jour, voilà pourquoi je ne les quitte pas.

— Vous avez dû voir du pays ?

— Plus que tu ne le crois. J'ai loué mes chevaux un peu partout. Il n'y a pas beaucoup de villages de ce pays qui ne m'ont pas vu passer.

Le vieil homme se leva et disparut sous une toile qui lui servait d'abri. Il en revint avec une bouteille et une tasse qu'il tendit à Nicolas.

— Nous allons boire à la vie, dit-il.

Le vieil homme lui versa une rasade de whisky que Nicolas n'eut pas le loisir de refuser.

— C'est bien la seule bonne chose que les Anglais nous ont apportée, grogna-t-il.

Nicolas le vit esquisser une grimace qui en disait long sur ses rapports avec les conquérants. Il ne releva pas pour autant le propos.

— J'ai l'honneur de boire en la compagnie d'un jeune homme dont j'ignore jusqu'au nom, reprit-il.

— Faites excuses. Je m'appelle Nicolas Grenon. Et vous ?

— Honoré Vien. Mais dis donc, jeune homme, le nom de Grenon fait remonter dans ma vieille cervelle de bien beaux souvenirs.

— Vraiment ?

— J'ai connu autrefois un Grenon, Jean-Baptiste, on l'appelait l'Hercule de Charlevoix ou l'Hercule du Nord.

Nicolas s'exclama :

— C'était mon grand-père !

— Vraiment ?

Le vieillard esquissa un sourire avant de poursuivre :

— Le monde est vraiment petit, mon garçon. On le constate tous les jours ou presque. Quelqu'un a toujours connu une personne de nos connaissances. Pour peu que tu veuilles en entendre parler, dis-toi que le vieil homme que je suis pourrait sans doute t'en apprendre beaucoup sur ta famille.

Nicolas s'enthousiasma :

— Je ne demanderais pas mieux que d'en connaître plus sur les miens !

Le vieil homme se tut un moment, comme perdu dans ses pensées. Pour tout bruit, il n'y avait que le clapotis de l'eau sur les flancs du radeau et, de temps à autre, les rires des joueurs de cartes en provenance du rivage. De fortes senteurs d'humus refluaient des bois de la rive. Après avoir respiré profondément, l'homme commença :

— À vrai dire, c'est ta grand-mère Grenon que j'ai le mieux connue.

— Ma grand-mère Grenon ? Je ne sais absolument rien d'elle. Mon père avait, je pense, trois ou quatre ans quand elle est morte. Il ne m'en a jamais parlé, parce qu'à ce que je crois, son père ne lui en a jamais parlé non plus.

— C'est là ce qu'on appelle le mystère des Grenon.

— Le mystère des Grenon ?

— Oui, mon garçon. Dans ta famille, il y a eu des chicanes qui ont mené à la division, et ta grand-mère, sans le vouloir, en a été la cause.

Nicolas releva la tête, désormais tout à fait captivé par les propos du vieillard. Honoré Vien montrait un visage buriné par le temps. Quand il parlait, ses dents serties d'or luisaient à la lueur du fanal. Nicolas se demandait comment il avait pu se doter d'une pareille dentition. Comme s'il avait lu dans ses pensées, l'homme reprit, d'une voix grave :

— J'ai été jadis un maquignon fort à l'aise. J'achetais et je vendais des chevaux. C'est comme ça qu'un beau jour, j'ai abouti dans Charlevoix et j'ai revu ta grand-mère après plus de trente années de séparation.

Le vieil homme cessa de parler pendant un moment. Nicolas brûlait d'en entendre davantage :

— Quand avez-vous connu ma grand-mère ?

— La seigneuresse ! Je m'en souviens comme d'hier, alors que ça remonte presque à mon enfance.

— La seigneuresse ?

— Oui ! La seigneuresse. Tu as bien entendu. Ta grand-mère a été surnommée comme ça parce qu'elle a voulu acheter la seigneurie des Éboulements. Tu ne le savais pas ?

— Je vous l'ai dit, je ne sais rien de ma famille.

Le vieil homme le dévisagea, en se demandant s'il disait la vérité. Il s'exclama :

— Ça, c'est du Grenon tout craché !

Alliant le geste à la parole, son crachat, jaune de tabac, alla choir dans une chaudière d'eau sale posée sur le bord du radeau. Il se rendit compte que son geste avait suscité l'étonnement et l'admiration de Nicolas, et il cracha de nouveau avec autant de succès.

— Ça me rappelle mon grand-père, remarqua Nicolas.

— Quoi donc ?

— Cette façon de cracher. Il était aveugle, mais ne manquait jamais de viser juste dans le crachoir.

— Où en étions-nous ? questionna le vieillard.

— Vous me parliez de ma grand-mère.

— Ah oui ! Ta grand-mère était une saprée bonne femme. Elle avait du front, du nerf et une poigne de fer. Ton père ne t'a vraiment jamais parlé d'elle, pas plus que ton grand-père ?

— Jamais ! Mon père m'a simplement dit qu'il était, pour ma grand-mère, ce qui lui était arrivé de meilleur. Pour le reste, il ne m'en a jamais touché mot. Quant à mon grand-père, je ne l'ai jamais entendu faire allusion à elle.

Le vieillard semblait hésiter :

— Tu aimerais vraiment que je t'en cause ?

— Bien sûr, assura Nicolas, si ça me permet de la connaître mieux !

— Dans ce cas, prépare-toi à en entendre des vertes et des pas mûres.

Il dit cela en hochant la tête, esquissant un sourire plein de sous-entendus qui n'augurait rien de bon.

Mais Nicolas désirait tellement en savoir plus qu'il le pria aussitôt de parler.

— Pas si vite ! Laisse-moi le temps de rassembler mes idées, que je voie par quel bout commencer. N'oublie pas que ta grand-mère était une brasseuse d'affaires hors du commun. Ce n'est pas facile de tirer le portrait d'une pareille tigresse. Mais j'y pense, je te parle de ta grand-mère, alors qu'avant tout, il me faut préciser quelque chose. Ton père est-il le cadet de sa famille ?

— Il l'était ! Mais il est mort récemment.

— Tu m'en vois désolé, mon garçon. Mais si je t'ai posé cette question, c'était pour éclaircir un point. Ainsi, la grand-mère dont je te parle est bien ta grand-mère.

— Pourquoi dites-vous ça ?

—Tu l'ignores ? s'étonna de nouveau le vieillard. Ton grand-père Jean-Baptiste a été marié deux fois.

— Vraiment ?

— Avec la première, il a eu trois enfants.

Nicolas se mit à réfléchir tout haut :

— Trois enfants ? Ma tante Marie, et mes oncles Philibert et Ernest. Comme ça, d'après ce que vous me dites, ils étaient seulement la demi-sœur et les demi-frères de mon père.

— C'est en plein ça ! Tu ne me feras pas croire que tu l'ignorais.

— Je me demande même si mon père le savait !

— Là, nous nageons en plein dans le mystère des Grenon. J'ai rarement vu une famille où il y avait autant de cachotteries.

Comme si tout cela le consternait, il leva les yeux et resta un long moment à observer les papillons qui venaient se cogner contre la lanterne posée non loin d'eux, sur une botte de foin. Remontant d'un geste machinal son large béret, il fit remarquer :

— Tu n'as évidemment pas connu ta grand-mère, puisqu'elle est morte alors que ton père était encore enfant. À part ton père et ton grand-père, c'est comme si tu n'avais pas eu de famille du côté des Grenon.

— La seule qui nous visitait de temps à autre, c'était ma tante Marie.

— Ton grand-père, avant de devenir aveugle, était forgeron et maréchal-ferrant, et un bon à part ça.

— De qui tenez-vous ça ?

— Je l'ai bien connu à l'époque où il faisait ses tours de force. Mais j'ai fait connaissance avec ta grand-mère bien avant. Je l'ai rencontrée pour la première fois au marché, à Québec. J'avais alors treize ans, et elle à peine seize, mais elle me regardait de haut. L'étal de mon père voisinait celui de ton arrière-grand-père, François Leclerc, "Françoé", comme disaient les gens. Une fois par semaine, il venait de L'Ancienne-Lorette vendre les meubles qu'il fabriquait et prendre ceux qu'on lui demandait de réparer. Il emmenait toujours sa fille, ta future grand-mère. On le respectait pour son habileté, mais c'était sa fille qui faisait le plus parler d'elle. Tout le monde s'accordait à dire qu'elle était la plus belle fille du pays. Ne crains rien : pour le savoir, elle le savait !

Puisque le vieillard semblait vouloir parler longtemps, Nicolas lui offrit d'aller s'asseoir à un endroit où ils seraient plus à l'aise et moins exposés au vent. Il y avait, vers l'arrière du radeau, des bottes de foin empilées les unes sur les autres. Ils s'en servirent à la fois comme d'un banc et d'un paravent, et s'y installèrent, tournés vers la rivière, mais invisibles tant la nuit était opaque. Le vieil homme poursuivit son récit :

— Comme je te le disais, par sa beauté et sa vivacité, à moins de vingt ans, ta grand-mère faisait spontanément tourner les têtes. On remarquait d'abord ses yeux, brun foncé, des tisons ardents, du feu, comme le reste de sa personne, sa crinière noire abondante, sa peau blanche, son élégance, car, en plus, elle était toujours vêtue comme une princesse. Quelle femme, et quel tempérament ! Tous les jeunes hommes de la ville voulaient l'épouser. Ils lui tournaient autour comme des abeilles après une fleur, mettant tout en œuvre pour attirer son attention. Indépendante, elle faisait mine de les ignorer, ce qui avivait d'autant leur désir. Ils profitaient du moment où ton arrière-grand-père allait prendre un verre au cabaret pour s'approcher d'elle. Je me joignais à eux. Trop jeune pour espérer quoi que ce soit, j'observais leurs manœuvres en me demandant chaque fois si l'un d'eux finirait par faire sa conquête. Elle les faisait marcher au doigt et à l'œil et, au besoin, elle les aurait fait ramper dans la boue. C'était entre eux une compétition féroce. Tous voulant l'épater, ils se défiaient les uns les autres par des exploits où ils risquaient parfois leur vie.

Nicolas s'étonna :

— Ils étaient prêts à tout pour ses beaux yeux ?

— Même à mourir.

— Certains sont morts pour elle ?

— Absolument.

— Racontez !

— Figure-toi qu'un beau jour, deux d'entre eux se vantent, en sa présence, d'être capables d'aller tourner le coq perché sur la croix de l'église. Elle les écoute, hausse les épaules, leur tourne le dos. Ils insistent. "Allez vous casser le cou si ça vous chante", leur dit-elle. "Peut-on espérer un baiser en retour ?" demande le plus hardi. "Faites et vous verrez", réplique-t-elle. Voilà nos deux compères victimes de leur vantardise. Ils se traitent d'abord l'un l'autre de poltron, puis décident, pour leur malheur, d'aller au bout de leurs paroles et, du même coup, au faîte du clocher. Ils lui font promettre d'assister à leur exploit, ce qu'elle daigne accepter. Pendant que l'église se vide après la messe, nos deux casse-cou se faufilent dans le jubé, grimpent par l'intérieur du clocher jusqu'au beffroi, où ils apparaissent entre les cloches. Le pire reste à faire. On les voit discuter un moment. Le plus agile des deux sort le premier, s'agrippe au clocher à bras-le-corps et se met à grimper vers la croix. Parvenu au sommet, il tente, sans succès, de tourner le coq, avant de redescendre, gros-jean comme devant. Sûr de faire mieux, son compagnon se risque à son tour, tente de s'accrocher au clocher, perd pied et se tue en tombant sur le toit. Tout ça pour un baiser à peine promis.

Le récit de cette triste aventure avait bouleversé Nicolas. Comment sa grand-mère pouvait-elle être assez inconsciente pour laisser de jeunes écervelés risquer leur vie pour ses beaux yeux ? La suite ne cessa pas de l'étonner.

— Je te disais que certains sont morts pour obtenir ses faveurs. Écoute ce que je vais te raconter, tu n'en croiras pas tes oreilles.

— Il y en a d'autres qui ont laissé leur vie pour elle ? fit Nicolas, incrédule.

— Hélas oui ! À ma connaissance, deux autres ont péri bien tristement pour obtenir ses faveurs.

Le vieillard retira son béret pour se gratter le dessus de la tête, puis, sortant une pipe de sa poche, il l'alluma aussitôt. Avant de poursuivre, il en tira une bonne bouffée. Voyant Nicolas suspendu à ses lèvres, il enchaîna :

— C'était un matin de printemps, je m'en souviens fort bien, tu sais, quand le beau temps qu'on attend depuis des mois arrive soudainement et fait s'ouvrir les feuilles des arbres en quelques jours, comme nous le souhaitons en ce moment. Nous étions une fois de plus au marché, en pâmoison devant ta future grand-mère qui s'embellissait d'une semaine à l'autre. Un jeune homme, à cette époque, tentait vainement depuis des mois de la séduire. Jean de Saint-Sauveur se targuait d'avoir du sang noble et, de petit baron qu'il était, jouait les grands ducs, repoussant avec indignation quiconque osait s'approcher de ta grand-mère. Il ne se rendait pas compte, le pauvre, de son insignifiance. Ce matin-là, alors qu'il débitait à ta grand-mère son monologue habituel, arrive un jeune homme de Montréal curieux de faire la connaissance de celle dont on lui a tant vanté la beauté. Il a le malheur d'interrompre de Saint-Sauveur. Indigné, ce dernier lui lance son gant à la figure en lui disant sur un ton méprisant : "Sachez, jeune homme, qu'un manant n'interrompt pas le discours d'un prince. Je vous laisse le choix des armes. À midi, je vous attends sur l'Esplanade. Je vous conseille déjà de faire vos adieux à cette terre." Étonné, l'autre, très affable, esquisse un sourire et demande : "Vous êtes sérieux ou bien je rêve ?" "Vous avez fait votre dernier rêve", poursuit de Saint-Sauveur. "En quoi vous ai-je offensé ?" reprend l'autre. "Vous n'êtes qu'un être borné et fat, s'indigne de Saint-Sauveur. Vous avez osé interrompre une sérieuse conversation. Un gentilhomme respectueux n'offense jamais de la sorte une aussi jolie dame." En disant ces mots, il retire son chapeau à plumes et, d'un geste ample, se penche pour saluer ta grand-mère. L'autre reste là, interdit. De Saint-Sauveur le regarde de haut et lui répète : "Ce midi à l'Esplanade, venez montrer que vous n'êtes point un lâche."

— Je suppose, interrompit Nicolas, que le duel a eu lieu.

— Hélas oui !

— Et qui l'a gagné ?

— Ni l'un ni l'autre.

— Il y a bien eu un gagnant ?

— En un sens oui, mais en réalité tous les deux ont perdu.

— Votre réponse m'intrigue, fit Nicolas.

— La suite va te permettre de comprendre. Ce duel, quelle malheureuse affaire ! Ta grand-mère n'y pouvait rien. Jean de Saint-Sauveur était un exalté quelque peu dérangé du cerveau. À l'heure convenue, il se retrouve à l'Esplanade. Accompagné de son témoin, le jeune homme de Montréal l'y a précédé. Ils fourbissent tous les deux les armes qu'on leur présente, des pistolets d'arçon. On veut y introduire des balles : aucune ne fait. Qu'à cela ne tienne, on court chercher un armurier. En quelques minutes, il coule sur place le plomb des deux balles, dont l'une effacera "l'atroce affront" subi par de Saint-Sauveur. Les pistolets sont chargés.

— Ces jeunes hommes devaient vraiment être un peu fous, s'étonna Nicolas. Il me semble qu'ils n'avaient pas besoin de risquer leur vie pour faire la conquête de ma grand-mère.

— Tu as bien raison, mon garçon, mais nous avons affaire là à deux exaltés, chacun à sa façon. Les deux malheureux se tournent le dos au milieu du champ et s'éloignent l'un de l'autre de cinquante pas. Avant même de pouvoir se retourner, de Saint-Sauveur baigne dans son sang. L'autre duelliste file en douce vers la Basse-Ville. Les autorités sont aussitôt prévenues par un passant, témoin de l'événement. Le jeune homme demeure introuvable. On le cherche pendant plusieurs jours, pour enfin apprendre qu'il s'est caché à bord d'un vaisseau en partance pour La Rochelle. Découvert dans la cale par un matelot, il est ramené à Québec. Deux jours plus tard, il est jugé et pendu haut et court, pour meurtre. L'affaire a fait jaser tout Québec pendant des jours, sans entamer pour autant l'ardeur des jeunes soupirants de ta grand-mère.

La soirée était fort avancée. Nicolas s'excusa auprès du vieil homme parti pour causer toute la nuit.

— Je ne demanderais pas mieux que de vous écouter longtemps encore, mais il se fait tard et j'ai beaucoup de travail qui m'attend, tôt demain. Nous nous reverrons, en soirée, à la même heure, si ça vous convient.

— Je serai là, je ne quitte pas le radeau. Je suis fort heureux et très honoré de parler au petit-fils de la seigneuresse.

Nicolas le dévisagea.

— C'est la deuxième fois que vous la nommez ainsi. J'ai hâte d'en connaître plus à ce sujet.

— J'y viendrai en son temps. Je vois, jeune homme, que tu en as encore beaucoup à apprendre sur celle qui fut ton aïeule. Je m'y emploierai. D'ici là, bonne nuit et à demain !

Après avoir salué Nicolas, le vieillard leva les yeux au ciel un moment puis se perdit dans ses pensées.

Chapitre 2

L'intrigante

Le lendemain soir, en raison de forts vents contraires, l'expédition se trouvait toujours en campement au même endroit. Heureux d'avoir trouvé en Nicolas un bon auditoire et surtout de pouvoir raconter une partie de sa vie, le vieil homme l'attendait avec impatience. Nicolas avait deviné qu'il avait été un sérieux prétendant de sa grand-mère. À l'évidence, le simple fait de parler d'elle le comblait d'aise. Une fois qu'ils eurent pris place au fond du radeau, Honoré Vien commenta :

— De repenser à tout cela me rend un peu nostalgique. Une grande partie de ma jeunesse me revient en mémoire tout le temps, je ne cesse de me rappeler comme ta grand-mère était une femme hors de l'ordinaire.

Nicolas observait le vieil homme et voyait briller ses yeux d'admiration à la simple évocation de celle qu'il se plaisait à appeler la seigneuresse. Curieux, il demanda :

— Qui, de tous ses admirateurs, a-t-il obtenu le premier ses faveurs ?

— C'est difficile à dire. Tout ce que je sais, c'est qu'elle n'était certainement pas vierge quand elle a obtenu la main du baron Gontran de Malmaison. Ce dernier ne savait pas dans quel enfer allait le plonger ce mariage : elle ne l'aimait pas, seule sa fortune l'intéressait. Il avait vingt ans de plus qu'elle, souffrait de la goutte et n'aspirait qu'à un repos bien mérité, d'autant plus qu'il venait tout juste de perdre sa première épouse. Ta grand-mère, en quelques années, a englouti sa fortune. Mais n'anticipons pas. Savais-tu qu'elle a trouvé le moyen, malgré tout, pendant les douze années de leur vie commune, de lui faire trois enfants ?

— Non ! J'ignorais même qu'elle avait été mariée avant d'épouser mon grand-père.

— Rien ne nous prouve, cependant, qu'ils fussent bien de lui. Je soupçonne l'aîné d'être mon fils, et je connais fort bien le père de la cadette. Quant à l'avorton du milieu, à bien y penser, il ressemble aujourd'hui tellement au baron qu'il en est peut-être réellement le fils. Ta seigneuresse de grand-mère a toujours soutenu les avoir conçus tous les trois avec lui. Elle a emporté ses secrets dans sa tombe.

— Ce baron de Malmaison, comment avait-il fait fortune ?

— Voilà une longue histoire tissée de multiples détours. C'est dans le trafic des fourrures qu'il a fini par amasser son pécule. Il a d'abord tenté sa chance dans la chasse au loup marin, mais ça ne rapportait pas suffisamment. À force de courbettes, il a fini par obtenir le poste de commis du domaine du roi, à Tadoussac. Toutes les fourrures du Saguenay et de la Côte-Nord passaient par ses mains. Je le soupçonne d'en avoir détourné une bonne quantité pour son profit personnel.

— Il n'a jamais été pris ?

— On l'a sans doute soupçonné, comme il faut le faire de tous ces parvenus jouant dans les jardins des riches, mais sans jamais le coincer. Après quelques années à titre de commis, il a été en mesure de s'acheter un vaisseau sur lequel il expédiait des fourrures en France et en rapportait des marchandises diverses au pays. Il revendait le tout à prix d'or et faisait fortune des deux côtés de l'Atlantique. Ambitieuse comme elle l'était, ta grand-mère avait tout de suite flairé en lui un bon parti. Elle n'a guère eu de misère à tendre ses filets. Invitée à une soirée au fort Saint-Louis, elle a fait tant et si bien que le lendemain, le malheureux la recevait à dîner. Elle avait mis un pied dans l'échelle. Quelques mois plus tard, l'échelle entière et le baron lui appartenaient. Les noces n'ont pas été une mince affaire, tu peux m'en croire. Je n'en ai pas revues d'aussi somptueuses par la suite à Québec. Mais ils ont eu toutes les misères du monde à se marier, car on leur a réservé un charivari du tonnerre.

— Pourquoi un charivari ?

— Parce que Malmaison n'était veuf que depuis deux mois et qu'une très grande différence d'âge existait entre lui et ta grand-mère.

— Le charivari a duré longtemps ?

— Plus d'une semaine, avec tout ce que cela comporte. J'étais de la partie, en compagnie de tous les jeunes hommes amoureux de ta grand-mère.

« La première nuit, nous étions une trentaine à tourner autour de la maison de Malmaison, soufflant dans des cornes, battant du tambour, frappant du chaudron. Crois-moi, c'était un beau tumulte, de quoi tirer un sourd de son sommeil. Dès que le baron a eu le malheur de mettre le nez à sa fenêtre, aussitôt un d'entre nous a entonné le *Libera*. Les quolibets fusaient, nous chantions, sur le ton des litanies, des strophes comme celles-ci : "Des marchands de malheur, délivrez-nous, Seigneur ; du baron Malmaison, délivrez-nous, Seigneur ; du vieil imposteur, délivrez-nous, Seigneur ; rendez-le impuissant, nous vous prions, Seigneur ; enlevez-lui l'appétit, nous vous prions, Seigneur ; conduisez-le en enfer, nous vous prions. Seigneur."

« La deuxième nuit, nous étions plus de cinquante à lui casser les oreilles, avec tout ce qui peut faire du bruit. Cette fois, après avoir fait le tour de la maison une dizaine de fois en hurlant, nous nous sommes arrêtés sous la fenêtre de sa chambre. D'une voix de stentor, le sieur Perreault a débité un sermon, où il était question de fornication, d'impureté, de maladies honteuses. Il a terminé le tout par une citation latine : *Quemadmodum qualifestrum*, qu'on peut traduire par : vous êtes un impudique, mon frère. Il la répéta en la déformant, déridant toute l'assistance : "Cré marchandum qu'a les fesses trum !" »

— Les gendarmes n'intervenaient pas ?

— La troisième nuit, ils ont tenté de le faire, nous étions plus de cent au charivari. À quatre, ils ont voulu nous barrer le chemin. Nous les avons contournés en leur disant d'aller se faire cuire un œuf. Le cri de ralliement, pour un temps, a été : "Cré marchandum qu'a les fesses trum." Puis, quelqu'un s'est avisé de le changer en : "Malmaisonrum qui est castrum". Quatre d'entre nous portaient un cercueil, les autres suivaient en feignant de pleurer ce pauvre baron mort au devoir. "Il n'a pu tenir le coup", sanglotait l'un ; "Quelle imprudence, à son âge", déplorait un autre ; "Que ferons-nous sans lui ?" se désolait un troisième ; "Mieux vaut disparaître avec lui", hurlaient les autres en chœur. C'était à mourir de rire. Le tumulte a duré jusqu'au petit matin. Les jours se sont suivis et se sont ressemblés, avec quelques variantes, dignes des pièces de comédie. Le charivari durerait encore si l'évêque ne s'en était mêlé.

— L'évêque est intervenu ? s'étonna Nicolas.

— Eh oui ! Là où les autorités civiles s'étaient montrées impuissantes, lui a réussi, en menaçant d'excommunication quiconque participerait au charivari. Deux nuits durant encore, Malmaison fut importuné par des cris et des bruits sporadiques. Des prêtres, mis de faction devant sa maison, pour colliger les noms des têtes fortes osant défier l'évêque, en ont été quittes pour des nuits blanches. Les chahuteurs, en plus petit nombre, se sont présentés masqués. Ils ont fait moins de bruit que les nuits précédentes. Le baron a pu enfin dormir tranquille, mais il n'était pas pour autant au bout de ses peines. Monseigneur l'évêque a interdit à tous les prêtres du diocèse de procéder au mariage avant six mois.

— Le baron devait être drôlement mortifié de ne pas pouvoir se marier tout de suite ?

— Lui, il était furieux. Ta grand-mère, que le charivari avait beaucoup amusée, trouva, elle aussi, l'interdiction moins drôle. Elle a mis dans la tête de Malmaison de passer outre à cette défense. Lui, qui rampait devant elle, a promis de trouver un prêtre qui accepterait de les marier. Au bout d'une semaine, comme il n'y avait pas l'ombre d'une soutane autour de la maison, elle est revenue à la charge en menaçant de le quitter. "Nous ne pouvons pas nous marier sans officiant", a protesté le marchand. "Qu'à cela ne tienne, dit ta grand-mère, nous nous marierons à la gaumine." Cette proposition déplaisait royalement au marchand. Il a sorti son argent. Crois-moi, crois-moi pas, l'aumône du baron aux bonnes œuvres a dû être substantielle, parce que l'évêque a procédé au mariage religieux et officiel deux mois plus tard, jour pour jour

— Comme vous le disiez, reprit Nicolas, les noces ont dû être impressionnantes.

— Quelles noces ! Le baron n'a pas regardé pas à la dépense. Dans sa robe de mariée, ta grand-mère n'avait pas l'air d'une seigneuresse ni d'une baronne, mais bien d'une comtesse. Les festivités ont duré toute la semaine, précédées par la signature du contrat de mariage, à laquelle assistaient tous les dignitaires de la ville. Malmaison avantageait ta grand-mère de belle façon : elle héritait, grosso modo, d'à peu près la moitié de sa fortune et avait en main une procuration lui permettant de voir aux affaires de son mari en son absence.

— Ma grand-mère a été riche de même ? Je n'en reviens pas.

— Riche, tu peux le dire. Ils se sont installés dans une vaste demeure de la Haute-Ville de Québec. De son boudoir, elle pouvait apercevoir au loin le fleuve, la pointe de Lévis et l'île d'Orléans, qu'elle aurait bien achetée si elle avait été à vendre. Mais ses préoccupations s'avéraient bien différentes. Elle s'est mise à brasser de grosses affaires avec les négociants de la Place-Royale, ne s'en laissant imposer par personne. Son mari s'absentait des mois durant. Il partait pour la France, en revenait, tentait de lui faire un enfant avant de repartir aussitôt pour l'Acadie ou ailleurs. Pendant ce temps-là, la Charlotte, comme plusieurs l'appelaient, dilapidait sa fortune en organisant des bals fréquentés par tous les bourgeois de la ville.

— Elle a dû se ruiner rapidement !

— Pas elle, mais le baron, parce que c'est l'argent de son mari qu'elle dépensait pendant son absence. Au fond, elle avait un bon sens des affaires. Elle devait le tenir de ses ancêtres Plouard, car quelque part dans ton ascendance, il y a des Plouard, paraît-il, de bons marchands. En quelques années, tout Québec la connaissait. On l'admirait, tout en la plaignant d'avoir si mal choisi son mari. Elle s'en moquait, en disant ouvertement qu'elle l'avait épousé pour sa richesse, qui lui permit de s'entourer de nombreux serviteurs. À peine avait-elle emménagé à la Haute-Ville qu'elle fit connaître son désir d'engager des domestiques. Nous étions plus d'une vingtaine à faire le pied de grue à sa porte, un matin de janvier. Je me rappelle, il faisait un froid à nous geler le cœur. Elle me choisit comme palefrenier. Je logeais dans un appentis, près des écuries. C'est à compter de ce jour-là que les chevaux n'ont jamais quitté ma vie.

Le vieil homme parlait toujours : il en avait manifestement encore long à dire. Les lueurs de la lune tiraient un trait d'argent entre la forêt et l'horizon. Nicolas avait sommeil. Sur la crête des vagues où se balançait le radeau, il lui semblait voir courir les fantômes de ses ancêtres. Il interrompit le vieil homme :

— C'est fort intéressant, mais je n'oublie pas que demain, il me faut aider aux cuisines que je ne quitterai pas de toute la journée, et je dois être debout avec l'aurore. Vous seriez bien aimable de poursuivre votre récit demain, en soirée, au moment où je serai libre.

Toujours aussi courtois, Honoré Vien accepta volontiers la proposition de Nicolas.

— Ça ne m'offusque pas, assura-t-il, rien ne me fait plus plaisir que de plonger ainsi dans mon passé. Je suis bien content, jeune homme, de voir que je t'en apprends sur ta grand-mère et j'en ai encore long à te raconter.

— Je ne demande pas mieux, dit Nicolas. Quand je répéterai ça à ma mère et à mes sœurs, elles ne le croiront pas.

— Tu es sûr qu'elles n'en savent rien ?

— Si ma mère en sait quelque chose, en tous les cas, elle a su bien le cacher. Quant à mes sœurs, bavardes comme elles le sont, elles se seraient fait un plaisir de m'en informer.

Chapitre 3

La libertine

Le lendemain, les navires commencèrent à lentement remonter la rivière Saint-François. Cette expédition se faisait au ralenti, car le major Heriot commandait de fréquents arrêts afin d'explorer les berges pour y découvrir l'endroit le plus propice à la réalisation de son projet.

Fidèle à son rendez-vous du soir, après le souper, au moment où la noirceur prenait possession des restes du jour, Nicolas retrouva comme prévu Honoré Vien. Ce dernier tirait de grosses bouffées de fumée d'une courte pipe brune. Son tabac fort sentait le foin brûlé. Il demanda :

— Es-tu toujours intéressé à mieux connaître ta grand-mère ?

— Quelle question ! répliqua Nicolas. Qui mieux que vous pourrait m'apprendre son histoire ? Vous avez été domestique chez elle, je ne doute pas que vous en sachiez encore bien long à son sujet.

— Plus que tu ne le crois, mais pas toujours des faits et des gestes dont tu pourras te réjouir. Voilà pourquoi j'hésite à t'en faire part.

— Que m'importe ! Personne ne peut prétendre être parfait.

— À la bonne heure ! Où en étions-nous donc ?

— Vous me disiez qu'elle vous avait engagé comme palefrenier.

— Ah oui ! Palefrenier. Ce n'était d'ailleurs qu'un prétexte. Qui se méfie d'un palefrenier sans fortune, n'ayant que son coffre de hardes et une paillasse près des écuries ?

— Personne, évidemment.

— Ta grand-mère l'avait bien compris. En m'embauchant, elle avait une autre idée derrière la tête. Ardente comme elle l'était alors, elle ne pouvait pas se passer de chaleur et d'amour très longtemps. Elle avait besoin d'un amant. C'est ce que j'ai compris quand, profitant du soir de congé des autres domestiques, elle m'a gardé pour le souper. Elle ne m'avait pas dit trois mots, depuis mon engagement, mais quelque chose m'assurait qu'elle avait un faible pour moi.

« Derrière sa maison se dressait un hangar. L'hiver, il servait de glacière. Par ce hangar, on pouvait accéder à une fenêtre de la maison, laquelle donnait sous l'escalier menant à sa chambre. Elle m'a dit : "Quand je voudrai te voir, je te le ferai savoir à ma façon." Elle a convenu d'un signal entre nous. Tous les soirs, dix minutes avant le couvre-feu, je me mettais en observation du côté sud, sous la fenêtre de sa chambre. Cinq minutes avant l'extinction des feux, elle tirait ses rideaux. Si elle les fermait, puis les ouvrait une fois, avant de les refermer, je savais qu'elle souhaitait me voir, le soir même. Si, au contraire, elle les ouvrait et refermait à deux reprises, elle m'attendait le lendemain soir. Si elle les tirait mais ne les ouvrait plus, j'en étais quitte pour passer la nuit dans ma chambre près de l'écurie. »

— Vous avez été son amant ?

— Bien sûr ! Pendant plusieurs années. C'était, en réalité, une femme délaissée, libre, en conséquence, de faire ce qui lui plaisait. Pour s'assurer d'être seule, elle donnait congé aux domestiques. Malgré leur absence, je n'avais pas l'autorisation d'entrer chez elle autrement que par le hangar et la fenêtre déverrouillée à cette fin. J'accourais, je montais les marches deux par deux, sans faire de bruit, j'effleurais doucement la porte de la paume de la main. J'attendais l'ordre d'entrer.

« Elle décidait de tout, je n'avais qu'à m'accorder à ses humeurs. Certaines fois, elle me repoussait vers l'escalier alors que je venais tout juste d'entrer. D'autres fois, elle m'ignorait pendant une heure ou deux avant de décider qu'il ne se passerait rien ce soir-là. La plupart du temps cependant, elle était déjà étendue sur son lit et me faisait signe d'approcher. Je n'avais plus alors qu'à la caresser du bout des doigts, en commençant par la plante des pieds. Elle poussait aussitôt de longs soupirs et je la sentais se détendre peu à peu, en multipliant les grognements de plaisir. Bientôt, sa respiration devenait saccadée, jusqu'au moment où elle m'attrapait par un bras en criant: "Viens!" Je m'étendais sur elle et la prenais sans plus de cérémonie. Ça ne durait guère. Je la sentais frémir sous moi, elle roucoulait de plaisir, puis se retournait, satisfaite, en me repoussant.»

— Ouf! À ce que j'entends, c'était une femme drôlement libre!

— Comme bien d'autres à cette époque où il était si important de sauver les apparences.

— Elle ne devait pas être très pieuse.

— Elle fréquentait l'église comme nous tous, pour éviter d'être pointée du doigt, mais la religion n'était certes pas sa priorité. Pour en revenir à ce que je disais, dès que je la voyais se retourner, je savais qu'il me fallait disparaître avant que la tigresse en elle ne se réveille et me chasse à coups de griffes. Je me sauvais nu, mes chaussures à la main et mes hardes sous le bras. Au bas de l'escalier, j'ouvrais la fenêtre, en prenant bien soin, une fois dans le hangar, de la refermer sans bruit derrière moi. Ce n'est qu'à ce moment que je pouvais m'habiller, et l'hiver, crois-moi, dans cet endroit glacial, je tremblais de tous mes membres avant de retrouver la bonne chaleur de mes vêtements. Il n'était pas question un seul instant de songer à revenir en arrière.

— Elle avait du caractère?

— Je comprends donc!

— Vous me faites découvrir que mon caractère et celui de mes sœurs ne nous vient pas seulement du côté des Grenon.

— Tu dois avoir certainement en toi quelque chose d'elle. Écoute bien la suite et tu comprendras un peu mieux son tempérament. Un soir d'hiver, pressé de partir, j'avais oublié mes souliers dans sa chambre. Pour mon malheur, je suis revenu sur mes pas afin d'aller les quérir. Elle me les lança à la tête avec tant de hargne que je n'osai plus aller la voir pendant des semaines. D'ailleurs, l'aurais-je voulu que je n'aurais pu. Elle m'a fait faire le pied de grue tous les soirs, pendant tout ce temps, en tirant ses rideaux sans jamais les ouvrir de nouveau. Puis, un bon soir, sachant que malgré tout j'étais toujours à mon poste, elle me donna le signal tant attendu.

— Désormais, dit Nicolas, je ne dirai pas seulement "têtu comme un Grenon", mais aussi "têtue comme la grand-mère Charlotte" !

— Et tu auras saprément raison, mon garçon. Après m'avoir fait tant attendre, elle m'a donc donné le signal. Tu peux croire que j'étais content de la revoir. Je me rappelle ce soir-là en particulier, parce qu'elle s'est esclaffée au moment où elle m'a appelé vers elle en me disant : "Viens !" S'avisant soudain que je portais ce nom, elle s'est mise à rire à s'en étouffer. À compter de cette soirée mémorable, chaque fois que j'allais la trouver, elle me disait : "Viens, Vien !" Et quand elle me congédiait, elle ne manquait pas de prononcer, comme un rituel amusant : "Va, Vien !" Quelle maîtresse femme ! Je me suis uni à plus d'une depuis, mais, crois-moi, aucune d'elle n'allait à la cheville de ta grand-mère en ce domaine. Quand elle voulait faire durer le plaisir, elle savait attendre et me faire patienter, jusqu'à ce qu'un désir plus fort que tout nous emporte au monde du plaisir le plus vif. J'en frissonne encore.

— Que devenait son mari pendant tout ce temps ?

— Il passait ses hivers en France à faire l'achat de marchandises expédiées sur les navires en partance pour Québec, chaque printemps.

— Pendant tout ce temps, ma grand-mère demeurait seule ?

— Elle était occupée par la vente des marchandises reçues de France et elle lui envoyait, en retour, les peaux de castor et d'orignal qu'elle recevait en paiement. Elle réussissait assez bien en affaires, mais dépensait plus qu'elle ne gagnait. Ses bals faisaient le bonheur de tout Québec. J'y assistais de loin : un palefrenier n'a pas ses entrées dans ce beau monde poudré. Les soirs de bal, je me tenais près de l'entrée, jouant le rôle de portier. Le premier domestique annonçait chaque invité, d'une voix puissante, en multipliant les "comtes de...", les "écuyers du...", etc. Pour me venger, je leur inventais des noms : monsieur le comte de Tout à l'heure, madame la marquise de Puispeu, messire l'écuyer de Rebrousse-poil, madame la maîtresse de Tout le monde.

— Vous êtes resté longtemps son palefrenier ?

— Cette vie à l'emporte-pièce a duré quelque chose comme six ou sept années. Entre-temps, elle avait fait trois enfants et avait trouvé le moyen de flamber, à peu de chose près, toute la fortune de son mari. De toute façon, ce dernier n'en aurait pas profité, car il a péri dans le naufrage du navire qui le ramenait définitivement au pays. Devenue veuve et libre, ta grand-mère fut aussitôt entourée d'un nombre considérable de prétendants, sur lesquels elle leva le nez. Il lui restait suffisamment d'argent, c'est à tout le moins ce qu'elle croyait, pour s'acheter rien de moins qu'une seigneurie.

Comme les deux soirs précédents, Nicolas dut prier le vieil homme de remettre la suite au lendemain, car il tombait de fatigue.

Chapitre 4

La tempête

Quand il avait laissé Honoré Vien, la veille, Nicolas pensait bien pouvoir profiter de la suite de son récit dès le lendemain, mais c'était sans compter une forte tempête qui se leva durant la nuit. Elle sévit pendant deux jours sans qu'il pût même penser monter sur le radeau ancré au milieu de la rivière.

Habitués à bivouaquer, les hommes avaient dressé deux tentes sous lesquelles ils passèrent, bien à l'abri, ces deux jours et ces deux nuits où la nature déchaînée les contraignait à l'inactivité. Nicolas et Bernardin s'informèrent auprès du capitaine Adhémar du déroulement futur de leur expédition.

— Allons-nous remonter encore bien longtemps ce cours d'eau avant de trouver l'endroit idéal ?

— Nous avons à peine parcouru vingt milles et cette tempête nous cloue sur place depuis deux jours. Il nous faut pousser plus loin. Jusqu'à présent, il n'y a guère de site invitant, propre à la réalisation de notre projet.

— Qu'en dit le major Heriot ?

— Je suis justement convoqué sous sa tente, ce matin. Nous devons étudier ensemble les cartes de la région. Je crois qu'il a déjà une bonne idée de l'endroit où nous nous arrêterons.

À peine de retour de sa réunion avec le major, le capitaine Adhémar fut assailli de questions par Nicolas et Bernardin.

— Quoi de neuf?

— Rien de très précis. Il semble que nous allons continuer à remonter encore plus loin le cours de la rivière jusqu'à un endroit où, paraît-il, se trouvent des rapides susceptibles de nous arrêter. Le commandant croit que ce site pourrait s'avérer digne d'intérêt.

Le lendemain, la tempête s'étant enfin apaisée, l'expédition put se poursuivre. Au début de l'après-midi, une série de rapides sur la rivière les empêchèrent de pousser plus avant. Nicolas constata :

— Ce doit être l'endroit dont le capitaine nous a parlé hier.

— Ça semble intéressant, reprit Bernardin. Il y a même, au bord de la rivière, un sentier ouvert sur la forêt.

Ils n'eurent pas à s'interroger longtemps sur les intentions du commandant, car ils reçurent l'ordre de décharger les embarcations. Expédiés à l'avant avec d'autres hommes, Nicolas et Bernardin eurent à abattre quelques arbres le long de la rive afin de créer l'espace nécessaire à l'érection d'un immense hangar devant servir d'abri aux effets et aux marchandises qu'ils convoyaient. Ils travaillèrent sans arrêt jusqu'à la brunante. Le lendemain, ils bûchèrent encore tout au long du jour. Nicolas constata que son vieil ami, Honoré Vien, participait aux travaux avec ses chevaux. Il se demandait quand il aurait la chance de connaître la suite des aventures de sa grand-mère.

Au bout d'une semaine, le hangar était pratiquement terminé et les marchandises y avaient été entreposées. Plus près de la rive, un camp en bois rond servait déjà de toit au commandant et à ses amis. Cartes en main, en compagnie du commissaire général de la colonisation et d'un arpenteur, le major Heriot partait tous les jours explorer les environs. Les trois hommes s'employaient à déterminer les emplacements du futur village et des terres qu'ils avaient la responsabilité de distribuer.

La petite colonie prenait tranquillement forme. Déjà, un ancien soldat du nom de Stean avait décidé d'y demeurer. Il alla rencontrer le major Heriot. Ce dernier n'hésita pas à lui céder une terre le long de la rivière. Avant le retour de l'expédition à William-Henry, Nicolas et Bernardin, avec l'aide des autres soldats, lui érigèrent un camp en bois rond.

Décidés à revenir se fixer à cet endroit, les deux amis allèrent à leur tour rencontrer le commandant qui les reçut courtoisement. Il parlait assez bien français. Nicolas alla droit au but :

— Nous désirons nous faire octroyer une terre le long de la rivière.

— Désolé, mes amis, je ne peux pas satisfaire tout de suite votre demande, je dois d'abord rencontrer le gouverneur, qui va me préciser la façon de répartir les terres entre les officiers et les soldats. Je saurai alors ce que chacun recevra pour aider à son établissement.

— Si vous ne pouvez pas octroyer de terres, pourquoi Stean en a-t-il reçu une ?

— Tout simplement parce qu'il me fallait un homme sur place afin de veiller aux effets et marchandises laissés dans le hangar.

— Quand pourrons-nous en recevoir une ?

— Dès mon retour de Québec, nous procéderons à la distribution des terres.

— Pouvons-nous compter en obtenir une non loin de la rivière ?

— Vous aurez la vôtre bientôt. Mais au fait, comment vous appelez-vous ?

— Nicolas Grenon.

— Et vous ?

— Bernardin Dumouchel.

— Dans quel corps d'armée avez-vous servi ?

— Dans le régiment Meuron. Le capitaine Adhémar a même commandé notre compagnie à Plattsburgh.

— Plattsburgh, répéta le major Heriot, pensif. Ce fut en effet une bonne bataille, mais pas une victoire.

— Pas une défaite non plus. Plusieurs hommes y ont laissé la vie. Nous y avons risqué aussi la nôtre.

La réflexion de Nicolas laissa de glace le major, qui reprit :

— Et c'est le sort d'un soldat que de risquer sa vie pour sa patrie.

Sur ce, il les congédia, en leur faisant remarquer que le travail ne manquait ni pour eux ni pour lui.

De retour à leur tente, Nicolas et Bernardin récupérèrent leurs effets. L'expédition s'apprêtait à retourner à William-Henry. Nicolas remarqua dans un coin de la tente des cartes déployées sur une table. Curieux, il s'approcha. C'était précisément les plans du canton de Grantham. Les terres à distribuer étaient divisées en carrés de dix hectares sur dix. Des noms figuraient déjà sur toutes les terres situées le long de la rivière, et sur à peu près tout l'ensemble du canton. Furieux, Nicolas alla trouver le capitaine Adhémar. Ce dernier, en le voyant arriver, lui demanda aussitôt :

— Veux-tu bien me dire quelle mouche te pique ?

Nicolas éclata :

— Sais-tu ce que je viens de découvrir ?

— Quoi donc ?

— Toutes les terres, ou à peu près, du canton de Grantham sont déjà réservées.

— Comment le sais-tu ?

— Suis-moi, dit Nicolas.

En apercevant les cartes sur la table, le capitaine Adhémar s'offusqua :

— C'est toi qui as fouillé dans mes affaires ?

— Jamais je ne me le serais permis. Quelqu'un de plus curieux que moi l'a fait et ça m'a été fort utile.

— Ça ne t'a servi qu'à te faire du mauvais sang.

— Du mauvais sang ?

Nicolas se mit à frapper de l'index sur la carte que le capitaine Adhémar venait de redéposer sur la table. Les dents serrées, il fulminait :

— Regarde à qui ont été données les meilleures terres du canton ! Heriot prétendait ne pas pouvoir les distribuer avant son retour de Québec. Il s'est accaparé à lui seul à peu près toutes celles qui se trouvent au bord de l'eau.

— Ça s'explique facilement, précisa le capitaine. Il s'est fait octroyer ces terres afin de les réserver pour la construction du village : elles ne sont pas véritablement à lui.

— Rien n'empêche qu'il a distribué les autres, les meilleures, à ses amis.

Du doigt, Nicolas parcourut la carte en énumérant leurs noms :

— John Stean, les deux Sanders, James Miller, Rodolphe Steigher, Thomas Sheppard, John Leggat, Peter Plunkette, Michael Toomey, William Montgomery, tous Anglais, comme lui !

— Comme je te l'ai dit et je te le répète : il n'a pas le choix. Le gouverneur Drummond lui a donné l'ordre de faire de cette colonie un emplacement anglais, afin que tout le canton de Grantham et les cantons des alentours, Simpson, Wickham et Durham, soient colonisés par des hommes d'origine et de langue anglaises.

Tenant mordicus à son idée, Nicolas poursuivit :

— C'est exactement comme si Bernardin et moi, et tous ceux affublés de noms français, n'avions pas risqué notre peau sous les drapeaux anglais. Pourquoi sommes-nous considérés comme des individus de second rang ? Notre vie est-elle moins précieuse qu'une vie anglaise ?

Le capitaine Adhémar se redressa.

— Nicolas, je t'aime bien, mais quand tu laisses tes sentiments prendre le dessus sur ton jugement, je ne te reconnais pas. Tâche de voir la situation telle qu'elle est. Tire profit au maximum de ce que tu pourras obtenir.

Trop furieux pour parvenir à se contenir, Nicolas poursuivit ses récriminations :

— C'est ça, contentons-nous des restes et taisons-nous comme d'habitude. J'ai fait la guerre aux côtés des Anglais, pour les Anglais. À partir d'aujourd'hui, je ferai la guerre pour moi et pour les miens et, si nécessaire, contre les Anglais. Je pars d'ici pour le moment, mais je vais revenir et je tracerai mon chemin bien droit et sans me laisser marcher sur les pieds, comme le ferait tout Grenon digne de ce nom.

Il sortit de la tente sans se retourner. Le capitaine Adhémar le regarda partir en secouant la tête et s'empressa de faire disparaître les cartes compromettantes.

Chapitre 5

La seigneuresse

Au cours de ces journées harassantes, Nicolas n'avait pas eu le loisir de revoir Honoré Vien. Mais l'histoire de sa grand-mère le fascinait tellement qu'il profita d'une belle soirée où tout invitait à la détente, avant leur retour vers William-Henry, pour s'en laisser raconter encore un épisode. Le vieil homme se montra enchanté de pouvoir continuer ce qu'il avait commencé.

Pour ne pas qu'ils soient dérangés, Nicolas proposa au vieil homme de ne pas rester à terre mais de plutôt de rallier le radeau, toujours amarré à un des vaisseaux au milieu du cours d'eau. À leur endroit de prédilection, après avoir allumé sa pipe, Honoré Vien replongea dans ses souvenirs.

— Où en étions-nous avec la Charlotte ?

Nicolas avait gardé en mémoire le point précis où en était le vieillard dans son récit :

— Je suis curieux de savoir comment ma grand-mère est devenue une seigneuresse.

— Ta grand-mère rêvait de s'acheter une seigneurie. Mais des seigneuries à vendre, il n'y en avait pas, sauf peut-être, à ce qu'on lui avait dit, celle des Éboulements. Elle n'avait jamais mis les pieds dans Charlevoix. Elle s'y fit conduire en goélette, puis en charrette, par la grande côte des Éboulements, jusqu'au manoir pratiquement en ruines. Inutile de te dire que, passionnée comme elle l'était, elle est tombée follement amoureuse des Éboulements. Il faut dire qu'il y a de quoi s'amouracher d'un coin pareil : la montagne, le fleuve à perte de vue. Elle connaissait quelque chose de semblable à Québec ; elle le retrouvait en plus rustique et plus sauvage aux Éboulements. Elle se voyait déjà dans son manoir, recevant le gratin de la région pour des bals. Elle voulait tout simplement transporter à la campagne ses habitudes de la ville.

— À qui appartenait la seigneurie ? s'enquit Nicolas.

— À Jean-François Tremblay, qui en avait hérité de son père Pierre, sans trop se préoccuper de la faire valoir. Plusieurs terres y étaient à l'abandon. Les gens se plaignaient du moulin à farine, qui ne tournait que la moitié du temps. Ils déploraient l'absence du seigneur et redoutaient que tout tombe en dégandole. Quand ils ont vu arriver cette femme résolue, sachant ce qu'elle voulait et entichée de leur seigneurie, ils en ont été tout réjouis. Ils n'ont pas été longs à s'apercevoir que ta grand-mère était tout un numéro. Ils ne tardèrent pas à l'appeler familièrement la Charlotte, puis la seigneuresse.

— Est-ce qu'elle a fini par acheter la seigneurie ?

— Non pas. Elle aurait eu suffisamment d'argent pour l'acheter d'un coup, mais elle a préféré passer des contrats d'achat de terres devant le notaire. Elle ne voulait pas engager tout ce qui lui restait de sa fortune.

— Où s'est-elle installée ?

— Sur une des terres qu'elle venait d'acheter. Elle a trouvé des ouvriers à qui elle a donné ses instructions pour faire construire une manière de manoir. Puis elle est retournée pour voir à ses affaires, à Québec. Comme elle avait besoin de sous, ce qui lui manquait toujours, elle a vendu sa résidence de Québec. Puis elle a pris pour de bon le chemin des Éboulements. C'est alors que commença pour elle une vie encore plus mouvementée. Mais de ça, mon garçon, nous en parlerons demain. Je me sens vieux et las : un bon somme me fera grand bien.

Ce fut tout ce que Nicolas apprit ce soir-là. Bernardin n'était pas sans s'être rendu compte du manège de Nicolas et de ses escapades sur le radeau.

— Tu nous quittes tous les soirs, lui fit-il remarquer. Ce vieillard que tu vas voir semble te passionner.

— À qui le dis-tu ! Il me raconte l'histoire de ma grand-mère.

— Vraiment ? Et qu'a-t-elle fait de si prodigieux pour que tu passes des heures en compagnie de cet homme ?

— Il m'apprend que cette femme était un personnage extraordinaire et une brasseuse d'affaires comme il ne s'en fait guère. Je te raconterai tout ça quand ce vieil homme aura fini de m'en vanter les mérites.

Le lendemain, à la brunante, Nicolas se retrouva sur le radeau. Le regard allumé, Honoré Vien le reçut avec le sourire. Il avait le goût de causer et entonna aussitôt :

— Jeune homme, tu m'excuseras d'avoir coupé court à notre entretien d'hier. Tu comprendras qu'à mon âge, la fatigue joue parfois de mauvais tours. Ce soir, cependant, si tu veux entendre parler de ta chère Charlotte, je suis ton homme.

— Je ne me lasse pas de vous écouter, avoua Nicolas.

— Dans ce cas, tu sais que la mer est un animal à ne pas contrarier. Eh bien ! Dis-toi que ta grand-mère n'était pas différente.

— Quelqu'un a-t-il osé se frotter à elle ?

— Il fallait s'y attendre.

— Qui donc ?

— Le seigneur des Éboulements. Il y avait cinq ans qu'elle achetait des terres dans sa seigneurie. Elle avait versé un montant initial à l'achat, mais aucune redevance au seigneur en place. Ce dernier lui a intenté un procès. Chaque fois qu'elle a été convoquée en cour, elle s'est arrangée pour ne pas être présente. Elle a fait durer le manège jusqu'à l'été, sous prétexte qu'elle recevrait de l'argent avec l'arrivée des premiers navires. Cet argent n'est jamais venu, cette année-là. Elle a prétendu qu'elle le toucherait l'année suivante et, à cet effet, elle a fait la traversée jusqu'en France.

— Elle est allée jusqu'en France ?

— Bien sûr ! Elle tenait à ses terres et en possédait presque autant que le seigneur Tremblay lui-même, mais ne lui versait pas les cens et rentes annuels. En France, elle fut reçue partout. Chacun désirait connaître cette Charlotte qu'on disait seigneuresse de Nouvelle-France et qui, par sa beauté, faisait pâlir les plus belles femmes du royaume de France. Elle ne perdit pas son temps à Paris, à Rouen, à La Rochelle ou ailleurs. Tout ce qu'elle désirait, en réalité, c'était de faire tomber dans ses filets un riche seigneur, qui, par sa fortune, lui permettrait de sauver sa mise sur ses terres de la seigneurie des Éboulements. Elle a fini par attirer l'attention d'un marchand de Dieppe, avec qui elle s'est alliée pour la vente de marchandises. Les marchandises ont été chargées sur deux navires. "Pensez-vous, disait-elle, que je suis du genre à mettre tous mes œufs dans le même panier ?" Elle espérait, une fois tous ces produits vendus et leur prix remboursé, retirer plusieurs milliers de livres, de quoi payer le seigneur et continuer à gruger une à une les terres de sa seigneurie.

— Y est-elle parvenue ?

— Justement, ce chargement causa sa perte. Les marchandises rapportèrent moins que prévu, parce que la moitié des tonneaux de vin achetés par ses soins arrivèrent gâtés. En tout et pour tout, elle n'avait fait que quatre mille livres de profit, alors que ses dettes frisaient les dix mille livres. Le seigneur Tremblay l'a fait de nouveau comparaître en justice. Elle a joué le même jeu que l'année précédente et a même brandi des documents prouvant qu'elle devait toucher les montants d'une rente venant à expiration l'année suivante. Elle affirmait que cette somme lui permettrait de rembourser sa dette en entier, avec les intérêts. Elle s'est si bien démenée que le juge, impressionné par sa détermination autant que par sa fougue et sa beauté, a fait reporter son jugement définitif à l'été suivant.

Plein d'admiration pour son aïeule, Nicolas s'exclama :

— Eh bien ! Elle était tenace et rusée, la grand-mère !

Le vieil homme sourit largement et poursuivit :

— De passage à Québec, j'ai eu la chance d'assister à ce procès. Elle se défendait avec tant d'ardeur et de véhémence qu'elle attirait toutes les sympathies. C'est lors de ce procès qu'un quidam, en jouant sur son nom de famille, l'a surnommée la seigneuresse l'Éclair, surnom sous lequel plusieurs ont pris l'habitude de la désigner. Quoiqu'elle fasse, cette femme hors du commun attirait constamment l'attention. Elle se plaisait d'ailleurs fort bien dans ce rôle.

Curieux, Nicolas demanda :

— A-t-elle fini par pouvoir payer ses terres ?

— Hé non ! Une fois de plus, malgré l'opposition du seigneur Tremblay, inquiet de n'être jamais payé, elle a été autorisée à quitter de nouveau le pays et a repris la mer, papier en main, sous le prétexte d'aller toucher la rente en question, rente qui n'existait plus, et pour cause : elle l'avait engloutie en même temps que la fortune du sieur de Malmaison. Avant de quitter Québec, elle a donné une procuration à un ami qui, pour deux mille livres, a acheté un congé de traite en son nom. Arrivée en France, elle a fini, comme l'année précédente, par convaincre un marchand de Rochefort de lui fournir des marchandises de traite contre des peaux de castors pas encore tués. Elle est revenue de France avec ses marchandises et la promesse d'une fortune à venir. Le seigneur Tremblay ne voyait pas les choses du même œil et il a réclamé de nouveau son dû devant les tribunaux.

— Comment faisait-elle pour étirer ses paiements si longtemps ? Le seigneur devait être furieux !

— Il l'était, mais n'y pouvait rien. Pendant tout ce temps, elle se faisait malicieusement appeler seigneuresse des Éboulements et retenait les cens et rentes des terres qu'elle possédait. Les habitants réclamaient depuis longtemps un meilleur moulin à farine. Elle en a fait ériger un à ses frais sur une de ses terres, en promettant au charpentier de le payer sur les profits de la traite des fourrures. Comme le moulin banal de la seigneurie ne fonctionnait pas, les gens ont pris l'habitude de faire moudre leurs grains à son moulin. Parce qu'elle avait satisfait les habitants, elle a gagné leur sympathie, si bien qu'ils se sont opposés à l'idée que le seigneur fasse réparer son moulin. Malgré tout, les autorités lui ont ordonné, par jugement définitif, de cesser de faire tourner son moulin. Elle a grondé comme le tonnerre, méritant son sobriquet d'Éclair, et a porté l'affaire en appel.

— Fiou ! souffla Nicolas. Comme aurait dit mon père, elle n'y allait pas avec le dos de la cuillère.

— Entre-temps, elle a entrepris de nouveau la traversée en France. Sur le navire, cette fois, elle a fait la connaissance d'un marchand passablement fortuné. Elle lui a tourné autour, jouant de tous ses charmes en même temps que de ses griffes. Elle a si bien fait sa chatte qu'elle l'a amadoué. Elle avait le projet de lui soutirer sa fortune pour rembourser ce qu'elle devait au seigneur Tremblay, mais cette fois elle a perdu sur tous les fronts. Ce marchand n'était pas dupe. Elle est revenue au pays gros-jean comme devant.

Après avoir narré les déconvenues de la seigneuresse, Honoré Vien, appuyé à la clôture entourant le radeau, resta un moment à scruter la rivière éclairée par une lune blafarde. Nicolas respecta son silence mais en prenant congé, il lui demanda :

— Qu'est-elle devenue par la suite ?

— Ah, ça, dit-il en réprimant un bâillement, si tu veux bien, nous y reviendrons demain.

Chapitre 6

L'extravagante

Après toutes ces journées de travail, et à la veille de faire voile pour William-Henry au petit matin, Honoré Vien avait quelque peine à reprendre le fil de son récit. Nicolas le trouvait fatigué. Il lui semblait que pour un homme de son âge, commander et soigner deux chevaux devait requérir passablement d'énergie. Nicolas remerciait le ciel que son ami Bernardin adorât jouer aux cartes ; cela lui permettait de s'éclipser à point nommé et de continuer à profiter des confidences du vieil homme. Ce soir-là, ce dernier commença par préciser :

—Je dois te dire que ta grand-mère n'a pas tout perdu. Elle avait tout de même engagé beaucoup d'argent, à la fois dans la construction de son manoir et de ses dépendances, ainsi que dans l'érection d'un moulin neuf fort utile aux gens de la seigneurie. Le juge en a tenu compte. Si ta grand-mère avait été moins extravagante, elle aurait pu payer ce qu'elle devait et conserver toutes ses terres. Mais elle en a perdu la moitié parce qu'elle aimait avant tout éblouir, et le peu d'argent qui lui restait, elle ne l'employa pas à payer ses dettes, mais à donner des bals et autres fêtes dont elle seule avait le secret.

— Si je comprends bien, dit Nicolas, elle était passablement excentrique et elle a perpétué son train de vie de Québec aux Éboulements.

— C'est tout à fait ça ! À cette époque, il m'arrivait d'aller la visiter, juste pour le plaisir d'être en sa présence et de la regarder agir. Elle était toujours de bonne humeur, affairée à la réalisation de quelque chose chaque fois plus important que tout. C'était incroyable de voir la force que pouvait dégager cette femme. Outre sa beauté et son intelligence, c'était son énergie qui la faisait aimer des gens. De toute façon, elle ne laissait personne indifférent. Je pense que le meilleur exemple de ce qu'elle était vraiment, je peux te l'illustrer par un événement que j'ai vécu lors d'une de mes visites aux Éboulements. Ça t'intéresse de l'entendre ?

— Si ça m'intéresse ? Je comprends donc ! Jamais je n'aurais pu imaginer avoir eu une pareille grand-mère.

— Dans ce cas, ce qui suit va certainement te plaire. J'avais décidé, un beau jour de fin d'été, de lui rendre visite. J'étais arrivé en goélette à Saint-Joseph-de-la-Rive et je m'étais fait conduire aux Éboulements par un charretier du coin, un homme renfrogné, grognant à chaque cahot sur le passage de son cheval. Comme nous arrivions près du manoir où elle habitait encore, une des roues de la charrette s'est détachée. "Malédiction ! s'est écrié le charretier, ces maudites routes, nous les devons à cette extravagante qui se prend pour un seigneur, alors qu'elle n'est qu'une petite parvenue sortie de Québec !" Sur ces mots, il cracha de dépit. "Nous sommes chanceux dans notre malchance, lui ai-je fait remarquer. Ce malheur nous arrive alors que nous sommes à la porte du manoir." Le charretier a brandi le poing. "Que le diable ait son âme, s'est-il exclamé, en parlant de ta grand-mère, on me paierait que je n'irais pas demander son aide." C'était la première fois que j'entendais quelqu'un déblatérer contre elle. On ne peut pas avoir que des amis, ai-je songé. J'ai alors dit au charretier : "Vous n'iriez pas, mais l'honneur sera sauf, car moi j'y vais. Il s'avère en plus que je la connais."

« Le bonhomme a vivement protesté. Je l'ai quelque peu apaisé en lui payant le prix de mon transport et je me suis dirigé sans plus tarder vers le manoir. Au moment où je parvenais en face des écuries, un va-et-vient inhabituel m'a étonné. Tenus en laisse, une vingtaine de chiens aboyaient d'impatience. Arme au poing, des hommes attendaient le signal de la chasse. J'ai compris alors d'où provenait tout le vacarme entendu depuis quelques minutes dans le lointain : des rabatteurs s'amenaient en frappant le fond de vieux chaudrons. Leurs cris mouraient chaque fois qu'un des cavaliers, muni d'un cor de chasse, sonnait l'hallali. Les sons du cor se répercutaient contre la montagne, puis allaient se perdre au fond des vallées avoisinantes, étouffés par l'épaisseur des taillis. Ils faisaient place aussitôt à la sarabande lointaine des fonds de chaudron. »

— Elle avait organisé une chasse ? demanda Nicolas.

— En plein ça, mais pas n'importe quelle chasse : une chasse à courre. Ils étaient sept, bien comptés, à attendre le départ de la chasse. La domestique à qui je me suis adressé pour me présenter à ta grand-mère se nommait Marielle. J'avais entendu un des hommes l'interpeller par ce prénom. Je l'avais tout de suite remarquée pour sa vivacité et ses yeux pleins d'intelligence. Elle me semblait délurée. En réponse à ma demande, elle m'a déclaré d'un air moqueur : "Cher monsieur, vous devrez attendre que la chasse soit lancée. Il n'est pas question de déranger ces messieurs, ce sont des gens importants, vous savez et, pour l'instant, ils attendent madame !" Son sourire moqueur démentait ses paroles. Elle ne portait certainement pas ces messieurs dans son cœur. J'ai fait en haussant les épaules : "Importants !" Ma réaction désinvolte l'a fait sourire. Elle s'est approchée de moi pour chuchoter à mon oreille : "Ils le sont plus que vous le croyez. Ils sont arrivés ici en grand secret, comme des malfaiteurs, ce qu'ils sont sans doute, en feignant de ne pas se connaître."

« Devant mon air étonné, elle a pouffé de rire, heureuse de l'effet de ses paroles. Pendant que nous parlions, ta grand-mère est apparue, vêtue de ses habits de chasse. "Choisissez vos bêtes", a-t-elle dit à ses invités, en désignant les chevaux rassemblés dans un enclos voisin. “Les femmes d’abord !” a lancé un petit homme sec au regard pétillant. “C’est très gentil à vous, monsieur Vivier, de donner préséance aux dames, a-t-elle approuvé, mais je vous ferai remarquer que je suis la seule dans la place.”

« Elle s’est approchée aussitôt des chevaux tenus en bride par un bon nombre de serviteurs. Après avoir examiné les bêtes une à une, elle a désigné un cheval qui piaffait d’impatience. “Vous allez monter Sultan ! s’est exclamé le sieur Vivier. C’est un choix fort judicieux pour vous qu’on pourrait certes appeler la Sultane. Méfiez-vous cependant de lui, c’est un hypocrite : il aime désarçonner, juste pour le plaisir.” “Ne craignez rien, cher monsieur, je sais comment m’y prendre avec les bêtes.” “La preuve ! a lancé gaiement un des cavaliers, elle avait épousé Malmaison !”

« Pendant que toute la compagnie s’esclaffait, un des hommes occupé à choisir un cheval, sans doute un ancien ami ou un parent de Malmaison, a répliqué d’un ton courroucé : “Moque-toi toujours, Tousignan, rira bien qui rira le dernier !” “Ce n’était qu’une taquinerie, a repris ce dernier, tu ne sauras donc jamais rire, Martel !”

« La riposte du sieur Martel à la moquerie du nommé Tousignan est tombée dans le vide. Personne ne paraissait se soucier de lui autrement que pour en rire. On épiait toutefois avec attention chaque geste de ta grand-mère. Elle semblait n’avoir rien entendu de ce qui s’était dit. Elle s’est apprêtée à monter en selle. Martel s’est approché pour lui venir en aide. Elle l'a repoussé : "Allons, mon ami, je ne suis plus une enfant !"

« D'un bond, elle s'est retrouvée en selle, tenant les rênes d'une poigne solide. Le cheval s'est cabré : elle l'a maîtrisé, puis l'a apaisé en lui tapotant le cou. Un des cavaliers a fait entendre un sifflement admiratif, les autres ont applaudi. Tête haute, elle les a salués d'un geste.

« "Elle est aussi à l'aise à cheval que dans sa chambre", m'a chuchoté la domestique à l'oreille, en me faisant un clin d'œil. Pendant ce temps, les chiens continuaient d'aboyer, tandis que grandissait le vacarme des rabatteurs. Aussi impatiente de partir en chasse que les bêtes, ta grand-mère s'est adressée vivement à ses invités. "Messieurs, si ça continue, ces incapables vont mettre encore l'éternité à nous débusquer un chevreuil ou un orignal !" "Il faut être patient, a dit le nommé Tousignan. Encore une minute ou deux et nous en verrons surgir un droit devant nous."

« On entendait déjà le bruit des branches cassant sous les pattes d'une bête affolée. Le sol résonnait sourdement. "Tenez-vous prêt ! a recommandé le sieur Martel. Si je me fie au bruit, ils rabattent une grosse bête vers nous." "Elle ne peut pas être aussi bête que le gouverneur", a lancé un des invités, d'un ton goguenard.

« Tous ont pouffé. Le bruit d'une course désordonnée s'est rapproché, surpassant le concert des fonds de chaudron. Les chiens ont bondi au bout de leur laisse. "Lâchez !" a hurlé ta grand-mère, au moment où, à l'orée de la forêt, a surgi un élan mâle, suivi de deux chevreuils effarouchés. "Trois proies d'un coup, a-t-elle jubilé. À votre guise !"

« Surpris, les chiens se sont dispersés aux trousses de chacune des bêtes. Quelques-uns ont pris l'élan en chasse. Ta grand-mère a crié : "Je vous suis !" Elle a poussé à fond de train. Les autres ont préféré s'attaquer à des proies plus faciles : ils ont suivi les chevreuils. Un sonneur de cor a fait entendre des appels effrénés. En quelques secondes, toute la troupe a disparu dans la forêt. Épuisés, les rabatteurs sont sortis des bois, l'un après l'autre : on pouvait lire sur leur visage à la fois la joie d'en avoir fini avec cette corvée et la lassitude de cette longue marche dans les fourrés.

« "La Charlotte sera satisfaite", a soupiré l'un d'eux, en s'épongeant le front du revers de sa manche. "Satisfaite ! a commenté son voisin en haussant les épaules. L'as-tu déjà vue comblée ?" "T'as raison, Marc, a repris un troisième, rien ne peut la contenter. Ça lui en prend toujours plus, d'une fois à l'autre. Un orignal et deux chevreuils, ce n'est pas encore assez. Il lui en aurait fallu le double, un pour chacun de ses invités." "N'exagérons rien, a bougonné le premier, elle n'est pas si intransigeante, trois bêtes aujourd'hui, elle en sera fort heureuse." "Peut-être bien, a admis Marc, mais elle en voudra cinq demain." "Demain, a repris un homme un peu en retrait, elle aura tellement fêté qu'elle ne sera pas capable de se lever toute seule." "Ne craignez pas, a commenté un autre. Belle comme elle est, je ne suis pas inquiet pour elle. Je vous garantis qu'elle doit être capable de faire lever, vous savez quoi, de n'importe qui!"

«Les hommes se sont esclaffés à cette évocation. Au même moment, le majordome du manoir s'est dirigé vers eux. C'était un homme d'âge mûr: il marchait, tête bien droite, se donnant des airs de grand seigneur. D'une façon hautaine, il leur a lancé une bourse en disant: "Voilà pour vos frais!" "Ne te prends pas pour le grand argentier, a grogné celui qu'on appelait Marc. Nous savons que cet argent n'est pas le tien." "C'est ma maîtresse qui vous le donne, a repris l'autre d'un ton offusqué en ajoutant: pour ce que vous en méritez." "Tiens! Tiens! On se croit supérieur, s'indigna l'un d'eux. On aimerait recevoir une petite leçon d'humilité?"

«Il a fait un clin d'œil à ses copains. D'un geste, il les a invités à s'approcher. Le majordome a été aussitôt entouré par la dizaine d'hommes qui avaient agi comme rabatteurs. "Excuse-toi!" lui a-t-on commandé. "De quoi?" s'est indigné le majordome. "De nous avoir traités comme les derniers des gueux." "Pouah! a-t-il craché. Qu'un seul de vous lève le petit doigt sur moi et jamais plus ma maîtresse ne vous engagera pour ses chasses." "Sois sans inquiétude, a rétorqué le meneur. Personne ne te touchera, mais chacun saura si tu sais danser."

«Il tenait une gaule à la main. Il s'est mis à la manipuler habilement en effleurant les pieds du majordome. Pour éviter les coups, il n'a pu que sauter de gauche à droite, au grand plaisir des rabatteurs. "Tu vois, s'est moqué son bourreau, personne ne t'a touché, mais tu danses aussi bien qu'un vieux bouc."

« Après quelques moments de ce petit jeu, le majordome cherchait son souffle ; la sueur perlait sur son front, trouvait son chemin au bout de son nez, avant de s'égoutter sur son pourpoint. Un des hommes a intercédé : "Ça va, il doit avoir compris." "Un majordome a d'ordinaire l'esprit trop obtus pour comprendre si facilement, a repris son tourmenteur. Crois-moi ! Une petite danse de la sorte ne suffit pas, il lui en faut plus pour se souvenir. Déshabille-toi, pour la fessée", a-t-il ordonné en lui faisant siffler sa gaule au-dessus de la tête. "Jamais !" a protesté le majordome. "C'est ce qu'on va voir", a enchaîné l'autre.

« D'un geste habile, du bout de sa gaule, il lui a fait sauter la perruque. "En voilà un morceau de moins ! Attends-tu que je t'enlève le reste de la même façon ?" "Suffit !" s'est élevée une voix courroucée derrière eux.

« Les hommes se sont retournés ensemble : ta grand-mère s'avançait, gracieuse sur son cheval. Les hommes ont esquissé quelques pas de recul. Le majordome a ramassé sa perruque. S'est ensuivi un long silence, uniquement troublé par le piétinement des sabots du cheval. "Va ! Alexandre, a ordonné ta grand-mère. Quant à vous, que je ne vous y reprenne plus." "Il n'a pas à nous traiter comme des gueux", a protesté Marc. "Conduisez-vous comme des gentilshommes, a repris ta grand-mère, et on vous considérera selon votre rang." "Il n'est que majordome", a rétorqué l'homme tout en muscles. "Vous n'êtes que rabatteurs, a-t-elle dit, retournez là d'où vous venez !"

« Les hommes se sont dispersés en grommelant. Le majordome a remercié sa salvatrice et a fait remarquer : "Vous n'avez guère chassé, madame." "En effet, les invités allaient si vite que je n'ai pu les suivre. Je n'avais pas le cœur à la chasse aujourd'hui, je les ai laissé filer."

« Sans plus et sans me remarquer, après être descendue de cheval, elle est rentrée au manoir. La domestique, Marielle, a profité de ce moment pour interpeller le majordome. "Ce monsieur vient voir madame", a-t-elle dit, en me désignant. "Qui êtes-vous ?" m'a demandé le majordome. "Honoré Vien", un ami de la seigneuresse." "Il vous faudra attendre, a-t-il dit, madame va sans doute se refaire une beauté." "Je saurai attendre le temps qu'il faudra."

« Ce fut une de mes dernières visites à ta grand-mère », ajouta nostalgiquement le vieillard.

— Vous l'avez encore revue par la suite ? interrogea Nicolas.

— Oui, mais gardons ça pour demain.

Chapitre 7

L'épouse et la mère

Le dernier soir avant d'arriver à William-Henry, le vieil homme accepta, une fois de plus, de continuer à creuser ses souvenirs. Une question brûlait les lèvres de Nicolas :

— Tout ce que vous m'avez conté est extrêmement intéressant. Ça m'a permis de me faire une meilleure idée de celle qui fut la mère de mon père. Mais ça ne me dit pas l'essentiel. Comment a-t-elle fini par épouser mon grand-père ?

— J'y arrive, dit Honoré Vien. Comme ta grand-mère avait fait construire un moulin aux Éboulements et avait également fait ériger un manoir malgré le fait que la seigneurie ne lui appartenait pas, elle a prétendu avoir le droit de percevoir, comme une seigneuresse, sa part de blé sur les moutures des gens de la seigneurie. Pour éviter d'avoir un autre long procès sur les bras, le Conseil supérieur a répondu favorablement à sa requête, mais en partie seulement, sans doute pour l'aider à récupérer un peu de ses pertes.

— Comment ça ?

— Il faut dire que le seigneur Tremblay se faisait vieux et n'habitait pas son manoir. De plus, il ne se préoccupait guère de sa seigneurie. Certes, il la possédait, mais ta grand-mère faisait comme si elle lui appartenait. Les gens l'aimaient. Elle allait à l'église le dimanche uniquement pour occuper, à l'avant de la nef, le banc du seigneur lorsque ce dernier ne s'y trouvait pas. C'était une provocatrice comme il ne s'en fait guère. Si elle ne possédait plus autant de terres et si sa fortune avait fondu, pourtant, avec les petits profits provenant du moulin et le peu d'argent qui lui restait, elle s'est remise à acheter des terres dès qu'un habitant en mettait une en vente. C'est ainsi qu'en peu d'années elle est redevenue propriétaire d'une bonne douzaine de terres de la seigneurie pour lesquelles elle a refusé de nouveau de payer les cens et rentes au seigneur. De plus, un petit profit inattendu lui est venu des fourrures obtenues lors de ses dernières transactions. Cela a été suffisant pour lui redonner un peu d'élan.

— Où vivait-elle pendant tout ce temps ?

— Dans son manoir. Elle avait le sens des affaires, parce qu'elle avait toujours des engagés pour faire valoir ses terres. Elle vendait à bon prix le fruit des récoltes et se débrouillait pour vivre décemment. C'est vers cette époque que ton grand-père a commencé à devenir célèbre pour ses tours de force. Il était veuf et dans la force de l'âge. Il travaillait comme forgeron et maréchal-ferrant.

— Il était veuf ?

— Oui, sa première épouse, fille de cultivateurs, était allée à l'Île-aux-Coudres en plein mois de janvier, sans doute pour une visite à quelqu'un de sa parenté. Elle avait traversé sur le pont de glace se formant en hiver entre l'île et Saint-Joseph-de-la-Rive. Au retour, il semble qu'elle ait été attaquée par un ou des animaux. Un passant l'a trouvée, baignant dans son sang.

— Comment se fait-il que je n'avais jamais entendu parler de ça avant aujourd'hui ? déplora Nicolas.

— Ça, c'est ta famille. Les Grenon sont puissants physiquement, mais ils sont également têtus et leurs rancunes s'avèrent profondes, sinon éternelles.

— Tout cela est bien beau, remarqua Nicolas, mais ça ne m'explique toujours pas comment mon grand-père a pu épouser une femme aussi délurée et brillante que ma grand-mère.

— J'y viens, justement. Quand ta grand-mère a entendu parler des exploits de ton grand-père, elle, qui avait toujours obtenu tout ce qu'elle voulait, s'est mis dans la tête qu'elle ferait la connaissance de cet homme capable de déplacer des rochers, de soulever des pierres et de tenir tête à lui seul à un paquet d'Anglais. Curieuse de nature, elle s'est certainement fait raconter les exploits de ton grand-père. Elle qui avait pratiquement perdu la sécurité de l'argent a sans doute cru trouver un autre genre de sécurité entre les bras de cet homme qu'on appelait l'Hercule de Charlevoix.

— Je suis curieux de savoir comment s'est déroulée leur première rencontre.

— Rien de plus facile. Elle a pris prétexte de ce que la meule du moulin à farine avait besoin de réparations pour faire appel à lui. Lever une telle meule était un jeu d'enfant pour ton grand-père. Il s'est amené un beau jour au moulin. Elle l'y attendait. Ton grand-père était encore bel homme et, en plus, sa puissance faisait l'admiration de tous. Sa force a impressionné ta grand-mère qui n'attendait pas mieux. Je me suis laissé dire qu'une fois la meule réparée, elle l'a invité à souper chez elle. Ton grand-père, veuf depuis plusieurs années, n'a sûrement pas manqué de tomber sous son charme.

Nicolas ne put s'empêcher de l'interrompre :

— Ce qui ne me rentre pas dans la tête, dit-il, c'est qu'elle n'était pas du tout du même milieu que mon grand-père. Qu'est-ce qui pouvait tant l'attirer chez lui ?

— Je te l'ai dit : sa force. Cette femme avait besoin d'affection. Elle croyait sans doute trouver la pleine sécurité dans ses bras puissants. Quoi qu'il en soit, ses fréquentations avec ton grand-père n'ont pas été longues. Il a vite succombé à ses charmes et, quelques mois après leur première rencontre, ils se sont retrouvés à l'église. Je pense que tous les Éboulements ont été à la noce. Elle n'avait pas perdu sa folie des grandeurs ! Ce mariage lui a redonné de la vigueur et le goût de se démener de nouveau. Elle aimait bien les Éboulements, mais elle y vivait sur une terre. Elle a décidé que Baie-Saint-Paul serait désormais plus à sa mesure. Elle a acheté un terrain dans la rue principale et y a fait ériger une grande maison.

— C'est la maison où j'ai vécu, s'empressa de dire Nicolas. J'ai toujours entendu dire que si elle était si grande, c'est que ma grand-mère voulait au moins une douzaine d'enfants.

— Je doute fort que ce soit la vraie raison. Le penchant de ta grand-mère pour le luxe doit expliquer la taille de cette maison. Elle n'était plus d'un âge à avoir autant d'enfants. Quoi qu'il en soit, c'est là qu'elle avait choisi d'aller terminer ses jours. Elle s'était quelque peu assagie. Elle pouvait compter sur le travail de ton grand-père et elle a veillé à ce qu'il ait une belle forge derrière la maison.

— Qu'est-ce qui s'est passé ensuite ? A-t-elle aimé vivre à Baie-Saint-Paul ?

— Il semble bien qu'elle y était heureuse, mais tu comprends qu'avec son caractère, habituée à faire tous ses caprices, ça n'a pas dû être facile d'entrer dans la vie et la maison d'un veuf, père de trois enfants déjà assez âgés pour répliquer et rouspéter, ce qu'ils n'ont pas manqué de faire. Il paraît qu'ils lui ont rendu la vie tellement impossible qu'à un moment donné, alors qu'elle était enceinte de ton père, elle a acculé ton grand-père au pied du mur : il devait choisir entre ses trois enfants et elle. Ton grand-père a décidé de la choisir avec l'enfant qu'elle portait.

— Que sont devenus mes oncles et ma tante ?

— Si j'ai bonne mémoire, ton grand-père les a envoyés dans sa parenté.

— J'ai su qu'elle était morte en couches avec l'enfant qu'elle portait.

— C'est bien ce que j'avais entendu dire. Ni tes oncles ni ta tante n'ont été à ses funérailles.

— Voilà une autre chose que j'ignorais.

— Par testament, ton grand-père héritait de tout ce qui appartenait à ta grand-mère. Il y avait encore plusieurs terres en sa possession aux Éboulements. Il les a toutes vendues, l'une après l'autre, à l'exception de trois, qu'il considérait comme les meilleures. Il les a données à tes oncles et à ta tante en leur précisant que c'était tout ce qu'ils pourraient jamais attendre de sa part en héritage. Le reste, tu le sais aussi bien que moi. Voilà ce que je tenais à te dire en particulier sur la femme extraordinaire qu'a été ta grand-mère : une femme inoubliable comme il s'en rencontre rarement, une femme qui, par son exemple, m'a donné la meilleure leçon de ma vie.

— Vraiment ?

— Comme je te le dis. La dernière fois que je l'ai vue, je lui ai demandé ce qui l'avait rendue si heureuse dans la vie et elle m'a répondu : "Je ne me suis jamais laissé étouffer par les idées des autres, ainsi, ils n'ont pas pu me dicter leur façon de vivre et ma vie m'a toujours appartenu." Tu es jeune, souviens-toi de ça, insista le vieillard.

Ce fut le dernier entretien de Nicolas avec Honoré Vien. Le lendemain, les navires de l'expédition touchaient le quai de William-Henry. Honoré Vien repartit de son côté avec ses chevaux, pendant que Nicolas et Bernardin passaient un dernier soir à Sorel avant de regagner Montréal par le fleuve, comme ils étaient venus.

DEUXIÈME PARTIE

PREMIERS COMBATS

1816-1824

Chapitre 8

Préparatifs

Avant de retourner à Montréal au terme de leur expédition, Nicolas et Bernardin ne voulurent pas quitter William-Henry sans prévenir Jacques Adhémar de leur intention de revenir au printemps se faire octroyer la terre à laquelle ils avaient droit. Ils gagnèrent d'un bon pas l'emplacement où s'élevaient les bâtiments de l'armée. Ils y trouvèrent le capitaine en grande discussion avec deux autres officiers.

— On nous a appris, commença Nicolas, que tu es maintenant un des responsables de la distribution des terres.

— Je vais me mettre en effet à cette tâche durant l'hiver.

— Tu sais où nous aimerions obtenir la nôtre ?

— Le long de la rivière ?

— Oui ! Près de la Saint-François, pour pouvoir y pêcher et profiter de l'eau pour voyager.

— J'ai bien peur que ce soit difficile de vous satisfaire.

— Même dans le canton de Wickham ?

— Les terres le long de la rivière sont celles qui sont les plus convoitées. Je ferai mon possible, mais je ne suis pas seul à décider.

Une vive déception se lisait sur le visage de Nicolas, à qui cette remarque fit perdre patience.

— Dis-nous donc tout de suite que ces terres sont déjà promises, sinon données à des Anglais, comme celles de Drummond !

En bon militaire, son ami ne laissa rien paraître des sentiments qui l'animaient et reprit tranquillement :

— Que veux-tu que je te dise ? Il me semble t'avoir déjà expliqué la situation. Le major Heriot n'a d'autre choix que de distribuer les terres à des soldats venus d'Angleterre, d'Écosse ou d'Irlande. Ça ne semble pas te rentrer dans la tête. Il doit suivre les ordres du gouverneur. Il a pour mission de faire de cette nouvelle colonie un bastion anglophone.

— Ce qui veut dire que, peu importe l'endroit où nous obtiendrons notre terre, nous risquons d'être entourés d'Anglais ?

— C'est ça ou rien du tout. Tu devras te faire à cette idée.

Nicolas ne se comptait pas pour battu. Il donna libre cours à son ressentiment :

— J'ai quelque chose sur le cœur depuis des jours. Explique-moi pourquoi Bernardin et moi, qui avons risqué notre vie et combattu pour les Anglais pendant sept ans, nous n'avons pas droit à plus de considération. Il y a de purs inconnus qui ont reçu d'excellentes terres à Drummond simplement parce qu'ils ont un nom anglais. Que ferais-tu si je m'appelais John Campbell et si je n'avais même pas fait partie de l'armée ?

— Tu ne t'appelles justement pas John Campbell. De plus, je te rappelle que je ne suis pas seul à décider. Je travaille en compagnie de deux autres officiers qui ont autant de pouvoir que moi.

— Si je comprends bien, grogna Nicolas, tu es en minorité et tu as les mains liées. Les deux Anglais avec toi décident et tu n'as qu'à dire « *yes, misters* ».

— Tu me vois désolé, conclut son ami, tu sais comme moi comment ça marche dans l'armée, ce sont toujours, en bout de ligne, les commandants qui décident. Nous faisons des suggestions et j'en ferai pour vos terres comme pour la mienne, mais en fin de compte, nous devrons nous contenter de ce qu'on nous accordera et ce sera à pendre ou à laisser.

— Il n'y a pas moyen de contester ou de remettre en question ? En d'autres mots, tu n'es qu'un figurant.

— Je fais de mon mieux, protesta le capitaine.

Nicolas haussa les épaules. Profondément contrarié, il tourna le dos à la façon de quelqu'un qui en a assez entendu et, malgré son amitié pour le capitaine Adhémar, passa la porte sans le saluer.

Le lendemain, au quai de William-Henry, en compagnie de Bernardin, Nicolas monta dans une goélette en partance pour Montréal.

— Dans trois mois, dit-il, nous serons libres. Terminées les sept années d'esclavage au service de ces messieurs les Anglais.

Bernardin le reprit aussitôt :

— Tu ne trouves pas que le mot « esclavage » est un peu trop fort ? Je parlerais plutôt d'engagement.

— Peut-être as-tu raison, mais toi, tu as choisi de plein gré de devenir soldat, pas moi !

— De plein gré, c'est une façon de parler. J'y ai été contraint par le sort. Je n'ai pas eu le choix.

Nicolas se mit à rire. C'était sa façon à lui de se remémorer les événements qui l'avaient conduit à devenir soldat.

— À propos, fit remarquer Bernardin, comme s'il lisait dans les pensées de son ami, tu ne m'as jamais raconté comment tu avais abouti dans l'armée. Ce serait peut-être l'occasion.

— Ce n'est pas le meilleur coup que j'ai fait dans ma vie. Je n'aime pas m'en vanter. Un bon jour, j'en parlerai, mais pour le moment, tout ce qui me trotte dans la tête, c'est de savoir comment nous allons survivre sans solde jusqu'au printemps.

Son ami le regarda d'un drôle d'air.

— Toi, Nicolas Grenon, tu te demandes comment tu vas vivre jusqu'au printemps ? Allons donc ! Vous avez suffisamment d'argent de côté pour tenir le coup pendant deux ans, toi avec ce que tu as épargné sur ta solde, et Bernadette avec ce qu'elle gagne comme couturière !

L'hiver 1816 parut bien long aux deux compagnons tant ils avaient hâte d'être fixés sur l'endroit où ils allaient désormais vivre. Il leur arrivait souvent d'en parler : cette préoccupation ne quittait jamais leur esprit et émaillait souvent leurs propos. Un bon soir que Bernardin et Marie-Josephte étaient en visite, une fois de plus Nicolas tira une carte de sa sabretache. Il la déplia et la posa sur la table. Il se pencha. De l'index, il décrivit un trajet menant de Sorel jusqu'au canton de Wickham, à quelque cinquante milles plus au sud.

— Regarde, Bernardin, plus j'étudie la carte, plus je pense qu'il faudrait obtenir une terre dans ce coin-là, au bord de la rivière.

— Ne serait-il pas moins ardu d'en avoir une plus proche, même si elle n'est pas au bord de la rivière ?

— Plus proche de quoi ?

— Du nouveau village d'Heriot, celui qu'il a fait appeler Drummond en l'honneur du gouverneur ?

— Allons donc, tu le sais aussi bien que moi, ce village-là va être anglais de partout.

— C'est pour ça que tu ne voudrais pas t'y établir ?

— Même si nous le voulions, nous l'avons vu sur la carte, il n'y a plus une terre de libre là-bas.

— Nous pourrions tenter de nous en acheter une.

— À condition que quelqu'un soit prêt à vendre.

— Notre ami Adhémar finira bien par nous trouver quelque chose d'intéressant.

— Tu oublies qu'Adhémar est le seul Français parmi un paquet d'Anglais à William-Henry.

Irrité, Nicolas s'arrêta net de parler. Il reprit d'un ton courroucé :

— Bernardin, te rends-tu compte ? Chaque fois que je dis ce nom, William-Henry, sapristi ! ça me fait grincer des dents. Ça s'appelait Sorel, autrefois, jusqu'à ce que les Anglais y mettent le nez. Sorel, c'est le nom du capitaine d'armée qui a fondé la place. William-Henry, veux-tu bien me dire quand leur est venue l'idée de donner ce nom à Sorel ? Ils changent les noms comme ça leur tente et nous n'avons rien à dire !

— Que veux-tu, Nicolas, il faudra t'y faire, ce sont eux qui dirigent maintenant, nous n'y pouvons rien.

Nicolas poussa un long soupir.

— C'est le sort des vaincus. Dire que nous avons combattu sept ans pour eux autres...

— Tu oublies trop facilement, lui reprocha Bernadin, que se battre pour eux nous a permis de quitter l'Espagne. Sans cela, nous serions tous les deux six pieds sous terre. Tu le sais aussi bien que moi. Ceux qui sont restés sur les navires de Cadix, là où nous étions prisonniers, ont été expédiés, peu après notre départ à l'île de Cabrera. Je me suis laissé dire que quinze mille des dix-sept mille hommes qui y ont été envoyés sont morts en moins de cinq ans. Nous l'avons échappé belle !

Nicolas ne releva pas la remarque, absorbé qu'il était à échafauder des projets, et dit en martelant la carte du doigt :

— Il va falloir nous rendre à Sorel tôt ce printemps pour obtenir nos terres. Souhaitons que Jacques Adhémar ne nous ait pas oubliés.

— Tu as raison. C'est ce que nous avons à faire : nous rendre tôt à Sorel. Marie-Josephte a bien hâte d'être fixée là-dessus, elle qui attend notre deuxième petit pour le début de l'été. Ça pourrait être risqué de l'amener là-bas dans son état.

— Tout dépendra du moment où nous partirons. Ensuite, j'ai déjà une bonne idée de la façon dont nous nous y rendrons. Il va falloir commencer tout de suite à préparer tout ça.

— Est-ce qu'ils ont enfin décidé de ce qu'ils nous donneront pour nous permettre de vivre en attendant que nos terres produisent ?

— Ils ont promis de fournir les outils nécessaires et des provisions pour une année.

— Ils ne sont pas si mauvais que ça ! Des outils et de quoi manger, c'est toujours ça de pris. Il ne nous reste plus maintenant qu'à espérer le printemps…

Chapitre 9

Le grand départ

Printemps 1816

Ils attendaient ce moment depuis des mois. Suivant la suggestion de Nicolas, ils avaient travaillé une partie de l'hiver à la confection d'une étroite et longue charrette à ridelles, très haute sur roues. Après y avoir empilé quelques meubles, des ustensiles de cuisine, leur linge, des outils et tout ce qu'ils avaient jugé bon d'emporter, ils aidèrent leurs femmes enceintes à grimper sur le siège arrière avant de leur tendre les enfants. Puis ils sautèrent à leur tour sur le banc avant. Nicolas lança un « hue ! » sonore auquel le cheval obéit tout de suite. La charrette se mit en branle. Ils empruntèrent la route qui serpentait le long du fleuve, d'une seigneurie à l'autre jusqu'à Sorel. Chemin faisant, Bernadette fut la première à rompre le silence :

— Nous avons un beau-frère qui travaille bien. Pour un peu, on se croirait presque en diligence.

— Si ça vous va, c'est tant mieux ! s'exclama Bernardin. Mon grand-père était rembourreur. J'ai mis dans la confection des bancs tout ce qu'il m'avait appris.

— La charrette n'est pas mal non plus, fit remarquer Marie-Josephte.

— Il fallait la fabriquer longue et étroite parce que là où nous allons, les routes ressemblent davantage à des sentiers qu'à des boulevards. Nous l'avons bâtie solide et haute, sur de puissantes roues, pour qu'elle puisse passer sans problème au-dessus des souches.

— Ça, c'est l'idée géniale de Nicolas. Quand nous aurons à tailler notre route parmi les arbres, il nous suffira, la plupart du temps, d'en abattre un ou deux sur le trajet suivi. Nous les couperons à ras le sol avec le godendard.

À peine avaient-ils parcouru deux lieues que la chaleur leur tomba dessus, telle une chape de plomb. La bâche les protégeait du soleil, mais elle gardait la chaleur captive et les femmes se plaignaient déjà. Quant aux bébés, ils commençaient à chigner.

— Nous ne sommes qu'au début de mai, remarqua Bernardin. Imaginez le supplice, en plein été !

— Nous pourrions repousser la bâche vers l'arrière, de même nous aurions plus d'air.

Ils s'arrêtèrent près d'un ruisseau débordant d'une eau grise en ce printemps hâtif. Ils en profitèrent pour se désaltérer et abreuver le cheval. Les femmes et les enfants ne semblaient pas trop souffrir des affres du voyage. Tout se passait comme l'avaient imaginé les hommes.

— Il me semble, remarqua soudain Nicolas, que depuis des années, je n'ai pas vécu à la même place plus d'un an. Ça va faire du bien de s'installer une fois pour toutes.

Bernardin approuva aussitôt :

— T'as raison, nous en avons fait du chemin ensemble, depuis neuf ans. Si on nous attribue de bonnes terres, j'ai bien l'impression que nous n'en bougerons pas. Mais voilà, nos terres seront-elles bonnes ou mauvaises ? Ça ne dépend pas de nous. Y a-t-il quelque chose qui dépend de nous ?

Nicolas s'exclama :

— Que nous chantes-tu là ? *Tout* dépend de nous. Il suffit de retrousser nos manches et de ne compter que sur nous.

— Vu de même, acquiesça Bernardin, tu as bien raison. Mais du point de vue des autres, les choses ne se passent pas toujours comme on le voudrait.

Ils remontèrent en voiture. Nicolas donna quelques petits coups de cordeaux sur la croupe du cheval et la voiture s'ébranla.

— Dis-toi, Bernardin, qu'astheure que je suis mon propre maître, il n'y a plus personne qui va me piler sur les pieds. Je n'oublierai pas la leçon de ma grand-mère.

Ils mirent trois jours à parcourir le trajet jusqu'à William-Henry. La route longeait le fleuve, traversant des terres à peine défrichées avant d'atteindre de belles seigneuries aux terres nettes et rectilignes. Ils traversèrent Varennes et s'arrêtèrent pour la nuit dans une auberge de Verchères. Ils ne passaient pas inaperçus, leur étrange voiture attirant les regards et suscitant des questions. On leur demandait où ils comptaient se rendre dans un tel équipage. Quand ils répondaient Drummond, tout le monde les regardait, sourire en coin.

Tôt le lendemain, après une nuit réparatrice, ils reprirent la route, confiants d'atteindre William-Henry avant la nuit. Ils touchèrent Contrecœur à l'heure de midi. Après une courte halte, le temps de se désaltérer et de casser la croûte, ils reprirent leur chemin, heureux de découvrir, au fur et à mesure de leur progression, que la forêt faisait place à un plus grand nombre de champs. De beaux bâtiments de ferme se succédaient à intervalles de plus en plus rapprochés. Nicolas fit remarquer :

— Quand la maison se trouve au bord du chemin, tu peux être certain qu'elle est habitée par une famille de Canadiens français.

Bernardin s'étonna :

— D'où te vient cette certitude ?

— C'est fort simple ! Les Canadiens français sont curieux. Ils veulent toujours être informés des dernières nouvelles. Ils sont avenants et ne manquent pas de parler aux passants. Voilà pourquoi, tout naturellement, ils construisent leur maison au bord de la route. Les

Anglais, eux, ne se mêlent pas beaucoup aux autres. Ils préfèrent rester entre eux et bâtissent leurs demeures en retrait des routes.

Ils passaient justement devant une ferme dont le bâtiment principal se trouvait à quelques centaines de pieds du chemin. Avec un sourire en coin, Nicolas dit à Bernardin :

— Tu veux qu'on vérifie ? C'est en plein le temps de le faire. Je te gage que ce sont des Anglais qui habitent là. Arrêtons-nous pour nous dégourdir un peu.

Il immobilisa le cheval. Bernardin demanda :

— Quel prétexte vas-tu trouver pour cogner chez eux ?

— Je demanderai tout simplement à combien de lieues nous sommes de William-Henry.

Nicolas descendit de voiture et, à pied, emprunta le chemin menant à la résidence. Bernardin en profita pour dételer le cheval afin de lui permettre de s'abreuver à un ruisseau tout près de là. Tirées de leur torpeur, les deux femmes, après s'être assurées que leurs enfants dormaient paisiblement, descendirent précautionneusement de voiture afin de se dégourdir les jambes. Quand Nicolas revint, il montrait un sourire triomphant.

— J'avais raison, dit-il, c'est bien une famille anglaise.

— Vraiment ?

— Ils ont mis du temps à répondre. J'ai dû frapper plusieurs fois à la porte, et encore, pour n'entendre que les jappements d'un chien. Avant d'entrouvrir, le maître de maison a demandé qui j'étais et ce que je voulais.

Je me suis nommé et j'ai dit que je venais pour un simple renseignement. Il n'a pas semblé comprendre ce que je disais. Aussi a-t-il entrebâillé la porte, un fusil à la main, en me regardant d'un air inquiet. Il ne m'a pas offert d'entrer. Je suis resté sur le seuil et je lui ai demandé, de nouveau, combien loin nous étions de William-Henry. Il a répondu : « *Ten miles* », en refermant aussitôt la porte. Tout le temps que j'étais là, le chien n'a pas arrêté de gronder et de japper, mais personne ne l'a fait taire. Voilà l'hospitalité anglaise !

Bernardin avait suivi les explications de Nicolas sans broncher. Il demanda aussitôt :

— Où veux-tu en venir ? Si je comprends bien, tu veux nous faire la démonstration que les Canadiens français sont plus accueillants que les Anglais ?

— Je n'ai pas à en faire la preuve, reprit Nicolas, l'air étonné. Tout le monde sait ça ! Je voulais simplement que toi, un Français, tu puisses t'en convaincre.

— Depuis que tu n'es plus soldat, constata Bernardin, tu ne sembles plus porter les Anglais dans ton cœur.

— C'est tout simplement que maintenant je peux me permettre de le dire.

Les femmes retrouvèrent leur place dans la charrette. Bernardin attela le cheval. Ils se remirent en route, assurés d'atteindre leur destination avant la brunante. Ils parcoururent encore plus d'une lieue pour se retrouver au bord d'une large rivière.

— C'est la Richelieu, constata Nicolas. Il doit y avoir, pas très loin, un quai et un bac sur lequel nous pourrons gagner l'autre rive.

La rivière était bordée d'une forêt, tantôt dense, tantôt coupée de champs en culture. Bernardin remarqua :

— Nous voilà à proximité. Les maisons se font plus nombreuses. Je n'aurais pas cru que William-Henry soit aussi peuplé.

— Je me suis laissé dire, l'informa Nicolas, que c'est une ville d'environ cent cinquante maisons et mille cinq cents habitants.

Il descendit de voiture afin de tenir le cheval par la bride et le conduire en direction de ce qui lui semblait être le gué. La descente s'avérait abrupte. Bernardin, lui, retenait à deux mains le frein de la voiture. Nicolas avait vu juste. Sur le rivage, une cabane servait d'abri au batelier dont le radeau était amarré à un large quai donnant facilement accès à l'embarcation.

À leur approche, un homme à longue barbe sortit de la cabane et leur demanda :

— C'est pour traverser ?

Nicolas se moqua :

— Que pourrions-nous vouloir d'autre ?

L'homme haussa les épaules.

— Ça pourrait être pour attendre quelqu'un qui vient de William-Henry.

Nicolas se rendit compte à cet instant qu'un autre bac quittait justement la rive opposée.

— Vous n'êtes pas seul à assurer les traversées ? l'interrogea Bernardin.

— Comme vous voyez ! Il y a de la concurrence. Celui-là mène les gens plus près du fleuve. Le chemin le plus court n'est pas toujours la ligne droite.

Il rit en soulevant lentement son chapeau, l'œil rivé sur l'équipage de ses clients.

— Vous avez là une bien drôle de voiture, dit-il. Où comptez-vous aller avec ?

— Jusqu'au nouveau village de Drummond.

— Vous allez vous faire convoyer par le fleuve et la rivière ?

— Nous n'en avons pas les moyens.

— Comment espérez-vous vous y rendre ?

— Avec la voiture !

Incrédule, l'homme hocha la tête.

— Bonne chance ! Il va falloir ouvrir votre chemin vous-mêmes.

— C'est pour ça que nous avons construit cette voiture.

Le batelier en fit le tour en hochant la tête derechef.

— J'imagine, dit-il, que si elle est si haute et si étroite, c'est pour vous permettre de vous faufiler entre les arbres. Votre idée est bonne, mais bonne chance quand même ! Je ne sais pas si vous le savez, mais il y a des places où les arbres poussent dru en p'tit pépère ! Vous aurez besoin d'avoir de bons bras. Préparez-vous à bûcher. Et les dames, et les bébés, vous comptez les amener avec vous ?

— Pas tout de suite, elles vont nous rejoindre en barque, en partant de Sorel, pardon, de William-Henry.

— Ne vous excusez surtout pas, mon cher monsieur. Pour nous autres, Sorel est Sorel et restera toujours Sorel.

Ils firent monter cheval et charrette au milieu du bac avant de s'y installer à leur tour. Malgré un assez fort courant, la traversée de la rivière se fit sans encombre. Nicolas en défraya les coûts, heureux de pouvoir enfin atteindre sa destination, et ainsi boucler sans heurt la première partie de leur voyage.

Dès que le bac eut atteint la rive est, Nicolas pressa le cheval. La route menait droit à la ville dont ils atteignirent les premières rues quelques minutes plus tard.

— Nommer Sorel William-Henry, grogna Nicolas avec dédain, quelle décision ridicule ! Regarde les noms des rues. Bernardin, tu te souviens, elles ont été toutes baptisées des noms de la famille royale d'Angleterre, sous prétexte que ce fameux William-Henry, avant d'être roi, est passé par ici en 1787. Dans quel pays vivons-nous !

Remontant la rue De la Reine, ils croisèrent la rue Charlotte, la rue George et la rue Augusta, qu'ils suivirent jusqu'à la rue Du Roi avant d'atteindre celle Du Fort, où ils trouvèrent l'auberge qu'ils recherchaient. Nicolas et Bernardin étaient venus à William-Henry quelques mois plus tôt, mais ils n'avaient pas eu vraiment l'occasion de se promener en ville. Tout ce qu'ils en connaissaient, c'était les abords des quais, là où ils avaient pris leur embarcation pour remonter la rivière Saint-François et, au retour, un vaisseau pour regagner Montréal. Cette fois, dès que Bernadette et Marie-Josephte furent installées à l'auberge, ils décidèrent de se rendre tout de suite à la Maison du gouvernement, où ils savaient qu'ils trouveraient Jacques Adhémar, de qui ils espéraient obtenir leur terre le soir même.

La petite ville montrait des maisons faites tout en bois, sauf les deux églises, la protestante et la catholique, érigées en pierre. Ils se dirigèrent vers le sud, où s'élevait la Maison du gouvernement. Ils passèrent près d'une redoute et devant l'hôpital avant de parvenir à un grand bâtiment en bois entouré d'appentis et de jardins. Ils y pénétrèrent, non sans une certaine anxiété, en se demandant ce que leur ami avait pu faire pour eux. Obtiendraient-ils chacun une terre le long de la Saint-François ?

Jacques Adhémar parut fort heureux de les voir. Il les accueillit avec son amabilité coutumière, mais sans grand enthousiasme.

— Vous venez sans doute pour vos terres, dit-il. Dans ce cas, j'ai bien peur de ne pas avoir de trop bonnes nouvelles pour vous.

Nicolas réagit immédiatement :

— Ça ne nous étonne pas. Que pouvons-nous attendre de bon des Anglais ?

— Qu'ils tiennent leurs promesses, répliqua le capitaine, et ils y sont fidèles puisqu'ils vous octroient chacun une terre dans le canton de Wickham.

— Au bord de la rivière ?

— Hélas non ! Comme je vous en avais prévenu, ces terres ont été concédées avant les nôtres.

— Avant les nôtres ?

— Oui ! Consolez-vous, quoique officier, j'ai également reçu la mienne dans le canton de Wickham, et loin de la rivière.

Cette révélation du capitaine eut l'avantage de leur faire mieux avaler la pilule. Jacques Adhémar déroula la carte du canton. De l'index, il leur indiqua où se trouvaient les emplacements qui leur étaient destinés.

Maintenant fixés à propos de leurs terres, Nicolas et Bernardin devaient rejoindre Drummond. Jacques Adhémar demanda :

— Vous allez vous rendre à Drummond par la rivière ?

— Nous y avons songé, répondit Nicolas, mais nous avons les moyens de payer seulement le transport de nos épouses.

— Comment comptez-vous alors y parvenir ?

— En charrette par les bois !

Le capitaine les regarda en écarquillant les yeux.

— En charrette ? répéta-t-il, comme pour se convaincre de ce qu'il venait d'entendre. Y avez-vous songé ? Il n'y a pas de route entre ici et Drummond !

— Justement ! Nous allons en ouvrir une.

— Êtes-vous sérieux ?

— Bien sûr ! s'exclama Nicolas.

— Nous n'avons pas l'intention d'abandonner la charrette, le cheval et tous nos effets, ajouta Bernardin.

— Vous pourriez entreposer le tout et revenir le chercher plus tard, quand il y aura une route et, en attendant, faire le trajet à cheval, leur suggéra Adhémar.

— Nous aurons besoin de tous nos effets dès que nous aurons un toit, rétorqua Nicolas. Ça nous évitera d'engager une bonne partie de notre temps à fabriquer des meubles. De plus, ce que nous possédons déjà, nous n'aurons pas à l'acheter.

— Je vous aurai prévenus. Vous allez en arracher si vous comptez ouvrir jusque là-bas un chemin assez large pour une charrette.

— C'est pourtant ce que nous allons faire. Nous n'avons pas d'autre choix. Nos épouses sont enceintes et amènent nos premiers-nés. Elles voyageront par la rivière, sur le premier vaisseau qui la remontera jusqu'à Drummond.

— Justement ! Il y en a un qui doit livrer des marchandises, dans une semaine environ, et je serai du voyage. Au moins, vous n'aurez pas à vous inquiéter pour vos épouses, je verrai à ce qu'elles soient bien traitées.

Sur ce, ils laissèrent le capitaine Adhémar à ses travaux.

— Bonne chance ! dit-il. Nous nous reverrons là-bas au cours de l'été.

— À la revoyure ! lança Nicolas.

Ils se dirigèrent aussitôt d'un bon pas vers le fleuve. Par la rue Augusta, ils rejoignirent la place du marché, s'attardant parfois pour admirer une maison toute neuve. Ils passèrent devant l'église qui, avec le temple protestant, constituaient les seuls bâtiments en pierre de la ville, à l'exception du vieux moulin à farine aperçu au bout de la rue. Non loin des quais, ils s'arrêtèrent devant une maison où était suspendue l'enseigne : « Bureau des armateurs ». Bernardin cogna à la porte. Ils n'eurent pas de réponse. Il heurta de nouveau, sans plus de résultat.

— Que faisons-nous ? demanda-t-il.

Nicolas le regarda d'un air décidé :

— On frappe jusqu'à ce que quelqu'un vienne répondre.

Il joignit le geste à la parole. Se rendant compte que la porte n'était pas verrouillée, il la poussa et entra. Une odeur de renfermé le saisit à la gorge. Bernardin le suivit. Leurs yeux mirent un peu de temps à s'habituer à la pénombre. Ils crurent d'abord qu'il n'y avait personne, mais un ronflement attira leurs regards vers un bureau, tout au fond de la pièce, le long du mur. Assis sur un tabouret de fortune, un homme dormait, la tête appuyée sur le meuble. Nicolas se racla la gorge. Un vieux chat bondit d'une étagère et fit entendre une série de miaulements. Le dormeur redressa lentement la tête. Avisant les deux visiteurs, il grogna :

— Vous pourriez pas frapper avant d'entrer ?

— C'est en plein ce que nous avons fait, trois fois plutôt qu'une.

— Qu'est-ce que vous voulez ?

— Prenez le temps de vous éclaircir les idées, lui conseilla Bernardin, d'une voix douce. Nous voulons savoir de façon précise quand le prochain vaisseau doit remonter la Saint-François jusqu'à Drummond.

— Pourquoi ?

— Parce que nous espérons voir nos épouses y monter.

L'homme se retira à regret de son coin. Il se dirigea en boitant vers un comptoir, à l'autre bout de la pièce. Un registre y était ouvert qu'il feuilleta longuement.

— La goélette *Indian Red* s'y rend dans une semaine d'icite.

— Qui en est le capitaine ?

— John McMurrey.

— Vous pouvez nous dire où il habite ?

— Sur Old Lane, mais il n'est pas là.

— À quel numéro ?

— Le 27.

— Est-ce qu'il est marié ?

— Bien sûr !

— Allons voir sa femme, en conclut Nicolas.

Satisfaits des renseignements et sans plus se soucier de leur interlocuteur bourru, ils se dirigèrent vers le 27, Old Lane, où ils trouvèrent la femme du capitaine. Elle ne parlait pas français, mais le comprenait assez bien pour répondre à leur requête. Elle promit d'informer son mari que deux femmes seraient du voyage à Drummond.

Ils regagnèrent l'auberge où les attendaient Bernadette et Marie-Josephte. À leur arrivée, ils les trouvèrent en grande conversation avec l'épouse de l'aubergiste. C'était plaisir de voir ces deux femmes, qui semblaient déjà être les plus grandes amies du monde. Entre Bernadette et Marie-Josephte, des liens étroits s'étaient tout de suite créés. Elles s'aimaient beaucoup et, à l'évidence, elles étaient heureuses d'être ensemble, se réjouissant de savoir que, une fois établies dans le canton de Wickham, elles seraient voisines. Quand leurs maris entrèrent, elles allèrent immédiatement aux nouvelles.

— Puis, demanda Marie-Josephte, savons-nous enfin où nous allons habiter ?

Le calme de Nicolas et Bernardin trahissait leur peu d'enthousiasme. Bernadette insista :

— À ce que je vois, vous n'avez pas eu des terres le long de la rivière.

— Tu as raison, reprit Nicolas. Nos terres sont à plus d'un mille de l'eau.

L'influence d'Edmond se fit sentir quand Marie-Josephte dit :

— Un tu tiens vaut mieux que deux tu l'auras !

L'adage arracha un sourire à Nicolas, qui dit :

— Tu es bien la fille de ton père. Ce qui compte, au fond, c'est que nous ayons nos terres. Il nous faut maintenant nous y rendre pour les défricher. À ce qu'il semble, c'est loin d'être fait.

Bernardin enchaîna :

— Nous vous avons réservé une place sur le vaisseau *Indian Red*, qui doit partir dans une semaine.

— Nous allons faire le voyage en bateau ?

— Dans l'état où vous êtes et avec les petits, ça vaut mieux. Nicolas et moi, nous allons nous y rendre par terre comme prévu.

— Peut-être que nous ne serons pas encore arrivés quand vous serez rendues à Drummond, précisa

Nicolas. Il y a là des baraquements prévus pour abriter les nouveaux venus avant leur installation sur leur terre. Vous n'aurez qu'à demander au capitaine Jacques Adhémar. C'est notre ami. D'ailleurs, il fera le voyage de Drummond avec vous. Il vous trouvera une place là-bas. Nous ne devrions pas tarder à vous y rejoindre.

Soucieux de rassurer les deux femmes, Bernardin s'empressa d'ajouter :

— Deux semaines ! C'est ce que ça devrait nous prendre pour arriver. Si jamais nous sommes plus longs, ne vous faites pas de soucis.

En regardant Marie-Josephte avec un sourire entendu, Nicolas ajouta :

— J'en connais un qui aurait dit : « Ça prendra le temps que ça prendra ! »

Comme chaque fois qu'un proverbe fusait, le souvenir d'Edmond les effleurait et causait toujours le même effet : un long fou rire complice.

Chapitre 10

Premiers obstacles

Tôt le lendemain, Nicolas et Bernardin se mirent en route dans la direction de Yamaska. Ils s'étaient laissé dire qu'il s'agissait de la meilleure façon de bien amorcer leur périple. Bernardette et Marie-Josephte firent leurs adieux en multipliant les recommandations aux deux aventuriers.

— Faites attention aux bêtes, ne forcez pas trop, prenez votre temps, nous voulons vous retrouver en un seul morceau.

Les deux hommes se firent rassurants :

— Il n'y a pas d'inquiétude à avoir, on en a vu d'autres, on est toujours prudents, c'est pas un ours ou un lynx qui va nous effrayer.

Après un clin d'œil à Bernardin, Nicolas allait en rajouter, mais son ami lui coupa la parole en lâchant un « Au revoir ! » à la cantonade. Quand ils furent assez éloignés pour que les femmes ne puissent les entendre, Nicolas demanda :

— Pourquoi m'as-tu empêché de parler ?

— Parce que tu allais dire une bêtise.

— Voyons donc, tu me connais !

— Justement, je te connais. Tu allais certainement dire de quoi les inquiéter pour tout le temps que nous serons partis. Avoue-le. Qu'est-ce que tu t'apprêtais à lancer ?

Nicolas esquissa un sourire avant d'avouer :

— J'allais ajouter qu'elles devraient commencer à s'inquiéter seulement si ça nous prenait deux mois à arriver.

Bernardin s'écria :

— Qu'est-ce que j'ai fait au bon Dieu pour avoir un beau-frère pareil ?

Ils éclatèrent de rire comme des gamins heureux. Ils n'eurent pas à se plaindre du choix de leur itinéraire, car une route en assez bon état reliait Sorel et Yamaska. Ils firent le trajet dans la bonne humeur, heureux de progresser vers ce qu'ils comptaient bien être le dernier endroit où ils allaient vivre.

— Trois années, c'est le temps que nous devrons demeurer dans notre nouvelle habitation avant qu'elle soit vraiment bien à nous.

Bernardin se tourna vivement vers son ami.

— Tu n'as tout de même pas l'intention de partir après ça ?

— Allons donc ! S'il n'en tient qu'à moi, je ne bougerai pas de là du reste de mes jours.

— Tu ne sais encore rien de ce que sera la vie là-bas.

— J'en ai assez de me trimbaler comme ça d'une place à l'autre. Ma mère aurait bien voulu que j'aille vivre à Québec. J'aurais aimé l'accommoder, mais je ne suis vraiment pas fait pour m'occuper d'une auberge. Tu me comprends, j'aime trop ma liberté pour ça.

— J'ai de la misère à te suivre, reprit Bernardin, intrigué.

— Comment ça ?

— Ce n'est pas dans une ferme que tu vas être libre.

Nicolas le rabroua :

— Peut-être bien. Mais je serai maître de ce que je ferai. Je ne serai pas à la merci, comme dans une auberge, du premier client venu me dicter ses quatre volontés. Tu peux être sûr, mon Bernardin, qu'asteure que je suis maître de mes intérêts, je vais drôlement en profiter.

— As-tu pensé que dans une ferme, ce sont souvent les bêtes qui dictent le rythme de vie ?

— Au moins, au contraire des hommes, elles sont toujours fidèles à elles-mêmes.

Ils arrivèrent à Yamaska au moment où sonnait l'angélus du midi à l'église. C'était un beau village dont les maisons s'étalaient de chaque côté de la rivière. Jusque-là, leur périple avait été un jeu d'enfant. Ils ne manquèrent pas de s'enquérir auprès des gens de la place quant à la meilleure direction à prendre pour Drummond.

— À Drummond, avec votre charrette ? leur dit un vieil homme, un brin de moquerie dans la voix. Vous n'y serez pas avant le jugement dernier.

— Que voulez-vous dire, grand-père ?

— Entre icite et Drummond, il n'y a que de la forêt, à moins que vous vous rendiez à Saint-François-du-Lac et, de là, par une goélette ou une barge sur la rivière.

— Il n'y a vraiment pas de chemin entre ici et Drummond ?

Le vieil homme les regarda avec des yeux narquois avant d'ajouter :

— À moins que vous vous sentiez capable d'en ouvrir un.

— C'est en plein ce que nous nous proposons de faire, répliqua Nicolas, et pas plus tard que tout de suite.

Ils se rendirent vers le sud, là où le chemin se butait à la forêt. Sans plus se poser de questions, ils sortirent les haches et le godendard et se mirent aussitôt au travail. Le soir venu, ils avaient déboisé un corridor d'à peine quelques centaines de pieds, et tout juste assez large pour livrer passage à la voiture.

— À ce rythme-là, dit Bernardin, nous ne serons pas rendus avant des mois.

Nicolas le dévisagea avec un regard interrogateur.

— C'est vraiment ce que tu penses ? dit-il. Des mois ?

Bernardin hésita avant de répondre :

— Ce que je pense, c'est que nous allons nous morfondre à tracer un chemin sans vraiment savoir si nous y parviendrons. Pendant ce temps-là, l'été va nous rejoindre et nous aurons perdu le plus clair du temps propice à la construction de notre maison.

Les propos de Bernardin semblèrent ébranler quelque peu Nicolas, qui se rengorgea :

— Je voulais arriver à Drummond avec un peu d'argent en poche, c'est pour ça que j'ai proposé de faire le chemin avec la charrette et nos effets dedans. Je ne voulais pas que nous laissions tous nos biens à Montréal pour repartir à zéro. Toutes nos possessions sont là dans la charrette. Je ne suis pas prêt à m'en départir pour quelques sous et arriver à Drummond les mains vides.

— Que suggères-tu de faire ?

— Demain nous irons au devant, voir ce qu'a l'air le terrain. Nous déciderons ensuite.

Le lendemain, le jour à peine levé, malgré une pluie fine prise pour la journée, ils s'enfoncèrent dans la forêt jusqu'à l'endroit où ils avaient cessé de déboiser la veille. Ils marchèrent ensuite droit devant eux une bonne partie du jour, sans entrevoir la moindre éclaircie. En homme pratique, Bernardin marquait les arbres d'un coup de hache tous les cent pieds, à la fois en guise de repère pour le retour et afin d'évaluer le travail d'abattage qui les attendait. À leur retour, en fin d'après-midi, ils ne parlaient pas, conscients que ce qu'ils tentaient de réaliser n'avait pas de sens.

Bernardin finit par briser le lourd silence :

— Mon père disait qu'il faut se fier à la sagesse des vieillards. J'ai l'impression que celui d'avant-hier disait juste. J'ai compté en pieds la distance que nous avons parcourue aujourd'hui sans même parvenir à une éclaircie ou à un semblant de sentier. Tu veux savoir combien il nous faudra de jours pour bûcher notre chemin jusque-là ?

— Combien ? dit Nicolas, avec de l'impatience dans la voix.

— Trente-huit, à condition que nous n'ayons pas de malchance et sans compter que nous n'en serons sans doute qu'au début de nos peines.

— Très bien, gronda Nicolas. J'ai compris. Que suggères-tu ?

— Le vieil homme n'a-t-il pas parlé de Saint-François-du-Lac ?

— Oui, mais à condition de nous rendre de là jusqu'à Drummond par la rivière.

— Et si nous nous fabriquions un radeau capable de transporter notre chargement ?

Nicolas se tourna vivement vers son ami.

— Tu en as déjà fait un ?

— Non pas ! Mais il n'y a rien de sorcier là-dedans : des billots, des gougeons et le tour est joué. La Saint-François n'est pas une rivière difficile, tu l'auras remarqué comme moi.

— C'est toi qui le dis ! Nous n'avons pas les outils pour construire un radeau.

— Nous en emprunterons.

— À qui ?

— À quelqu'un de la place.

— Ça ne nous donnera pas une voile pour faire avancer l'embarcation sur la rivière.

Bernardin se campa devant lui et le toisa :

— Je ne te reconnais plus, Nicolas Grenon. Toi qui sautes ordinairement sur la première idée un peu valable, je te sens réticent. Et pourquoi ? Parce que tu es une tête dure, parce que ton projet de chemin pour charrette étroite ne tient pas debout. Pour ménager ton orgueil, je te ferai remarquer que ton idée est toujours aussi excellente, puisque nous devrons tracer en grande partie notre chemin jusqu'à Saint-François-du-Lac qui n'est pas tout à côté. Notre charrette étroite sera alors fort utile.

— Moi qui voulais vivre sans dette et arriver à Drummond avec des sous en poche…

— Ne t'affole pas, nous n'aurons guère à débourser pour faire notre radeau. En plus, rendu à Drummond, on nous promet de quoi vivre pour un an.

Le lendemain, ils traversèrent la rivière Yamaska sur le pont temporaire qu'on y construisait chaque printemps et qu'on remisait ensuite à l'automne. Après avoir examiné leur carte, ils empruntèrent un sentier censé les mener jusqu'au bord de la Saint-François. À maints endroits, ils eurent à abattre des arbres. Leur progression se fit beaucoup plus lentement qu'ils l'avaient cru. Malgré la fatigue du jour, le soir venu, près du feu leur permettant de cuire leur nourriture habituelle, un morceau de lard salé et quelques haricots secs, ils trouvèrent le moyen d'échanger leurs sentiments sur leur situation.

— Nous sommes, commença Bernardin, comme deux insectes occupés à tracer leur chemin dans le bois d'un vieil arbre.

— Où veux-tu en venir avec tes insectes, le beau-frère ?

— C'est l'immensité des lieux qui m'inspire cette comparaison. Toute notre vie se borne, tu ne trouves pas, à suivre notre chemin du mieux que nous le pouvons en traînant derrière nous le seul bagage qui nous appartient vraiment : ce que la vie nous a appris jusque-là.

Nicolas se moqua :

— Te voilà qui parles comme un philosophe !

Bernardin ne s'offusqua pas :

— Ça ne t'arrive pas, parfois, de te demander qui tu es et ce que tu fais sur la terre du bon Dieu ?

Nicolas partit d'un grand éclat de rire :

— Quand ça m'arrive, je m'arrange pour penser à autre chose ! Crois-tu que je n'ai pas eu le temps de songer à tout ça avant aujourd'hui ? Comme tu dis, nous sommes des espèces d'araignées affairées à dérouler notre fil en nous demandant quand et où il se coupera. Mais pour le moment, le beau-frère, j'ai une seule idée en tête : dormir.

Il s'étendit sous la charrette, pendant que Bernardin continuait à admirer la Voie lactée, qui se déployait dans le ciel tel un large sentier lumineux entre les cimes des arbres, au-dessus du chemin qu'ils avaient ouvert. Il devait y avoir un lac non loin de leur campement, car il entendait nettement le rire fou d'un huard et, tout autour, la forêt débordante de vie bruissant sous l'effet d'un vent léger et doux. Il s'endormit avec en tête l'image de deux oiseaux occupés à bâtir leur nid.

Ils mirent encore deux jours à parvenir aux abords du village.

Saint-François-du-Lac avait été fondé en 1688 autour de la mission qu'y avaient érigée les jésuites. Quand Nicolas et Bernardin y parvinrent, surgissant du bois avec leur charrette étroite, les habitants du village ne mirent pas de temps à se demander d'où venaient ces deux hurluberlus. Devant l'unique auberge de la place, ils furent entourés par des gamins intrigués par leur charrette. L'aubergiste vint au-devant d'eux avec des points d'interrogation dans les yeux.

— Pouvez-vous me dire d'où vous sortez comme ça ?

— De Yamaska, à travers les bois.

— Vous avez pu vous frayer un chemin jusqu'ici en voiture ?

— Nous n'avons eu qu'à élargir un peu le sentier.

— Vous êtes bien les premiers à le faire en voiture. Il y en a qui viennent ici à cheval, mais jamais avec une charrette. Vous avez été ingénieux de la bâtir comme ça. Pour une bonne idée, c'est une bonne idée.

Nicolas se rengorgea tout en jetant un coup d'œil oblique à Bernardin afin de chercher son approbation. Son beau-frère avait déjà une autre idée en tête.

— C'est pas tout d'être rendu ici, commenta-t-il, nous devons maintenant monter jusqu'à Drummond.

— Par la rivière ?

— Par la rivière, en radeau.

Incrédule, l'aubergiste ouvrit de grands yeux et fronça les sourcils avant de demander :

— Vous êtes sérieux ?

— Le plus sérieux du monde, poursuivit Bernardin. Nous avons l'intention de construire un radeau qui nous mènera jusque là-bas. Il y a un bon charpentier dans le coin ?

— À mon idée, Hormidas Lafond est le meilleur.

— On peut savoir où il habite ?

— À trois maisons d'icite, mais vous prendrez bien avant un petit quelque chose.

— Ça ne sera pas de refus, dit Nicolas.

Il servit à chacun un verre de whisky, qu'ils enfilèrent d'un trait après avoir trinqué à leur projet. Ils réservèrent leur chambre pour la nuit, puis, sans plus tarder, allèrent cogner à la porte du charpentier. Un petit homme dont l'humeur de chien laissait à désirer vint leur répondre en bougonnant :

— Quossé que c'est encore ?

Nicolas ne tint pas compte de son air morose, il demanda tout de suite d'un ton avenant :

— Nous cherchons un bon charpentier, et on nous a dit que vous êtes le meilleur de la place.

Le compliment sembla amadouer leur homme, car il leur offrit aussitôt d'entrer, ce qu'ils firent sans se faire prier.

— Que diriez-vous, lança Bernardin, de nous aider à construire un grand radeau ?

— Un radeau ? Saint simonac, vous avez là une ben drôle d'idée. Un radeau, pour quossé faire ?

— Remonter la rivière jusqu'à Drummond, avec nos effets et notre cheval.

— Votre cheval ? Êtes-vous malades ?

— Nous avons l'intention de lui fabriquer un enclos à même le radeau, au beau milieu, pas loin du mât où nous hisserons une voile.

Le charpentier les regarda tous les deux avec l'air de se demander s'il n'était pas en présence de deux jeunes gens dérangés du cerveau. Puis, haussant les épaules, il dit :

— Si c'est votre idée, vous y avez sans doute jonglé avant aujourd'hui. Où pensez-vous trouver le bois ?

Nicolas lui dit vivement :

— Nous comptons sur vous pour nous l'apprendre. Le bois à abattre ne manque certainement pas aux alentours. Nous sommes prêts à bûcher tout ce qu'il faut.

— Il faudra faire scier des planches au moulin. Combien grand vous le voulez, votre radeau ? Quinze par quinze, vingt par vingt ?

— Vingt par vingt, pas plus pas moins.

— Venez me voir demain matin, aux aurores. Dans quelques jours, si vous n'êtes pas trop fainéants, votre radeau pourra flotter.

Ils mirent quatre jours à fabriquer leur embarcation. Leur idée de remonter la rivière en radeau semblait tellement farfelue qu'au moulin à scie, on leur fournit la planche pour presque rien. Le troisième jour, pendant qu'ils étaient occupés à arrimer la charpente de leur embarcation, une goélette passa en remontant la rivière.

Alors qu'il levait les yeux, Bernardin l'aperçut au large.

— C'est l'*Indian Red* ! s'écria-t-il.

Nicolas se précipita en sa compagnie sur la grève. Ils agitèrent vivement les bras pour attirer l'attention des passagers, espérant voir Marie-Josephte et Bernadette quelque part sur le pont. Ils crièrent vainement leurs noms, le navire poursuivit sa route sans que personne ne se fût rendu compte de leur manège.

Quand, au bout de six jours, avec leur cheval dans son enclos, la charrette démontée et tous leurs effets autour, ils hissèrent la voile pour gagner le milieu de la rivière, tout le village était réuni pour les voir partir.

— C'est notre arche de Noé ! leur cria Nicolas.

— Attention de ne pas vous échouer sur une montagne de sable ! leur répondit une voix, ce qui déclencha un grand éclat de rire sur la grève.

Poussé par le vent, le radeau se dirigeait dangereusement vers l'autre rive. Bernardin rabattit la voile pendant que Nicolas, agrippé au gouvernail, parvenait à ramener leur vaisseau, tel un cheval rétif, au milieu du cours d'eau. Bernardin hissa de nouveau la voile et l'embarcation se mit docilement à gruger son chemin contre le courant. Sous les caprices du vent, ils mirent trois jours à rallier Drummond. Leur arrivée ne passa pas inaperçue. Ils échouèrent leur embarcation de fortune non loin du quai, attirant une foule de curieux. Ils ne furent pas sans entendre la réflexion d'un vieil homme à barbe de grand-père : « Remonter la rivière en radeau, faut le faire. On aura tout vu ! »

Ils amarrèrent solidement l'embarcation, firent descendre le cheval et, en se hâtant, prirent le chemin des baraquements. Leur arrivée y sema tout un émoi. Bernadette et Marie-Josephte leur sautèrent au cou. Les amies qu'elles avaient eu le temps de se faire depuis leur arrivée les entourèrent. L'excitation était si grande que tout le monde parlait en même temps. Ils finirent par trouver un petit coin où s'asseoir, pendant que des femmes s'affairaient à leur préparer de quoi manger. Ils en avaient long à raconter, mais ils désiraient avant tout rencontrer Jacques Adhémar, si bien qu'à peine arrivés, ils étaient déjà repartis.

— Revenez vite ! supplièrent Bernadette et Marie-Josephte.

— Ne vous inquiétez pas, promit Bernadin, nous ne traînerons pas. Ensuite, nous vous raconterons tout, le chemin dans la forêt, le radeau sur la rivière, le soleil, la pluie, le vent, les nuages et les étoiles.

— Allons, le pria Nicolas, amène-toi, le beau-frère, avant de réciter des poèmes, sinon, je te connais, la nuit va venir et tu auras à peine commencé.

Bernardin le regarda en secouant la tête :

— Dire qu'il y en a, et j'en connais un en particulier, qui ne semblent même pas savoir que les étoiles existent.

Nicolas partit d'un grand rire et commenta :

— La poésie, si belle soit-elle, ne va pas bâtir notre maison.

Quand ils se présentèrent, rue Heriot, au magasin général de Jacques Adhémar, ce dernier les reçut à grands éclats de voix.

— Enfin, c'est pas trop tôt ! Je me demandais bien si vous finiriez par arriver un jour. Vos femmes commençaient à s'inquiéter…

— On leur avait dit que ça nous prendrait deux semaines. C'est à peu près ce que ça nous a pris. Il va être grand temps d'ouvrir une route jusqu'au fleuve.

— C'est déjà commencé de ce côté-là, mais pas du côté du canton de Wickham, où il y a tout juste une piste assez large pour laisser passer un cheval. Mais dites donc, c'est vous autres qui êtes arrivés sur un radeau par la rivière ?

— Je vois, dit Nicolas, que les nouvelles courent vite. Qui pensais-tu que ça pouvait être, à part nous autres ?

Ils rirent de la répartie de Nicolas. Le capitaine Adhémar semblait réellement heureux de leur présence.

— J'imagine, dit-il, que vous bouillez d'impatience de voir vos terres. Demain, j'irai vous les montrer.

— En attendant, demanda Nicolas, où pouvons-nous mettre nos effets ?

— Ici même, leur proposa le capitaine. Il y a de la place au fond de l'entrepôt. Tout sera à l'abri, le temps que vous vous construirez une première demeure. Puisque vous savez bâtir un radeau, les maisons ne doivent pas avoir de secrets pour vous !

Chapitre 11

Au canton de Wickham

Le lendemain, par un sentier en forêt, ils suivirent à cheval le capitaine Adhémar jusqu'à l'emplacement de leur terre. Bernardin fit le trajet sur un cheval prêté. Nicolas montait celui avec lequel ils étaient venus depuis Montréal. Longtemps ils avaient cherché, sans résultat, à lui donner un nom approprié.

— Nous ne sommes pas pour l'appeler Ti-Brun, Belzébuth ou Caramel, avait dit Bernadette.

— Pourquoi pas Ti-Brun ? avait objecté Marie-Josephte. Son poil est brun, il me semble que ça lui irait bien.

— Il faut lui trouver un nom plus original, avait renchéri Bernadette.

Ce n'est qu'une fois après son arrivée à Drummond, en l'imaginant à bord du radeau, qu'elle proposa de le baptiser Marin.

La forêt dans laquelle ils avançaient s'avérait touffue. Le capitaine Adhémar les conduisit d'abord jusqu'à sa terre. Ils partirent de la borne limite et se dirigèrent droit vers l'est, s'employant à dénicher en pleine forêt les tumulus en pierre indiquant les bornes de chacune des terres. Après en avoir repéré une sur l'emplacement voisin de celui du capitaine Adhémar, ils finirent par débusquer, plus à l'est, une première borne délimitant la terre de Nicolas. Ils continuèrent leurs recherches, toujours vers l'est, et, au bout d'une heure, ils aperçurent dans des fourrés le tumulus marquant les limites de la terre de Nicolas.

— Tu connais maintenant la largeur de ton habitation, dit le capitaine à Nicolas. À la borne du côté est débute aussi celle de ton ami Bernardin. Nous n'en avons plus qu'une seule à retracer et vous serez chez vous tous les deux.

Nicolas éclata de rire.

— Chez nous, ricana-t-il, c'est un bien grand mot. Nous y serons vraiment le jour où nous aurons un toit.

— Quand comptez-vous construire votre camp ?

— Pas plus tard que demain, s'il n'en tient qu'à moi, affirma Bernardin. J'ai bien hâte de pouvoir marcher ici en me disant que je suis enfin chez moi.

— Je comprends votre hâte, approuva le capitaine, mais avant tout, vous devriez prendre le temps de vous enquérir de la meilleure façon de faire pour construire un bon camp. Parmi les hommes établis autour de Drummond, on compte des gens qui pourront vous être d'un grand secours.

Les conseils du capitaine Adhémar ne tombèrent pas dans les oreilles de sourds. Dès le lendemain, Nicolas et Bernardin se rendaient à Headville, chez

Joseph Desrosiers, un maître charpentier. Il ne se contenta pas seulement de les conseiller, il promit d'aller sur place le surlendemain leur donner un coup de main. Le jour suivant, les deux amis se retrouvaient de nouveau sur leur propriété et, hache en main, s'attaquaient vaillamment à leurs premiers arbres.

— Bernardin ! s'écria Nicolas. Te rends-tu compte que c'est aujourd'hui le premier jour de notre nouvelle vie ?

— Sois certain que j'en suis conscient mais, pour une naissance, c'en est une difficile !

Ils bûchèrent toute la journée pour s'apercevoir, au soir venu, qu'ils avaient à peine grugé quelques pieds sur la forêt.

— À ce rythme, constata Nicolas, nous en aurons jusqu'aux premières neiges avant de pouvoir songer à posséder un toit convenable.

Affairé à ébrancher l'érable qu'il venait d'abattre, Bernardin interrompit un moment sa tâche pour prodiguer à Nicolas un peu de sa sagesse :

— Pourquoi nous alarmer ? Nous sommes bien logés dans notre baraque et on nous a promis de la nourriture pour l'année à venir.

Quand, le lendemain à l'aurore, ils revinrent sur leur terre, ils eurent la surprise de leur vie. Alors qu'ils se mettaient à l'ouvrage, ils entendirent des rires venant du sentier tracé depuis la terre du capitaine Adhémar. Joseph Desrosiers tenait sa promesse, mais il n'était pas seul. Une dizaine d'hommes à cheval l'accompagnaient, de même que le capitaine Adhémar ainsi qu'un bon nombre de femmes dont certaines amenaient de jeunes enfants. Ils avaient tous en main, qui une hache, qui un godendard, qui un marteau ou une égoïne. Joseph Desrosiers, sourire aux lèvres, heureux de son effet, demanda aussitôt à Nicolas :

— Où le veux-tu, ton camp ?

N'en croyant pas ses oreilles, Nicolas se mit à bredouiller sans pouvoir décider de l'emplacement.

— À ta place, dit le capitaine Adhémar, je construirais mon camp à la limite est de ta terre, près de celui de ton beau-frère.

Revenu de sa surprise, Nicolas reconnut parmi les hommes venus leur prêter main-forte trois anciens compagnons d'armes. Il n'eut guère le temps de renouer connaissance car, sans plus attendre, les hommes se dirigèrent vers ce qui semblait être l'endroit le plus propice. Ils s'attaquèrent tout de suite à la forêt pour dégager l'aire où s'élèverait le camp. C'était un plaisir de les voir travailler avec méthode, les uns abattant les arbres et les ébranchant, les autres les traînant avec l'aide des chevaux. En quelques heures, au milieu de la place, les souches avaient disparu. Tout était prêt pour l'érection du camp. Les femmes servirent le dîner, partagé joyeusement au moment où le soleil atteignait son zénith. À peine s'étaient-ils rassasiés qu'ils se remirent à l'ouvrage. Ils équarrirent le bois nécessaire à l'abri. Avant le soir, Nicolas avait un toit au-dessus de sa tête.

— Après-demain, promit Joseph Desrosiers, nous en ferons autant pour ton beau-frère. Il n'est pas dit qu'un seul nouveau n'aura pas droit à sa corvée.

Nicolas ne savait pas quoi dire pour les remercier.

— C'est de bon cœur, le rassura le capitaine Adhémar. Aujourd'hui, c'est ton tour. Après-demain, ce sera celui de Bernardin. Vous en ferez sûrement autant quand d'autres viendront s'établir parmi nous.

Tout l'été, les deux hommes travaillèrent ensemble à défricher le plus de terre possible autour de leur première habitation. À l'automne, en remplacement de leur camp, ils s'attaquèrent à la construction de leur maison.

— En mai, assura Nicolas, nous aurons tout ce qu'il faut pour habiter ici. Nos premiers labours nous permettront de cultiver le blé et l'avoine nécessaires à notre survie et à celle de nos animaux. Entre les souches, nous planterons des pommes de terre, et je te garantis que l'hiver prochain ne nous fera pas peur.

Chapitre 12

À propos de l'auberge

Pendant ce temps, à Québec, Émilie continuait de tenir auberge. Dorothée l'avait convaincue de vendre. Une pancarte indiquait bien leur intention de s'en départir, mais aucun acheteur ne se montrait intéressé. Romuald, pour sa part, fulminait contre les dirigeants de la ville en raison de la suspension des permis de cabaret. Tous les propriétaires d'auberge devant renouveler leur permis cette année-là se voyaient contraints d'attendre le bon vouloir de ces messieurs. Émilie redoutait le jour où, privée du droit de servir de la boisson, elle verrait son auberge se vider progressivement.

— Il doit bien y avoir quelque chose à faire pour changer ça, se plaignit Romuald. J'ai beau me creuser les méninges, je ne trouve pas. Il va falloir vendre de la boisson clandestinement.

— Ça finirait par se savoir, lui dit Émilie, et la première chose qui va nous arriver sera d'être en prison.

Je me demande bien ce qu'Edmond aurait dit de tout ça…

— Edmond, il aurait fait comme il a fait à Baie-Saint-Paul quand le curé voulait l'excommunier. Il aurait mis tout en vente et serait parti. Aurais-tu idée toi aussi de déguerpir ?

— Pas tant qu'on pourra s'en tirer avec l'auberge. Même si elle est déjà en vente, personne n'ose l'acheter. Ils demandent tout de suite quand nous perdrons notre licence. Ça se comprend : une auberge sans licence de cabaret, ça n'a pas grand bon sens.

Émilie se tut un long moment : elle était songeuse.

— Heureusement, reprit-elle, notre permis est encore bon jusqu'au carême. Après ça, nos revenus vont chuter. Nous ne pourrons plus compter que sur nos pensionnaires d'un soir ou de semaine pour survivre. Edmond disait toujours : « Ce qui fait le pain et le beurre d'une auberge, c'est la boisson que nous pouvons y servir. » Il avait bien raison.

— Les temps sont durs, Émilie, mais il faut espérer de bons résultats de la pétition en circulation. Espérons qu'elle finira par mettre un peu de plomb dans la tête des dirigeants de la ville.

Émilie reprit, sans trop de conviction :

— J'aimerais bien connaître la personne derrière cette idée de suspendre les permis de cabaret.

Romuald, qui n'avait pas la langue dans sa poche, répondit tout de go :

— Je ne veux pas te faire de peine, Émilie, mais cette idée-là sent la soutane.

— À ton avis, ce serait l'évêque ?

— Non seulement je le pense, mais je le crois. Pour en revenir à ce que nous disions, si, par hasard, tu parviens à vendre, que comptes-tu faire ?

— Je ne le sais pas encore, mais je crois bien aller rejoindre Nicolas et Marie-Josephte quand ils seront installés sur leurs terres.

— Dorothée est au courant ?

— Bien sûr ! Je suis même certaine qu'elle n'hésitera pas à suivre.

— Y a au moins une bonne nouvelle dans tous ces malheurs, reprit Romuald. Nous avons encore notre licence de cabaret pour un petit bout…

Le temps coulait rapidement, les mois filaient sans nouvelles de Nicolas et Marie-Josephte. Émilie avait bien reçu, au cours de l'hiver, une lettre de Nicolas dans laquelle il expliquait leur intention de s'établir dans le canton de Wickham. Elle l'avait fait lire tant de fois par Dorothée qu'elle la connaissait pratiquement par cœur. Ce qui lui faisait le plus plaisir était de savoir qu'elle serait de nouveau doublement grand-mère au cours de l'été : Marie-Josephte attendait un enfant et Bernadette également. Nicolas précisait : *Vous serez ainsi quatre fois grand-mère au moment où nous serons sur nos terres.*

Ayant appris que l'auberge était en vente, il espérait pour eux que tout se ferait très rapidement et il lui demandait ce qu'elle comptait faire ensuite. Il invitait tout le monde à se rendre au canton de Wickham au cours de l'été. Puis, sans doute trop absorbés dans leurs préparatifs de déménagement et dans leurs travaux d'installation, ses enfants n'avaient pas trouvé le temps d'écrire de nouveau.

Quand Dorothée fit encore allusion à la lettre de Nicolas, elle dit :

— M'man, si jamais on vend l'auberge, on fait nos bagages et on part pour Drummond.

— Tiens, approuva Émilie, j'avais justement la même idée.

— Et moi, qu'est-ce que vous faites de moi ? se désola Romuald.

— Vous, mon oncle, vous ferez comme vous voudrez. Il y aura certainement de quoi à faire par là comme par ici, si vous voulez venir avec nous autres.

Romuald poussa un soupir :

— Tu as bien raison ! Je pense que le travail ne doit pas manquer par là, mais ce qui m'embête, c'est de savoir ce que je pourrais y faire.

— Voyons, mon oncle ! Habile comme vous êtes, vous trouverez bien quelque chose.

— Mais quoi, jériboire ? Quoi ? À mon âge, recommencer encore ! Je pense que j'en aurai pas la force.

— Tiens ! Tiens ! se moqua Dorothée, l'oncle Romu veut se faire plaindre ! Allons, mon oncle, écoutez le conseil de votre nièce. Vous n'aurez qu'à vous asseoir à l'entrée de Drummond et à demander l'aumône aux visiteurs en songeant à vos vieux péchés.

Voyant que Dorothée voulait s'amuser à ses dépens, il entra dans son jeu :

— J'ai tellement de vieux péchés sur la conscience que j'en aurai bien pour plusieurs années à les compter, à moins qu'une nièce que je connais ne m'aide à le faire.

Pendant des semaines, pas un seul acheteur ne s'était présenté. Puis, quelques jours à peine avant l'expiration de leur permis de cabaret, vers onze heures du matin, un homme, tout de noir vêtu, coiffé d'un chapeau de castor et portant redingote, se pointa, accompagné d'un nain.

Toujours à l'affût de ce qui se passait autour de l'auberge, Romuald les avait vus venir.

— Bout de ciarge ! s'exclama-t-il à l'intention d'Émilie et de Dorothée. Venez voir qui nous arrive.

Dorothée se précipita :

— Pas Nico, par hasard ?

— Ben non ! Mais regarde-moi c'te visite !

Charlemagne, habitué à voir défiler de nombreux clients, n'avait pas l'habitude d'aboyer. Mais à l'arrivée de ces curieux visiteurs, il se mit à gronder et à japper avec fureur, si bien que Dorothée dut le mener dehors pour l'attacher.

Les inconnus prirent la peine de frapper à la porte, ce que ne faisaient jamais les habitués de l'auberge. Romuald leur ouvrit.

— Bonjour, messieurs ! Bienvenue à l'*Auberge Grenon*.

D'une voix haut perchée, le nain débita :

—Veuillez accueillir son excellence messire Philibert Dudomaine, ici présent, et votre humble serviteur, Noé Rancourt dit Raccourci, son comptable.

Romuald dégagea la porte et leur signifia d'entrer.

— Prenez place, les chaises ne manquent pas.

Discrètement, Dorothée vint jeter un coup d'œil puis se retira du côté de la cuisine. Les visiteurs s'assirent. Romuald leur offrit un verre :

— Vous prendrez bien un petit remontant, pendant que nous pouvons encore en servir…

Ils refusèrent, levant le nez avec l'air de gens à qui l'alcool faisait horreur. Comme il le faisait toujours, Romuald alla droit au but :

— Qu'est-ce qui nous vaut alors votre visite ?

Une fois de plus, c'est le nain qui prit la parole :

— Messire Philibert voudrait se porter acquéreur de votre auberge.

Romuald, que cette façon de faire commençait à intriguer, s'adressa directement à cet original, visiblement désireux de se faire passer pour plus que ce qu'il était.

— Monsieur Philibert, vous voudrez sans doute visiter les lieux avant de faire une offre.

— Pourquoi donc, cher ami ? Un homme aussi expérimenté que moi sait d'un seul coup d'œil reconnaître la valeur de ce qu'il convoite. Dans le cas présent, il est évident que cette auberge ne vaut pas même la moitié du prix demandé dans *La Gazette*.

Cette réponse fit bondir Romuald. D'une voix indignée, il rétorqua :

— Si c'est ainsi que vous le voyez, je vous prierai, messieurs, de retourner droit d'où vous venez. Nous ne céderons pas notre auberge pour une bouchée de pain à des gens qui ne sont pas en mesure de s'en payer une.

Le visiteur ne se montra pas offusqué par la rebuffade.

— Ne le prenez pas de si haut, mon cher, nous savons que cette auberge va bientôt perdre son droit de cabaret. Dès lors, elle ne vaudra pas plus que les maisons avoisinantes.

— Qui vous dit, monsieur, que ce permis ne lui sera pas redonné quelque temps plus tard ?

— Les auberges, à mon avis, ne devraient pas avoir de permis de boisson, le fléau de notre société.

Romuald en avait assez entendu :

— Permis ou pas, notre auberge n'est pas pour vous. Je vous prie donc, messieurs, à moins que vous désiriez prendre une consommation ou encore dîner sous notre toit, de bien vouloir céder la place aux gens s'amenant justement pour faire honneur à la nourriture que nous leur servons.

Les visiteurs se levèrent et se dirigèrent vers la porte, non sans que le sieur Philibert n'ajoute :

— Notre offre tient toujours. Libre à vous de la reconsidérer. Au cas où vous regretteriez d'avoir levé le nez dessus, vous pourrez toujours me joindre à cette adresse.

Il tendit une carte de visite et partit comme il était venu, son tuyau de poêle de castor droit sur la tête.

Romuald écumait. Il n'eut guère le loisir de faire part de ses états d'âme à Émilie et Dorothée. Déjà, les habitués du dîner s'installaient aux tables. Ce n'est qu'en fin de journée qu'il trouva le temps d'en causer à son aise :

— Ces deux hurluberlus voulaient acheter l'auberge à moitié prix.

— Vous avez bien fait, mon oncle, dit Dorothée, de les envoyer promener.

— N'empêche, bout de ciarge, qu'ils étaient au courant à propos du permis de cabaret qui ne sera pas renouvelé.

Émilie intervint :

— Tu penses, Romuald, que c'est pour ça qu'ils n'ont pas offert plus ?

— Non seulement je le pense, mais j'en suis certain. Comptez sur moi pour savoir de quoi tout ça retourne.

Son enquête lui apprit que ce Philibert Dudomaine avait des amis haut placés à la Ville. On lui avait mentionné que le renouvellement du permis de cabaret pour l'*Auberge Grenon* serait suspendu. C'était le meilleur temps pour acheter à rabais. Qui sait, parfois un permis n'est pas suspendu très longtemps quand de l'argent circule sous la table.

Au cours des jours suivants, Philibert Dudomaine et son nain revinrent plusieurs fois à la charge avec autant d'insolence qu'à leur première tentative. Devant le refus catégorique de Romuald, ils finirent par se faire plus rares.

La plupart des auberges n'ayant plus de permis de boisson, seuls les taverniers pouvaient continuer à en vendre. Ils virent tout à coup leur clientèle augmenter. Ce fut alors que Romuald, fin renard, découvrit le pot aux roses. La majorité des propriétaires de tavernes avaient de grands amis au Conseil de Ville. Il refila l'information à un journaliste de *La Gazette*, qui ne manqua pas de le souligner à la une du journal : *Nos élus municipaux de connivence avec les taverniers*. Le journaliste laissait même entendre qu'ils avaient voté la suspension des permis de cabaret en retour de compensations financières de la part des taverniers.

Malgré les protestations, la suspension des permis fut maintenue, si bien qu'un fléau encore plus grave alarma les autorités. On se mit à vendre sans permis diverses boissons un peu partout dans la ville. Le rhum et le whisky se mirent à couler en abondance sans que l'on pût déterminer leur provenance. Le débat fit rage. Des pétitions circulèrent réclamant la levée des suspensions de permis de cabaret. Malgré tout, les autorités ne cédaient pas.

Au bout de quelques semaines, comme un oiseau de malheur, Philibert Dudomaine réapparut à l'*Auberge Grenon*. Charlemagne leur fit la même réception qu'à l'accoutumée. Le sieur Dudomaine désirait toujours acheter et acceptait de hausser de vingt livres son offre précédente. Il se buta à un Romuald de plus en plus déterminé :

— Cher monsieur, pour qui nous prenez-vous ? Nous ne sommes pas assez idiots pour vendre au moment où les permis de boisson vont être de nouveau accordés. Ce que vous nous offrez ne vaut pas un pet de sœur et vous le savez fort bien, allez donc vous faire voir ailleurs !

— Qui vous permet de me parler sur ce ton et de cette façon grossière ? Savez-vous à qui vous avez affaire ?

— Oui, justement, je le sais ! À un imposteur !

Rouge de colère, le visiteur hurla :

— Quels sont les idiots qui vous ont laissé croire pareille sottise ?

— Des gens aussi bien placés que vos amis du Conseil. Pensiez-vous que nous allions nous laisser manger la laine sur le dos ? Si vous désirez toujours acheter l'auberge, vous devrez hausser votre offre. D'ailleurs, j'ai un autre acheteur et il a passablement plus de bon sens que vous.

Philibert Dudomaine en avait assez entendu. Il quitta l'auberge en claquant la porte. Émilie, de sa cuisine, avait entendu les éclats de voix des deux hommes. Aussitôt le visiteur parti, elle rejoignit Romuald et lui demanda :

— Veux-tu bien me dire qui est ce mystérieux acheteur ?

Romuald éclata de rire :

— Il n'y a pas plus d'acheteur en vue que de lion dans la cour. J'ai simplement voulu semer le doute dans son honorable cervelle. Nous ne vendrons pas l'auberge tant que nous n'en obtiendrons pas notre prix. Si nous la laissions aller pour moins que ça, j'en connais un qui se retournerait certainement dans sa tombe.

Le lendemain matin, quand Romuald sortit pour nourrir Charlemagne, il trouva la bête morte empoisonnée.

— Si jamais ces deux-là se représentent à l'auberge, marmonna-t-il entre ses dents serrées, je leur fais sauter la cervelle.

Chapitre 13

Le coup de foudre

Malgré le fait qu'on ne servait plus de boisson à l'auberge, les clients continuaient de venir y déguster les bons plats d'Émilie. Le travail ne manquait pas, ni pour elle ni pour Dorothée, occupée au service des tables, non plus que pour Romuald, toujours en quête d'améliorations.

Sa venue à l'auberge avait, au tout début, suscité diverses questions dans l'esprit des clients. Quelle place tenait-il vraiment dans la vie d'Émilie ? Il avait beau coucher dans une des chambres réservées aux clients, savait-on s'il y passait vraiment la nuit ?

Émilie craignait beaucoup les qu'en-dira-t-on. La présence de Dorothée faisait cependant taire les langues trop bien pendues. Une veuve ayant pris amant ne garderait certainement pas sa fille comme chaperon. Petit à petit, la conduite de Romuald fit se dissiper les soupçons. S'il caressait des projets où Émilie avait une place, il ne le laissait pas paraître. Il se désolait toutefois pour Dorothée qu'il considérait presque comme sa fille. Il ne manquait d'ailleurs jamais une occasion de le lui rappeler.

— Ma petite fille, belle comme tu es, tu devrais avoir depuis longtemps un prétendant dans tes jupes. Attends-tu que ton vieil oncle t'en déniche un ? Je sais que tu as eu autrefois un gros lot, pour ne pas dire un gorlot, avec ton Désiré, mais les hommes ne sont pas tous des politiciens laissant pourrir leurs promesses comme de vieilles pommes véreuses.

— Mon oncle, ne vous mêlez pas de mes amours ! Vous avez assez à voir à l'auberge sans vous mettre en chasse. Quelle sorte de moineau me ramèneriez-vous ?

— C'est ça ! Fais ta tête dure de Grenon ! Ne fais surtout pas confiance à ton oncle si bien intentionné. Pauvre petite fille, tu n'auras jamais de cavalier si tu ne te décides pas à partir toi-même à la chasse. Je te le dis, avec des yeux comme les tiens, tu pourrais conquérir en deux clins d'œil le roi d'Arabie et tous les rois des royaumes voisins. Ils n'attendent qu'une lionne comme toi pour partager leur lit et leur fortune.

Les propos de Romuald mettaient toujours Dorothée en joie. Elle entrait dans son jeu.

— Pourquoi une lionne, mon oncle ? Pourquoi pas une biche ?

— Une biche avec le caractère d'une tigresse. Pauvre roi, une nuit dans son lit et tu le boufferais comme une galette de sarrasin.

Leurs propos sur ce sujet finissaient toujours de la sorte, dans un accès de dérision. Pourtant, un bon soir, à la brunante, se présenta à l'auberge un jeune homme qui mit Dorothée dans l'embarras dès qu'elle le vit. Son oncle ne manqua pas de le remarquer. Il se réjouit aussitôt: «Le coup de foudre tant espéré», se dit-il. Mine de rien, il fit appel à toute son habileté pour en apprendre le plus possible sur celui qu'il imaginait déjà aux pieds de Dorothée.

— Serait-ce trop vous demander, jeune homme, de me dire d'où vous venez et ce qui nous vaut votre visite?

— D'où je viens ne vous dira sans doute rien.

— Faites-moi-le savoir d'abord, j'aviserai ensuite.

— Vous connaissez Sorel?

— De nom seulement.

— J'y suis né. Mon père, Joseph Lahaie, Dieu ait son âme, y tenait autrefois auberge.

— Vous êtes donc un Lahaie? Portez-vous le prénom de votre père?

— Non pas! Celui de Ludovic, selon le désir de ma mère.

— Ludovic Lahaie, qu'est-ce qui vous amène à Québec?

— Le décès de ma tante, religieuse à l'Hôpital Général.

— Vous me voyez peiné pour vous, mais ainsi est faite la vie qui nous crache en pleine figure au moment où on s'y attend le moins. Vous étiez proche de votre tante?

— Non pas! Je l'ai à peine connue. Ma mère, dont c'est la sœur, ne pouvait venir en raison d'un malencontreux tour de rein qui la cloue au lit. Elle m'a délégué pour représenter la famille.

— Bienvenue dans notre auberge. Qui sait ? Peut-être y trouverez-vous consolation à vos peines. Vous prendriez bien un brandy ou un rhum, de quoi noyer vos soucis, mais, pour notre malheur et le vôtre, nous ne pouvons plus en servir entre ces murs.

Le jeune homme esquissa un sourire.

— Je reconnais dans vos propos, dit-il, certaines ressemblances avec ceux que prodiguait jadis si généreusement mon défunt père à sa clientèle. D'ailleurs, dans cette auberge, tout m'est familier. Vous ne pouvez pas savoir à quel point j'y retrouve, et de façon troublante, l'atmosphère de mon passé. Je passerai volontiers la nuit entre vos murs, si toutefois il y a une chambre de libre.

— Ma nièce Dorothée vous y conduira.

Ce fut d'un pas léger qu'il se dirigea vers la cuisine. Dorothée avait eu le temps d'informer sa mère de la présence de ce client hors de l'ordinaire.

— Il se nomme Ludovic Lahaie, ma fille. Il attend qu'une certaine Dorothée le conduise à sa chambre.

Les propos de Romuald firent, d'un coup, se teinter de rouge le visage de sa nièce.

— Ma chère Émilie, je crois que ta fille vient d'attraper la rougeole, se moqua Romuald.

Si Dorothée avait eu des fusils à la place des yeux, l'oncle Romuald aurait vécu son dernier jour. Après avoir mené le visiteur à sa chambre, Dorothée revint, épanouie et souriante, prévenir sa mère que « monsieur Ludovic descendrait pour souper dans une demiheure». Aussitôt, elle courut mettre un couvert à ce qu'on considérait, en raison de sa position dans la salle, être la meilleure table de l'auberge. L'oncle Romuald ne portait plus à terre :

— Je l'ai vu, dit-il à Émilie.

— Tu as vu qui ?

— Cupidon, le petit bout de ciarge, avec son arc et sa flèche. J'te l'dis, Émilie, je l'ai vu. Et je te prédis que cette fois sera la bonne.

— Grand fou ! s'exclama Émilie. Si nous ne t'avions pas, il faudrait t'inventer.

Les prédictions de Romuald s'avérèrent fondées, puisque le séjour de Ludovic Lahaie à l'*Auberge Grenon* se prolongea trois soirs plutôt qu'un seul. Quand, au matin de la quatrième journée, il repartit pour ses affaires à Sorel, il avait en main une carte sur laquelle figurait l'adresse de l'auberge et, tout en bas, un prénom, celui de Dorothée.

Chapitre 14

Émilie à Drummond

Ne dérogeant pas de ses habitudes acquises depuis son arrivée à Québec, vers dix heures Romuald remontait la rue Saint-Ours pour aller chercher le courrier au bureau de poste. La majorité du temps, il revenait bredouille. Il ne changeait pourtant pas sa routine. Dorothée ne manquait pas de le taquiner:

— Mon oncle, vous n'avez pas besoin d'aller à la poste tous les jours. Nous ne recevons pas une lettre par mois.

— Ma petite fille, apprends qu'une lettre ne parle pas tant qu'on l'a pas ouverte. Aussi, elle ne nous prévient pas quand elle arrive.

Ce matin-là, en entrant à l'auberge, il brandissait une missive et ne tarda pas à laisser entendre à Émilie qu'elle serait contente. Une lettre de Nicolas s'avérait toujours une joie pour sa mère. Elle cachait bien sa hantise d'y découvrir de mauvaises nouvelles. Mais le contenu de la lettre reçue s'avéra fort intéressant. Bernadette avait accouché d'un garçon, cependant que

Marie-Josephte se montrait déjà fière des progrès de sa fille d'un mois. Nicolas insistait :

C'est maintenant le temps que vous veniez faire la connaissance de vos petits-enfants. Nous avons bien fait les choses. L'automne commence à peine. Vous nous trouverez réunis dans les baraquements qui nous servent d'abri en attendant de pouvoir aménager dans nos maisons en construction où nous pourrons habiter dès le printemps venu. Si vous venez, ne manquez pas de nous faire savoir votre arrivée, nous irons vous chercher au quai.

— Nicolas et Marie-Josephte m'espèrent, dit Émilie. Mais je ne peux pas quitter l'auberge comme ça. Qui s'occuperait de préparer les repas ?

Dorothée intervint vivement :

— Vous pensez pas, m'man, depuis le temps que je vous aide, que je pourrais vous remplacer quelques jours ?

— Tu n'y arriveras pas toute seule.

— La Rosalie à Jean-Marie Gagné saura bien m'aider. Profitez donc de cette chance tout de suite. Vous êtes grand-mère et, j'en suis certaine, il y a quatre petits-enfants que vous avez bien hâte de connaître.

Romuald qui, pour une fois, s'était gardé d'ajouter son grain de sel, bouillait de le faire. Il ne se retint pas plus longtemps :

— Émilie, écoute ce que ta fille te dit. C'est pas rien d'être grand-mère. Profite de l'occasion pour aller faire un tour. Y a les enfants, bien sûr, mais y a aussi

Nicolas et Marie-Josephte qui vont se faire une fête de te voir.

— Mais comment me rendre là-bas ?

— En vaisseau sur le fleuve, jusqu'à Sorel, et ensuite sur la rivière Saint-François.

— Ça va coûter une fortune.

— Allons, m'man, ça coûtera ce que ça coûtera. Faites-vous à l'idée d'être là dans deux semaines, pas plus. Vous ne vous priverez pas de ce plaisir-là. À soir, nous écrirons à Nicolas.

Une dizaine de jours plus tard, Émilie montait à bord d'une goélette en partance pour Sorel. Nicolas avait été averti de la date du départ, les vents décideraient de celle de son arrivée. Aussi prit-il la précaution d'être présent tous les jours au quai de Drummond, à l'arrivée de chaque embarcation. On ne manquait pas de le prévenir dès qu'un navire remontait la rivière. C'est ainsi qu'un beau midi, il vit descendre d'une barque la petite femme énergique qu'était sa mère. Elle se réfugia dans ses bras. Il lui fit l'honneur de parcourir lentement la rue Heriot, l'unique artère de Drummond, afin de lui donner tout le temps nécessaire pour bien voir les lieux. Elle fut impressionnée de découvrir autant de maisons à un endroit où, comme le lui précisait Nicolas, n'existait qu'une forêt deux ans auparavant. Les baraquements où ils résidaient s'élevaient non loin de la rivière, au bout de la rue. Marie-Josephte, Bernadette et Bernardin firent une fête de son arrivée. Les premières effusions passées, elle s'écria :

— Où sont-ils, ces petits-enfants de mon cœur ?

Les deux femmes la conduisirent dans un coin, là où tous les quatre dormaient dans leur petit berceau comme des bienheureux. Elle resta là longtemps à les regarder sans rien dire, de peur de les réveiller. Puis, levant la tête en direction de Marie-Josephte et de Bernadette, elle chuchota :

— Vous avez fait là les plus beaux enfants du monde. Il faudra que je m'arrange pour qu'ils connaissent leur grand-mère.

Elle profita des deux jours passés à Drummond pour se familiariser avec l'endroit. Nicolas et Bernardin l'amenèrent jusqu'à leurs terres du canton de Wickham. Ils avaient bien travaillé, ainsi que le prouvait une large brèche ouverte dans la forêt. Leurs maisons, voisines d'à peine cent pieds, commençaient à prendre forme. L'endroit était toutefois très isolé. On ne pouvait y accéder que par une route cahoteuse tout juste assez large pour permettre le passage d'une voiture.

— Il y a quelques mois, dit fièrement Nicolas, ici, ce n'était que de la forêt.

Bernardin s'empressa d'expliquer :

— Les arbres que nous avons abattus ont servi en grande partie à la charpente des maisons.

Émilie les regardait, pleine d'admiration.

— Vous espérez vraiment habiter ici au printemps ?

— Si vous revenez, m'man, expliqua Nicolas, vous ne vous reconnaîtrez plus.

— Où sont vos plus proches voisins ?

— Le plus près reste à un demi-mille. C'est un nommé Saintonge. Les autres, ceux qui vivent au bord de la rivière, sont des Anglais. Le capitaine Adhémar a sa terre, pas très loin d'ici, vers l'ouest, mais il la fait défricher par Guy Saint-Jean. Vous devriez voir quel géant il est. À part ça, nous n'avons pas encore eu le temps de connaître les autres. Il faut dire que les chemins sont encore malaisés. Mais donnez-nous encore une autre année, on va voir ce qu'on va voir ! Ça sera pas long qu'il va y avoir un village dans le coin.

Pendant que Nicolas parlait, Émilie respirait le bon air de la campagne.

— Ça faisait une bonne secousse, dit-elle, que je n'avais pas senti l'odeur des résineux. Ça me rappelle un peu Charlevoix, mais sans le fleuve et les montagnes. Qu'importe ! La campagne reste toujours la campagne, partout où elle se trouve.

Elle fermait les yeux, heureuse de se sentir ainsi, en pleine nature, à l'autre bout de son monde.

— À un moment donné, ajouta-t-elle, à force d'être en ville, c'est ben pour dire, on finit par oublier tout ça.

Elle passa les deux jours suivants à catiner ses petits-enfants et à faire meilleure connaissance avec sa bru. Elle était heureuse du choix qu'avait fait Nicolas. Bernadette, une belle jeune femme aux cheveux blonds, montrait un visage lumineux dès qu'elle se mettait à causer. Elle parlait avec animation, avec aux lèvres un sourire quasi permanent. Elle trouvait souvent le mot ou l'expression qui faisait rire. De plus, on ne pouvait souhaiter des belles-sœurs plus unies qu'elle et Marie-Josephte.

Curieuse de tout voir de ce village tout neuf, Émilie se promena dans l'unique rue de Drummond en compagnie de sa fille, pendant que Bernadette s'occupait des petits à la maison. De retour chez Nicolas, pendant que les deux mères allaitaient leurs enfants, elle fit des miracles avec le peu de nourriture à sa disposition et prépara ses meilleurs plats afin de gâter les hommes au retour de leurs travaux. Elle se fit une fête de les recevoir comme elle l'aurait fait à l'auberge. Servir la rendait heureuse.

Le dernier soir qu'elle passa à Drummond, Nicolas lui proposa :

— M'man, vous n'en avez pas assez de l'auberge ? Une fois qu'elle sera vendue, vous devriez venir vivre avec nous autres. De même, vous allez connaître vos petits-enfants. Nous allons en mettre d'autres en route, tout comme Bernardin et Marie-Josephte.

— C'est trop vite pour en parler. Attendons d'abord que vous ayez votre maison. Ensuite, l'auberge n'est pas vendue et je ne laisserai pas Dorothée toute seule.

— Elle finira bien par se marier !

— Peut-être, d'autant plus qu'il y a quelqu'un dans sa vie. Mais vous savez, après ce qui lui est arrivé avec son Désiré, elle se tient pas mal sur ses gardes.

Marie-Josephte intervint :

— Dites-moé pas, m'man, que Dorothée a un cavalier ?

— Un jeune homme est venu à l'auberge, il n'y a pas longtemps. Il devait rester une journée, il en a mis trois avant de repartir. Vous devriez voir Dorothée, depuis ce temps-là, elle ne porte plus à terre ! Des lettres circulent presque tous les jours entre Québec et Sorel. Ça ne te rappelle pas quelque chose, par hasard ?

Marie-Josephte, rougissante, se tourna vers Bernardin, qui lui sourit.

— La poste, dit-il, c'est la plus belle invention du monde.

Marie-Josephte s'était levée. Elle alla fouiller dans le grand coffre leur servant d'armoire et en revint avec une pile de lettres.

— Je les ai toutes conservées, dit-elle. Je pourrais vous en lire des bouts.

Bernardin protesta :

— Ça, ma chérie, ça reste entre nous.

— Pourquoi donc ? C'est trop beau pour que les autres l'entendent ?

Bernardin rougit à son tour puis, sans insister, se dirigea lui aussi vers son coffre. Quand il en revint avec ses lettres, Marie-Josephte ne chantait plus le même refrain.

Chapitre 15

L'engagement de Nicolas

Les nouveaux citoyens de Drummond profitèrent de la visite d'Émilie pour évoquer une foule de souvenirs. Nicolas parla d'abord de sa rencontre avec Honoré Vien et il raconta tout ce qu'il avait appris au sujet de la grand-mère Grenon.

— Vous en aviez sans doute entendu parler ? demanda-t-il à sa mère.

— Votre grand-père ne parlait jamais de cet épisode de sa vie.

— Est-ce que p'pa savait ça ?

— J'en doute. Votre grand-père en faisait un mystère et personne n'osait en parler à Baie-Saint-Paul.

— Vous, vous le saviez ? insista Nicolas.

— Je l'avais appris par ma famille, mais jamais je n'en ai dit un mot à votre père. Ce ne me revenait pas de le faire.

Cet échange touchant ce sujet délicat avait effacé les sourires sur les visages. Bernadette avait hâte de faire dériver la conversation, aussi la fit-elle bifurquer sur un autre point sensible :

— Madame Émilie, vous connaissez bien votre fils. Expliquez-moi comment il se fait qu'il ne veut jamais parler du temps où il était soldat ?

Marie-Josephte sauta sur l'occasion pour émettre le même son de cloche :

— Bernardin fait pareil. Pas moyen de lui arracher un mot là-dessus.

— C'est pas assez beau pour qu'on en parle, expliqua Nicolas, les yeux levés au ciel.

Sa sœur ne renonça pas pour autant :

— Je serais bien curieuse de savoir, au moins, comment tu es devenu soldat. M'man, vous n'aimeriez pas l'apprendre ?

— Bien sûr ! Il me semble que ça ferait un mystère en moins dans ma vie, et des mystères, dans notre famille, nous en avons eus bien manque assez ! Mais ça dépend si Nicolas veut en parler.

Bernardin intervint à son tour. Il se tourna vers Marie-Josephte :

— Une bonne chose est tout de même sortie de tout ça. Si Nicolas n'était pas entré dans l'armée, je n'aurais jamais connu l'amour de ma vie.

Marie-Josephte lui sauta au cou. Bernadette, qui tenait à son idée, lança :

— Allons, mon mari, dégèle ! Raconte-nous quelle folie t'est passée par la tête quand tu as décidé de te faire soldat.

— Si je le raconte, ne viens pas me dire ensuite que je te fais honte. C'est curieux, tout de même, maintenant que mes années de guerre sont derrière moi, j'ai quasiment le goût d'en parler.

Bernadette le regarda droit dans les yeux.

— Enfin ! dit-elle. C'est pas trop tôt !

Ils se regroupèrent dans la cuisine, autour de la table. Nicolas balaya son auditoire d'un long regard avant d'entamer son récit :

— Nous étions, à Dieppe, Jérôme et moi. Comme vous savez, nous avions aidé le capitaine Durand, en manque d'hommes d'équipage, à ramener son navire en France. Nous avions l'intention, dès notre arrivée à Dieppe, de monter sur un autre vaisseau en partance pour les îles d'Amérique ou encore pour Québec et revenir aussitôt chez nous. Mais, pour notre malheur, il n'y avait pas un seul navire pour l'Amérique.

— Si je comprends bien, acquiesça Bernadette, vous étiez coincés.

— Nous n'avions que l'argent de nos gages et il fondait comme neige au soleil. Il nous a fallu songer à gagner notre vie. Pour nous familiariser avec Dieppe, nous avons décidé d'en parcourir les rues en espérant y dénicher un travail quelconque. Personne ne voulait nous engager. Comme nous arrivions sur une placette, un tambour faisait voler ses baguettes sur sa caisse et débitait un message de sa voix nasillarde. Son boniment nous a étonnés : “Tous les jeunes hommes nés entre le 1er janvier et le 31 décembre 1785 sont priés de se présenter à la mairie avant midi par ordre de l'empereur des Français, Napoléon Bonaparte." Jérôme m'a demandé : "Est-ce que cet avis peut nous concerner, nous qui sommes nés entre ces deux dates ?"

« Je lui ai répondu la vérité : que je n'en savais strictement rien. Sur les entrefaites, nous avons croisé quelques jeunes hommes qui se dirigeaient justement vers la mairie. "Pourquoi demande-t-on aux jeunes hommes nés en 1785 de se rendre à la mairie ?" leur ai-je demandé. L'un d'eux nous a dit : "Vous êtes étrangers, sinon vous sauriez que nous nous rendons au tirage décidant si nous allons devenir soldats." Je me suis montré fort étonné : "Ils font un tirage pour ça ?" "Hé oui !" "Si votre nom n'est pas pigé, vous n'êtes pas obligés d'y aller ?" "C'est en plein ça, tu as tout compris !"

« Ces explications nous ont satisfaits. Il nous fallait continuer à chercher du travail. La traversée de l'Atlantique sur *L'Aigle d'or* nous avait convaincus que nous ne serions jamais matelots. Pour lors, nous n'avions qu'une question en tête : comment allions-nous survivre si nous restions sans travail à Dieppe tout l'hiver ? C'est alors que Jérôme m'a dit : "Tant qu'à passer encore au moins trois mois ici, pourquoi ne pas en profiter pour voir du pays ? Nous ne reviendrons probablement jamais et une chance pareille se présente rarement deux fois." "C'est bien beau de voir du pays, ai-je dit, mais il faut pouvoir gagner notre croûte." "Nous trouverons bien du travail ici et là. Les sous que nous allons gagner vont nous permettre d'aller voir plus loin."

« L'idée de Jérôme ne me déplaisait pas. Nous avions passablement marché. Nous nous sommes arrêtés à une auberge qui avait pour nom *Le Chien vorace*. Nous étions attablés là depuis une bonne demi-heure quand deux jeunes hommes sont arrivés et ont pris place à la table voisine. Le premier, un rouquin à l'air déluré, gesticulait en parlant, tandis que le second, un petit blondinet, semblait vouloir disparaître entre les lattes du plancher.

« "Nous pouvons causer ?" a demandé le rouquin. "Bien sûr ! s'est exclamé Jérôme. La table est grande, y a en masse de place pour quatre." "À ton accent, a repris le rouquin, tu n'es pas d'ici." "Nous sommes du Canada. Nous avons aidé à ramener le vaisseau *L'Aigle d'or*." "Bienvenue chez nous, a dit le rouquin. Je suis Godefroy Boutil. Mon ami se nomme Gustave Belon. Et vous êtes ?" "Nicolas Grenon, ai-je dit, et Jérôme Dufour." "Des noms pareils, c'est précieux, s'est exclamé le rouquin. Prends-les bien en note, a-t-il dit à son copain. Il faut arroser ça !"

« Il a commandé aussitôt une bouteille de vin rouge en disant que c'était sa tournée. Quand les verres ont été pleins, il nous a invités à trinquer à la France et au Canada. Nous n'avions pas l'habitude du vin. Après un premier verre, nous en avons enfilé un deuxième, puis un troisième, pendant que le rouquin nous demandait : "Comment comptez-vous retourner chez vous ?"

“Sur un navire qui va s’y rendre, a dit Jérôme d’un ton moqueur, certainement pas à la nage.”

« Sa remarque, le vin aidant, nous a mis en joie. Tout à son idée, le rouquin a continué : “Comptez-vous faire un voyage bientôt ?” “Pas avant trois mois, et ce sera pour retourner chez nous.” “Comment espérez-vous gagner votre vie en attendant ?” “Nous travaillerons ici et là.” “C’est une bien bonne idée, mais peut-être que mon ami et moi, nous pourrions vous faire gagner un bon magot assez rapidement.”

« Je me suis montré aussitôt intéressé : “Un magot, qu’est-ce que c’est ?” Ils ont éclaté de rire. “Ils ne savent pas ce qu’est un magot, s’est moqué le rouquin. Ah ! Ces étrangers !” Il en a profité pour commander une autre bouteille de vin. Il a rempli les verres pour trinquer à notre amitié. Comme la tête commençait à me tourner drôlement, j’ai voulu refuser, mais Jérôme tendait déjà son verre, et sans trop que je m’en rende compte, le mien était tout à coup plein jusqu’au bord. Le rouquin s’est levé et a crié : “Cul sec ! C’est le verre de l’amitié.” “Je ne sais pas ce que veut dire cul sec !” Le rouquin a expliqué : “Faites comme nous !” Il a vidé son verre d’un seul coup. Je l’ai imité et Jérôme également.

« Quelques minutes plus tard, j’avais peine à suivre la conversation. “Gagner le magot, les amis, a entonné le rouquin — j’aurais plutôt idée de dire le requin —, ça veut dire gagner beaucoup d’argent d’un coup.” “C’est intéressant, ai-je bredouillé. N’est-ce pas, Jérôme ?” “Quoi donc ?” “Le magot.” “Ah ! Le magot.”

«Jérôme s'est mis à rire comme si je venais de lui dire une drôlerie. Pendant ce temps, le rouquin a rempli de nouveau nos verres. Il a ensuite levé le sien pour trinquer, si j'ai bonne mémoire, à l'amitié, à l'avenir, au beau temps, au voyage. Les verres se remplissaient dès qu'on en voyait le fond. Nous avions un plaisir fou. La suite, je m'en souviens à peine. Il m'en revient des bribes. Je répétais tout le temps : "C'est un pensez-y bien !" Chaque fois Jérôme disait : "C'est un pensez-y bien, tout pansu, qui est déjà bien pensé, il ne regarde pas à la dépense." Nous nous esclaffions. Je crois n'avoir jamais tant ri de ma vie. Puis Jérôme a dit : "Nicolas, veux-tu zigner z'il vous plaît !" »

— Il disait vraiment "zigner" ? questionna Bernadette, étonnée.

— Il était saoul tout comme moi et disait : "Zigne donc !" Et j'ai signé. Le lendemain, quand j'ai repris mes esprits, je me trouvais étendu sur une paillasse, dans l'une des chambres de l'auberge où nous avions bu. J'avais la tête grosse comme une moraine. Jérôme dormait encore. J'ai mis du temps à me rappeler ce qui s'était passé la veille. Une fois levé, j'ai couru aux cabinets. Quand je suis revenu dans la chambre, j'ai vu sur la table de nuit une pile de francs et à côté le mot suivant, écrit en belle et due forme, sur un papier parcheminé. Je l'ai tant lu et relu que je le sais encore par cœur : *Par devant nous notaire, soussigné, ce 21 brumaire de l'An XIII de la République, Nicolas Grenon et Jérôme Dufour, pour la somme de 300 francs chacun, que leur ont remis Godefroy Boutil et Gustave Belon, se sont engagés à servir à leur place dans la Grande Armée de Napoléon. Ils devront se présenter, dans les dix jours, au dépôt de Landau, afin d'y commencer leur service.* Au bas de ces lignes, figuraient nos signatures, celles du rouquin et de son compagnon, ainsi que celles de deux témoins et du notaire qui avait rédigé l'acte d'engagement.

« J'ai mis du temps à mesurer la gravité de notre geste. En me voyant si songeur, Jérôme m'a parlé doucement. Il savait que j'avais besoin d'entendre une voix amie pour retomber sur mes pieds. "Qu'est-ce qui nous arrive, Nicolas ?" "Qu'est-ce qui nous arrive ? Nous avons signé un document que nous n'aurions pas dû signer : voilà ce qui nous arrive." "Ça veut dire quoi ?" "Ça veut dire qu'on est dans de beaux draps." "Pas tant que ça, on a de l'argent." "Qui ne nous sert à rien, parce que si tu lis bien ce qui est écrit sur le billet, il faut que nous soyons à Landau, dans le camp d'entraînement de la Grande Armée de Napoléon, d'ici dix jours au plus tard." "Qu'est-ce que tu dis là ?" "Si mon père était icite, il s'exclamerait que nous nous sommes fait passer tout un sapin !" "Nous devrions sauter sur l'occasion pour voyager et nous sacrer de ce papier. Toi qui veux voir du pays, tu seras exaucé. En plus, tu ne seras pas tout seul, je serai là."

« Son idée n'était pas mauvaise, mais il n'en mesurait certainement pas les conséquences. "As-tu pensé à ce que tu dis ? Si, dans dix jours, nous ne sommes pas au camp de Landau, les deux escrocs vont nous déclarer. Nous allons avoir tous les gendarmes de France à nos trousses. C'est la prison assurée, et pour longtemps. Nous avons le choix entre l'armée ou la prison." "Dans ce cas-là, moi je choisis l'armée." "Tu peux parler pour toi, qui aimes la guerre." "Toi aussi, tu aimes la bagarre." "Mais pas pour tuer." "On n'y peut rien. Si on se fait soldat, c'est pour éviter d'être tué en tirant le premier." "Nous venons de perdre notre liberté pour longtemps, si jamais nous sortons vivants de tout ça. Ça nous apprendra, batinsse, à boire plus qu'on est capables."

«Jérôme ne lâchait pas. Il tâchait de voir les beaux côtés de la situation : "On va être là juste pour un temps : personne n'est obligé de rester dans l'armée toute sa vie. C'est pas si pire que ça. On va toucher régulièrement un salaire. Plus de soucis de nourriture ni de logement, la belle vie et des femmes tant qu'on voudra. Tandis que matelot, les seules femmes qu'on peut approcher sont les putains des ports. Pense à toutes les nouvelles choses que nous allons connaître. Pense seulement aux pays que nous allons voir, aux montagnes, aux fleuves, aux rivières, à la mer !" "Tu oublies les blessures, et la mort !" "Il faudra bien mourir un jour, autant que ce soit vite, d'un coup de sabre ou d'une balle. Mais songe aux batailles qui seront les nôtres, pense aux médailles, aux conquêtes, aux victoires !"

«Jérôme était comme ça. Il n'y avait rien pour l'inquiéter. Le lendemain, baluchon sur l'épaule, nous sommes partis accomplir la volonté de l'empereur. Ce n'était pas de gaieté de cœur. C'était surtout afin d'éviter les sanctions auxquelles étaient sujets les proscrits réfractaires. Nous nous étions informés auprès de l'aubergiste. Il nous avait bien mis en garde: "Si vous manquez à votre parole, vous allez vous retrouver à la place de Briançon, logés dans une caserne particulière, ne recevant que des demi-fournitures, sans deniers de poche, à faire des corvées dans les arsenaux, à réparer des fortifications ou à lécher les bottes des officiers." »

Tout en parlant, Nicolas serrait les poings tant ce souvenir l'émouvait. Il poursuivit d'une voix courroucée:

— Je ne suis pas né, vous le savez, pour torcher qui que ce soit, fût-il empereur. Je me disais que je ferais quelques mois dans l'armée. Ce que j'ignorais alors, c'est que ce moment de folie d'une seule soirée allait avaler dix ans de ma vie.

Quand il eut terminé son récit, Bernadette s'approcha et l'embrassa.

— Tiens, dit-elle, mon beau soldat! Il ne nous reste plus qu'à reprendre le temps perdu.

Le lendemain, ils accompagnèrent Émilie au quai, où elle s'embarquait pour retourner à Québec. Au bout de la rue, des ouvriers s'affairaient à construire une maison. Deux femmes causaient paisiblement devant la boulangerie. Le soleil, discret jusque-là, perça soudain les nuages. Un rayon balaya la surface de l'eau et courut allumer la voile de la goélette amarrée au milieu de la rivière. Émilie s'arrêta et respira profondément, comme si cela l'aidait à graver cet instant dans sa mémoire.

— Souvenez-vous de ma proposition, lui rappela Nicolas. Il y aura toujours une place pour vous à la maison. N'est-ce pas Bernadette ?

— Nous vous attendrons, madame Émilie.

— Je vais y penser, assura-t-elle. Écrivez-nous !

Elle les embrassa tous, serra les petits dans ses bras, puis sans se retourner, pour qu'ils ne voient pas ses larmes, elle monta dans la barque en partance pour Sorel.

Chapitre 16

Des projets dans l'air

À son retour de Drummond, Émilie raconta avec beaucoup de plaisir les moindres détails de son voyage. Elle mentionna à Dorothée et Romuald dans quelles circonstances Nicolas et Jérôme avaient été contraints de devenir soldats. Dorothée s'attrista :

— Est-ce qu'il a raconté comment Jérôme est mort ?

— Il n'en a pas parlé.

— Il faudra un jour le lui faire cracher. Pauvre Jérôme, il me semble le voir encore !

À la fois curieux et inquiet de l'avenir, Romuald demanda :

— D'après ce que je vois, Émilie, tu as bien aimé ton séjour là-bas. Aurais-tu toujours idée d'aller y vivre ?

— Nicolas et Bernadette me l'ont offert. Mais je ne suis pas toute seule : il y a toi et Dorothée.

— Ne vous occupez pas de moi, la pria Dorothée avec vigueur. Je ne suis plus une enfant ! Pour le moment je suis seule, mais peut-être bien que ça ne durera pas longtemps.

— Ludovic ?

— Il m'a écrit. Il veut venir à Québec. Vous savez que son père était aubergiste. Il dit qu'il pourrait certainement donner un coup de main à l'auberge. Et puisqu'elle est à vendre et qu'il a un peu de sous, il aurait même idée de l'acheter.

— Ça, c'est du sérieux ! s'exclama Romuald, sur un ton moqueur. Si je comprends bien, il lui est venu deux idées en même temps : acheter l'auberge et mettre le grappin sur la fille qui l'habite. Je crois bien que ça ne tardera pas que je vais me retrouver tout seul dans mon coin comme une crotte de chien.

Il avait l'air si piteux qu'Émilie s'en émut :

— Dis pas des affaires de même, lui reprocha-t-elle. Personne ici ne souhaite te voir tout seul. Le temps, parfois, arrange bien les choses.

Intriguée, Dorothée dévisagea longuement sa mère sans oser lui demander le fond de sa pensée.

Il y avait à peine une semaine qu'Émilie était de retour quand Ludovic arriva à l'auberge avec armes et bagages. Dorothée en fut ravie. Le jeune homme prit pension et, sans faire grand bruit, s'introduisit dans le quotidien de chacun. Il passait ses journées à observer ce qui l'entourait, à la manière de quelqu'un qui soupèse une marchandise avant de se décider à l'acheter. Au début, Romuald rouspétait pour la forme :

— Il nous regarde comme si nous étions des animaux de cirque.

Émilie le reprenait :

— S'il a vraiment l'intention d'acheter l'auberge, il a bien raison d'observer comment ça marche. Entre lui et Dorothée, tout semble aller très bien. Il ne lui a pas sauté dessus. Ils se fréquentent, mais correctement. C'est un garçon bien élevé.

— Un garçon bien élevé, d'accord, mais dont on ne sait rien. Parfois, certaines choses paraissent belles quand on les découvre. Il suffit ensuite de gratter juste un petit peu pour s'apercevoir que ça ne vaut pas un pet.

— Tu exagères comme toujours, le reprit Émilie. Ça finira par sortir, tu verras. Quand ça va être mûr entre lui et Dorothée, il va nous dire ses intentions. Là-dessus, je ne suis pas inquiète. Ce dont je me soucie davantage, par exemple, c'est ce que nous allons devenir, tous les deux, si jamais la vente se fait.

— Ce que nous allons devenir ? Des petits vieux qui mangent leurs graines tout seul à l'hospice, bout de ciarge !

Émilie n'avait jamais vu Romuald si pessimiste. Elle dit, d'une voix chargée d'émotion :

— Y a une chose qu'on pourrait faire.

— Quoi donc ?

— Nous marier !

S'il n'avait pas été assis, Romuald se serait retrouvé étendu au plancher tant cette proposition le prit de court. Émilie enchaîna :

—Je t'aime bien, Romuald, et toi aussi. C'est pas le grand amour, comme avec mon Edmond, mais ça fera quand même. Tu n'es pas trop détestable et, à notre âge, nous avons encore un petit bout de chemin à faire. Pourquoi pas le faire ensemble ?

Depuis longtemps, Romuald refoulait ses sentiments à l'égard d'Émilie et, pour une fois, il resta sans parole. Dorothée et Ludovic les trouvèrent ainsi, elle émue, lui muet, quand ils pénétrèrent dans la cuisine.

— C'est décidé, m'man, Ludovic va acheter l'auberge.

Le regardant droit dans les yeux, Émilie lui demanda :

— Tu en as vraiment les moyens ?

Devant son air ahuri, le jeune homme sourit :

— Si j'en ai les moyens ? C'est certain !

— Mais mon garçon, que savons-nous de toi, à part que tu es le fils d'un aubergiste de Sorel ? Ça serait peut-être temps que tu éclaires un peu notre lanterne…

— Voilà en plein ce que je me propose de faire, et pas plus tard que ce soir, quand l'auberge entrera en repos pour la nuit.

Sur ce, souriant comme un prince, il les quitta, non sans avoir pris le temps de saluer au passage Romuald, qui, dans son coin, encore tout secoué par la proposition d'Émilie, n'avait pas trouvé le moyen de placer un mot.

Malgré le fait qu'elle s'y attendait depuis un moment, Émilie ne savait trop que penser de la proposition de Ludovic. Elle se préoccupait beaucoup plus des relations de sa fille avec ce beau jeune homme tombé des nues.

— Je suppose, dit-elle d'une voix douce à Dorothée, n'osant pas la brusquer, qu'il y a un mariage dans l'air ?

— M'man, vous le savez, je n'ai pas l'intention de me faire jouer un mauvais tour une deuxième fois. J'aime bien Ludovic, je prends mon temps pour le connaître comme il faut. Nous parlons beaucoup, mais je reste sur mes gardes. Il m'appelle son oie sauvage, c'est pas pour rien. Je ne le laisse pas m'approcher. Je sais que ça le fatigue, mais il comprendra quand il saura ce qui m'est arrivé avec Désiré. Je verrai bien, à ce moment-là, ses vraies intentions. Après ça, je déciderai.

À la brunante, alors que l'auberge entière ressemblait à un gros chat sur le point de s'endormir, comme il l'avait promis, Ludovic se présenta à la cuisine où les trois autres l'attendaient, assis autour de la table, à la lueur d'une unique bougie. Ce jeune homme ne manquait pas d'assurance et, comme l'avait remarqué Émilie, il aimait aller droit au but.

— Je sais, dit-il, que mon idée d'acheter votre auberge peut vous étonner, puisque vous ignorez à peu près tout de moi. J'ai toujours aimé que les choses soient claires avec ceux que je fréquente. Je vous parlerai sans détour.

— C'est en plein ce qui nous va ! approuva Romuald. Nous ne sommes pas des gens compliqués et nous n'aimons pas ceux qui le sont. La meilleure route est celle qui va droit. Vas-y, mon gars, on ne demande pas mieux que tu nous dises dret-là qui tu es.

Ludovic plissa les yeux, puis sourit :

— Vous me plaisez, Romuald, parce que vous dites franchement ce que vous pensez. Vous n'avez pas à vous tracasser à mon sujet, l'honnêteté est ce que mon père m'a laissé de plus précieux. Autant vous le dire tout de suite : si j'ai des sous, c'est que j'ai touché ma part d'héritage après que, dans des circonstances tragiques, mon père fut tué sous mes yeux et ceux de mon frère Augustin.

Sensible à la peine des autres, Émilie intervint :

— Tu nous vois bien tristes pour toi, mon garçon. J'ai perdu un fils dans un accident, je sais un peu ce que tu as dû subir.

— C'est aimable à vous de compatir, madame Émilie, mais tout ça est maintenant du passé. Depuis, le temps et la vie se sont chargés d'amoindrir le choc et la peine.

Plus Ludovic parlait, plus Émilie et Romuald découvraient un homme à la parole facile, certainement pas sorti de n'importe où.

— Comme je vous le disais, j'ai eu la chance de vivre dans une famille où l'honnêteté, la franchise et la bonne humeur prenaient beaucoup de place. Il n'a jamais été question, chez nous, de recourir à la ruse pour obtenir quoi que ce soit. Vous savez que votre fille me plaît. N'ayez crainte, je ne suis pas du genre à me servir d'elle pour vous décider à me céder votre bien. C'est vraiment parce que j'ai l'intention de devenir aubergiste, comme mon père le fut, que, puisque l'auberge est à vendre, je me propose de l'acheter. Tant mieux, ensuite, si les sentiments que je nourris à l'égard de Dorothée nous amènent à envisager de faire notre vie ensemble.

À l'écouter s'exprimer en ces termes, Émilie sentait ses craintes s'envoler. Le jeune homme ajouta :

— Mon père avait des biens venus d'abord de son auberge, mais davantage du second métier qu'il a pratiqué. Il disait toujours : « La seule façon que nous avons de nous enrichir, nous les Canadiens français, c'est de travailler à notre compte et jamais pour celui des autres. Nul n'y parviendra mieux qu'en devenant marchand et, encore mieux, marchand de fourrures. » Ainsi, après avoir vendu son auberge de Sorel et s'être acheté la petite maison où nous avons passé le plus clair de notre jeunesse, il a employé son argent à se procurer des marchandises, vendues en premier lieu aux hommes en partance à la traite des fourrures. Quand il en a eu les moyens, il a acheté un permis de traite et a fait un voyage dans l'Ouest avec deux de ses amis. De la sorte, peu à peu, il est parvenu à accroître sa fortune. En quelques années, mon père est devenu riche. Nous n'avons jamais manqué de rien, mon frère, ma sœur et moi. Nos parents nous ont fait instruire dans les meilleures écoles. Puis est survenu le malheur auquel j'ai fait allusion.

Il cessa de parler un moment, comme pour se remémorer cet événement sans doute relégué le plus loin possible dans son esprit :

— Mon père avait décidé, ce printemps-là, de faire un voyage dans l'Ouest en compagnie de mon frère et moi. Nous étions devenus assez costauds pour avironner pendant des jours, jusqu'à Michillimakinac, dans un canot chargé de marchandises jusqu'au bord. Il tenait à former notre caractère en nous faisant vivre les mêmes épreuves que celles qu'il traversait depuis plusieurs années. « La nature, disait-il, est le plus grand maître que nous puissions avoir. Elle est exigeante et ne pardonne aucune faute. » Il n'aurait su dire plus vrai.

Intrigué par le récit de Ludovic, Romuald demanda :

— Tu avais quel âge, quand tu as fait ce voyage ?

Ludovic réfléchit pendant un moment, puis précisa :

— C'est arrivé il y a dix ans et j'avais alors vingt ans. C'est en revenant de là-bas que le malheur nous a frappés. Comme nous avions un portage à faire, nous avions d'abord transporté sur notre dos les ballots de fourrures à l'autre bout du portage. Nous étions retournés chercher le canot. Mon père nous précédait sur le sentier, le long des fameux rapides que nous évitions de descendre dans notre embarcation. Nous portions, mon frère et moi, le canot sur nos épaules. Nous avons soudain entendu un cri. Le temps de déposer notre charge à terre et de nous précipiter du côté de la rivière, nous avons aperçu notre père emporté par les rapides. Avait-il eu un vertige ? Avait-il fait un faux pas ? Nous ne le saurons jamais. Tout ce dont nous sommes sûrs, c'est que la rivière l'a avalé sous nos yeux. Pendant quatre jours, nous avons cherché vainement son corps. La mort dans l'âme, nous avons dû nous résoudre à revenir.

— Pauvre enfant ! s'exclama Émilie, les yeux plein d'eau.

Sans se laisser décontenancer, le jeune homme poursuivit :

— La vie est faite ainsi, madame Émilie, vous le savez bien. Parfois douce, parfois cruelle, mais jamais indifférente. Quand ma mère s'est remariée, il y a de cela trois ans, nous avons eu notre part d'héritage. Voilà pourquoi j'ai les moyens de m'offrir votre auberge. Elle restera peut-être dans votre famille si Dorothée le veut bien.

Sa promise avait bu toutes les paroles du jeune homme, le couvant d'un regard qui ne trompait pas.

Chapitre 17

La vie déboule

Ce printemps 1817 se déroula pour les Grenon sous le signe de l'effervescence. Au canton de Wickham, Nicolas et Bernardin emménagèrent dans leurs maisons. Marie-Josephte et Bernadette étaient de nouveau enceintes. Du côté de Québec, les choses évoluaient rapidement.

Quand Émilie reçut une lettre de Nicolas et une autre de Marie-Josephte leur donnant les dernières nouvelles, elle dit à Romuald :

— Là-bas, l'air est plein de naissances, ici, plein de mariages.

— Ça veut dire qu'on est loin d'être morts, exulta Romuald. Mais comment crois-tu qu'ils vont prendre ça, quand nous allons les inviter à deux noces ?

— Ils seront bien obligés d'admettre que nous non plus, nous ne perdons pas notre temps.

Un soir, Ludovic était venu demander à Émilie la main de sa fille. Dorothée et lui avaient passé beaucoup de temps à causer avant d'observer un long moment de silence, yeux dans les yeux, mains dans les mains, mais toujours en présence d'un chaperon prénommé Romuald.

Émilie avait appris à mieux connaître son futur gendre. Les clients avaient recommencé à affluer quand, sous la pression des citoyens, les autorités de la Ville avaient été contraintes d'émettre des permis de cabaret. L'*Auberge Grenon* avait pu obtenir le sien. Les habitués, qui s'étaient ennuyé des bons plats d'Émilie, revenaient progressivement. Les affaires allant pour le mieux, Émilie hésitait à se départir de ce qui lui apportait son gagne-pain. Toutefois, la perspective de pouvoir toucher 350 livres tout en continuant à vivre sous le même toit que sa fille et son futur gendre l'avait décidé à vendre l'auberge.

— Contre votre nourriture et votre logement, vous donnerez un bon coup de main à votre fille à la cuisine. Nous comptons vous garder longtemps avec nous, promit Ludovic.

— M'man, vous pourrez enfin profiter de jours de congé avec Romuald. Il y a tellement de belles choses à faire et à voir en ville. Puis n'oubliez pas que dans un an, si tout va bien, vous serez de nouveau grand-mère !

Émilie reprit vivement :

— Attendez au moins d'être mariés avant de parler de faire des petits !

D'une voix quelque peu offusquée, Dorothée s'écria :

— Allons, m'man, pour qui nous prenez-vous ?

— N'y vois pas de mal, ma fille, je disais ça de même, s'exclama-t-elle, avant d'ajouter d'un air espiègle : on ne sait jamais, Romuald et moi, on pourrait peut-être te donner un petit frère ou une petite sœur…

— À votre âge !

L'expression étonnée de Dorothée, jointe à sa réaction, fit éclater de rire sa mère.

— Tu ne te vois pas ! dit-elle. Si un peintre était là, il en tirerait un portrait pas piqué des vers.

Comme elle le faisait chaque fois qu'elle vivait une émotion forte, Émilie serra Dorothée dans ses bras.

— J'ai bien hâte d'être mariée, m'man !

— Et moi aussi, ma fille. Mais, pour le moment, sais-tu ce que nous allons faire ?

— Quoi donc ?

— Nous allons décider la date de nos mariages. Ensuite, tu vas écrire à ton frère et à ta sœur pour les inviter aux noces.

Ils avaient choisi de se marier au beau milieu de l'été, avec l'espoir que toute la famille se réunisse pour la circonstance. Le curé de Notre-Dame-des-Anges s'était montré fort accommodant. Émilie et Dorothée se réjouissaient déjà de savoir qu'Alicia pourrait suivre la cérémonie derrière la grille de son cloître.

Une fois la date fixée, Dorothée se mit à ses écritures. Émilie lui avait confié la tâche de prévenir sa famille aux Éboulements. Il lui fallait également informer Nicolas et Marie-Josephte. De plus, Ludovic comptait sur elle pour faire parvenir des invitations à Sorel.

Une semaine après l'envoi des missives, Romuald se rendit à la poste avec espoir d'y trouver une première réponse. Marie-Josephte donna bientôt signe de vie par une lettre qui leur apporta une vive déception. Au fur et à mesure que Dorothée la lisait, les visages s'allongeaient dans la cuisine de l'auberge.

Nous avons été fort heureux d'apprendre ces grandes nouvelles. Nous ne nous attendions surtout pas à deux mariages. Je sais que ce que je vais vous dire va vous peiner. Nous y avons pensé bien longtemps, mais malheureusement, nous ne pourrons pas aller aux noces. Le voyage de Drummond à Québec est très malaisé. Comme Bernadette et moi avons chacune nos deux enfants qui nous occupent beaucoup, un tel voyage serait trop fatigant pour nous et trop risqué pour nos petits. En plus, Nicolas et Bernardin ne peuvent pas partir pour une semaine ou plus. Ils doivent profiter du beau temps pour avancer le plus possible le défrichement des terres et il y a le cheval à nourrir, de même qu'une vache que nous venons d'acheter. Enfin, les temps sont si durs que nous ne pouvons pas nous payer le voyage sur l'eau. Il faudrait que nous y allions par terre et les chemins sont trop difficiles pour que nous nous y risquions.

Nous penserons bien fort à vous et, quand tout sera fait, nous espérons que vous pourrez, ce serait plus facile pour vous, trouver le moyen de venir nous voir avant l'hiver.

Quand Dorothée eut fini sa lecture, Émilie suggéra :

— Nous allons leur payer le voyage sur l'eau.

— Bout de ciarge ! Ça, c'est l'idée du siècle ! s'écria Romuald. S'il le faut, je vais aller les chercher par les oreilles, jériboire ! Il n'est pas dit que nous allons nous marier sur la paille, et sans personne autour de nous, comme le petit Jésus naissant.

Ludovic venait d'entrer, il demanda aussitôt :

— Qu'est-ce que le petit Jésus vient faire à l'auberge ?

Ils s'empressèrent de lui résumer le contenu de la lettre. Comme toujours, il resta imperturbable puis, sans hésiter, il dit :

— Si la visite ne peut venir à nous, allons à la visite !

Émilie et Dorothée le regardèrent sans comprendre.

— Parle pas en parabole, lui reprocha Romuald. Qu'est-ce que tu veux dire ?

— Allons nous marier à Drummond !

Sa proposition les prit tous de court. Émilie souleva une première objection :

— Et qui va s'occuper de l'auberge ?

— Nous allons fermer le temps qu'il faut.

— Mais… commença Dorothée.

— Y a pas de mais, chérie, je sais que votre plus grand désir, à toi et à ta mère, c'est de voir les vôtres à nos noces. Nous allons leur donner toutes les chances d'y être. En plus, Sorel est beaucoup plus proche de Drummond que de Québec. Ma famille ne demandera pas mieux que d'y aller.

Le soir même, Dorothée se remettait à ses écritures. Le mariage se ferait à Drummond à une date ultérieure, le temps de régler les arrangements avec un prêtre. De nouveau, Ludovic trouva la solution :

— J'ai un cousin qui est curé du côté de Montréal. Nous allons lui écrire, il saura certainement nous accommoder.

Deux semaines plus tard, toute la parenté fut informée qu'au dernier samedi de juillet, un premier mariage double serait célébré au canton de Wickham, dans la maison de Nicolas Grenon.

Chapitre 18

Mariages

L'embarcation avait à peine jeté l'ancre qu'ils étaient prêts tous les quatre à sauter dans la chaloupe qui les mènerait sur la terre ferme. Sur le quai, Nicolas qui les attendait les reçut à bras ouverts dès qu'ils accostèrent. Ludovic et Nicolas firent connaissance.

— Qui a eu l'idée de venir jusqu'à Drummond pour vos mariages ? s'enquit Nicolas.

— C'est Ludovic ! dit fièrement Dorothée. C'était la seule façon de vous avoir avec nous autres pour les noces.

Nicolas hésita un moment, puis il déclara :

— On a tous été touchés de cette attention, mais j'aime mieux vous prévenir, le mariage ne pourra se faire dans ma maison.

— Pourquoi donc ?

— Attendez, m'man, de voir comment nous vivons.

La réflexion de Nicolas eut l'effet d'un orage en plein milieu d'une journée ensoleillée. Comme pour se racheter, Nicolas reprit tout de suite :

— Nous allons nous mettre en route. Le chemin jusque chez nous n'est pas ce qu'il y a de plus beau. Par contre, j'en connais là-bas qui ont bien hâte de vous voir.

— Y en a icite aussi ! s'écria Romuald d'une voix enjouée. Nous attendons ce moment-là depuis bien longtemps.

Émilie remarqua vite plusieurs changements depuis son premier voyage. Dans la rue Heriot, un édifice en pierre était en construction. Elle s'informa aussitôt :

— Qu'est-ce que ce bâtiment ?

— L'église anglicane, répondit nonchalamment Nicolas.

— Et l'église catholique ? interrogea-t-elle.

— Ça, m'man, ça va venir, mais plus tard. Il n'y a même pas de curé. Un missionnaire passe de temps en temps pour baptiser, confesser et dire la messe, mais c'est bien tout ce qu'on peut espérer pour le moment.

— Et le petit dernier et la petite dernière ont été baptisés ?

— Bien sûr ! Mais plusieurs semaines après leur naissance.

Émilie se scandalisa :

— C'est-y Dieu possible !

— On fait avec ce qu'on a, m'man. Icite tout est à construire, les routes, les maisons, les villages, les églises. La vie !

Tout en parlant, ils avaient quitté la rue principale et, aussitôt, le chemin devint plus cahoteux. Ils se retrouvaient maintenant en pleine forêt avec, de chaque côté de la route étroite, des tas de branches et de fardoches. Ils s'enfonçaient lentement sous le couvert des bois comme dans un gouffre vert infesté de moustiques, où le soleil avait peine à pénétrer.

— Est-ce de même tout le long ? questionna Dorothée.

— Jusque chez nous, ma p'tite sœur, il ne faut pas espérer mieux. Ton frère et ta sœur restent loin de tout, à présent. Voilà le prix à payer quand on est les premiers à ouvrir un nouveau pays.

Au bout d'une trentaine de minutes, ils débouchèrent sur une éclaircie formée par le passage d'une route à peine esquissée. Nicolas dirigea le cheval vers sa gauche. Ils firent encore quelques centaines de pieds dans cette direction, puis la forêt s'ouvrit sur ce qui constituait le début d'une importante zone défrichée. Alors, derrière un rideau d'arbres, les futurs mariés découvrirent deux maisons à peine éloignées de cent pieds l'une de l'autre, séparées par un ruisseau presque à sec. Nicolas arrêta le cheval :

— Voici notre royaume, à Bernardin et à moi, dit-il, la voix chargée d'émotion.

Il terminait à peine sa phrase que Marie-Josephte et Bernadette, avec chacune un enfant dans les bras, avançaient vers eux, toutes souriantes.

Nicolas s'exclama :

— Je vous l'avais dit ! C'est pas le désir de vous voir qui manquait.

Ils coururent dans les bras les uns des autres. Ludovic fut introduit auprès d'eux comme s'il avait toujours fait partie de la famille. Tout émue, Émilie pleurait en tenant contre elle Augustine, la fille de Marie-Josephte. Dorothée, pour sa part, avait hérité d'Élise, la petite de Nicolas.

De son côté, Émilie s'inquiétait :

— Avec les deux autres au berceau et enceintes de nouveau, comment allez-vous faire pour vous en sortir ?

Sa question sembla dessiller tous les yeux. La maison de Nicolas était si dénuée de tout qu'ils furent soudain saisis par la réalité. Les visiteurs débarquaient chez des gens vivant de peine et de misère, ayant tout juste de quoi survivre.

Consternée, Émilie s'écria :

— Voulez-vous bien me dire ce qui vous arrive ?

D'une voix où vibrait la révolte, Nicolas expliqua :

— Les Anglais nous ont réservé le pire coup de cochon qu'on puisse faire à quelqu'un.

— Quoi donc ?

— Quand ils nous ont concédé notre terre, ils nous avaient promis de nous fournir outils et nourriture pour un an. Il y a deux mois, alors que nous allions chercher nos vivres pour le mois à venir, il n'y avait plus rien pour personne. Nous sommes parmi les seuls à avoir tenu le coup jusqu'à présent. Nous n'avons plus de voisins. La plupart ont abandonné leur terre pour aller vivre ailleurs.

Les paroles de Nicolas semèrent la consternation.

— Pourquoi, lui reprocha Émilie, avoir attendu que l'on vienne pour nous le dire ? Nous aurions pu vous aider.

— Nous avons notre fierté, gronda Bernardin. Encore un mois et nous serons tirés d'affaire.

— Encore un mois ?

— Nous pourrons faire nos récoltes. Nous garderons ce dont nous avons besoin et nous vendrons le reste.

— Il n'est pas dit, intervint Ludovic, que votre futur beau-frère va vous laisser crever de faim et de soif.

Il sortit de la maison et se dirigea droit vers la charrette où les bagages étaient encore empilés. Il en revint avec un gros pain, un jambon et deux bouteilles de whisky.

— C'était prévu pour les noces mais foi de Ludovic, les noces vont commencer tout de suite. Il est fini le temps des privations.

Ils se régalèrent, pendant que Ludovic échafaudait déjà le scénario du lendemain :

— Ne le prenez pas mal, dit-il à Nicolas et à Bernardin, mais nous allons coucher à Drummond ce soir.

— Où ça ?

— À l'auberge !

— Justement, reprit Nicolas d'une voix neutre, il n'y a pas encore d'auberge à Drummond.

— Nous trouverons bien une place où nous loger. Nous verrons demain, avec mon cousin, où nous pourrons célébrer le mariage.

Nicolas ne tenait pas particulièrement à ce que les invités de Ludovic voient dans quel dénuement il se trouvait, aussi n'insista-t-il pas.

— Je pense, dit-il, que vous trouverez quelques lits de libres aux hangars du roi, près de la rivière. Ils tiennent lieu d'auberge pour le moment.

Ludovic, que rien ne semblait décontenancer, promit de les faire prévenir, le lendemain, où et quand aurait lieu le mariage.

Ce fut, dans ce village naissant, une noce bien modeste. Comme les mariés ne s'établissaient pas dans la place, les gens de l'endroit furent peu nombreux à s'intéresser vraiment à l'événement. Les célébrations d'un soir se déroulèrent en famille autour d'un bon repas, dans la maison d'Eudore Fontaine, du côté de Grantham. Il y eut bien un violoneux pour tirer quelques notes de son instrument et les nouveaux mariés dansèrent, mais le cœur n'y était pas vraiment. On évita de parler du présent pour se tourner vers l'avenir. Ce fut le cœur serré que, le lendemain, les nouveaux mariés regagnèrent Québec. Avant de quitter Drummond, Émilie laissa trente livres à Nicolas. Il refusa d'abord tout net de les prendre.

— Nous ne sommes pas au point de demander la charité.

— Ce n'est pas de la charité, c'est un prêt. Si j'étais dans la même situation que toi, tu en ferais autant pour ta mère.

Elle insista longuement et répéta qu'il ne s'agissait là que d'un prêt à courte échéance. Elle lui mit l'argent dans la main et y maintint la sienne jusqu'à ce qu'il l'acceptât. Il ne s'y résigna qu'au moment où Bernardin intervint :

— Si tu ne le prends pas, Nicolas, moi je vais le faire.

Les nouveaux mariés montèrent ensuite dans le petit navire à voile amarré au bout du quai. Nicolas, Bernadette, Bernardin et Marie-Josephte restèrent sur place jusqu'au départ. Quand la goélette prit le large sur la rivière, les mains s'agitèrent de part et d'autre, mais les sourires s'étiraient sans conviction sur les visages.

Chapitre 19

Une nouvelle auberge

Cet épisode des noces à Drummond marqua les esprits de toute la famille, à un point tel qu'un beau matin de janvier 1818, Ludovic surprit tout le monde en déclarant :

— Que diriez-vous si nous allions ouvrir une auberge à Drummond ?

Sa question les laissa bouche bée. Romuald, qui s'apprêtait à sortir chercher du bois pour le poêle, revint sur ses pas. Dorothée resta figée sur place, une pile de draps dans les bras. Émilie cessa net de remuer la soupe du dîner.

Fier de son coup, un sourire narquois aux lèvres, Ludovic les regarda l'un après l'autre avant de poursuivre :

— Est-ce que je viens de dire une bêtise ?

— Non, mon garçon, articula Romuald d'une voix émue, mais bout de ciarge, tu m'as pratiquement coupé le souffle !

— Tu es sérieux ? s'inquiéta Dorothée.

— Est-ce que j'ai bien compris ? s'enquit Émilie.

— Vous avez tous bien entendu, reprit-il d'un ton enjoué. Quand nous sommes allés à Drummond, nous n'avons pas trouvé d'auberge où coucher, alors je me suis dit que ce serait en plein le temps d'en ouvrir une.

— Mais il faudrait d'abord vendre ici.

— J'ai bien acheté cette auberge quand elle était à vendre, quelqu'un d'autre le fera aussi. Avec l'argent que je tirerai de la vente, l'un dans l'autre, je ferai construire mon auberge à Drummond.

De la manière toute simple dont Ludovic présentait les choses, il suffisait de vider un récipient afin d'en remplir un autre. Durant la nuit — « qui porte conseil », aurait dit Edmond — l'idée grandit et fit son chemin dans la tête de chacun. Ce qui n'était pas pensable la veille allait désormais de soi le lendemain.

— Il faut en parler à Nicolas, décréta Émilie, d'une voix déterminée. Il est sur place, il saura bien nous conseiller sur l'endroit où on devrait acheter le terrain.

Ludovic se montra tout de suite ouvert à cette idée :

— Dorothée pourra lui écrire dès aujourd'hui.

Le soir venu, autour de la table de cuisine, ils échangèrent longuement sur ce projet d'auberge et sur ce qui les attendait à Drummond. Émilie, sans trop le manifester, se réjouissait de cette décision. Rien ne pouvait lui faire plus plaisir que la pensée de retrouver tous les siens réunis. Ce soir-là, l'âme en paix, comme pour se permettre de goûter le bonheur qui l'envahissait, elle imita Edmond et sortit prendre une grande goulée d'air en admirant le ciel. Elle eut l'impression que la nuit refermait sur elle son corsage d'étoiles et elle crut même voir se dessiner dans ses bras la trace dorée de son passage.

L'idée de Ludovic fut très bien accueillie par Nicolas : Drummond avait impérieusement besoin d'une auberge. Nicolas promit de se mettre en quête d'un terrain au printemps venu. Il ne manqua pas d'ailleurs de tenir sa promesse dès les premiers beaux jours d'avril. La difficulté ne consistait pas à trouver l'emplacement idéal, mais bien à pouvoir acheter le lot sur lequel il se trouvait. Tous les lots appartenaient à des Anglais, qui ne les cédaient qu'à des compatriotes. Frederic-George Heriot avait fait passer le message : Drummond devait être une ville anglaise.

Nicolas se demandait bien de quelle façon il pourrait mettre la main sur un des terrains en vente dans la ville naissante. Il demanda conseil à son ami Bernardin qui, toujours aussi sage et réfléchi, lui dit :

— Commence par le commencement. Va d'abord voir sur le plan les terrains disponibles.

— Viens avec moi. Il y a plus d'idées dans deux têtes que dans une.

Ils se rendirent à la maison servant d'hôtel de ville, rue Heriot. Dans le hall était affiché le plan de ce qui, on l'espérait, deviendrait en quelques années la ville de Drummond. Nicolas se pencha et posa l'index dessus.

— Tu vois ce que je vois ?

— Il me semble bien être devant le même plan que toi. Explique alors !

— Regarde ce terrain, près de la rivière, non loin de la maison des passeurs... Il ferait parfaitement l'affaire.

— Il faudrait d'abord s'assurer qu'il est à vendre. C'est loin d'être fait.

— Mais, s'indigna Nicolas, tous ces lots sans exception appartiennent à des Anglais. Regarde : Armstrong, Berthold, Gunn, Hayfield, Jones, Plummer, Whatkins ! Pas une seule rue ne porte un nom français. Qui sont ces Loring, Brock, Lindsay, Cockburn qui ont donné leur nom aux futures rues ? De purs étrangers !

Il se retourna vivement quand, dans son dos, retentit une voix grave :

— Ce sont mes amis !

Ils n'avaient pas entendu s'approcher cet homme, le major Heriot lui-même, venu s'enquérir du but de leur visite. C'était un individu mince, au port altier, qui parlait français avec un accent prononcé. Il avait eu l'occasion de l'apprendre en commandant le régiment des voltigeurs, avec à ses côtés des officiers francophones comme Jacques Adhémar. Sans doute offusqué par les propos de Nicolas, il demanda d'un ton sec :

— Est-ce que je peux faire quelque chose pour vous ?

Sans perdre contenance, Nicolas dévisagea le major avant de déclarer :

— Nous nous attardions tout simplement à admirer les derniers développements de Drummond.

Le major n'était pas dupe. Il réfléchit tout haut :

— Ces terrains semblaient vous intéresser. Sachez qu'ils ne sont pas à vendre à des Canadiens français.

— Puisque c'est comme ça… murmura Nicolas.

Il n'aimait vraiment pas l'homme dont il venait de croiser le regard. Il lui adressa un salut pour la forme et passa la porte, Bernardin sur ses talons.

— Je te ferai remarquer, dit Bernardin, que nous ne sommes pas plus avancés.

Nicolas s'arrêta, les poings serrés, suivant du regard une volée d'outardes au-dessus de la rivière. Il parut contrarié un long moment, puis, tout à coup, un sourire se dessina sur ses lèvres.

— Je sais ce que nous allons faire, dit-il.

— Quoi donc ?

— Qui vivra verra.

Bernardin peinait à suivre les raisonnements de son beau-frère. Comme celui-ci semblait vouloir se remettre en route, il le retint par la manche et lui dit d'une voix impatiente :

— Tu vas cesser tes mystères et m'expliquer ce que tu comptes faire.

— Rien de plus simple ! dit Nicolas, triomphant. Nous allons faire acheter le terrain par quelqu'un d'autre.

— Lequel ?

— Celui que je t'ai montré, non loin de la rivière. On ne pourrait pas trouver un meilleur emplacement pour une auberge. Tant qu'à y être, nous pourrions même acheter aussi le terrain voisin.

— Est-ce qu'ils sont seulement à vendre ?

— Tout est à vendre, d'autant plus que ces lots appartiennent, j'en mettrais ma main au feu, à des Anglais ne songeant même pas à les exploiter.

Bernardin le scruta avec une expression de doute dans le regard.

— J'ai toujours su, dit-il, que tu étais quelqu'un de déterminé, mais cette fois, je crois que tu t'attaques à plus puissant que toi.

Nicolas haussa les épaules, brûlant déjà de passer à l'action. Son idée était faite. Il déclara :

— Nous allons de ce pas rencontrer quelqu'un qui saura bien nous conseiller.

Ils remontèrent la rue Heriot et, tout au bout, empruntèrent un chemin à peine tracé le long de la rivière. Non loin de là, ils aperçurent, dépassant au-dessus des arbres, le toit d'une vaste demeure coincée entre la falaise et la rivière. C'était la maison d'Henri Menut, dont le père avait été cuisinier des gouverneurs Murray et Carleton.

Bernardin venait de comprendre où Nicolas voulait en venir.

— Il ne voudra jamais nous aider.

— Il va le faire, j'en suis certain. N'oublie pas que son père a travaillé pour les Anglais, qui plus est, les gouverneurs anglais. Ils l'ont toujours traité comme un serviteur. Bien qu'il soit officiellement en bons termes avec eux, j'ai entendu dire qu'Henri ne les porte pas tous dans son cœur. Ce sera notre meilleur allié. Il a des contacts parmi les Anglais. Il parviendra certainement à savoir à qui appartient le terrain que nous convoitons.

Ils étaient arrivés devant la maison des Menut. Un chien aboya à leur approche. Ils s'arrêtèrent un moment, le temps d'admirer la demeure et les jardins l'entourant. C'était un beau domaine, fort bien entretenu par de multiples engagés. De grands saules bordaient la rivière qui, non loin de là, dévalait un cran de rochers pour aller se perdre vis-à-vis de la maison du passeur. Nicolas siffla d'admiration.

— Ça, on peut dire que c'est un beau site ! Imagine, si nous avions pu obtenir une terre pareille le long de la rivière. Il est vrai que ce terrain appartient aux Menut depuis plusieurs années. Ils l'ont obtenu bien avant la fondation de Drummond.

Il terminait à peine sa phrase qu'un homme de haute stature parut sur le seuil.

— Bonjour, monsieur Menut, fit Nicolas. Pardonnez notre intrusion sur votre magnifique propriété, sans vous avoir prévenu de notre visite. Nous aimerions solliciter votre aide pour une démarche nous tenant fort à cœur.

Leur interlocuteur les regarda tour à tour comme s'il tentait de deviner qui ils étaient, ou encore, de se souvenir où il les avait vus.

— Nous n'avons pas le plaisir de vous connaître personnellement, intervint vivement Bernardin, mais nous avons eu l'occasion à quelques reprises de vous croiser ici ou là. Je suis Bernardin Dumouchel et voici Nicolas Grenon. Ils s'approchèrent et lui tendirent la main.

— Voyons donc ce que je peux faire pour vous, messieurs. Le fait que vous placiez votre confiance en moi m'honore, mais rien ne dit que je pourrai vous être d'un grand secours.

Et sans plus de préambules, Nicolas lui fit part des raisons de leur démarche.

— Vous n'êtes pas sans vous rendre compte que ce que vous me demandez là est fort délicat. Le major Heriot a des ordres. Si jamais vous obtenez ce terrain, vous créerez une première brèche dans ce qui compte le plus à ses yeux. Vous risquez fort de vous le mettre à dos.

Nicolas leva la main comme pour apaiser ses craintes. Après un moment d'hésitation, il dit d'une voix calme :

— Nous ne faisons pas cette démarche pour nous, mais bien pour notre beau-frère de Québec. Celui-ci n'est pas le dernier venu : il possède une auberge non loin de l'Hôpital Général.

— Vraiment ! s'exclama Henri Menut. Comme le monde est petit ! Saviez-vous que mon défunt père a eu une auberge près de cet hôpital ? Lors de l'invasion américaine de Québec en 1775, le général américain Benedict Arnold y a établi son quartier général pendant tout le siège de la ville. Mon père a vainement demandé au gouvernement anglais une compensation pour les pertes subies pendant cette occupation. On ne lui a jamais donné un sou. C'est un affront que, comme mon père, je ne pardonne pas à nos dirigeants.

Les paroles d'Henri Menut confortaient Nicolas dans son projet. Il insista :

— Ne serait-ce pas une bonne façon pour vous de venger un peu votre père ?

— Vue sous cet angle, cette idée n'est pas mauvaise. Toutefois, je préférerais ne pas voir mon nom mêlé à cette tractation. Le major ne doit savoir, sous aucun prétexte, que je suis derrière cette transaction.

Nicolas hocha la tête en signe d'approbation.

— Loin de nous l'idée de vous compromettre d'une façon ou d'une autre. Pourriez-vous d'abord nous obtenir le nom du propriétaire et, ensuite, nous suggérer le nom d'un marchand anglais de vos connaissances qui n'hésiterait pas, moyennant une somme compensatoire, à acheter ce terrain au nom de mon beau-frère ?

— Revenez me voir, mes amis, dans une dizaine de jours. Je pourrai sans doute alors vous faire part des résultats de mes démarches.

Nicolas et Bernardin le quittèrent en se frottant les mains. Nicolas surtout était très fier de son stratagème.

— Ça me fait penser, dit-il, au temps où nous étions dans l'armée et où nous ouvrions une brèche au flanc de nos ennemis.

Bernardin ne dit rien sur le moment, puis, alors qu'ils atteignaient la rue Heriot, il fit la réflexion suivante :

— Nous ne sommes plus à l'armée, Nico, et pourtant nous avons quand même à combattre tous les jours. Vraiment, la vie est drôlement faite…

Chapitre 20

Les démarches de Nicolas

Deux semaines plus tard, Nicolas et Bernardin se retrouvaient de nouveau chez Henri Menut, qui les accueillit, le sourire aux lèvres.

—Je vous avoue, dit-il, avoir eu un peu de peine à convaincre un de mes amis anglais de servir de prête-nom. Mais il était en dette à mon égard et comme il n'a aucun lien avec Drummond ni avec le major Heriot, il a accepté de me rendre et de vous rendre du même coup ce petit service. Il suffira à votre beau-frère, quand il sera prêt à acheter, de communiquer à Drummond avec le notaire Dompierre. Ce dernier fera savoir au notaire Glackmayer, de Québec, de quel lot il s'agit et ce notaire préparera le contrat de vente.

Nicolas demanda aussitôt:

—Vous connaissez le propriétaire de ces terrains?

—Si je le connais? Assurément, puisqu'il s'agit du major Heriot lui-même. Mais il ne faudra négocier que pour un seul terrain.

Nicolas en resta pantois, ce qui provoqua le rire d'Henri Menut.

— Vous ne vous attendiez visiblement pas à celle-là, mon ami, mais c'est ainsi. Le major possède à peu près tous les lots qui longent la rivière. Ils lui ont été donnés pour l'érection du village, celui-là y compris. Il le vendra certainement avec plaisir à mon ami James Withfield. Ce dernier le refilera à votre beau-frère. Par contre, s'il s'agissait d'en acheter deux, le major poserait sans doute trop de questions.

— Ouch ! fit Nicolas. Je n'ai pas hâte de voir la réaction du major quand il se rendra compte de la supercherie.

Avec beaucoup de contentement, tel un enfant heureux du tour qu'il venait de jouer, Henri Menut ajouta :

— Il faudra bien qu'il vive avec, car, à mon avis, ce sera là pour lui le début de la fin de son établissement anglais, la première brèche dans son fameux projet. Déjà, Drummond est cerné de toutes parts par des Canadiens français, plusieurs terres des environs leur appartiennent. Les vendeurs anglais ne regardent pas à la couleur de l'argent. La ville elle-même, dans vingt ou trente ans, devrait être en majorité française. Votre beau-frère sera le premier à y pénétrer, un peu comme autrefois Ulysse et les Grecs dans leur cheval, à Troie.

Entre-temps, à Québec, l'idée de déménager à Drummond avait fait doucement son chemin. Ludovic avait remis l'auberge en vente. Un acheteur s'était aussitôt montré intéressé. Voyant la tournure des événements, Romuald se mit en frais de vider la forge.

— Si Edmond était encore là, dit-il à Émilie, il ne serait pas fier de voir ce que je m'apprête à faire.

Elle le regarda en haussant les épaules.

— Mon pauvre mari, tu n'as pas à te faire de peine pour ça. Edmond aurait dit : « Il faut ce qu'il faut ! »

Le même après-midi, Romuald quittait l'auberge avec une charrette pleine de tous les meubles et outils qui se trouvaient dans la forge. Il y avait des enclumes, des marteaux, des tenailles, le grand soufflet de forge, des pièces de métal, de vieux fers à cheval, les chaises et la table où les amis d'Edmond jouaient aux cartes ou aux dames. Ainsi chargé, il emprunta le chemin de L'Ancienne-Lorette. Il avait au préalable relevé dans *La Gazette* le nom d'un marchand d'outils de forge. S'il en vend, s'était dit Romuald, il doit aussi en acheter. Sa déduction était bonne car, parvenu à l'adresse indiquée, il fut reçu par un petit homme vif qui ne cessait de bouger tout en parlant. À le voir tant agité, Romuald se demanda s'il n'avait pas la grattelle. Il lui dit :

— J'ai ici de quoi meubler une forge entière avec tous les outils nécessaires : une vraie aubaine.

Le marchand commença immédiatement sa complainte :

— Mon cher monsieur, les temps sont durs. Ce n'est pas facile de vendre des outils et des objets qui ont déjà servi. Je ne pourrai sans doute pas vous en offrir beaucoup, vous savez.

Romuald, qui en avait vu d'autres, lui coupa aussitôt le sifflet en disant :

— Ménagez votre salive. Venez plutôt voir de quoi il retourne, et faites votre prix. Je dois offrir le tout à d'autres marchands. Je vendrai au plus offrant.

Le bonhomme fit nerveusement le compte de ce que Romuald apportait. Son offre fut si ridicule que Romuald mit le cheval en marche et repartit sans saluer. « Même pas trente livres, grommelait-il, même pas trente livres pour tout un attirail de forge. Ces marchands mériteraient qu'on les brûle tous sur la place publique. »

D'un marchand à l'autre, à force de négociations serrées, il finit par obtenir cinquante livres pour tout ce qui avait été si cher au cœur d'Edmond. Il revint à l'auberge en grognant. Il ne cessait de répéter : « Bout de ciarge, une fois mort, tout ce qui nous a tant servi ne vaut pas plus que le petit tas de cendres qu'on est devenu. »

Entre-temps, l'auberge avait trouvé preneur. Ludovic s'en était tenu à son prix. « Je l'ai payée trois cent cinquante livres, je ne la laisserai pas partir pour moins. » Dorothée l'admirait pour sa détermination. Dans la vente comme dans l'achat de l'auberge, il avait obtenu ce qu'il désirait. L'acheteur, pressé, n'accordait qu'un mois avant de prendre possession des lieux. Ludovic avait si bien négocié qu'il était en mesure d'apporter certaines fournitures — des draps, des serviettes, des ustensiles — fort utiles dès l'ouverture de sa nouvelle auberge. Quant aux meubles utilisés par la famille, ils les feraient convoyer jusqu'à Drummond.

Durant les semaines qui suivirent, ils s'affairèrent à tout préparer pour le grand départ.

Émilie n'avait pas revu ses parents depuis des années. Elle décida de se rendre à Baie-Saint-Paul avant de quitter Québec pour Drummond.

— M'man, lui dit Dorothée, vous faites bien d'aller voir vos parents. Je me demande bien quand même pourquoi ils ne se sont jamais déplacés à Québec pendant qu'on y était.

— Ma pauvre fille, te rappelles-tu comment ton père leur a annoncé notre départ pour Québec ? Il faut croire qu'ils ne l'ont pas pris. Peut-être seraient-ils venus à nos noces, si nous nous étions mariés à Québec ? N'oublie pas que nous avons changé d'idée à la dernière minute. Cela n'a sans doute pas dû arranger les choses.

— Ils auraient pu donner des nouvelles de temps à autre.

— Je leur ai écrit au début, mais comme je n'obtenais pas de réponse, je me suis dit que valait mieux laisser aller les choses comme ça. Au fond, notre vraie famille n'est pas celle d'où nous venons, mais celle que nous créons.

Tendant l'oreille à la conversation Romuald ne put s'empêcher d'ajouter son grain de sel. Il dit à l'intention de Dorothée :

— Ta mère est sage ! On est toujours mieux près de ceux qu'on aime le plus.

Sans annoncer sa visite, Émilie partit quelques jours plus tard aux Éboulements. Elle se disait: «Ils ne pourront tout de même pas me mettre à la porte.» Son arrivée causa beaucoup d'émoi, d'autant plus que son père était à l'agonie.

Sa mère se montra heureuse de la revoir.

— Ma fille, qu'est-ce qui nous vaut ta visite?

— Nous déménageons à Drummond dans deux semaines. Ludovic, le mari de Dorothée, a décidé d'y ouvrir une auberge. Nous avons vendu celle de Québec. Je ne voulais pas m'éloigner encore plus sans venir vous voir. Maintenant que l'auberge est vendue, j'ai pu enfin m'échapper.

— T'as bien fait de venir, ma fille. Peut-être ton cœur te disait-il que ton père n'en avait plus pour longtemps…

Il était hospitalisé à Baie-Saint-Paul. Émilie s'y rendit le lendemain avec sa mère. Le vieillard n'était plus conscient depuis quelques jours. Il retrouva pourtant suffisamment de lucidité pour reconnaître sa fille. Il serra ses mains dans les siennes comme pour un adieu. Le soir même, il expirait. Ils se mirent tous d'accord pour dire qu'il avait attendu de revoir Émilie avant de quitter cette terre. Les funérailles suivirent, deux jours plus tard, et furent l'occasion pour Émilie de revoir tous les siens.

De retour à Québec, une semaine à peine après en être partie, Émilie prépara son départ pour Drummond, le cœur en paix. C'était une période d'adieux. Avec Dorothée, elle passa par l'Hôpital Général saluer Alicia. Cette dernière s'était retirée du monde. Que sa mère, ses sœurs et son frère vivent à des lieues ou à deux pas de son monastère ne la préoccupait pas. Elle leur dit qu'ils étaient toujours avec elle dans ses prières.

À la suite de cette visite, Émilie et Dorothée s'attardèrent au cimetière pour une dernière prière sur les tombes de Jean-Baptiste et d'Edmond. Pour leur dernier soir à Québec, c'est chez les Gagné qu'ils se retrouvèrent tous. Les jumelles vinrent avec maris et enfants. La soirée fut baignée de souvenirs heureux, de rires et aussi de regrets de n'avoir pu, quoique voisins, se voir plus souvent. Tous promirent, mais sans trop de conviction, de se rendre visite à l'occasion.

Béatrice Gagné trouva les mots d'adieux appropriés :

— Faut pas se désoler : ce qui nous a été donné ne pourra jamais plus nous être enlevé.

Chapitre 21

L'établissement à Drummond

Aussitôt qu'il avait appris la vente de l'auberge de Québec et l'arrivée prochaine de Ludovic, Dorothée, Émilie et Romuald, Nicolas contacta le notaire Dompierre. Ce dernier se mit aussitôt en relation avec le notaire Glackmayer, de Québec. Deux semaines plus tard, le terrain de Drummond appartenait à Ludovic. Aussitôt, Nicolas, selon les directives de son beau-frère, mit tout en œuvre pour préparer le bois nécessaire à la construction de l'auberge, sur le bord du chemin Saint-George.

Toujours aussi efficace et résolu, Nicolas avait engagé des charpentiers réputés, Hormidas Lachance et son fils Auguste. Ils se mirent tout de suite au travail. Quand Ludovic arriva de Québec, il fut tout heureux de découvrir, sur son terrain, la charpente de sa future auberge dont les ouvriers travaillaient déjà à monter les murs.

En attendant que leur maison soit prête, Ludovic et Dorothée profitèrent de l'hospitalité de Bernardin et de Marie-Josephte, cependant qu'Émilie et Romuald trouvaient refuge chez Nicolas et Bernadette.

C'était là qu'ils se retrouvaient le soir pour causer, parlant de tout et de rien, heureux d'être ensemble. Bernadette et Marie-Josephte venaient d'accoucher de leur troisième enfant, et voilà qu'elles étaient de nouveau enceintes. Émilie demanda à Marie-Josephte et Bernadette le nom qu'elles prévoyaient donner à l'enfant qu'elles portaient.

— Je ne sais pas si vous vous en êtes rendu compte, madame Émilie, mais nous avons résolu, Nicolas et moi, d'appeler tous nos enfants par des noms commençant par un E.

— En quel honneur ?

Tout son visage s'illumina et Bernadette partit d'un grand rire :

— En votre honneur, madame Émilie, et en celui d'Edmond, votre premier mari.

— Qu'est-ce que tu dis là ?

— Oui, puisque votre mari s'appelait Edmond et vous Émilie, nous avons décidé de continuer la tradition dans notre famille. Nous avons déjà Élise, Éloi et Édouard. Si le prochain enfant est un garçon, il s'appellera Éphrem et si c'est une fille Ernestine.

Tout émue, Émilie embrassa sa bru et son fils.

— Jamais, dit-elle, en mettant la main sur son cœur, je n'aurais cru recevoir un plus bel honneur. Je pense que c'est mieux encore que quand une cloche a porté le nom de Sainte-Émilie parce que j'en étais la marraine.

Ce n'était pas tout d'avoir un toit, il fallait également meubler l'auberge. C'est alors que les problèmes commencèrent. Dès le lendemain de son arrivée, Ludovic alla négocier, chez les marchands de Drummond, l'achat des meubles et des ustensiles nécessaires. Nicolas le conduisit d'abord chez son ami Jacques Adhémar, à son magasin de la rue Heriot. Le marchand les reçut à bras ouverts.

— C'est un plaisir pour moi de vous revoir, jeune homme, dit-il à Ludovic. Je n'ai pas oublié votre mariage chez nous. Vous êtes en visite chez mon ami Nicolas ?

— Je suis à Drummond pour m'y établir.

— Vraiment ! Quelle bonne nouvelle ! Sur une terre de Wickham, je présume ?

— Non pas ! Vous avez sans doute remarqué une maison en construction dans le chemin Saint-George ? Ce sera mon auberge.

Le capitaine ouvrit de grands yeux :

— Tu construis une auberge à cet endroit ? Tu m'en vois fort étonné. Comment es-tu parvenu à acheter ce terrain ?

Nicolas avait prévu la question et s'empressa de répondre pour Ludovic :

— Quelqu'un de Québec le lui a vendu.

Le capitaine Adhémar se montra stupéfait :

— Je croyais que ces terrains appartenaient tous à mon ami Heriot.

Nicolas alla droit au but:

— Ils sont tous à lui, en effet, mais, il suffit qu'un de ses compatriotes se montre intéressé d'en acheter un pour que la transaction se fasse.

— Si je comprends bien, s'indigna le capitaine, vous vous êtes servi d'un prête-nom pour acheter le terrain en question?

— C'est exactement ce que nous avons fait.

Comme pour se donner le temps de digérer ce qu'il venait d'entendre, le capitaine se tut un long moment, puis dit d'une voix triste:

— Je suis peiné pour mon ami qui tente, par tous les moyens dont il dispose, d'attirer ses compatriotes à Drummond. Il ne sera pas heureux d'apprendre cette supercherie.

— Heureux ou pas, reprit Nicolas, quand Ludovic est venu à Drummond pour son mariage, il s'est rendu compte qu'il n'y avait pas d'auberge. Il a vendu la sienne à Québec pour en construire une ici. Les voyageurs de langue française ne s'en plaindront pas.

— Sans doute, mais j'en connais qui ne vous feront pas de quartier. Ils ne vous pardonneront pas d'envahir leur territoire.

Nicolas s'interposa:

— Parlant d'envahissement, n'est-ce pas ce que tu fais toi-même avec ton magasin dans la rue Heriot?

— Si j'ai pu m'établir là, c'est avec l'accord de mon ami le major. Il m'a fait une faveur en me cédant ce terrain en tant qu'ancien officier des voltigeurs.

Nicolas s'écria:

— Voyons donc, une faveur ! Toi qui as risqué ta vie pour les Anglais à la bataille de Sackett's Harbour, tu le méritais bien.

— Rien n'empêche que mon ami Heriot a dérogé à sa ligne de conduite pour me favoriser.

— C'est donnant-donnant, reprit vivement Nicolas. Tu leur as rendu service, ils te rendent service à leur tour. Ce qui nous amène chez toi, cependant, n'a rien à voir avec les humeurs de ton ami. Ludovic a besoin de meubler son auberge. Tu as certainement dans ton magasin des meubles et des ustensiles de tous les genres qui feraient son bonheur ?

Le capitaine troqua aussitôt son képi d'officier pour son chapeau de marchand et les fit passer dans son magasin. Ludovic s'intéressa d'abord aux tables et aux chaises. Il avait besoin de quatre tables, le marchand n'en avait que deux. Il ne trouva pas non plus suffisamment de chaises pour tous ses besoins. Il réserva les tables et les chaises qu'Adhémar fit mettre de côté à son intention. Il eut plus de succès avec les ustensiles, dénichant une bonne coutellerie, une douzaine d'assiettes creuses et autant de verres à patte, quelques terrines, trois lèchefrites, une marmite et un chaudron en fer, de même que treize livres de chandelles, sans compter un baril, une tinette et trois seaux.

Il avait aussi besoin de lits, mais le marchand n'en avait aucun à vendre.

— Je devrai donc m'adresser à vos concurrents, se désola Ludovic.

— C'est la loi du marché, convint le capitaine, c'est aussi une des lois de la vie. Ce dont nous ne disposons pas, d'autres l'ont. Je te souhaite bonne chance dans tes démarches. Tu vas vite te rendre compte que leurs prix seront fort gras comparés aux miens.

— Pourquoi donc ?

— Si tu veux obtenir de bons prix auprès de mes concurrents anglais, tu devras trouver un de leurs compatriotes prêt à faire les achats en ton nom. C'est ainsi que ça va chez nous. On ne se fait pas de faveurs entre Canadiens français et Canadiens anglais. Je doute fort que tu trouves un seul Anglais de Drummond prêt à te rendre un tel service.

Dans les jours qui suivirent, Ludovic fit le tour des trois magasins tenus par des Anglais. Leurs prix étaient si élevés qu'il n'acheta rien. Il se désolait de ne pouvoir meubler convenablement son auberge quand lui vint une excellente idée.

— Me prêterais-tu, pour trois jours, ton cheval et ta voiture ? demanda-t-il à Nicolas.

— Pourquoi donc ?

— Il y a maintenant un chemin carrossable entre Drummond et Sorel. As-tu oublié que j'ai de la famille là-bas ? J'en reviendrai la charrette remplie de tout ce que je n'ai pu acheter ici et, s'il n'y a pas assez de place pour tout, je ferai expédier le surplus par la rivière.

Le lendemain, au lever du soleil, en compagnie de Dorothée, il partait pour Sorel. Pendant ce temps, les ouvriers engagés à la construction de son auberge n'avaient pas chômé. Les murs en étaient dressés, le toit posé et ils s'affairaient à la finition intérieure.

Quand, avec une charrette débordant de tout ce qui lui manquait, Ludovic revint de son expédition, il fut en mesure de tout décharger dans ce qui désormais serait sa maison et son gagne-pain. Un des premiers gestes qu'il fit, dès son retour, fut de fouiller dans les effets apportés de Québec et laissés en dépôt chez le marchand Adhémar. Le soir même, au-dessus de sa porte, était fixée une enseigne où on pouvait lire : *Auberge Grenon*.

— Tu l'avais apportée ! s'écria Dorothée en lui sautant au cou. Tu aurais pu mettre : *Auberge Lahaie*.

— J'aurais pu, mais pourquoi changer ce qui porte chance ?

Chapitre 22

Chose promise, chose due

En moins de trois semaines, l'auberge de Ludovic avait poussé à la vitesse d'un champignon sur le bord du chemin Saint-George. Déjà, la veille, un premier voyageur s'y était arrêté pour la nuit. Absent de Drummond depuis près d'un mois, le major Heriot, revenu de Kingston, ne manqua pas d'être intrigué par ce nouvel édifice. Il se souvenait fort bien d'avoir vendu le terrain quelque temps auparavant à un nommé Withfield, mais il fut tout étonné de lire sur la façade de l'édifice : *Auberge Grenon.*

Il s'empressa d'aller frapper à la porte. Ludovic vint lui ouvrir.

— *Do you speak english or french ?* demanda-t-il d'entrée de jeu.

— Nous parlons français, précisa Ludovic.

— Je suis le major Heriot, se présenta-t-il, le fondateur de cette ville. Je n'ai pas le plaisir de vous connaître.

— Ludovic Lahaie, aubergiste, voilà mon nom et mon métier. Entrez ! Entrez ! Nous ne pensions jamais avoir si tôt l'honneur de votre visite. Daignez vous asseoir. Puis-je vous offrir un verre ?

Le major déclina l'offre. Il dit d'une voix aimable :

— Il n'y a pas grand-chose dans cette ville qui m'échappe, mais cette fois, il me semble bien que c'est le cas. Vous me dites porter le nom de Lahaie. Alors, pourquoi lit-on sur la façade *Auberge Grenon* ?

— C'est le nom de mon épouse.

— Vous lui faites ce plaisir, c'est tout en votre honneur. Mais je présume que vous travaillez pour un nommé Withfield, de Québec ?

— Non pas ! Je suis le propriétaire de cette auberge et je l'exploite en mon nom.

Malgré l'affabilité de son langage et la correction de sa démarche, le major ne put cacher sa déception. Son ton, jusque-là aimable, changea brusquement. Il demanda sèchement :

— Ce monsieur Withfield à qui j'ai vendu le terrain était sans doute un de vos amis ?

Ludovic hésita avant de répondre et choisit ses mots avec soin :

— Disons que c'était l'ami d'un ami à qui il devait des sous.

Le visage du major s'allongea et trahit sa contrariété. Cependant, en bon militaire, maître de ses moyens, il ne le laissa pas trop paraître.

— Savez-vous, jeune homme, que cet homme vous a rendu un fier service, tout en me causant un préjudice ?

— Oui, on peut dire qu'il m'a rendu service, mais pas seulement à moi, mais à tous les voyageurs en séjour à Drummond et dont la langue est le français. Il m'a permis de leur offrir le gîte et le couvert, notamment à ceux qui empruntent le Passage pour se rendre de l'autre côté de la rivière.

Le major se montra beau joueur :

— Votre auberge, dit-il, je le présume, sera ouverte à tous les passants, peu importe leur nationalité.

Ludovic répondit fièrement :

— Mon auberge est ouverte à tous ceux qui voudront me faire l'honneur de s'y arrêter.

— Parlez-vous anglais ?

— Hélas non !

— Il vous sera difficile d'accueillir ceux de mes compatriotes qui voudront faire escale chez vous.

Ludovic sourit avant de répondre :

— Sans vouloir vous offenser, monsieur le major, je vous dirai que parfois les gestes en disent autant que les paroles. Mais je ne me fais pas d'illusion. Je ne crois pas qu'ils s'arrêteront de toute façon à une auberge au nom français.

— Pourquoi donc ?

— Justement parce qu'ils sont Anglais ! Eux et nous, vous le savez bien, c'est le feu et l'eau.

Le major se rebiffa. Il rougit, puis se calma aussi vite avant de dire :

— Moi aussi, je suis Anglais. J'ai combattu aux côtés d'officiers de langue française. Le capitaine

Jacques Adhémar est un de mes amis. Je me suis toujours bien entendu avec eux.

— C'est une bonne leçon pour tous. Vous êtes l'exception qui confirme la règle, osa Ludovic.

Le major se raidit sur sa chaise :

— Cette ville, vous l'aurez remarqué, jeune homme, est avant tout anglaise. Ne soyez pas étonné qu'à l'occasion nous vous le rappelions.

Sur ce, il se leva, salua à la façon militaire et passa la porte en claquant des talons. À Dorothée qui venait s'enquérir de l'identité du visiteur, Ludovic répondit :

— Ouf ! J'ai l'impression que nous ne l'aurons pas facile ! Ce visiteur était nul autre que le major Heriot et notre présence ici ne semble guère lui plaire.

Dorothée, que rien ne troublait, dit en riant :

— Que ça lui plaise ou non, major ou pas, l'*Auberge Grenon* est bien là pour rester.

Une seule raison avait poussé Émilie à venir s'établir à Drummond : celle de voir tous ses enfants et petits-enfants autour d'elle. Dès que l'auberge eut ouvert ses portes, elle s'empressa d'instituer une tradition familiale qu'elle désirait perpétuer jusqu'à sa mort. Chaque dimanche, qu'il y ait messe ou non, elle recevait à dîner tous les membres de sa famille. Ils venaient avec leurs enfants, et c'était chaque fois la fête. Elle ne manqua pas, lors d'une de ces premières visites, d'inviter à se joindre à eux le capitaine Jacques

Adhémar et son épouse. Tout de suite, elle sympathisa avec Apolline, l'épouse du capitaine.

Profitant de la présence du capitaine, Nicolas, Ludovic et Romuald ne manquèrent pas de s'enquérir de tout ce qui touchait l'avenir de Drummond. Un beau dimanche, le capitaine arriva avec une nouvelle qui ne manqua pas de les réjouir.

— Saviez-vous, dit-il, que monseigneur l'évêque a obtenu une grande faveur de mon ami le major Heriot ?

— Quoi donc ?

— Il vient de céder des terrains tout près d'ici, dans la rue Brock, pour la construction d'une église et d'un presbytère. Il y a même assez d'espace pour un cimetière.

Nicolas, que les faveurs du major ne laissaient pas dupe, reprit :

— Sans vouloir vous vexer, mon capitaine, le major avait-il le choix ?

— Il aurait pu y mettre des conditions.

— Vous croyez ? Au nombre d'Irlandais catholiques qui ont fait partie de son armée et ont reçu des terres à Drummond, il n'avait guère le choix. Il faut au plus tôt une église catholique et il le sait. Bien entendu, les Canadiens français en profiteront également, mais il n'y peut rien. Enfin, il aurait été bien mal avisé de refuser cette faveur à monseigneur l'évêque. Ce dernier, paraît-il, au moment de la guerre contre les Américains, ne s'est pas gêné pour recommander dans ses sermons à tous les Canadiens français de soutenir les Anglais et de combattre à leurs côtés.

Les arguments de Nicolas portèrent. Le capitaine approuva mais non sans ajouter :

— N'oublie surtout pas, mon cher Nicolas, que ce sont nos conquérants et qu'ils ont le gros bout du bâton. Le major aurait pu en profiter pour exiger ceci ou cela. Après tout, c'est lui qui dispose des principaux terrains de Drummond. Il n'a posé qu'une seule condition.

— Laquelle ?

— Que l'église ait comme patron saint George.

— Pourquoi donc ?

— Parce que c'est un de ses prénoms.

— L'église anglicane ne se nomme-t-elle pas déjà Saint-George ? Il semble tenir à laisser sa marque dans la place deux fois plutôt qu'une. Il veut vraiment qu'on se souvienne de lui !

Le capitaine Adhémar regardait Nicolas avec des yeux rieurs. Il ajouta :

— Je ne t'ai pas tout dit, mon cher Nicolas. Tu te moques pour rien. Le reste de l'histoire devrait te faire plaisir. Monseigneur l'évêque a refusé le nom de Saint-George pour l'église catholique.

— Vraiment ?

— Connais-tu les deux prénoms du major ?

— Non pas !

— Frederic-George. Aussi l'église catholique se nommera-t-elle Saint-Frédéric.

Mis en joie par la déconvenue du major, Nicolas s'exclama :

— L'évêque lui aura fait cette fleur ! Entre célibataires, on peut se faire des cadeaux de ce genre.

— Tu es de mauvaise foi, Nicolas, changeons vite de sujet, proposa Adhémar.

Ludovic offrit à tous l'occasion d'une diversion :

— Un voyageur m'a dit hier qu'il y a eu un drame sur la rivière. Fort heureusement, cette mésaventure s'est bien terminée.

— Que s'est-il passé ?

Bien au fait de cette histoire, le capitaine raconta :

— Un jeune homme a tenté de traverser la rivière, en haut des rapides. Son canot a été emporté par le courant. Il se serait noyé, sans un coup de chance : son embarcation a dérivé vers une petite île, précisément située à la gueule de ces rapides. Il a pu s'échouer dessus, mais son canot n'était plus utilisable. Les secours ont été plus prudents qu'il y a deux ans, où le même genre d'aventure était survenu à un jeune pêcheur. En tentant d'aller le tirer de son mauvais pas, quatre honorables citoyens se sont noyés. Cette fois, on a manœuvré de loin. À quelques centaines de pieds en haut des rapides, on a expédié vers le jeune homme une embarcation retenue par un câble. Au quatrième essai, la chaloupe s'est échouée sur l'île du naufragé. Le jeune homme transi y est monté. Il s'est emparé des rames et, aidé par des bras secourables retenant le câble et le halant, il est parvenu à regagner la rive en toute sécurité.

Ils en étaient là de leur conversation quand Ludovic, intrigué depuis quelques jours par un détail, s'informa auprès du capitaine :

— Vous avez remarqué comme nous la maison en construction de l'autre côté de la rue, en biais avec la nôtre. J'ai vainement tenté de connaître le nom du propriétaire.

Le capitaine se leva lentement pour jeter un coup d'œil par la fenêtre. Il dit par-dessus son épaule :

— J'ai bien peur que ma primeur ne te fasse pas plaisir. Mais autant te le dire puisque tu l'apprendras tôt ou tard.

Se tournant cette fois vers Ludovic, le capitaine ajouta :

— Cette maison est la propriété de John Downey. Il veut en faire une auberge pour les visiteurs de langue anglaise.

— Ça sent le coup monté ! s'indigna Ludovic. On ne pouvait guère s'attendre à mieux de la part des Anglais. Ce qui m'attriste le plus dans cette nouvelle, c'est que, j'en suis certain, ce terrain appartenait au major Heriot. Pourquoi l'avoir vendu à quelqu'un voulant y construire une auberge, sinon pour diminuer les chances de faire prospérer la mienne ? Qu'importe, nous saurons bien tenir le coup !

Sensible à l'émoi que venait de causer son information, le capitaine Adhémar trouva aussitôt les mots qu'il fallait pour apaiser Ludovic :

— Il ne faut vraiment pas t'en faire avec ça. Je n'imagine aucun voyageur Canadien français préférer une auberge anglaise à la tienne. Ce sera de la saine concurrence et du progrès pour notre ville.

Ludovic n'avait pas digéré l'affront, mais il approuva, non sans ajouter :

— Vous avez peut-être raison, capitaine, mais rien n'empêche que…

Il ne termina pas sa phrase. Le capitaine eut beau insister pour connaître le fond de sa pensée, Ludovic se borna à dire :

— Ce n'est rien capitaine, je me parlais à moi-même. Et soyez certain que je me comprenais !

Chapitre 23

L'*Auberge Grenon*

Depuis maintenant plus d'un an, Ludovic tenait auberge à Drummond. Au début, les voyageurs se faisaient rares, mais les bons plats d'Émilie et de Dorothée avaient largement contribué à doter l'auberge d'une réputation hors de l'ordinaire. On disait :

« Arrête-toi à l'*Auberge Grenon*,
tu auras vite ta récompense,
il n'y a pas dans tout le canton,
meilleur lieu où emplir sa panse. »

Spontanément, tous les nouveaux mariés choisissaient l'auberge pour leurs noces. Ludovic, secondé par Romuald, veillait à prévenir les excès. Il était évident que de l'autre côté du la rue, l'*Auberge Downey*, malgré le fait que la majorité des habitants du canton et des cantons voisins fussent de nationalité anglaise, peinait à lui faire concurrence. Ludovic se moquait. En jouant sur le nom de son concurrent, il s'amusait à répéter: «Nous allons le faire damner.» Quant à Émilie, elle perpétuait la coutume en recevant les siens tous les dimanches.

À chacun de ses passages à Drummond, Nicolas, s'il disposait de quelques minutes, en profitait pour faire le tour des lieux. Il n'avait d'ailleurs pas à parcourir beaucoup de chemin pour y arriver. Après avoir quitté l'auberge de Ludovic, il suivait le chemin Saint-George jusqu'à la rue Heriot, qu'il remontait puis redescendait presque aussitôt après être passé devant la trentaine de maisons qu'on y dénombrait. Il se rendait ensuite au bord de la rivière jusqu'au Passage.

Il aimait regarder le passeur s'affairer à faire traverser des gens. Quand il en avait le temps, il causait avec lui et s'embarquait juste pour le plaisir d'admirer Drummond de l'autre rive, ce qu'il fit même un beau jour avec Bernadette et les enfants. Le passeur était le meilleur informateur de tout le canton. Ses passagers lui colportaient les dernières nouvelles. C'est ainsi qu'un dimanche de l'été 1819, Nicolas apprit la venue prochaine du missionnaire.

Profitant de la bonne qualité des routes, l'abbé Raimbault parcourait les cantons de Grantham, Wickham, Simpson, Wendover et Durham. Il devait venir, le dimanche suivant, afin de célébrer la messe et procéder à un mariage et à plusieurs baptêmes. Nicolas prévint sa mère. Émilie s'activa afin que deux de ses petits-enfants soient du nombre des futurs baptisés:

Éphrem, le quatrième enfant de Nicolas et Bernadette, de même qu'Alphonse, celui de Bernardin et Marie-Josephte.

Le missionnaire choisit de procéder à la cérémonie dans la maison du capitaine Adhémar. Comme plusieurs résidants de Drummond et des environs se retrouvaient chez le capitaine, l'abbé Raimbault profita de l'occasion pour leur faire part de ses préoccupations :

— Ce n'est pas normal, après maintenant cinq années d'existence, que Drummond ait son église protestante et toujours pas d'église catholique. Nous avons, bien sûr, grâce à la générosité du major Heriot, les terrains nécessaires pour l'érection d'une église et d'un presbytère, mais il n'y a rien dessus.

— Vous avez raison, monsieur l'abbé, reconnut le capitaine Adhémar. Je vais faire signer une pétition par tous nos concitoyens pour la construction d'une église.

— L'idée est excellente mais n'apportera pas nécessairement l'argent suffisant. Ce qu'il faudrait, ce serait contacter tous les catholiques de la paroisse afin qu'ils s'engagent à fournir qui du blé, qui de la planche, qui un animal, qui des légumes. Le tout pourrait être vendu pour constituer le fonds permettant la construction de l'église.

Auditeur attentif, Nicolas s'interposa :

— Je ne veux pas vous contredire, monsieur l'abbé, et jouer les rabat-joie, mais comment pensez-vous que nos gens, plus pauvres que Job, pourront donner un de leurs animaux ou encore une partie de leur récolte afin que l'église se construise ? Il me semble que ce serait plus profitable de faire une souscription auprès des habitants de la ville, qui sont beaucoup plus nombreux et plus à l'aise que nous.

L'abbé réagit tout de suite avec vigueur:

— Qui s'en chargera?

Contre toute attente, Jacques Adhémar intervint:

— Je m'occupe de cette souscription.

Il avait déjà tenté le coup quelques années auparavant, mais sans grand succès. Cette fois, sa démarche eut plus de succès: on vit bientôt s'élever une première église à Drummond.

Les mois passaient et tout allait pour le mieux pour Ludovic et Dorothée, dont l'auberge accueillait bon nombre de visiteurs. Puis, soudainement, pour une raison que Ludovic ne parvenait pas s'expliquer, plus un seul voyageur ne s'arrêta à l'auberge, une fois la noirceur venue. Pourtant, jusque-là, c'était souvent le moment où on frappait à la porte pour demander une chambre pour la nuit.

Un soir à la fenêtre, il remarqua deux voyageurs habitués de l'auberge, passer tout droit pour chercher refuge chez son concurrent anglais.

— Je ne comprends pas, dit-il à Romuald. Ferdinand Joyal et Pierre Jutras s'arrêtent ordinairement chez nous deux fois par mois. Et les voilà qui préfèrent aller chez Downey.

Occupé à nettoyer un coin du plancher où du lait avait été renversé, Romuald releva la tête pour dire:

— Y a d'l'eau qu'est pas claire derrière ça, c'est certain. Faudrait leur demander leurs raisons.

— Aurions-nous fait quelque chose qui leur aurait déplu ?

— La dernière fois qu'ils sont venus, ils étaient bien satisfaits.

Toujours posté à la fenêtre, Ludovic demeurait plongé dans ses pensées. La pleine lune éclairait la rue de ses plus vifs rayons avant d'aller tracer sur la rivière un filet d'argent.

— Nous n'avons pourtant pas la peste, grogna-t-il. J'aimerais bien tirer cette histoire au clair.

Passé maître dans les enquêtes du genre, Romuald le rassura :

— Je vais savoir, bout de ciarge, ce qu'ils ont contre nous. C'est pas normal que des gars comme Joyal et Jutras lèvent le nez sur notre auberge.

Deux jours plus tard, un de leurs habitués, après avoir jeté un coup d'œil dans la direction de l'*Auberge Grenon* se dirigea vers celle de Downey. Fin renard, Romuald, témoin de son manège, se rendit compte de quelque chose d'anormal. « Ils se comportent, se dit-il, comme si notre auberge les rebutait. » Il décida de sortir pour voir si, de la rue, quelque chose pouvait inciter les voyageurs à passer leur chemin.

Tout étonné, Ludovic vit bientôt Romuald revenir en toute hâte, en maugréant :

— Bout de ciarge ! lança-t-il. J'ai découvert le pot aux roses.

— Quoi donc ? s'enquit Ludovic.

— Viens voir !

Ludovic lui emboîta le pas.

— Regarde au pied du fanal !

Posée sous le fanal bien en évidence, se trouvait une pancarte sur laquelle on pouvait lire : « complet ». À Ludovic qui s'apprêtait à l'enlever, Romuald déclara :

— Elle n'est pas venue là toute seule. Cette pancarte, j'en mettrais ma main au feu, a deux pattes et traverse régulièrement la rue, soir et matin. Le soir pour apparaître, le matin pour disparaître.

Il se mit au guet une bonne partie de la nuit. Au petit matin, il vit Henry Downey sortir de chez lui et se diriger droit vers le fanal. Il le reçut à la pointe du fusil :

— Refais ça juste une fois, mon maudit Anglais, et si tu n'as pas de plomb dans la tête, je te promets que tu vas en avoir dans le cul !

Chapitre 24

Pour qui sonne le glas

L'automne 1822 avait été particulièrement beau, avec sa symphonie de couleurs. L'air gardait encore un peu de la chaleur de l'été. De la grande fenêtre de l'auberge, on pouvait apercevoir la nouvelle église dont on terminait les travaux. Émilie, à qui cela rappelait l'érection de l'église Saint-Roch à Québec, avait suivi avec beaucoup d'intérêt la construction de ce temple beaucoup plus modeste. Se souvenant de la Sainte-Émilie, la cloche qui portait son nom, elle s'était intéressée aux manœuvres par lesquelles avait été hissée à sa place l'unique cloche. Elle attendait avec impatience le jour de l'inauguration officielle, fixée au 25 novembre. Quel ne fut pas son étonnement quand, vingt jours avant l'événement, la cloche se mit soudainement à tinter.

— C'est bien un glas ? demanda-t-elle à Romuald.

— C'est un glas !

Ils se dévisagèrent, sachant trop bien ce que cela signifiait : un membre de la paroisse était passé de vie à trépas.

Émilie se signa avant d'ajouter :

— Qui ça peut-il bien être ?

Aussi intrigué qu'eux, Ludovic répondit :

— Un voyageur ou un voisin viendra sûrement nous en informer.

Trop impatient d'en savoir davantage, Romuald n'attendit pas plus longtemps pour aller aux nouvelles.

— Je vais voir, dit-il en se dirigeant vers l'église.

Il était de retour cinq minutes plus tard, la tête basse et l'air abattu. Il avait à peine passé le seuil qu'Émilie demandait :

— C'est quelqu'un qu'on connaît ?

— Ah oui ! murmura Romuald, et je n'arrive pas à le croire.

— Qui c'est donc ?

— Notre ami, le capitaine Adhémar.

Émilie blêmit et se laissa choir sur la chaise la plus proche. Un silence, comme seule la mort sait en imposer, s'étendit sur toute l'auberge. Romuald le rompit le premier :

— Reprends-toi, dit-il à Émilie. Ton amie Apolline doit être effondrée. À ta place, j'irais la voir sans tarder.

Émilie sécha ses larmes, mit un chapeau et se dirigea d'un pas vif vers la demeure du défunt.

— On ne sait pas ce qui nous attend, commenta Romuald. Je l'ai encore vu avant-hier, je l'ai même salué en passant. Il était loin d'avoir l'air de ce qu'il est devenu aujourd'hui. Bout de ciarge, qu'on ne tient pas à grand-chose !

Jacques Adhémar était une personnalité de premier plan à Drummond. On le considérait, au même titre que le major Heriot, comme l'un des fondateurs de la place. Le curé de Sorel, qui desservait aussi Drummond, fut informé du décès, mais les chemins s'avéraient si mauvais qu'il ne put se rendre à Drummond. Le major Heriot, quoique de religion anglicane, se chargea de faire exposer son ami dans le chœur de la nouvelle église. Tout le village défila devant le cercueil. Deux jours passèrent. Il était grand temps qu'ait lieu l'inhumation. Le major Heriot décida de faire enterrer son ami dans le sanctuaire, du côté de l'évangile. Le lendemain, le curé Fournier de Baie-du-Febvre arrivait à Drummond. Voyant qu'on avait inhumé le capitaine dans le sanctuaire, il se montra indigné :

— Qui a eu cette audace ?

Le major Heriot s'approcha :

— C'est moi qui ai décidé de le faire inhumer à cet endroit.

— Vous ignorez sans doute, monsieur, qu'un laïc ne peut être enterré dans le sanctuaire. Seuls les ecclésiastiques possèdent ce droit. De plus, l'Église catholique ne permet plus ce genre d'inhumation.

— Permission ou pas, monsieur le curé, s'il y en a un qui mérite l'honneur de ce genre d'inhumation, c'est bien le capitaine Adhémar. Les catholiques lui doivent en grande partie cette église. C'est la place qui lui revient pour son grand repos.

Voyant le major aussi déterminé, le curé Fournier battit en retraite et se contenta de bénir la fosse.

Témoin de cette discussion, Romuald rapporta à l'auberge que le curé ne dansait pas sur la même musique que le major.

— Pour une fois qu'il a la bonne note et le bon pas, dit-il, je suis d'accord avec le major.

TROISIÈME PARTIE

LA SUITE DES COMBATS

1825-1837

Chapitre 25

La vie au canton de Wickham

Il y avait maintenant tout près de neuf années que Nicolas s'était établi sur sa terre du canton de Wickham. Emporté par l'urgence de vivre, il ne s'était jamais arrêté à analyser sa situation. Mais voilà qu'en ce matin d'hiver rude et glacial, alors qu'il revenait de chez Ludovic et Dorothée, une vérité lui sauta à la figure : il n'aimait pas vraiment son travail de fermier. Quand il comparait sa terre à celle de Bernardin et le jardin de Bernadette à celui de Marie-Josephte, il voyait bien que quelque chose n'allait pas. Bernardin avait défriché plus d'un tiers de terre de plus que lui. Il possédait deux chevaux, cinq vaches, un bœuf, quelques cochons et des moutons, alors que lui se contentait d'un cheval, de deux vaches, d'un bœuf et de deux cochons, et son poulailler ne souffrait pas la comparaison avec celui de son beau-frère.

Pendant toutes ces années, il ne s'était jamais demandé ce que Bernadette, la petite tailleuse d'habits déracinée de son île Jésus pour être conduite en pleine forêt, où elle avait passé sans se plaindre neuf années difficiles, pouvait penser de leur vie dans la ferme. Ils avaient maintenant quatre enfants. Le cinquième allait, dans quelques mois, montrer le bout de son nez.

Si Nicolas trouvait de plus en plus pénible sa vie sur une terre, n'en était-il pas de même pour Bernadette ? Il en était là dans ses pensées quand il arriva devant sa maison. En ramenant Marin à l'écurie, il ne put y entrer. Chassée par le vent, la neige s'était accumulée au pied de la porte et il dut pelleter durant de longues minutes pour la dégager. Ce geste, qu'il répétait des dizaines de fois par hiver, eut tout à coup raison de sa patience. De rage, il poussa la porte, serra les dents et dit tout haut pour se calmer :

— Il faut que ça change et ça presse !

Il entra à la maison, les bras chargés de bois. Le poêle ronflait, dispersant sa bonne chaleur dans toute la pièce. Il déposa ses bûches d'érable dans la boîte à bois. En l'entendant entrer, Bernadette était venue au-devant de lui.

— Bernardin et Marie-Josephte vont bien ?

— Mieux que jamais !

— As-tu faim ? Je pourrais te faire chauffer une bonne soupe aux pois.

— Fais donc ça, et si tu n'as pas dîné, fais-en donc autant pour toi, que nous prenions deux minutes pour causer.

Bernadette s'affaira à mettre la table et faire chauffer la soupe. Les enfants s'amusaient autour du grand lit. Une grande pièce constituait seule le rez-de-chaussée au milieu duquel le poêle trônait comme un prince chaleureux. Au-dessus du tuyau, courant jusqu'à la cheminée, étaient étendues quelques pièces de linge. Nicolas s'attabla en attendant sa pitance. Il lui semblait que ses yeux se dessillaient et, pour la première fois, il prenait toute la mesure de sa vie passablement misérable.

Bernadette déposa les plats fumants sur la table et s'assit doucement, une main posée sur son ventre plein de vie.

— Te rends-tu compte ? dit Nicolas. À la fin de l'hiver, ça fera neuf ans que nous sommes ici…

Elle mit du temps à répondre.

— Si je m'en rends compte ? Je ne sais pas, tellement la vie me gruge comme une chandelle allumée par les deux bouts. Les enfants et le travail ne me donnent pas le temps de m'arrêter gros. J'aurai eu cinq enfants en moins de dix ans, c'est beaucoup. Par chance que je n'en ai pas eu deux ou trois d'un coup, comme il arrive parfois. Mais je ne suis pas trop malheureuse. Nous sommes chanceux tout de même de pouvoir nous suffire à nous-mêmes et d'avoir des voisins comme Bernardin et Marie-Josephte.

— C'est vrai, mais quand les voyons-nous ? Le dimanche, pour le dîner à l'auberge, et durant le temps des fêtes. Le reste de la semaine, ils ont les mêmes obligations que nous. Nous les verrions tout autant si nous vivions à Drummond.

— Quelle idée te ronge les sangs ? Songerais-tu à déménager à Drummond ?

— Est-ce que pendant les dix prochaines années à venir notre vie sera toujours la même ? La maison, l'étable, la grange, la forêt à repousser sans cesse d'une année à l'autre ? Est-ce que nos narines ne pourront jamais sentir d'autres odeurs que celles de l'étable, de la grange et de la porcherie ?

Bernadette semblait vouloir jouer l'avocate du diable :

— Tu oublies qu'ici nos enfants jouent avec leurs cousins et leurs cousines.

— Les enfants s'amusent avec tous les enfants qui veulent bien s'amuser. Ils se feraient d'autres amis en ville.

— Parmi les enfants des familles anglaises ?

— Avec ceux des familles canadiennes-françaises.

— Est-ce qu'il y en a seulement, en ville ?

— Quelques-uns dans la rue Heriot, entre autres, ceux du barbier Boisvert, le locataire de la maison des Jones. Mais, plus encore, à l'école qu'ils pourraient fréquenter, parce qu'une école, il finira bien par y en avoir une. Là, nos enfants apprendraient tout ce qu'il faut pour éviter de passer leur vie dans une ferme. S'ils décident ensuite d'y vivre, ce sera par choix. Il n'y a rien de pire, tu sais, que de vivre à rebours de soi.

— Que veux-tu dire ?

— Tu n'en as pas assez de traire les vaches, baratter le beurre, filer la laine, sarcler le jardin ? Tu dis que tu n'es pas malheureuse, mais j'aimerais t'entendre dire que tu es heureuse.

Bernadette releva la tête et le regarda droit dans les yeux, comme elle le faisait toujours quand elle désirait sonder à fond le cœur de son mari.

— Aurais-tu vraiment décidé de nous amener vivre ailleurs ?

Pris de court, Nicolas hésita.

— J'ai seulement idée de ce que nous pourrions devenir, si nous le voulions, dit-il au bout d'un temps.

— Qu'attends-tu alors pour le faire ?

À son tour, en réprimant le sourire qui lui montait aux lèvres, Nicolas la regarda comme il oubliait trop souvent de le faire. Il vit comment, en neuf années, le travail acharné était parvenu à la vieillir, multipliant les rides autour de ses yeux et burinant son beau visage. Il dit doucement :

— J'y réfléchis. Peut-être n'oses-tu pas te plaindre, mais la vie que nous menons pourrait être fort différente.

Bernadette ne réagit pas tout de suite, puis il vit ses traits s'animer, et une lueur qu'il connaissait bien allumer ses yeux. Il s'empressa de demander :

— Qu'en dis-tu ?

— Ce que j'en dis ? Ce serait merveilleux.

Quelques jours plus tard, Nicolas attela Marin au traîneau et gagna Drummond, où il avait différents achats à faire.

Comme toujours, l'hiver avait mis du temps à tirer sa révérence. Mai, tel un magicien, verdit d'un coup tout le paysage. Ce soir-là, après avoir couché les petits, Bernadette, grosse de plusieurs mois, sortit sur la galerie. Elle avait besoin de prendre quelques goulées d'air. La journée lui avait paru particulièrement dure. De la forêt tout proche émanait la senteur des pins, sur laquelle empiétait la pestilence de l'étable. La brunante découpait contre le ciel la silhouette des arbres. La lune surgit au-dessus de l'érablière, telle une immense lanterne orangée, éclairant d'une faible lueur la route perdue dans l'ombre.

Bernadette s'assit dans la berceuse préférée de Nicolas. Elle se berça un moment, faisant gémir les planches de la galerie. Depuis sa conversation d'un soir avec son mari, la vie de ferme lui pesait de plus en plus. Elle ne s'en plaignait pas, mais il lui semblait vivre en dehors de tout ce que la vie avait été pour elle, jusqu'à cet exil au canton de Wickham. Nicolas revint alors de l'étable, un fanal à la main.

— Les enfants dorment ? s'informa-t-il.

— Ils sont couchés depuis un petit moment. J'en profite pour prendre un peu d'air avant d'aller en faire autant.

Nicolas s'approcha d'elle et la serra dans ses bras. Elle comprit tout de suite qu'il avait quelque chose d'important à lui apprendre. Il n'agissait jamais autrement quand une décision lui tenant à cœur les concernait tous les deux.

— Ce n'est pas encore fait, dit-il, mais je crois que nous ne passerons pas toute notre vie ici.

Avec une note d'étonnement dans la voix, Bernadette s'exclama :

— Vraiment ? Toi qui as répété si souvent que tu ne déménagerais jamais plus ?

Il partit d'un grand rire :

— Il n'y a que les sots qui ne changent pas d'idée.

— Aurais-tu décidé de quoi sans m'en parler ?

— Oui ! Mais ce sera une surprise qui va te faire grandement plaisir.

Il caressa le ventre de Bernadette, y colla son oreille pour y sentir la vie qui l'habitait.

— Quand ce sera réglé, tu seras la première à le savoir. En attendant, continue de te forcer pour nous faire un bel enfant.

Elle se leva, se posta derrière lui, posa ses mains sur ses épaules et dit, avant de l'embrasser :

— En t'épousant, je savais que notre vie serait pleine de surprises. Pour nous, j'en suis certaine, le meilleur est encore à venir.

Deux semaines plus tard, elle donnait naissance à leur cinquième enfant, à qui ils donnèrent le prénom chantant d'Emmanuel.

Chapitre 26

Nicolas passe aux actes

Les chemins avaient tellement souffert du gel et du dégel qu'ils n'étaient plus praticables depuis des semaines. Mais voilà que le beau temps des derniers jours permettait maintenant de se déplacer sans trop se plaindre de la rudesse du parcours. Ce dimanche-là, en compagnie de toute la famille de Bernardin, celle de Nicolas gagna Drummond. Les cousins et les cousines s'amusaient ferme à l'arrière de la grande voiture. Comme elles le faisaient chaque fois qu'elles se voyaient, Bernadette et Marie-Josephte causaient de tout et de rien, mais surtout des prouesses de leurs enfants. Assis à côté de Bernardin sur le banc du conducteur, Nicolas semblait perdu dans ses pensées depuis un moment.

— J'ai quelque chose d'important à vous annoncer, dit-il soudainement.

Bernardin le poussa du coude :

— Si c'est si important, il faut le dire tout de suite sans nous faire languir.

— Tu devras patienter jusqu'au dîner.

Bernardin s'esclaffa :

— Tu fais ton cachottier ? Ça ne te ressemble pas.

— Qui saura attendre, apprendra !

Puis, se rendant compte de ce qu'il venait de dire, Nicolas pouffa de rire.

— Qu'est-ce qui te rend si joyeux ?

— Rien, sinon que me voilà comme mon père à inventer des dictons.

La route les secouait passablement, mais ils étaient contents d'être là tous ensemble. Bernardin ne manqua pas d'en faire la remarque :

— C'est heureux que ta mère ait institué cette tradition du dîner familial, le dimanche. Je n'avais pas connu ça en France. Ça tisse des liens solides, et quelle bonne idée elle a eu de convaincre Ludovic et Dorothée de venir s'établir à Drummond !

— J'ai l'impression que l'idée est venue tout autant de Dorothée et de Ludovic que de ma mère.

Dans la voiture, les enfants s'étaient mis à se chamailler un peu trop au goût de Nicolas. Il se retourna et leur dit :

— On chante un peu ?

Sans plus attendre, il entonna de sa belle voix de baryton :

— Il était un petit navire, il était un petit navire, qui n'avait ja-ja-jamais navigué, qui n'avait ja-ja-jamais navigué, ohé ! ohé !

Les enfants entrèrent dans le jeu et se mirent à chanter à leur tour. Ils montèrent à bord du *Petit navire*, firent un bout de chemin avec *Malbrough s'en va-t-en guerre*, en passant par le moulin avec Marie-Anne, et aussi par les *Prisons de Nantes*. Quand les premières maisons de Drummond apparurent à l'horizon, ils chantaient en chœur « Dans tous les cantons, y a des filles et des garçons qui veulent se marier, c'est la pure vérité ». Le chemin se faisant plus cahoteux, ils entonnèrent « Sur la route de Drummond, sur la route de Drummond, il y avait un cantonnier, il y avait un cantonnier, et qui cassait, et qui cassait, des tas de cailloux ». Rendus à la porte de l'auberge, ils s'amusaient à répéter « Ah ! c'était un p'tit cordonnier ! Ah ! c'était un p'tit cordonnier, qui faisait fort bien les souliers, qui faisait fort bien les souliers ».

Tous les dimanches, Émilie les attendait à la porte de l'auberge, « pour recevoir le clan », comme Romuald se plaisait à le répéter. Il aimait ces visites hebdomadaires et jouait à la perfection son rôle de grand-père substitut, trouvant le moyen de taquiner chaque enfant, tout en les gâtant de bonbons en cachette.

Affairée autour de la table, Dorothée, pour qui la nature semblait moins généreuse, chantonnait elle aussi, heureuse de recevoir les enfants de son frère et de sa sœur. Elle s'empressa de délivrer Bernadette de son petit dernier.

— Emmanuel, dit-elle, il me semble que ce nom lui va comme un bonnet. Je veux être sa marraine ! supplia-t-elle.

— Tu l'es déjà d'Éloi, remarqua Bernadette, sans compter d'Augustine.

— Jamais deux sans trois ! s'écria-t-elle joyeusement. Ça compensera pour les enfants que nous n'avons pas. Ludovic est certainement du même avis, n'est-ce pas Ludovic ?

— Quoi donc, chérie ?

— J'ai demandé à Bernadette d'être la marraine de son Emmanuel.

— Puisque tu le souhaites, dit-il. Mais qu'est-ce que notre chère belle-sœur en pense ?

— Je verrai avec Nicolas, promit Bernadette. Avec une marraine de même, le pauvre enfant, s'il ne sait

pas où aller dans la vie, n'aura qu'à s'ouvrir les yeux et suivre la poussière qu'elle déplace, il ne sera jamais en peine.

Les femmes pouffèrent pendant que Ludovic rejoignait Bernardin, ainsi que Nicolas et Romuald, en grande conversation. Il s'empressa d'offrir à chacun un verre.

Les enfants s'amusaient dehors. Pendant ce temps, comme toujours, Émilie s'affairait à la cuisine où la rejoignirent Dorothée, Marie-Josephte et Bernadette.

— Ça sent bon, m'man ! Je gagerais que c'est une tourtière de Charlevoix.

— Ton nez ne te trompe pas, ma fille.

— Nicolas a quelque chose d'important à annoncer, lança Bernadette.

— Quoi donc ?

— Il veut en faire part lui-même.

— Pourquoi tu nous en parles, alors ?

Bernadette sourit. Ses yeux pétillaient. Elle rougissait de plaisir.

— J'ai tellement hâte qu'il le fasse !

— À te voir, la taquina Dorothée, occupée à bercer doucement Emmanuel, c'est certainement quelque chose qui te ravit.

— Ah ! Pour ça, oui !

Les mains pleines d'ustensiles, elle attendait, pour les disposer sur la table, que Marie-Josephte ait fini d'y étendre la nappe. Pour faire dévier la conversation, elle dit :

— Vous ne trouvez pas que le temps passe vite ? Il me semble qu'il n'y a pas si longtemps, j'étais encore à Montréal à faire la cour à Nicolas. Pourtant, dans un an, ça fera bien proche dix ans que nous sommes sur notre terre.

— Dix années ? T'en est sûre ? s'écria Émilie. Dix ans déjà !

— C'est bien difficile de me tromper, j'en suis à mon cinquième depuis notre mariage, ça en fait un tous les deux ans. J'ai eu Élise quand nous étions là-bas. Éloi est né ici, pas longtemps après notre arrivée. Édouard, Éphrem et Emmanuel ont suivi. Le temps file comme l'eau de la rivière.

— À qui le dis-tu ! s'écria Émilie. Me voilà vieille comme le monde. J'en ai fait cuire, des soupes, depuis que je suis à Drummond ! Je n'ai pas de regret, par contre, d'avoir suivi Ludovic et Dorothée. Rien n'empêche que mon âge, je commence à le sentir dans mes vieux os.

Dorothée la taquina :

— Allons donc, m'man ! Vous n'êtes pas si vieille que ça, vous vous souvenez encore de nos anniversaires.

Le jour où vous les oublierez, là on pourra dire que l'âge vous aura rejointe.

La boutade de Dorothée les fit s'exclamer toutes en même temps :

— Toi, ma p'tite démone !

Émilie sourit de les voir de si bonne humeur.

— Chère, dit-elle à Marie-Josephte, irais-tu dire aux enfants que le dîner est prêt ?

— Ça, m'man, vous pouvez dire que vous l'avez demandé souvent. Vous rappelez-vous quand Dorothée et Alicia revenaient de l'école ? En entrant, elles ne savaient dire que ça : « M'man j'ai faim ! »

Émilie lui jeta un regard plein de tendresse. Dorothée fit remarquer :

— Quand on pense qu'aujourd'hui, ce sont vos petits-enfants qui ont la panse comme des trous sans fin !

— Tu peux le dire, Dorothée : le temps coule comme de l'eau entre nos doigts.

Les femmes appelèrent les enfants, qui s'installèrent à la bonne franquette autour de la table. Les cousins se ressemblaient tant que, pour un œil étranger, ils pouvaient passer pour des frères. Comme Émilie en avait fait la remarque, ils avaient un fort bon appétit. À peine leur dernière bouchée avalée, comme un vol de moineaux, ils retournèrent à leurs jeux. La table libérée, les adultes y prirent place à leur tour. Ils venaient tout juste de s'attabler quand Nicolas les fit taire :

— Allons ! Allons ! J'ai besoin de votre attention.

Il l'obtint rapidement, mais non sans le grain de sel de Romuald :

— Si c'est pour un discours, bout de ciarge, fais-le court, parce que ma panse a besoin de sa récompense.

— Ne vous inquiétez pas, je serai mieux que court : je serai bref. Comme je le disais à Bernardin en venant, j'ai une grande nouvelle à vous apprendre.

Toujours à redouter le pire, Émilie commença par pâlir, puis, se ressaisissant, elle demanda à son fils :

— Quoi donc ?

Nicolas tarda à répondre, uniquement pour les faire languir encore un peu, avant d'annoncer fièrement :

— J'ai loué le magasin général de Jacques Adhémar. J'y pensais depuis des mois, depuis sa mort en fait. J'ai demandé à Apolline si elle ne me louerait pas la maison et le magasin. Elle s'apprête, comme vous le savez, à regagner Montréal pour de bon. « Ton offre, m'a-t-elle dit, me rendrait service. J'avais idée de vendre, mais je ne trouve pas d'acheteur sérieux. »

— Tu as loué ! s'exclama Romuald. Veux-tu dire que tu abandonnes ta terre ?

— C'est en plein ce que m'a demandé Bernadette, quand je lui en ai parlé. Pour le reste, j'ai loué la maison et la terre à Marius Fontaine contre le blé, les fruits, les légumes et la viande nécessaires à nos besoins. Je veux tenter de voir si je réussirai mieux comme marchand que comme cultivateur.

Marie-Josephte se désola :

— Nous allons vous perdre comme voisins.

— Oui, mais ça ne nous empêchera pas de nous voir tous les dimanches et fêtes. En plus, à Drummond, nous allons pouvoir nous consacrer à la vie fort différente que j'ai toujours envisagée pour nous. Jamais de toute ma vie je n'avais songé à cultiver la terre avant, justement, d'en hériter d'une. Je pense que ma Bernadette mérite pas mal mieux. Elle était habituée à la ville avant de venir ici. Elle va vite se faire des amis et, qui sait, peut-être pourra-t-elle amener du beurre sur notre pain en dessinant des patrons et en cousant des habits comme elle le faisait si bien, quand j'ai eu le bonheur et la chance de la connaître. Mais surtout, elle dessine si bien qu'elle trouvera certainement quelques paysages à coucher sur papier.

Les compliments de son mari avaient fait monter le rouge au visage de Bernadette. Elle s'empressa de dire :

— L'ouvrage ne manquera pas, mais quand j'aurai un moment, le premier paysage que je me propose d'ébaucher sera celui du village de Drummond comme nous le voyons de l'autre rive de la rivière. Nous avons traversé une fois à cet endroit, un dimanche, avec les enfants. Depuis, ce paysage ne m'est jamais sorti de la tête.

Le discours de Nicolas et la surprise qu'il avait provoquée valurent ensuite un long silence, finalement rompu par Romuald :

— Ça, c'est une nouvelle qu'il vaut la peine d'arroser !

Il se précipita dans la grande salle de l'auberge, au fond de laquelle se trouvait le bar, et il en revint avec verres et whisky. Ils trinquèrent à l'avenir. Bernardin, pendant tout ce temps, n'avait pas prononcé un seul mot. Il leva son verre :

— À mon vieil ami qui, dans sa grande sagesse, a su reconnaître qu'il n'était pas fait pour labourer la terre, mais plutôt pour la parcourir. Que continue de croître la chance qui le suit depuis notre rencontre !

Ils levèrent de nouveau leur verre. Bernardin ajouta à la blague :

— Entre nous, il a mis dix ans à comprendre qu'il ne réussirait pas à me battre comme cultivateur, espérons qu'il n'en mettra pas autant à saisir que nous sommes de tout cœur avec lui.

Là-dessus, Bernadette dit qu'elle avait, elle aussi, quelque chose à leur annoncer.

— Dis-moi pas, chère belle-sœur, que tu as toi aussi un discours à faire, lança Bernardin, d'un air moqueur.

— Rassurez-vous, dit-elle, ça sera bien moins long à dire qu'à faire.

— Quoi donc ?

— Je suis de nouveau en famille.

— Pas vrai ! s'exclama Dorothée. Un sixième !

Tout émue, Émilie dit :

— Tu vas me faire encore grand-mère. Vraiment, je suis comblée.

Sur le visage de Bernadette se dessina le sourire qui lui donnait tant de charme.

— Eh oui ! Les Sauvages vont encore passer dans six ou sept mois.

— J'espère, lança Romuald, qu'ils n'auront pas trop de plumes pour ne pas risquer d'étouffer le bébé !

Sa réflexion les mit en joie. Quelques minutes plus tard, autour de la table, ils cherchaient ensemble un prénom pour l'enfant à naître.

— Si c'est un garçon, dit Nicolas, nous avons Elphège, Étienne, Eudore et Égide.

— Si c'est une fille, s'empressa d'ajouter Bernadette, ce sera Élisabeth, Éphigénie… ou Émilie, comme sa grand-mère.

— C'est bien gentil à vous d'avoir pensé à lui donner mon nom, fit remarquer Émilie, mais il me semble que c'est moins mêlant quand il n'y en a pas deux à porter le même nom dans la même famille.

— Si c'est comme ça, conclut Bernadette, pour moi, elle va s'appeler Éphigénie.

Romuald s'écria soudain :

— Bout de ciarge ! Pourquoi ?

Bernadette lui répondit avec un grand sourire.

— Peut-être bien parce qu'il y a dedans le mot « génie ».

Chapitre 27

Catastrophe

Bernadette se plaisait souvent à remonter le fil de ses souvenirs. Ses pensées la ramenaient alors à l'époque où, petite couturière pour le tailleur Morin à l'île Jésus, elle avait vu entrer un jeune soldat sur lequel elle avait aussitôt rivé son regard. Il venait faire prendre ses mesures pour un habit qu'elle s'était empressée de coudre en y mettant tout son cœur et tout son talent.

Quelques semaines plus tard, couturière et soldat se mirent à profiter de leurs moindres congés pour se promener bras dessus, bras dessous. Puis tout s'était précipité, le mariage, le déménagement dans la ferme, la naissance des enfants et voilà que, comme un vaisseau qui touche enfin au port, elle se retrouvait à Drummond.

Certes, ce n'était pas Montréal. Drummond montrait à peine le visage d'une petite ville naissante, mais c'était aussi la rivière, le Passage, l'auberge de Ludovic et de Dorothée, les visites de la grand-mère Émilie, les taquineries du grand-père Romuald et, tous les dimanches à l'auberge, la venue de Bernardin et de Marie-Josephte avec leurs six enfants. Puis, pour ajouter à tous ces petits bonheurs, la venue en semaine de la tante Dorothée, les bras chargés de gâteries pour les petits.

La ville, c'était tout ça et encore plus : l'école, un jour, pour Élise et Éloi, la grand-messe du dimanche et tout ce monde venu de partout pour y assister, les jasettes sur le perron de l'église après la grand-messe, les promenades au bord de l'eau avec les enfants et, surtout, le va-et-vient des marchands et des habitants dans la rue Heriot. Elle était toujours là, attentive à la moindre demande des clients. Ce qui la réjouissait le plus, c'était de faire désormais partie d'un village, d'en connaître les gens et d'y vivre sans souci.

Le temps avait fait également son œuvre en elle et, en ce printemps 1826, elle donna naissance à Éphigénie.

Le printemps, cette année-là, se comportait comme un four en activité dont on aurait oublié la porte toute grande ouverte. Depuis des semaines, comme onze ans auparavant, la nature montrait des signes inquiétants. À peine sortis, les bourgeons se tordaient sur les branches. Le blé séchait sur pied. On n'avait jamais vu la rivière aussi basse. Le soleil ne désemparait pas, tous les jours, implacable, brûlant la végétation sur place. Les animaux trouvaient à peine de quoi brouter dans les champs. On attendait vainement, jour après jour, l'arrivée de la pluie.

Boniface Lehoux, surnommé « Le temps qu'il fait », en raison de son don pour prédire la température, en perdait tous ses moyens. Depuis des années, on n'entreprenait aucun travail d'envergure sans s'en quérir auprès de lui du temps à venir. Rarement se trompait-il. Mais cet été-là, il ne pouvait rien voir venir, comme si le soleil avait tari l'eau de sa source :

— Que voulez-vous savoir ?

— Quand est-ce que la pluie va venir ?

— Je ne suis pas sorcier, je ne fais pas venir la pluie en battant du tambour ! La pluie, la pluie, elle va venir quand le bon Dieu aura décidé de nous l'envoyer.

— Toi qui prétends connaître le temps qu'il fait, aurais-tu perdu tous tes moyens ?

— Je n'ai rien perdu, c'est le temps qui s'est égaré.

Le 26 juin, alors que l'été commençait à peine et qu'une pluie bienfaisante était tombée quelques jours auparavant, de la fumée s'éleva à deux milles du village : sans doute un feu mal éteint après les célébrations de la Saint-Jean ou encore un feu d'abatis mal contrôlé. On ne s'en inquiéta pas d'abord, mais le feu prit de plus en plus d'ampleur, si bien que, poussé par le vent, il embrasa la forêt entière, puis atteignit bientôt les premières maisons du village, sautant de l'une à l'autre comme un monstre affamé, jusqu'à raser le village entier en quelques heures.

À l'approche des flammes, tout le monde avait fui, qui du côté d'Headville, qui du côté du canton de Wickham, vers ce qui deviendrait plus tard le village de L'Avenir. Ludovic, Dorothée, Émilie et Romuald avaient emprunté tout naturellement cette direction, rejoints par Nicolas, Bernadette et leurs enfants. En cours de route, ils rencontrèrent un Bernardin inquiet, venu voir ce qu'ils devenaient.

— Tout le village va y passer, l'informa Ludovic.

— Est-ce que le feu s'amène par ici ?

— Si le vent ne tourne pas, la forêt entière risque de brûler et Dieu sait où ça va s'arrêter.

Ils rallièrent la ferme de Bernardin. Nicolas en profita au passage pour s'enquérir auprès de son fermier si tout allait bien. Ils attendirent avec anxiété la suite des événements, prêts à gagner le bord de la rivière où, pensaient-ils, l'incendie s'éteindrait de lui-même. Ils n'eurent cependant pas à le faire, car les vents changèrent de direction, aussitôt suivis d'une pluie bienfaisante.

— Le ciel est aussi noir que l'enfer, fit remarquer Romuald pour dire quelque chose.

Bernardin se moqua :

— Qui vous dit que l'enfer est noir ? À mon avis, il doit être passablement clair, s'il y a autant de feu qu'on le dit.

Romuald en resta la bouche grande ouverte d'étonnement. Il gratta ce qui lui restait de poil sur le crâne.

— Bout de ciarge, grommela-t-il, y a rien de plus vrai que ce que tu viens de dire. J'y avais jamais pensé. Ça prouve qu'on dit n'importe quoi.

— Et qu'on a toujours quelque chose à apprendre, le taquina Bernardin. Si on écoutait tout ce qui se dit qui n'a pas de bon sens, ajouta-t-il, il y aurait de quoi écrire un grand livre.

Quand, le lendemain, tout danger eut été écarté, ils reprirent anxieusement le chemin de Drummond. Une odeur âcre les empêchait de respirer normalement et l'air était encore lourd de fumée. En vue du village, la désolation était telle que les femmes se mirent à pleurer. Mais, en s'approchant, la petite troupe eut la surprise de sa vie: l'*Auberge Grenon* était encore debout. Les flammes l'avaient épargnée, de même que l'*Auberge Downey*, les deux églises, la catholique et l'anglicane, ainsi qu'au bord de la rivière, la maison et le moulin du major Heriot. Le magasin général avait été rasé, tout comme l'ensemble des maisons de la rue Heriot. Nicolas et Bernadette avaient tout perdu.

Tout naturellement, après cette tournée désolante, ils se retrouvèrent tous à l'auberge, à l'exception de Romuald qui avait insisté pour s'arrêter à l'église, où une foule était rassemblée. Ce qu'ils venaient de vivre les avait profondément bouleversés. À Bernadette qui se désolait, Nicolas trouva ces paroles de réconfort:

— Nous sommes toujours vivants et en bonne santé. Nous avons encore tous nos enfants. La ferme que nous possédons n'a pas été touchée. Il ne nous reste plus qu'à relever nos manches et à recommencer.

Ému par les paroles de Nicolas, Ludovic lui donna une tape sur l'épaule en lui disant:

—Je n'aurais pu tomber sur un beau-frère plus courageux. Notre auberge a été miraculeusement épargnée, il y a tout plein de place pour vous loger en attendant.

— Pas avec tous les enfants, s'interposa Bernadette, ça n'a pas de bon sens. Nous allons occuper toute la place et comment pourrez-vous recevoir des clients ?

— Les clients vont plutôt se faire rare dans un pareil champ de ruines, ne croyez-vous pas ?

—Au contraire, reprit Nicolas. Vous allez en avoir plus que jamais. Imaginez tout ce que la reconstruction va amener de monde. Il faudra bien qu'ils se logent quelque part…

Dorothée intervint à son tour :

— Nous trouverons certainement le moyen de nous organiser pour que personne ne manque d'espace.

Ils en étaient là de leurs réflexions quand Romuald vint les rejoindre.

— As-tu appris quelque chose qui peut nous intéresser ? questionna Ludovic.

— C'était tellement désolant de les entendre, avoua Romuald, que je ne suis pas resté là plus de cinq minutes. Mais j'ai quand même eu le temps de me laisser dire que, à la vue des églises et des auberges demeurées intactes, l'abbé Holmes s'est écrié : « Le bon Dieu comme le diable ont sauvé leurs demeures ! »

Ludovic réagit vivement :

— Si c'est ça qu'il pense de notre auberge, le ciel n'est certainement pas de notre côté.

Chapitre 28

Achat

Drummond mit du temps à se remettre de ce désastre. Le village entamait son essor quand le feu l'avait anéanti. Les lendemains de l'incendie furent très pénibles. Bon nombre des résidants décidèrent d'aller vivre ailleurs. On se mit tant bien que mal à déblayer les ruines. Le major Heriot offrit généreusement l'hospitalité à plusieurs de ses concitoyens. De son côté, le missionnaire prit quelques-uns de ses paroissiens sous son aile, le temps qu'ils trouvent à se reloger.

Après avoir accepté l'hospitalité de Ludovic et de Dorothée pour quelques jours, Nicolas et Bernadette regagnèrent leur ferme du canton de Wickham avec leurs trois plus jeunes enfants. Élise et Éloi demeurèrent à l'auberge de l'oncle Ludovic, où ils pourraient rendre service. Bouleversée par le sinistre, Émilie voulut faire sa part pour que la vie reprenne son cours normal et elle maintint la tradition des dîners du dimanche.

Après une journée passée dans leur ferme en compagnie de son fermier et de sa famille, Nicolas prit une résolution. Il se rendit chez Bernardin et Marie-Josephte en compagnie de Bernadette.

— Nous aurions besoin d'un service pour quelques jours, dit-il.

Heureuse de pouvoir les aider dans leur détresse, Marie-Josephte assura :

— Quoi que ce soit, ça va nous faire plaisir de vous le rendre.

— Pourriez-vous garder nos plus jeunes pour quelques jours ?

— Bien sûr ! s'écria Marie-Josephte. Allez-vous quelque part ?

— Nous avons décidé de faire un tour à Montréal. Bernadette va avoir l'occasion d'y revoir sa famille.

— Quelle bonne idée que celle-là ! C'est pas nous qui allons vous en empêcher. Mais entrez donc ! Venez prendre un petit quelque chose. Avec la chaleur qu'il fait, ça va vous faire du bien.

Ils causèrent surtout de ce feu qui avait tout ravagé. Connaissant désormais l'aversion de son frère pour le travail de la terre, Marie-Josephte n'osa pas demander s'il comptait revenir s'établir dans sa ferme. Quand Bernardin arriva des champs, la conversation dériva sur la tâche de reconstruire Drummond.

— Il paraît, dit Nicolas, que les propriétaires des maisons incendiées vont recevoir de l'aide du gouvernement.

Bernardin dit avec résignation :

— Une bagatelle, comme d'habitude. Heureusement que tu n'étais que le locataire du magasin !

— Mais j'y ai perdu passablement de meubles, des vêtements, de la vaisselle et bien d'autres cossins. Pour ça, je n'aurai rien.

Marie-Josephte n'était pas demeurée sourde à leur conversation. Elle quitta la pièce un moment et y revint bientôt, les bras chargés de linge.

— Vous avez perdu toutes vos hardes, dit-elle, en voici que nous avons en surplus et qui devraient vous faire, de même qu'à vos enfants.

Nicolas se retourna et la serra contre lui.

— Là, s'exclama-t-il, je reconnais ma petite sœur au grand cœur. Doro qui nous offre son hospitalité et Marie-Jo qui est prête à se priver pour nous. Vraiment, je suis un homme comblé, j'ai deux sœurs en or. Je te remercie de ton offre, mais ce ne sera pas nécessaire, nous avons idée de nous acheter des hardes neuves à Montréal.

Un Nicolas transformé et une Bernadette souriante revinrent de Montréal quelques jours plus tard. Dès qu'elle le vit entrer à l'auberge, Émilie accueillit son fils en lui servant ce commentaire :

— Tu es bien le fils de ton père, tu ne sais pas cacher ce qui te tient à cœur. Je n'ai même pas besoin de te le demander, je sais déjà que tu as pris une décision importante.

Nicolas fit l'étonné.

— Qu'est-ce qui vous dit ça, m'man ?

— J'te connais par cœur, mon garçon. N'oublie pas que c'est moi qui t'ai fait. Quand tu as quelque chose d'heureux à annoncer, c'est écrit en toutes lettres sur ton visage.

— Vous avez deviné juste, m'man. Nous avons une bonne nouvelle, mais je vais laisser Bernadette vous la dire elle-même.

Bernadette rosit de plaisir. Elle avait eu le temps de visiter ses parents pendant que Nicolas, de son côté, entreprenait des démarches. Ensemble, comme Nicolas l'avait laissé entendre à Marie-Josephte, ils s'étaient procuré des vêtements neufs. Mais, par-dessus tout, ils avaient mené à bon terme leur voyage.

— Nous avons, dit-elle, acheté le terrain de Jacques Adhémar.

La nouvelle était d'importance et fut accueillie avec de larges sourires.

— Est-ce à dire, questionna aussitôt Ludovic, que vous allez reconstruire la maison et le magasin général ?

Nicolas leva les bras au ciel.

— On ne peut rien te cacher, cher beau-frère ! C'est en plein ce que nous avons l'intention de faire.

Émilie, que pareille nouvelle réjouissait au plus haut point, intervint :

— J'en ai parlé à Romuald, Marie-Josephte et Dorothée, et ils sont tous d'accord. Je vais donner tout de suite à Nicolas sa part d'héritage, comme ça, il aura tout ce qu'il lui faut pour reconstruire.

En entendant les paroles de sa belle-mère, Bernadette ne put retenir ses larmes.

— Voyons ! Voyons ! dit Romuald, ce n'est pas comme ça qu'on arrose une bonne nouvelle.

Le sage homme, qui ne ratait jamais une occasion de célébrer, trouva le moyen de les faire trinquer au succès de leurs entreprises futures.

Nicolas ne perdait pas de temps à exécuter tout ce qu'il entreprenait. Il se mit aussitôt au travail. Aidé de Bernardin et de Romuald, ce dernier beaucoup plus pour conseiller que pour agir, ils bûchèrent sur sa terre le bois nécessaire à l'érection de la nouvelle maison et du magasin en quelques jours. Puis, en compagnie de son beau-père, Nicolas alla faire préparer la planche et les poutres nécessaires au moulin à scie de la rivière Noire.

Bernadette qui, depuis près de deux ans, administrait les affaires du magasin, fut chargée de démarcher un entrepreneur prêt à construire les deux édifices. Malgré toute sa bonne volonté, elle ne put trouver personne de libre avant un mois ou deux. Qu'il soit Anglais ou Français, avait dit Nicolas, tâche de nous dénicher quelqu'un le plus tôt possible. » Bernadette n'eut aucun succès auprès des entrepreneurs de langue anglaise, qui refusèrent systématiquement leur concours. Le découragement allait les gagner, quand Émilie eut soudain une illumination :

— Je me souviens que c'est un nommé Jean-Baptiste Trudel et son fils qui ont bâti l'église. Ils seraient sûrement capables de construire la maison et le magasin.

— Ils ne sont pas d'ici, intervint Romuald. Si j'ai bonne souvenance, ils restent à Nicolet. Si Nicolas le permet, dès demain, j'attelle la jument et je me rends là-bas les engager s'ils sont disponibles.

Quand Nicolas arriva à l'heure du souper, comme des conspirateurs, ils l'attendaient tous autour de la table et lui firent part de la trouvaille d'Émilie.

— On s'aligne de même ! dit-il avec enthousiasme. Pendant ce temps-là, ça va me permettre d'aller à Sorel commander des marchandises, parce que les marchands anglais de Nicolet ne veulent rien me vendre et les Hart de Trois-Rivières demandent des prix de fous. Si ceux de Sorel ne sont pas plus raisonnables, je commanderai tout à Montréal.

Heureuse de la tournure des événements, Bernadette intervint à son tour :

— Puisque c'est de même, mon homme, je vais en profiter pour aller chez Marie-Josephte. Je m'ennuie des petits.

Romuald offrit tout de suite de la conduire.

— Tout est bien qui finit bien ! lança joyeusement Dorothée.

— Dis plutôt : tout est bien qui continue bien, la reprit Nicolas sur un ton narquois. Vous ne trouvez pas, m'man, qu'il y a du Edmond dans l'air ?

Sa boutade fit s'illuminer tous les visages.

Chapitre 29

Vendeur itinérant

Nicolas menait rondement son affaire, « comme tout Grenon digne de ce nom », se plaisait-il à dire. Deux semaines plus tard, sa nouvelle maison à deux étages dressait fièrement sa façade dans la rue Heriot tandis que s'élevaient déjà les murs du magasin général. Il avait pris le temps d'en dresser des plans simples, mais à son goût. Au rez-de-chaussée se trouvaient la cuisine et la salle à manger. S'y rattachait, à l'arrière, le magasin. Au milieu, un escalier menait à l'étage où on trouvait la chambre principale et trois autres chambres occupées par les enfants. C'était une bonne demeure dont il avait tout lieu d'être fier.

Quand, un mois plus tard, tout fut en place, il se rendit à quelques reprises à Sorel pour chercher les marchandises qu'il avait fait venir de Montréal. Une goélette lui livra les meubles dont il avait besoin pour sa maison, et ceux qu'il avait l'intention de vendre. Il fut pendant quelque temps, dans Drummond renaissant de ses cendres, le seul marchand général disposant d'à peu près tout ce dont les gens avaient besoin. Il se garda bien d'en profiter pour vendre à prix élevé. Néanmoins, auncun Anglais ne vint s'approvisionner chez lui.

Ses affaires prospéraient cependant tellement bien que Romuald commençant à se faire vieux, il lui adjoignit Joseph Moulin, un jeune homme éveillé dont la présence au magasin fit merveille. Il ressemblait à une fouine et avait l'œil à tout, connaissait le prix du moindre objet et voyait à tenir à jour les inventaires.

Le magasin offrait une grande variété de marchandises. On y trouvait des meubles, des instruments aratoires, des poêles, des rouets, des lampes, des fanaux, tout le nécessaire pour la garniture de lit, plusieurs pièces de tissus ainsi que des balances, des semences, sans compter les outils, des fers à flasquer, de l'huile, des chandelles, de la vaisselle, des tabatières, de la poudre à fusil, des chaudières, des parapluies, des ustensiles de cuisine, des paniers, des pots en grès, un pétrin, du beurre, du sel, du poivre, du thé, du lard, du bœuf salé et jusqu'à de la peinture de diverses couleurs.

Puis, peu à peu, d'autres marchands, tels Samuel Sanders et John Henry, lui firent concurrence. Pendant les premiers mois suivant l'ouverture du magasin, les affaires allèrent bon train, mais elles devinrent graduellement moins bonnes, sans que Nicolas pût s'expliquer pourquoi. Les gens s'arrêtaient bien à son magasin, mais n'y achetaient plus rien, se dirigeant plutôt droit chez ses concurrents. Mis au fait de la situation, Romuald décida de mener son enquête. Il commença par observer les gens qui rentraient acheter chez Sanders ou Henry. Puis, fonceur comme il était, il résolut d'aller sans façon leur demander des explications, en commençant par le charretier André Prévost.

— Ne le prends pas mal, dit-il, mais je t'ai vu entrer chez Sanders y faire des achats, alors qu'auparavant tu venais volontiers au magasin de mon beau-fils.

Le bonhomme n'avait pas bon caractère. Il grogna d'abord :

— Est-ce que ça te regarde, sacrament ! J'achèterai ben où j'voudrai.

— Je ne viens pas te faire reproche de quoi que ce soit, reprit Romuald. Je veux juste savoir si mon beau-fils a fait quelque chose qui ne t'a pas plu, la dernière fois que tu as acheté chez lui.

— Non, il a été correct !

Romuald le regarda avec des yeux étonnés.

— S'il a été correct, pourquoi tu le boudes ?

— C'est pas lui que je boude, sacrement, c'est ses prix.

— Tu les trouves trop élevés ?

— Je comprends donc. Tout est moins cher chez Sanders et Henry.

Navré d'entendre de telles explications, Romuald voulut les confirmer et ce fut auprès de Joseph Grandmont qu'il le fit. Ce Grandmont était un homme raffiné ne disant jamais un mot plus haut que l'autre et dont la conversation était saupoudrée de « plaît-il », « s'il vous plaît » et « merci ». Les gens ne s'adressaient pas à lui autrement qu'en disant « monsieur Joseph ». Romuald ne fit pas exception à la règle.

— Pardonnez mon intrusion chez vous, monsieur Joseph, commença-t-il. Si je suis là, c'est que j'ai quelque chose à vous demander qui me tient beaucoup à cœur.

— S'il vous plaît, prenez le temps de vous asseoir, monsieur Romuald. À notre âge, n'est-ce pas, nous pouvons nous asseoir pour causer.

Même si Romuald aimait beaucoup se démener, il obtempéra et s'assit sur la chaise que son interlocuteur lui désignait.

— Plaît-il ! Puis-je maintenant savoir ce qui me vaut l'honneur de votre visite ?

— C'est quelque chose de tout simple, monsieur Joseph, je viens m'enquérir de la raison pour laquelle nous ne vous voyons plus depuis quelque temps au magasin général de mon beau-fils.

— Ah ça ! S'il vous plaît de m'entendre, je vous dirai tout simplement que ses prix me rebutent. Il suffit, monsieur Romuald, de se présenter chez votre beau-fils pour toujours obtenir ailleurs des prix inférieurs. Il ne se trouve pas, je crois, une seule marchandise de son magasin que nous ne trouvions à meilleur prix chez ses concurrents. Eh bien, merci ! Voilà pourquoi, même si nous sommes servis en anglais, nous faisons désormais nos achats chez ces gens et, plaît-il, je ne suis pas le seul.

À Romuald qui se montrait tout étonné d'entendre cela, monsieur Joseph consentit à aller plus avant dans ses explications.

— Voyez-vous, monsieur Romuald, j'ai tenté l'expérience d'aller d'abord acheter une marchandise chez les Sanders. Il s'agissait, que cela reste entre nous, merci, d'un pot de chambre.

En disant cela, le vieil homme émit un petit rire gêné, dont il s'excusa aussitôt.

— Pardonnez, s'il vous plaît, cette digression, mais il faut bien dire, n'est-ce pas, les choses comme elles sont. Un pot de chambre, plaît-il, vous le comprendrez monsieur Romuald, ça ne peut pas attendre : nécessité oblige, hi ! hi ! hi ! Toujours est-il que je me présente chez le marchand Sanders et je demande l'objet en question. On me répond : nous n'en avons plus, mais revenez cet après-midi, nous en aurons en main. Je demande combien je devrai débourser pour cet objet indispensable. On me dit : sans doute quatre chelins et cinq pences et peut-être moins, tout dépendra de ceux que nous recevrons. Par acquit de conscience, s'il vous plaît, je m'arrête au magasin de votre beau-fils pour la même demande. On m'en présente un à quatre chelins et cinq pences. J'hésite en me rappelant que monsieur Sanders a laissé entendre le même prix, mais aussi peut-être moins. De retour l'après-midi même chez monsieur Sanders, il me vend, merci, le même pot que chez votre beau-fils, trois chelins et cinq pences.

Les explications du vieil homme avaient satisfait Romuald. Il les rapporta au souper, le soir même. C'est alors que Ludovic, venu chez Nicolas en compagnie de Romuald, intervint. Il dit :

— Tout cela me semble fort curieux, cher beau-frère, tu ne trouves pas ? Ces marchands paraissent ajuster leurs prix à la baisse en fonction des tiens.

Après quelques moments de réflexion, d'une voix où perçait l'agacement, Nicolas dit :

— Comment peuvent-ils être informés de mes prix ?

Depuis un moment, Romuald fronçait les sourcils. Il releva la tête en s'exclamant :

— Je crois connaître la clé du mystère !

— Quoi donc ?

— À moins que je me trompe, demain je vous la révélerai.

Le lendemain matin, derrière le comptoir du magasin, Romuald tortillait nerveusement sa barbe en attendant l'arrivée du jeune commis. Dès qu'il le vit entrer, il lui fit signe :

— Amène-toi ! J'ai affaire à toi.

Le jeune homme s'approcha. Romuald le saisit par le collet et, sans autre préambule, lui parla dans le blanc des yeux :

— J'aimerais savoir, jeune homme, combien les marchands Sanders et Henry te paient pour que tu leur révèles les prix de nos marchandises ?

L'autre rougit jusqu'au bout des oreilles, mais trouva le toupet de protester :

— Lâchez-moi ! Lâchez-moi ! Je n'ai rien à voir là-dedans !

— Pourquoi alors es-tu rouge comme une crête de coq ?

Voyant que Romuald maintiendrait sa prise tant qu'il n'aurait pas obtenu de lui une réponse valable, le jeune Moulin tenta de se dégager et de s'enfuir. Il se démena en vain : Romuald le tenait fermement.

— Pas d'entourloupettes, grogna-t-il, la vérité, rien que la vérité.

L'autre avoua :

— Je leur fournis les prix de tout ce qui est vendu ici.

— Et ils ajustent les leurs en conséquence, en conclut Romuald. Compte-toi chanceux de ne pas avoir affaire au patron, il a la poigne pas mal plus solide que la mienne.

Il le conduisit à Nicolas. Informé de la duplicité du jeune commis, celui-ci le congédia sur-le-champ. Pourtant, le même phénomène persista. Les clients avaient appris. Ils s'arrêtaient au magasin général de Nicolas, mais après s'être enquis du prix des marchandises, ils se rendaient chez ses concurrents et négociaient les prix à la baisse en ayant systématiquement gain de cause. Nicolas se demandait où tout cela le mènerait, quand une excellente idée de Romuald vint le tirer d'embarras.

Le lendemain matin, munis d'une longue liste de toutes les marchandises dont ils disposaient et de leurs prix de vente, ils se mirent en route, s'arrêtant à toutes les maisons occupées par des familles de langue française. Nicolas était devenu vendeur itinérant et livrait ses marchandises directement chez ses clients.

— Je pense, oncle Romu, que vous avez eu là une idée de génie qui va me sauver la vie et me permettre de faire vivre convenablement à la fois mon magasin et ma famille.

Chapitre 30

Enfin une école

Drummond existait maintenant depuis une douzaine d'années et, à part l'école anglaise ouverte par les bons soins du major Heriot, aucune autre école n'existait encore dans tout le canton. Conscient de l'importance d'une bonne instruction, Nicolas fit des démarches auprès de tous ses clients désireux de faire instruire leurs enfants.

— Il nous faudrait une école, répétait-il. Plus nous serons nombreux à en exiger une, plus nous aurons de chances de la voir s'ouvrir.

— Fais circuler une pétition, lui avait suggéré Bernardin.

L'idée lui plut. Au bout de quelques mois, il avait fait signer une cinquantaine de ses clients. Il rencontra le missionnaire, lui remit sa pétition et adressa ensuite une lettre au directeur du Séminaire de Nicolet. Il désirait le rencontrer pour s'informer de la meilleure manière de s'y prendre pour ouvrir une école primaire.

Un matin, il prit le chemin de Nicolet, où il avait rendez-vous au séminaire. Le prêtre qui le reçut était maigre comme un clou. Il regardait le monde par-dessus un pince-nez qui le faisait ressembler, avec son nez d'aigle, à une bête étrange. À Nicolas qui lui faisait part du désir de voir se construire une école à Drummond, il conseilla d'une voix haut perchée :

— Mais pourquoi construire une école alors qu'il en existe déjà sûrement une chez vous ?

— Où ça ?

— Dans la sacristie de l'église, ça va de soi. À quoi sert une sacristie d'église et combien de temps par année ?

— Vous me donnez-là, monsieur l'abbé, une excellente idée en même temps qu'un très grand coup de pouce.

— Ça vaut mieux qu'un coup de pied, n'est-ce pas, lança l'abbé tout en s'amusant d'un rire sec de sa propre répartie.

Si Nicolas était comblé d'avoir trouvé un local de classe, ça ne donnait pas pour autant un professeur pour y enseigner. Là-dessus, l'abbé se fit moins bavard. Il proposa toutefois :

— Nous pourrions en parler au directeur de notre institution. Il a très bien connu tous les élèves ayant fréquenté le séminaire depuis au moins une dizaine d'années. Peut-être connaît-il, dans quelque coin reculé, quelqu'un qui pourrait servir de maître à vos enfants.

Consulté à son tour sur ce sujet, le directeur promit de mettre tout en œuvre pour dénicher un maître d'école pour Drummond. L'instituteur tant désiré arriva à la fin du mois d'août 1828. Au tout début de septembre, dans la sacristie de l'église paroissiale, monsieur Apollinaire Letendre accueillit ses premiers élèves, une quinzaine en tout, garçons et filles. Il fut étonné de constater avec quelle facilité Élise et Éloi Grenon apprirent tout d'abord l'alphabet puis, au bout de quelques mois, surent lire et écrire avec passablement d'assurance.

Nicolas avait eu la chance, durant son séjour dans l'armée, de côtoyer nombre de Français. À leur contact, il avait vite compris l'importance d'une bonne instruction. Il s'intéressa de près aux progrès de ses enfants. Quand Élise et Éloi revenaient de l'école, il leur faisait réciter leurs leçons et révisait avec eux leurs devoirs.

— Vous devez vous efforcer, disait-il, de comprendre tous les mots que vous lisez.

— Comment on va faire ?

— Comment ? Je vais vous le montrer. Nous n'avons pas beaucoup de livres dans la maison, mais nous en avons un très précieux, celui-ci, le *Dictionnaire universel* de Boiste. Il m'a suivi pendant toutes ces années où, depuis l'Espagne, je me suis promené à Gibraltar, en Sicile, et de Malte jusqu'ici. Quand vous lirez un mot dont vous ne connaissez pas la signification, ouvrez le dictionnaire et trouvez-le. Vous lirez ce qu'on en dit et vous apprendrez ainsi à bien parler.

Bernadette aimait le voir enseigner du vocabulaire aux enfants en leur faisant réciter des listes de mots par cœur, tout en donnant leur signification. Un soir qu'elle tendait l'oreille à leur conversation, il dit aux enfants :

— Je veux vous entendre parler parfaitement bien notre langue. Je ne veux pas d'un langage poussif et boiteux.

Éloi demanda :

— Que veux dire « poussif » ?

— Tu sais quoi faire pour le savoir. Et toi, Élise, sais-tu ce que veux dire le mot « poussif » ?

— Non !

— Eh bien ! Tu vas l'apprendre en même temps que ton frère.

Éloi revint avec le dictionnaire et lut :

— *Poussif : qui halète, qui manque d'inspiration.*

— C'est bien. Toutefois, quand je vous demande, les enfants, d'avoir un langage parfait, il ne s'agit pas non plus de tomber dans la préciosité et d'avoir un langage affecté. Si je vous le demande, c'est tout simplement par respect pour la langue que nous parlons.

— Que veux dire « préciosité » ? dit Élise en riant.

— Que signifie « affecté » ? questionna Éloi à son tour.

— Le dictionnaire ! dirent-ils en chœur.

Et ils éclatèrent de rire avec leur père qui, de l'admiration dans les yeux, les regardait avec l'air de se dire : « Comme je suis chanceux d'avoir des enfants de même ! »

Ils en étaient là de leurs travaux, quand leur mère s'approcha et les pria de libérer la table pour y disposer les assiettes du souper..

Nicolas, qui se plaisait beaucoup dans son rôle, s'interposa en disant :

— Ça ne peut pas attendre ?

Bernadette le regarda affectueusement, avec aux lèvres un sourire ironique.

— La faim n'attend pas, et celle qui prépare le repas non plus. Il faut manger pendant que c'est chaud et le repas est présentement chaud. Pas besoin du dictionnaire pour comprendre ça, n'est-ce pas ? Vous continuerez après le souper.

Déjà Édouard, Éphrem et Emmanuel rôdaient autour de la table. Aussitôt les assiettes mises, ils s'assirent. Les autres, après avoir rangé plumes et encriers, vinrent les rejoindre. Bernadette arriva avec la soupe. Nicolas prit place à son bout de table. Sans dire un mot, avec son couteau, il traça une croix sur la miche de pain et en coupa de larges tranches qu'il distribua à ses enfants. Bernadette prit la louche et servit à chacun un généreux bol de soupe. Une délicieuse senteur de légumes remplissait la salle à manger, les bouches étaient pleines, rien ne troublait le silence, sinon le crépitement des bûches dans le poêle et le bruit des cuillères au fond des bols. Une bonne chaleur émanait du poêle.

Nicolas s'arrêta, regardant ses enfants manger avec appétit. Il se dit : rien que pour ça, il vaut la peine d'avoir une famille. Comme si elle ressentait la même chose que son mari, Bernadette s'approcha, lui mit une main sur l'épaule, le seul geste de tendresse qu'elle se permettait à son égard en présence des enfants, et demanda d'une voix chaude :

— Qui veut encore de la soupe ?

Éphrem et Emmanuel tendirent leur bol. Elle les servit, puis alla voir si, dans son berceau, Éphigénie dormait bien. Elle revint ensuite de la cuisine avec un grand plat de hachis de porc.

— Que veux dire « hachis » ? lança Éloi dans un grand éclat de rire.

— Ça veut dire, dit Éphrem en rotant, qu'on n'aura plus faim après le souper.

— On ne rote pas à table, le reprit Bernadette, excuse-toi.

— Excusez mon « rote », dit-il.

— En attendant le « votre », ajouta Édouard, ce qui déclencha chez tous un long fou rire, auquel Nicolas se garda bien de mettre fin, tant il était heureux de voir ses enfants de si bonne humeur.

Le hachis disparut aussi rapidement que la soupe et le dessert, du sirop d'érable où on trempait son pain, subit le même sort.

Le souper était à peine terminé et la table débarrassée qu'Élise et Éloi se remirent à leurs travaux, sous la supervision de leur père. Pendant près d'une heure encore, ils s'amusèrent à enrichir leur vocabulaire, s'obligeant à trouver dans le dictionnaire ces mots que leur père qualifiait de « récalcitrants ».

Quand la soirée fut suffisamment entamée, les enfants montèrent se coucher. Bernadette vint trouver Nicolas qui, dictionnaire en main, préparait la liste de mots pour le lendemain.

— Sais-tu à quoi je songe ? dit-il à Bernadette.

— Quoi donc ?

— Éloi semble avoir de belles capacités à apprendre. En septembre prochain, je pense l'envoyer pensionnaire au Séminaire de Joliette.

— Vraiment ! reprit Bernadette. Ils vont vouloir en faire un prêtre.

— Connaissant Éloi comme je le connais, je doute fort qu'il se lance dans cette voie. Il aime tellement les mots que je le verrais plutôt notaire.

— Et Élise ?

— Elle, mon petit doigt me dit qu'elle sera un jour institutrice.

— Et les autres ?

— Nous verrons à mesure qu'ils grandiront. Édouard et Éphrem me semblent moins doués pour l'étude, mais ils adorent déjà le travail de la ferme. Il n'y a rien qu'ils aiment autant que de donner un coup de main à leur oncle Bernardin. Quant à Emmanuel, il est encore trop jeune pour savoir ce qui le passionne vraiment.

— C'est pour Éphigénie, se plaignit Bernadette, que je m'en fais.

— Son bec-de-lièvre ne devrait pas l'empêcher d'avoir une bonne vie. Si elle ne se fait pas religieuse plus tard, elle trouvera bien à rendre suffisamment service pour qu'on l'aide à vivre décemment.

— C'est bien triste quand même, ajouta Bernadette. Il faudra faire attention de ne pas en avoir d'autres. J'aurais trop de peine s'il fallait qu'ils naissent infirmes comme la petite.

— Ne te désole pas, ma mie, la vie est ainsi faite.

Et pour la consoler, il la serra contre lui. Dehors, le ciel d'hiver était pur. Aucun vent ne venait troubler la paix. Les fumées des cheminées montaient droit dans un ciel que semblaient boire les étoiles.

Chapitre 31

Nicolas se fait un cadeau

Comme chaque lundi, Nicolas attela la jument. Le beau temps semblait vouloir persister. Il en profitait pour faire le tour de quelques-uns de ses clients qui avaient parlé de se procurer éventuellement, qui une baratte à beurre, qui un peu de vin, qui des clous et quelques outils.

Emmitouflé jusqu'au cou dans son manteau de chat sauvage, il prit la route des Cantons en direction de Richmond. Il y avait longtemps qu'il n'était pas allé dans ce coin presque inaccessible en hiver. La *sleigh* glissait bien sur la neige et le paysage, immuable, lui donnait l'impression de ne pas progresser. Perdu dans ses pensées, il ne se rendit pas compte que le sommeil le gagnait petit à petit. La jument, docile, continuait son chemin, cependant que, la tête penchée sur le menton, Nicolas cognait des clous. Un cri le tira de sa prostration :

— Eh l'ami ! Le chemin appartient à tout le monde !

Réveillé en sursaut, il se rendit compte que son attelage, au beau milieu de la route, bloquait complètement le passage. Il commanda à la jument de se ranger. Son interlocuteur allait passer quand Nicolas s'avisa de lui demander l'état de la route plus loin.

— On ne peut pas demander mieux ! s'exclama l'autre avec un rire aussi gras que sa personne. Mais pour s'en apercevoir, il faut être réveillé.

Il disparut ensuite dans un nouvel éclat de rire. Nicolas se secoua. Encore au moins deux bonnes heures de trajet l'attendaient avant d'arriver à destination. Il les passa à se remémorer tout ce qu'il avait fait depuis son arrivée à Drummond. Il n'avait qu'un seul regret, celui de n'avoir pu mettre la main sur une terre le long de la rivière. Il trouvait son travail de marchand ambulant fort intéressant. « Si j'avais obtenu une terre le long de la rivière, se disait-il, peut-être me serais-je senti obligé de continuer à travailler comme cultivateur. La vie est drôlement faite. Parfois, en nous contrariant, elle nous récompense. » Sa décision de quitter la terre lui semblait avoir été fort appropriée.

Bernadette était visiblement beaucoup plus heureuse à Drummond qu'isolée dans une ferme. Elle le lui répétait d'ailleurs souvent et, chaque fois, elle en profitait pour lui dire : « Avec toute ton instruction, tu es beaucoup mieux marchand que cultivateur. Tu te sous-estimes, Nicolas, tu vaux bien plus que tu penses. » Elle n'avait qu'à lui dire ça avec son sourire qui, chaque fois, le faisait fondre, pour se sentir heureux. Mais il n'en perdait pas pour autant son idée fixe : une terre au bord de la rivière.

Tout en jonglant de la sorte, il était parvenu aux abords de Richmond. Il aimait ce coin vallonné des Cantons-de-l'Est, avec la rivière Saint-François tranchant le village en deux, comme une balafre au milieu d'un visage. Il s'arrêta d'abord au magasin général afin d'y trouver un violon, qu'un de ses clients lui réclamait depuis longtemps et pour lequel il était prêt à débourser un bon prix, en raison de sa rareté.

Il fut heureux de mettre la main sur un instrument qui lui parut faire l'affaire à première vue, compte tenu de ses connaissances limitées en ce domaine. Il pouvait l'obtenir à un prix raisonnable. Le marchand le tenait d'une succession depuis un bon moment et, la demande étant rare, il se montra fort heureux de pouvoir s'en départir.

— Est-ce qu'il sonne bien ? s'enquit Nicolas.

— Je ne sais pas en jouer, répondit le bonhomme, mais je pourrais vous le faire entendre à midi, quand John Herman, notre violoneux, va passer.

— Je veux bien vous le laisser jusque-là, parce que j'aimerais vraiment l'entendre avant de le prendre, mais à une condition.

— Laquelle donc ?

— Que votre prix n'augmente pas.

En bon marchand qu'il était, le bonhomme se récria :

— Je n'ai qu'une parole et je m'y tiendrai.

— Dans ce cas, assura Nicolas, je serai votre acheteur. Ce n'est plus qu'une question de son.

Revenu au magasin à l'heure du dîner, il le trouva tout animé par une musique endiablée. Le violoneux faisait courir son archet d'une façon fort habile et le violon chantait sur tous les tons d'une voix qui plut aussitôt à Nicolas.

— Vous avez votre acheteur, dit-il.

— Si j'ai bien compris, reprit le marchand, vous l'achetez pour quelqu'un d'autre.

— Oui ! Pour un de mes amis de la région de Drummond.

— Vraiment ? Vous habitez par là ?

— Depuis une douzaine d'année.

— Au village ou dans les rangs ?

— Au village, mais j'ai aussi une terre dans le canton de Wickham.

— Ah, c'est ben pour dire, un de mes clients m'a raconté il n'y a pas deux jours qu'il aurait une bonne terre à vendre par là, au bord de la rivière.

— Moi qui en cherche justement une depuis des années ! Vous pourriez me mettre en contact avec ce client ?

— Certainement, il reste à trois maisons d'icite. Jean-Louis, dit-il à son commis, va donc voir si Brian Logan est chez lui. S'il est là, ramène-le. Dis-lui qu'il aurait peut-être un acheteur pour sa terre du canton de Wickham.

Le commis ramena un vieil homme à barbe blanche, fort en courbettes, avec des yeux bleu de mer ne laissant paraître ni beau temps ni tempête. Nicolas eut du mal à lui soutirer des renseignements sur sa terre, le vieillard ne voulait visiblement pas parler devant le marchand.

Nicolas coupa au plus court:

—Je vais passer vous voir chez vous dans dix minutes, le temps qu'on enveloppe ce violon que je viens d'acheter. Attendez-moi, j'arrive.

Le vieil homme repartit aussitôt. Nicolas se fit expliquer de façon précise, par le commis, où l'homme habitait. Cinq minutes plus tard, il frappait à sa porte.

Cette fois, le vieillard se fit plus loquace. Il baragouinait un peu de français. Mais Nicolas se débrouillait assez bien en anglais, souvenir de ses années dans l'armée. Ils réussirent à se comprendre. Sans avoir vu la terre en question, Nicolas prit une option dessus.

— Si elle me convient, promit-il, je reviendrai d'ici un mois pour l'acheter.

De retour à Drummond, il fit part de la nouvelle à Bernadette, avec beaucoup d'enthousiasme. Il aurait sa terre au bord de la rivière, quitte à vendre celle qu'il possédait déjà.

Le lendemain, en compagnie de Romuald, il accourait chez Bernardin pour lui faire part de la nouvelle. Il réussit à les convaincre de l'accompagner jusqu'au bord de la rivière pour l'aider à retracer les bornes du terrain.

— Ça ne sera pas facile en hiver, objecta Bernardin.

— Mais je sais à peu près où c'est, assura Nicolas. La rivière, par là, fait un grand détour qu'on appelle le « bec du canard ». C'est presque vis-à-vis d'ici, à un mille et demi environ.

Ils partirent tous les trois, raquettes aux pieds, par le sentier qui, de la ferme de Bernardin, menait aux environs du cours d'eau. Bernardin, que cette démarche intriguait passablement, s'informa :

— Si cette terre-là te convient, serais-tu prêt à vendre ton habitation ?

— Pourquoi pas, mon fermier attend de l'acheter depuis longtemps. J'en aurais un bon prix. Sais-tu ce que je me bâtirais sur ce terrain ?

— Quoi donc ?

— Une maison d'été. Je rêve de vivre au bord de l'eau depuis des années. Pour moi, j'ai ça dans le sang. Ça doit me venir de mes aïeux de Baie-Saint-Paul. Quand on est né là, on ne peut pas se passer de l'eau bien longtemps.

Quand, après une bonne demi-heure de marche, ils débouchèrent sur une éclaircie au bord de la rivière, ils en déduisirent qu'ils ne devaient pas être loin de l'endroit indiqué par le vieux Logan.

— Il m'a assuré, expliqua Nicolas, qu'il n'y avait dans ce coin-là qu'une seule éclaircie au bord de la rivière, ouverte par lui depuis quelques années.

Ils cherchèrent les tas de roches indiquant les bornes, mais la neige trop abondante ne leur permit pas de les dénicher. Nicolas insista pour se rendre au bord de la rivière. Il avait déjà en tête le camp qu'il désirait y bâtir. Sur le chemin du retour, il ne parla que de ça. Il en fit la description avec tellement d'enthousiasme que Bernardin en conclut :

— Comme ça, Nico, l'affaire est dans le sac ?

Romuald s'inquiéta :

— Qu'est-ce que Bernadette va en penser ? Vous n'aurez plus les revenus de votre ferme.

— Ceux du magasin devraient suffire. Avec tout le bois que je pourrai tirer de ma nouvelle terre, on devrait réussir à arriver sans problème.

De retour chez lui, il s'ouvrit de son projet à Bernadette. Il argumenta tant et si bien qu'elle finit par dire :

— Si tu penses que ça fera notre bonheur, vas-y. Tu ne m'as jamais encore déçue. Une fois de plus, c'est probablement toi qui as raison.

Deux semaines plus tard, son habitation du canton de Wickham vendue, il se portait acquéreur de sa terre au bord de la rivière. Il venait de réaliser un de ses plus grands rêves. Il ignorait encore tous les problèmes que cet achat allait lui causer, sinon il n'aurait jamais conclu ce marché.

Chapitre 32

Conflit et fin

Quand la nature eut fait son travail et qu'au printemps la neige ne fut plus qu'un souvenir, Nicolas se rendit au bord de la rivière et prit réellement possession des lieux. Il engagea un bon charpentier et, en sa compagnie, en moins de deux semaines, construisit son camp au bord de l'eau.

— Maintenant, promit-il à Bernadette, nous pourrons nous reposer en pleine nature. Les enfants vont avoir le plus beau terrain de jeu du monde. Il n'y a rien de plus agréable que d'admirer les étoiles, le soir au bord de l'eau, avec comme musique les bruits de la forêt, le rire des huards, les hululements de la chouette et du grand-duc, mêlés au grondement des rapides et aux coups de gueule du vent.

Si Bernardin l'avait entendu, il se serait moqué en lui disant que le poète venait enfin de se réveiller en lui. Il lui aurait rappelé ce soir-là où, dans la forêt, en route pour Saint-François-du-Lac, Nicolas l'avait ridiculisé parce qu'il s'intéressait aux étoiles. Et il lui semblait déjà entendre son ami clore la discussion en invoquant un adage digne d'Edmond : « Seuls les sots ne changent pas d'idée. »

Cet été-là, ils le passèrent entre Drummond et leur maison d'été du bord de la rivière. Nicolas dut ensuite mettre les bouchées doubles pour ne pas perdre ses clients, passant tout le mois de septembre à reprendre le temps perdu. Fort heureusement, les affaires marchaient bien. « En été, répétait-il, pour se justifier, les gens ont besoin de beaucoup moins de marchandises. »

Au début d'octobre, alors que la forêt affichait ses plus belles couleurs, il voulut reprendre le chemin de sa maison d'été. Il avait élargi le sentier qui, depuis chez Bernardin, courait jusqu'à la rivière. On pouvait maintenant y rouler en charrette. Quel ne fut pas son étonnement quand, à un quart de mille environ de la ferme de son ami, il trouva le chemin barré. Quelqu'un y avait empilé des souches et des branches, empêchant tout passage. Il fut contraint de rebrousser chemin et en profita pour se rendre directement au bureau d'enregistrement des terres. Là, sur un plan, il chercha et trouva l'endroit où le chemin était obstrué. Tout près, au bout d'une clairière, le plan indiquait une maison appartenant à un dénommé Robert Jamieson.

Il s'informa auprès du registraire :

— Qui est cet homme ?

— Un vieil original, un genre d'ermite.

— Est-ce lui qui aurait encombré la route de la sorte ?

— Il en est bien capable. Quand il a une chose dans la tête…

Nicolas se renfrogna :

— Seriez-vous informé de quelque chose que j'ignore ?

— Peut-être bien… Il est venu ici, il y a un mois environ, s'enquérir si le chemin qui passe au bout de sa terre était réglementaire.

— Vous pensez qu'il ne l'est pas ?

— Il l'est puisque, comme tous les chemins de rang, il respecte les normes prescrites et ne rogne pas plus qu'il ne faut sur sa terre. Nous sommes allés vérifier.

— Par conséquent, il n'a pas le droit de l'obstruer ?

— Allez le lui faire comprendre si vous le pouvez. Nous, nous y avons renoncé. Il faudra sans doute l'en convaincre en l'amenant devant les tribunaux.

— En voilà une affaire ! se désola Nicolas. Pour le moment, nous n'avons d'autres choix que de nous y rendre et de dégager la route.

— C'est peut-être la meilleure solution, jusqu'à ce qu'il l'obstrue de nouveau.

Une semaine plus tard, en compagnie de Romuald et de Bernardin, ils dégagèrent le passage. C'était compter sans l'entêtement du vieillard qui ne manqua pas de l'obstruer de nouveau, moins d'un mois plus tard. Nicolas attendit le printemps et résolut d'aller voir le vieil original chez lui, qui l'accueillit en lui braquant sous le nez le canon d'un fusil. Il ne parvint pas à placer un mot et n'eut pas l'impression qu'il réussirait, même avec la meilleure volonté du monde, à lui faire entendre raison. Il décida de porter le litige entre les mains de la justice. Au procès qui suivit, il eut largement gain de cause. Condamné pour méfait public avec ordre de réparer, le vieux Jamieson se fit tellement tirer l'oreille que Nicolas décida de dégager la route lui-même. À compter de ce moment, il n'eut plus à souffrir d'obstacles sur son chemin.

Nicolas faisait souvent appel à l'oncle Romu pour divers travaux. Ce dernier ne refusait jamais, se plaisant en compagnie de son beau-fils. Il l'accompagnait volontiers dans ses expéditions chez ses clients les plus éloignés et cela rassurait Bernadette que son homme ne fût pas seul en pleine campagne. Quant à Romuald, qui ne rajeunissait pas et qui se sentait moins utile à l'auberge, parcourir ainsi la campagne lui donnait l'impression d'un second souffle.

En ce printemps 1831, Nicolas avait un long voyage à faire du côté de Sherbrooke et il se proposait de s'arrêter chez les Abénaquis de Grantham au retour. Il proposa à Romuald de l'accompagner. Ce dernier s'en fit une joie. En route, il dit à Nicolas :

— Mon gars, je t'envie d'être jeune et en bonne santé. Tu ne peux savoir comment je me sens devenir un vieux bonhomme.

Nicolas se moqua :

— Pourtant, vous n'êtes pas trop grognon pour votre âge !

— Moi, peut-être, mais bout de ciarge, mes os commencent à le devenir. Je ne suis plus tout jeune. Soixante-treize printemps ! Je commence à les sentir partout et je t'en passe un papier que, comme moi, ils ne sentent pas toujours la rose. C'est vraiment pas drôle de vieillir.

— Allons, vous n'êtes pas si vieux que vous le dites. Vous êtes encore capable de bien suivre.

— Mais pour combien de temps encore ? Tout ce que je demande, c'est de partir vite pour n'embarrasser personne.

— Comme je vous connais, l'encouragea Nicolas, ça ne devrait pas traîner longtemps. Vous avez toujours fait les choses net, fret, sec.

La réflexion de Nicolas les fit rigoler un petit moment.

— Où nous amènes-tu ? questionna Romuald.

— À Sherbrooke. Je vais y chercher de quoi qui devrait rendre bien des services…

Romuald monta un peu le ton :

— Ça serait-y trop te demander, bout de ciarge, de ne pas parler en paraboles ? À mon âge, on a tout vu et tout entendu, tu pourrais bien me dire ce que tu caches derrière ce « de quoi » à aller chercher.

— Tiens ! Tiens ! se moqua Nicolas, il n'y a pas que vos os qui deviennent grognons.

— Parle pour te faire comprendre ! De même, tu n'auras pas à te plaindre de me voir en beau fusil.

— Allons, je n'ai rien à cacher en toute. Je m'en vais chercher deux robes de carriole en peau de chat sauvage. De même, Bernadette ne se plaindra plus, l'hiver, quand je l'amène à notre camp au bord de la rivière.

— Il t'arrive d'y aller en hiver ?

— Je comprends donc ! Ce camp-là devient chaud comme un four dès qu'on fait une attisée avec de bonnes bûches d'érable. Une heure après, je ronronne comme un vieux matou en chaleur, si bien que je suis prêt à me laisser flatter dans tous les sens du poil et ma bonne Bernadette a les mains douces !

— Tu ne me feras pas accroire que tes robes de carriole, c'est tout ce que tu vas faire à Sherbrooke ?

— Allons donc ! Je n'entreprendrais pas un voyage juste pour ça. Comme nous allons coucher là ce soir, demain j'aurai le temps de passer prendre les commandes de trois ou quatre clients. Vous le savez, j'ai toujours fonctionné de même.

Le lendemain matin ils reprenaient la route de Drummond. À cinq heures, ils arrivaient à Durham, où Nicolas s'arrêta pour quelques échanges de marchandises avec les Abénaquis. Profitant de cette halte, Romuald alla « soulager la nature », comme il disait, là où tous les Indiens avaient l'habitude de le faire, derrière une palissade.

Ils regagnèrent Drummond à la noirceur avec, au-dessus de la tête, le grand tableau du ciel piqué de milliers d'étoiles où, pour s'amuser, Romuald feignait de chercher celle de la crèche de Bethléem.

— Vous ne la trouverez jamais, lui dit Nicolas, parce que d'abord ce n'était pas une étoile, paraît-il, mais une comète avec une longue queue comme celle de monsieur Halley. Oh là ! là ! Comme je m'exprime mal. Si les enfants m'entendaient ! Je veux dire, et vous l'aurez bien compris, que la comète de monsieur Halley, qui devrait revenir dans trois ou quatre ans, a une longue queue, pas lui. Mais de toute façon, une comète, par définition, ça ne fait que passer.

— En plein comme nous autres, conclut Romuald.

— Vous avez bien raison, reprit Nicolas. En plein comme nous autres...

Une dizaine de jours après cette virée à Sherbrooke, Romuald tomba malade. Il fut soudainement pris d'une forte fièvre et de nausées. Ludovic le fit aussitôt mettre en quarantaine dans sa chambre afin d'éviter que d'autres puissent attraper sa maladie. Appelé à l'auberge, le docteur Marshall commença par lui faire des saignées. Puis il diagnostiqua la petite vérole.

— Il n'y a qu'une place où il peut l'avoir attrapée, certifia le docteur.

— Où ça ?

— Est-ce qu'il est allé dernièrement chez les Abénaquis ?

— Oui, il n'y a pas deux semaines.

— Est-ce qu'il y était seul ?

— Non ! Avec Nicolas.

— La quarantaine pour lui aussi, ordonna le praticien.

Nicolas ne voulut rien savoir d'être confiné dans sa chambre. Il décida de s'exiler dans son camp au bord de la rivière.

— Ça n'a pas de sens que tu restes là tout seul, se plaignit Bernadette.

— Au contraire, c'est ce qui a le plus de bon sens.

— Et si tu es malade ?

— Tu enverras un des enfants me voir chaque jour et m'apporter de quoi manger. Si la cheminée fume bien, il n'aura même pas besoin d'entrer pour savoir si je vais bien. Il n'aura qu'à cogner à la porte pour me prévenir de sa venue et laisser les provisions dehors, près de l'entrée. De même, je ne vous donnerai pas la maladie, si jamais je l'ai. Si je l'ai attrapée et que je me sens vraiment très malade, je vous le ferai savoir quand un des enfants viendra.

Il y avait une semaine que Nicolas était à son camp. Tous les jours, Édouard lui portait un peu de nourriture et s'assurait qu'il allait bien. Bientôt, il lui annonça la mort de Romuald. Comme il ne se sentait pas malade, Nicolas décida qu'il en avait assez de la quarantaine et revint à la maison, à temps pour assister aux funérailles de son beau-père. Par crainte de la contagion, on s'empressa de mettre le défunt dans un cercueil qu'on recouvrit tout de suite. La cérémonie fut toute simple. Une cinquantaine de personnes se déplacèrent pour offrir leurs condoléances à Émilie. Après la bénédiction, le cercueil fut porté au charnier en attendant le dégel printanier, pour l'enterrement au cimetière.

En assistant à la cérémonie, malgré sa peine, Nicolas ne put réprimer un léger sourire en repensant à la conversation qu'il avait eue deux semaines auparavant avec son beau-père.

— Vraiment, dit-il, il a fait ça net, fret, sec.

Il se rendit compte qu'il avait parlé à voix haute quand Bernadette lui demanda :

— Qu'est-ce que tu dis là ?

Nicolas eut pour toute réponse :

— Rien ! Je me parlais à moi-même.

La mort avait fait son œuvre une fois de plus. Toutefois, personne d'autre ne fut atteint de la petite vérole, malgré le retour prématuré de Nicolas à Drummond.

— Il y avait un bon Dieu pour nous, commenta Émilie. Vraiment, le bon Dieu a été bon.

— Comment, lui demanda Nicolas, Dieu pourrait-il être mauvais si vous l'appelez le bon Dieu ?

Émilie haussa les épaules.

— Toi et tes questions idiotes ! répliqua-t-elle.

La perte de Romuald l'affecta beaucoup plus qu'elle voulait bien le laisser paraître, à tel point que Ludovic en fit la remarque à Dorothée, quelques mois plus tard :

— Vraiment, depuis le départ du beau-père, ta mère a pris un coup de vieux.

Chapitre 33

Les problèmes d'Emmanuel

Emmanuel était maintenant en âge de fréquenter l'école. Il s'y rendait fidèlement tous les jours de la semaine, avec ses autres frères et la petite Éphigénie. Si Éloi avait fort bien progressé et se trouvait maintenant au Séminaire de Nicolet, Édouard et Éphrem avaient mis plus de temps à apprivoiser la lecture et l'écriture. Cependant, Emmanuel semblait tout à fait incapable d'y parvenir. Quant à la petite, si elle apprenait très vite, son élocution s'avérait difficile, en raison de son infirmité.

Le soir, à la maison, Élise tentait par tous les moyens de faire lire des textes faciles à Emmanuel. Il butait sur chaque mot. Pourtant, il connaissait par cœur l'alphabet, qu'il récitait sans problème, mais le moindre exercice de lecture et d'écriture le plongeait dans une totale confusion.

— Les lettres et les mots sautent comme des moutons, disait-il. Ils se déplacent sur la feuille.

Patiemment, Élise le reprenait :

— Explique-moi mieux ce que tu veux dire.

— Les mots, ils changent de place.
— Les mots ou les lettres ?
— Les deux.
— C'est pour ça que tu ne peux pas les lire ?
— On dirait qu'ils sont en vie.

Plus il tentait de lire, plus tout s'embrouillait sous ses yeux. De dépit, il finissait par fondre en larmes. Avec une patience d'ange, Élise le faisait travailler tous les jours. Cependant, ce qu'il semblait réussir un peu mieux la veille, il le faisait tout de travers le lendemain. Élise n'y comprenait rien, pas plus que Nicolas qui croyait qu'Emmanuel ne se concentrait pas assez. Après quelques mois de travail sans résultats appréciables, il fallut bien se faire à l'idée qu'il n'apprendrait jamais à lire ni à écrire. Mais c'était compter sans la ténacité d'Élise. Voyant qu'elle n'arriverait à rien par la lecture et l'écriture, elle décida, puisqu'il était tout de même fort intelligent, de lui apprendre au moins à bien parler. Elle adopta la méthode pratiquée par son père avec Éloi et elle.

Emmanuel continua à fréquenter l'école. De retour à la maison, elle lui faisait apprendre une longue liste de mots dont elle lui donnait le sens, les lui faisant répéter jusqu'à ce qu'il les sache par cœur. Elle composait ensuite des phrases dans lesquelles elle introduisait certains de ces mots et il devait dire si ceux-ci convenaient au contexte des phrases. À défaut de savoir lire, répétait-elle, il saurait parler.

Un après-midi, il arriva de l'école en tenant par la main une Éphigénie en pleurs. Tout comme la petite,

Emmanuel ne semblait pas dans son assiette. Leur mère s'informa aussitôt :

— Ma foi du bon Dieu, pouvez-vous me dire ce qui vous arrive ?

— En revenant à la maison, il y en a un qui a ri d'Éphigénie, dans la rue, devant tout le monde.

— Qui ça ?

— Jimmy Sanders.

— Un des garçons du marchand Sanders ?

— Oui !

— C'est pour ça que ta petite sœur pleure ?

— Oui !

La petite sanglotait toujours.

— Est-ce qu'il lui a fait mal ?

— Il l'a tiré par les tresses et il l'a fait tomber.

— Qu'est-ce que tu as fait ?

— Je l'ai corrigé comme il faut.

— Tu l'as corrigé ?

— Je lui ai donné un coup de poing sur le nez assez fort qu'il s'en est allé chez lui en saignant et en braillant. Il ne rira plus de ma sœur.

— Est-ce que c'est lui qui a commencé ?

— Certain ! Il lui faisait des grimaces et lui courait après pour lui tirer les tresses.

— Très bien, dit Bernadette. Nous allons oublier ça pour tout de suite et nous en parlerons à votre père ce soir. Nous verrons ce qu'il dira de tout ça.

Informé des événements, Nicolas n'attendit pas au lendemain pour mettre les choses au clair. Il dit à Emmanuel :

— Tu viens avec moi ? Nous allons chez les Sanders.

Ils n'eurent qu'à traverser la rue de biais. Nicolas ne laissait pas pourrir une situation. Il allait droit au but. C'est ce qu'il fit quand Samuel Sanders vint répondre.

— Monsieur Sanders, je viens vous apprendre que votre fils s'est moqué de ma fille Éphigénie, qui est affligée d'une infirmité.

Le marchand Sanders l'interrompit :

— *What ?* dit-il.

Dans son anglais rudimentaire, Nicolas parvint tout de même à faire comprendre le pourquoi de sa visite.

Quand il eut saisi de quoi il s'agissait, Samuel Sanders vira au cramoisi. Il hurla quelque chose dont Nicolas finit par comprendre le sens général. En somme, selon la version du fils Sanders, la petite lui avait couru après et donné un croc-en-jambe qui expliquait son saignement de nez.

— Ce n'est pas du tout la version de mon fils, ici présent, qui dit avoir corrigé lui-même votre fils pour ses agissements à l'égard de notre fille infirme.

Le marchand ne voulut rien savoir de plus et il s'apprêtait à leur fermer la porte au nez quand Nicolas s'interposa pour le prévenir :

— Si votre fils se permet de nouveau ce genre de conduite et que vous ne le corrigez pas, je verrai à ce qu'il ne recommence pas.

Il ajouta :

— Je suis homme à respecter mes voisins. Je ne vous ai fait aucun tort jusqu'à présent, j'attends de vous que vous ayez la même conduite.

Le marchand l'envoya promener en le traitant de «*son of a bitch*».

— *Son of a bitch* toi-même! répondit Nicolas.

En traversant la rue pour revenir chez lui, il pesta contre ces gens qui se croient supérieurs et refusent d'admettre des évidences: pourquoi Éphigénie s'en serait-elle prise à Jimmy Sanders?

Il avait tourné la page depuis longtemps sur cette chicane d'enfants quand, un jour, Emmanuel revint à la maison la figure en sang. Il expliqua à son père, qui ne tolérait pas que ses enfants règlent leurs problèmes à coups de poing, qu'il n'avait eu d'autre choix que de se défendre. Avec deux de ses amis, le jeune Sanders lui était tombé dessus, à la sortie de l'école.

— Pour quelle raison?

— Je ne sais pas!

— Il y a toujours un motif derrière toute action.

— Il voulait se venger pour l'autre fois.

— Et, si je comprends bien, il ne l'a pas fait seul parce qu'il craignait de ne pas avoir le dessus? Comment as-tu fait pour leur échapper?

— J'ai donné un coup de poing à Jimmy, j'ai envoyé une savate à Andrew et j'ai rué dans le gros Brock.

Nicolas examina de près le visage d'Emmanuel.

— Ils ont quand même réussi à t'amocher passablement la figure.

— Astheure que je le sais, se promit Emmanuel, la prochaine fois, je ne les manquerai pas.

— Parce qu'il va y avoir une prochaine fois?

— C'est certain ! Ils vont encore essayer de me battre.

— S'il y a une prochaine fois, je vais m'arranger pour que ce soit la dernière.

Quand, quelques jours plus tard, les trois mêmes voulurent une fois encore s'en prendre à Emmanuel, ils eurent Édouard et Éphrem sur le dos. Le jeune Sanders et ses comparses goûtèrent à l'eau glacée de la rivière, et à compter de ce jour-là, les frères Grenon se firent la réputation d'être des gaillards qu'on ne pouvait intimider.

— Ça va leur éclaircir l'esprit, laissa entendre Édouard, avec un regard malicieux.

— En autant qu'ils en ont un, conclut Éphrem en riant.

Emmanuel s'informa :

— Comment ça se fait que vous étiez là juste à temps ?

— P'pa nous avait dit de veiller un peu sur toi, p'tit frère… Après tout, t'as encore presque la couche aux fesses !

Chapitre 34

Départs

Élise, l'aînée de la famille, fut la première à quitter le toit paternel. Au milieu de l'été 1835, sur la recommandation du maître d'école Apollinaire Letendre, elle fut contactée par Hilaire Caya, habitant du septième rang d'Headville, qui se démenait afin de trouver quelqu'un capable d'enseigner à lire et à écrire aux jeunes enfants des familles des rangs six et sept, leur évitant de la sorte un long trajet jusqu'à l'école du village.

Élise fut d'abord tout étonnée d'être contactée pour ce travail. Qui avait bien pu les informer de son intérêt pour l'enseignement ? Manifestement, elle démontrait en ce sens de si belles aptitudes, dont Emmanuel avait été le premier bénéficiaire, que le mot s'était passé.

— Vous vous rendez compte, m'man ? Je serai logée et j'aurai un salaire de vingt livres pour l'année, sans compter les trois chelins et quatre deniers de plus par élève que j'obtiendrai des parents en mesure de payer.

Et si des enfants viennent de familles incapables de payer pour les faire instruire, je recevrai dix chelins de plus par enfant instruit gratuitement.

— Tu vois, dit Bernadette, ton bon travail est enfin reconnu et récompensé.

— Une chose me peine, ajouta Élise. Je partirai longtemps de la maison.

— Mais avec tes écoliers, l'encouragea sa mère, tu auras comme une nouvelle famille.

— C'est vrai ce que vous dites, m'man. Et après tout, aux vacances des fêtes et de l'été, je pourrai venir vous voir.

— La vie est faite de même, ma grande, tu sais. Il arrive toujours une journée où on doit laisser ses parents et sa famille pour s'assurer de gagner sa vie. Des fois, comme moi, on part pour se marier, d'autre fois c'est pour travailler, mais c'est assuré qu'un jour on est obligé de partir. Il faut fermer les yeux et se dire : la vie continue.

— Après tout, approuva-t-elle, je suis chanceuse, puisque Headville est tout près.

Sa mère la regarda avec tendresse.

— Nous pourrons même aller te voir parfois à ton école avec Éphigénie.

À la fin d'août, Élise partit pour Headville. Sa grand-mère Émilie, en compagnie de Dorothée, vint assister à son départ. Elle tenait à être là pour voir partir, disait-elle, l'aînée de ses petits-enfants.

Depuis la mort de Romuald, Émilie était très peu sortie de l'auberge. Elle tenait toujours à y recevoir ses enfants et petits-enfants, le dimanche, mais en réalité c'était à Dorothée qu'incombait le plus gros du travail.

— Ta vieille mère, disait Émilie, a perdu pas mal de plumes. Parfois je me sens trop vieille pour tout ce que j'ai à faire. Heureusement que tu es là. Jamais je n'aurais pensé me rendre à l'âge que j'ai.

Quand Dorothée l'entendait parler de la sorte, elle la reprenait instantanément :

— Soixante-dix ans, m'man, c'est pas si vieux que ça !

— Soixante-treize ans, ma fille, c'est assez vieux pour avoir vu mourir deux maris.

— Il y en a ben manque qui se rendent jusqu'à quatre-vingts.

— Ça dépend de la vie qu'ils ont faite, ma fille. On dirait que plus on travaille dur, plus on est endurant.

— Là, m'man, vous pouvez pas savoir comme vous avez raison. Vous avez travaillé dur, vous êtes bonne pour vous rendre à cent ans.

Émilie rit un moment.

— Me vois-tu à cent ans ? De quoi j'aurais l'air ? D'une vieille pomme ratatinée. Non, ben crère, comme aurait dit votre père, que je ne me rendrai pas là.

L'automne, cette année-là, fut passablement rude. Le jour des morts, déjà une petite neige laissa présager un hiver coriace. Il arriva avec ses froidures au début de décembre. Dès que la neige étendit son premier manteau, Émilie ne mit plus le nez dehors. Déjà, elle s'affairait à préparer les gâteries culinaires du temps des fêtes. Le deuxième dimanche de décembre, elle reçut les siens comme elle l'avait toujours fait. Mais le lendemain, fiévreuse et souffrant d'une toux profonde, elle prit le lit. Le docteur Barron fut appelé à son chevet. Il diagnostiqua une grippe sévère. Rappelé d'urgence le lendemain, il déclara que la grippe avait dégénéré en pneumonie.

— Si elle est assez forte, dit-il à Dorothée, votre mère pourra peut-être passer au travers, mais n'y comptez pas trop.

Dorothée prévint Nicolas qui expédia Éphrem avertir Bernardin et Marie-Josephte. Ils accoururent à l'auberge. La maladie emporta Émilie au cours de la nuit.

— Je lui disais qu'elle se rendrait à cent ans, il y a de cela quelques jours à peine, se désolait Dorothée.

— Sans cette maladie, elle aurait bien pu se rendre jusque-là, remarqua Marie-Josephte. Elle l'aurait bien mérité tant elle a travaillé.

— Tout au long de sa vie, dit Nicolas, notre mère n'a jamais dérangé personne. Elle s'est arrangée pour mourir de la même manière. Elle est partie aussi vite que notre père, en ne faisant pas plus de bruit. Je pense bien que notre mort nous ressemble un peu.

Avec le décès d'Émilie se terminait un chapitre important de la vie des Grenon. Ils ne ménagèrent rien pour que leur aïeule puisse reposer en paix au cimetière de Drummond, dans ce qui était devenu pour elle une terre d'exil. Elle y avait passé près de vingt ans. Sa plus grande consolation, en ce lieu, avait été de pouvoir jouir de la présence de ses enfants et de ses petits-enfants. Lors du service religieux à l'église de Drummond, le curé fit à travers elle le panégyrique de toutes celles et de tous ceux qui, dans la vie, quittent leur milieu natal pour vivre loin de leur famille afin de se consacrer entièrement à celle qu'ils ont créée : « Ce sont, comme la défunte Émilie, des âmes exceptionnelles pour qui la vie est souvent synonyme de générosité et de don de soi. Avec son départ, soyez-en assurés, vient de se tourner une précieuse et riche page de vie. »

En présence de ses enfants, de son gendre, de sa bru et de ses petits-enfants, elle fut inhumée dans le lot familial, auprès de Romuald. Une seule de ses enfants, Alicia la religieuse, ne put assister à son enterrement. Nicolas le déplora :

— Il a suffi, remarqua-t-il, qu'elle se donne au bon Dieu pour qu'on la perde à jamais. Moi je n'y comprends vraiment rien.

Les premières pelletées de terre recouvraient à peine le cercueil, que Dorothée, au sortir du cimetière, prévint son monde :

— C'est pas parce que m'man est partie qu'il faut que la tradition meure avec elle. Dimanche midi et tous les dimanches, nous continuerons à dîner tous ensemble à l'auberge.

Chapitre 35

Retour sur le passé

Parfois, les soirs d'hiver semblaient ne devoir jamais se terminer. Réunis autour du feu, chacun plongeait dans ses pensées pendant que les minutes sombraient une à une au rythme du sablier. Les enfants avaient vieilli. Nicolas les sentait suffisamment mûrs pour entendre le récit de certaines de ses aventures de guerre. Sans qu'ils aient eu besoin, cette fois, de le supplier de raconter, il les réunit autour de lui et leur dit :

— Vous m'avez demandé souvent de vous parler de ma vie de soldat. J'attendais que vous soyez en âge d'entendre ce que j'ai à dire. Je n'ai jamais eu idée d'en faire un mystère, il y a déjà eu assez de secrets dans notre famille. Avant mon départ en France, j'avais alors dix-huit ans, mon père m'a raconté un peu sa vie de jeunesse. Je ne l'ai jamais oublié. Voilà pourquoi je vais faire la même chose pour vous. Une seule raison m'a retenu de vous en parler avant aujourd'hui : ce que j'ai à raconter n'est pas très beau. Ce n'est pas le bout de ma vie dont je suis le plus fier et je fais tout mon possible pour l'oublier, même s'il m'est resté gravé dans la mémoire et me revient sans cesse comme un mal de cœur.

« Si vous voulez savoir comment je suis entré dans l'armée, vous le demanderez à votre mère ou encore à votre tante Marie-Josephte, je le leur ai déjà raconté. Je pense que vous serez plus intéressés d'entendre parler de mes débuts comme soldat et ensuite de la première fois où je me suis battu. »

— C'est ça ! approuvèrent les garçons.

Trop jeune et trop sensible pour supporter de tels récits, Éphigénie fut priée de se réfugier dans sa chambre et ne se le fit pas dire deux fois. On entendait le crépitement du bois dans l'âtre. Nicolas baissa la tête, se passa la main sur le front comme il lui arrivait souvent de le faire lorsqu'il devait se concentrer, et commença :

— Nous avons marché, mon ami Jérôme et moi, vers Landau, en Allemagne, en pensant à tout ce que nous laissions derrière nous. Je me demandais quelle folie nous avait menés jusque-là. Nous nous étions fait piéger et nous étions désormais forcés de devenir soldat. J'étais plein de regrets. Je revoyais mes parents, mes sœurs, mes amis. Qu'est-ce qu'ils allaient penser de tout ça ? Je n'osais pas leur écrire. Je repensais à Baie-Saint-Paul, à la rivière du Gouffre. Il me semblait que nous venions à peine de quitter les nôtres...

« Mon ami Jérôme ne pensait pas comme moi. Il était tout à fait satisfait de son sort. Il m'a dit : “Tu ne peux pas t'imaginer, Nico, comme je suis heureux d'aller me battre contre des hommes plutôt que contre des cabestans et des voiles récalcitrantes." Je l'ai raisonné : "Ça ne te fait rien d'être obligé de marcher comme nous le faisons ?" "Nous voyons du pays, quoi demander de mieux ?" "Et si nous y laissons notre peau ?" "Pourquoi penser à ça ? Pour le moment, nous avons tout ce qu'on peut souhaiter." »

Édouard demanda :

— Pourquoi vous alliez en Allemagne ?

— Pour notre entraînement dans l'armée de Napoléon.

— Ça vous a pris beaucoup de temps pour arriver là ?

— Huit jours ! Nous n'avons pas marché tout ce temps. Nous avons d'abord fait route à bord d'une patache qui nous a conduits jusqu'à Rouen. Mais après, nous avons continué à pied, de vingt à vingt-cinq milles par jour.

Emmanuel s'enquit :

— Qu'est-ce qu'une patache ?

— Une patache, c'est une charrette qui va très lentement.

Attentifs à tout ce que disait leur père, les garçons ne bronchaient pas. Ils ne voulaient pas perdre un mot de l'histoire. Leur père les avait prévenus qu'il la leur raconterait une seule fois et qu'il ne reparlerait jamais plus de ses années de soldat. Il poursuivit :

— Un matin, après une nuit passée dans un pré à la belle étoile, des colonnes de brumes ont monté çà et là comme l'haleine de la terre. Le soleil a fini par percer ce voile et, du coup, tout le paysage s'est démantibulé comme un château de cartes. Des ombres étaient toujours endormies dans les rues du village et les fenêtres des maisons reflétaient sur le sol des mauves et des oranges. Je m'en souviens comme d'hier. Je songeais à ceux qui, comme nous, étaient, en ce moment, engagés dans le même voyage. Je me suis aperçu ce jour-là que je devais oublier tous mes rêves si je ne voulais pas qu'ils me suivent tous les jours dès mon réveil. J'allais devenir soldat de la Grande Armée et mon rêve consisterait désormais à rester vivant.

« J'ai dit à Jérôme : "Te rends-tu vraiment compte de ce que nous devenons ? Hier, nous étions libres comme des oiseaux. Mais nous voilà maintenant en cage." Jérôme était toujours resté d'une humeur égale. Il a répondu : "L'armée est une cage dont nous pourrons sortir un jour." "Sur nos deux jambes ou les pieds devant ?" "Sur nos deux jambes, tu le verras bien. Nico, aurais-tu oublié que la chance a toujours été de notre bord ? Pourquoi elle nous lâcherait maintenant ?" "Ça ne prendrait pas grand-chose, tu sais, une balle perdue, un coup de sabre dans le dos." "Allons ! a-t-il protesté. Toi et tes idées noires. Pense donc à tout le bon qui nous attend."

« Pour m'aider à me changer les idées, il s'est mis à chanter. Il avait une belle voix. J'ai voulu le faire taire, il n'en a pas moins continué. Dans sa chanson, il y avait des militaires se disputant le cœur d'une belle. Il a fini par m'avoir avec sa chanson, parce que, parvenu au dépôt, j'avais retrouvé ma bonne humeur. »

Toujours aussi éveillé, Emmanuel demanda :

— Qu'est-ce que le dépôt ?

— L'endroit où on entraînait les recrues à devenir soldat. C'était précisément à Landau, en Allemagne. À peine étions-nous arrivés qu'on nous a donné un uniforme et qu'on nous a mis un fusil dans les mains. Ce qui nous a fait plaisir à Jérôme et à moi, c'est qu'on nous a placés dans la même compagnie du même régiment. Tout de suite ça été les exercices militaires. Ça pressait, l'empereur avait toujours besoin de nouveaux soldats pour remplacer ceux morts par milliers sur les champs de bataille.

« Dès le deuxième soir après notre arrivée, nous avons couché à la belle étoile, comme nous l'avons fait des dizaines de fois par la suite. Après, nous avons fait des exercices. Nous avons appris à reconnaître les divers roulements de tambour et nous avons toujours été en pleine activité : corvées de vaisselle, maniement du fusil, de la baïonnette et du sabre. Nous n'avions pas le droit de rouspéter. Nos instructeurs nous ont domptés rapidement et ont fait de nous de grands marcheurs. Je ne pensais jamais qu'un homme pouvait marcher autant que nous avons marché. »

Étonné, Édouard demanda :

— Vous n'aviez pas de voiture ni de chevaux ?

— Nous étions beaucoup trop nombreux. Nous ne pouvions compter que sur nos deux jambes. Après trois mois d'entraînement, nous avons pris la route au petit matin, au son des tambours, avec sur le dos tout notre attirail et des rations de nourriture pour le casse-croûte du midi. Quelques charrettes nous ont précédés pour le transport des pièces lourdes, comme les canons. Il faisait froid. Pour nous réchauffer, nous étions toujours portés à marcher vite. Notre capitaine nous a prévenus chaque fois : "Vous devez ménager vos forces et mesurer vos pas. La Prusse n'est pas tout à côté ! Vous devez y arriver tout d'un morceau et prêts à combattre. Une, deux, une, deux ! La tête droite, le cœur chaud, les oreilles molles. Une, deux, une, deux !" J'ai demandé : "Quand combattrons-nous ?" Le capitaine a répondu : "Ça viendra en son temps, mais ce n'est pas demain la veille."

« Je m'étais inquiété pour rien. Nous n'étions que des recrues amenées en renfort en cas de besoin. Les paysans nous regardaient défiler en secouant la tête, et ceux qui avaient déjà porté l'uniforme le faisaient avec des yeux remplis de pitié. Les femmes avaient ordinairement beaucoup de douceur dans le regard, on comprenait qu'elles avaient sans doute un mari, un frère ou un fils à l'armée. Les enfants trottaient un bon moment en notre compagnie, puis en même temps qu'ils disparaissaient, le bourg s'effaçait derrière nous comme une page qu'on tourne. Un autre village se dessinait au loin. Des femmes nous lançaient des fleurs, des enfants applaudissaient sur notre passage. Nous étions bien accueillis. On nous tendait des tasses d'eau, on nous encourageait. Quelques-uns marchaient au pas à nos côtés, puis le village disparaissait derrière nous et nous nous apercevions soudain que nous avions la gorge et les yeux chargés de poussière. »

— Est-ce que vous pouviez vous arrêter pour boire ? risqua Éphrem.

— Parfois. Ça dépendait où nous étions et aussi de l'humeur des officiers. Plus nous avons avancé, moins nous avons vu de monde sur notre passage, comme si les habitants de ces villages étaient las de voir passer des soldats. Malgré ces longues marches, Jérôme n'avait pas perdu sa bonne humeur. "Te rends-tu compte ? ne cessait-il de répéter. Nous voulions voir du pays. Nous sommes servis. En plus, nous sommes nourris et logés, et nous touchons un salaire." "Tu as raison, lui disais-je, mais tu oublies qu'au printemps, nous ne pourrons pas retourner chez nous."

D'une voix émue, Emmanuel demanda :

— Ça ne lui faisait rien, à Jérôme, de ne pas pouvoir revenir ?

— Non, il était heureux d'être soldat et quand on est bien dans ce qu'on fait, on ne s'ennuie pas. Où en étais-je ?

— Vous marchiez pour aller en guerre.

— C'est ça ! Tant que nous avons été près de la France, on a été bien accueillis. Chaque soir, on nous plaçait dans des familles où nous allions passer la nuit. Mais à certains endroits, on nous a reçus de façon plus réservée. Certains en avaient assez de ces soldats qui, tous les soirs, comme des moineaux sur un tas de fumier, s'invitaient sans gêne chez eux pour manger et dormir. Il avait suffi parfois d'une mauvaise expérience pour que les plus tolérants des hommes prennent en grippe tout ce qui porte un fusil. Il est vrai que des soldats, ils en avaient vus beaucoup et que tous n'étaient pas des enfants de chœur.

— Vous étiez nombreux ? s'informa Éphrem.

— Des milliers !

— Tant que ça ?

— Oui ! C'est ça, une armée. Nous avions, jusque-là, été accueillis chez les gens comme de braves soldats de Napoléon, mais un soir j'ai appris que tous les habitants n'avaient pas le même culte pour l'empereur et ses soldats.

« Le sort m'a fait échouer chez un meunier pour la nuit. Sa femme, une rougeaude à l'air rébarbatif, a jeté une paillasse dans un coin. J'ai compris que ce serait mon gîte. J'ai eu beau, à plusieurs reprises, tenter d'entamer la conversation, je n'ai eu pour toute réponse que des grognements m'invitant à me taire. Tout ce qu'elle a servi au repas, à son mari et à moi, c'est du pain sec et du fromage. Le maître farinier n'a ouvert la bouche que pour manger. Tant que je ne l'ai pas interrogé sur son métier, il n'a pas produit un son. Il m'a fallu faire bien des détours pour parvenir à l'amadouer. "C'est un beau moulin que vous avez là." "Ouais !" "Vous y travaillez depuis longtemps ?" "Ouais !" "Votre père l'a fait tourner avant vous ?" "Ouais !" "J'aimerais bien le visiter. Si j'en juge par l'excellent pain que je viens de manger, vous produisez de la fameuse bonne farine." "La meilleure du pays !"

« Je venais de faire mouche, je le savais et j'ai profité de cet avantage pour revenir à la charge : "Je ne m'y connais pas bien en blé et farine. Il faut sans doute bien des années pour devenir un bon meunier et produire de la farine de cette qualité. Je suppose que vous êtes maître dans votre métier ?” “Ouais ! Depuis bientôt vingt ans.” “J’admire les gens qui ont du métier : ce sont eux, dans tous les domaines, qui nous rendent la vie meilleure. Du bon pain, on n’en trouve pas partout ; il faut d’abord et avant tout de la bonne farine.” “Tu vois, a grogné le bonhomme, en s’adressant à sa femme, c’est pas moi qui le dis, ton pain est bon parce que ma farine est excellente.”

« Profitant de mon avantage, après l’avoir flatté comme il faut sur sa farine, je suis revenu à ma première idée : “J’apprécierais bien, avant la tombée de la nuit, que vous me fassiez visiter votre moulin.” Cette fois, ma demande n’est pas restée lettre morte. Cependant, il est demeuré méfiant. “Pourquoi veux-tu visiter mon moulin ? Pour mieux me voler ensuite ?” “Parce que je n’en verrai pas de si beau avant longtemps. Je m’en vais en guerre chez les Prussiens. C’est peut-être bien le dernier que je verrai.”

« Il m’a regardé curieusement. J’ai deviné que les Prussiens ne lui disaient pas grand-chose. Il a enlevé son bonnet, a gratté son crâne qu’il avait à moitié chauve, s’est levé lentement, a attrapé un fanal au passage. J’avais gagné la partie, je l’ai suivi dans l’escalier menant à l’étage du moulin, dont les grandes ailes tournaient au ralenti. Il m’a montré la trémie, la meule fixe, la meule flottante, le frein, en m’expliquant leur fonctionnement.

« Arrivé près du blutoir, il s'est mis à pester contre un taquet qui tenait mal et s'ouvrait sous l'effet des vibrations, et a tenté en vain de l'ajuster. "Je connais un truc pour le faire tenir", lui ai-je dit. Il m'a jeté un regard incrédule. J'ai demandé : "Vous avez un riflard ou une lime ?" Il en a tiré une d'un vieux coffre. En moins de deux, j'ai biseauté le bout du taquet qui a cessé aussitôt de bouger. Le bonhomme m'a regardé d'un air sceptique, se demandant sans doute où j'avais appris ce truc et si le taquet ne sauterait pas dès que nous aurions le dos tourné. Je l'ai rassuré : "Il tiendra ! C'est tout simplement parce qu'il n'appuie plus complètement ; il n'aura plus tendance à tourner." "J'aurais cru le contraire", a-t-il dit, étonné. J'ai expliqué : "C'est justement notre erreur !"

« Le meunier a jeté un coup d'œil méfiant vers le taquet qui n'avait pas bougé. Par cette astuce, je venais de m'en faire un ami. Après notre visite, le bonhomme m'a offert un verre puis deux, remontant dans son passé de meunier, bâti de mille et un faits cocasses dont il ne se lassait pas de parler. J'ai dû l'interrompre quand, après les fatigues du jour, le sommeil m'a gagné par un long bâillement et une lourdeur des paupières. J'ai eu droit à un lit dans une petite chambre blanche comme la plus pure de ses farines. »

Éphrem s'étonna :

— P'pa ! Vous étiez reçu de même tous les soirs dans des familles pour coucher ?

— Pas tous les soirs, mais presque. Pour en revenir à mon meunier, tôt à l'aube, après avoir payé ce que je lui devais, parce qu'on nous donnait de l'argent pour ceux qui nous recevaient, j'ai englouti quelques tranches de pain frais et fais mes adieux à un homme et une femme au regard sympathique qui m'ont accompagné jusqu'à la porte du moulin. Je me suis empressé d'aller rejoindre ma compagnie en face de l'hôtel de ville. Jérôme m'attendait avec un air renfrogné. “Je n'ai pas dormi de la nuit, a-t-il dit. Il y avait tellement de vermine que je n'étais pas seul dans mon lit.”

«Au lieu de le plaindre, je me suis mis à rire et à le taquiner: “Si tu menais une bonne vie comme moi, tu aurais certainement dormi toi aussi dans de beaux draps blancs, comme l'a fait ton serviteur ici présent.” “C'est ça, moque-toi, a-t-il grogné. Un jour ce sera mon tour et je saurai bien te le mettre sur le nez.”

«Nous avons repris la route aux roulements des tambours. Le temps, demeuré frais, nous a permis une fois de plus de parcourir d'un bon pas au moins sept lieues. Le soir venu, j'ai trouvé refuge dans une ferme dont ni le maître ni sa femme n'ont daigné m'adresser la parole, à croire qu'ils étaient muets. La magie de la veille n'a pas opéré. La femme m'a jeté une écuelle comme à un chien et, même si j'avais bien payé mon écot, m'a indiqué une paillasse au fond du grenier.

«Le lendemain, ç'a été au tour de Jérôme de se moquer: “Monsieur n'a pas eu droit à un traitement de faveur comme moi?” “Quel traitement de faveur?” “Un lit douillet et une jolie demoiselle pour m'y tenir compagnie.” “Tu veux rire de moi?” Jérôme s'est esclaffé. “Tu ne serais pas jaloux, par hasard?” “Moi, jaloux ! Allons donc, me crois-tu assez naïf pour te croire ? La fille est certainement le fruit de ton imagination. Rien n'empêche que parfois, j'aimerais que les règlements pour notre répartition chez les habitants soient moins rigoureux. Mais que faire et que dire !" "Tu sais comme moi comment ça se passe, a repris Jérôme. Deux ou trois heures avant notre arrivée dans le bourg ou la ville où nous devons passer la nuit, le maréchal de logis nous précède et prévient les maires, les échevins et les syndics de notre arrivée. C'est pour ça que dès notre entrée dans le bourg, tout ce beau monde nous passe en revue." "Je sais, ai-je dit. Je t'avoue qu'au fond j'aime autant bivouaquer dans une grange ou dans un lieu à l'écart que d'être expédié, à la grâce de Dieu, chez l'un ou l'autre des habitants du lieu. Le sort ne m'a pas favorisé la nuit dernière, tu peux en être certain : des grogneux de premier ordre !" »

— Vous avez parcouru combien de lieues comme ça ? interrogea Emmanuel.

— Des centaines, sinon des milliers. Marcher, c'était ce que nous faisions tous les jours, tant que nous n'étions pas rendus au champ de bataille.

— Aviez-vous des journées de congé comme à l'école ?

— Oui, de temps à autre. Ainsi, après quelques jours de marche, nous sommes arrivés enfin dans une ville dont j'ai oublié le nom, heureux de pouvoir nous y arrêter pendant deux jours. La halte était fort méritée. Le sort cette fois nous a favorisés, Jérôme et moi, parce que notre capitaine, le sieur de Maubert, et son lieutenant, le sieur de Maricourt, ont décidé que nous logerions, tout comme eux, à l'auberge de *La Bonne Guerrière*. Pourquoi nous ? Je l'ignore encore. L'aubergiste, un joyeux luron à la bouche tordue comme un tire-bouchon, avec un regard vif et la répartie facile, a été tout heureux de nous accueillir. La nourriture a abondé, le vin a coulé à flot, la pension s'est avérée abordable, nous n'aurions pu demander mieux.

« Toute la soirée, une rougeaude a tourné autour de nous. Ses œillades en disaient long sur ses intentions. Nous avons réussi à nous en défaire en nous éclipsant sur la pointe des pieds, sous prétexte de besoins pressants. L'auberge entière a ri, chanté, pleuré, s'est lamentée, a crié et a recommencé sans se lasser. Ç'a été impossible de dormir. Il a fallu attendre que le vin fasse enfin son travail et vienne à bout des plus récalcitrants. »

Curieux, Édouard demanda :

— Est-ce que vous vous êtes levés de bonne heure le lendemain matin ?

— Quand bien même nous aurions voulu nous lever tard, nous étions tellement habitués à nous lever tôt que nous n'avions plus sommeil. D'ailleurs, c'était dimanche, et les cloches des églises ont éveillé la ville à l'aurore.

« Ç'a été pour tous une journée chômée. On en a profité pour remettre de l'ordre dans notre fourbi. La journée s'est étirée à jouer au lansquenet et aux dames. L'aubergiste était heureux : toutes ses chambres occupées, ses affaires ne pouvaient aller mieux. Même si c'était le dimanche et qu'il n'avait pas le droit de le faire, il nous a promis une traite au dîner et a ajouté : "Et des femmes tant que vous en voudrez !"

« La rougeaude de la veille, comme toutes ses compagnes, a recommencé ses œillades. Après avoir annoncé le couvre-feu, à neuf heures, le capitaine Maubert nous a dit discrètement : "Attention à vos goussets !" Il y avait à peine cinq minutes que j'étais couché que quelqu'un est entré dans ma chambre. J'ai fait semblant de dormir, par une respiration régulière. Quand je fus certain que quelqu'un était à fourrager dans mes hardes, à la recherche de ma bourse, je me suis levé d'un bond en hurlant : "Au voleur !" C'était une des servantes qui n'a pas attendu son reste pour déguerpir, pendant que j'étais pâmé de rire. J'avais caché ma bourse sous mon oreiller. Il m'a semblé que la même chose s'était déroulée dans les autres chambres, car j'ai entendu de nombreux pas de fuite dans les escaliers. Vous auriez dû voir, au matin, la tête de l'aubergiste, les sourires du capitaine et du lieutenant, et les yeux sombres des demoiselles. À peine avons-nous eu droit à un croûton avant notre départ. Je ne vous mens pas, il y avait tant de haine dans le regard de la rougeaude qu'elle aurait fait peur à elle seule à tous les hussards de l'empereur. »

Nicolas cessa son récit.

— Bon, bien, les garçons, dit-il, voilà une première tranche de mes aventures militaires, ça sera tout pour ce soir. Je vous raconterai la suite un autre soir.

— Demain ! supplia Emmanuel. Nous n'avons pas su la première fois que vous vous êtes battu.

Nicolas se leva, les regarda avec tendresse, assis dans l'ombre.

— On verra ! dit-il. Pour le moment, bonne nuit !

Chapitre 36

Mariage d'Éloi

Un beau jour de l'été 1837, Nicolas avait affaire à Montréal pour y négocier l'achat de plusieurs meubles. Il décida de s'y rendre en compagnie de Bernadette qui comptait profiter de ce voyage pour revoir les siens. Emmanuel fut chargé de les conduire à Sorel avec mission de ramener la jument et de retourner les chercher quatre jours plus tard. Pendant ce temps, la bonne marche de la maison fut confiée à Élise.

Ils arrivèrent à l'heure du dîner à Sorel, où Emmanuel prit congé d'eux pour retourner tout de suite à Drummond. En attendant de prendre le vapeur pour Montréal en milieu d'après-midi, Nicolas et Bernadette se promenèrent en amoureux dans les vieilles rues de la ville.

Au moment où ils s'apprêtaient à monter à bord, un homme, manifestement inquiet, qui faisait les cent pas depuis un moment, se présenta à eux.

— Bonjour madame, bonjour monsieur, pardonnez mon audace de vous aborder ainsi au moment où vous allez faire le voyage à Montréal. Je me nomme Albert Boisclair et je suis accompagné de ma fille Marie-Louise, que voici. Mon métier de maître tonnelier m'empêche d'accompagner ma fille pour son premier voyage dans la grande ville.

La jeune fille, d'une beauté rare, semblait si timide qu'elle osait à peine lever les yeux vers eux.

— Heureux de faire votre connaissance, dit Nicolas pour la mettre à l'aise.

— Je crois que ma fille, qui se destine à l'enseignement, apprendra beaucoup de ce voyage chez une de ses tantes.

— Vous avez absolument raison, lui signifia Nicolas, voyager nous apprend beaucoup.

Le tonnelier en vint alors à formuler la proposition qui lui brûlait les lèvres :

— Puis-je vous demander, mon cher monsieur et ma chère dame, de veiller sur Marie-Louise tout au long du trajet et de voir à la confier aux bons soins de sa tante à l'arrivée du navire à Montréal ?

— Je veux bien vous rendre ce service, mon cher Albert, mais à une condition. Quand votre charmante fille sera de retour de Montréal, j'aimerais la présenter à mon fils Éloi qui termine présentement à Nicolet des études pour devenir notaire. Il me semble que je les verrais bien ensemble. Et cela d'autant plus que mon fils va commencer sa pratique ici même à Sorel.

— Vous m'en direz tant ! s'exclama le tonnelier. Parfois les circonstances font bien les choses. En voici un bon exemple. Vous voulez bien me faire le plaisir de me dire qui vous êtes ?

— Ah ! Je suis impardonnable ! s'excusa Nicolas. Mon épouse que voici se nomme Bernadette Rousseau et votre humble serviteur a pour nom Nicolas Grenon. Nous sommes de Drummond. Et j'y songe, mon cher Albert, si je veux tenir ma promesse, il faudrait bien que je sache où je pourrai vous trouver.

— Rien de plus facile, je demeure au 8 de la rue Alexandra. Vous y serez le bienvenu, comme votre dame et votre fils.

Ils montèrent sur le vapeur en compagnie de la jeune fille. Tant que le navire ne fut pas en route, elle ne parla pas, apparemment incapable de surmonter sa timidité. Quand le vaisseau eut pris le large, sans doute plus à l'aise de s'adresser à une femme qu'à un homme, elle se tourna vers Bernadette pour demander :

— Que faites-vous dans la vie ?

— Mon époux est marchand. Nous sommes propriétaires d'un magasin général. Je suis mère avant tout, mais j'aide aussi mon mari à tenir les comptes.

— Vous tenez un grand registre ?

— Oui ! Un livre de comptes dans lequel j'inscris les achats de chacun au fur et à mesure et que je tiens à jour, puisque certains achètent à crédit et font inscrire sur leur compte.

— Est-ce que tous vos clients payent en argent ?

— Pas tous. Il arrive que des gens fassent remise de leur dette avec de la farine ou encore du beurre, quand ce n'est pas du tabac ou du whisky.

Nicolas, de peur d'effrayer la jeune fille, les laissa entre elles et alla causer avec un de ses clients qu'il venait de reconnaître, en grande conversation avec un des membres de l'équipage.

— Tu t'en vas pour la première fois chez ta tante, glissa Bernadette, ça doit te faire bien plaisir ?

— Si vous saviez comment ! Je m'inquiétais toutefois un peu, parce que c'est mon premier voyage dans la grande ville et ma tante qui vient parfois nous voir à Sorel est une personne fort distraite. Je craignais de me retrouver seule à l'arrivée. Comment aurais-je pu m'orienter dans cette ville que je ne connais pas ? Maintenant que je peux compter sur vous, mes craintes se sont dissipées. J'ai bien hâte de voir ma tante que j'aime beaucoup. Elle a été couturière toute sa vie.

— Pas vrai ! s'exclama Bernadette. C'est ce que j'étais, à Montréal, avant mon mariage. Quel est le nom de ta tante ?

— Thérèse Lachapelle.

Bernadette tapa dans ses mains, comme une jeune écolière à la réception d'un prix, en s'écriant :

— Le monde est petit ! Je la connais !

Voyant Bernadette aussi agitée, Nicolas s'approcha et demanda :

— Tu peux me dire ce qu'il y a de si excitant ?

— Il y a que je connais la tante de Marie-Louise.

— Vraiment ?

— Nous avons fait de la couture ensemble. Elle était grande et brune, peut-être te souviendrais-tu d'elle ?

— Ô chérie, tu sais que je n'avais d'yeux que pour toi.

— Comme c'est gentil, Nicolas, comme c'est gentil ce que tu me dis là. Il me semble que ça me rajeunit de vingt ans.

Quand le vapeur accosta au port de Montréal, la jeune Marie-Louise suivit ses bienfaiteurs sans les quitter d'une semelle. Elle avait bien raison, car la tante n'était pas au rendez-vous. Nicolas signala à un cocher son intention d'être conduit. L'homme leur fit signe de monter. Il demanda d'un air aimable :

— Où dois-je vous laisser ?

— Nous allons d'abord conduire cette jeune demoiselle chez sa tante.

S'adressant à Marie-Louise, il demanda :

— Tu as l'adresse ?

Elle tira un bout de papier du réticule qu'elle tenait précieusement.

— Au 245, rue Notre-Dame, dit-elle.

— Vivement chez madame Thérèse Lachapelle ! dit Bernadette.

Une dizaine de minutes plus tard, Bernadette attendit que le moment d'effusion entre la tante et la nièce soit passé pour dire d'une voix douce :

— Bonjour Thérèse !

La tante ouvrit de grands yeux, s'efforçant de situer l'inconnue dans la galerie de ses souvenirs.

— Aurais-tu oublié le tailleur Dubois, à Saint-Martin ?

— Bernadette !

Le cri que lança Thérèse Lachapelle fut entendu de la rue tant il était puissant et chargé d'émotions.

Elles tombèrent dans les bras l'une de l'autre. Il y eut promesse de se revoir dès le lendemain, pendant que Nicolas vaquerait à ses affaires. Pour ne pas retarder le cocher plus longtemps, Bernadette regagna la voiture. Ils se firent mener chez Eulalie, la sœur de Bernadette, en attente de leur venue depuis des jours.

Quelques semaines plus tard, comme il s'était engagé à le faire, Nicolas tint à conduire lui-même Éloi à Sorel afin qu'il puisse y entreprendre du bon pied sa carrière auprès du notaire Béliveau. En route, alors qu'il causait de choses et d'autres avec son fils, il lui annonça soudainement:

—Je tiens, à l'occasion de ce voyage, à te présenter une jeune demoiselle du nom de Marie-Louise Boisclair, particulièrement belle et charmante.

Éloi rougit jusqu'au bout des oreilles.

— Ne sois pas intimidé, mon grand, cette demoiselle se destine à l'enseignement et je t'assure qu'elle pourrait te faire une compagne agréable. Tu as étudié dans un milieu d'hommes. Il est grand temps que tu fasses connaissance avec la gent féminine. Après tout, ce n'est pas trop tôt.

—Comme vous le voulez, p'pa, mais j'aurais sans doute su dénicher moi-même la perle rare.

—Je n'en doute pas, Éloi, mais qui te dit que la perle rare en question n'est pas précisément cette

Marie-Louise Boisclair ? Et si jamais elle n'est pas à ton goût, tu auras maintes occasions d'en connaître d'autres. Il y a beaucoup de monde qui défile, dans une étude de notaire.

Arrivé à Sorel, Nicolas conduisit d'abord Éloi à sa pension avant d'aller vaquer lui-même à ses affaires. Il passa, bien sûr, par la rue Alexandra prendre rendez-vous, au nom d'Éloi, avec la si belle et si charmante Marie-Louise.

Le tonnelier fut tout heureux de pouvoir le remercier d'avoir si bien veillé sur sa fille. Il ne manqua pas de lui offrir un petit verre de whisky que Nicolas enfila avec plaisir, au nom de leur amitié. Le rendez-vous entre Éloi et Marie-Louise fut fixé au lendemain midi, autour d'un bon repas, que Yolande, l'épouse d'Albert, se ferait un plaisir de préparer pour eux.

Le lendemain midi, Nicolas et Éloi, devant un délicieux hachis, se retrouvaient en face d'un Albert en verve, d'une Yolande en sueur et d'une Marie-Louise rougissante. Le repas fut vite avalé, les conversations, plutôt anodines, mais le rendez-vous fort bien réussi, puisque, de part et d'autre, il y eut promesse de se revoir bientôt. Nicolas fut même étonné de l'aisance démontrée par Éloi pour apprivoiser la petite biche sauvage qu'était la belle Marie-Louise.

Le flair de Nicolas fut très vite récompensé, car un an plus tard, les cloches de l'église Saint-Pierre de Sorel sonnaient pour le mariage d'Éloi Grenon et de Marie-Louise Boisclair. Dans l'assistance, deux hommes se frottaient les mains de plaisir : Nicolas

Grenon et Albert Boisclair. Deux femmes, également, souriaient de bonheur derrière la voilette de leur chapeau, Bernadette Rousseau et Yolande Laronde.

Chapitre 37

Récit de guerre

Les enfants étaient restés sur leur appétit à propos des confidences de leur père concernant ses années comme soldat. Il remettait toujours, d'un soir à l'autre, la suite de son récit. Leur mère demeurait aussi curieuse que sa progéniture d'en apprendre sur cet épisode de la vie de leur père. Il trouvait toujours une bonne raison de ne pas en parler. Les enfants se servirent donc de leur mère pour faire fléchir leur père. Quand Bernadette lui demanda de poursuivre le récit de ses aventures, Nicolas répondit avec un peu d'impatience dans la voix:

— Ça fait bien cent fois que je te dis que je n'ai pas le goût d'en parler.

Marie-Josephte, arrivée sur les entrefaites en compagnie de Bernardin, avait entendu la conversation et vint seconder sa belle-sœur.

— Allons, Nico, Bernardin est de mon avis, il serait grand temps que tu te libères de ce grand mystère de ta vie. Les Grenon ont la réputation de tenir leur langue. Tu pourrais faire une exception pour une fois, ne serait-ce que pour nous faire plaisir.

— Vous croyez que d'entendre parler de mort est plaisant ?

Bernardin n'avait pas dit un mot jusque-là. Il choisit ce moment pour intervenir :

— Nico, crois-moi, ça libère de raconter nos malheurs. Je l'ai fait. Demande-le à Marie-Josephte. Il me semble que depuis ce temps-là, ça les a chassés définitivement de mon esprit.

Sentant leur père sur le point de céder, les garçons s'approchèrent, discrètement.

S'assoyant près de l'âtre, Nicolas demanda :

— Par où pourrais-je commencer ?

— Par le commencement, dit Bernadette, au moment où vous êtes partis faire la guerre.

Nicolas plongea sans plus tarder dans son récit.

— Nous sommes partis à l'amorce du jour. Un temps gris s'était levé, avec sa faible lumière effaçant les couleurs, dessinant de sombres silhouettes autour des maisons et des arbres. Nous étions désormais en Allemagne. Il a commencé à pleuvoir et tout le jour un crachin nous a accompagnés sur une route boueuse.

— Ça devait te coûter de quitter la France ?

— Tu ne peux savoir comment. Mais, veut veut pas, la France fut rapidement derrière nous. Il a fait terriblement chaud sur la route. Heureusement, une grande forêt de chênes nous a fourni une ombre salutaire au plus chaud du jour. Ce soir-là, nous avons été au moins une trentaine à coucher dans une grange. Ça, c'est très clair dans ma tête. Quant au reste, je n'ai rien retenu des nombreux villages que nous avons traversés, sinon qu'ils s'avéraient très différents de ceux de France, plus massifs, plus serrés, moins vivants.

« Je me souviens que nous avons bivouaqué par un temps lourd à nous couper le souffle. Un orage se préparait, le vent soulevait la poussière : j'avais l'âme en berne. Je me suis étendu non loin de Jérôme, près du feu. Nous en avons eu long à dire. Je me suis indigné comme je l'ai fait bien des fois par la suite, Bernardin peut en témoigner. »

— Quand tu commençais, ça n'en finissait plus. "Qu'avons-nous fait au bon Dieu pour être dans pareil pétrin ? Rien ! C'est bien ça le pire. Nous voilà en route pour tuer quelqu'un si nous ne voulons pas être tués nous-mêmes. Pourquoi tuer un pauvre diable que je ne connais pas et contre qui je n'ai rien à redire ? Et si lui ne me tue pas, j'ai encore toutes les chances d'y laisser ma peau : ça prend juste une balle ou encore un boulet de canon, une lance dans le dos, un glaive au travers du corps." Voilà ce que tu as dû dire à ton ami, Jérôme, parce que tu me l'as répété cent fois.

— J'avais raison de parler ainsi. Nous étions lancés dans une guerre que nous ne voulions pas. Je n'en pouvais déjà plus de ces saprées routes à n'en plus finir, de ces journées longues comme des tunnels d'où nous sortions courbaturés avec une seule idée, dormir, dormir et dormir encore, en attendant de nous éteindre quelque part un de ces jours, à des milliers de lieues de chez nous, comme de vieilles bougies soufflées par un coup de vent.

— Et Jérôme, qu'est-ce qu'il disait de tout ça ? questionna Marie-Josephte.

— Jérôme restait toujours confiant. Il répétait : "Tu ne vas tout de même pas te laisser aller. Ce n'est pas si pire que tu le dis. Sois patient, quand nous aurons un ennemi devant nous, tu vas voir, les choses vont changer. J'ai bien hâte à mon premier coup de fusil. Dors ! Ça chassera tes idées noires. De toute façon, c'est ce que moi je vais faire." Voilà comment Jérôme voyait notre avenir.

Attentive à la moindre parole son mari, Bernadette lui demanda :

— Trouves-tu qu'il avait raison ?

— C'est vrai que tout a changé quand nous avons eu des ennemis devant nous.

— C'était où ?

— Quelque part en Prusse. Après des jours de marche, je ne savais pas trop où nous étions rendus. Nous avons avancé dans la brume sur un terrain boueux. Tantôt au loin, tantôt tout près, nous avons entendu toutes sortes de bruits : la galopade des hussards, puis des coups de canon. Ce brouillard nous a retenus, ne nous permettant ni d'avancer ni de reculer. Où étaient les ennemis ? Puis soudain, il y a eu une percée dans les nuages et j'ai aperçu à nos pieds les cavaliers prussiens qui montaient à l'assaut.

— Ç'a dû être un choc ?

—Je n'ai pas eu le temps de penser à rien. Nous nous sommes regroupés en carré, épaule contre épaule, prêts à tirer, en attendant la charge sans bouger. Le commandant a crié : "Feu !" À cette première salve, les cavaliers prussiens ont été renversés. Les survivants se sont repliés dans un désordre indescriptible, pendant qu'une deuxième vague de cavaliers a foncé sur nous. Nouvelle salve, cette fois moins meurtrière : certains cavaliers ont touché presque nos rangs. Nous nous sommes tenus prêts pour un nouvel assaut, baïonnette au fusil. À chaque charge ennemie, nous avons répondu par une salve mortelle. Plusieurs de nos compagnons sont tombés tout autour, mais c'était impossible de les aider à se relever. Les Prussiens n'ont pas renoncé et sont revenus par vagues successives, tout en perdant beaucoup d'hommes. Quand enfin ils se sont retirés, nous avons pensé pouvoir reprendre notre souffle, mais un ordre s'est fait entendre : "Allez derrière la cavalerie faire taire la batterie de canons qui pilonnent nos lignes sur la droite."

«Je me suis accroché aux étriers d'un chasseur à cheval qui m'a porté aussitôt derrière ces canons maudits. Nous en étions éloignés d'à peine cent mètres, quand un des canons a craché son boulet et sa mitraille. Mon cavalier et le cheval ont basculé en même temps. Je me suis retrouvé coincé sous la bête blessée, le temps de voir paraître un hussard prussien sabre au clair qui fonçait droit sur moi. Heureusement, j'avais encore mon fusil à la main, surmonté de la baïonnette. J'ai réussi à parer le coup. Son cheval s'est cabré, ce qui m'a donné le temps d'asséner au hussard un coup de baïonnette à la jambe. Il a perdu l'équilibre et est tombé à la renverse, droit sur moi. Ma baïonnette l'a transpercé de part en part. »

— Ouf ! soupira Marie-Josephte en se cachant la figure dans les mains.

— Je vous avais prévenus, rappela Nicolas, ce que j'ai à raconter n'a rien de très réjouissant.

Bernadette intervint :

— Continue quand même, Nicolas, nous voulons savoir.

Il poussa un long soupir, puis replongeant dans ses souvenirs, il poursuivit :

— J'ai été étourdi par ma chute et suis resté coincé à la fois sous le cheval et le hussard prussien. J'ai repoussé le hussard et j'ai réussi à sortir mes jambes de dessous le cheval. J'étais couvert de sang, mais intact. Des deux pieds, j'ai poussé sur le cadavre de ce Prussien pour en retirer ma baïonnette et récupérer mon fusil. Quand je me suis relevé enfin, il n'y avait tout autour de moi qu'un champ de morts. Le cavalier qui m'avait conduit jusque-là gisait sur le dos, désormais sans tête, le boulet de canon la lui avait arrachée. J'entendais les plaintes des blessés s'élever tout autour de moi, comme un chant funèbre. La bataille s'était déplacée au loin vers l'est. J'ai cherché en vain du regard où se trouvaient les autres voltigeurs et mon ami Jérôme.

Marie-Josephte intervint :

— Ça devait être terrible…

— Ça l'était tellement que je me suis mis à trembler de tous mes membres, sans pouvoir me contrôler. J'ai su que tout était terminé quand les canons se sont tus. Quand j'ai recouvré mes esprits, j'étais assis parmi tous ces morts, l'uniforme trempé de sang, à me demander où je me trouvais. Des compagnons d'arme m'entouraient. J'ai demandé aussitôt à voir Jérôme. "Qui est Jérôme ?" s'est informé un capitaine. "C'est l'ami avec lequel je me suis engagé dans l'armée." "Il n'y a pas de Jérôme ici, j'ai bien peur que tu doives le chercher parmi les morts."

« Tout le reste du jour, je n'ai fait que passer d'un cadavre à l'autre, à la recherche de mon ami. Je l'ai trouvé enfin alors que la noirceur tombait sur nous comme un linceul. Il ne restait plus d'intact que sa tête, un bras et une jambe, le reste, plus de la moitié de son corps, avait été emporté par la décharge d'un canon. Ça m'a tellement bouleversé que j'ai passé la nuit assis, perdu, hébété, à tenir dans mes bras les restes de mon ami mort, répétant : "Tu as voulu te battre, voilà où ça t'a mené." Le lendemain, j'ai insisté pour creuser la fosse moi-même, sur le champ de bataille où nous étions. Mon commandant m'a dit, plus tard, que j'ai enterré Jérôme sans dire un mot et sans verser une larme. Tout ce qu'il m'a entendu murmurer fut : "Maudite soit la guerre, et maudits soient ceux qui la font." »

— Qu'est-ce que tu as fait ensuite ?

— Ensuite, j'ai suivi comme un mouton. Ce n'était pas cent ou cent mille morts qui allaient arrêter l'empereur de combattre. J'ai changé mon uniforme souillé contre celui, encore intact, de l'un des morts. Ce n'était pas le choix qui manquait. J'ai opté pour celui d'un jeune homme à peu près de ma taille, en prenant le temps de revêtir sa dépouille de mes habits ensanglantés. Je savais que ceux qui restaient derrière allaient se charger de porter en terre ce pauvre soldat inconnu.

« On s'est remis en route pour poursuivre le carnage. Un gars de mon âge s'est approché de moi. "Je t'ai entendu, dit-il. Tu parles français, mais tu n'es pas Français. D'où es-tu ?" "De Baie-Saint-Paul, au Canada." "Le Canada, c'est en Amérique ?" "En plein ça." "Mais comment se fait-il que tu parles français ?" "Mes ancêtres venaient de France." "Appelle-moi Bernardin", qu'il m'a dit, en me tendant la main. "Je le ferai avec plaisir si tu veux bien m'appeler Nico." "Pour Nicolas, je présume ?" "Pour Nicolas." »

Bernardin intervint :

— Voilà, c'est comme ça que nous nous sommes rencontrés, Nicolas et moi.

Nicolas regarda son ami. Il se passa la main sur le front en esquissant un triste sourire avant d'ajouter :

— C'est bien la seule bonne chose que la guerre nous ait donnée.

Le récit de Nicolas les avait tous bouleversés. On entendait les papillons de nuit se heurter dehors au fanal allumé, tant le silence s'était fait lourd. Sans dire un mot, Bernadette se leva, s'empara du bougeoir et se chargea de conduire ses enfants à leur chambre.

QUATRIÈME PARTIE

DERNIERS COMBATS

1838-1845

Chapitre 38

Arrestation

Depuis son établissement dans la région de Drummond, Nicolas s'était complètement désintéressé du reste du pays. Il n'était pas sans avoir entendu parler du mécontentement des politiciens devant le refus de Londres de tenir compte des résolutions soumises en vue d'améliorer la situation des Canadiens français. Ludovic lui faisait part, de temps à autre, de certaines nouvelles rapportées par l'un ou l'autre de ses clients.

Un soir qu'il était en visite à l'auberge, deux hommes s'y présentèrent et insistèrent pour avoir une conversation privée avec lui et Ludovic. Nicolas avait tout de suite remarqué que ces individus semblaient continuellement sur leurs gardes.

Le plus âgé des deux, un homme dans la cinquantaine, commença à tâter le terrain d'une façon détournée.

— Je me suis laissé dire, commença-t-il à l'intention de Nicolas, que tu as fait partie du régiment Meuron. N'était-ce pas un régiment à la solde de l'Angleterre ?

— Messieurs, répondit Nicolas, si vous désirez savoir si j'ai combattu pour les Anglais contre les Américains, c'est oui ! J'étais à Plattsburgh. Mais il y a des années que je n'ai pas tenu un fusil et je n'ai pas l'intention de combattre pour ou contre qui que ce soit. Vous avez souhaité nous parler sans nous faire le plaisir de vous présenter. Je me nomme Nicolas Grenon et mon beau-frère ici présent, Ludovic Lahaie. Mon grand-père se nommait Jean-Baptiste Grenon. Il a combattu les Anglais en 1759. Moi, son petit-fils, j'ai combattu pour les Français et pour les Anglais. La vie, parfois, ne nous laisse pas le choix. C'est ainsi que pour recouvrer ma liberté, j'ai troqué mon képi de soldat de Napoléon pour celui de soldat du régiment Meuron. Sans cela, je ne serais pas là pour vous parler aujourd'hui.

— Nous avons eu tort, messieurs, je l'admets volontiers, de ne pas faire les présentations d'usage avant de vous convoquer à ce tête-à-tête. Je suis Léonce Faribeau.

— Et moi, enchaîna son jeune compagnon avec beaucoup de fougue, Aurélien Nadeau. Avez-vous entendu parler des Fils de la liberté ?

Ludovic n'était pas encore intervenu. Il déclara :

— Ce nom est venu quelquefois à mes oreilles sans que j'y prête vraiment attention. Puisque vous faites partie de ce groupe, est-ce ainsi qu'on peut le qualifier ? Faites-nous le plaisir d'éclairer notre lanterne à son sujet.

— Notre association existe depuis maintenant plus d'un an. Elle regroupe des hommes prêts à lutter pour bouter les Anglais dehors. Vous connaissez sans doute le Parti patriote ?

Nicolas réagit vivement :

— La politique, je m'en mêle le moins possible. J'estime avoir suffisamment sacrifié d'années de ma vie pour un certain politicien nommé Napoléon Bonaparte, qui s'est proclamé empereur et a fait tuer des centaines de milliers d'hommes afin de réaliser ses ambitions de pouvoir. Mais rassurez-vous, ça ne m'empêche pas pour autant de savoir que le Parti patriote est dirigé par Louis-Joseph Papineau. Nous sommes très bien placés ici à Drummond pour savoir que les Anglais veulent nous assimiler.

Une expression de satisfaction se dessina sur le visage de son interlocuteur.

— C'est précisément ce contre quoi nous luttons, nous, les Fils de la liberté. Nous voulons rester Français et nous gouverner nous-mêmes.

— Vos ambitions sont fort louables, messieurs, approuva Nicolas, mais ce qui l'est moins à mes yeux d'ancien soldat, ce sont les moyens que vous prenez pour les faire valoir.

Le jeune Nadeau se leva d'un coup comme si on l'avait insulté. Rouge de colère, il éclata :

— Qu'avez-vous, monsieur, à nous reprocher ? Tous les moyens diplomatiques, nous les avons pris ! Nos dirigeants anglais n'ont rien voulu entendre ! Il ne nous reste plus qu'à prendre les armes !

Son compagnon lui fit signe de se calmer et de se rasseoir.

— Excusez la fougue de la jeunesse, plaida-t-il. Il est vrai que nous travaillons actuellement à organiser des milices qui nous permettront de reprendre possession de notre pays. C'est d'ailleurs la raison de notre présence ici. Nous avons besoin de personnes comme vous pour regrouper et diriger nos forces. Accepteriez-vous de prendre la tête de la milice populaire de Drummond ?

Ce fut au tour de Nicolas de réagir avec émotion :

— Sans vouloir vous offenser, messieurs, je vous ferai remarquer que, même avec la meilleure volonté du monde, il nous serait impossible, dans ce milieu anglais, de regrouper une milice sans que tout le pays le sache. De plus, je crois que si l'on est confronté à un ennemi plus puissant que soi, la négociation est toujours une meilleure arme que le fusil.

Le jeune Nadeau semblait avoir la susceptibilité à fleur de peau. Il se releva d'un bond et lança, furieux :

— J'en ai assez entendu ! Si vous ne venez pas, Léonce, moi je m'en vais !

Il gagna précipitamment sa chambre pendant que, plus calmement, son compagnon remerciait Nicolas et Ludovic d'avoir accepté de les écouter en leur recommandant le plus grand secret sur tout cet échange.

Une semaine après le passage des Fils de la liberté à l'auberge, deux gendarmes se présentèrent. Ludovic s'apprêtait à les servir quand, pour sa plus grande surprise, l'un d'eux pointa son arme vers lui pendant que l'autre, sans un mot, lui passait les fers aux pieds. Ludovic protesta vivement :

— Pourquoi m'arrêtez-vous ?

— Tu le sauras *later*, se borna à répondre l'homme armé.

Dorothée accourut et voulut s'interposer. Un des gendarmes la repoussa sans ménagement jusque dans sa cuisine.

— Où l'amenez-vous ? hurla-t-elle.

Ils sortirent sans répondre.

Dans la rue les attendait une voiture conduite par un troisième homme en armes. Ils y firent monter Ludovic et empruntèrent ensuite la rue Heriot, où ils s'arrêtèrent en face du magasin général de Nicolas.

Bernadette servait le souper quand les deux mêmes soldats entrèrent sans frapper.

— Ton mari ? demanda celui qui semblait connaître quelques mots de français.

— Il n'est pas ici ! Que lui voulez-vous ?

— Nous allons l'attendre.

Ils allaient s'asseoir quand Bernadette leur dit :

— Vous risquez d'attendre longtemps : il ne reviendra pas avant demain.

Celui qui commandait regarda Bernadette droit dans les yeux :

— Si tu mens… grogna-t-il.

Et sans rien ajouter, il passa lentement le côté de sa main de gauche à droite sur son cou.

Il fit signe à son compagnon et tous deux sortirent. Emmanuel se précipita à la fenêtre pour les voir s'éloigner.

— Pourquoi ils emmènent mon oncle Ludovic ? demanda-t-il à sa mère.

Bernadette confia aussitôt Éphigénie à Emmanuel et se précipita vers l'auberge. Aussi déroutée qu'elle, Dorothée se demandait quoi faire.

— Ils ont arrêté Ludovic et ils attendent le retour de Nicolas pour en faire autant. Qu'est-ce qu'on leur reproche, et où veulent-ils les mener ?

— Je ne connais qu'un homme qui peut répondre à ces questions, dit Dorothée.

— Qui donc ?

— Le colonel Heriot.

Sans plus tarder, elles prirent le chemin de Comfort Cottage, la maison du colonel. Le serviteur qui les reçut voulut faire du zèle :

— Mon maître ne reçoit pas n'importe qui, n'importe quand.

— Premièrement, répliqua Dorothée, nous ne sommes pas n'importe qui et deuxièmement, il n'y a pas d'heure ni de rendez-vous quand il s'agit d'une urgence.

Les voyant aussi déterminées, le serviteur changea d'attitude :

— Qui dois-je annoncer ? demanda-t-il.

— Mesdames Grenon et Lahaie.

Le colonel ne tarda pas à les rejoindre dans le hall où les avait laissées le serviteur. Il ne les pria pas de passer dans une autre pièce, mais s'informa courtoisement de la raison de leur visite.

— Il m'est facile d'imaginer, mesdames, dit-il, que si vous vous êtes déplacées à une heure aussi tardive, il s'agit d'une cause majeure.

Bernadette résuma la situation. Le colonel n'avait pas été informé de l'arrestation de Ludovic et promit de faire la lumière sur cette situation dès le lendemain.

— Si je ne viens pas vous informer moi-même de quoi tout cela retourne, je vous enverrai quelqu'un de fiable pour le faire. Tout ce que je peux vous dire, mesdames, c'est qu'en temps normal, nous n'arrêtons pas les gens sans raison.

— Mon mari n'est pas un criminel ! lança vivement Dorothée.

— Le mien non plus ! enchaîna Bernadette. N'oubliez pas qu'ils ont combattu pour et avec les Anglais.

Le colonel voulut se faire rassurant :

— S'ils n'ont rien à se reprocher et si c'est un malentendu, ayez confiance en notre justice, vos maris recouvreront rapidement leur liberté.

Dorothée et Bernadette regagnèrent l'auberge, tout aussi inquiètes que lorsqu'elles l'avaient quittée.

— Va chercher Emmanuel et Éphigénie, dit Dorothée, vous allez coucher ici ce soir. Nous allons voir ensemble ce que nous pourrons faire demain.

Le lendemain, après une nuit sans sommeil, les deux femmes eurent de la difficulté à établir leur programme de la journée. Dorothée voulait apprendre où se trouvait Ludovic tandis que Bernadette se demandait s'il n'était pas préférable de faire prévenir Nicolas afin de lui éviter d'être arrêté.

Elles décidèrent d'envoyer Emmanuel informer Bernardin. Tout excité par la mission qu'on lui confiait, le jeune homme sauta sur la jument et parti sans plus attendre.

Obligée de s'occuper d'Éphigénie, Bernadette ne pouvait pas quitter l'auberge. De son côté, après avoir mis sur la porte une pancarte indiquant la fermeture temporaire de l'établissement, Dorothée se dirigea d'un pas ferme vers l'édifice de la rue Heriot servant de prison. On ne la laissa pas entrer et, malgré ses cris et ses protestations, personne ne lui dit quoi que ce soit à propos de son mari.

Elle était en furie quand elle revint à l'auberge où, anxieuse, Bernadette l'attendait. Après être parvenue à la calmer un peu, Bernadette proposa d'attendre l'arrivée de Bernardin.

— Il saura nous dire, assura-t-elle, ce que nous avons de mieux à faire.

Il arriva un peu avant l'angélus du midi et prit aussitôt les choses en main.

— Je vais me rendre aux informations. Peut-être, parce que je suis un homme, réussirai-je à en apprendre plus que Dorothée. Mais ce qui me préoccupe davantage pour le moment, c'est ce que m'a raconté Emmanuel, c'est-à-dire l'arrestation de Nicolas prévue pour ce soir. En venant, nous avons remarqué que deux gendarmes se tenaient de faction devant le magasin.

Bernadette n'avait pas oublié le geste menaçant du militaire à son endroit si Nicolas ne se présentait pas. Elle en informa Bernardin.

— Tu es certaine qu'il revient aujourd'hui ?

— Je l'attends à la fin de l'après-midi, avant le souper. Est-ce qu'on doit le faire prévenir ?

Bernardin réfléchit un moment.

— Le faire prévenir, oui, mais il ne doit surtout pas fuir, car c'est toi qu'il mettrait en danger. De plus, sa fuite en ferait un coupable.

— Que nous proposes-tu alors de faire ?

— Est-ce qu'Emmanuel sait par où son père doit venir ?

— Il le sait. Ça lui est déjà arrivé d'aller au-devant de lui.

— Très bien ! Nous allons envoyer Emmanuel prévenir son père de ce qui l'attend. Connaissant Nicolas comme je le connais, il va se présenter au magasin comme si de rien n'était.

— Ils vont l'arrêter, se désola Bernadette.

— Ils vont l'arrêter, mais s'il n'a rien à se reprocher, et c'est mon sentiment, il sera vite relâché.

Ayant réussi à rassurer ses belles-sœurs, Bernardin partit aux nouvelles. Tout ce qu'il apprit, c'est que Ludovic était bel et bien incarcéré à la prison de la rue Heriot, mais personne ne pouvait le renseigner sur les raisons ou la durée de son arrestation. En attendant l'arrivée de Nicolas, ils décidèrent de se retirer tous chez lui. Quand, dans la charrette de Bernardin, ils se présentèrent au magasin, les gendarmes voulurent les empêcher d'entrer.

—J'habite ici! hurla Bernadette, et personne ne m'empêchera de pénétrer chez moi!

Un des gendarmes voulut s'interposer. Bernardin ne dit pas un seul mot mais, le regardant dans les yeux, sans broncher, il s'avança droit vers lui. Le gendarme recula. Son compagnon lui dit de laisser tomber.

Il ne restait plus qu'à attendre le retour de Nicolas. Emmanuel sortit par l'arrière du magasin et partit se mettre à l'affût, le long de la route. Bernardin décida de retourner chez lui et d'envoyer auprès de leur mère et de Dorothée Édouard et Éphrem, qui l'aidaient tout l'été aux travaux de la ferme.

Tel que prévu, un peu avant l'heure du souper, Nicolas arriva en compagnie d'Emmanuel. Il était à peine descendu de voiture que les gendarmes l'appréhendèrent. Comme s'ils n'attendaient que ce moment depuis le début de la journée, les voisins vinrent assister à l'arrestation. Nicolas en profita pour dire d'une voix forte:

—Je savais que vous m'attendiez. Mon fils était venu me prévenir. Est-ce que j'ai fui? Non! Pourquoi? Parce que je ne suis coupable de rien. Il y a eu une dénonciation quelque part. Le dénonciateur, je le trouverai. Qu'il dorme bien d'ici là, si sa conscience le lui permet!

Les soldats l'emmenèrent, chaînes aux pieds, sous les regards consternés de Bernadette, de Dorothée et des deux enfants. Une heure plus tard, Édouard et Éphrem arrivaient. Ils furent suivis quelques minutes après par le curé Robson, envoyé par le colonel Heriot.

L'homme d'Église, tout vendu à la cause anglaise, était d'une grande austérité. Il entra au magasin, le visage long, sans laisser paraître la moindre émotion. Il connaissait Nicolas, qu'il n'aimait guère, parce qu'il avait refusé de devenir marguillier. Sans autre préambule, il déclara :

— On m'a chargé, mesdames, de vous apprendre pourquoi vos maris vont être conduits en prison à Sorel.

— Qu'est-ce qu'ils ont fait ?

— Ils ont discuté avec deux indésirables qui font partie des Fils de la liberté, à l'origine de la rébellion de l'été dernier.

Ne pouvant se retenir de faire la leçon, il ajouta :

— Une fois de plus, mesdames, le dicton se révèle exact.

— Quel dicton ?

— Dis-moi qui tu fréquentes, je te dirai qui tu es.

Toujours aussi vive dans ses réparties, Dorothée le reprit :

— Dites plutôt, monsieur le curé : « Dis-moi qui tu ne fréquentes pas et je te dirai qui est susceptible de te dénoncer. »

Sa mission accomplie, il transporta ailleurs sa condescendance. Il désapprouvait toute révolte contre l'autorité, la sienne et celle des dirigeants, mais, visiblement, il se serait volontiers passé de cette tâche désagréable que lui avait confiée le major Heriot. Si Nicolas avait été là, il aurait certainement dit : « C'est ce qui arrive quand on mange dans la même auge. »

Chapitre 39

En prison

La rébellion de l'été 1837 avait mis les autorités anglaises sur le qui-vive. On craignait une nouvelle flambée de violence et on soupçonnait tous les Canadiens français de vouloir y participer. À Drummond, milieu anglais par excellence, leurs agissements étaient surveillés de très près. Nicolas ne se montra pas trop étonné de leur arrestation. En qualité d'aubergiste, Ludovic pouvait passer aux yeux de bien des Anglais pour un fomenteur de troubles. Quant à lui-même, son travail le menait un peu partout aux alentours. Il connaissait une foule de personnes et pouvait facilement être pris pour un agitateur.

Le lendemain de son arrestation, après une nuit pénible en prison, Nicolas fut conduit à Sorel en compagnie de Ludovic. Tous deux reçurent l'ordre de se taire et se firent interdire de communiquer entre eux, d'une manière ou d'une autre. Quand ils furent entraînés hors de la prison, Bernadette et Dorothée se précipitèrent vers eux. Les gendarmes les repoussèrent sans ménagement, allant jusqu'à les menacer de leurs armes. Malgré leurs cris et leurs larmes, elles ne furent jamais capables de s'approcher du chariot où leurs maris avaient pris place.

Les gendarmes n'étaient pas pressés ; ils mirent toute la journée à rallier Yamaska, s'arrêtant à la moindre auberge et au plus petit cabaret pour prendre un coup. Pendant ce temps, les fers aux pieds et les mains liées par un fil de fer attaché au plancher de la voiture, Nicolas et Ludovic eurent tout le loisir de réfléchir au sort qui les attendait.

Profitant de ce que deux des gendarmes s'étaient arrêtés pour dîner dans un cabaret le long de la route et que le troisième s'était endormi sur le banc du conducteur, Nicolas chuchota :

— Je crois savoir ce qui nous vaut cette arrestation.

— Quoi donc ?

— La visite des Fils de la liberté.

— Vraiment ?

— On doit penser que nous sommes des leurs et nous prendre pour des rebelles.

— Encore leur faudra-t-il le démontrer.

— Ils viennent d'exiler les chefs de la rébellion. Il leur faut sans doute, pour l'exemple, d'autres coupables. Mais écoute-moi bien, Ludovic, nous n'avons rien à nous reprocher et rien non plus à avouer. Notre silence nous vaudra notre liberté.

— S'ils nous questionnent à propos des Fils de la liberté ?

— Nous avons jasé avec eux, mais nous ignorions qui ils étaient et nous n'avons rien à faire de ce qu'ils trament.

Ils en étaient là de leur échange quand les deux gendarmes sortirent de l'auberge en ricanant. Leur compagnon se dressa sur son siège. Nicolas et Ludovic furent autorisés à satisfaire leurs besoins naturels, après quoi on leur jeta quelques croûtons de pain qu'ils durent avaler en vitesse avant de se voir de nouveau lier les mains à la charrette. À Yamaska, la nuit qu'ils passèrent, toujours rivés à la charrette, leur parut une éternité. Ils accueillirent l'aube avec soulagement, mais la pluie se mit de la partie, et ce fut trempés jusqu'aux os qu'ils furent livrés, fers aux pieds, comme de vulgaires criminels, à la prison de Sorel. Là, on les mit dans des cachots séparés. Ils y attendirent, pendant des jours, que quelqu'un finisse par leur dire pourquoi on les gardait prisonniers. Leurs proches, qui avaient fait le voyage jusqu'à Sorel, ne furent pas autorisés à leur parler. Enfin, après une dizaine de jours, le juge Alexander Bradshaw, de passage à Sorel, daigna les recevoir pour leur faire lecture des charges retenues contre eux.

— On vous a vus, commenta-t-il, en compagnie de deux individus qui sont des rebelles.

— Qui ça, « on » ? grogna Nicolas. Un certain Downey, aubergiste, le concurrent de mon beau-frère, et un dénommé Sanders, propriétaire d'un magasin général et mon concurrent direct ?

L'intervention précise de Nicolas sembla surprendre le juge.

— Nous n'avons pas, à ce stade-ci de notre enquête, à vous révéler qui vous a dénoncés.

— Vous n'aurez pas à le faire, continua Nicolas, puisque je l'ai fait pour vous.

Le juge fronça les sourcils et, pour se donner contenance, jeta un rapide coup d'œil sur les notes qu'il tenait en main.

— Vous avez oublié sans doute qu'il y a un peu moins de deux semaines, deux individus se sont arrêtés à l'*Auberge Grenon*. Quelqu'un vous a vus discuter avec eux.

— Monsieur le juge, argumenta aussitôt Ludovic, est-ce que le propriétaire d'une auberge est tenu de connaître toutes les allées et venues des clients qui fréquentent son établissement ?

Le juge ne daigna pas répondre à sa question. Il poursuivit :

— Ces deux individus sont des rebelles qui, après s'être arrêtés à votre auberge, se sont rendus aux États-Unis. Nous les soupçonnons de vouloir renverser notre gouvernement.

— Qu'ils se soient arrêtés à l'auberge de mon beau-frère, c'est plausible, et qu'ils nous aient parlé, ça l'est aussi. Mais qu'est-ce que ça prouve ?

Agacé par les interventions de Nicolas et Ludovic, le juge oublia qu'il n'était là que pour les informer des raisons de leur emprisonnement. Il dit d'un ton plus incisif :

— Vous connaissez ces individus, oui ou non ?

— C'était la première fois que je les voyais, répondit Ludovic. Mais, monsieur le juge, n'est-ce pas le devoir de tout bon aubergiste de causer avec tous ses clients, de quelque race qu'ils soient ?

De nouveau le juge haussa le ton :

—Je vous ai demandé si vous connaissiez ces hommes !

— Ni d'Adam ni d'Ève ! affirma Nicolas.

Exaspéré par les arguments pertinents des prisonniers, le juge s'approcha d'eux, tira brusquement une chaise vers lui, la retourna, s'y assit à califourchon, puis, les regardant droit dans les yeux, commanda :

— Maintenant, je veux savoir la vérité.

Nicolas lui fit face.

— La vérité, monsieur, vous la connaissez déjà tout aussi bien que nous depuis le début. Faites le tour de tous les clients de mon beau-frère et faites le tour de tous les miens, aucun ne vous dira que nous leur avons parlé de révolte, puisque nous ne leur en avons jamais parlé et que nous n'avons jamais eu l'intention de leur en parler.

Voyant qu'il n'avait plus rien à tirer d'eux, le juge se leva.

—Vous savez maintenant pourquoi vous êtes emprisonnés. Quand le temps et nos obligations nous le permettront, nous essaierons de tirer plus au clair cette affaire. En attendant, nous autoriserons les gens de vos familles à vous voir.

Dès qu'elles eurent appris la décision du juge, Dorothée et Bernadette vinrent à la prison. Les mauvais traitements subis par leur mari et la pauvre nourriture qu'on leur donnait commençaient à les affecter passablement. Ils avaient le visage émacié, les cheveux hirsutes, la barbe longue. Les retrouvailles furent chargées d'émotion.

Bernadette s'approcha de Nicolas et posa sur lui des yeux remplis d'inquiétude. Nicolas s'efforça tout de suite de la rassurer :

— Ma mie, ne sois pas inquiète ! Ils n'ont absolument rien contre nous. Ils devraient nous relâcher bientôt.

De son côté, Ludovic encourageait Dorothée de la même façon :

— Ma chérie, il ne faut pas t'en faire, c'est un mauvais moment à passer, mais je suis persuadé qu'il ne durera pas longtemps.

Tant du côté de Nicolas que de celui de Ludovic, dont la mère et le frère habitaient Sorel, on se relaya pour leur apporter des aliments soutenants. Tous se demandaient combien de temps durerait leur incarcération.

Depuis l'absence de Nicolas, le magasin fonctionnait au ralenti. Bernardin et Marie-Josephte, pour soulager quelque peu Bernadette, proposèrent de garder plus longtemps Édouard et Éphrem à la ferme.

— Ça te fera deux bouches de moins à nourrir, dit Marie-Josephte. Leur travail paie en masse leur nourriture.

Même si, depuis l'arrestation de Ludovic, l'auberge marchait moins bien, les revenus permettaient à

Dorothée de survivre sans trop de peine. Mais elle était débordée par le travail et pour lui prêter main-forte, Bernardin et Marie-Josephte vinrent lui mener Augustine et Bérénice. Ce n'était pas la première fois qu'elles avaient l'occasion de travailler avec leur tante et elles se plaisaient en sa compagnie.

Dorothée se morfondait pour son Ludovic et se montrait très sensible au sort de Bernadette, privée de son Nicolas. Elle veillait à ce qu'elle ne manque de rien et passait la voir régulièrement. Afin de la soulager quelque peu, elle amenait parfois son filleul Emmanuel coucher à l'auberge.

Depuis que Nicolas était devenu marchand itinérant, Bernadette avait l'habitude de passer la nuit sans lui. Depuis quelques semaines, elle était souvent seule avec les deux plus jeunes. C'était une femme courageuse et, malgré la situation pénible dans laquelle elle se trouvait, elle s'interdisait d'imaginer le pire.

Un soir qu'Emmanuel couchait chez sa tante à l'auberge, elle avait jasé un bon moment avec Éphigénie avant qu'elle se mette au lit, puis, elle était redescendue à la cuisine où elle avait encore quelques petites tâches à accomplir. Bernadette préparait pour le lendemain la table du déjeuner, quand elle entendit du bruit du côté du magasin. Elle crut à une souris et n'en fit pas de cas. Comme elle s'apprêtait à mettre une bûche dans le poêle, elle entendit de nouveau des pas furtifs du côté de l'entrepôt. Cette fois, elle en était certaine, quelqu'un rôdait autour ou dans le magasin. Pourtant, elle se souvenait avoir bien fermé la porte.

S'il y avait quelqu'un à l'intérieur, comment avait-il pu entrer ? Elle jeta un coup d'œil craintif vers l'escalier menant à l'étage où la petite dormait. Elle parvint à se convaincre que l'enfant était en sûreté dans sa chambre.

Malgré la peur qui lui tenaillait les entrailles, elle décida d'aller voir ce qu'il se passait. Munie d'une lampe et d'une hache, la seule arme à portée de sa main, elle avança lentement entre les étagères dont les ombres s'allongeaient sur les murs au fur et à mesure de sa progression. Plus elle approchait du fond du magasin, plus elle retenait son souffle, se demandant ce qu'elle ferait si jamais elle arrivait nez à nez avec un intrus. Elle serra les dents, sa main se crispa sur le manche de sa hache, puis elle s'arrêta dans l'ombre en soufflant courageusement la lampe. Tendue, l'oreille aux aguets, elle entendit soudain quelqu'un détaler. Au même moment, elle vit par la fenêtre monter des flammes le long du mur extérieur.

Comme elle le raconta le lendemain à Nicolas, elle s'était emparée d'une couverture, sur une des étagères du magasin, et était sortie par la porte arrière aussi vite qu'elle avait pu. Le feu léchait presque le bord de la toiture. Au moyen de sa couverture, elle était miraculeusement parvenue à éteindre les flammes. Une minute de plus et l'incendie aurait échappé à son contrôle et dévasté le magasin. Elle n'en avait pas dormi de la nuit.

— Nous avons des ennemis plus dangereux que nous l'imaginions, fit remarquer Nicolas. Dès demain, je veux que tu demandes à Bernardin de laisser les garçons revenir à la maison. Comme ça, tu auras moins de raisons de craindre le pire. Ensuite, va avec eux chez Isidore Jutras et choisissez un bon chien de garde. Si les garçons cherchent à lui donner un nom, dis-leur de l'appeler Napoléon.

Chapitre 40

Libération

Il y avait maintenant près de trois mois que Nicolas et Ludovic croupissaient en prison. Ce n'était pas son grand cœur qui avait incité le juge à laisser leurs familles les visiter. Il savait fort bien que leurs proches verraient à ce qu'ils ne manquent de rien, ce qui permettrait aux autorités d'éviter d'être accusées de malveillance et de négligence à l'égard des prisonniers.

Nicolas et Ludovic commençaient à se demander si leur calvaire durerait éternellement. Novembre apportait ses vagues de froidure. L'humidité de leur cachot commençait à se faire drôlement sentir. Si parents et amis pouvaient leur fournir une alimentation saine et la consolation de leur présence, ils ne pouvaient leur apporter cette chaleur dont ils auraient eu tant besoin entre ces quatre murs glacials.

Bernardin se désolait de la situation de ses beaux-frères et craignait que les rigueurs de l'hiver ne leur soient néfastes. Il entreprit une démarche auprès du colonel Heriot dans l'espoir que celui-ci se servît de son autorité et de sa réputation afin de faire libérer ses anciens soldats.

— Ce n'est guère de mon ressort, expliqua le colonel. Je ne suis après tout que le fondateur d'un village. Je n'ai de poids qu'ici.

— Vous savez que ces incarcérations injustes commencent à jeter la grogne chez nos compatriotes. Ils craignent que le même sort leur soit réservé à un moment où à un autre. Vous n'ignorez pas non plus qu'ailleurs au Bas-Canada, la révolte gronde de nouveau et qu'elle pourrait bien se propager jusqu'ici.

Le colonel se leva brusquement, la mâchoire contractée, comme chaque fois qu'il était contrarié. Il émit un grognement, fit une grimace avant de lancer rageusement :

— Me laissez-vous entendre que vous auriez des intentions malveillantes ?

Toujours maître de lui, Bernardin reprit tranquillement :

— Vous savez fort bien, monsieur, que j'ai toujours eu des intentions pacifiques. Je ne souscris pas à ces mouvements qui ne mènent nulle part. J'ai été soldat, vous ne l'ignorez pas. Je ne le suis plus et c'est tout dire.

Après cette saute d'humeur, le colonel se calma et se rassit.

— Je suis informé de ce qui se passe chez nous et je suis en mesure d'y remédier, mais ne me demandez pas de miracle quant à ce qui se déroule ailleurs.

— Sorel n'est pas à des centaines de lieues. Un simple mot de votre part pourrait sans doute faire accélérer les choses. De rappeler que l'iniquité mène parfois à pire peut faire ouvrir des yeux et, qui sait, peut-être même des portes.

Du ton d'un homme décontenancé, le colonel conclut :

— Je verrai ce que je pourrai faire.

Donna-t-il suite à cette demande ? Bernardin, pas plus que Ludovic et Nicolas ne le surent. Toutefois, deux semaines avant Noël, le juge Bradshaw se trouvait de nouveau à Sorel et fit comparaître les prisonniers. Mis en présence du juge, Nicolas passa immédiatement à l'attaque :

— Qu'attendez-vous, si vous nous considérez comme coupables, pour tenir un procès juste et équitable ?

Le juge les regarda d'un air condescendant comme s'il désirait allonger leur calvaire encore un peu avant d'en signifier la fin.

— J'ai mieux que cela à vous annoncer. Notre enquête nous a démontré qu'il n'y avait pas lieu de vous craindre. Vous êtes libres.

— Libres ? s'écria Nicolas. Mais alors où sont les lâches qui nous ont faussement dénoncés ? Eux sont toujours libres ! Ce sont eux qu'il faudrait faire enfermer !

Le lendemain, Bernardin venait chercher, pour les ramener chez eux, deux hommes heureux mais profondément aigris contre les autorités du pays.

Son incarcération avait révolté Nicolas.

— Je m'étais promis, dit-il aux siens, de ne plus jamais perdre ma liberté et voilà que je viens de passer quatre autres mois de ma vie en prison.

— Ce n'était pas la première fois que vous étiez emprisonné ? s'étonna Éphrem.

— J'ai passé plus d'un an en prison en Espagne, quand j'étais soldat.

— P'pa, vous vous souvenez, vous aviez promis de nous raconter d'autres histoires du temps où vous étiez dans l'armée. C'est pas quand on sera partis de la maison que ce sera le temps d'en parler. Nous aimerions beaucoup en savoir plus encore.

— Tu as raison, Éphrem. Vous êtes maintenant assez vieux pour entendre ce que j'ai à dire à ce sujet. Le devoir d'un père n'est-il pas de préparer ses enfants à faire face à la vie ? Maintenant que je sors d'une prison où j'ai été injustement incarcéré, il est grand temps que vous en appreniez davantage sur les hommes, et en particulier sur ceux qui se comportent de manière pire que des bêtes sauvages.

Ce soir-là, après le souper, il attendit que Bernadette et les garçons soient bien assis, ainsi que Marie-Josephte et Bernardin, en visite chez lui. Il leur jeta un regard où débordait beaucoup d'affection :

— Le lendemain de ma rencontre avec Bernardin, commença-t-il, vers les trois heures, nous avons débouché sur un contrefort de montagnes d'où nous apercevions à nos pieds une rivière, dont les rives étaient facilement atteignables au bas du rocher en terrasse où nous nous trouvions. Sur une croupe entourée de remparts du Moyen-Âge se dressait fièrement devant nous Saalburg, le bourg que nous avions ordre de prendre. De l'endroit où nous étions, nous avons pu distinguer nettement l'unique rue en pente raide dévalant jusqu'à un pont en bois visiblement mal défendu. Une fois les canons en place, l'ordre d'assaut fut donné. Avant même que l'ennemi n'eût offert la moindre résistance, la place était prise. Un jeu d'enfants, je n'eus même pas à me servir de mon fusil.

Emmanuel s'informa :

— Est-ce qu'il y a eu des morts ?

— Quelques-uns seulement. Le lendemain, nous avons de nouveau repris la route pour une autre bataille. J'étais devenu indifférent : mon seul souci consistait à souffrir le moins possible du froid et de la faim. Quel était donc le nom de l'endroit où nous devions combattre ? Ah oui ! Eylau ! Je me souviens que nous avons marché tout le jour et une bonne partie de la nuit. Qu'avions-nous fait d'autre durant tout ce temps ? Avions-nous dormi ? Je ne m'en rappelais pas. Maintenant, nous arrivions à ce fameux Eylau alors que les canons s'étaient tus depuis plusieurs heures.

« En débouchant sur le champ de bataille, entre chien et loup, nous avons eu tout juste le temps, avant la complète noirceur, d'apercevoir pêle-mêle chevaux, cavaliers, fantassins, tous morts à l'endroit où ils avaient combattu. Éclairés çà et là par des fanaux, se déplaçaient les silhouettes des hommes occupés à mettre de l'ordre dans tout cet enchevêtrement de cadavres bleuissant, de fusils pointés, de bêtes terrassées, d'étendards souillés, de canons crevés, au-dessus desquels flottait une odeur âcre, de sang, d'urine et d'excréments. »

— Ça devait être épouvantable à voir ?

— Et à sentir ! Tu peux le croire, Édouard. Il n'y a pas de mots pour le dire. Le pire, c'est que, malgré notre harassante marche de la journée, on nous a réquisitionnés aussitôt pour creuser des fosses. Nous y avons passé la nuit entière. Ce n'était pas la première fois que je voyais un tel désastre, mais de dégoût, j'avais le cœur au bord des lèvres, ne parvenant pas à comprendre ce qui pouvait justifier pareil carnage. "Est-ce que la gloire de l'empereur vaut seulement un mort ? ai-je dit à voix haute. Ici, il y en a bien dix mille des nôtres sans compter ceux des ennemis." Tu dois t'en souvenir, Bernardin ? Tu m'as fait taire en me disant : "Tu peux penser ce que tu veux de l'empereur, mais tu ne dois jamais le dire. Il y en a plusieurs qui ne priseraient pas de telles paroles."

« Tout en retournant patiemment ce sol qui accueillerait bientôt les dépouilles de milliers de nos compagnons venus mourir en cette terre étrangère, je me suis demandé anxieusement quand mon tour viendrait, et celui de Bernardin et de tous les autres dont les visages défilaient dans mes pensées. Notre retard, cette fois, nous avait sauvés du massacre, mais demain... Je me suis arrêté là, en m'efforçant de penser à autre chose. Je tombais d'ailleurs de sommeil et, pour peu, tant j'avais besoin de dormir, je me serais retrouvé étendu parmi les morts.

« Quand, tard dans l'après-midi, je me suis réveillé, étendu dans le foin, à l'abri d'une grange, j'aurais été incapable de dire comment j'étais arrivé à cet endroit. Le soleil était déjà tombé derrière les collines avoisinantes. J'ai entendu, à travers les aboiements de chiens en bagarre, les coups de pelles réguliers des fossoyeurs et leurs murmures. Je me suis mis aussitôt en quête d'un quignon de pain, j'avais une faim d'ogre. J'en ai trouvé près d'un immense feu qui avait été allumé là pour brûler tout ce qui ne méritait pas d'être conservé. Sur une table, à notre intention, du pain et des bouteilles de vin avaient été déposées qu'un cantinier à grosses moustaches était chargé de distribuer parcimonieusement, à grands renforts de : "Tiens, toi ! Pas plus qu'un pain, pas plus que deux rasades et à ta bonne santé !" Plusieurs de nos compagnons de la veille, tout comme moi, avaient repris peu à peu leurs esprits, cependant qu'une nouvelle corvée nous attendait pour la nuit, comme si nous avions porté le mot " fossoyeur " en grosses lettres gravées sur le front. »

— Vous étiez obligés de faire ça ? l'interrompit Emmanuel.

— Nous n'avions pas le choix. Un soldat obéit aux ordres et c'était précisément les ordres que nous avions reçus. Je me souviens de m'être révolté et avoir dit à

Bernardin : “Je n’ai jamais volontairement tué quelqu’un et je ne suis pas un voleur, pourtant, parce que j’ai survécu, me voilà fossoyeur, et quelle fosse, mes aïeux ! Ça commence à sentir en petit péché ! Ça pue, que ça n’a pas d’allure. De la chair à canon, voilà ce que nous sommes, Bernardin, de la chair à canon.” “Console-toi, m’a-t-il dit, au moins, nous ne nous en sommes pas si mal tirés puisque nous sommes toujours vivants, tandis que pour eux c’est vraiment fini.” “C’est-y Dieu possible qu’une fois mort on puisse sentir si mauvais ? De quoi on est fait, pardieu, pour tant puer une fois crevé ! Peux-tu me le dire ?” Bernardin n’a pas relevé mes propos.

« Une nuit encore, avec nos compagnons de la réserve, nous nous sommes arraché le cœur à creuser d’immenses fosses où les corps étaient alignés, épaule contre épaule, comme avant un combat. Quand chaque pied carré de la fosse était rempli, les aumôniers ont sorti leur goupillon, ont fait quelques prières, puis les pelletées de terre de centaines de pelles ont volé tout le tour de la fosse et en un rien de temps, le sol a retrouvé sa forme unie d’avant la bataille.

« La lune s’était levée, une lune pâle dont le falot éclairait ce champ de mort. Nous avons creusé l’extrémité d’une des immenses fosses destinées à accueillir les corps de milliers de nos camarades.

« Bernardin, tu dois t’en souvenir ? Tu as craché par terre et tu as grogné entre tes dents : “Attends, tu vas voir, demain on va parler de cette quasi défaite comme de la victoire d’Eylau.” »

— Si ! Je m'en souviens très bien, intervint Bernardin. J'ai même ajouté : "Si nous n'étions pas arrivés en retard aujourd'hui, nous ne serions pas là pour en parler."

— Tu avais à peine prononcé ces paroles, reprit Nicolas, qu'un frisson m'a parcouru le dos comme si la mort avait voulu me rappeler que je ne perdais rien pour attendre. Puis j'ai dit : "À quoi tout ça sert-il ? Des milliers de morts pour absolument rien." Tu as secoué la tête. "À qui le dis-tu ! Pourquoi eux et pas nous ?"

« Heureusement, nous n'avons pas eu besoin de combattre de nouveau, du moins dans l'immédiat. Il y a eu une signature de traité. Comme nous n'avions encore que très peu d'expérience au combat, on nous a fait reprendre à rebours le chemin du dépôt pour aller y parfaire notre entraînement. Pendant des mois entiers, nous avons attendu un avis de marche qui ne venait jamais. Puis un beau jour, on nous a ordonné de faire notre barda afin de nous joindre aux soldats en route pour l'Espagne. Ainsi le voulait l'empereur, ainsi allait-il être fait. Je crois bien que ce furent les moments les plus durs que nous ayons passés dans l'armée. »

— Tu as raison, confirma Bernardin. Ce furent les plus tristes moments de ma vie et ils ne méritent guère d'être racontés. Vous allez nous excuser, Marie-Josephte et moi. Nous avons encore du chemin à faire avant d'être à la maison.

Ils se levèrent. Bernadette et Nicolas les accompagnèrent dehors. La brunante était proche. Un petit vent doux soufflait sur le faîte des arbres, les animant d'un murmure incessant. Déjà, la nuit allumait çà et là des étoiles, telles des balises argentées le long de la Voie lactée.

— Tout ça, dit Bernardin en désignant les cieux, vaut des milliers de fois la gloire éphémère et destructrice que procurent les fusils.

Chapitre 41

Les élections

Deux ans plus tôt, Nicolas avait dit aux Fils de la liberté qu'il ne se mêlait pas de politique et il ne s'en était pas mêlé davantage depuis. Il avait encore sur le cœur son incarcération injustifiée ainsi que celle de son beau-frère Ludovic. La pendaison, à la fin de l'année 1838 et au début de l'année 1839, de douze Patriotes, le révolta. Aussi, quand il entendit dire qu'on avait déposé aux communes un projet de loi sur l'union du Haut et du Bas-Canada, et apprit que le colonel Frederic-George Heriot venait d'être nommé membre d'un conseil spécial pour la réalisation de cette union, il décida de s'impliquer davantage afin que celle-ci ne voie pas le jour.

Il se confiait volontiers à Ludovic, à qui il rendait régulièrement visite, tout en lui empruntant des journaux afin de se tenir au fait des dernières nouvelles.

— Ils ne nous auront pas de cette façon, disait-il. Ils ont conquis notre pays, mais il est vaste. S'ils veulent se faire un pays au Haut-Canada, libre à eux de le faire, mais ils ne nous voleront pas notre Bas-Canada, le pays que nos ancêtres ont bâti à la sueur de leur front. Ce n'est pas vrai qu'ils vont faire de nous des gens comme eux, qui se croient supérieurs et autorisés à mépriser ceux qui ne sont pas Anglais.

— Je trouve, le beau-frère, que tu prends tout cela un peu trop à cœur.

— Ça ne t'a rien fait, d'être injustement mis en prison ?

— Ça m'a révolté, tout comme toi, mais que pouvons-nous y faire ? Ils ont à la fois le pouvoir et la force.

— Si nous ne pouvons pas intervenir, parce qu'ils tournent les lois en leur faveur, nous pouvons au moins leur faire savoir que nous ne sommes pas dupes, que nous ne les laisserons pas faire impunément. Si personne ne se lève, qui le fera ?

Plus le temps passait, plus Nicolas se sentait concerné par tout ce qui touchait la politique. Le jour de février 1841 où, de façon unilatérale, fut proclamée l'union du Haut et du Bas-Canada, la révolte grondait en lui. Quand, quelques jours plus tard, on déclara qu'il y aurait bientôt des élections, il décida de se porter candidat dans le comté de Drummond.

— Pour quel parti comptes-tu te présenter ? s'informa Bernardin.

— Pour le libéral, le seul dont les candidats s'opposent à cette union qu'on nous fait avaler de force.

Si les intentions de Nicolas s'avéraient louables, il déchanta rapidement quand il voulut soumettre sa candidature. On lui apprit que le gouverneur Sydenham venait de faire changer certaines clauses des lois régissant les élections. Pour pouvoir devenir candidat, il fallait posséder des biens fonds de 500 livres sterling, ce qu'il n'avait pas. Sa fureur s'accrut quand il apprit que le candidat du Parti conservateur dans Drummond, favorable à l'union, n'était autre que Robert Nugent Watts, le neveu même de Frederic-George Heriot.

— Ça ne se passera pas comme ça, tonna-t-il, je trouverai bien le moyen de faire quelque chose.

Plus la période du scrutin approchait, plus sa fureur grandissait. Bernadette tentait par tous les moyens de le raisonner :

— Pourquoi te mets-tu dans pareil état ? lui reprochait-elle. Pourquoi ? Est-ce que tout ça en vaut seulement la peine ?

Il ne répondait pas, mais continuait de se faire du mauvais sang. Pour lui, il était hors de question que, faute d'adversaire, les conservateurs fassent élire leur candidat par acclamation. Il en avait contre le mode de scrutin à main levée et, surtout, il était indigné de constater à quel point tout avait été mis en place par le gouverneur pour favoriser les candidats conservateurs favorables à l'union du Haut et du Bas-Canada. Il chercha longtemps comment intéresser ses concitoyens de langue française à la situation. « Il faut, leur disait-il, que nos adversaires apprennent notre désaccord avec leurs façons de faire. La démocratie est bafouée, nos droits sont foulés aux pieds. On nous considère comme des moins que rien. Nous devons leur faire savoir que nous existons, que nous ne nous laisserons jamais abattre. »

Il eut l'occasion, quelques jours plus tard, de faire un coup d'éclat quand il apprit que les conservateurs s'apprêtaient à distribuer gratuitement à tous les électeurs du comté un exemplaire du journal *Le Vrai Canadien*. Il dit à Éphrem, Édouard et Emmanuel :

— Ce journal anglais a été créé par le gouverneur Sydenham pour vanter l'union des deux Canada et tromper le peuple. Il vient de le faire imprimer, en français seulement, pour appuyer la cause des conservateurs. Nous devons empêcher cette livraison.

— Comment ?

— Ces journaux doivent être apportés à Drummond par le charretier Hart de Sherbrooke. Nous allons l'intercepter sur la route avant son arrivée à Drummond. Nous allons nous emparer des journaux et nous les ferons brûler ce soir, sur la place de l'église.

Il partit en compagnie de ses fils. Ils n'eurent aucune difficulté à intercepter le charretier. Sans qu'un seul coup soit donné, ils s'emparèrent de tous les journaux.

— Tiens, mon brave, pour ta peine, dit Nicolas au charretier en lui donnant quelques shillings. Tu as fait ce que tu avais à faire, nous nous chargeons du reste. Tu peux retourner d'où tu viens et, surtout, ne t'avise pas de revenir sur tes pas ou encore de nous dénoncer, car tu passerais un mauvais quart d'heure !

Le soir même, près d'une centaine de personnes venues de Drummond et des environs se réunirent sur la place de l'église pour assister à ce grand feu de joie.

Nicolas en profita pour leur annoncer que, le soir choisi par les conservateurs pour le scrutin et l'élection par acclamation du candidat Watts, il prononcerait un important discours. Il leur donna rendez-vous à l'*Auberge Grenon*.

Le soir de l'élection, alors que Nicolas s'apprêtait à se rendre à l'auberge, un jeune homme vint l'informer que cinq fiers-à-bras anglais étaient entrés à l'*Auberge Grenon* et empêchaient quiconque d'y pénétrer. Il y en avait même un armé d'un fusil.

Nicolas prévint aussitôt Éphrem, Édouard et Emmanuel.

— Nous allons mettre de l'ordre à l'auberge, leur dit-il.

— Comment allons-nous entrer ?

— Par la porte arrière.

— Il y aura sûrement quelqu'un là en faction ?

— Oui, mais quand je me présenterai à la porte d'en avant, il y aura tant de bruit qu'il sera distrait. C'est alors que vous devrez le maîtriser. Il faudra vous occuper ensuite de celui qui est armé, car je suis certain qu'il tentera de m'intimider avec son arme.

Nicolas avait raison. Quand il se présenta à la porte de l'auberge, soutenu par ses partisans massés à l'extérieur, les cris attirèrent trois des fiers-à-bras. Pendant ce temps, agile comme un écureuil, Emmanuel s'était introduit dans l'auberge par la fenêtre d'une chambre du deuxième. Il descendit prudemment dans la grande salle et, au moment où, distrait par ce qui se passait à l'avant, l'homme de faction à la porte arrière laissait quelque peu retomber sa garde, Manuel l'assomma d'un coup de bâton sur la tête. Il déverrouilla aussitôt la porte. Éphrem et Édouard entrèrent et firent face à un colosse fonçant droit sur eux. Le malheureux ne savait pas à qui il avait affaire. Les frères Grenon, réputés depuis longtemps pour la puissance de leurs coups, expédièrent le lascar au pays des rêves en moins de temps qu'il ne faut pour le dire. Pendant ce temps, Emmanuel, vif comme un chat, parvenu sans se faire voir dans le dos de celui qui était armé, lui faisait sauter le fusil des mains. Moins d'une minute plus tard, les cinq fiers-à-bras avaient leur compte et l'auberge se remplissait des rires et des cris d'une foule d'hommes enthousiastes venus entendre Nicolas.

Ludovic et Dorothée s'étaient réfugiés pendant tout le siège dans leurs appartements. Ils se montrèrent de nouveau au moment où Nicolas s'apprêtait à prononcer son discours. Les gens étaient venus en trop grand nombre pour tenir tous dans l'auberge. Ce fut donc à l'extérieur que l'orateur, grimpé sur un tabouret, s'adressa aux gens réunis dans la rue :

— Chers amis, si je vous ai convoqués à cette assemblée ce soir, c'est que l'heure est grave. J'ai voulu me présenter comme candidat à cette élection, mais les règles avaient été changées par le gouverneur, de telle sorte que seuls les riches puissent le faire. C'est ainsi que ce soir, au moment où je vous parle, sont rassemblés au Comfort Cottage, la maison de Fredreric-George Heriot, les conservateurs partisans de son neveu Robert Nugent Watts que vous connaissez tous, parce qu'il s'est fait donner une grande partie des terrains de Drummond. Qu'a-t-il fait de plus que nous pour les mériter ? Je vais vous le dire : il a léché les bottes de ceux qui sont au pouvoir.

« Et que dire de ceux qui nous dirigent, en commençant par le gouverneur Sydenham lui-même ? Pensez-vous que parce qu'ils sont Anglais, ils sont forcément honnêtes ? Si c'est ce que vous croyez, écoutez bien ce que je vais vous dire. Cette élection est supposée nous permettre de nous prononcer sur l'union du Haut et du Bas-Canada, qui nous a été imposée de force. Pour être certain de faire entériner cette union, voici à quelles manœuvres malhonnêtes et déshonorantes s'est livré notre gouverneur.

« Il a vu à ce que le Haut-Canada anglais, ne comptant que 450 000 âmes, ait droit au même nombre de députés que le Bas-Canada français, qui a 200 000 âmes de plus. Il a ensuite fait déménager le siège du gouvernement de Québec à Kingston. Enfin, afin de favoriser le vote anglophone pour l'union, il a changé honteusement les divisions électorales, de telle sorte que des villes comme Kingston, Cornwall, Niagara, London et Bytown, ne comptant ensemble que 15 000 habitants, puissent avoir chacune un député, au même titre que nos comtés d'Huntingdon, Dorchester, Berthier, Deux-Montagnes et Beauharnois, qui regroupent ensemble 154 000 habitants.

« Vous vous demandez sans doute pourquoi il s'est adonné à de pareilles manigances ? Je vais vous le dire. Pour nous faire avaler l'union des deux Canada. Et pourquoi cette union a-t-elle été proclamée ? Pour nous obliger à participer, de nos deniers, au remboursement de la moitié de l'énorme dette de 5 500 000 dollars du Haut-Canada, alors que la nôtre est douze fois moindre. Sans notre contribution forcée, le Haut-Canada s'en allait droit à sa perte : il n'était plus capable de payer les intérêts de sa dette.

« Voilà ce qu'on nous demande avec arrogance à nous, Canadiens français, fondateurs de ce pays. Voilà ce qu'on exige de nous. Voilà à quoi nous pouvons nous attendre et à quoi nos enfants pourront s'attendre si nous continuons à mettre nos intérêts entre les mains d'étrangers sans vergogne. La malhonnêteté ne s'enseigne pas, elle se pratique. Ce gouvernement vient de nous en donner la preuve.

« Allons-nous laisser passer l'occasion de faire savoir à ces malhonnêtes gens notre mécontentement ? Ils sont réunis en ce moment pour élire par acclamation, sans que nous puissions exprimer par le vote nos intérêts, celui qui, pendant les années à venir, va supposément défendre nos droits devant ce Parlement. Allons de ce pas faire savoir à ces hommes notre désapprobation. »

Une immense clameur jaillit de la foule. Nicolas, dominant parfaitement la situation, ajouta aussitôt :

— Nous n'allons pas là-bas pour nous battre à coups de poing. Nous nous y rendons pour faire savoir à ceux qui croient nous mener par le bout du nez et nous humilier que nous existons encore et que si la justice et la démocratie faisaient vraiment partie de la réalité en ce pays, les choses ne se passeraient pas comme nous sommes en train de les vivre, malgré nous.

Même s'ils étaient plus d'une centaine, c'est dans l'ordre qu'ils se dirigèrent vers Comfort Cottage et en envahirent les parterres. Les gens réunis pour entendre et élire le neveu du colonel Heriot leur firent aussitôt face.

Nicolas voulut prendre la parole. Les vociférations du clan adverse l'en empêchèrent.

— C'est ça la démocratie, version anglaise ! parvint-il à lancer dans un bref moment de silence.

Voyant qu'ils ne gagneraient rien à attendre là, il fit signe à ses partisans de se disperser dans l'ordre, heureux tout de même d'avoir pu signifier leur désaccord lors de ce rassemblement. Leur départ marqua également le démantèlement du groupe de supporteurs du candidat Watts, dont les cris de victoire vibrèrent encore un long moment à travers Drummond.

Comme Nicolas arrivait chez lui en compagnie de ses fils, trois de ces Anglais, le croyant à Comfort Cottage et n'escomptant pas si tôt son retour, s'activaient à fracasser à coups de pierres la vitre de la porte du magasin. À l'intérieur, Napoléon jappait à s'en étouffer. Une fois de plus, Emmanuel fut le plus prompt à réagir. Il rejoignit l'un des fuyards et lui donna un croc-en-jambe qui le fit s'effondrer dans la rue, pendant que ses comparses parvenaient à s'enfuir. Emmanuel le maîtrisa en lui maintenant le nez dans la poussière du chemin. Nicolas s'approcha, saisit l'homme au collet, le remit sur ses pieds et alla le conduire chez Heriot.

— Monsieur le major ! entonna-t-il dès qu'il l'aperçut.

Celui-ci l'interrompit tout de suite :

— Je ne suis plus major, mais colonel. C'est dorénavant le titre qu'on doit me donner.

— Je ne suis plus soldat, répliqua Nicolas, en conséquence, je me contenterai de vous appeler monsieur. Donc, monsieur, je vous amène un de vos partisans que nous avons surpris, à notre arrivée à la maison, en compagnie de deux comparses, occupé à fracasser à coups de pierres la vitre de mon magasin. J'exige que cet homme et ses amis paient les dommages causés à mon habitation.

— À voir la façon dont vous l'avez traité, vous me semblez bien vous être fait justice vous-même. Que voulez-vous que je fasse de cet homme ? Allez le conduire aux gendarmes. Ils sauront bien voir à ce que justice soit faite.

— Comme je connais la notion anglaise de la justice, j'ai préféré vous informer le premier des méfaits de cet individu. J'ai déjà dit que le jour où un Anglais s'en prendrait à ma famille ou à mes biens, je me chargerais moi-même de régler son cas. Eh bien, monsieur, ce jour est arrivé. Je vous ai amené cet homme. S'il ne répare pas les torts qu'il m'a faits d'ici vingt-quatre heures, je lui ferai payer moi-même son manque de jugement.

Le lendemain, un ouvrier venait remplacer la vitre cassée au magasin de Nicolas. Témoin de la chose, Bernardin, de passage à Drummond, se permit cette réflexion pleine de sagesse :

— Cher beau-frère, si tu te lances en politique, n'oublie jamais ce que je vais te dire. Dans ce milieu, il faut connaître toutes les règles du jeu, et c'est au moment où on les connaît, qu'on se rend compte, au fond, que c'est un jeu sans importance. Mets ça dans ta pipe !

Chapitre 42

Avant-dernier récit de guerre

Nicolas ne supportait aucune injustice, aussi tenait-il à ce que ses enfants puissent se faire une bonne idée de jusqu'où pouvait aller parfois la cruauté des hommes envers leurs semblables. Il avait vécu des expériences, au cours de ses années comme soldat, dont le récit, pensait-il, servirait de leçon à ses enfants tout en le libérant en partie du poids qui lui pesait sur le cœur. Il profita d'un soir où Bernardin, Marie-Josephte et Dorothée étaient en visite pour les réunir autour du feu.

— Ce soir, dit-il, j'ai résolu de vous raconter un autre des épisodes les plus marquants de ma vie de soldat. Un père devrait apprendre chaque jour à ses enfants une facette particulière de la vie. Je ne l'ai, hélas, pas fait assez souvent, mais ce soir, ce que vous allez entendre devrait vous mettre en garde contre la nature humaine. Je suis heureux que Bernardin soit parmi nous. Il pourra vous confirmer mes dires.

« Ce fut dans une Espagne en effervescence que nous avons pénétré après notre passage en France, avec ordre de ne jamais quitter la route et nos camarades un seul instant. “L’Espagne entière est contre nous, nous a prévenu le commandant. Ici on ne pardonne pas à l’ennemi. Attendez-vous, si vous êtes faits prisonniers, à mourir d’une mort lente et raffinée. Ne tombez surtout pas vivants entre les mains de ces porcs !”

— Le capitaine avait entièrement raison de nous parler de la sorte, intervint Bernardin. Ces Espagnols sont les hommes les plus cruels que j’ai connus dans ma vie.

— Vous comprenez, poursuivit nerveusement Nicolas, que ce fut sur un permanent qui-vive que nous avons traversé ces terres hostiles pour nous rendre à notre cantonnement de Tolède. Au bout de plusieurs mois passés à jouer à la police dans ce milieu empoisonné, on nous a donné enfin un ordre aux allures de délivrance. Nous allions prendre l’Andalousie et l’arracher aux mains de ces barbares, ce qui signifiait que la victoire n’était pas loin.

Bernardin confirma :

— C’est vrai ! Nous étions convaincus que la victoire était proche.

— Pourtant, poursuivit Nicolas avec un peu d’émotion dans la voix, nous n’avons pas eu long à faire avant de nous rendre compte que la partie serait rude. La route s’est mise à grimper en ne prêtant qu’un flanc au soleil, puis elle s’est tordue à la manière d’une couleuvre lasse de chaleur, pressée de changer de direction comme pour se permettre de reprendre un moment son souffle, avant de s'élancer de nouveau à l'assaut d'un autre cran, pour se fondre dans l'ombre des arbres regroupés là par on ne sait quel tour de magie. Par instant, toute la montagne avait l'air d'un immense tapis qu'on secoue. Nous avons pu suivre la progression de nos camarades, tu t'en souviens Bernardin, rien qu'au serpent de poussière soulevé par leur passage. À part nous, en ces lieux, il n'y avait pas âme qui vive : la Sierra Morena semblait nous appartenir tout entière. Nous étions si nombreux qu'il aurait fallu une autre armée comme la nôtre pour nous chasser de ces lieux.

« Des effluves d'enclos à cochons et de plantes pourrissantes montaient de la plaine. À flanc de montagne, quelques cabanes éparpillées avaient l'air de se regarder avec soupçon, comme si elles craignaient que leurs voisines leur enlèvent un petit coin d'espace. Le sol tout autour était raviné comme après une pluie abondante, mais déjà le soleil le brûlait, lui donnant l'aspect d'une crêpe, avec çà et là des yeux de verdure faits de quelques touffes de cyprès, entre lesquelles se faufilait la petite route rousse que nous venions d'emprunter, déserte à cette heure, mais qui allait bientôt être animée par l'arrivée des troupes ennemies. »

— Vous vous en alliez combattre dans ces montagnes ? s'étonna Édouard.

— C'est en effet ce que nous comptions faire. Ce sont des cavaliers qui ont paru en premier, suivis de quelques fantassins et d'un groupe d'artilleurs dont les canons étaient tirés par des bœufs. Ils se sont arrêtés, ont disposé leurs armes et se sont installés comme pour un long siège. Pour nous, un retour en arrière était devenu impossible. Il nous aurait fallu d'abord les déloger de cette position stratégique sinon nous serions restés prisonniers de l'Andalousie. La Sierra Morena était désormais bien gardée. Nous n'étions pas assez nombreux pour laisser derrière nous des hommes qui auraient vu à ce que cette route demeure ouverte. "Nous voilà prisonniers de ces maudites montagnes, a commenté Bernardin. Nous devrons drôlement nous battre si nous voulons revenir sur nos pas."

« Devenu sans doute inconscient en raison de la chaleur, comme si désormais rien ne m'importait vraiment, j'ai tenté de le rassurer : "Nous n'aurons pas à le faire. Il suffira de les vaincre dans la plaine et nous sortirons par la mer." "C'est loin d'être fait." "Bah ! C'est tout comme." "Tu crois ?" "Attends que nous les rencontrions sur un champ de bataille." "Ils ne se battent pas de cette façon." "Il le faudra bien, quand ils auront toute notre armée à leurs trousses."

« Je n'ai pas tardé à me rendre compte à quel point je n'étais pas réaliste. Tout le jour, nous avons avancé sur une petite route pleine de chants d'oiseaux. Elle sautait d'un vallon à l'autre, avec ses ponts, ses forêts, ses tas de cailloux, ses petits villages entourés d'arbres, comme des parcs, et de temps à autre un moulin à farine arc-bouté au-dessus d'un ruisseau avec sa chute, sa retenue, ses galets lisses et son eau fraîche où nous aurions eu l'idée de nous jeter tout habillés. Mais et surtout, en raison de l'inhospitalité des lieux, nous

nous sommes tenus sans cesse sur nos gardes avec l'impression que chaque arbre cachait un homme muni d'un long couteau, prêt à tuer.

« Le vent s'est levé soudain sur la route, soulevant la poussière et nous forçant à détourner le visage pour ne pas être aveuglés. Souvent, en plein champ, une statue de la Vierge nous a rappelé que nous étions en pays catholique. Loin en avant s'est ensuite esquissée la tache blanche d'un clocher entouré de chaumières agenouillées comme pour la prière.

« Au soir, nous avons atteint une auberge dont les volets se sont fermés à notre approche pour ne plus s'ouvrir malgré des coups répétés à la porte. Il nous a fallu forcer les lieux pour mettre la main sur quelques quignons de pain noir et sur un vin assez fort pour décaper une armure.

« Des hommes ont été désignés pour chercher de l'eau au torrent voisin : ils ne sont pas revenus. "Qu'est-ce qui peut leur être arrivé ?" m'a demandé Bernardin. "Ils auront été surpris par des ennemis." "Crois-tu qu'ils sont toujours vivants ?" "J'en doute fort ! Ces Espagnols sont sans pitié. Ils ne veulent pas de nous sur leur sol." "Ils n'ont pas entièrement tort, a fait remarquer Bernardin. Si une armée se pointait chez moi, je ne serais pas long à me servir d'un fusil."

« Dès lors, la nuit n'a été pour nous qu'une longue veille à l'affût du moindre bruit, l'arme à portée de la main. Le lendemain, à une lieue de là, le long de la route, nous avons vu les corps de nos malheureux camarades suspendus aux arbres comme ceux d'animaux de boucherie avec, dans la bouche, leurs organes nettement tranchés au sabre ou à la machette. "Quand on pense que nous sommes en pays catholique", me suis-je dit en détournant le regard de cette horrible scène. J'en avais vu bien d'autres jusque-là, mais de telles horreurs me donnaient chaque fois des haut-le-cœur et attisaient en moi la haine contre ces barbares que j'avais de plus en plus hâte de combattre face à face. »

Emmanuel s'exclama :

— P'pa ! Ils étaient donc bien méchants ! Pourquoi ?

— C'est ça, la guerre, fit remarquer Nicolas. Quand on se permet de tuer, on risque d'être tué, surtout quand on n'est pas chez soi. Nous étions en Espagne, en sol ennemi.

Avant de reprendre son récit, Nicolas secoua la tête, comme pour en chasser ces tristes images. Puis, patiemment, il poursuivit :

— Une heure plus tard, nous avons dévalé une longue pente, presque à la queue leu leu, sur une route devenue soudain un sentier dans l'entonnoir des montagnes, un défilé parfait pour une embuscade. J'avais des yeux tout le tour de la tête et je m'efforçais de percevoir un mouvement quelconque sur les hauteurs à peine éclairées par le soleil. Pour une fois, le sort nous a été favorable et nous avons pu cheminer allègrement dans cet air frisquet, vers un torrent étouffé entre les rochers et grondant comme un ours enragé. Par bonheur, rien n'a bougé là-haut. Seuls sous nos pas les cailloux ont continué de crisser pendant que nous parvenait, de temps à autre, le chant d'un coq perdu quelque part dans une ferme invisible. Mais, à part nous, il n'y avait pas un chrétien dans les parages, ce qui valait mieux pour notre peau.

« À la hauteur du torrent, tout était sombre. L'air gorgé d'eau répandait une vapeur qui, suspendue comme un ruban, indiquait la route devant nous, étalée le long du cours d'eau. Il n'a pas été question de nous arrêter, personne ne semblait habiter ce coin de pays, sauf quelques chiens errants et parfois une chèvre perdue venant en un tournemain renflouer nos provisions. »

— C'est bien à ce moment-là que c'est arrivé ? questionna Bernardin.

— L'embuscade ?

— Oui ! L'embuscade, que nous redoutions tant, depuis le matin. En fait, elle est survenue à un autre passage étroit le long du torrent, mais, fort heureusement, les officiers avaient prévu le coup et un détachement de quelques centaines d'hommes, dont j'étais, avait eu pour mission d'escalader le flanc du rocher pour déloger d'éventuels tireurs embusqués. Trop préoccupés à surveiller tout en bas le chemin du défilé, ces hommes croyant surprendre ont été eux-mêmes surpris et abattus sur place avant même d'avoir pu tirer un coup de feu. Pour cette fois, nous avons été saufs et ce fut avec allégresse que nous avons quitté ce passage inhospitalier en espérant ne plus rien trouver de semblable jusqu'à Cordoue. Certains de les vaincre, et avec espoir de mettre fin de la sorte à cette petite guerre d'escarmouches ne pouvant que nous être néfaste, puisque nos ennemis avaient l'avantage de connaître à fond le territoire, nous avons ressenti une vive hâte de les affronter en terrain découvert.

« Sur l'heure du midi, alors que nous nous étions arrêtés pour casser la croûte dans un petit village dont les habitants ne semblaient pas trop hostiles, quelques gouttes de pluie sont tombées, et même si ce n'était pas vraiment une averse, nous avons vu tout à coup, partout autour des maisons voisines, les gens se hâter, qui pour courir fermer une fenêtre, qui pour entrer le linge mis à sécher sur les arbustes, qui, enfin, pour ramasser tout ce qui risquait d'être détrempé. Pourtant, de tout le reste de la journée, aucun nuage n'est venu menacer. Le vent s'amusait à faire frissonner l'eau à la surface des étangs, ouvrant et refermant les rideaux des nuages, si bien que d'un instant à l'autre tout le plan d'eau brillait puis s'assombrissait pour s'illuminer de nouveau tel un miroir au soleil, faisant apparaître et disparaître le reflet des arbres comme par magie, pendant qu'au loin des moucherolles étaient occupées à gober leurs proies entre des escales répétées d'un arbre à l'autre. »

Éphrem demanda :

— Ça devait être un beau pays ?

— Ah pour ça, oui ! C'était un pays magnifique. Il aurait fait bon y vivre si nous n'avions pas été en guerre. De temps en temps, malgré le bruit des pas cadencés de la marche et le rataplan-plan-plan répété des tambours, nous pouvions percevoir au loin le tintement d'une cloche, le grondement d'un torrent ou encore, sous une rafale plus forte de ce vent capricieux, le bruissement des feuilles au sommet des arbres. La fatigue et la chaleur suffocante nous ont fait vivement regretter l'air frisquet du matin, mais nous avancions tels des automates, sans penser à rien, seuls au monde, quoique entourés de milliers de camarades condamnés tout comme nous à marcher et marcher encore jusqu'à ce que, par le bon vouloir de l'empereur et les ordres des officiers, nous puissions enfin nous asseoir et manger, si, par bonheur, nous avions trouvé de la nourriture, ou encore dormir et recommencer à vivre enfin pour quelques heures.

Nicolas s'arrêta. Avant de poursuivre de nouveau son récit, il dit :

— Les enfants, toute votre vie, si j'ai un bon conseil à vous donner, arrangez-vous pour ne pas être à la merci des décisions des autres. Soyez vos propres maîtres. Il n'y a rien de pire que d'être obligé de vivre soumis au caprice d'autrui. Bon ! Où en étais-je ?

— Vous aviez marché tout le jour, dit Marie-Josephte.

— Ah ! Oui, je me souviens. Ce fut dans un monastère qu'une bonne centaine d'entre nous, dont j'étais, ont trouvé refuge cette nuit-là. Le soleil avait disparu, dessinant des silhouettes noires sur un horizon de sang. Nous avons entendu le clapotis des vagues sur les berges d'une rivière toute proche et, du jardin, montaient les parfums subtils des plantes aromatiques qu'un moine venait d'arroser. Nous avons pu enfin espérer passer une nuit paisible dans l'enceinte de ce monastère, havre de prières, étant loin de nous douter qu'on nous avait attirés en ce lieu pour mieux nous surprendre.

« La noirceur était tombée, avec son cortège d'ombres. À peine quelques arbres laissaient encore deviner leur présence au bout de l'allée menant sous le porche. Nous nous sommes occupés de préparer notre couche pour la nuit dans les allées du cimetière, entre les dalles et l'herbe. Ç'a été tout drôle de dormir en ce lieu de repos éternel, étendu six pieds au-dessus d'un mort, parmi les urnes, les croix et les tertres d'où émanaient des odeurs âcres. »

— Ah ! fit Emmanuel. Vous avez couché dans un cimetière avec les morts et leurs fantômes ! Je ne sais pas si j'aurais aimé ça.

— Nous n'avons pas aimé ça, nous non plus, mais nous n'avons pas eu d'autres choix. Peu à peu, autour de nous, tout s'est tu, à part les bruits de pas réguliers des sentinelles montant la garde. Je me suis couché sur le dos, et depuis longtemps j'étais perdu dans la contemplation des étoiles quand, soudain, le trop grand silence m'a tiré de ma torpeur. Je n'ai plus entendu le pas régulier des sentinelles, et des ombres se sont mises à cerner le cimetière. En moins de deux, j'ai été debout, sabre en main. Au hurlement que j'ai poussé, mes camarades ont sauté sur leurs armes et ce qui aurait pu devenir le pire des guets-apens s'est transformé en une bataille au corps à corps où l'effet de surprise escompté s'est retourné contre nos agresseurs. Après avoir égorgé les sentinelles, ils avaient compté nous tuer l'un après l'autre en plein sommeil, mais ce furent des soldats bien éveillés, sabre au poing, qui les ont accueillis. Il y a eu, certes, plusieurs tués ou blessés parmi les nôtres, mais au petit matin, nous avons dénombré par dizaines ceux des ennemis qui avaient laissé leur peau en pensant avoir facilement la nôtre.

— C'était bien triste à voir, fit remarquer Bernardin. Parmi les cadavres se sont trouvés une dizaine de moines qui, de connivence avec l'ennemi, avaient permis cette embuscade. Malgré leurs protestations d'innocence, tous les moines de ce monastère ont aussitôt été passés par les armes sans autre forme de procès ; il n'y a pas eu de pardon.

— Notre erreur, ajouta Nicolas, avait été de nous fier à ces religieux pervers, toujours prompts à exciter le peuple et à prendre eux-mêmes les armes pour occire le premier Français de passage.

« Tout ce que ce monastère contenait de nourriture a été partagé entre les survivants. Après avoir donné une sépulture décente à ceux des nôtres que la mort avait surpris en ce lieu, et avoir dépouillé nos agresseurs, dont nous avons laissé les cadavres sur place sans sépulture — des brigands et des assassins ne méritent pas un tel honneur —, nous avons repris notre route sans attendre la fin de la nuit afin de profiter de la fraîcheur, le cœur plus chargé que jamais de haine contre ce peuple qui pouvait produire de tels enfants.

« Il a été difficile, tellement les nuages étaient opaques, de savoir où en était la nuit : pas d'étoiles, pas de repères. Pour nous qui avions marché depuis longtemps déjà, il n'y avait que ce cadran intérieur nous disant à peu près l'heure. "L'aube est proche, a affirmé Bernardin, qui parlait toujours le premier, comme pour ramener tout le monde à la réalité." "Sans doute, a repris le sergent. Si je me fie aux douleurs que j'ai dans les jambes, il y a bien huit heures que nous marchons sans arrêt."

« Et comme pour leur donner raison, les nuages se sont déchirés, laissant passer un filet de clarté qui a découpé aussitôt le sommet des arbres de cette forêt apparemment sans fin. Nous avons marché encore une bonne heure avant de pouvoir profiter d'une halte. Nous savions que nous passerions tout le jour, tapis sous le couvert de la forêt, afin d'éviter la canicule mortelle en ce pays où, dès dix heures, la route devenait une étuve.

« Vers les quatre heures, nous sommes repartis, malgré un soleil encore très présent et une chaleur lourde, même si, enfin, une certaine fraîcheur avait imperceptiblement gagné la route. Nous avons atteint ce soir-là un petit hameau fait de quelques maisons vétustes, dont les murs couverts de vigne disparaissaient presque dans un paysage de bouquets d'arbres et d'îlots de verdure. Nous avons vainement cherché une auberge quand deux hommes sont venus au-devant de nous, nous offrant fort aimablement un gîte pour la nuit. Bernardin doit s'en souvenir. »

— Si je m'en souviens ! dit-il. Il me semble que ça s'est passé hier. Écoutez bien la suite, vous allez comprendre comment il se fait que tout nous est resté si bien gravé dans la mémoire.

Nicolas poursuivit :

— Ces hommes nous ont conduit à une grange capable de loger une centaine d'entre nous et ont invité les autres à se disperser dans les maisons voisines. Je me suis dit, tout comme les officiers, que c'était trop aimable de leur part et qu'il devait y avoir de la moutarde sous le miel. Dans un champ, non loin de là, nous aurions pu facilement bivouaquer. Plutôt que d'accepter de disperser les hommes en surplus dans les maisons, les officiers ont décidé que ceux qui ne pouvaient trouver abri dans la grange allaient coucher sous la tente. Ils se sont mis aussitôt en devoir de s'installer. Bernardin et moi, sans le savoir, nous avions tiré le bon numéro, car nous avons pu trouver dans la paille de la grange une couche confortable pour la nuit.

« Comme ils se sont méfiés de cet accueil trop favorable de la part des Espagnols, les officiers nous ont dit d'avoir nos armes et tout notre fourbi à portée de la main. Les premiers qui se sont éveillés en sursaut au milieu de la nuit étaient couchés près de la porte : la grange flambait. En moins de deux, nous avons été tous debout prêts à sortir. Les officiers ont réagi aussitôt. "Ils veulent nous voir sortir par la porte : ils nous attendent certainement armés jusqu'aux dents, a prévenu le commandant. Arrachez une poutre au mur, servez-vous en comme d'un bélier, ouvrez une brèche à l'arrière de la grange." »

Bernardin commenta :

— C'était vraiment sinistre à voir. Le feu courait avec une rapidité extrême, à la fois dans la toiture et dans le foin sec. La fumée devenait de plus en plus opaque. Heureusement, elle était aspirée vers le haut, ce qui nous a permis de sortir de cet enfer.

— Il n'y a pas eu de panique, poursuivit Nicolas. Les ordres ont été suivis à la lettre. Nous étions des soldats habitués au danger et soumis à une discipline de fer. Malgré les flammes et la fumée, dans un ordre parfait, les armes à la main, nous sommes sortis un à un par l'ouverture que nous venions de créer. Nous avons contourné la grange, moitié d'un côté, moitié de l'autre. Nos assaillants nous attendaient vers l'avant. Ils ont été entourés en quelques minutes et tués sans avoir eu le temps de se rendre compte de ce qui s'était passé. Les quelques maisons du village ont été vidées de tout ce qui pouvait servir de nourriture. On a fait boucherie des quelques animaux trouvés dans les dépendances.

« Quelques jours plus tard, harassés d'une si longue marche et enragés du sort réservé à nos camarades faits prisonniers, nous sommes arrivés aux portes de Cordoue. Avant d'ouvrir le feu, notre commandant, le général Dupont, a fait prévenir les occupants de la ville qu'ils feraient mieux de céder la place sans combattre et qu'il ne répondrait pas de ce qui pourrait arriver par la suite. Il leur a promis que s'il n'y avait pas de combat, les personnes et les biens seraient respectés. La seule réponse qu'il a obtenue fut celle de quelques coups de feu.

« En un rien de temps, les canons ont été mis en place. Quelques boulets ont suffi à mettre en pièce la Porte-Neuve. Notre armée est entrée dans Cordoue. »

— Est-ce que c'était une grosse ville ? questionna Édouard.

— Oui, c'était une belle et grande ville. Bernardin sera de mon avis. Je n'ai jamais vu pareil saccage et semblable pillage.

— En effet, c'était infernal.

— Pendant six jours, nos soldats se sont emparés de tout ce qui leur tombait sous la main : assiettes d'argent, pièces d'or, bijoux, toiles, vin et femmes. Rien n'a pu assouvir leur soif et leurs appétits. Les officiers les ont laissé faire, quand ils n'ont pas participé eux-mêmes à cette vengeance collective. Les églises ont été dépouillées de leurs richesses, les maisons vidées de leurs biens. Je crois que tous les moyens de transport de la ville ont été réquisitionnés. Ce fut à l'aide de charrettes pleines de ce butin que notre armée a quitté Cordoue. Bernardin et moi, nous n'avons pas participé à ces vols et à ces orgies. Qu'est-ce que nous y aurions gagné ? »

Bernardin se leva, fit quelques pas comme pour chasser de son esprit les images qui y revenaient. Il poursuivit :

— Nous avons quitté Cordoue comme une bande de brigands chargés jusqu'au cou du fruit de leurs vols.

Certains avaient tellement bu qu'ils peinaient à suivre. Il a fallu les déposer comme des sacs dans les charrettes de butin. C'est ce qui nous a perdus. Nous avons pris du retard et quelques jours plus tard, l'armée espagnole nous a entourés si bien que notre général n'a pas eu d'autre choix que demander grâce pour les 25 000 hommes que nous étions.

— Voilà, ajouta Nicolas. La convoitise a été la cause de notre perte. N'est-elle pas d'ailleurs le pire fléau qui mène les hommes ? Pensez à ça avant de vous endormir, les enfants, ça pourra vous être utile un jour.

Chapitre 43

Le concours

Au mois de janvier 1841, Éphrem arriva à la maison avec une grande nouvelle. Les Anglais de Drummond organisaient une course de traîneaux à chiens. Il avait lu une affiche invitant tous les intéressés à communiquer avec Gideon Wright. Ils pourraient obtenir de lui tous les renseignements nécessaires et, s'ils manifestaient un désir sérieux de participer, Wright se ferait un plaisir de leur fournir les règlements détaillés. Le gagnant de cette course toucherait cinquante livres sterling.

— Il faut que je mette la main sur ces règlements, dit Éphrem.

— En quoi ça peut t'intéresser ? s'informa Édouard. Tu n'as ni chiens ni traîneau !

— Des chiens, nous pouvons certainement en emprunter pour la course, de même qu'un traîneau, et s'il n'y a pas moyen d'en trouver un, il n'y a rien de plus simple à fabriquer.

Nicolas, qui tendait l'oreille à la conversation, dit calmement :

— Commence par connaître les règlements avant de parler de chiens et de traîneau. Mon petit doigt me dit que cette course doit être réservée uniquement aux Anglais et à leurs amis.

— J'ai bien peur, ajouta Édouard, que si tu vas t'informer toi-même auprès de ce monsieur Wright, tu ne voies même pas un seul mot des règlements.

Voyant ses plans quelque peu contrariés, Éphrem semblait vouloir laisser tomber. Emmanuel proposa de lui venir en aide :

— Je connais quelqu'un par qui il serait facile d'obtenir les règlements.

— Qui ça, je t'en prie ?

— Mon oncle Ludovic.

— Mon oncle Ludovic ?

— Bien sûr ! Quelques Anglais fréquentent son auberge à l'occasion. S'il accepte de faire de la publicité pour l'événement en posant une ou deux affiches, il pourra sans doute obtenir une copie des règlements. Il n'aura qu'à prétendre vouloir répondre de façon adéquate aux questions de ses clients sur le sujet.

Un large sourire se dessina sur les lèvres d'Éphrem.

— Mon petit frère est un gros futé, insinua-t-il. Je me rends de ce pas chez l'oncle Ludovic.

— Je viens avec toi, dit Emmanuel.

Ils enfilèrent aussitôt leur manteau en laine, leurs bottes en cuir, leur casque en poil et leurs moufles. Dehors, un vent glacial soulevait la neige jusqu'au toit.

Ils se faufilèrent dans les tunnels ouverts le long des maisons et parvinrent sans trop de difficultés à l'auberge de leur oncle. Celui-ci les reçut avec toute l'amabilité qu'il leur avait toujours témoignée.

— Ça prend sûrement une bonne raison pour vous faire quitter votre tanière par un froid pareil. Vous vous faites toujours trop rares !

— Ce qui nous amène, mon oncle, vous en avez sans doute entendu parler.

— Quoi donc ?

— La course de chiens annoncée pour le mois prochain.

— Des clients m'en ont touché un mot. Seuls les citoyens de langue anglaise peuvent y prendre part. Ça peut se comprendre. Ils sont les organisateurs de la course et ils offrent la prime. Aviez-vous idée d'y participer ?

— Ça nous a en effet effleuré l'esprit, mais nous n'en connaissons pas les règlements.

Leur oncle, occupé à calculer une colonne de chiffres au moment de leur arrivée, prit quelques secondes pour finir son addition. Puis, levant la tête vers eux, il dit :

— Je présume que si vous êtes venus me voir, vous espériez quelque chose de ma part.

— Justement, mon oncle, dit Éphrem, nous pensions pouvoir obtenir ces règlements avec votre aide.

— De quelle façon ?

Emmanuel, qui en avait eu l'idée, exposa le fruit de sa réflexion.

— Tiens ! Tiens ! s'exclama l'oncle Ludovic, j'ai des neveux qui ont des idées brillantes. Mais pourquoi tenez-vous tellement à connaître ces règlements ?

— Peut-être qu'il y a une clause ou un oubli qui nous permettrait d'entrer par la porte arrière pour participer.

Ludovic sourit.

— Il faut admettre que vous n'êtes pas des lâcheurs. Ce serait tellement beau de voir un de vous participer à cette course. Je vais voir ce que je peux faire. Bon, du travail m'attend, mais ne partez pas sans saluer votre tante Dorothée à la cuisine, elle aura bien un petit quelque chose de délicieux à vous donner.

Trois jours plus tard, l'oncle Ludovic leur apportait une copie des règlements de la course. Éphrem demanda :

— Je serais curieux de savoir comment vous êtes parvenu à l'obtenir…

— Rien de plus simple : j'ai dit que je venais la chercher pour mon client William Clampett, de passage dans une semaine et désirant vivement être de la course, mais qui n'avait pas le temps de se procurer les règlements.

— Wright vous a cru ?

— D'autant plus, paraît-il, qu'on ne se bouscule pas chez lui pour s'inscrire à cette course.

— Pourquoi donc ?

— Parce qu'on la dit gagnée d'avance.

— Par qui ?

— Le marchand Sanders : il a le plus bel attelage de chiens de tout le canton.

De satisfaction, Éphrem se tapa dans les mains.

— Tant mieux pour nous ! S'il n'y a pas beaucoup de concurrents, notre présence mettrait un peu de piquant dans la compétition.

— Comment comptez-vous avoir des chiens ?

— Un de mes amis à Headville en possède deux et me les passera volontiers. Il me suffira de lui promettre une petite part du magot si je gagne.

— Et les six autres chiens ? demanda Ludovic. Comment penses-tu te les procurer ?

— Les six autres ?

— Oui ! Parce que vous avez droit à un attelage de huit chiens. J'ai pris le temps de lire les règlements.

Emmanuel, silencieux jusque-là, demanda avec espoir :

— Mon oncle, auriez-vous trouvé une faille dans les règlements qui nous permettrait d'entrer par la porte arrière, comme on dit ?

— Hélas non ! Mais peut-être bien que vous en trouverez une. Bon ! Je dois y aller, mais pas avant de vous dire qu'un de mes clients possède trois chiens esquimaux. Je les verrais bien dans une course. Je vais lui glisser un bon mot pour vous.

Ils le remercièrent avec beaucoup de reconnaissance. Quelques minutes plus tard, Éphrem avait le nez plongé dans les règlements.

— Lis-les tout haut ! le supplia Emmanuel. Qui sait ? Je vais peut-être pouvoir t'aider avec une autre bonne idée.

Éphrem lut :

— *Premièrement : La course aura lieu le dimanche 14 février 1841. Le départ en est fixé à midi. Deuxièmement : Cette course n'est ouverte qu'aux résidents du canton de Grantham faisant partie de la grande communauté anglaise de ce même canton.*

— Éphrem, tu n'as aucune chance, dit Emmanuel. Les Anglais se la réservent.

Éphrem ne se découragea pas.

— Ah ! On ne sait jamais, parfois des règlements, ça se change. *Troisièmement : Le départ de la course se fera rue Heriot, à la hauteur de l'église Saint-George. Les concurrents auront à parcourir cinq fois le trajet suivant : en direction nord la rue Heriot, puis le chemin Saint-George jusqu'à la rue Lindsay en descendant vers le sud au-delà de la rue Robinson en empruntant le chemin menant au canton de Wickham. Ils le remonteront sur deux milles avant de revenir par le même chemin jusqu'à la rue Robinson, qu'ils emprunteront en direction de la rivière Saint-François, pour descendre ensuite la rue Heriot jusqu'au point de départ.*

Éphrem semblait parfaitement heureux de ce qu'il lisait. De satisfaction, il se passait le bout de la langue sur les lèvres, à la manière de quelqu'un qui semble y goûter quelque chose de délicieux. Impatient de savoir la suite, Emmanuel lui dit :

— Qu'est-ce que t'attends pour continuer à lire ?

— C'est juste que je revoyais le trajet dans ma tête. Ça ne devrait pas être difficile. *Quatrièmement : Les concurrents ont droit à huit chiens. Les traîneaux devront mesurer huit pieds de longueur et seront inspectés par les juges avant le départ de la course. Cinquièmement : En cas de litige, la décision des juges sera irrévocable. Sixièmement : Un concurrent qui, afin de gagner la course, emploierait des tactiques déloyales contre les autres concurrents sera automatiquement disqualifié. Septièmement : Le gagnant de la course touchera une bourse de cinquante livres sterling, généreusement offerte par messieurs Frederic-George Heriot et Robert Nugent Watts. Huitièmement : Les concurrents ont jusqu'au samedi 13 février 1841, à quatre heures, pour s'inscrire, rue Heriot, à la maison de monsieur Gideon Wright, l'organisateur de cette course. Neuvièmement : Les concurrents devront se présenter au plus tard à dix heures le matin de la course, avec leur équipage, afin que les juges puissent déterminer si le tout est régulier et admissible pour la compétition. Bonne chance à tous !*

Après cette lecture, Éphrem demeura silencieux un long moment. Emmanuel respecta son mutisme avant de demander :

— Quelque chose te tracasse ?

— Oui, je cherche le moyen de découvrir comment je pourrais m'inscrire.

— D'après moi, dit Emmanuel, il n'existe qu'une seule façon.

— Comment ?

— Il faut leur dire qu'ils font cette course entre eux parce qu'ils ont peur de se faire battre par des Canadiens français.

Un large sourire fendit le visage d'Éphrem.

— Je pense que tu as raison. Il faut jouer sur leur orgueil.

Chapitre 44

Les préparatifs

Voyant Éphrem se démener pour trouver des chiens de traîneau, Nicolas lui dit :

— Tu mets la charrue devant les bœufs. Commence par savoir s'ils t'acceptent dans la course. Il me semble que les règlements sont très clairs à ce sujet.

— P'pa, il me faut quand même savoir si j'aurai des chiens et un traîneau, sinon, ça ne me donnerait rien d'aller les défier pour qu'ils me laissent participer.

— Je t'accorde ça, dit Nicolas. Mais, à ta place, j'irais un peu tâter le terrain avant de trop en faire. À quoi te serviraient un attelage et tout ce qui va avec si tu reçois un refus catégorique ? J'irais d'abord voir monsieur Wright. À ce que je sache, il s'agit d'un Anglais à l'esprit ouvert, puisqu'il parle assez bien français. Peut-être acceptera-t-il de faire une exception pour toi.

Suivant les conseils de son père, Éphrem ne tarda pas à se rendre rue Heriot, au commerce de Gideon Wright. Ce dernier pratiquait le métier de sellier et sa réputation était largement faite dans tout le canton. Voyant entrer Éphrem, qui le salua d'un bonjour bien senti, il s'empressa de lui dire dans un bon français :

— Vous venez, sans doute, monsieur, avec l'idée de vous procurer une bonne selle ? *I am sorry*. Je dois vous informer que j'en ai plus pour long de temps. Je les fais *only* sur commande.

— Détrompez-vous, monsieur Wright, je ne viens pas vous voir pour acheter une selle. Si je suis là, c'est à propos de la course.

— La course ? *Why ?* Elle n'est pas pour vous. Juste les messieurs anglais peuvent y être.

— Pourquoi ? reprit Éphrem. Ils craignent que nous les battions ?

Son interlocuteur le regarda avec des yeux qui en disaient long sur ce que lui inspirait la réflexion d'Éphrem.

— Quand avez-vous vu les Anglais perdre contre les Français ?

— Je ne suis pas Français, reprit Éphrem, je suis Canadien français. C'est pas pareil.

Gideon Wright le regarda avec un mélange de curiosité et de condescendance. Il avait cependant une trop bonne éducation pour laisser paraître dans son langage une quelconque forme de mépris. Il lui répondit avec une pointe d'ironie :

— À ce que je vois, jeune homme, vous êtes vraiment sûr de vous. Vous voulez donc être dans la course.

— Ce serait mon plus vif désir.

— *Well* ! Peut-être, si vous êtes en mesure d'ajouter quelques sous à la bourse, ça pourrait s'arranger avec les autres. *Maybe* ils donneront à vous une spéciale *permit*. Combien mettrez-vous ?

Pris de court, Éphrem ne savait pas trop quel montant proposer. « Si je n'offre pas assez, se dit-il, il se moquera de moi. Par ailleurs, je ne peux pas engager une fortune là-dedans. »

— Je ne sais trop comment je pourrais investir. Il me faudrait un peu de temps pour me faire une idée.

— Réfléchissez, jeune homme, l'invita monsieur Wright, et revenez me voir dans deux jours. *As for me*, j'aurai demandé leur avis aux autres. Si votre offre est assez, comment dire, *generous*, peut-être bien ils accepteront de faire exception. Mais, *before*, vous me dites qui êtes vous.

— Éphrem Grenon.

— Ah ! Un des fils du marchand. *All right*, j'aurai réponse *the day after tomorrow*.

Tout au long du trajet jusque chez lui, Éphrem ne cessa de s'interroger sur le montant à offrir pour obtenir une chance d'être dans la course. Quand il en parla à ses frères et à son père, ils eurent tous la même réaction :

— Ça ne vaut pas la peine de risquer une somme dans cette course que tu es loin d'être certain de gagner. Ce serait de l'argent perdu.

Toujours aussi obstiné, il répliqua :

— Qui ne risque rien n'a rien !

Son père reprit aussitôt :

— Tu connais la fable de monsieur de La Fontaine, celle de la grenouille qui veut se faire aussi grosse que le bœuf. Cherches-tu à imiter cette grenouille ? Tu n'as pas de chiens, tu n'as pas de traîneau, tu n'as pas de sous de trop et tu veux concurrencer des gens qui possèdent tout ça et qui en plus sont habitués à se déplacer sur la neige avec chiens et traîneau. Comment crois-tu sérieusement pouvoir les battre ?

Une fois de plus, Emmanuel le tira d'embarras.

— Je suis prêt, dit-il, à te donner deux livres, toutes mes économies.

Éphrem sauta sur la proposition.

— J'ajouterai trois livres, dit-il. Si j'offre cinq livres, ils devraient bien accepter, puisque pas un d'entre eux n'a à débourser pour participer à la compétition.

Quand, deux jours plus tard, il se présenta chez le sellier, résolu à grossir la bourse de la course de cinq livres, il n'eut aucune objection de la part de monsieur Wright.

— J'ai consulté les autres concurrents déjà inscrits. Ils n'ont pas la chienne de se battre contre un Canadien français, à condition qu'il paye pour être de la course. Tes cinq livres devraient faire l'affaire. Je t'ai déjà inscrit. Si changement il y a, je te ferai le savoir. Apporte tes sous, demain, *it will be perfect*.

Sur ce, il remit à Éphrem une copie des règlements de la course. Éphrem ne portait pas à terre quand il revint à la maison pour annoncer la bonne nouvelle.

— Maintenant, dit-il, je me mets sérieusement à l'ouvrage.

Emmanuel s'interposa :

— Pas tout seul ! J'ai ma part là-dedans. Je vais t'aider.

Jusque-là, Édouard s'était peu mêlé aux démarches d'Éphrem et Emmanuel. Il décida lui aussi de s'investir dans l'affaire.

— Je m'occuperai des chiens, proposa-t-il, pendant que vous construirez le traîneau.

Ils décidèrent ensuite, d'un commun accord, de se réfugier au camp de leur père, au bord de la rivière, dès qu'ils auraient chiens et traîneau, afin qu'Éphrem puisse s'entraîner en vue de la course. Mais avant tout, ils devaient trouver des chiens. L'ami d'Éphrem accepta de lui prêter les deux siens. Puis ils réussirent à obtenir, jusqu'à la course, les trois appartenant au client de leur oncle Ludovic. Si ces cinq chiens avaient été relativement faciles à rassembler, il en restait trois autres à dénicher et les deux jeunes hommes ignoraient à qui s'adresser pour les obtenir.

— Les Abénaquis de Grantham en ont plusieurs. Peut-être bien qu'ils pourraient nous en prêter trois ? proposa Emmanuel.

Ce ne fut pas trois, mais seulement deux chiens que les Abénaquis acceptèrent de leur prêter contre diverses marchandises que Nicolas consentit à leur donner.

— Et le traîneau ? questionna Emmanuel.

— Le traîneau ? Nous allons nous en fabriquer un. Le bois ne manque pas au camp et nous avons encore du temps pour le faire.

En passant chez les Abénaquis pour chercher les chiens et leur remettre leur dû, ils se procurèrent la babiche nécessaire à la confection du traîneau. Tout au long de leurs démarches, Éphrem répétait :

— Ma seule chance de gagner, c'est en étant le plus léger possible. Il nous faut les matériaux qui pèsent le moins.

— Et comme passager ? marmonna Édouard.

La remarque ne tomba pas dans l'oreille d'un sourd. Emmanuel éclata de rire cependant qu'Éphrem répliquait vivement :

— Veux-tu dire que je suis gros ?

— Non, mais t'es pas petit non plus !

Voyant que la discussion pouvait s'envenimer, Emmanuel dit :

— Du bois et de la babiche, je ne pense pas qu'on puisse trouver mieux.

Ils mirent quatre jours à fabriquer un traîneau le plus simple possible.

— Moins il y aura de bébelles après, mieux ça sera, avait dit Éphrem. Comme il l'avait promis, Édouard s'occupa des sept chiens, les nourrissant et les faisant courir de temps à autre. Dès que le traîneau fut en état de glisser, il y attela les chiens et Éphrem put faire une première sortie, parcourant, aller et retour, le mille de distance entre le camp de Nicolas et la terre de Bernardin. Plus les jours passaient, plus Éphrem se sentait à l'aise à conduire le traîneau. Les six chiens suivaient avec énergie leur meneur, un gros chien esquimau prêté par l'ami d'Éphrem et répondant au nom de Balthazar.

Édouard et Emmanuel suivaient de près les progrès d'Éphrem. Dès que celui-ci partait, ils mesuraient, au moyen d'un sablier, le temps mis à faire son parcours. Ne pouvant prévoir la température du jour de la course, Éphrem prenait la piste par tous les temps. Au début, il améliora rapidement ses performances, puis peu à peu, il plafonna. Pour favoriser la glisse du traîneau, ils imaginèrent de faire geler les lisses en y versant de l'eau, ce qui leur fit gagner plusieurs secondes sur le temps du parcours. Puis ils tentèrent une autre expérience encore plus ingénieuse. Ils enduisirent les lisses de salive, laquelle, aussitôt gelée, donnait des résultats supérieurs à l'eau. Au bout d'une dizaine de jours, ils n'obtinrent aucun nouveau progrès notable.

Édouard avait une idée derrière la tête. Il décida de se rendre à Drummond pour jeter un coup d'œil discret aux préparatifs des autres concurrents. Ces derniers s'exerçaient sur le trajet même qu'ils auraient à parcourir au moment de la course. Bien installé à l'écart, le long du parcours, il se mit à mesurer les temps de passage des concurrents, surtout celui de Samuel Sanders que l'on considérait comme le futur gagnant. De retour au camp, il dit à Éphrem :

— Je ne veux pas te faire de peine, mais à la vitesse à laquelle tu boucles ton parcours, presque aussi long que celui de la course, tu ne gagneras jamais.

— Comment ça ?

— J'ai compté le temps mis par Sanders, Mitchel et Withfield pour parcourir le trajet de la course, et Sanders et Withfield te battront assez facilement.

— Ça se comprend, ils ont huit chiens et je n'en ai que sept.

Emmanuel entra dans la discussion en disant :

— Il nous faudrait un autre chien !

— C'est bien le temps d'y penser… Nous n'avons pas pu le trouver jusqu'à présent et il n'y a plus qu'une semaine avant la course.

Éphrem s'impatienta :

— As-tu quelque chose de mieux à suggérer ?

— Oui, mais je n'ose pas le faire, parce que tu vas certainement mal le prendre.

— Propose toujours, on verra bien après.

Édouard le regarda en hochant la tête.

— Ça ne te fera pas plaisir, je te le dis d'avance.

— Crache, s'irrita Éphrem, qu'on en finisse !

— Tu as toujours dit depuis le début qu'il faut être le plus léger possible pour gagner cette course.

— C'est la logique même.

— Tu ne me le fais pas dire. Dans ce cas-là, ça devrait être Emmanuel qui la fasse.

— Emmanuel ?

— Oui, Emmanuel. Il pèse au moins vingt livres de moins que toi.

Contrarié au possible, Éphrem se leva, blêmit, voulut parler, mais ne parvint pas à émettre un seul son. On sentait que la colère, sinon l'indignation, bouillait en lui. Édouard attendit qu'il s'apaise et reprit tranquillement :

— Vingt livres de moins sur le traîneau, à mon idée, ça augmenterait drôlement nos chances de gagner.

Directement concerné par la proposition, Emmanuel n'osait dire un mot. Par ailleurs, Éphrem semblait surmonter ses émotions. Il éleva la voix en se tournant vers son frère:

— Cette maudite course-là, il nous faut la gagner. Demain, tu vas t'essayer avec le traîneau et les chiens.

Le lendemain, une neige fine tombait, soufflée par un nordet particulièrement cinglant. Emmanuel, comme l'avait fait avant lui Éphrem, ne se formalisa pas du mauvais temps. Il parcourut du mieux qu'il le put leur circuit habituel. Malgré le temps plutôt maussade et l'inexpérience d'Emmanuel, le résultat fut des plus encourageants. Il retrancha plus de deux minutes sur le meilleur temps réalisé par son frère. Édouard avait vu juste: Emmanuel devait faire la course. Deux jours plus tard, mieux assuré sur son traîneau et plus habitué aux chiens, Emmanuel avait gagné six minutes sur le temps d'Éphrem. C'est alors qu'il eut une autre idée lumineuse.

— Si on enduisait de cire les lisses du traîneau, peut-être que ça nous permettrait d'obtenir encore de meilleurs résultats.

Ce qu'ils firent le lendemain avec un succès fou: Emmanuel avait gagné quatre minutes supplémentaires sur l'ensemble du parcours.

— Avec ça, lui garantit Édouard, je suis persuadé que tu vas sortir vainqueur.

— Demain, dit Emmanuel, je vais aller faire mon tour d'entraînement sur la piste de course. Il faut que je la voie et que je m'en rentre chaque détail dans la tête.

Il se rendit à Drummond, soulevant les rires de tous les concurrents.

— Avec sept chiens et un traîneau de même, se moqua l'un d'eux, il ne serait même pas bon pour livrer une bouteille de vin en dedans d'un mille.

Emmanuel les laissa dire et parcourut lentement le trajet prévu, pendant que les autres le dépassaient en lui criant toutes sortes d'insanités : «*French canadian pea soup*» «*stupid*» «*crazy*» et «*son of a bitch*». Emmanuel feignit de ne rien comprendre et joua le jeu jusqu'au bout en les saluant du large sourire de celui qui n'a pas toute sa tête.

La course approchait. Éphrem avait fini par admettre que leurs chances de gagner seraient passablement meilleures avec Emmanuel aux commandes. Ils étaient gonflés à bloc, confiants d'aller chercher le prix et faire du même coup un bon pied-de-nez aux Anglais, d'autant plus que le marchand Sanders, sûr de lui, avait promis que s'il perdait, il ajouterait volontiers dix livres à la bourse du vainqueur.

Chapitre 45

La course

Le dimanche de la course, dame nature se montra on ne peut plus collaboratrice. Le soleil était de la partie, sans grand vent, avec un froid modéré, offrant les conditions idéales au succès de l'événement. Des banderoles avaient été tendues à divers endroits au-dessus des rues où passait le circuit de la compétition. Il était rare qu'on se permette des réjouissances de la sorte à Drummond, si bien que tout le canton s'y était donné rendez-vous. Les auberges débordaient de visiteurs. Celle de Ludovic accueillait depuis le matin son lot de Canadiens français venus applaudir les performances du seul attelage qui les représentait.

Très tôt, Emmanuel était arrivé avec ses chiens, en compagnie d'Édouard et d'Éphrem. Ils s'étaient tout naturellement retrouvés à l'auberge de leur oncle pendant que, sous les quolibets des passants, Emmanuel faisait examiner son traîneau par les juges de la course qui ne trouvèrent rien à redire.

Environ une heure avant le départ, Édouard et Éphrem rejoignirent Emmanuel près de l'église Saint-George, en peinant à se frayer un passage parmi la foule. Ils le trouvèrent en grande discussion avec nul autre que le marchand Sanders, gesticulant et parlant fort :

— Vous avez là, jeune homme, un équipage digne du dernier des porteurs d'eau que vous êtes !

Sans s'offusquer, Emmanuel rétorqua :

— Le vôtre vous vaudrait sans doute les compliments de la reine Victoria.

— Sachez, jeune blanc-bec, que notre reine saurait certainement honorer le futur gagnant de cette course.

— Une course n'est gagnée que lorsqu'elle est terminée, monsieur. Vous ne connaissez peut-être pas la fable de monsieur de La Fontaine, intitulée *Le lièvre et la tortue*, mais elle illustre bien ce qui peut se passer dans une course.

— Si je comprends bien, dit le marchand riant à gorge déployée, je suis le lièvre et tu es la tortue.

— Et c'est bien tant mieux, remarqua Emmanuel, puisque dans la fable, c'est la tortue qui gagne.

La figure du marchand s'allongea et, d'une voix où perçait l'impatience, il dit :

— Jeune impertinent ! Apprenez que celui qui vaincra Samuel Sanders à la course n'est pas encore né.

Là-dessus, il ajouta d'une voix pleine de mépris :

— J'ai assez perdu de temps pour aujourd'hui.

Il alla ensuite se faire voir avec son bel équipage, passant la tête haute d'un groupe à l'autre.

— En voilà un, commenta Éphrem, qui mériterait une bonne leçon. J'espère que tu pourras la lui donner de belle façon. Concentre-toi uniquement sur ta course. Tu en connais le parcours. Fais attention aux tournants brusques et attends le bon moment pour dépasser. Rappelle-toi que nous avons tous les deux à récupérer notre mise dans cette épreuve.

Les juges demandaient aux gens de s'éloigner des attelages afin de laisser la place libre. Édouard s'approcha d'Emmanuel et lui donna une tape dans le dos en disant :

— Tous nos espoirs sont en toi, p'tit frère ! Ne nous déçois pas !

— Vous n'avez rien à craindre, répondit-il. S'il n'y a pas de coups fourrés, vous me verrez passer le premier le fil d'arrivée.

Six attelages étaient inscrits pour la course, mais la largeur de la rue ne pouvait en accommoder que cinq de front. Comme par hasard, l'organisateur avait donné à Emmanuel le dossard numéro six. Il dut se placer seul au deuxième rang, derrière les cinq autres concurrents. S'il voulait parvenir à gagner la course, il n'aurait d'autre choix de dépasser les cinq autres équipages.

Il entendait les clameurs des spectateurs, mais il avait surtout hâte au signal du départ. Il savait qu'il disposerait de cinq tours pour prendre la première place et il était hors de question qu'il se laisse distancer. Son plan consistait à dépasser un concurrent par tour. Aussi, dès le signal donné, il lança son attelage à fond de train. Il n'avait pas encore atteint le chemin Saint-George, qu'il se retrouvait déjà, à son plus grand étonnement, au cinquième rang qu'il occupait toujours au moment de boucler le premier tour. Il fut contraint en quelques occasions d'éviter des spectateurs traversant dangereusement la piste. Lors du deuxième tour, en revenant sur le chemin de Wickham, il croisa le concurrent qu'il avait dépassé. Ce dernier lui montra un poing menaçant, ce qui eut pour effet de l'encourager à rejoindre le plus tôt possible le concurrent qui le précédait et sur lequel il gagnait de plus en plus de terrain. Ce fut précisément au moment où il complétait pour une deuxième fois le circuit qu'il le dépassa, sous les huées des spectateurs. Il se retrouvait maintenant quatrième, mais ignorait à quelle distance de lui se trouvait le premier.

Il s'était entendu avec Éphrem et Édouard pour qu'ils le lui indiquent au passage. Éphrem avait inscrit sur une pancarte les mots « cent verges ». Il en conclut qu'il pourrait éventuellement le rejoindre, mais, pour lors, il devait d'abord remonter le plus proche concurrent dont il apercevait l'attelage à quelque cent pieds devant lui. Il attendit d'être rendu sur le droit du chemin menant à Wickham pour encourager ses chiens à grands renforts de « Allons, en avant ! » Ses bêtes obéirent et eurent tôt fait de le porter à la hauteur de l'homme au troisième rang. Quand celui-ci fit faire un écart à ses bêtes, Emmanuel parvint, de peine et de misère, à éviter un accrochage. Ses chiens étaient si bien lancés qu'ils ne perdirent rien de leur élan et finirent par semer ce concurrent récalcitrant.

Jusque-là, il avait parfaitement suivi son plan. Il lui restait encore plus de deux tours pour rejoindre les autres. Il approchait de la boucle qui les ramènerait vers Drummond quand il croisa le marchand Sanders puis, peu après, le dossard numéro quatre, sur les talons du marchand. Il se dit qu'ils ne seraient pas faciles à rejoindre. Il songea tout de suite à la tactique qu'il devrait employer pour se défaire du concurrent en deuxième place. Quand il emprunta le tournant de la rue Robinson, il se rendit compte qu'il avait gagné du terrain. Le deuxième rang était à sa portée. Il passa devant l'église Saint-George à toute vitesse avec seulement deux tours à faire. Éphrem lui signala qu'il était toujours à la même distance de Sanders. Se préoccupant davantage de l'attelage qui le devançait en deuxième place, il décida de tout faire pour le rejoindre au même endroit où il s'était défait du précédent. Sa tactique s'avéra payante, puisque l'autre ne put résister au dépassement.

Il était maintenant seul au deuxième rang. Son plus grand défi l'attendait : rejoindre le marchand Sanders. Le bougre était régulier comme une horloge, puisqu'en passant devant l'*Auberge Grenon*, il vit paraître la même pancarte entre les mains d'Éphrem : « cent verges ». Il lui restait un tour et demi avant la fin de la course. Il se dit : « C'est ici que l'on va voir la tortue dépasser le lièvre. » Il siffla avec toute la puissance dont il était capable. Il avait habitué ses chiens à accélérer au maximum à ce signal. Il sentit tout de suite que ses bêtes disposaient encore de bonnes réserves, car le traîneau volait littéralement sous lui. Il finit par se rapprocher de façon appréciable du marchand, qui ne s'était visiblement pas attendu à le voir surgir à pareille vitesse. Emmanuel le vit faire claquer son fouet, mais sans résultat apparent. Il demeura sagement dans son sillage, se réservant le plaisir de le dépasser là où il le désirait. Ce fut précisément entre le magasin de Sanders et celui de son père qu'il le sema. S'il parvenait à conserver le même rythme, il était désormais certain de gagner la course. Quand il tourna la boucle du chemin de Wickham, il devançait le marchand d'une centaine de pieds. Lorsqu'il le croisa sur le trajet de retour, il reçut en pleine figure le fouet du marchand. Il faillit perdre l'équilibre, mais parvint à rester sur son traîneau et poussa de nouveau ses bêtes par un long coup de sifflet.

Les gens s'étaient massés à la ligne d'arrivée. Édouard et Éphrem durent jouer des coudes simplement pour parvenir à l'apercevoir de loin. Quand apparut le premier équipage au bout de la rue Heriot, une forte clameur s'éleva de la foule. Ce fut le traîneau du marchand Sanders qui se présenta le premier. La déception d'Édouard et d'Éphrem fut grande, mais moins que leur étonnement quand ils virent arriver à tombeau ouvert le traîneau vide d'Emmanuel, suivi de près par celui du concurrent au dossard numéro quatre.

Sans plus attendre, ils prirent à rebours le chemin parcouru par les concurrents de la course. À mi-chemin de la route de Wickham, ils trouvèrent Emmanuel, tête nue, couché sur le dos, dans la neige. Il saignait à la fois de la gorge et du menton, ainsi que d'une lacération sur la joue. Il avait été durement sonné et il mit du temps à reprendre tous ses sens.

Ils eurent beau le questionner, il ne pouvait expliquer ce qui s'était passé.

— Que t'est-il arrivé ?

— Je l'ignore.

— As-tu perdu l'équilibre ?

— Pas du tout.

Incapable de justifier cette chute, Éphrem résolut de remonter un peu plus avant le circuit de la course. Il n'avait pas fait cinquante pieds qu'il aperçut dans la neige le bonnet de fourrure d'Emmanuel. En inspectant les abords, il découvrit à cet endroit et de chaque côté de la route plusieurs pistes dans la neige. C'est alors qu'il vit, attaché à un arbre, un câble suffisamment long pour être tendu en travers de la route. Il imagina facilement la scène.

Voyant Emmanuel au premier rang, quelqu'un avait tendu le câble sur son passage, le projetant brutalement au bas de son traîneau, pendant que ses chiens continuaient leur course sans lui. Les traces dans la neige laissaient croire que les autres concurrents avaient contourné et abandonné Emmanuel sur place. Éphrem s'approcha de l'arbre et défit le câble pour l'apporter en preuve. Il était taché de sang au beau milieu, à l'endroit où il avait failli égorger Emmanuel.

Ce dernier, encore étourdi par le choc, avait peine à marcher. Éphrem le laissa avec Édouard et partit en vitesse chercher la *sleigh* de son père. Quand ils revinrent à Drummond, la noirceur était tombée, mais chez les Sanders, on fêtait en grand la victoire du marchand.

Nicolas, Éphrem et Édouard se retrouvèrent, le lendemain matin, chez le gendarme Anderson pour faire rapport à propos de cet attentat. Le gendarme ne voulut d'abord rien croire. Quand Éphrem lui montra le câble et l'invita à le suivre pour voir les lieux du délit avant que la neige ne vienne en effacer les traces, il se fit tirer l'oreille. Nicolas se fâcha :

— Si vous ne voulez pas faire votre travail, menaça-t-il, nous allons nous rendre directement chez le colonel Heriot. Peut-être saura-t-il tendre une oreille plus attentive à nos revendications.

Le gendarme se montra soudainement plus coopératif. Nicolas se fiait toutefois si peu à lui qu'il demanda au docteur Barron, qui avait soigné Emmanuel la veille, de les accompagner.

Quand ils revinrent à Drummond, toujours en compagnie du gendarme, ils se dirigèrent directement chez Samuel Sanders, qui, les voyant arriver en délégation, les reçut bruyamment :

— Qu'est-ce qui me vaut votre honorable visite ?

— Vous le savez tout aussi bien que nous, dit Nicolas, puisque mon fils vous précédait sur la piste quand l'accident est arrivé.

— J'ignore, messieurs, de quoi vous parlez.

— Vous n'avez pas vu mon fils tomber brusquement en bas de son traîneau ?

— Je l'ai vu et j'ai même dû faire un écart pour éviter de lui passer dessus. Mais j'ai attribué sa chute à sa maladresse.

Nicolas, qui faisait des efforts pour ne pas éclater, présenta le câble au marchand.

— Je sais, dit-il, que ce genre de cordage n'est vendu que par vous. Vous nous rendriez un grand service en nous disant à qui vous en avez vendu dernièrement. Étant marchand moi-même, je sais fort bien que nous vendons rarement ce genre de marchandise.

— Vous m'excuserez, messieurs, mais rien ne m'oblige à vous révéler les noms de mes clients.

— Peut-être bien, monsieur, mais croyez-moi, nous prendrons les moyens nécessaires pour connaître la vérité autour de cet attentat où mon fils aurait pu perdre la vie et qui vous a permis de gagner une course qu'autrement vous auriez perdue.

Voyant que le marchand ne coopérerait pas, ils se rendirent directement chez le colonel Heriot l'informer de ce qui s'était passé. Il s'empressa de leur dire qu'il verrait à ce que la lumière soit faite sur cette affaire. Dès lors, Nicolas fut certain que, pour sauver la face, les Anglais feraient traîner l'affaire en longueur avant qu'elle soit oubliée, faute de preuves suffisantes. Pourtant Nicolas, tout comme Éphrem et Édouard, était persuadé que Jim, le fils de Samuel Sanders, était l'auteur de l'attentat. Quelques jours plus tard, un émissaire du colonel Heriot vint remettre à Nicolas les cinq livres misées par Éphrem et Emmanuel et s'en fut, sans autre explication.

Chapitre 46

Les conflits d'Emmanuel

Comme Nicolas l'avait prédit, l'enquête concernant l'attentat perpétré contre Emmanuel n'aboutit à rien. Il n'y eut même pas d'accusation portée. L'enquêteur, dans son rapport, admit qu'il y avait bien eu un traquenard dont Emmanuel avait été la victime. Mais comment établir la preuve d'un crime dont personne n'avait été témoin ? Et puisque la victime ne se souvenait de rien, l'affaire en resta là.

Samuel Sanders collabora à l'enquête en ouvrant ses livres. Aucune des personnes à qui il avait vendu du cordage similaire à celui employé lors de l'attentat ne pouvait être soupçonnée. Il ne manquait aucune page au livre de comptes de Sanders.

— Preuve, avait dit Nicolas, que le câble en question n'a pas été vendu, mais tout simplement donné, ce qu'un bon père de famille fait volontiers pour accommoder son fils tout en s'accommodant lui-même.

Cette réflexion de Nicolas avait fait bondir l'enquêteur :

— C'est une réflexion biaisée, sans fondement et intolérable. Je vous prie donc, à l'avenir, monsieur, de garder pour vous-même de telles affirmations.

— À ce que je vois, avait répliqué Nicolas, la vérité semble vous faire horreur et vous préférez la contourner plutôt que de l'examiner bien en face.

Outré, l'enquêteur avait menacé Nicolas de le traîner en cour. Bernardin et Ludovic l'avaient enjoint de ne pas pousser les choses plus avant. L'essentiel, lui répétaient-ils, c'était qu'Emmanuel n'y eût pas laissé sa peau.

Emmanuel profitait de la belle saison pour s'adonner, en compagnie de ses cousins, aux travaux de ferme chez son oncle Bernardin. C'était ce qu'il fit cet été-là.

— Celui-là, dit Nicolas, on n'en fera certainement pas un notaire.

— Espèce de vieux fou ! le reprit Bernadette. Il n'est pas capable de lire ni d'écrire, comment voudrais-tu qu'il soit notaire ?

Après une semaine ou deux de travail chez son oncle, Emmanuel prenait ordinairement une journée de congé pour flâner en ville et revoir ses parents, auxquels il était très attaché. Il aimait faire à pied le trajet jusqu'à Drummond. Il en profitait pour échafauder les plans de ce que serait sa future ferme.

Ce fut lors d'une de ces randonnées qu'il fut pris pour cible. Il marchait, insouciant, s'intéressant aux oiseaux qui se pourchassaient d'un arbre à l'autre, profitant pleinement de cette belle journée où le soleil s'amusait à jouer à cache-cache avec les nuages. Arrivé à un détour de la route, il vit surgir devant lui nul autre que Jimmy Sanders muni d'un fusil. Sans avertissement, ce dernier le mit en joue et, sans hésiter, fit feu. Emmanuel n'eut pas le temps de se demander comment Sanders avait été assez gauche pour le manquer. En deux bonds, il lui tomba dessus avant que l'autre ait le temps de tirer une deuxième fois. Il lui arracha le fusil des mains et, d'un même élan, le lui fracassa sur le dos. Puis, avisant un chêne dont une des plus basses branches était cassée, il souleva Sanders et le suspendit à celle-ci par le collet de son manteau. Il s'amusa à le voir se débattre comme un pantin, incapable de se sortir de sa mauvaise posture.

En arrivant au magasin de son père. Emmanuel s'empressa de lui faire part de sa mésaventure.

— Il t'a vraiment tiré dessus ?

— Oui ! Et sans hésiter une seconde.

— Tu étais seul ?

— C'est bien malheureux, il n'y avait pas de témoin.

— Tu ne l'avais pas provoqué ?

— Absolument pas !

Nicolas se gratta la tête avant de poursuivre :

— Te voilà bien mal pris. Ce Sanders t'en veut à mort. Il ne faut pas s'étonner, c'est certainement lui l'auteur de l'attentat lors de la course. L'aurais-tu accusé ouvertement ?

— C'est bien possible. J'en ai parlé icite et là. Je ne pensais jamais qu'il pouvait être aussi dangereux.

— Avec un ennemi pareil, tu es mieux de faire attention à toi. Il peut recommencer. Ta vie est en danger. La prochaine fois, il ne te manquera peut-être pas.

Emmanuel, guère ébranlé par l'incident, dit à la blague :

— Si jamais il s'essaie de nouveau, je vais lui faire avaler son fusil.

— Songes-y, tu n'en auras peut-être pas la chance.

Emmanuel fit son désinvolte et lança en riant :

— Qui vivra verra !

Un mois plus tard, alors qu'Emmanuel se rendait au camp du bord de la rivière, il vit de nouveau surgir Jimmy Sanders derrière un paquet d'aulnes. Comme la fois précédente, il tira sans hésiter, le touchant cette fois à l'épaule gauche. Malgré sa blessure, son agilité sauva Emmanuel : par un bond de côté, il roula au bord de la route. Sans arme pour se défendre, il empoigna une pierre et la lança sur son agresseur qu'il atteignit en plein estomac puis, sans demander son reste, il détala entre les arbres comme un animal surpris par un chasseur.

Emmanuel était bien conscient qu'il venait de l'échapper belle pour une deuxième fois. Il rentra à Drummond en compagnie de son oncle Bernardin pour se rendre directement chez le docteur Barron. En soignant sa blessure, heureusement superficielle, le médecin intrigué lui demanda :

— Veux-tu me dire, mon garçon, comment as-tu été assez gauche pour te tirer dans l'épaule ?

Pris de court, Emmanuel ne se donna pas la peine d'inventer une histoire.

— On m'a tiré dessus.

— Vraiment ! Tu as reconnu ton agresseur ?

— Jimmy Sanders.

— Le fils du marchand ?

— En plein lui !

— Décidément, ce jeune homme a plus qu'une dent contre toi.

Quand Nicolas fut informé de ce nouvel incident, il dit à Emmanuel :

— Mon garçon, il va falloir songer sérieusement à te faire oublier dans nos parages. Pars pour quelque temps, sinon il finira par avoir ta peau. Il y a comme ça dans la vie des situations où nous n'avons pas le choix. Je sais que tu es attaché à Drummond, mais tu devras aller voir ailleurs.

Emmanuel, ordinairement si sûr de lui, sembla soudainement désemparé.

— Mais où voulez-vous que j'aille ?

— Justement ! Puisque tu aimes la terre, j'ai pensé que tu pourrais aller t'établir pour quelque temps sur une terre que j'ai, à Baie-Saint-Paul.

— Vous avez une terre à Baie-Saint-Paul ? s'exclama Emmanuel, incrédule.

— Eh oui ! C'est l'héritage que m'a laissé mon père. Je n'ai jamais pu la faire valoir et je ne sais pas vraiment ce qu'elle vaut, mais elle est toujours à moi.

Une semaine plus tard, Emmanuel, le cœur serré, faisait ses adieux à son oncle Bernardin, sa tante Marie-Josephte et ses cousins et cousines. Il leur fit promettre que si jamais Jimmy Sanders quittait Drummond, il en serait informé dans les meilleurs délais. Il fit la même demande à son oncle Ludovic et à sa tante Dorothée.

— Vous êtes bien placés avec votre auberge pour connaître les dernières nouvelles.

— Tu peux compter sur nous, l'assura Dorothée. Si jamais nous entendons dire que le jeune Sanders a levé les voiles, tu seras le premier à le savoir.

— Et je reviendrai en vitesse, promit Emmanuel.

Quand il quitta ses parents, ses sœurs et ses frères, il était si ému que les mots lui manquèrent. Le charretier le conduisant jusqu'à Sorel l'aida à mettre dans la voiture ses maigres bagages et ils partirent sans tarder en empruntant le chemin Saint-George pour rejoindre la route de Yamaska. Emmanuel se retourna une dernière fois pour saluer les siens de la main. Il voulut leur lancer « Je reviendrai bientôt ! », mais si les mots lui étaient revenus, ils ne parvinrent pas à se frayer un passage à travers sa gorge nouée.

Chapitre 47

Dernier récit de guerre

Profitant une fois de plus du passage de Bernardin chez lui, Nicolas réunit ses enfants pour leur raconter, de son propre aveu, l'épisode le plus pénible de sa vie de soldat.

— Je vous préviens dit-il, ce récit pourra vous paraître dur, voire invraisemblable, mais il est la vérité pure. C'est bel et bien ainsi que les choses se sont passées. C'est d'ailleurs la dernière fois que vous entendrez parler de mes aventures de guerre.

Bernardin l'interrompit :

— Tu vas sans doute raconter l'épisode de La Carolina ?

— C'est en plein ça !

— Eh bien ! Dans ce cas, bon courage !

— Ça s'est passé, dit Nicolas, une semaine environ avant notre reddition. Alors que la brunante allait tomber et que nous nous apprêtions à faire halte, un cavalier est arrivé, bride abattue, visiblement exténué. Il a eu tout de même l'énergie nécessaire pour descendre de son cheval et remettre un message au colonel. Sa mission accomplie, il s'est étendu sur place et est tombé, assommé de sommeil. Le colonel a lu le message, et a interpellé aussitôt le capitaine : "Venez ici, mon brave. J'ai un message du général Dupont à faire suivre jusqu'au général René, campé non loin de La Carolina. C'est urgent."

« Je me suis informé de ce qui se passait. "Un messager vient d'arriver et le capitaine est en longue conversation avec le colonel, m'a précisé Bernardin. À voir le capitaine gesticuler comme il le fait, quelque chose ne tourne pas rond."

« En tendant l'oreille, malgré les bruits ambiants, on a entendu le capitaine protester : "Je ne vous en céderai qu'un seul, mon colonel. J'ai besoin de tous mes soldats et en plus ils sont très fatigués. Si vous voulez une plus grosse escorte, il faudra vous adresser au général." Le colonel n'a pas semblé satisfait de cette réponse, mais le capitaine s'est vivement retourné : de l'index, il nous a désignés, Bernardin et moi. "Vous deux, approchez !" a-t-il commandé. Nous n'avons pas eu d'autre choix que de nous avancer. "Pile ou face ?" a demandé le capitaine. "Face", ai-je répondu. Il a projeté en l'air une pièce de monnaie, qui a roulé jusqu'à nos pieds. Je me suis penché et je me suis exclamé : "Face !" "Face ! a-t-il répété. Tu sais monter à cheval ?" "Oui, mon capitaine !" "Tu prends cette missive et tu la portes tout de suite au général René, quelque part de l'autre côté de La Carolina ! C'est un ordre et c'est urgent."

« Sans hésiter, j'ai sauté sur la monture qu'on m'offrait. À l'horizon, les arbres étaient déjà noirs, sous une ligne de nuages d'un bleu foncé, tandis qu'à l'endroit où le soleil avait disparu, des nuées formaient un vaisseau de braises. Je suis parti au galop en ayant l'impression de disparaître dans les plis de la nuit, alors que tout autour, mes compagnons d'armes étaient en train d'allumer les feux de bivouac. »

Bernardin, qui ne manquait pas un mot du récit de Nicolas, s'adressa à ses garçons.

— Les enfants, comptez-vous chanceux d'avoir celui qui vous a donné la vie, parce que ce soir-là, quand je l'ai vu partir, je me suis dit : “Tu viens de voir pour la dernière fois ton ami Nicolas.”

— Pourquoi ? demandèrent-ils.

— Parce qu'on venait de lui confier la mission la plus dangereuse qui soit dans l'armée. La plupart des messagers ne rentraient pas vivants d'une telle expédition. Combien en avions-nous vu revenir sans vie, attachés à leur cheval, avec un avis accroché à leur selle : “C'est inutile, aucun message ne passera plus.”

— P'pa, vous deviez avoir peur ? s'enquit Édouard.

— Si j'avais peur ? Je n'avais pas le temps d'y penser. La nuit a débuté sans lune, mais je ne me suis pas fait d'illusions, je savais que dans quelques heures, elle allait éclairer le paysage et que, dès lors, chaque ombre me semblerait un piège. J'étais bien conscient également des dangers que je m'apprêtais à courir. J'avais l'impression d'être un coq qui va se jeter directement dans la gueule d'un renard. Dans ce pays, tout était hostile, de la poussière du chemin jusqu'à l'homme le plus inoffensif. Il n'était pas question pour moi de m'arrêter pour demander mon chemin, c'eût été signer mon arrêt de mort. Je me savais à près de six lieues au moins de ma destination. Je me suis dit: "Le mieux à faire est de filer en vitesse. Il ne faut pas traîner: la nuit commence à peine. C'est moins étonnant d'entendre le galop d'un cheval à dix heures du soir qu'à deux ou trois heures du matin. Si je fais vite, je risque moins d'être intercepté sur cette route déserte à cette heure." »

Les enfants, que ce récit de leur père impressionnait au plus haut point, se posaient tous la même question. Éphrem s'en chargea pour eux:

— Connaissiez-vous bien votre chemin?

— Je n'y étais passé que pour venir. Je me suis dit: "Si encore, il y avait un village en feu quelque part là où je vais, ça me ferait un point de repère." Je me suis rappelé des villages en flamme que j'avais vus la nuit en Prusse.

— Ah oui! l'interrompit Bernardin. C'est long à brûler, un village, ça éclaire toute une nuit comme une torche immense. Je me souviens en particulier d'une ferme que nous avions vue se consumer, quelque part en Allemagne. Impuissants, les gens regardaient leur rêve s'envoler en fumée. Ils étaient tellement rivés à ce feu qu'ils en oubliaient de déposer leurs seaux pleins d'eau. La grange aussi brûlait avec toutes les récoltes. Les soldats avaient emporté les animaux: ces gens étaient plantés devant les ruines de leur vie. C'est ça, la guerre!

Nicolas reprit son récit :

— Pendant que je filais dans le noir sur la route, j'étais tellement accaparé par mes pensées que je fus presque jeté en bas de ma selle quand, instinctivement, mon cheval fit un bond de côté. Il y avait devant moi un obstacle sur la route. J'ai fait faire demi-tour à ma monture. À bonne distance, avec quelques fagots trouvés en bordure du chemin, je me suis confectionné de quoi m'éclairer. Puis je me suis approché prudemment et j'ai allumé ma torche improvisée, que j'ai lancée aussitôt droit devant moi. Ce bouquet de lumière a éclairé une charrette arrêtée de travers au milieu de la route. Je me suis dit : "C'est un guet-apens." Mon cœur s'est mis à battre à tout rompre. Je me suis empressé de faire reculer ma monture, mais rien n'a bougé du côté de la charrette. La torche s'est éteinte. Je ne savais pas si je devais continuer ou rebrousser chemin.

— Vous n'étiez pas obligé de continuer, p'pa, intervint Éphrem qui se tordait les mains d'inquiétude.

— Au contraire, a dit Nicolas, il me fallait poursuivre ma mission, sinon je serais passé pour le pire des lâches. J'ai opté cependant pour la prudence, et j'ai choisi de m'arrêter en contrebas de la route et d'attendre. Si quelqu'un venait à passer, je verrais bien de quoi il s'agissait, d'autant plus que la lune a commencé à se lever et a laissé filtrer une ligne de lumière. J'ai attendu là une bonne demi-heure sans que le moindre bruit trahisse une présence dans les parages. La lune plus haute au-dessus des arbres s'est mise à éclairer de biais la route. De là où je me trouvais, je pouvais distinguer beaucoup mieux la charrette. J'ai attendu encore un moment et, après avoir attaché les cordeaux de ma bête à un arbre, je me suis avancé prudemment en me tenant dans l'ombre, sabre à la main. La voiture était couverte d'une bâche, ce qui ne facilitait pas les choses. Quand j'ai été suffisamment près, j'ai bondi à l'arrière de la charrette. À mon grand étonnement, il n'y a pas eu de réaction. Ça sentait le vin à plein nez. J'ai soulevé la bâche et attendu que mes yeux s'accoutument à l'obscurité. La lune aidant, j'ai vu, étendu tout au fond de la voiture, un homme dont on avait tranché la gorge. Près de lui, un tonneau de vin avait été éventré. Ce qui restait du liquide coulait encore goutte à goutte par l'ouverture de la bonde qu'on avait fait sauter. J'en ai conclu qu'il avait été surpris par des brigands.

— Qu'as-tu fait alors ? interrogea Bernadette.

— Je ne me suis pas attardé. J'ai continué en vitesse. La lune a dessiné devant moi le long lacet de la route comme un fil d'argent s'estompant dans un tournant, un peu plus en avant. Je me suis dit : "Qu'est-ce qui m'attend à chacun de ces détours, maintenant que je suis aussi visible de loin qu'une mouche au milieu d'une vitre ?" J'ai mis la bête au galop, parcourant en vitesse une bonne lieue jusqu'à ce que j'aperçoive, au loin, un feu entre les arbres. J'ai entendu des chants et, à la simple manière dont ces hommes articulaient, même sans les comprendre, j'ai su qu'ils étaient saouls. Je me suis dit : "Ce sont sans doute les brigands qui ont assassiné le pauvre bougre de tout à l'heure." J'ai mis ma bête au pas, pensant de la sorte éviter d'attirer l'attention sur moi, mais il y avait un guetteur qui m'a tiré dessus sans m'atteindre. Aussitôt, j'ai fait galoper ma monture pendant que derrière moi montaient les vociférations de celui qui m'avait pris pour cible. Je m'attendais à une poursuite en règle, mais ces hommes étaient sans doute trop ivres pour monter à cheval. La route grimpait droit devant. Je me suis retourné pour m'assurer que personne ne me poursuivait et c'est alors que j'ai aperçu, au loin, le feu de ces brigands qui apparaissait et disparaissait à espace régulier, comme un fanal rouge qu'on agite dans la nuit. J'ai compris que ces brutes se servaient de leur feu pour transmettre des signaux : ils avaient des complices quelque part plus loin, dans la direction où j'allais. J'ai pénétré avec ma monture sous le couvert de la forêt à un endroit où je pouvais examiner la route sans être vu. »

Comme s'il venait de revivre intensément cet instant dramatique, Nicolas s'étira un moment et prit une grande respiration avant de poursuivre.

— Je n'ai pas eu à attendre bien longtemps : au moins six cavaliers se sont amenés en vitesse sur le chemin, croyant me surprendre. Je les ai laissés passer à ma hauteur et les ai regardés descendre vers l'endroit où se tenaient leurs complices. Quand ils ont été loin, j'ai sauté sur ma monture, que j'ai mise aussitôt au galop. La nuit avait filé, la lune tombait vers l'autre versant de la montagne, éclairant maintenant l'autre côté de la route. J'ai continué ma course sans m'arrêter, soucieux de traverser La Carolina sous le couvert de la nuit pendant le sommeil de ses habitants que je savais belliqueux.

«Je connaissais, pour y être passé en venant, une route ou plutôt un chemin en lacis contournant la ville. J'ai songé un moment à l'emprunter, puis j'ai pris la gageure de passer la ville sans me faire remarquer, ce qui m'a permis de sauver au moins une lieue. J'espérais arriver assez tôt auprès du général René pour pouvoir prendre quelques heures de repos. Même si j'avais la réputation d'être très endurant et de pouvoir me passer de sommeil plus que la moyenne de mes compagnons, ce qui avait sans doute poussé mon capitaine à me choisir pour cette mission, il me fallait tout de même dormir un peu.

«Ma gageure s'est avérée bonne puisque j'ai traversé La Carolina sans apercevoir âme qui vive. J'ai parcouru encore près de deux lieues avant de tomber sur le campement du général René. Mon message remis, je me suis laissé choir sur une butte de mousse repérée au bord de la route et j'ai sombré aussitôt dans un profond sommeil.

«Quel ne fut pas mon étonnement au réveil, quand l'aide de camp du général est venu me tirer de ma torpeur! Je me suis demandé réellement où j'étais. "Le général René, m'a-t-il dit, veut savoir à combien de lieues se trouve le campement du général Dupont." "À Andujar, à environ dix lieues." "Nous partons à l'instant. Vous nous accompagnez, nous avons besoin de vous qui connaissez mieux la route que nous."

« Je me suis joint à l'escouade tout juste composée du général René, de son aide de camp, de deux gardes et d'un commissaire des guerres nommé Vosgien qui, je l'ai remarqué tout de suite, semblait avoir du chien dans le nez. Il était accompagné de son épouse.

« C'est ainsi que, sans même avoir eu le temps d'y penser, le sort, une fois de plus, m'a désigné pour me joindre à une faible patrouille dangereusement engagée sur les routes d'Espagne. Avec moi, ai-je constaté, non sans une certaine appréhension, nous n'étions que sept, la femme du commissaire y compris.

« Le général était pressé. Les chevaux piaffaient depuis un bon moment. "En route !" a-t-il lancé dès que je fus en selle. La petite bande que nous formions a pris le large à un bon rythme. Sans être fringants, les chevaux avaient eu une nuit de repos et ne se faisaient pas prier pour avancer. Ils ont filé d'abord sur un bout de route dépourvu d'obstacle, mais sonnant dur sous leurs sabots. De chaque côté, d'énormes pins se dressaient, alternant avec des arbres feuillus pour former une voûte au-dessus du passage. Tout n'était qu'ombre tellement le feuillage s'avérait dense.

« Je ne me sentais pas rassuré, et j'ai tenté de mon mieux de prévenir une possible embuscade. Je n'ai pas osé laisser poindre mon inquiétude de peur de passer pour une mauviette, mais j'ai gardé tous mes sens en éveil : un bruit, une senteur, un reflet pouvaient révéler entre les arbres la présence d'une troupe ennemie.

« Après avoir rejoint puis dépassé quelques centaines de soldats de notre armée qui, péniblement, semblaient marquer le pas sur la pente rude, nous avons grimpé les dernières montées abruptes de la Sierra, et bientôt la route s'est mise à descendre. Il n'y avait pas âme qui vive dans ces terres arides. Parfois apparaissaient soudain les ruines d'une ancienne maison ou d'une étable ayant déjà servi de relais, mais mangées depuis par la forêt. Même la route, entre les rochers, semblait avoir de la misère à conserver ses droits. Je m'étais laissé dire que, pour tracer de tels chemins, on envoyait des chèvres devant soi et il n'y avait plus qu'à suivre leur trajet. Pour lors, à voir cette route se tordre en montant comme une bête essoufflée, il me semblait plutôt qu'elle avait été tracée par des vipères. »

Le feu ayant diminué dans le poêle, Éphrem se leva pour l'alimenter de quelques bûches d'érable. Son père en profita pour reprendre quelque peu son souffle. Tout le monde était attentif à son récit. Sans perdre le fil de ses idées, il poursuivit :

— Je ne me rappelais pas être passé par là durant la nuit tant la clarté du jour change le paysage. J'avais depuis longtemps perdu l'habitude de monter à cheval et j'étais tout courbaturé de ma course de la nuit. J'ai espéré une halte alors que le soleil courait vers son zénith et que la chaleur devenait de plus en plus suffocante sous le ciel blanc, tant l'air était chargé d'humidité. Pas un instant le général n'a semblé vouloir ralentir notre progression. J'en ai déduit qu'il était porteur d'un important message. Sans m'en rendre compte, la fatigue aidant, je me suis tenu un peu moins sur mes gardes mais, heureusement, l'endroit où nous passions était désert et ne pouvait guère cacher de piège : la route courait maintenant entre des fardoches, sur un sol d'argile marqué par de profondes roulières. Les pesants chariots passant par là devaient mettre les freins pour ne pas être entraînés trop rapidement vers le bas de ces pentes prononcées et laissaient des marques profondes comme des labours au beau milieu de cette route trop sèche. Nous pouvions d'ailleurs apercevoir le long des fossés qui la bordaient les marques des pas des milliers de soldats qui, dans les jours précédents, avaient franchi ces cols arides.

«J'ai poussé un soupir de soulagement quand La Carolina nous est apparue, tout en bas d'une longue pente, un bijou de petit bourg entouré de jardins plein d'oliviers, d'aloès, de palmiers, d'orangers, de grenadiers et de figuiers. Je me suis demandé aussitôt si nous allions le traverser en si petit nombre, au risque d'être faits prisonniers. Le sentier qui contournait le village s'ouvrait non loin de là, à peine visible, sous une voûte de verdure. Je me suis permis d'intervenir : "Mon général, puis-je oser vous donner un conseil ?" "Allez donc, jeune homme !" "À mon avis, nous devrions contourner La Carolina par le sentier qui s'ouvre à notre droite. Les gens d'ici sont sur le qui-vive et tuent facilement tout ce qui est Français. Nous ne sommes que six en armes, ce serait plus prudent de ne pas trop attirer leur attention." "À cette heure, avec la chaleur qu'il fait, ils sont tous à leur sieste. Nous traverserons la ville sans qu'ils s'en rendent compte. À part les chiens et les moines, personne dans ce pays ne bouge entre dix heures et quatre heures." "Justement, mon général, ce sont les chiens et les moines qui sont les plus dangereux. Les premiers jappent, les seconds frappent." "Nous ne perdrons pas de temps à contourner cette agglomération, a-t-il conclu. Nous nous arrêterons quelque part plus loin, au premier ruisseau, histoire de nous rafraîchir et de casser la croûte." "À vos ordres, mon général."

« La Carolina semblait assoupie, comme l'avait prédit le général. La traversée s'est faite sans encombre, mais nous avons avancé lentement parce que le général voulait ménager le plus possible la femme du commissaire, qui était enceinte. Je trouvais que nous progressions à vitesse d'escargot. On s'est arrêté en début d'après-midi, quand un pont a tranché le passage. Du même coup, le paysage s'est ouvert tel un grand livre dont la couverture aurait balayé tout un pan de forêt. Venu du flanc de la montagne, sur la droite, un torrent s'engouffrait vers une vallée qu'il coupait en deux de sa profonde balafre. Nous allions profiter de cet endroit pour remplir nos outres quand j'ai compris que ce que je redoutais le plus depuis le matin allait se produire. L'éclair d'une arme entre les arbres a servi en quelque sorte de signal. En moins de deux, nous avons été entourés d'une trentaine d'hommes armés. Ils nous ont crié de descendre de monture sans faire de gestes brusques et de rendre nos armes. En même temps, des hommes se sont emparés de la bride de nos chevaux. Je ne tenais pas à tomber entre leurs mains et j'ai éperonné les flancs de ma bête. Mon cheval a renversé l'homme qui le tenait. L'effet de surprise a été tel que j'ai eu le temps de reprendre la route à bride abattue pendant que, comme un essaim de guêpes, des balles me sifflaient autour de la tête. Comment se fait-il que je n'ai pas été touché, je me le demande encore. Moins d'une minute plus tard, pour échapper à mes poursuivants, j'ai engagé mon cheval sous le couvert du bois. Je n'ai guère eu le temps de m'arrêter à réfléchir. La forêt était tellement dense que j'ai été contraint de mettre pied à terre, abandonner là ma bête et me frayer un chemin entre des taillis faits de fardoches. C'est d'ailleurs ce qui m'a sauvé. »

Nicolas s'arrêta de parler. Comme s'il craignait de révéler la suite, il dit en se levant :

— Bon, je crois que ce sera tout pour ce soir.

Le tollé, venu surtout des enfants, sembla le surprendre. Bernardin trancha en disant :

— Allons, Nico, tu en as assez dit pour que nous entendions la suite. Tu ne nous laisseras pas comme ça sur notre appétit.

Nicolas soupira.

— La suite est si sordide, dit-il, que je n'ai jamais voulu la raconter.

— C'est pourtant ce soir que tu vas le faire, l'enjoignit Bernardin. De le dire te fera du bien, de l'entendre assouvira notre curiosité.

Un peu à regret, Nicolas regagna sa place.

— Où en étais-je ? dit-il.

— Dans des fardoches avec des poursuivants à tes trousses.

— Ah oui ! Je me suis fait la réflexion suivante : “S’ils ne connaissent pas un autre chemin, ils devront faire comme moi.” Aussi j’ai gagné l’orée du bois et, profitant d’une coulée se déversant plus bas dans le torrent, j’ai couru jusqu’au cours d’eau dans lequel je me suis jeté sans plus réfléchir. Je me suis dit : “Voilà une bonne chose, ils vont me chercher avec des chiens, il faut que je brouille ma piste.” Sitôt à l’eau, je me suis fait entraîner par le courant, vers le bas de la pente, comme dans ma jeunesse à Baie-Saint-Paul, où je me laissais ainsi emporter dans les rapides de la rivière du Bras. Mais je n’ai pas tardé à me rendre compte que le torrent était plus vif, la pente plus abrupte et les eaux plus tumultueuses. J’ai eu un coup de chance quand j’ai vu surgir, droit devant moi, une grosse branche au-dessus du torrent. Je m’y suis accroché comme à une bouée et d’un coup de rein, je suis parvenu à gagner la rive. Étendu sur un cran de rocher, j’ai mis du temps à reprendre mon souffle et mes esprits. J’ai su que, pour l’instant, j’étais parvenu à semer mes poursuivants, mais j’étais tout aussi convaincu qu’ils n’abandonneraient pas la partie aussi facilement. J’entendais déjà des aboiements sur les hauteurs. Il me fallait vite continuer à brouiller ma piste.

« Je me suis levé d’un coup, j’ai descendu dans l’eau le long du torrent avant de remonter péniblement sur une centaine de mètres. De là, je suis redescendu sur la berge opposée, à l’endroit d’où je venais. Par cette ruse, je comptais confondre les bêtes lancées à mes trousses. Il me fallait maintenant trouver le moyen de passer de nouveau sur l'autre rive sans être emporté par le courant. Je me suis aperçu qu'à une centaine de pieds plus bas, des pierres obstruaient le cours d'eau. Si je parvenais à m'y agripper, j'étais sauf. J'eus besoin de toutes mes forces pour résister à la puissance de l'eau en m'appuyant sur ces rochers gluants pour gagner de peine et de misère l'autre rive. Quand j'y suis parvenu, j'ai poussé un profond soupir de soulagement, mais je n'étais pas pour autant au bout de mes peines : le torrent dévalait la pente au milieu de la vallée. J'étais bien conscient qu'on pouvait m'apercevoir de loin. Je devais me mettre le plus tôt possible à l'abri de la forêt. »

— Fiou ! lança vivement Édouard que ce récit fascinait, vous deviez être drôlement fatigué !

— Après ma courte nuit, je me sentais épuisé. Mais quand on lutte pour sa vie, on trouve toujours la force de continuer. Heureusement, pareille aventure n'arrive qu'une fois dans une vie.

« J'ai trouvé le courage nécessaire à ma survie. En m'accroupissant, je suis descendu jusqu'au cours d'eau, comptant de nouveau m'en servir comme d'un moyen de locomotion. Je m'y suis jeté et, porté cette fois par des eaux moins impétueuses, j'ai dévalé le reste de la pente. Tout en bas, je me suis retrouvé sous un pont à peine assez large pour laisser passer une charrette. Je m'y suis arrêté un moment.

« Je n'entendais plus les chiens, mais je me suis dit qu'il serait trop dangereux de suivre cette route, car je risquais d'y être facilement repéré. J'ai descendu encore un moment la rivière, jusqu'à une petite île où j'ai trouvé refuge. Du haut d'un arbre, je me suis fait une idée des environs. La rivière poursuivait sa course vers le sud. J'apercevais quelques maisons accrochées au flanc d'une falaise, à l'autre bout de la vallée où je me trouvais. J'en ai conclu que nos agresseurs devaient venir de là et qu'ils avaient dû y conduire mes compagnons, s'ils ne les avaient pas déjà tués.

« J'ai réfléchi longuement, puis, sous le couvert d'un petit bois, je suis parti résolument dans la direction des maisons. J'étais certain d'ailleurs que la route que je venais de quitter devait passer plus haut et j'ai pensé, avec raison, que le dernier endroit où ils me chercheraient, c'était précisément près de leurs demeures. »

— Tu jouais d'audace, dit Bernardin, mais il faut admettre que tu avais parfaitement raison de penser ainsi.

— Évidemment, approuva Nicolas, nous pensons toujours que les personnes en fuite s'éloignent le plus loin possible de leurs poursuivants. Je me suis dit que ce devait être le cas pour les miens.

« Au bout d'une heure et de mille détours, je suis parvenu à quelques centaines de pieds du village. Un énorme chêne se dressait devant moi. D'un bond, j'ai pu m'accrocher à l'une des branches basses puis je me suis hissé vers son sommet. Quand j'ai été assuré que le feuillage bien dense me dérobait à la vue de tous, je me suis immobilisé. En me penchant, je voyais à travers les feuilles les maisons blanches, toutes semblables, qui paraissaient désertes.

« Le soleil en avait encore au moins pour deux heures avant de plonger derrière la montagne. En équilibre sur ma grosse branche, je me suis mis à faire ce dont je rêvais depuis un bon moment. »

— Quoi donc ? questionna Marie-Josephte.

— Je me suis dévêtu complètement pour faire sécher mon linge. Précautionneusement, j'ai étendu mes hardes au soleil, sur les branches tout autour de moi, m'assurant qu'elles ne seraient pas vues de loin. Je me souviens que j'ai pris beaucoup de soin à ce que mes bottes ne dégringolent pas au bas de l'arbre. C'est alors que j'ai entendu de nouveau des aboiements au loin. Là, j'ai bien pensé qu'ils finiraient par me retrouver. Pour me rassurer, je me suis forcé à croire qu'ils devaient avoir cessé de me chercher.

« Du haut de mon perchoir, à l'affût du moindre bruit, j'ai vu le soleil se coucher peu à peu pendant qu'autour des maisons, en face, on commençait à s'agiter. Les habitations formaient un fer à cheval, au milieu duquel se dessinait une place où des hommes dressaient un bûcher. Je les ai vus d'abord apporter de larges brassées de bois, puis une énorme marmite qu'ils portaient à quatre en la tenant par l'anse, une marmite assez grande pour faire cuire un bœuf entier.

« Les aboiements s'étaient enfin tus. Le soleil glissait derrière les arbres. J'ai touché à mes vêtements : ils avaient suffisamment séché pour que je puisse les enfiler, ce que j'ai mis bien du temps à faire, tant ma position sur la branche était précaire. Quand je suis parvenu enfin à chausser mes bottes, encore humides, la brunante avait gagné les lieux et, sur la place, entre les maisons, les hommes avaient allumé le bûcher.»

Une fois de plus, Nicolas s'arrêta.

— Qu'y a-t-il? demanda Bernadette.

— Je boirais bien un peu d'eau.

Elle alla lui en chercher. Il but en prenant tout son temps, pendant que les enfants attendaient la suite du récit avec impatience.

— Nous y voilà, dit-il, à ce moment le plus pénible de ma vie. Jamais je n'aurais pu croire que des hommes pouvaient être aussi monstrueux. Si je vous le raconte, les enfants, c'est pour que vous n'oubliiez jamais cette leçon: l'homme est un loup pour l'homme, il est son pire prédateur.

«Du haut de mon arbre, j'ai entendu, du côté de l'ouest, des hurlements qui m'ont fait frémir. Une trentaine d'hommes et de femmes s'amenaient, torche en main. Ils poussaient devant eux mes compagnons, qui faisaient pitié à voir tant ils semblaient avoir été roués de coups: tous les six marchaient courbés, la femme en particulier avait peine à se traîner. Arrivés au village, ils ont fait halte. Les prisonniers ont été poussés à coups de pied au milieu de la place. Les cris de haine ont soudain été enterrés par un cri de douleur extrême. Je n'en ai pas cru mes yeux et mon sang ne fit qu'un tour: un des gardes avait été transpercé par une longue broche et les hommes s'affairaient à le suspendre sur des fourches, au-dessus du feu. Je me suis dit: "C'est impossible, ils ne vont pas le cuire à la broche!" Ce que je n'ai pas osé croire s'est pourtant bel et bien déroulé devant mes yeux. Les cris aigus du garde se sont atténués au fur et à mesure que le feu a accompli son travail. Pendant ce temps, ces bourreaux sans nom s'enivraient de boisson et de ce spectacle qu'ils semblaient goûter tout autant.

«J'avais détourné le regard, mais une autre plainte vive m'a fait de nouveau frémir : je n'ai pas pu m'empêcher de regarder, car j'ai pensé que si je survivais, je devrais témoigner au sujet de cet ignoble massacre. Le deuxième garde a subi le même sort que son compagnon. En entendant les rires de ses bourreaux, des frissons m'ont parcouru tout le corps. J'ai prié pour que l'aide de camp, le général, le commissaire et son épouse enceinte soient épargnés. J'ai bien vite eu la réponse à mes prières. L'aide de camp a subi le même sort que les deux gardes, puis deux hommes se sont emparés du commissaire et l'ont ficelé entre deux madriers. Ils ont déposé leur fardeau sur des tréteaux pendant que des scieurs de long montés sur un échafaudage ont commencé leur atroce travail.

«Je me suis mis à trembler de tous mes membres, parvenant de peine et de misère à retenir le cri d'indignation qui voulait franchir mes lèvres. “Ils le scient vivant”, suis-je parvenu à bégayer au moment même où le commissaire a émit la longue plainte d'une bête blessée. Longtemps ce cri a tranché l'air pour s'éteindre à son tour. Comment des hommes pouvaient-ils s'adonner à des gestes aussi atroces ? J'en avais la nausée. Je me suis penché pour vomir, sans résultat. J'ai claqué des dents, aux prises avec un violent choc nerveux.

« Ne me demandez pas comment je suis parvenu à me ressaisir. Ce fut alors que j'ai vu des hommes attacher la femme à des planches afin de lui faire subir le même sort que son mari. Je n'ai perçu aucun gémissement. Je me suis dit que la femme avait perdu conscience. J'ai entendu, une fois de plus, le bruit des scies sur les planches, puis plus rien. »

Nicolas cessa de parler durant un long moment. Les garçons étaient recroquevillés dans leur coin, tandis que Bernadette et Marie-Josephte détournaient la tête pour cacher leurs larmes. Trouvant encore la force nécessaire pour poursuivre son récit, Nicolas ajouta :

— Il ne restait plus de vivant entre leurs mains que le général. Quel sort lui réservaient-ils ? J'ai eu bientôt ma réponse. On l'a écartelé en lui attachant les bras et les pieds à des piquets plantés en terre. D'un coup de sabre, un de ces brigands lui a tranché un bras à l'épaule le lançant aussitôt dans la marmite d'huile bouillante. À ce coup d'éclat, les hurlements de joie de ces monstres m'ont tellement indigné que j'ai été sur le point de foncer droit sur eux : seul mon instinct de survie m'a empêché de faire ce geste dérisoire. J'ai assisté, impuissant, au dépeçage du général dont l'autre bras et les deux jambes ont subi le même sort. De ce vaillant combattant d'Égypte, il n'a resté que la tête et le tronc. Ce fut avec une rage effroyable que ces ignobles bourreaux ont balancé le tout dans la marmite.

« Je n'en pouvais plus. Je me suis mis à pleurer sans pouvoir m'arrêter. Tout à leurs célébrations, les Espagnols n'ont pas entendu mes cris de malédiction.

Toute la nuit, du haut de mon arbre, en proie à des tremblements, à des crises de larmes et à des poussées de fièvre, je me suis demandé si je n'avais pas été, tout simplement, victime d'un cauchemar. Aux premières lueurs de l'aube, j'ai dû me rendre à l'évidence : ce qui des gardes n'avait pas entièrement rôti pendait à la broche. Des chiens se nourrissaient des restes ensanglantés du commissaire et de son épouse, tandis que de la marmite montaient encore des fumées grasses. Tout autour, saouls comme des porcs, ces monstres étaient endormis d'un sommeil profond.

« J'étais si enragé que j'aurais voulu les tuer tous, à moi seul. Je traînais toujours sur moi ma fronde, en guise de porte-bonheur. Je l'ai retrouvée dans mes vêtements. Je me suis dit que de l'endroit où je me trouvais, je pourrais peut-être supprimer un ou deux de ces porcs. Je suis descendu de mon perchoir. Je me suis affairé à trouver des galets le long du sentier. Je me suis avancé lentement entre les arbres jusqu'à ce qu'une trouée me donne l'espace nécessaire pour agir. Un des hommes dormait assis, adossé contre le mur de la maison. J'ai fait tourner ma fronde. Une fois la pierre partie, j'ai su que ce tortionnaire ne se réveillerait plus. Je me suis apprêté à régler le sort d'un suivant, quand une femme est sortie d'une des maisons pour se diriger vers le lieu du supplice.

« Je n'ai pas attendu mon reste et j'ai déguerpi en prenant soin de contourner ce village maudit. J'étais vidé, encore sous le choc des terribles images de cette nuit blanche. Lorsque je suis parvenu à proximité de la route, sans plus réfléchir, alors que je me trouvais dans un bois de hêtres, je me suis étendu sur la mousse et me suis endormi. Quand je suis revenu à moi, je me trouvais allongé dans une charrette, entouré de soldats que je ne connaissais pas mais qui étaient des nôtres, me disant que tout un pan de la journée avait filé sans que je m'en rende compte. "Que m'est-il arrivé ?" On m'a expliqué : "Tu es sorti des buissons comme un spectre et tu t'es écroulé à nos pieds sur la route. Tu faisais une violente poussée de fièvre. Ça fait deux jours que nous te veillons comme on veille un mort. Bienvenue parmi les vivants !"

« Dès qu'on l'eut prévenu que j'avais repris conscience, un lieutenant est venu m'interroger : "Qu'est-ce que tu faisais dans ces parages ?" Submergé par les images d'horreur me revenant en mémoire, j'ai mis du temps à répondre. Je me suis remis à trembler malgré moi, puis, me reprenant, j'ai raconté en long et en large ce que j'avais vécu. "C'est folie de se promener en si petit équipage sur ces routes maudites, a constaté le lieutenant. Quel pays misérable que celui-là pour donner naissance à de pareils monstres ! Je ne ferai pas la bêtise d'envoyer un messager au général Dupont, ça serait expédier ce pauvre bougre à la mort. Le général sera informé quand nous serons à Baylen. Cependant, pareil crime ne restera pas impuni."

« Il a regroupé une centaine de soldats. "Sur la route que nous venons de parcourir, à environ deux jours de marche d'ici, a-t-il dit, il y a un petit bourg. Demain soir, je le veux en feu, sans aucune âme qui vive." L'ordre a été exécuté à la lettre. Voilà, conclut Nicolas, ce que j'ai vécu. »

— J'ai cru à un miracle, poursuivit Bernardin, quand, le lendemain, je l'ai reconnu parmi un groupe de soldats venus faire le lien avec notre compagnie. Nous avions repris la route au lever des oiseaux. C'était en ce pays les meilleures heures de la journée, avant que le soleil embrase l'espace et que l'air devienne brûlant comme la pierre. Comment les arbres encore verts étanchaient-ils leur soif quand, de chaque côté de la route, tout n'était que désert, plantes séchées, pierres lavées, ossements burinés ? Sur le sol martelé par nos pas se levait une poussière se logeant entre nos dents et s'accrochant au bord de nos paupières, faisant de nous des fantômes gris, occupés à grignoter des lieues et des lieues sur ces routes hostiles, en même temps que les jours de notre triste destin.

Nicolas enchaîna :

— Nous sommes arrivés enfin à Baylen, où s'est fait le regroupement des troupes. C'est là que quelques jours plus tard, entourés d'ennemis, nous avons rendu les armes. Moins de deux semaines après, nous étions prisonniers sur des vaisseaux ancrés dans le port de Cadix. Le reste, ajouta-t-il, vous le savez maintenant tout aussi bien que nous.

Chapitre 48

Les aléas de la vie

Ce matin-là, au lever, Nicolas jeta un coup d'œil par la fenêtre. Le soleil faisait luire une neige d'argent. Le temps semblait on ne peut plus propice à son dessein de se rendre chez des clients, du côté de Richmond. Éphigénie était maintenant en âge de travailler et aidait sa tante Dorothée à la cuisine de l'auberge. Bernadette décida de profiter du voyage pour rendre visite à Bernardin et Marie-Josephte. Elle avait le goût de causer avec sa belle-sœur, et de s'offrir ainsi une journée de répit. Elle ferma le magasin et partit, heureuse de sa décision. Nicolas la laissa en passant, promettant de la reprendre le soir à son retour.

Après avoir passé la matinée en compagnie de Marie-Josephte, Bernadette décida d'aller rendre visite à Éphrem qui, depuis une bonne semaine, se trouvait au camp de son père, près de la rivière.

— Ce n'est qu'à un mille d'ici, dit-elle, et il fait très beau.

— Tu ne feras pas le trajet aller et retour à pied et en raquettes, dit Marie-Josephte. Bernardin va te prêter le poney et la carriole. De même, tu vas avoir plus de temps avec Éphrem.

— Je ne voudrais pas vous en priver pour l'après-midi.

— Tu ne nous en priveras pas du tout, nous n'en avons pas besoin. J'irais bien avec toi, mais j'ai les animaux à nourrir. Une ferme, tu le sais, ça ne laisse guère de temps libre.

— À qui le dis-tu ! Tu vois, ce matin, je n'ai eu qu'à fermer le magasin. Éphigénie travaille maintenant à l'auberge et les autres vaquent à leurs affaires.

Bernardin attela le poney et Bernadette partit aussitôt. Après quelques heures passées avec son fils, elle le quitta pour être de retour chez Bernardin avant la noirceur. Le beau soleil du matin avait disparu depuis quelques heures. Le nordet s'était levé, soufflant des nuages de neige.

— Ne vous attardez pas, m'man, conseilla Éphrem. On dirait bien qu'une tempête se prépare.

— Je n'ai pas long de chemin à faire. Je serai rendue dans pas grand temps.

Elle mit le poney au trot. La neige s'était mise à tomber, d'abord clairsemée, puis de plus en plus drue. Le vent, en rafales, soulevait des rideaux de poudrerie. Heureusement, la route s'avérait encore praticable.

De retour de Richmond, Nicolas fut surpris lui aussi par ce début de tempête. Il rejoignit la route menant chez Bernardin au moment où tombait la brunante. Bientôt, il ne vit plus ni ciel ni terre. Se sachant près de chez Bernardin, alors que des bourrasques de plus en plus fréquentes formaient des bancs de neige au travers de la route, il poussa un soupir de soulagement quand se profila enfin la maison de son beau-frère. Il conduisit le cheval directement à l'écurie. La tempête grondait. Les arbres gémissaient sous les coups de bélier du vent. S'étant assuré que sa monture disposait d'une bonne ration de foin, il se dirigea vers la maison, où il s'engouffra en même temps qu'un grand coup de vent, à la surprise de sa sœur.

— Mais c'est Nicolas ! s'écria Marie-Josephte. Nous ne t'espérions plus. Nous te pensions arrêté quelque part en route.

Le nouvel arrivant ressemblait à un bonhomme de neige. Tout en parlant, Marie-Josephte l'aida à se départir de son manteau. Entouré de ses neveux et nièces, il s'assit pour enlever ses bottes. Il trouva le moyen de taquiner les plus jeunes, puis s'étonna de ne pas voir Bernadette.

— Où est ma femme ?

— Elle a décidé à midi d'aller voir Éphrem, au camp de la rivière.

— Comment s'est-elle rendue là ?

— Avec le poney et la carriole, dit Bernardin. J'imagine que quand elle a vu la tempête venir, elle a décidé de rester avec Éphrem.

Nicolas poussa un soupir qui trahit son inquiétude.

— Pourvu qu'elle n'ait pas décidé de s'en venir par ce temps du diable !

— Dans ce cas, elle serait déjà là.

— Ou bien perdue dans la tempête, si elle a pris ce risque, grommela Nicolas. Mais quelle bête l'a piquée d'aller voir Éphrem toute seule ?

— C'est un peu de ma faute, avoua Marie-Josephte. J'avais trop d'ouvrage pour quitter la maison. Elle a insisté quand même pour partir. Après tout, le camp n'est pas si loin.

— Mais par un temps pareil !

— Quand elle est partie, il faisait beau. Mais des fois, les tempêtes ne s'annoncent pas.

Nicolas passa la soirée à se faire du mauvais sang. Dehors, la tempête ne décolérait pas. Le vent ne tomba qu'au petit matin. Aux premières lueurs de l'aube, Nicolas fut debout. Il attela son cheval et partit sans plus attendre en direction du camp. Les accumulations de neige au milieu de la route rendaient la progression difficile. Le cheval avançait de peine et de misère avec parfois de la neige presque à hauteur du ventre. Il y avait bien une demi-heure qu'il avait quitté la maison de Bernardin quand il lança un tonitruant juron. Des arbres, des souches et des branchages bloquaient la route. Nicolas éclata :

— Le maudit fou a recommencé !

Il tenta de contourner l'obstacle par la droite, en passant dans le fossé. La neige de la veille lui permit de progresser sans trop de peine. Il avança encore sur une centaine de pieds et comprit qu'un drame s'était déroulé au milieu de la tempête. Ne pouvant plus avancer, Bernadette avait fait demi-tour. Sans doute aveuglée par la poudrerie, elle avait quitté la route. Cheval et voiture avaient roulé dans le fossé. Un des patins de la carriole s'était cassé. Il trouva le poney encore attelé, mort gelé. Il fouilla sous la carriole sans rien découvrir. Il se dit qu'elle avait dû tenter de continuer à pied. Il chercha tout autour. Un pan de son manteau dépassant dans la neige lui permit de la retrouver. Elle était morte gelée.

Seul au monde, il s'assit dans la neige et se mit à sangloter. Comme un automate, il gratta la neige autour de sa femme et dégagea le corps, qu'il porta dans son traîneau. Ce fut un homme abattu et perdu que Bernardin et Marie-Josephte virent revenir.

Ils eurent de la difficulté à le reconnaître, lui d'ordinaire si fier et si maître de ses moyens. Les yeux hagards, il claquait des dents et tremblait de fièvre. Le choc ressenti en trouvant Bernadette morte avait fait remonter en lui toutes les horreurs vécues comme soldat. Pendant des jours, il demeura fiévreux et à demi conscient, au point de ne pouvoir assister aux obsèques de son épouse.

Dorothée se chargea de prévenir Emmanuel de la mort de sa mère.

Drummondville, le jeudi 9 février 1843

Cher Emmanuel,

Je me vois confier une bien triste tâche. Sois courageux ! Il me faut t'apprendre que ta mère nous a quittés tragiquement hier, morte gelée dans la pire tempête que nous ayons eue de l'hiver. Elle était partie de chez ton oncle Bernardin pour visiter Éphrem, au camp de la rivière. En revenant de là, elle a été prise dans une tempête et y a laissé la vie.

Tu ne peux pas mesurer toute la peine que son départ nous a causée. C'était une femme charmante et une bonne épouse pour ton père. Inutile de te dire que ce dernier met beaucoup de temps à se remettre de ce choc insensé.

Éphrem et Édouard s'occupent de faire marcher le magasin pendant son absence, car ton père, pour le moment, vit chez ton oncle Bernardin en attendant de surmonter cette terrible épreuve.

Nous te savons au loin, mais peut-être trouveras-tu le moyen de revenir par ici. Ai-je besoin de te dire que tes sœurs et tes frères sont tout comme nous terriblement ébranlés par cette disparition si subite. Si tu trouves quelqu'un qui peut nous écrire en ton nom, nous serons consolés d'avoir de tes nouvelles.

Affectueusement,
Ta tante et marraine Dorothée

Après deux semaines de torpeur, Nicolas se mit à reprendre tranquillement ses esprits. Au début, il ne semblait pas trop savoir où il était et Bernardin se demandait s'il se souvenait même de ce qui s'était passé. Son rétablissement s'étendit sur des semaines. Marie-Josephte le gardait chez elle et veillait attentivement sur lui. Avec le printemps, il prit l'habitude de sortir, s'assoyant seul près de la grange, sans dire un mot, et n'en bougeait plus, comme un oiseau blessé.

— Ça lui fait du bien de prendre l'air, assurait Marie-Josephte.

Bernardin, pour sa part, espérait le voir sortir de sa torpeur.

— Le jour où il exprimera le désir de faire quelque chose, ce jour-là, il sera vraiment sur le chemin de la guérison.

Le printemps était déjà bien entamé quand il réclama sa hache et son fusil. Il se rendit dans le bois et se mit alors à bûcher avec rage. Bernardin dit :

— Il y a des choses qui remontent en lui. Il tente d'en débarrasser son esprit en bûchant comme un déchaîné. C'est bon signe !

Ils s'habituèrent à le voir partir dans le bois, tous les matins, et revenir à l'heure du dîner. Il avait l'air d'un homme accablé mais, au moins, il s'adonnait à une activité qui, selon Bernardin, lui permettrait de redevenir l'homme qu'il était.

Un beau matin, il partit comme à l'accoutumée, muni de sa hache et de son fusil. À l'heure du dîner, il n'était toujours pas revenu. Inquiet, Bernardin se rendit dans le bois où il bûchait, mais ne l'y trouva pas. En revenant vers la maison, Bernardin aperçut de la fumée, au loin sur la route. Il sauta sur son cheval et partit en vitesse dans cette direction. Les arbres et les souches encombrant le chemin brûlaient en tas. Quand Bernardin s'approcha, il vit des flammes du côté de la terre de Jamieson. Nicolas avait mis le feu à la grange.

Bernardin arriva juste à temps pour l'intercepter alors qu'il se dirigeait vers la maison de l'Anglais. Comme il le rejoignait, un coup de feu tiré depuis une fenêtre de l'habitation les manqua de justesse. Leurs réflexes d'anciens soldats les firent se jeter à plat ventre sur le sol où, comme on le leur avait enseigné, ils se mirent à ramper en s'éloignant de la ligne de tir. Bernardin se releva en premier. Il dit à Nicolas :

— Amène-toi, vieux grognon, nous n'avons plus rien à faire ici.

Nicolas le suivit sans rien dire. Bernardin lui enleva son fusil des mains et le força à monter à cheval.

— Tu as ta vengeance ! Ça suffit !

Ils revinrent ainsi, Nicolas à cheval, Bernardin à pied, tenant l'animal par la bride.

— Tu vas nous attirer des ennuis, dit-il à son beau-frère indifférent qui se laissait conduire comme un enfant.

Le vieux Jamieson porta plainte, réclamant pas moins de cent livres sterling pour dommages et intérêts. Mais il n'eut pas gain de cause, entendu qu'il avait déjà été condamné pour avoir entravé la route. Le fait qu'il avait de nouveau passé outre à ce jugement, ce qui avait causé le décès de Bernadette, pesa lourd dans la balance. Le juge lui dit : « Vous avez mérité ce qui vous est arrivé. Les dommages que vous avez subis compenseront le mal que vous avez causé. »

— Pour l'instant, nous avons peut-être gagné une bataille conclut Bernardin, mais certainement pas la guerre.

Quelques jours plus tard, Dorothée et Ludovic se présentaient chez Bernardin. Dorothée tenait à voir comment son frère se portait, mais surtout à lui lire une lettre reçue d'Emmanuel, espérant ainsi lui donner du réconfort.

— Nicolas, dit-elle, je crois bien que tu seras heureux d'apprendre qu'Emmanuel nous a fait parvenir de ses nouvelles.

Nicolas la regarda sans manifester aucune émotion. Dorothée ne se laissa pas décontenancer et, puisque Marie-Josephte lui faisait signe d'aller de l'avant, elle lut à haute voix, comme elle l'avait si souvent fait pour les siens :

Baie-Saint-Paul, le mercredi 10 mai 1843

Madame Dorothée Grenon,

Votre neveu Emmanuel m'a demandé de vous écrire pour vous remercier de votre lettre du mois de février dernier. Le décès de sa mère l'a beaucoup attristé, mais plus encore le fait de ne pas avoir été avec vous et sa famille pour partager votre peine. Il vous demande de transmettre à son père, à ses sœurs et à ses frères ses condoléances et ses regrets pour la perte de celle qu'ils aimaient tant.

Il aurait fait volontiers le voyage jusqu'à Drummond si sa vie, là-bas, n'était pas menacée. Tout cela ne l'a pas empêché d'être avec vous en pensée et de cœur tout au long de ces moments pénibles. Il tient à ce que vous sachiez à quel point vous lui manquez. Il vous prie cependant de ne pas vous en faire pour lui, car il se débrouille fort bien à Baie-Saint-Paul. Il vous annonce d'ailleurs qu'il a quelqu'un en vue pour un mariage éventuel. Si la chose se concrétise, il vous le fera savoir. Puisqu'il ne peut se rendre à Drummond, mais que l'élue de son cœur habite à Sainte-Claire-de-Dorchester, vous serez invités à cet endroit pour le mariage et les noces.

Il vous espère tous en bonne santé et souhaite de tout cœur que son père puisse surmonter le départ de celle qu'il aimait, comme il l'a toujours fait pour les nombreuses épreuves qui ont jalonné sa vie.

Il vous souhaite à tous la santé et beaucoup de bonheur.

Jean-Joseph Simard, notaire,
pour Emmanuel Grenon

Si Dorothée espérait voir cette lettre déclencher chez son frère une quelconque réaction, son espoir fut déçu puisque, une fois la lecture terminée, Nicolas ne broncha pas, comme s'il était devenu indifférent à toute chose en ce monde.

En regagnant l'auberge, Ludovic dit à Dorothée :

— Je ne veux pas te faire de peine, ma mie, mais j'ai l'impression que ton frère nous a quittés en même temps que sa Bernadette.

— C'est triste, dit Dorothée, de voir un homme si vivant se replier sur lui-même comme si soudain tout était mort en lui. Il me semble bien, hélas, que tu as raison : la mort de Bernadette a sonné le signal de la sienne.

Sur ces mots, Ludovic passa le bras autour de l'épaule de Dorothée pour l'attirer à lui. Tout le reste du trajet, elle le passa collée ainsi contre lui.

Chapitre 49

L'ultime combat

Après l'épisode Jamieson, Nicolas, toujours aussi taciturne, exprima le désir de se retirer dans son camp du bord de la rivière.

— Si c'est vraiment ce que tu veux, concéda Bernardin, nous ferons tout pour t'aider à y vivre très bien.

— Pas besoin, grogna-t-il, je suis capable tout seul.

Bernardin insista pour se rendre avec lui au camp, désireux de s'assurer qu'il n'y manquerait de rien. Avec les années, le camp avait fini par être bien aménagé et, surtout, bien isolé. Il était désormais possible d'y vivre l'hiver, à condition bien sûr d'y entretenir un bon feu.

Dès qu'il y fut, Nicolas se remit à bûcher, préparant avec acharnement son bois pour l'hiver. Après quelques mois, avec sa longue barbe et ses vêtements troués, il ressemblait à un ermite. Au début, il ne tolérait guère de visite, même celle de ses enfants. Ses sœurs passaient le voir de temps à autre, lui apportant de la nourriture. Toutefois, la chasse et la pêche lui permettaient de se suffire à lui-même. Quand Bernardin pouvait se libérer, il faisait un saut au camp où, parfois, sans le brusquer, il parvenait à faire sortir Nicolas de son mutisme. Il évoquait avec lui leurs années dans l'armée, mais surtout ce temps où ils s'étaient établis ensemble sur leur terre du canton de Wickham. Mais jamais Bernardin n'osait prononcer le prénom de Bernadette.

Chacun tentait de son mieux d'accepter cette situation pénible qui les peinait profondément. L'espoir de voir Nicolas émerger de sa claustration fut avivé par la réception d'une lettre d'Emmanuel, qui les invitait tous à son mariage, au milieu de l'été 1844, à Sainte-Claire de Dorchester. Ils s'empressèrent d'informer leur père de cette nouvelle sensationnelle. Mais il resta indifférent à la joie qu'elle avait suscitée chez tous. Ils ne manquèrent pas de se rendre en grand nombre à ces noces et firent le voyage en groupe, mais sans celui qu'ils auraient tant aimé voir les accompagner.

Au bout d'une année et demie de vie en solitaire, Nicolas, selon les jours, tolérait un peu la présence de ses enfants, de ses sœurs et de ses beaux-frères. Cependant, Éloi lui fit le plus beau des cadeaux en venant de Sorel avec Marie-Louise et leurs deux enfants. La vue de ses petits-enfants sembla lui redonner le goût de vivre. Éloi s'en rendit compte et promit de venir le voir plus souvent.

Puis des semaines passèrent et l'hiver s'installa de nouveau. Dorothée et Marie-Josephte, de même que

Bernardin, se faisaient un devoir d'aller lui rendre fréquemment visite. Après une de ces visites à son frère, à son retour à l'auberge, Dorothée dit à Ludovic :

— J'ai eu une idée qui, il me semble, ferait grand plaisir à Nicolas.

— Quoi donc ?

— Tu te souviens que la visite d'Éloi avec Marie-Louise et leurs deux enfants a semblé lui redonner de la vigueur. Je pense qu'une visite d'Emmanuel et de Fabienne pourrait avoir autant d'effet.

— Tu as parfaitement raison, ma mie. Tu devrais écrire à Emmanuel, après tout c'est ton filleul. Nicolas ne l'a pas vu depuis longtemps. Il en serait d'autant plus heureux.

Le soir même, Dorothée sortit l'encre et la plume pour écrire la lettre suivante :

Drummond, le 2 décembre 1844

Cher neveu,

Tu n'as pas connu ton grand-père Grenon. C'était un homme qui aimait particulièrement rappeler de nombreux proverbes. Je me souviens de l'avoir souvent entendu dire : « Pas de nouvelles, bonnes nouvelles ! » Puisque tu ne nous donnes pas souvent des tiennes, nous présumons que tout va très bien pour toi. Nous t'espérons, ainsi que Fabienne, en bonne santé.

Tu sais que depuis la mort de ta mère, ton père s'est retiré dans son camp au bord de la rivière. Nous allons le voir le plus souvent que nous le pouvons, mais les visites qu'il apprécie le plus sont celles de ses enfants et petits-enfants. Dernièrement, Éloi est allé le voir en compagnie de Marie-Louise et de leurs enfants. Ça lui a fait un bien énorme. Voilà pourquoi, après en avoir discuté avec Ludovic, nous avons pensé que si tu lui faisais une visite surprise en compagnie de Fabienne, il l'apprécierait beaucoup. Ta venue serait pour lui un très beau cadeau, le meilleur que tu puisses lui faire. Nous espérons donc que tu profiteras du temps des fêtes pour venir à Drummond. Le trajet se fait mieux en sleigh *en hiver qu'en voiture en été.*

Je te transmets, ainsi qu'à ton épouse, avec les miennes, les salutations de ton oncle Ludovic, de même que celles de ton oncle Bernardin et de ta tante Marie-Josephte. Ai-je besoin de te dire que ta sœur Élise, tout comme ton frère Éloi, me parlent souvent de toi. Quant à tes frères Édouard et Éphrem, qui font marcher le magasin de ton père, ils se promettent bien d'aller te voir bientôt à Baie-Saint-Paul. Ta sœur Éphigénie demeure avec nous. Elle nous rend de précieux services à l'auberge, particulièrement à la cuisine où elle me seconde, y ayant pris la place occupée jadis par ta grand-mère.

Voilà, dans les grandes lignes, les dernières nouvelles à propos de notre famille. Puisses-tu, de ton côté, trouver quelqu'un qui voudra bien nous faire part de ce que tu deviens.

Ta tante et marraine Dorothée, au nom du clan Grenon.

FIN DU DEUXIÈME TOME

Table des matières

troisième partie
La suite des combats (1825-1837)

quatrième partie
Derniers combats (1838-1845)

Achevé d'imprimer par GGP Media GmbH, Pößneck
en juin 2012
pour le compte de France Loisirs,
Paris

N° d'éditeur : 68480
Dépôt légal : juin 2012

Imprimé en Allemagne